ULLSTEIN

Das Buch

Fast alle großen Magier sind von der Erde verschwunden. Nur einer ist geblieben – der rätselhafte Lord Eldrich. Er ist über 130 Jahre alt, aber er scheint nicht älter als 40. Er lebt zurückgezogen, entschlossen, sein kostbares Wissen an niemanden weiterzugeben. Hartnäckig verfolgt er das Ziel, die letzten Spuren des Magischen aus dieser Welt zu verbannen. Doch sein Vorhaben stößt nicht nur auf Gegenliebe: Die Telleriten – fanatische Jünger eines lange verstorbenen Zauberlehrlings – sind fest entschlossen, die verbotenen Kräfte der Magie zurückzugewinnen und somit den verborgenen Schlüssel zu ewigem Leben in die Hand zu bekommen. Für Erasmus Flattery wird dies bald zu einem ganz persönlichen Problem, denn in seiner Kindheit hat er drei Jahre bei Lord Eldrich gelebt. Obwohl Erasmus sich weigert, über diese Zeit zu sprechen, plagen ihn doch Erinnerungen und vor allem die Frage, welche Rolle er in den Plänen des mysteriösen Magiers Eldrich spielt. Mit einer Gruppe von Freunden begibt er sich auf eine äußerst gefährliche Expedition …

Der Autor

Sean Russell lebt in Vancouver, und sein Traum wäre es, den ganzen Sommer über zu segeln und den ganzen Winter lang zu schreiben. Leider ließen sich Traum und Realität bisher nicht vereinen. *Das Reich unter den Hügeln* ist der erste Teil der zweibändigen Reihe *Der Fluss in die Finsternis*.

Sean Russell

Das Reich unter den Hügeln

Roman

Aus dem Amerikanischen
von Barbara Ostrop

Ullstein

Ullstein Taschenbuchverlag
Der Ullstein Taschenbuchverlag ist ein Unternehmen der
Econ Ullstein List Verlag GmbH & Co. KG, München
Deutsche Erstausgabe
1. Auflage 2001

Published by Arrangement with Daw Books Inc.
Dieses Werk wurde vermittelt durch die
Literarische Agentur Thomas Schlück GmbH, Garbsen.
Titel der amerikanischen Originalausgabe:
Beneath the Vaulted Hills (Daw Books Inc., New York)
Übersetzung: Barbara Ostrop
Redaktion: Gerhard Seidl
Umschlagkonzept: Lohmüller Werbeagentur GmbH & Co. KG, Berlin
Umschlaggestaltung: DYADEsign, Düsseldorf
Titelabbildung: Mauritius, Mittenwald
Gesetzt aus der Slimbach Book
Satz: Pinkuin Satz und Datentechnik, Berlin
Druck und Bindearbeiten: Elsnerdruck, Berlin
Printed in Germany
ISBN 3-548-25160-9

Ich bin überzeugt, dass jeder Schriftsteller zu irgendeinem Zeitpunkt Ermutigung und Rat von wohlwollenden Lehrern erhalten hat, und darin bilde ich keine Ausnahme. Dieses Buch ist ihnen gewidmet (denn Lehrer erhalten so wenig Anerkennung für ihre Arbeit), und zwar insbesondere der verstorbenen Helen Fawcett, Chris Evans, Catharine Jones und Larry Kendal, wo er sich zur Zeit auch aufhalten mag.

Die Reise durch verdunkelt Land,
Unterm Höhlenberg ein Weg,
Gezeitenjahrs Holunderglocken,
Trotz Falkenschrei und Drosselsang.

Menschen von solcher Statur und solch unleugbarer Größe werfen Schatten über die Grenzen unserer engen Welt hinaus.

Halden: Essays

Prolog

Er saß vor einem Fenster, das einen Spalt weit geöffnet war, und las im Sternenlicht. Es hatte eine Zeit gegeben, da hatte er das warme Licht des Tages vorgezogen, doch in den Jahrzehnten seit seinem Hundertsten neigte er zunehmend dem kühlen Leuchten der Sterne oder sogar des Mondes zu. Natürlich studierte er die Sterne auch, was bei Tageslicht wohl kaum möglich war, doch davon einmal abgesehen empfand er das bleiche Licht als viel erholsamer. Oder vielleicht hatte er auch einfach nur genug von der Welt gesehen.

Letzthin war ein wandernder Stern aufgetaucht, den er jede Nacht mit seinem verbesserten Teleskop beobachtet hatte – ironischerweise eine Erfindung Skyes. Dieser Stern hatte einen sonderbaren Hof und einen Feuerschweif. Dinge, von denen selbst die Alten nichts gewusst hatten.

Mehr als alles hatte er aber das Vorüberziehen des Sterns *gespürt*. Hatte gespürt, wie er an allen Himmelskörpern zerrte und wie sich das wieder woanders auswirkte. Hier, im Hause Eldrich zum Beispiel.

Der Magier legte eine Feder als Lesezeichen zwischen die Seiten, klappte das alte Buch behutsam zu und legte es auf ein Tischchen. Dann stand er auf, trat auf die Terrasse hinaus und schaute zum Himmel hoch. Eldrich hatte in Lucklows Abhandlung über die Zukunftsschau gelesen – über ihre Ausübung und ihre Gefahren. Insbesondere die Gefahren. Das Kapitel über die Auslegung faszinierte ihn ganz besonders. Die Auslegung war der Schlüssel und gleichzeitig der unsicherste Aspekt dieser Kunst.

Der wandernde Stern zum Beispiel. Er hatte etwas zu

bedeuten – das war absolut sicher –, aber sosehr er sich auch bemühte, er kam nicht dahinter. Und sonst gab es keinen, den er hätte fragen können.

»Fühle ich mich einsam, weil ich der Letzte bin?«, fragte er die Sterne. Er wartete einen Moment ab und sagte sich dann, dass sie nicht antworten konnten. Nur er wusste es … und würde es nicht sagen.

Jenseits der Gartenmauer erhob ein Wolf seine Stimme, und das Heulen hallte in Eldrichs eigener Brust wider. Sein Vertrauter, draußen in Berg und Wald auf der Jagd, wie es sein musste.

Eine Frühlingsnacht … still, noch fehlten die Stimmen der Frösche und Insekten. Nur der Choral der Sterne mit seinen alten Melodien.

Er schaute auf und fand den wandernden Stern. *»Vielleicht sind wir lange genug umhergezogen«*, flüsterte er.

Der Gedanke, eine Vorhersage zu versuchen, war verführerisch. Das spürte er. Vielleicht hätte er diesmal eine wirklich deutliche Vision, und sein weiteres Vorgehen würde damit klar auf der Hand liegen. Klar und über allen Zweifel erhaben.

»Hoffnung eines Narren«, sagte er laut. Dafür war er definitiv zu alt.

Die Welt war in Bewegung geraten. Daran gab es keinen Zweifel. Jeder war bereit, seinen Part zu spielen und sein Opfer zu bringen, wenn ein Opfer erforderlich war. Nach all den vielen Jahren konnte er keinen Fehler dulden. Nicht den kleinsten Irrtum.

Eldrich legte den Kopf in den Nacken, blickte zu den Sternen hinauf und fragte sich wieder, ob er es richtig berechnet hatte. Ob er die Sache bald zu Ende bringen konnte.

1

Die Behauptung, alles hätte in einem Bordell begonnen, würde vielleicht nicht ganz der Wahrheit entsprechen, aber in einem solchen Etablissement fand ich Samual Hayes, und das stellte den Wendepunkt dar oder sogar tatsächlich einen Neubeginn. Nie werde ich verstehen, wie Samual Hayes zum Prügelknaben des Missgeschicks werden konnte.

Aus dem Tagebuch des Erasmus Flattery

Hayes empfand es als besonders angemessen, dass die Straßen der Armen jeder öffentlichen Beleuchtung entbehrten. Aus dem Licht der besseren Viertel trat man in eine fast vollständige Dunkelheit, wo nur schwaches Kerzenlicht durch schmutzige Scheiben sickerte und trübe schimmernde Rechtecke aufs Pflaster warf. Nachts sah man oft dunkle Füße und Beine durch diese Lichtrechtecke gehen, oder aber man erblickte, wenn der Passant sich dichter am Fenster vorbeibewegte, die Silhouette von Kopf und Schulter, die über die Straße hinwegzuschweben schien. Oft genug hatte Hayes an seinem Fenster gesessen und diese sonderbare anatomische Parade vorbeiziehen sehen – unvollständige Männer und Frauen, die vor jedem trüben kleinen Fenster einen Moment lang Gestalt annahmen, dann plötzlich nicht mehr waren und dann wieder zu einem schwächlichen Leben erwachten.

Paradise Street – er fragte sich, ob der Mensch, der diesen Namen gewählt hatte, wohl die Zukunft der Straße vorausgesehen hatte – lag im Grenzbereich zwischen Licht und Schatten, ein Gebiet des ewigen Zwielichts sozusagen. Geradezu eine Grenzstadt, wo nur wenige sich für immer einrichteten. Die meisten waren auf dem Weg in die Dunkelheit – eine Hand voll bewegte sich zum Licht hinauf. Es war ein Ort, wo ein junger Mann eben landen konnte, wenn seine Familie ihr Vermögen sinnlos vergeudet hatte und nur noch den Anschein aufrechterhielt, wie das bei Samual Hayes der Fall war.

Für ihn war die Paradise Street auch ein Versteck vor den Gläubigern, so erstaunlich ihm das auch vorkam – ein junger Mann, der sich den größten Teil seines Lebens über Geld nie Gedanken gemacht hatte.

Er durchschritt ein kerzenerhelltes Lichtrechteck und schaute seine Hände an. Da war er, noch nicht verschwunden. Immer noch mehr oder weniger deutlich vorhanden. Vielleicht gab es noch Hoffnung.

»Euer Großmächtige Hoheit weilen noch immer unter uns, wie ich sehe«, ertönte die Stimme eines alten Mannes aus dem Dunkel. Hayes versteifte sich, ging aber weiter, jetzt noch entschlossener als zuvor.

Er hätte gedacht, sein Absturz in diese Welt hätte ihn zu einem der ihren gemacht, vielleicht sogar ein wenig Mitgefühl erregt, doch für einige wenige Menschen wurde er dadurch zum Objekt enormer Verachtung. *Wie konnte jemand, der privilegiert geboren war, so tief fallen und in der Paradise Street landen?* So dachten sie. Nur einem Dummkopf oder einem Schwächling konnte ein solcher Absturz passieren. Und es gab Momente, wo Hayes fürchtete, dass sie Recht hatten. Umso dankbarer war er dann für die Freundlichkeit, die ihm vonseiten einiger seiner anderen Nachbarn entgegengebracht wurde.

Als er zu seiner Pension kam, sah er, dass sich dort, wo kein Licht auf die Straße fiel, etwa ein Dutzend Menschen versammelt hatten, die sich aber ungewöhnlich still verhielten.

»Mr. Hayes!«, sagte eine Frau, die zu den eifrigsten Klatschbasen des Viertels gehörte, »da oben sind Männer, die Ihre Wohnung auseinander nehmen. Schauen Sie, Sir.« Sie zeigte zu seinen Fenstern hinauf.

In seinem Zimmer bewegten sich Schatten, dabei wusste Hayes, dass er keine Lampe hatte brennen lassen.

»Flammen!«, hörte er sich selbst sagen. Er merkte, dass alle hinaufschauten, aber keine Anstalten zum Eingreifen machten.

Jemand legte ihm die Hand auf den Arm, als er zur Tür stürzen wollte. Es war ein alter Soldat, der in derselben Straße wohnte. »Das sind Marinesoldaten, Mr. Hayes«, sagte er angewidert. »Das sage ich Ihnen, Marinesoldaten, ob sie nun ihre feinen Uniformen tragen oder nicht. Am besten schlagen Sie einen weiten Bogen um die, Sir. Das ist mein Rat, wenn Sie auf mich hören wollen.«

»Marinesoldaten?« Hayes, der zur Rettung seiner Besitztümer hatte losstürmen wollen, blieb stehen. »Beauftragte der Admiralität?« Das musste gewiss ein Irrtum sein.

»Und das sind nicht die Einzigen, Mr. Hayes«, sagte die Frau. »Als die da eingetroffen sind, haben sie andere überrascht, die davor in Ihren Räumen waren. Die sind beim Fenster rausgesprungen. Mein Tom hier hat sie gesehn, stimmt's, Tom?«, fragte sie einen Buben, der sich an ihrer Hand festhielt.

Der Bub nickte und nahm die Finger aus dem Mund. »Die sind runtergeschwebt und so weich wie Tauben gelandet, wenn's beliebt. So weich wie Vögelchen.«

Die Frau schaute wieder auf Hayes, als erwarte sie eine Erklärung.

»Aber wer war das?«, stellte Hayes stattdessen eine Gegenfrage. »Diebe? Bei mir gibt es doch kaum was zum Stehlen.«

»Wenn das Diebe waren, Mr. Hayes, dann waren die aber ungewöhnlich gut gekleidet. ›Feine Herren‹, hat mein

Tom gesagt, und der alte Schmied hat sie auch gesehen. ›Gentlemen‹, hat der genauso gesagt. Ich weiß nicht, was die da gemacht haben, Mr. Hayes, aber hier laufen Männer rum und erkundigen sich nach Ihnen – Marinesoldaten. Am besten machen Sie sich hier dünne, bevor jemand Sie für die paar Münzen, die man dafür kriegt, verpfeift. Es gibt hier genug Leute, die das machen würden, das muss ich leider sagen.«

»Ich werde mit ihnen reden. Es muss eine Erklärung geben. Ich bin mir sicher …«

Wieder berührte der alte Soldat seinen Arm. »Ich bin mir sicher, Sie haben das nicht getan, was die da denken, Sir, aber am besten verschwinden Sie trotzdem hier. Wenn die Obrigkeit bei einem reinplatzt, dann will die keine Erklärungen hören. Für Leute wie Sie ist das Gefängnis nicht der rechte Ort, Mr. Hayes. Suchen Sie sich den höchst gestellten Freund, den Sie haben, Sir, und gehen Sie zu dem. Das ist Ihre beste Hoffnung – das und ein guter Anwalt. Und jetzt weg hier, bevor einer Sie verpfeift, wie Mrs. Osbourn schon gesagt hat. Viel Glück, Mr. Hayes.«

Um die Ecke bog ein Trupp stämmiger Männer, im Licht eines Fensters sah Hayes jemanden, der auf ihn zeigte, und er war sich sicher, dass die von ihm Geführten keine Einwohner der Paradise Street waren.

Hayes schlüpfte in die Dunkelheit zurück und schob sich, eng an die Wand gepresst, an den Häuserfronten entlang. Eilig schloss er den Kragen seines Gehrocks, um das Weiß von Hemd und Halstuch zu verdecken. Zwanzig Meter weiter verfiel er in einen möglichst lautlosen Trab und huschte dabei wie ein Geist durch die Rechtecke fleckigen Lichts.

Er schlüpfte in eine Seitengasse, jetzt langsamer, weil es kein Licht mehr gab, tastete sich voran, keuchend und mit pochendem Herzen, obwohl er kaum gerannt war. *Angst*, wurde ihm klar, *ich laufe aus Angst vor der Obrigkeit da-*

von. Genau auf diese Weise verschwand man in die Dunkelheit des Armenviertels.

Hinter ihm waren Rufe zu hören, dann Gerenne, das aber plötzlich langsamer wurde. Hinten schwang eine Laterne um die Ecke, doch das Licht war zu weit entfernt, um ihn zu treffen.

Dreißig Meter weiter trat er auf eine andere Straße hinaus und bog nach links ab. Instinktiv wendete er sich den erleuchteten Straßen zu – den sicheren Straßen –, doch die Männer, die ihn verfolgten, waren kein lichtscheues Mordgesindel, und unter den Straßenlaternen würde man ihn leichter sehen.

Doch es zog ihn wie eine Motte zum Licht. Es war die Gewohnheit eines ganzen Lebens; der Wunsch, davonzukommen und nicht gänzlich zu verschwinden.

Und noch immer hörte er die Männer rufen. Hayes eilte weiter, gab sich Mühe, wieder zu Atem zu kommen, war sich nicht einmal sicher, ob sie ihm noch folgten – aber er fürchtete sich davor, sich umzuschauen.

Er ging in Richtung Brinsley Park und Spring Street – wo die beleuchteten Boulevards anfingen. *Das ist doch Wahnsinn*, sagte er sich selbst. Denn jetzt war die Dunkelheit seine Verbündete. Das Dunkel, dem er immer entkommen wollte, bot ihm jetzt Schutz. Er sollte sich daran festhalten, es um sich hüllen, denn etwas anderes hatte er nicht.

Wenn er aber hier blieb, im Viertel des Zwielichts, würde irgendjemand ihn verraten – denn er würde hier immer ein Außenseiter bleiben. Weder im Dunkel sicher noch im Licht. Dann also lieber das Licht. In der Dunkelheit verschwanden allzu viele.

Hayes ging das Risiko ein, einen Moment lang stehen zu bleiben, bevor er auf die erleuchtete Straße hinaustrat, die den Brinsley Park entlanglief. Einen Moment lang stand er da und lauschte auf die Geräusche in der dunklen Gasse, die er jetzt verließ. Wahrscheinlich waren seine Verfolger nicht weit hinter ihm.

Fast spürte er den Lärm in der Gasse mehr, als er ihn hörte, nicht schon direkt bei ihm, aber doch zu nahe. Er nahm sich zusammen, trat auf die von Laternen beleuchtete Straße hinaus und versuchte so kontrolliert zu gehen, dass er nicht auffiel und doch schnellstmöglich vorwärts kam.

Pärchen flanierten nach Herzenslust, insbesondere auf der gegenüberliegenden Straßenseite, und da wollte er hin, so weit weg von seinen Peinigern wie möglich. Sich zwischen Kutschen und den Lastkarren von Händlern hindurchwindend überquerte er eilig die Fahrbahn, merkte dann aber, dass das ein Fehler war – da der Park ziemlich groß war, gingen von dieser Seite des Boulevards lange Zeit keine Seitenstraßen ab. Mehr als alles musste er aber so oft wie möglich abbiegen, um seine Verfolger zu verwirren, und nun war das unmöglich. Vielleicht dachten sie, er wäre über das Eisengitter in den Park geklettert, halte sich wie jeder Kriminelle der Welt ans Dunkel, doch der Zaun war so hoch …

Er eilte weiter und bekämpfte den Drang, sich nach hinten umzuschauen – ein Mann, der so wirkte, als werde er verfolgt, würde zweifellos auffallen.

Arm in Arm gingen Männer und Frauen vorüber, plaudernd und lachend. Ein Kutsche rasselte vorbei, und ein junger Mann, der sich aus dem Wagenfenster lehnte, prostete dem Fußgänger theatralisch zu; seine betrunkenen Genossen lachten, und als einer von ihnen versuchte, sein Glas zu füllen, platschte ein roter Strahl Wein auf das Pflaster.

»Hayes?«, rief jemand.

Hayes schaute sich wild um. Blut und Flammen, jemand verkündete seinen Namen über den ganzen Boulevard hinweg!

»Samual Hayes?«, erklang die Stimme erneut; aus der Kutsche, wie ihm jetzt auffiel. »Kutscher! Halt an, Mann.«

Die Kutsche schwenkte zum Straßenrand hinüber und scheuchte unsicher gelenkt die Fußgänger auf. Hayes war sich nicht sicher, wer ihn da gerufen hatte, warf aber einen einzigen Blick zurück und stürzte dann der immer noch rollenden Kutsche nach. Als er herankam, trieb der Fahrer albern lachend die Pferde wieder an, denn es war einer der jungen Herren selbst, der die Zügel hielt. Hayes zwang sich zu einem Sprint, und als die Tür aufschwang, reckte er die Arme, klammerte sich an der Kutsche fest und merkte, wie er von Händen gepackt und hineingezerrt wurde, wo er lang ausgestreckt auf dem Wagenboden liegen blieb.

Ein halbes Dutzend Männer seines eigenen Alters schauten grinsend zu ihm hinunter. »Hey, Samual Hayes«, sagte einer, »trink einen«, und wollte Wein mitten über Hayes Gesicht kippen.

»Hume!«, brachte Hayes beinahe erstickt heraus. Er stemmte sich hoch und wehrte die Flasche ab.

Die jungen Gentlemen lachten wie verrückt.

»Hey, trink noch einen, Hayes.« Hume wollte nun eine weitere Flasche über Hayes kippen, doch es gelang ihm, auch diese beiseite zu schieben.

»Flammen, Hume, aber ihr kamt gerade noch rechtzeitig. Ich wurde von Wegelagerern verfolgt.«

»Auf der Spring Street?«, fragte jemand, eindeutig überzeugt, dass er scherzte.

»Ich wette, mit den Wegelagerern wärest du besser daran gewesen«, rief jemand lachend. »Wir feiern Humes bevorstehendes Ableben. Die Ehe nämlich.«

Hayes kämpfte sich in die Hocke hoch und starrte aus dem Rückfenster. Jetzt konnte er sie sehen, eine Gruppe rennender Männer, doch zu weit weg, um noch kenntlich zu sein. Und weit genug weg, um von ihnen eingeholt zu werden, das war gewiss.

»Blut und Flammen«, sagte Hume, der sich umdrehte, um gleichfalls zu schauen. »Das hattest du ernst gemeint.«

»Lasst uns umkehren, dann sollen sie kriegen, was sie suchen«, rief jemand aus. »Hier hab ich doch irgendwo ein Rapier drinnen.«

»Nein«, widersprach Hayes schnell. »Fahrt weiter.«

»Hah. Aus der Bratpfanne ins Feuer, mein lieber Hayesy. Jetzt bist du bei uns gelandet, und wir haben viel Schlimmeres im Sinn als irgendwelche Wegelagerer. Kutscher«, rief der junge Mann. *»Das Bordell!«*

»Das Bordell!«

»Das Bordell!«, nahmen die anderen den Ruf auf; die Kutsche raste über die Straße davon, und nur die arg strapazierte Vernunft der Pferde konnte die Herren mit Müh und Not vor einer Katastrophe bewahren.

Das fahle Licht von Kutschenlaternen schmierte über das regenglänzende Pflaster und beleuchtete die Flanken trabender Pferde, ohne einen merklichen Effekt auf die überwältigende Dunkelheit zu haben. Avonel an einem Abend zu Frühjahrsbeginn.

Erasmus Flattery stieg aus der Mietdroschke und schüttelte mit einem kaum merklichen Nicken ein paar Münzen für den Kutscher aus der Tasche. Dies war die richtige Adresse, er war sich sicher.

»Sir …?«, fragte der Türsteher erwartungsvoll, und Erasmus merkte, dass er stehen geblieben war, als wäre er sich nicht sicher, ob er eintreten solle – wie ein junger Mann, der den Mut verloren hat. Tatsächlich hatte er solche Orte immer gemieden, wenn auch nicht aus moralischen Gründen. Er war nicht verklemmt. Doch Bordelle waren etwas für törichte junge Männer und für alte Männer, die das Verstreichen der Zeit nicht wahrhaben wollten. So oder so war es ein Haus der Verblendungen, was ihn als solches schon abstieß. Aber jetzt war Erasmus aus einer Art verqueren Neugierde heraus gekommen.

Nur der Marquise von Wicklow war ein solches Ereignis überhaupt möglich, denn wer hätte eine Einladung der wichtigsten Gastgeberin Avonels abschlagen können? Nur ein Verklemmter oder ein Mann, der wirklich viel zu verbergen hatte. Jede Frau, die nicht teilnahm, würde damit fraglos zugeben, dass ihr Mann solche Etablissements frequentierte und sie es daher nicht ertrug, selbst ein solches Haus zu betreten. Nein, die Marquise hatte alles mit einer Art unbarmherzigen Präzision und grausamen Ironie abgewogen, die Erasmus durchaus bewundernswert fand. Als Junggeselle war er hier natürlich ungefährdet. Er hatte keine Frau, die ihn beobachtete und sich fragte, ob irgendwelche der schönen Angestellten der Hausmutter ihn vielleicht ein bisschen zu vertraulich behandelten.

So hatte sich hier also die Crème de la crème Avonels versammelt; jeder tat so, als hätte er sich hier zum ersten Mal auf den schlüpfrigen Boden gewagter Abenteuer begeben, und man beobachtete einander mit Raubtierblicken. Erasmus überlegte, dass die Marquise ziemlich viel Aufwand betrieben hatte, um an diesem Abend die Wahrheit über die bessere Gesellschaft Avonels zur Schau zu stellen. Er zumindest meinte fast mit Gewissheit, den Schweiß riechen zu können.

Erasmus wurde schnell über den kurzen Zugangsweg in eine hell erleuchtete Empfangshalle begleitet. Lächelnde junge Damen befreiten ihn von Mantel und Hut, Handschuhen und Spazierstock.

»Lady Wicklows Gesellschaft«, sagte er, und eine der jungen Damen wandte sich der herannahenden Hausmutter zu und wiederholte noch immer lächelnd seine Absage.

Die Hausmutter war eine fröhlich dreinschauende Frau, deren Alter sich nicht einmal durch die aufgetragenen

Make-up-Schichten verbergen ließ. Erasmus dachte, dass sie mit abgekratztem Make-up eher wie die patente Gattin eines besonders langweiligen Landedelmanns aussehen würde als wie die Besitzerin eines solchen Etablissements. Sie hätte Tee servieren und sich über die Leistungen und Fähigkeiten ihrer Kinder verbreiten sollen.

»Mrs. Trocket, zu Ihren Diensten. Und Sie sind …?«, fragte sie knicksend, wobei sie Erasmus mit einem klaren Blick aus intelligenten, humorvollen Augen überraschte.

»Erasmus Flattery, Ma'am.«

Bei Nennung des Namens nahm ihr Gesicht einen anderen Ausdruck an, und die Gästeliste, die sie in der Hand hielt, war sofort vergessen. »Ah, Mr. Flattery. Sehr erfreut, Sie zu sehen.«

Sie machte ihm ein Zeichen, sie zu begleiten, eindeutig erfreut, dass ein Mitglied einer so wichtigen Familie ihr Etablissement besuchte. Der Name, dachte Erasmus, erwies sich gelegentlich als nützlich – wenn er nicht gerade ein Fluch war.

»Nun, Sie werden feststellen, dass wir einen Ort erlesener Unterhaltung für den anspruchsvollen Herrn geschaffen haben – und übrigens auch für die Dame, denn wir haben nicht nur den Herren etwas zu bieten. Ganz im Gegenteil.«

Alle »Damen«, die Erasmus sehen konnte, standen eindeutig in den Diensten der fähigen Mrs. Trocket, und sie lächelten ihm beim Vorbeigehen nicht gerade schüchtern zu. Eine warf ihm eine Kusshand zu. Sie trugen Gewänder, die man wohl in den wenigsten Haushalten Avonels zu sehen bekommen würde, das war gewiss; einige schienen ihre Kleider auch vergessen zu haben und trugen nichts als ungemein exotische Wäsche aus Entonne. Er versuchte, sie nicht anzustarren, doch es waren wirklich ausgesprochen einnehmende Geschöpfe. Und sie lachten den anwesenden Herren zu und flirteten ganz offen mit ihnen. Plötzlich hatte Erasmus das Gefühl, dass es hier ein bisschen zu warm war.

Die Luft war geschwängert vom Duft von Parfums, die aber einen moschusartigen Geruch nicht übertönen konnten, der in allen Räumen hing. Erasmus musste sich nicht erst nach dem Ursprung dieses Geruchs fragen, denn sein Körper reagierte ganz von allein und hätte das wahrscheinlich auch getan, wäre er dem Geruch noch nie zuvor begegnet. Das Liebesspiel hatte seinen eigenen Duft.

Sie traten in einen anderen Raum, der sich vom ersten nicht sehr unterschied, nur dass er vielleicht nicht so hell erleuchtet war. Hier spielten Musiker, und die Männer hatten Rock und Halstuch abgelegt. Die Frauen schienen sich daran ein Beispiel genommen zu haben und waren gleichfalls weniger mit Kleidung beladen als üblich. Einige Paare – oder sogar Kleeblätter – tanzten betrunken, eng aneinander geschmiegt, während andere in noch leidenschaftlicherer Umarmung verschlungen waren, zu betrunken oder zu erregt, um sich um die Öffentlichkeit ihres Tuns zu scheren. Zu beiden Seiten eines Diwans lagen lang ausgestreckt zwei Marineoffiziere wie umgefallene Bücherstützen, völlig benebelt vom Alkohol. So viel zu ihrem Abend mit den Damen, dachte Erasmus, was sie aber wahrscheinlich nicht daran hindern würde, laut damit herumzuprahlen.

Eine Frau legte dem vorbeigehenden Erasmus die Hand auf den Arm, und zwar so vertraulich und mit so ruhigem Blick, dass er dachte, er müsse sie kennen, und sie gewiss mit größter Überraschung ansah. Mrs. Trocket führte ihn durch den Saal hindurch und zur nächsten Tür.

Sie betraten einen Flur mit Sälen zu beiden Seiten, und durch die offenen Türen konnte er sehen, dass gerade ein Teil der »erlesenen Unterhaltung« geboten wurde. Durch einen Türflügel erhaschte er einen Blick auf halb nackte Tänzerinnen und hörte Gesang aus einem anderen. In wieder einem anderen Saal wurde gerade eine Farce in raffinierten, aufreizenden Kostümen aufgeführt.

»Wir versuchen, jedem Geschmack etwas zu bieten«, erklärte Mrs. Trocket, die sein Interesse bemerkte. »Und das Angebot ändert sich ständig – bei Mrs. Trocket gibt es nichts Verstaubtes. Amüsement mit Witz und Charme, das ist unser Ziel. Ein bisschen zu ...«, sie verwendete ein Entonne-Wort, das in Farr kein exaktes Äquivalent hatte, dessen Bedeutung aber irgendwo zwischen »spritzig« und »modisch« anzusiedeln war, »... für viele der Größen Avonels. Aber für einen jungen Mann wie Sie ...« Sie lächelte wissend.

Erasmus Flattery war dreißig – nach den Maßstäben Farrlands nicht mehr sonderlich jung – und trotz seines Namens kein leichtes Opfer für Schmeichelei.

Eine breite Treppe hinauf und schließlich in die exzentrischste Bücherei, die Erasmus je gesehen hatte. Sie wäre einer alten Abtei oder eines Kollegs für das Studium der Geheimwissenschaften würdig gewesen. Der Raum bestand vom Boden bis zu den obersten Bücherborden – über zwei Stockwerke hinauf – ausschließlich aus glänzender Eiche, und überall fanden sich Nischen, Winkel, Treppen und Leseplätzchen. Von Bücherklippen schienen Balkone gefährlich tief herabzuhängen. Schiebeleitern liefen im schrägen Winkel zu bronzenen Geländern hinauf. Auf diesen Leitern standen hier und da einzelne Menschen, betrachteten die Menge von oben herab oder bedachten Menschengrüppchen, die sich am Leiterfuß versammelt hatten, mit einem Redeschwall.

Erasmus merkte, dass Mrs. Trocket ihn allein gelassen hatte. Vielleicht hatte sie sich sogar verabschiedet.

Im Saal wimmelte es von Leuten, und es herrschte ein solches summendes Stimmengewirr, dass er an seine Bienenkörbe im weit entfernten Locfal denken musste. In Erasmus' Augen war es eine typische Versammlung der gebildeten Schichten Avonels, wobei die Versammlung allerdings jemandem, der in gesellschaftlichen Fragen bewanderter war, vornehmer erscheinen mochte als sonst üblich. Erasmus scherte sich nicht viel um solche Unterscheidungen.

Ihm fiel auf, dass alle ein wenig lebhafter wirkten als sonst, als versuchten sie, ihr Unbehagen zu kaschieren, doch vielleicht fanden sie es auch einfach nur anregend, einmal einen solchen Ort zu besuchen, denn von den Damen war bisher gewiss noch keine in einem Bordell gewesen. Viele Männer wirkten ganz entschieden unruhig, doch das lag nach Erasmus' Überzeugung gewiss nicht daran, dass sie zum ersten Mal hier waren – zweifellos waren sie jedoch niemals in Gesellschaft ihrer Gattinnen hier gewesen. Vermutlich befanden sie sich nun in ständiger Angst, von einer der jungen Frauen erkannt zu werden, wobei Erasmus sich allerdings sicher war, dass die fähige Mrs. Trocket ihre jungen Damen vorderhand angemessen instruiert hatte. Dennoch machte es Spaß, den Ehemännern zuzusehen, die scheu zurückschreckten wie nervöse Fohlen.

Zwischen den Partygästen verstreut sah man Diener und Mädchen bei der Arbeit, die lachend mit den Gästen plauderten und sie mit Alkoholika und Delikatessen überhäuften. Hier, im inneren Zirkel der Marquise, war die Atmosphäre nicht so obszön und schamlos, wie es Erasmus in den anderen Räumen aufgefallen war. Wo der gute Ruf tatsächlich Schaden leiden konnte, waren die Leidenschaften unter Kontrolle. Schließlich würde der übliche Kodex – dass man nicht davon sprach, wen oder was man in einem Bordell gesehen hatte – heute Nacht nicht gelten. Die Leute würden wahrscheinlich tagelang von nichts anderem mehr reden.

Erasmus suchte den Saal nach vertrauten Gesichtern ab, doch obwohl viele da waren, die er vom Sehen kannte, konnte er keinen finden, der ein interessantes Gespräch versprach, und er sah mehrere, von denen er definitiv wusste, dass sie in ihrem ganzen Leben noch nie etwas Faszinierendes gesagt hatten. Ein recht angespannt dreinschauender Mann auf der anderen Seite des Raums kam ihm vage bekannt vor, doch dann merkte er, dass es sein eigenes Gesicht im Spiegel war, was ihn zum Lachen brachte.

Na, also der hat gewiss nichts zu sagen, was ich noch nicht gehört habe, dachte Erasmus.

Er zog sich an die Bücherwand zurück, und da er hoffte, sich die Leute vom Leib halten zu können, indem er sich in etwas vertiefte, nahm er einen Band aus dem Regal und schlug ihn auf. Nach zwei Zeilen merkte er jedoch, dass es sich um erotische Literatur handelte, und stellte ihn wieder ins Regal zurück. Was für ein Vergnügen konnte so etwas denn in aller Öffentlichkeit bereiten? Alle Bücher fielen, soweit er sehen konnte, in ebendieselbe Kategorie, daher wandte er sich wieder der Versammlung zu.

»Ist das nicht göttlich durchtrieben?«, bemerkte eine junge Frau zu ihm, und er erkannte, dass er eine Tochter der Familie Schackeljan vor sich hatte, wenn auch sein Gedächtnis ihm nicht den Gefallen tat, den Vornamen mitzuliefern. Sie schwenkte mit großer Geste ein Glas Wein, und der Ausdruck betrunkenen Entzückens auf ihrem Gesicht veränderte sich, soweit er erkennen konnte, nicht. »Nur die Marquise konnte einen solchen Abend wagen.« Plötzlich schaute sie ihn an, forschend, wenn auch mit leicht verschwommenem Blick: »Kenne ich Sie nicht?«

»Erasmus Flattery«, sagte er und beobachtete, wie das betrunkene Entzücken aus ihrem Gesicht wich.

»Wirklich?«, brachte sie heraus, blieb aber recht gefasst. »Sie waren doch schon bei uns zu Besuch, oder?«

Erasmus nickte.

»Damals hätte ich so gerne gefragt, ob die Gerüchte

stimmen, war aber zu schüchtern, und meine Mutter hatte mir eingeschärft, mich zu benehmen. Aber heute Abend habe ich genug getrunken ... Stimmt es, dass Sie Eldrich gedient haben?«

Er schüttelte den Kopf. »Bösartige Gerüchte. Ich habe einmal einen Schulfreund bei Lord Eldrich zu Hause besucht – er war sein Großneffe oder so etwas. Aber es war alles ganz gewöhnlich, und der legendäre Eldrich ließ sich niemals blicken. Nicht einmal vor meinem Schulfreund, wenn man ihm Glauben schenken darf.«

»Wie schade«, sagte sie, und das Entzücken wich noch weiter aus ihrem Gesicht. »Viel zu viele gute Geschichten enden genau so. Die Wahrheit ist immer ein bisschen langweilig, finden Sie nicht?«

Erasmus zuckte die Schultern.

»Na ja, ich habe das jedenfalls festgestellt«, meinte sie resigniert, legte ihm ein wenig ungeschickt die Hand vor die Brust und zog sich wieder ins Getümmel zurück, theatralisch winkend, als wäre ihr jede Fähigkeit zu einer natürlichen, unbefangenen Geste abhanden gekommen.

Dora, dachte Erasmus, als er sie in der Menge verschwinden sah. Dora Schackeljan, obwohl »Dummerjan« vielleicht angemessener wäre.

In seiner Nähe hatte sich ein unruhig herumzappelnder Zuschauerkreis gebildet, in dem alle versuchten, das Objekt ihres Interesses ganz in der Mitte des Haufens im Auge zu behalten. Wovon auch immer nun angezogen – vielleicht, weil das Publikum zum größten Teil aus jungen Damen bestand –, blickte Erasmus den Zuschauern über die Schultern – überall glänzendes Haar, das weich über nackte Schultern fiel.

»Aber Sie sehen ja selbst, sie ist vollständig entspannt«, sagte ein Mann. »In der Tat wird sie nachher ganz erfrischt aufwachen, als hätte sie eine ganze Nacht geschlafen und nur die süßesten Träume gehabt.«

Der Mann beugte sich über eine junge Frau, die auf einem Stuhl saß. Er trug einen enormen Schnurrbart und ein Monokel zur Schau und ähnelte zu sehr einem Bühnenschauspieler – der ausländische Graf, dem trotz seines Charmes keiner vertraut. Er legte eine Hand auf die Schulter der jungen Frau, doch die rührte sich nicht und hielt die Augen geschlossen. Sie schien wahrhaftig im Sitzen zu schlafen.

»Aber was wird sie jetzt tun?«, fragte eine Frau, ein wenig verlegen ob ihrer eigenen Kühnheit.

»Oder nicht tun«, fügte eine andere hinzu, und alle kicherten über diese Gewagtheit.

»Clara wird in ihrem gegenwärtigen Zustand nichts tun, womit sie im Wachen nicht einverstanden sein könnte. Sie ist hypnotisiert, doch ihr moralisches Empfinden ist vollkommen wach, das versichere ich Ihnen.«

»Können Sie denn Krankheiten heilen?«, fragte jemand. »Ich habe solche Behauptungen gehört.«

»Bestimmte Krankheiten, ja. Bei nervöser Dyspepsie, Schlaflosigkeit, Wassersucht und Hirnhautentzündung, um nur einige wenige zu nennen, hatte ich ermutigende Resultate. Bei Schwindsucht hilft es nicht, wie ich leider sagen muss, doch zumindest das Unbehagen des Patienten wird gelindert. Irrationale Ängste habe ich mit großem Erfolg behandelt. Wiederkehrende Albträume habe ich gänzlich besiegt.«

»Kann man sich denn wirklich bis zur eigenen Kindheit zurückerinnern, Doktor? Sogar bis zur Geburt?«

»Ich habe oft erlebt, dass lange verlorene Erinnerungen wieder an die Oberfläche stiegen, doch vollständigen Erfolg kann ich nicht für mich in Anspruch nehmen. Ich habe den großen Lord Skye behandelt, der sich, wie Sie wissen, an nichts erinnern kann, was sich vor seinem Kindheitsunfall ereignete, doch es ist uns nicht gelungen, seine Vergangenheit zurückzugewinnen. Sie ist wohl endgültig verschwunden. Verloren gegangen, als er seine schreckliche Verletzung erlitt.«

»Aber sein Verstand blieb doch unbeschädigt …?«

»Bis auf eine winzige Sprachhemmung, ja. Ansonsten wissen wir es einfach nicht. Hätte er diese Tragödie nicht erlitten, hätte er vielleicht noch größere Genialität gezeigt. Doch was ist eine Erinnerung? Kann man sie wiegen oder messen? Wenn eine verloren ist, wiegt das Gehirn dann weniger? Wie kommt es, dass so viele in unserem Kopf Platz haben? Und wo genau werden sie aufbewahrt?« Er schaute sich in der Versammlung um, als erwarte er Antworten, doch als niemand etwas äußerte, fuhr er fort. »Es gibt Fachleute, die behaupten, Gehirn und Verstand seien nicht dasselbe, aber es ist doch eindeutig so: Wenn das Gehirn Schaden nimmt, leidet auch der Verstand. So hat Skye seine Erinnerungen verloren – als wären sie durch die Beschädigung seines Gehirns zerstört. Bei einem unbeschädigten Gehirn bin ich dagegen der Ansicht, dass Erinnerungen niemals wirklich verloren gehen, sondern nur verlegt werden. Die Erinnerungen an jedes Ereignis, jeden Duft, jeden Geschmack und jedes Gefühl sind alle noch da wie eine unendliche Zahl vollkommener Romane. Die Romane unseres Lebens. Das ist eines der Mysterien, die der Empirismus noch nicht geklärt hat.« Er wandte sich der Schlafenden zu. »Doch schauen wir einmal, woran Clara sich erinnern kann. Vielleicht hat sie irgendwelche längst vergessenen Erinnerungen. Clara? Ich möchte, dass Sie sich auf Ihre Kindheit konzentrieren … auf Ihre allererste Erinnerung.«

Erasmus ließ sich davontreiben. Er hatte solche Demonstrationen schon öfter gesehen. Die ersten ein oder zwei Mal waren sie faszinierend, doch es war wohl überwiegend Scharlatanerie. Dieser Mann hatte bescheidenere Behauptungen aufgestellt als die meisten anderen, die den Unwissenden ihre schwer verdienten Münzen mit der Behauptung entlockten, sie könnten alle möglichen Krankheiten und Missbildungen und noch vieles mehr heilen. Was diesen Mann hier nur als einen etwas kleineren Scharlatan erscheinen ließ.

Aber was ist Erinnerung?

Vielleicht war die Frage gar nicht so töricht, dachte Erasmus, doch ihn interessierte es eher, warum man nicht vergessen konnte. Oder wie man vergessen könnte. Denn dafür würde er bereitwillig auch sein eigenes Geld hergeben.

Eine junge Frau bot ihm ein Glas Champagner an. Außer einem schwarzen Spitzendessous, kohlschwarzen Strümpfen und einer erstaunlichen Fülle dunkler Locken hatte sie gar nichts an.

»Sie sehen so aus, Sir, als könnten Sie ein wenig Hilfe gebrauchen, um diesen verdrossenen Gesichtsausdruck loszuwerden«, sagte sie mit einer schönen, warmen Stimme. Gegen eine schöne Stimme war Erasmus meist hilflos.

»Ich lege Wert auf eine verdrossene Miene«, antwortete er. »Das hält die Leute auf Abstand.«

»Ach«, sagte sie, trat beiseite, um Vorbeigehende durchzulassen und drückte sich dabei leicht gegen ihn. »Versuchen Sie also auch, mich auf Abstand zu halten?«

»Leider wohl schon.« Erasmus blickte sich im Saal um. »Eigentlich halte ich nach Freunden Ausschau.«

»Haben die denn Namen?«, fragte sie so dicht an seinem Ohr und in so vertraulichem Flüstern, dass Erasmus sich einer Antwort nicht entziehen konnte.

Er zögerte. »Ich denke schon, aber sie haben sie mir nie genannt.«

Darauf war sie einen Moment lang still und lachte dann.

»Ra! Kurzform für Racker, wie ich sehe«, ertönte eine Stimme von hinten. Erasmus spürte eine Hand auf seiner Schulter, drehte sich um und sah sich Barton gegenüber, einem alten Klassenkameraden aus seinen Merton-Tagen.

»Also auch einmal für einen Abend der Verruchtheiten aus der Höhle gekrochen?« Der Mann strahlte ihn töricht an, als wäre er von Begeisterung überwältigt, Erasmus Flattery ausgerechnet in einem Bordell anzutreffen.

»Die Marquise hat mich eingeladen«, erwiderte Erasmus, der nicht recht wusste, warum er überhaupt versuchte, seine Anwesenheit zu erklären.

»Oh, gewiss doch! Wie uns alle.« Barton lachte. »Aber hast du die Schlangenmenschen gesehen? Also, ich sage dir, das wird deine Phantasie beflügeln. Möglichkeiten, von denen man noch nie geträumt hat!« Wieder lachte er und schnappte sich ein Glas von einem vorbeigetragenen Tablett. Bartons Gesicht war gerötet, und selbst seine inzwischen vollständig kahle Glatze war angelaufen. »Du wirkst ein bisschen unbehaglich, Ra«, meinte er mitfühlend und sah plötzlich selbst ein wenig befangen aus, als hätte man ihn bei einer Frivolität erwischt. »Wie ich höre, drückst du der ›Gesellschaft‹ deinen Stempel auf. Machst dir einen unverwechselbaren Namen«, sagte er dann, vielleicht um ein Thema zu finden, bei dem Erasmus sich wohler fühlte.

Er hatte jedoch schlecht gewählt – Erasmus hasste Gönnerhaftigkeit. Er nickte zerstreut, und die Frau, die noch immer seinen Arm hielt, drückte sich wieder an ihn.

Barton lächelte und leerte sein Glas. »Nun, ich will dich nicht von deiner Freundin abhalten«, sagte er, nickte der Frau an Erasmus' Seite zu und wandte sich zum Gehen.

»Aber Barton ...«, doch Barton war verschwunden.

Die Frau, die sich nun eng an Erasmus schmiegte, beugte sich dicht an sein Ohr und machte einen ziemlich unerhörten Vorschlag. Erasmus befreite sich von ihr. »›*Ach, wär der Mond nicht ein Phantom und Ihre Liebe, werte Dame, wahr ...*‹«

Sie schaute ihn verwirrt an.

»Denis«, sagte Erasmus. »*Der Prinz Alexander.*« Und als

er sah, dass diese Information ihr nicht weiterhalf, fügte er hinzu: »Das ist ein Stück, meine Liebe.«

Sie ließ ihn verwirrt los, und Erasmus warf sich ins Gedränge. In dem Gewühle öffneten sich schmale Gassen, und dort schob er sich hindurch, umflutet von Düften und Lärm, Farben und Formen.

Versehentlich rempelte er jemanden an, und ein recht schäbig gekleideter Mann warf ihm einen scharfen Blick zu.

»Erasmus?«, sagte der junge Mann. »Farrelles Geist, Erasmus!«

»Samual?«

Der junge Mann legte einen Finger an die Lippen. »Sagen Sie das nicht so laut.« Er wirkte richtig verängstigt und schrumpfte ein bisschen in sich zusammen, wie um keine Aufmerksamkeit auf sich zu lenken.

»Sie haben eine Verlobte, die nicht wissen darf, dass Sie hier sind?«, fragte Erasmus lächelnd.

»Nein, nichts dergleichen. Viel schlimmer.« Samual Hayes blickte sich hastig um. »Ich bin auf der Flucht vor dem Gesetz, Erasmus.«

Erasmus hätte dies beinahe für einen Witz gehalten und gelacht – Samual Hayes im Konflikt mit dem Gesetz! –, merkte dann aber, dass es dem jungen Mann völlig Ernst damit war. »Blut des Märtyrers, Mann, was haben Sie angestellt?«

»Nichts«, antwortete Hayes rasch. »Das schwöre ich. Und doch werde ich verfolgt.«

»Mr. Flattery?«

Erasmus drehte sich um und sah sich einem Marineoffizier gegenüber, der lächelnd herankam. Angehörige der Marine waren immer besonders freundlich zu ihm, nicht wegen irgendwelcher Taten von Erasmus selbst, sondern weil einer seiner näheren Vorfahren Admiral und eine Art Kriegsheld gewesen war. Sonderbar, wie die Leistungen der Familie irgendwie auf einen abzufärben schienen.

»Captain Adelard James. Wir sind uns einmal im Landhaus des Herzogs begegnet. Bei einem Dinner, zwei Jahre ist es her …«

»Ach natürlich. Freut mich, Sie wiederzusehen, Captain. Sie waren doch auf Farrow, oder?«

Der Mann schien erfreut, dass Erasmus sich daran erinnerte. »Genau. Ja, wir haben uns damals ausführlich über die Insel unterhalten. Waren Sie seit unserem letzten Gespräch noch einmal da?«

Erasmus schüttelte den Kopf. »Nein, leider nicht.« Er wandte sich um, um Hayes vorzustellen, doch der junge Mann war verschwunden. Sie unterhielten sich eine Weile über nichts Besonderes und gingen dann auseinander. Erasmus blieb stehen und fragte sich, was um alles in der Welt mit Hayes los war.

Plötzlich tauchte Barton wieder auf. »Schon fertig mit der Kleinen?«, fragte er mit allzu lauter Stimme. »Na ja, mach dir nichts draus, hier gibt's noch mehr davon, Ra. Weißt du was, gerade habe ich erfahren, dass die Gräfin von Chilton erwartet wird. Ist das die Möglichkeit? Ich würde für mein Leben gern einen Blick auf sie erhaschen.« Er hob mit komischer Miene die eine buschige Augenbraue. »Komm schon, alter Junge, lass uns sehen, ob die Gerüchte stimmen. Schauen wir mal, ob uns ein Pfeil reinen Verlangens mitten ins Herz fährt.«

Sie hatten erstaunlich lange gebraucht, um sich, fortwährend nach ihr Ausschau haltend, bis in diesen Raum vorzuarbeiten. Immer in der Hoffnung, einen Blick auf die Gesuchte zu erhaschen, die als die schönste Frau der bekannten Welt galt. Plötzlich berührte Barton Erasmus am Arm, und der machte kehrt und schaute nun in die gleiche Richtung wie sein Freund. Dort, mitten in einem Gedränge von Männern und Frauen, musste sich zweifellos jemand befinden – wie eine Bienenkönigin umwimmelt von ihren Arbeiterinnen. Der Vergleich kam Erasmus sehr zutreffend vor. Es war, als schwirrten alle Umstehenden ihre Antennen reibend in einer kollektiven Orgie um sie herum.

Er konnte die Frau im Mittelpunkt dieser Schmeichelei nicht sehen, wohl aber sah er die Reaktion der anderen. Sie waren hingerissen, außer sich vor Freude, sich in Gesellschaft dieser Frau zu finden. Und nicht nur die Männer. Auf die Frauen schien sie kaum weniger stark zu wirken. Erasmus spürte es selbst, dabei hatte er noch nicht einmal einen Blick auf die Gräfin erhascht.

»Kannst du sie sehen, Barton?«, fragte Erasmus, denn Barton war fast einen Kopf größer als er und schaute praktisch über alle anderen hinweg.

»Beinahe«, antwortete der, ohne den Blick von dem Schauspiel zu wenden.

Plötzlich trat in dem Gedränge einer zur Seite, und Erasmus meinte, einen Blick auf ein wunderschönes Lächeln erhascht zu haben.

»Na, na, meine Herren. Dieses Starren ist aber nicht gerade die feine Art. Die Gräfin ist übrigens schon gegangen, und was Sie hier sehen, sind nur die Leute, die das unglaubliche Glück hatten, mit ihr zu sprechen.«

»Sennet«, sagte Barton und wandte sich einem eleganten jungen Mann zu, der außerordentlich belustigt zuschaute. »Kennst du Erasmus Flattery?«

»Nein, aber Ihren Bruder, den Herzog, kenne ich. Ihr Diener, Sir. Und ich sollte hinzufügen, dass ich Ihren Ruf kenne. Ich selbst bin kein Empiriker, aber an dem Namen Erasmus Flattery kommt keiner vorbei. Nicht in diesen Tagen.«

Erasmus hatte immer Schwierigkeiten, mit Lob umzugehen, und wechselte wie üblich das Thema. »Haben Sie das eben ernst gemeint?«, fragte er. »Sind das wirklich nur die Leute, die mit der Gräfin gesprochen haben?«

Sennet nickte, und seine lange, recht scharfe Nase vollführte dabei einen exakten Bogen durch die Luft. Erasmus fand, dass der Marquis – denn dies war zweifellos der Marquis von Sennet – ein ganz eigenartiges Äußeres hatte. Sein Kinn wirkte allzu sehr in die Länge gezogen und seine Stirn wich zurück. Auf seinem ganzen Gesicht wimmelte es von Sommersprossen der unterschiedlichsten Größen, doch all dies wurde durch ungemein freundliche, große und humorvolle Augen ausgeglichen, in deren Winkeln sich tiefe Lachfältchen gebildet hatten.

»Ja«, antwortete Sennet, und seine Belustigung steigerte sich anscheinend noch. »Ist das nicht wunderbar absurd? Es ist echter Wahnsinn. Kollektiver Wahnsinn.« Sein Blick wurde ein kleines bisschen ernster, als hätte dies auch durchaus etwas Verstörendes.

»Ich habe die Gräfin tatsächlich noch nie mit eigenen Augen gesehen«, sagte Erasmus und fragte sich, ob in seiner Stimme wirklich so viel Bedauern mitschwang, wie er herauszuhören meinte. »Ist sie wirklich so schön, wie allgemein behauptet wird?«

Sennet legte den Kopf schief. »Das muss man wohl bejahen, denke ich. Es ist sehr sonderbar. In Avonel gibt es gewiss noch andere, genauso schöne Frauen – vielleicht sogar in diesem Raum hier –, aber sie haben nicht die Ausstrahlung der Gräfin von Chilton. Es ist eine Kraft, die von der Persönlichkeit ausgeht … ich glaube, mit Worten kann ich diese Wirkung nicht beschreiben, denn sie ist mehr als bezaubernd.« Er schüttelte den Kopf und lachte. »Nun, Sie sehen, ich bin genauso betört wie alle anderen. Wenn ich mich auch – ich denke da an den Vorfall von letzter Woche – mit jemandem, der nicht bereit ist, sie zur schönsten aller je auf Erden wandelnden Frauen zu erklären, niemals duellieren würde.«

Nur gut, dachte Erasmus. Er meinte sich zu erinnern, von Sennets Ruf als ausgezeichnetem Schwertkämpfer gehört zu haben, nachdem er einmal ein Duell mit dem Meister von Avonels erster Fechtakademie gewonnen hatte. Eine Großtat, der er seit drei Jahren einen gewissen Ruhm verdankte.

»Also, für mich ist das eine Art Grundregel«, sagte Sennet. »Riskiere niemals dein Leben für eine Frau, die sich nicht an deinen Namen erinnert. Vernünftig, meinen Sie nicht auch?«

Erasmus kam nicht mehr zu einer richtigen Antwort, denn halb hinter einer Säule versteckt erblickte er Samual Hayes, der versuchte, seine Aufmerksamkeit zu erregen.

Erasmus entschuldigte sich und ging zu dem jungen Mann hinüber.

Samual war der einzige Sohn von Nachbarn der Flatterys. Die Hayes waren nette, wenn auch nicht allzu kompetente Menschen, die im Gefolge von Fehlinvestitionen und Verschwendung vor kurzem ihre Ländereien verloren hatten. Unglücklicherweise keine ungewöhnliche Geschichte.

»Ich muss hier verschwinden«, sagte Hayes, als Erasmus sich näherte. »Wegen der Marinesoldaten. Die sind hinter mir her.« Er hielt inne und wich Erasmus' Blick aus. »Aber ich weiß nicht, wohin ich gehen soll.«

Erasmus ergriff Hayes am Arm. Besser, er fand heraus, was hier los war. Das schuldete er den Eltern des jungen Mannes. »Dann kommen Sie mit zu mir. Sie können sich bei mir verstecken – zumindest, bis Sie mir erzählt haben, was passiert ist. Schauen Sie nicht so verängstigt drein, Hayes, wenn Sie nicht gerade den königlichen Prinzen ermordet haben, wird sich wohl kein Marinesoldat darauf versteifen, Sie ohne Haftbefehl meinem Griff zu entreißen. Und ich bezweifle sehr, dass einer der anwesenden Offiziere einen solchen in der Tasche hat. Die haben anderes im Kopf.«

Erasmus lenkte Hayes zur Tür, fragte sich, ob er an diesem Abend etwas versäumen würde, sagte sich aber dann, dass er ohnehin nur aus Langeweile gekommen war. Von Anfang an kein gesunder Grund. Dann war die Rettung eines Familienfreundes doch unendlich vorzuziehen.

2

In Avonel war es kein Geheimnis, dass der Graf von Skye eine Vorliebe für einen ganz bestimmten Frauentyp hatte – zierlich, platinblond, grünäugig und jung. Ein Entonne-Akzent war wünschenswert, aber nicht absolut notwendig. Für einen Mann von überragenden Verstandeskräften hatte er in dieser Hinsicht einen recht gewöhnlichen Geschmack.

Die Frau, die ihm die Tür öffnete, war ihm jedoch nicht nur völlig fremd, sondern besaß auch keine der Eigenschaften, die Skye erwartet hatte. Tatsächlich erschien sie ihm als eine Frau von recht ungewöhnlichem Äußeren. Nicht älter als dreiundzwanzig, schätzte er, doch er hatte noch selten eine Frau gesehen, die so … verblasst war. Aus Haut und Haar schien alle Farbe gewichen. Das Haar war rot, aber was für ein stumpfes Rot. Wäre jemand von den Toten zurückgekehrt, dachte Skye, würde er wohl so aussehen – als wäre ihm ein Teil seines Lebens entzogen worden. Doch in ihren Augen leuchtete der Glanz der Jugend, und wie sie dastand und die Tür aufhielt, spürte er eine ihr eigene Lebhaftigkeit.

Sie knickste anmutig. »Lord Skye, es ist mir eine Ehre. Bitte, kommen Sie herein«, sagte sie freundlich. Wer immer sie war, ein Dienstmädchen war sie nicht.

Er zögerte auf der Treppe. »Ist das hier die richtige Adresse?«

»Sie wollten Miss Finesworth besuchen?«

Er nickte, und sie winkte ihn herein.

»Ich bin ein wenig in Verlegenheit, Miss … Ich kenne Ihren Namen nicht.«

»Ich bin eine gute Freundin«, sagte sie und lächelte, als hätte man sie zu dieser Sache angestiftet und fände seine Reaktion recht amüsant. »Kommen Sie hinauf, Sir«, sagte sie, ohne ihm Mantel oder Spazierstock abzunehmen oder dies von einem Diener erledigen zu lassen.

Das hier entwickelt sich zu einem recht sonderbaren Stelldichein, dachte Skye. Wo ist Miss Finesworth? Sie hatte ihm versichert, das Haus werde leer sein.

Oben öffnete die junge Frau eine Tür und trat ihm voran ins Zimmer.

»Flammen! Was zum Teufel ist hier los?« Skye blieb plötzlich stehen. Drei Marineoffziere hingen so schlaff auf ihren Stühlen, dass Skye schon befürchtete, sie wären tot.

»Sie sind betäubt worden«, stellte die junge Frau nüchtern fest.

Skye empfand den Drang davonzulaufen, blieb aber sprachlos stehen und starrte die Szene an. »Aber warum?« Seine Stimme war nur noch ein Flüstern. »Warum sind sie hier?«

»Ich fürchte, um Sie festzunehmen«, antwortete sie. »Verstehen Sie, die junge Frau, mit der Sie sich hier treffen wollten, Miss Finesworth, sollte die Rolle einer Entonne-Spionin spielen, die zu Farrland übergelaufen ist. Sie würde behaupten, Sie hätten ihr Pläne für die Kanone geben wollen, damit Entonne eigene Schiffskanonen produzieren kann.« Sie wies mit der Hand auf die bewusstlosen Offiziere. »Diese Herren sollten Sie anschließend abführen. Ins Gefängnis, Lord Skye.«

»Das … das ist absurd. Es ist …«

Sie ging zu einem Tisch hinüber und ließ eine große Rolle Papierbögen auf die glatte Platte gleiten. »Die werden Sie gewiss erkennen, oder?«, fragte sie und entfernte die die Rolle haltenden Bänder. Schnell breitete sie die Bögen aus und schaute zu Skye hinüber.

Ohne recht zu wissen, warum, trat er zu ihr und schaute

hin. Dann stieß er langsam den Atem aus. »Meine Zeichnungen der Marinekanone. Die waren im Besitz der Admiralität.«

»Ja, und seitenweise Details. Anweisungen für den Guss. Alles, was man braucht, um die Kanone herzustellen.«

Skye trat zurück, sprachlos vor Erschütterung. »Wer sind Sie?«

»Eine gute Freundin, Lord Skye. Jemand, der nicht will, dass Ihnen ein Leid geschieht.« Sie berührte sanft seinen Arm. »Sie brauchen mich nicht zu fürchten. Ohne mein Eingreifen wären Sie jetzt auf dem Weg ins Gefängnis. Sie haben sich einen Feind gemacht, Lord Skye. Einen ernst zu nehmenden und manchmal skrupellosen Gegner. Moncrief, nehme ich an, aber vielleicht wissen Sie das schon.«

»Moncrief! Aber der ist mein Freund! Ich treffe mich mit ihm zum Essen. Ich ...« Er polterte noch ein wenig und verstummte dann.

Sie schaute ihn an, anscheinend mitfühlend.

»Ich wäre überrascht, Lord Skye, wenn ich erführe, dass Moncrief überhaupt irgendwelche Freunde besitzt. Auf irgendeine Weise bedrohen Sie ihn. Sie sind ein Favorit des Königs und haben das Ohr seiner Majestät. Vielleicht zu sehr für Moncriefs Geschmack.«

Skye stützte sich auf den Tisch. »Das ist unglaublich. Moncrief würde nicht wagen, mich anzugreifen.«

»Moncrief hat es gewagt, Entonne anzugreifen, Lord Skye. Was ist ihm ein einfacher Bürger? Selbst ein so einflussreicher wie Sie. Schließlich hat er auch früher schon Männer zu Fall gebracht. Mächtige Männer.«

»Warum haben Sie das hier getan?«, fragte Skye, trat vom Tisch zurück und beäugte diese Frau mit dem eigenartigen Aussehen.

»Sie haben viele Bewunderer, Lord Skye. Wir würden nicht gerne sehen, dass Sie ... irgendjemandem zum Opfer fallen. Glauben Sie mir, was ich sage. Wir sind Ihre

Freunde. Am besten gehen Sie jetzt. Sagen Sie keinem, dass Sie hier waren. Kann man Ihrem Kutscher vertrauen?«

Skye nickte.

»Dann sollten Sie hier verschwinden.«

Skye nickte wieder und wandte sich zum Gehen, ohne noch weiter in sie zu dringen. Er war sich nicht sicher, was hier eigentlich los war, doch sich von diesem Ort zu entfernen schien ihm absolut geboten.

Am Fußende der Treppe wandte er sich zu der jungen Frau um. »Wenn sich das alles hier als wahr herausstellt, Miss, werde ich in Ihrer Schuld stehen.«

Sie nickte. »So scheint es, Lord Skye. Aber zunächst einmal ...« Sie hielt ihm die Tür auf, und mit einer kurzen Verbeugung ging er hinaus, öffnete eigenhändig die Wagentür und hieß seinen überraschten Kutscher losfahren.

Eine Hand aufs Gesicht gelegt, ließ er sich in seinen Sitz zurücksinken. War er gerade dem Verderben entronnen? War das denn überhaupt möglich. Flammen!? Aber er würde nicht in Avonel verweilen, um das herauszufinden.

3

Die Erinnerung ist eine Fiktion, ein Roman, den wir schreiben und umschreiben, um die ewig sich wandelnde Vergangenheit zu erklären, eine Geschichte, in der wir Held, Opfer, Betrogener oder der unvergleichliche Liebhaber sind. Wenn aber die Erinnerung eine Fiktion ist, was ist dann die Geschichte?

Halden: Essays

Die Fahrt zu Erasmus nach Hause verlief in fast vollständigem Schweigen, als hätte Hayes Angst, vom Kutscher belauscht zu werden. Es musste wohl etwas Furchtbares geschehen sein, dachte Erasmus, um den jungen Mann so zu erschrecken. Er hatte eindeutig etwas Gehetztes, und durch seine recht schäbige Kleidung und den Weingeruch, den er verströmte – obwohl er völlig nüchtern wirkte –, wurde das nicht gerade besser.

Es stellte sich heraus, dass Hayes das Bordell nur besucht hatte, weil er von Freunden gerettet worden war, die sich auf dem Weg dorthin befanden. Sie feierten die bevorstehende Hochzeit eines Kameraden aus ihrem Kreis. Eine sonderbare Praktik, dachte Erasmus. Anscheinend war der künftige Bräutigam splitterfasernackt ausgezogen und mit einer gleichfalls unbekleideten Frau zusammengebunden worden, und man hatte sie erst wieder freigelassen, nachdem sie den Akt vor den Augen der so genannten Freunde des Bräutigams vollzogen hatten. Das Ganze noch erschwert durch die Art der Fesselung, die den Vollzug beinahe unmöglich machte. Etwas unterhaltsamer als all das, was Erasmus gesehen hatte, aber schließlich war seine Erkundung des Bordells ja auch recht kurz gewesen.

Sie trafen in Erasmus' Stadthaus ein und wurden von Erasmus' Diener Stokes eingelassen, der den jungen Vagabunden, den Erasmus da mit nach Hause brachte, etwas schief ansah.

Nachdem Stokes Kleider für Hayes gefunden hatte und der sich hatte waschen können, trafen sie sich in Erasmus' Arbeitszimmer im zweiten Stock. »Ehrlich gesagt, Hayes, Sie sehen aus, als hätten Sie gerade den Krieg überlebt.«

»Entschuldigen Sie, Erasmus, ich ... ich bin Ihnen sehr dankbar, dass Sie mich einfach mitgenommen haben.«

»Ja, na kommen Sie, setzen Sie sich ans Feuer und wärmen Sie sich.« Erasmus machte seinem Diener ein Zeichen. »Jetzt ist wohl ein Branntwein das Richtige. Und Kaffee. Ist das genehm?«, fragte er Hayes, der nickte.

Erasmus setzte sich auf den anderen Stuhl. »Ich denke, Sie sollten mir erzählen, was passiert ist, Hayes. Später können wir immer noch übers Wetter reden.«

Der junge Mann nickte und rubbelte sich die Hände an den Schenkeln warm, als müsse er wieder Gefühl hineinbekommen. Er starrte ins Feuer und brachte seine Gedanken in Ordnung.

Der junge Samual, den Erasmus in Erinnerung hatte, war in dem vor ihm sitzenden Mann kaum mehr zu erkennen. Das gutmütige, apfelbäckige Kind war verschwunden, und an seine Stelle war ein hagererer, härterer Mensch getreten. In seinem Gesicht zeichneten sich die Knochen ab, als hätte die Not sein Skelett wachsen und an Substanz gewinnen lassen. Dieser junge Mann sah so aus, als könnte er einigen Widrigkeiten standhalten, was er gewiss auch schon getan hatte.

»Über die jüngste Geschichte meiner Familie brauche ich Ihnen nichts zu erzählen, Erasmus. Es soll genügen, wenn ich hier sage, dass ich seit meinem Abschied aus Merton in einem der … pittoreskeren Viertel der Stadt gewohnt habe.« Hayes schüttelte den Kopf, als könne er seiner Erinnerung nicht recht glauben. »Heute Abend kam ich nach Hause und stellte fest, dass jemand in mein Zimmer eingedrungen war, und zwar waren es … nun, meine Nachbarn behaupteten, es seien Marinesoldaten. Dann wurde ich von anderen verfolgt und konnte nur durch reines Glück entkommen.« Er schaute zu Erasmus auf. »Ich wusste wirklich nicht, wo ich hingehen sollte. Kein Freund gut genug, um ihn mit solchen Problemen zu belasten.«

»Keine Sorge, Samual, Sie sind hier sowohl in Sicherheit als auch willkommen. Es hat ein oder zwei Vorteile, wenn man einen Herzog zum Bruder hat. Sie haben also, wenn ich Sie recht verstanden habe, keine Ahnung, warum diese Leute in Ihren Räumlichkeiten waren?«

Hayes schüttelte den Kopf. »Nicht die geringste.«

»Und Sie sind sich sicher, dass sie zur Marine gehörten? Haben Sie die Uniformen gesehen?«

»Nein, aber die Leute in diesem Viertel haben geradezu einen sechsten Sinn, wenn es darum geht, Vertreter der Krone zu erkennen, wie auch immer die gekleidet sein mögen. Wenn diese Leute sagen, dass es Marinesoldaten waren, würde ich mein Hab und Gut darauf verwetten, dass sie Recht haben. Was allerdings leider kein allzu hoher Einsatz wäre.«

In diesem Moment kam Stokes mit Kaffee und Branntwein. Erasmus wollte Hayes trösten, sein Leben werde nicht immer so ärmlich bleiben, doch als Stokes gegangen war, war der Moment vorüber.

»Nun, vielleicht handelt es sich um einen Fall von Verwechslung.« Erasmus sah Hayes an, der unverwandt nach unten auf seinen Branntwein blickte. Das Schweigen währte lang und war mehr als ein wenig peinlich.

»Es macht wenig Sinn, Samual, zu mir zu kommen und mir dann nicht zu vertrauen«, sagte Erasmus leise.

Hayes schüttelte den Kopf und wandte den Blick zum Feuer. »Ich habe mir den ganzen Abend den Kopf zerbrochen, ob es irgendeinen Grund gibt, irgendeinen Grund, aus dem die Marine Interesse an mir haben könnte. So viel Interesse, dass sie meine Zimmer durchwühlt.«

»Und …?«

Hayes schaute zu ihm auf. »Mir fällt nur eine einzige Sache ein, und selbst die ergibt so gut wie keinen Sinn.«

»Heraus damit, Samual.«

»Ich hatte im Auftrag eines gewissen Gentlemans recherchiert. Jemand, der absolute Diskretion wollte. Es war bezahlte Arbeit, verstehen Sie«, sagte er ein wenig verlegen.

»Daran ist nichts Schändliches. Zumindest nicht in meinen Augen.« Erasmus wartete zunehmend ungeduldig, bemühte sich aber, das nicht zu erkennen zu geben.

»Nun, der Gentleman steht in einer gewissen Verbindung zur Admiralität. Das ist die einzige Erklärung, die mir einfällt. Doch ich kann mir beim besten Willen nicht vorstellen, wie meine Arbeit die Marineoffiziere dazu veranlassen konnte, meine Wohnung zu durchsuchen.« Hayes stand auf und ging zwei Schritte zum Kamin hinüber, eindeutig bedrückt. Er stand da und schaute recht sonderbar auf seine Hände hinunter, die er wieder und wieder vor den Flammen wendete.

»Es ist etwas so Merkwürdiges …« Er hockte sich vor dem Feuer nieder.

»Vielleicht sollten Sie mir von Ihrer Arbeit erzählen, Hayes. Es könnte mir aus der Distanz etwas auffallen, was dem unmittelbar Involvierten entgeht.«

Hayes nickte, noch immer den Blick zum Feuer gewandt. »Es ist eine Geschichte, die ich Ihnen sogar erzählen möchte, Erasmus. Insbesondere Ihnen.« Er schaute auf. »Aber ich müsste Sie in dieser Angelegenheit um absolute Vertraulichkeit bitten.«

Marineangehörige waren mit der Sache befasst, rief

Erasmus sich in Erinnerung. »Falls Ihre Geschichte Auswirkungen auf die nationale Sicherheit hat, Hayes, kann ich Ihnen keine Vertraulichkeit garantieren.«

Hayes stand schnell auf. »Aber das hat sie nicht, Erasmus, das schwöre ich.«

Erasmus dachte nach. Nicht dass er Hayes keine Hilfe hätte anbieten wollen, aber er wollte sich nicht mehr als nötig verwickeln lassen. »Sie sagten, mir ganz besonders wollten Sie diese Geschichte erzählen ...«

Hayes nickte hoffnungsvoll. »Ja, denn verstehen Sie, in dieser Geschichte spielt ein Magier eine Rolle, oder das glaube ich zumindest. Und ich hoffe, dass Sie mir vielleicht etwas dazu sagen können.«

Erasmus rückte auf seinem Stuhl zurück, jetzt auf der Hut. »Ich will Ihnen ehrlich sagen, Hayes, dass ich kaum etwas Besonderes über Magier weiß, obwohl alle Welt beharrlich daran glaubt.«

Ein gepresstes Lächeln höflichen Unglaubens flackerte über Hayes' Gesicht. »Natürlich ... Ich dachte nur ...« Er hielt inne und schaute wieder weg.

»Wenn die Angelegenheit so unschuldig ist, wie Sie sagen, werde ich Ihr Vertrauen nicht enttäuschen. Mehr kann ich nicht versprechen.«

Hayes nickte. »Alles hat vor etwa zwei Jahren mit einem Professor in Merton begonnen. Eines Tages rief er mich und einen Studienkollegen in sein Arbeitszimmer und fragte uns, ob wir Interesse an einer Recherche im Auftrag eines Prominenten hätten – er wollte uns nicht sagen, um wen es sich handelte, denn der Gentleman wünschte absolute Diskretion. Wir mussten uns damit einverstanden erklären, bevor er uns den Namen nannte. Unser Professor versicherte uns, der fragliche Gentleman sei über jeden Tadel erhaben und alles absolut ehrlich. Ich war gerne dazu bereit, denn es war bezahlte Arbeit, und mein Kommilitone Kehler war auch einverstanden.

Ohne die geringste Ahnung, was man von uns verlangen würde, wurden wir zu einem Treffen mit unserem künftigen Auftraggeber geschickt, und vielleicht hätten wir das Ganze für einen Scherz gehalten, hätten wir den Ruf dieses Mannes nicht gekannt.« Er schaute zu Erasmus auf, eindeutig noch immer von diesem mysteriösen Gentleman beeindruckt. »Mehr kann ich über ihn nicht sagen, es ist eine Persönlichkeit von einem gewissen Rang.

Wir rätselten ständig, woraus unsere Aufgabe nun eigentlich bestehen würde, aber ich kann Ihnen sagen, Erasmus, wir kamen der Sache nicht einmal nahe. Haben Sie schon einmal von einem Städtchen namens Compton Heath gehört?«

Erasmus zuckte die Schultern. »Nur den Namen.«

»Und ich würde sagen, dass es mehr darüber auch nicht zu wissen gibt – hätte es nicht diesen einen sonderbaren Vorfall gegeben, für den der Gentleman sich interessierte.« Hayes nahm sein Glas und trank einen Schluck Branntwein. »Ich weiß nicht, wie er überhaupt von der Geschichte erfahren hat, aber er war eindeutig fasziniert. Als er uns davon erzählte, konnte er nicht still sitzen bleiben, sondern ging mit großen Schritten im Zimmer auf und ab und redete, als erkläre er uns eine große Entdeckung.

Unserem Auftraggeber zufolge tauchte eines Tages in Compton Heath ein Fremder auf: ein sonderbar gekleideter Mann, der in einer völlig fremden Sprache redete. Er wirkte mehr als nur ein wenig desorientiert und verwirrt und hatte auch etwas Angst vor den Leuten, obwohl diese ihn nach allem, was man hört, gut behandelten. Ein hinzugezogener Arzt stellte nervöse Dyspepsie fest und ordnete absolute Ruhe an.

Man fand einen Priester, der Sprachenexperte war, und der hörte sich die fremdartige Sprache des Mannes an. Der Priester räumte ein, dass er weder den Namen der Sprache kannte noch wusste, in welcher Weltgegend sie beheimatet sein mochte. Manche vertraten die Ansicht, der Fremde sei der einzige Überlebende eines Schiffbruchs und stamme aus einem Land in einem unerforschten Gebiet der Welt, das eine fortgeschrittene Zivilisation beherberge. Und da die Phantasie dann ins Kraut schoss, nahmen diese Leute auch an, er sei in seinem Land ein bedeutender Mann – ein Prinz oder reicher Abenteurer. Das Problem bei dieser Theorie war natürlich, dass Compton Heath etwa zwanzig Meilen landeinwärts liegt, und es erscheint unwahrscheinlich, dass dieser Mann so weit gewandert sein sollte, ohne auf andere Städte oder Siedlungen und ihre Bewohner zu stoßen.

Aber der Fremde war auch nicht ganz richtig im Kopf, und so gesehen stand es nicht völlig außer Frage, dass er doch so weit gewandert sein könnte. Die Gemeinde nahm den Mann unter ihre Fittiche, ohne so recht zu wissen, was eigentlich zu tun war. Er wurde eine Art lokales Kuriosum, und aus den Nachbarstädten reisten gebildete Männer an, um ihn und seine fremde Sprache persönlich zu begutachten.

Doch diese Situation währte nicht lange. Eines Abends traf eine große Kutsche ein, woher, weiß keiner, und als die wieder davonfuhr, wohnte der Fremde nicht mehr in Compton Heath. Die Obrigkeit behauptete, der Mann sei aus freiem Willen verschwunden, aber nur wenige schenkten dieser Behauptung Glauben. In der Tat waren die Notablen des Städtchens eindeutig eingeschüchtert und redeten nicht gern über die Angelegenheit. Hinterher gab es Gerüchte, ein Magier habe den Fremden holen lassen, doch dies lässt sich weder beweisen noch widerlegen.«

Erasmus war einen Moment lang still, und Hayes betrachtete ihn aufmerksam und versuchte, seine Reaktion auf diese Neuigkeit über einen eventuell mitbeteiligten Magier zu lesen. Genau in diesem Punkt erhoffte er sich

Aufklärung, denn wie jedermann wusste, hatte Erasmus Flattery einmal im Hause des Magiers gewohnt.

»In welchem Jahr war das?«, fragte Erasmus.

»1453.«

»Vor mehr als sechzig Jahren.«

Hayes nickte. »Bei unserer Anreise zum Städtchen rätselten wir endlos herum, was den hohen Herrn so an dieser Geschichte interessieren könnte. Uns kam das ausgesprochen merkwürdig vor. Der fragliche Gentleman ist ein ernsthafter Mensch, das darf ich Ihnen sagen, und doch schien das Ganze eher in die Abteilung für Leute zu gehören, die an Feen und Geister glauben. Wir konnten das nicht recht verstehen, denn einer solchen Geschichte konnten wir gewiss keinen Glauben schenken.«

»Und das haben Sie also entdeckt?«, fragte Erasmus. »Dass die Geschichte weder Hand noch Fuß hat?«

Hayes schaute ein wenig gequält drein. »Anfangs hatten wir nichts weiter im Sinn, als die Gerüchte zu widerlegen, doch das erwies sich als schwieriger als erwartet.

Mehr als ein halbes Jahrhundert nach dem Vorfall trafen wir also in Compton Heath ein, doch für den Beginn unserer Recherche fiel uns keine bessere Methode ein. Der Vorfall war noch nicht so lange her, dass nicht doch noch ein paar Augenzeugen am Leben sein sollten: Menschen, die den Fremden gesehen und seine merkwürdige Sprache gehört hatten.« Hayes runzelte die Stirn, und sein Blick wurde ernster. »Doch alles war anders, als wir es erwartet hatten. Wir waren noch nicht lange in dem Städtchen, da erschien es uns schon recht wahrscheinlich, dass etwa zu der angegebenen Zeit tatsächlich irgendetwas Sonderbares vorgefallen *war.* Die Bewohner glaubten zumindest ernsthaft daran. Doch obwohl viele uns bereitwillig davon erzählten, weigerten alle, die direkt in die Sache verwickelt gewesen waren – die wenigen, die noch lebten –, sich strikt, uns auch nur wahrzunehmen, obwohl wir unseren ganzen Charme spielen ließen. Es war absolut frustrierend. Alles, was wir erfuhren, stammte aus zweiter oder dritter Hand, und obwohl alles die Geschichte unseres Auftraggebers untermauerte, stammte nichts aus irgendeiner unmittelbaren Quelle. Wir hatten den Auftrag, eine absolut gründliche Untersuchung durchzuführen, doch das war unmöglich. Die Menschen, die direkt mit der Sache zu tun gehabt hatten und von denen einige den Fremden angeblich persönlich getroffen hatten, weigerten sich, mit uns zu sprechen. Sie öffneten uns noch nicht einmal die Tür, sodass wir unsere Bitte gar nicht persönlich vorbringen konnten.«

Hayes setzte sich wieder auf seinen Stuhl und beugte sich mit auf die Knie gelegten Händen vor. »Ich sage Ihnen, Erasmus, nach einer Woche in dem Städtchen waren wir neugieriger denn je, denn dieses Schweigen wirkte ausgesprochen sonderbar. Sogar ein bisschen makaber. Schließlich kamen wir überein, dass unsere letzte Hoffnung bei dem Arzt lag, der sich mit dem Fremden befasst hatte – derselbe, der die nervöse Dyspepsie diagnostiziert hatte –, denn er war der einzige noch lebende Zeuge, dem wir uns bisher nicht genähert hatten.

Wir interessierten uns ganz besonders für ihn, weil mehrere Menschen in Compton Heath uns berichtet hatten, der Arzt habe sich Notizen über seine Beobachtungen an dem Fremden gemacht, und zwar nicht nur über medizinische Belange. Ein paar Monate nach dem Verschwinden des Fremden war der Arzt umgezogen, und über seinen Aufenthaltsort gab es nur Gerüchte, aber dennoch dachte ich, wir sollten der Sache nachgehen. Wir fürchteten, er würde genauso schweigsam sein wie die Leute von Compton Heath – soweit sie überhaupt noch lebten –, hatten aber das Gefühl, dass dies unsere letzte Hoffnung war, unsere Verpflichtung gegenüber unserem Auftraggeber zu erfüllen.

In Compton Heath stießen wir auf einige äußerst interessante Informationen«, erzählte Hayes und lehnte sich im Stuhl zurück, »obwohl wir natürlich viel Widersprüchliches erfuhren und es schwierig war, Wahres von Falschem zu unterscheiden. Offensichtlich konnte der Fremde schreiben, nicht in unserer Schrift, aber eben doch schreiben. Eine alte Frau zeigte mir eine angebliche Probe seiner Schrift, und für ein kleines Entgelt durfte ich diese kopieren. Ich bin mir nicht sicher, ob sie sich jetzt mit ihren Freundinnen zusammen über meine Naivität amüsiert, aber dennoch bezahlte ich und nahm meine Kopie mit wie vermutlich schon einige andere vor mir.«

»Haben Sie die Schriftprobe hier?«

Hayes schüttelte den Kopf. »Leider wird sie zusammen mit einem großen Teil meines Besitzes in Merton festgehalten und steht für einen Mietrückstand gerade.«

»Aha. Und das war die Geschichte?«

»Nicht ganz«, erwiderte Hayes und warf Erasmus einen Blick zu, in dem eine Spur von Triumph lag. »Also, schließlich fanden wir den Arzt, der den Fremden als erster untersucht hat.

Das war keine leichte Aufgabe«, berichtete Hayes, »denn der Mann neigte dazu, ständig mit unbekannter Adresse zu verziehen, dies allerdings anscheinend nicht aus den üblichen Gründen. Der gute Doktor scheint sich der Begleichung seiner Schulden genauso treulich gewidmet zu haben wie dem ständigen Wechsel seines Wohnorts. Den größten Teil seines Lebens zog er nahezu jährlich um, bevor er sich schließlich in dem Städtchen Nearbrook am Tollingham Canal niederließ.

Nun vermute ich, dass der gute Doktor das Gefühl hatte, das, was ihn seiner Meinung nach verfolgte, endlich abgeschüttelt zu haben – oder vielleicht war er inzwischen auch einfach zu alt zum Weglaufen. Ripke wohnte, als wir ihn fanden, bei seiner Tochter und seinem Schwiegersohn, der auch Arzt war. Leider muss ich sagen, dass Sprache und Verhalten des Arztes von beginnender Demenz gekennzeichnet waren, doch noch war er ihr nicht gänzlich erlegen. Es gab Zeiten, zu denen er klar und deutlich sprach, und dann waren seine Erinnerungen auch weniger von Wahnideen durchsetzt.

Es war eine ganz sonderbare Begegnung, Erasmus. Seine Tochter begann mit der Versicherung, dass der alte Mann uns zu dieser Angelegenheit nichts sagen würde. Selbst mit ihr spreche er nie darüber. Wir baten sie, uns in der Hoffnung auf eine Gesinnungsänderung doch mit Dr. Ripke unterhalten zu dürfen, und dies wurde uns schließlich auch gestattet.

Und so redeten wir. Und wie! Wir saßen in einem kleinen Garten über dem Kanal, und der alte Mann war mit einer alten, fadenscheinigen Decke zugedeckt, da er keine andere benutzen wollte. Er wirkte wie ein Kind, das glaubt, wenn es erst unter der Decke ist, können die Ungeheuer im Dunkeln ihm nichts mehr anhaben. Die Unterhaltung schweifte weit umher, wie Sie sich denken können, war aber nicht gänzlich entnervend. Manchmal kam sein altes Selbst, so erschien es mir zumindest, wieder hervor, und er zeigte echten Charme und sogar eine gewisse Rücksichtnahme. Dann wieder brach er ganz unerwartet in wüste Tiraden aus, denn er hielt sich für das Opfer einer schrecklichen Verfolgung.

Der Mann hatte wohl Gefallen an mir gefunden, und auf ein Zeichen meines Partners Kehler hin übernahm ich die Befragung, und Kehler saß nur noch da und hörte zu. Es dauerte eine Weile, bevor ich ihn wieder zu dem Thema brachte, das uns interessierte, doch schließlich, nachdem ich ihm eine Weile gut zugeredet hatte, verfiel er in ein langes Schweigen und sagte dann: ›Verdammt soll er sein, ich nehme es nicht mit ins Grab!‹ Ich denke, er hatte das Geheimnis so lange bewahrt und so lange in Angst gelebt, dass er es nicht länger ertrug. ›Soll er mich doch holen und Schluss‹, wiederholte er immer wieder, als würde irgendein schrecklicher Unhold von unserer Unterhaltung erfahren und sich rächen. Hin und wieder verfiel er sogar darauf, uns als Agenten jenes Bestimmten zu bezeichnen, den oder das er fürchtete, aber niemals beim Namen nannte.

Es war ein langer, schwieriger Prozess, der drei Tage in Anspruch nahm, und da das Interview die ohnehin schwache Gesundheit des alten Mannes noch zusätzlich angriff, hätte ich ihm mit meinen Fragen wohl niemals so zusetzen dürfen, wäre seine Tochter an der Geschichte nicht sogar noch stärker interessiert gewesen als ich. Sie saß so, dass der alte Mann sie gerade nicht sehen konnte, und lauschte jedem Wort, kaum fähig zu glauben, dass ihr Vater endlich mit dieser Geschichte herausrückte.« Hayes hielt mit trockener Kehle inne und nahm einen Schluck. »Ich erfuhr von Ripke einiges, was wir bei unserem Besuch in Compton Heath nicht aufgedeckt hatten. Der Fremde war definitiv ein zivilisierter Mensch und kein Wilder, wie manche behauptet hatten. Bezüglich seines Körpers war er schamhaft, und er unterzog sich der Untersuchung des Arztes erst, nachdem man ihm vorgeführt hatte, dass ihm kein Leid geschehen würde. Seine Hände trugen weder Schwielen noch andere Anzeichen körperlicher Arbeit. Er war eindeutig neugierig und belustigte sich manchmal sogar über das, was er sah. Eine laufende Uhr zu sehen löste bei ihm große Fröhlichkeit aus, und offensichtlich verstand er sich auf mechanische Geräte. Wenn man ihm Schreibzeug gab, schrieb er nicht nur in einer Schrift, die bisher noch keiner gesehen hatte, sondern zeichnete auch eine Reihe Skizzen von Objekten, deren Zweck nicht leicht zu begreifen war.«

»Farrelles Flammen!«, brach es aus Erasmus heraus. »Existieren diese Zeichnungen und Schriften noch?«

Hayes schüttelte traurig den Kopf. »Nein, aber zu diesem Teil der Geschichte komme ich später. Der Fremde begann, Farr zu lernen; recht schnell, glaube ich, und bald war klar, dass er über vieles besser Bescheid wusste als seine so genannten Lehrer. Er zeichnete eine recht detaillierte anatomische Skizze des menschlichen Körpers und hatte eindeutig feste Vorstellungen, wie er funktionierte – Ripke war der Meinung, der Mann könnte in seinem eigenen Land durchaus ein Arzt gewesen sein. Wenn man Ripke glauben kann, äußerte der Fremde Ansichten über die Funktion von Herz und Lunge, die wir inzwischen gerade erst angedacht haben. Zum Beispiel ist Ripke überzeugt, der Fremde habe die Lunge nicht als das Kühlsystem des Blutes betrachtet, sondern sei vielmehr davon ausgegangen, dass die Lunge dem Blut irgendeinen Stoff beimische, worauf die angereicherte Flüssigkeit in die Körperextremitäten ströme und sie nähre wie Dünger den Garten. Zumindest habe ich ihn so verstanden.«

»Inzwischen ziehen einige Wissenschaftler tatsächlich eine solche Möglichkeit in Betracht«, sagte Erasmus ein wenig überrascht.

Hayes nickte. »So ist es.« Er wirkte jedoch nicht annähernd so erstaunt wie Erasmus. »Gerade als Ripke und den anderen allmählich dämmerte, was für ein Wunder da vielleicht bei ihnen gelandet war, traf spät in der Nacht eine Kutsche in Compton Heath ein.« Hayes nahm einen tüchtigen Schluck Branntwein und wirkte plötzlich sehr traurig. »Ripke war nicht da, als die Kutsche auftauchte, aber da Compton Heath eher ein Dorf als eine Stadt war, wusste er bald Bescheid. Er eilte zu dem Haus, wo der Fremde untergebracht war, und traf auf ein absolutes Chaos. Reiter hielten die paar Zuschauer von einer reich verzierten Kutsche zurück, die in der Gasse gehalten hatte, und als der Arzt versuchte, das Haus zu betreten, um herauszubekommen, was los war, hielten die Reiter auch ihn ohne jede Erklärung zurück. Hilflos stand er da und sah zu, wie der bestürzte Fremde in die Kutsche verfrachtet wurde, und als deren Tür sich öffnete, sah er im dunklen Kutscheninnern einen ruhig wartenden Mann oder zumindest dessen Silhouette.

An diesem Punkt der Geschichte kauerte Doktor Ripke sich wild fluchend zusammen, sodass wir uns schließlich für den Rest des Tages und einen Teil des nächsten zurückzogen. Als man uns wieder einließ, konnte nur ich mit dem Arzt sprechen. Er war nicht bereit, sonst irgendjemanden zu empfangen. Mich erwartete ein erschöpft wirkender Ripke, denn er hatte die ganze Nacht gewütet. Doch jetzt war er klarer als zu irgendeinem anderen Zeitpunkt unseres Besuchs, als hätte sein Anfall seinen Lauf genommen, und jetzt wäre er zu erschöpft für solchen Irrsinn. Ich setzte mich neben ihn vors Feuer – denn obwohl es ein warmer Tag war, hatte er sich wie am schlimmsten Wintertag dicht an den Kamin gekauert – und plötzlich streckte er den Arm aus und ergriff meine Hand. Sie können sich den Blick, mit dem er mich nun ansah, gar nicht vorstellen, als flehte er mich um sein eigenes Leben an. ›Verfolgen Sie das nicht weiter‹, sagte er, ganz heiser von seinem nächtlichen Wüten.

Als ich ihn nach dem Grund fragte, antwortete er nicht, sondern kauerte sich in seinem Stuhl zusammen, zog sich die alte Decke über den Kopf, und darunter hervor hörte ich ihn brummeln und dann mitleiderregend weinen. Sonst brachte ich nichts mehr aus ihm heraus, und schließlich erbarmte sich die Tochter seines Zustands und schickte mich weg.«

»Aber was ist mit dem Geschriebenen und den Skizzen?«

»Die verschwanden zur selben Zeit wie der Fremde.«

»Und keiner konnte sie aus der Erinnerung wiederherstellen?«

Hayes schüttelte den Kopf. »Ripke hat es versucht, aber jedes Mal, wenn er den Stift zum Papier führte, überkam ihn eine merkwürdige Angst. Eine so große Angst, dass sie alles, was er gesehen hatte, aus seinem Gedächtnis verbannte. Und seine damals gemachten Notizen waren nicht mehr auffindbar. Seine Tochter dachte, er hätte sie in einer hölzernen Kassette aufbewahrt, die er abgeschlossen und versteckt hielt, doch als der alte Mann ein paar Monate nach unserer Unterredung starb, öffnete sein Schwiegersohn die Kassette und fand nur Seiten voll Unsinn. Linien, die sich auf keinerlei sinnvolle Weise miteinander in Verbindung bringen ließen. Das kunstvolle Äquivalent der Raserei eines Irrsinnigen.«

Erasmus fröstelte plötzlich selbst, denn fast konnte er den armen Doktor beim Feuer kauern und in den Wahnsinn zurückgleiten sehen. »Und wer hat den Mann nun damals weggeholt?«

»Ich hatte gehofft, das könnten Sie mir sagen, Erasmus. Dieser Arzt war von einem Schrecken erfüllt, dem er nie entkommen konnte. Ich könnte das einfach als Anzeichen der Demenz eines alten Mannes abtun, doch mehrere andere Menschen, die in jener Nacht anwesend waren, litten unter ganz ähnlichen Symptomen – zwei sogar noch viel schlimmer. Sie begingen kurz danach Selbstmord. War das das Werk eines Magiers? Das ist meine Frage. Kann ein Magier einen Menschen mit solchem Schrecken erfüllen? Und würde er so etwas Grausames tun, denn Ripke hatte gewiss nichts unternommen, was einen Magier hätte beleidigen können. Es sei denn, er hat einen Teil der Geschichte nicht erzählt. Ein Fremder tauchte in seinem Städtchen auf, und der Doktor bemühte sich, etwas von dem Mann zu lernen, und fügte ihm keinerlei Leid zu. Das ist alles.« Eindeutig erschüttert durch das, was dem armen Doktor widerfahren war, sah Hayes Erasmus fest in die Augen. »Könnte ein Magier für das alles verantwortlich sein?«

»Ich halte das leider für absolut denkbar«, erwiderte

Erasmus gelassen. »Ich … ja, sie könnten einen Menschen mit einer solchen Angst erfüllen, und die würde im Laufe der Zeit auch höchstwahrscheinlich nicht verschwinden – zumindest nicht in der Lebensspanne eines Menschen. Es ist geradezu ein Wunder, dass dieser Ripke so lange am Leben und mehr oder weniger bei Verstand geblieben ist.«

»Sie reden mit einiger Überzeugung, Erasmus«, sagte Hayes.

Erasmus warf ihm einen Blick unverhüllter Verärgerung zu, doch Hayes geriet darüber keineswegs in Verlegenheit.

»Ja, nun, in meiner Zeit im Haushalt Eldrichs hatte ich ein Erlebnis, das mir da ein besonderes Wissen vermittelt.« Er presste die Fingerspitzen zusammen und starrte, wie Hayes spürte, in seine Vergangenheit; auch die war keine glückliche Vergangenheit.

»Vielleicht ist dies hier ein Abend für Geschichten«, sagte Erasmus leise, als spreche er zu sich selbst. »Ich werde Ihnen von diesem einen Vorfall berichten, der Ihnen vielleicht die Gleichgültigkeit der Magier gegenüber unseren Vorstellungen von Gerechtigkeit deutlich machen kann.« Erasmus hielt inne, als wolle er es sich noch einmal überlegen, fuhr dann aber fort. »Nur noch vier Jahre trennten uns von der Jahrhundertwende, als ich in Eldrichs Haushalt gebracht wurde«, begann er. »Den Grund dafür kenne ich bis heute nicht oder habe allenfalls eine ganz vage Vermutung. Irgendeine Großtat, die ich als Kind vollbracht haben muss, denke ich, wenn ich mich auch um mein Leben nicht daran erinnern könnte, was es war.

Mein Vater, der Herzog, muss diese Vereinbarung getroffen haben, obwohl er sich nie die Mühe machte, mir seine Überlegungen zu erklären – ein Muster, das er für den Rest seiner Tage beibehielt.

Damals waren noch drei andere Knaben im Haus. Einer war zwei Jahre älter, war länger da gewesen und blieb für sich; ein anderer war jünger und hatte sich einer Bediensteten angeschlossen. So blieben nur Percy und ich.

Percy war drei Monate älter, eine Hand breit größer und überließ, obwohl er von schnellem Verstand war, mir die Führung in unserer Freundschaft. Wie ich es verstand, waren seine Eltern leidlich erfolgreiche Ladenbesitzer, doch selbst in meinem damaligen Alter achtete ich wenig auf gesellschaftlichen Rang. Er war ein guter und echter Freund, und in einer Situation, die zwar nie wirklich bedrohlich wurde, aber durchaus nicht gastfreundlich und mehr als ein wenig sonderbar war, standen wir einander immer bei.

Percy wusste noch weniger als ich, warum er überhaupt da war, und die Tatsache, dass seine Familie über keinerlei Einfluss verfügte, lässt mich daran zweifeln, ob die Prominenz meiner eigenen Familie mit meinem Aufenthalt überhaupt etwas zu tun hatte. Wir wussten, dass Eldrich als Magier galt, und waren von dieser Tatsache sowohl erschreckt als auch fasziniert. Das heißt, tagsüber waren wir fasziniert, doch sobald die Dunkelheit hereinbrach, herrschte das Grauen. In den meisten Nächten schlüpften wir nach dem Löschen der Lichter ins selbe Bett und hielten uns fest umklammert, fast gelähmt vor Furcht, bis wir schließlich einschliefen. Wir wussten nie wirklich, wovor wir uns fürchteten, obwohl wir endlos darüber rätselten.

Monatelang erhaschten wir nicht einmal einen Blick auf Eldrich selbst, und so stellten wir uns vor, er sei eine Art grässliches Ungeheuer oder verwandele sich zumindest nach Einbruch der Dunkelheit in eines. Das einzig wirklich Erschreckende, das wir zu sehen bekamen, war Eldrichs Vertrauter, ein großer Wolf, der durch die Säle strich, oft bei Nacht. Dieses Tier bedrohte uns eigentlich nie, wobei wir allerdings alles taten, um ihm fernzubleiben, doch gelegentlich hörten wir es vor unserer Tür schnüffeln – und noch viel öfter, vermute ich, bildeten wir es uns nur ein. Dies erfüllte uns mit einem Schrecken, der sich nicht wirklich verständlich machen lässt, denn niemand versteht sich so gut auf das Grauen wie ein Zehnjähriger.

Wir bekamen ein durchaus nettes Doppelzimmer und wurden der Verantwortung eines Tutors übergeben, der für unsere Unterrichtung zuständig war. Es war ein gutherziger alter Mann, der nach Tabak, Rauch und dem fruchtbaren Gartenboden roch, in dem er gerne herumwühlte. Im Frühjahr roch er außerdem nach Pferdeäpfeln.

Mr. Walky, wie er hieß, war ein sehr gelehrter Mann – oder vielleicht sollte ich sagen, er war zu seiner Zeit ein sehr gelehrter Mann gewesen. Zu dem Zeitpunkt, als Percy und ich in seine Obhut kamen, zeichneten sich in seinem Kopf schon … ›Verfallserscheinungen‹ ab, das wäre wohl das richtige Wort. An vielen Ästen waren seine geistigen Fähigkeiten noch recht solide und wuchsen oder blühten sogar an anderen, doch alles in allem hatte er schon Blätter eingebüßt, und der Stamm war im Kern schlimm angefault.

Walky nannte uns oft beim Namen früherer Schüler oder schweifte bei unseren Lektionen in Gedanken ab und verlor den Faden. Ganz selten einmal erzählte er uns die erstaunlichsten Dinge aus der Vergangenheit und manchmal sogar von Ereignissen im Hause Eldrich. Uns Kindern erschienen sie eher als Geschichten denn als Geschichte, und da manche geradezu wie Geistergeschichten wirkten, fiel es uns schwer, die echten von den ausgedachten zu unterscheiden.

Wäre ich nur ein bisschen älter gewesen, hätte ich genug Verstand besessen, diese Erzählungen schwarz auf weiß festzuhalten, doch damals schrieb ich noch recht stockend und – um die Wahrheit zu sagen – der Gedanke kam mir einfach nicht. Sie erschienen mir so sehr wie Geschichten aus alten Büchern, dass ich mir nicht einen Moment lang vorstellen konnte, dass sie sonst nirgendwo verzeichnet waren. Doch inzwischen weiß ich, dass dem so ist – zumindest sind sie nirgendwo zu finden.

Percy und ich hatten sehr viel Zeit für uns – eigentlich zu viel –, und ich muss gestehen, dass wir gelegentlich auch Unfug ausheckten. Dafür gab Mr. Walky uns Strafarbeiten auf und weigerte sich, uns Geschichten zu erzählen, doch seine Verstimmung an sich war für uns eine noch viel schlimmere Strafe, denn in dieser fremden Welt hatten wir sonst keinen Freund oder Verbündeten.

In all den Monaten, die ich in Eldrichs Haus verbrachte, sprach ich niemals mit dem Meister selbst und sah ihn tatsächlich nur drei Mal. Das erste Mal saß ich auf der Fensterbank und starrte in den Garten hinaus. Es war ein kühler Herbsttag, windstill und mit einer sonderbaren, dünnen Wolkenschicht, durch die die Sonne gerade noch als Scheibe zu erkennen war, aber nur schwach. In der Ferne rissen gelegentlich Löcher in einer dichteren Wolkendecke auf und ließen Lichtschäfte hindurchsickern, die wir ›Magierstrahlen‹ nannten und die einen weit entfernten Flecken in der Landschaft erhellten, wo die Herbstfarben dann wie das Versprechen eines Schatzes aufleuchteten.

Ich sollte eigentlich ein Buch lesen, aber damals besaß ich noch nicht die geistigen Gewohnheiten, die ich später entwickelte, und sah verträumt aus dem Fenster. Irgendwann fiel mir auf, dass ein Mann im Garten stand und auf eines der halb verwelkten Blumenbeete hinuntersah. Es war ein hoch gewachsener und bis auf ein weißes Hemd gänzlich schwarz gekleideter Herr. Auf dem Kopf trug er keine Perücke, und sein dunkles Haar umrahmte mit lose fallenden Locken das bleiche Gesicht, dessen Züge aus der Ferne schwer zu erkennen waren.

Zwei Sekunden vielleicht war ich einfach nur ein bisschen neugierig, doch dann war es mir plötzlich klar: Dies war der legendäre Eldrich! Das wusste ich, als hätte ich ihn schon tausendmal gesehen. *Dies war der Magier.* Mein

Herz hämmerte los wie verrückt, und ich beugte mich vor und presste die Stirn gegen die Scheibe, um besser sehen zu können. Genau in diesem Moment schaute der Mann auf, vielleicht von der Bewegung im Fenster aufmerksam gemacht. Und ich schwöre Ihnen, ich dachte, mein Herz wäre stehen geblieben.

Der Blick, den dieser Mann auf mich richtete …! Ich war mir sicher, dass er meine Gedanken lesen und jede kleinste Boshaftigkeit erkennen konnte, die ich je gedacht oder getan hatte. Beinahe wäre ich vor Entsetzen von der Fensterbank gefallen. Er hatte mich bemerkt! All diese Monate hatte ich gedacht, er wisse gar nichts von mir, doch jetzt war mir klar, dass ich mich geirrt hatte. Das konnte ich am Blick erkennen. Er kannte mich. Eldrich kannte mich!

Ich floh in mein Zimmer zurück wie von einem furchtbaren Mörder verfolgt und platzte in einem solchen an Hysterie grenzenden Zustand zur Tür herein, dass ich Percy sogar noch mehr erschreckte, als ich selbst es schon war.

Einen Moment lang konnte ich nicht sprechen, sondern klappte nur unter wildem Gestikulieren den Mund auf und zu; schließlich jedoch brachte ich ein ›Eldrich‹ heraus. Und Percy, der dachte, ich wolle sagen, der Magier sei auf dem Weg in unser Zimmer, wurde leichenblass vor Entsetzen. Er zitterte unkontrollierbar und war schließlich so außer sich, dass er auf dem Bett zusammenbrach und von seinen Augen fast nur noch das Weiße zu sehen war.

›Was hat er mit uns vor?‹, flüsterte er, als er sich wieder ein wenig gefangen hatte.

›Mit dir gar nichts‹, sagte ich. ›Zumindest nichts, wovon ich wüsste. Aber er hat mich gesehen! Hat gesehen, wie ich träumte statt zu lernen. Flammen, was, wenn er mich in eine Ziege verwandelt? Oder mich mit einem Stottern belegt?‹

Heute klingt das lächerlich, aber damals hatte ich noch

nie eine so entsetzliche Angst empfunden. Wir beide starrten die Tür an, als würde sie jeden Moment aufbrechen und der Magier von einem Windstoß hereingetragen, worauf wir endlich herausfinden würden, zu welchem entsetzlichen Zweck wir an diesen Ort geschickt worden waren.

So verharrten wir, bis ein Diener uns zum Essen rief – beim Öffnen der Tür muss er sich gefragt haben, warum wir uns aneinander festklammerten und völlig verängstigt wegduckten, die Augen so groß wie Untertassen, als sollten wir gleich aufgespießt werden. Natürlich tauchte Eldrich nicht auf, und nach ein paar Tagen erholten wir uns von unserem Schrecken, aber wir lachten niemals darüber und zogen uns nie gegenseitig damit auf. Nein, was mit dem Magier zu tun hatte, war nicht zum Lachen. Und ich bin ehrlich gesagt nicht überzeugt, dass dieses Entsetzen einfach nur daher kam, dass zwei kleine Jungen unter sonderbaren Umständen lebten. Können Sie sich vorstellen, was für ein Mensch sich daran belustigen würde, Kindern eine solche Angst einzujagen?« Erasmus hielt inne und wusste nicht recht, ob er weitererzählen sollte, doch die Erinnerungen überfluteten ihn.

»Während ich da war, versuchte der ältere Junge wegzulaufen, tauchte aber am nächsten Morgen mit mürrischem Gesicht wieder auf und ließ sich nie dazu überreden, von der Angelegenheit zu erzählen. Das bewies, was wir schon vermutet hatten: Wir waren Gefangene, und wenn unser Leben auch eher dem von Jungen in einem Internat als dem von Sträflingen im Gefängnis glich, habe ich doch noch nie von einem so sonderbaren Internat erzählen hören.

Etwas, was Walky uns beibrachte, als es draußen warm geworden war, war das Schwimmen. Er schnaubte über unseren Protest, wir würden dadurch nur krank, und nannte uns alte Weiber. Seine eigene gute Gesundheit, behauptete er, sei nur regelmäßiger körperlicher Arbeit und dem Schwimmen zu verdanken. Er sagte sogar, der Magier selbst pflege zu schwimmen, doch wir glaubten ihm nicht, dass Lord Eldrich sich zu einer so frivolen Beschäftigung herablassen würde.

Doch wir erlernten das Schwimmen nicht nur, es machte uns bald auch großen Spaß, und solange es warm blieb, beschwerten wir uns, wenn wir einmal einen Tag lang nicht ins Wasser durften. Walky setzte das als Lockmittel ein. ›Macht eure Mathematikaufgaben fertig, meine jungen Löwen, dann können wir uns eine Schwimmpause gönnen. Jetzt aber mal ran.‹

Er nannte uns oft seine ›jungen Löwen‹, vor allem wenn er mit uns zufrieden oder besonders gut gelaunt war. Damals wusste ich es nicht, aber der alte, halb verrückte Walky, wie ich ihn sah, war uns ein guter Freund und sorgte sich um unser Wohlergehen.

Im Verlauf meines Aufenthalts in Eldrichs Haus schien Walky irgendwann die Realität noch ein wenig mehr zu entgleiten. Gelegentlich vergaß er, an welcher Lektion wir gerade waren, und fragte uns sonderbare Dinge ab. Einmal bat er mich, die drei Kräuter zu nennen, die zur Reinigung von Wasser verwandt werden, was, wie ich ihm sagen musste, überhaupt nicht auf unserem Lehrplan stand. Ein anderes Mal, als er besonders geistesabwesend war – sodass er sogar leise vor sich hin brabbelte –, verlangte er, ich solle die Beschwörungsformel zum Auffinden von Quellen rezitieren, und als er meinen verständnislosen Blick sah, stimmte er einen sonderbaren, rhythmischen Singsang in einer Sprache an, die weder Percy noch ich je gehört hatten. Nach einem Moment dieses eigenartigen Verhaltens geriet Walky jedoch mitten im Wort ins Stocken und schaute uns erstaunt an. Dann entfloh er ganz plötzlich dem Raum.

Wir wussten nicht, was wir sagen sollten, und saßen

einen Moment lang in erschüttertem Schweigen da. Doch an dem, was wir gehört hatten, gab es keinen Zweifel. Es war Magie gewesen! Wir beide spürten ihre Macht. Walky hatte eine Beschwörung vorgeführt!

›Weißt du, was ich glaube?‹, sagte ich zu Percy. ›Walky muss der Lehrer von Magiern gewesen sein.‹

›Dann müsste er hundert Jahre alt sein – vielleicht noch älter‹, widersprach der immer praktisch denkende Percy.

›Und trotzdem ist das seine Aufgabe in Eldrichs Haus.‹ Ich war mir meiner Meinung absolut sicher.

›Dann muss er selbst ein Magier sein‹, sagte Percy.

›Vielleicht nicht. Vielleicht bereitet er nur die Kinder vor, bevor sie beim richtigen Magier in die Lehre gehen.‹

Es entstand ein langes Schweigen, während dessen wir bedachten, welche Schlussfolgerungen man aus dieser Einsicht ziehen konnte, doch keiner von uns wollte sein Ergebnis in Worte fassen. Wir schauten uns nicht an, und das Schweigen zog sich in die Länge. Ich erinnere mich, dass ich das Summen der Insekten vor dem offenen Fenster hörte.

›Sollen wir dann vielleicht Magier werden?‹, fragte Percy mit piepsiger Stimme, von Ehrfurcht erfüllt.

›Nein‹, widersprach ich sofort. ›Das kann es nicht sein.‹ Aber ich war mir da nicht so sicher.« Erasmus verstummte, in Erinnerungen an diese längst vergangenen Tage verloren.

Hayes beugte sich vor. »Und das war es?! Deswegen waren Sie da?«

Erasmus schaute verblüfft auf. »Was? Nein, natürlich nicht. Ich weiß es bis zum heutigen Tage nicht …« Er spürte, wie er verneinend den Kopf schüttelte, doch was er da eigentlich verneinte, wusste er selbst nicht genau.

4

Die letzte Stunde der Dunkelheit hielt die Stadt eng umschlungen, erst zum Loslassen bereit, wenn die heiße Sonne sie berührte. Die Vögel, die unter den Dächern und in den Mauerritzen der Häuser nisteten, regten sich und flöteten erste Aufwachlieder, wie Männer und Frauen, die sich schläfrig auf die Mühen des Tages vorbereiten.

Annas Kutsche fuhr durch einen Torbogen in den Hof ein, und sie hörte, wie die Torflügel hinter ihnen geschlossen wurden. Bei der Haupttür vertrieb eine Lampe die Dunkelheit aus dieser Ecke des Hofes und beleuchtete die Glyzinienranken, die die Pfosten des Türvorbaus emporkletterten.

Es ist vollbracht, dachte sie. *Zum Guten oder zum Schlechten, es ist vollbracht.*

Die Kutschentür öffnete sich, und man half ihr aufs Pflaster hinunter, wo sie einen Moment lang stehen blieb, noch nicht bereit, nach drinnen zu gehen.

Banks tauchte unter den Glyzinienranken auf.

»Anna?«

»Ich komme«, sagte sie, wollte aber noch immer nicht. Lieber hätte sie sich bei einem kleinen Spaziergang durch den Garten wieder beruhigt und einen klaren Kopf gewonnen. Noch nie hatte sie gleichzeitig ein solches Hochgefühl und solche Unruhe empfunden. Die beiden Emotionen schienen sich in ihrem Inneren ein Gefecht zu liefern und sie mit einer ganz uncharakteristischen Nervosität zu erfüllen.

Banks trat einen Schritt auf sie zu, und da sie nicht wollte, dass er auf sie zukam und sie nach drinnen führte, wandte sie sich selbst zur Tür und fegte an dem besorgt dreinblickenden jungen Mann vorbei, damit er sie nicht auf seine allzu besitzergreifende Art beim Arm nahm.

Im Haus war es warm und die Luft von Qualm und Kaffeedunst geschwängert.

»Sind alle da?«, fragte sie Banks.

Der nickte. »Ja, es hat keine Pannen gegeben. Dein Teil ist gut verlaufen, wie ich sehe?«

»Nicht wie erwartet, aber gut genug. Sind wir in der Bibliothek?«

»Nein, im Esszimmer.«

Sie machte sich zum Esszimmer auf, wo sie die anderen um einen Tisch versammelt antraf, an dem sie sich trotz der ungewöhnlichen Stunde lebhaft unterhielten.

»Anna«, sagte Halsey und erhob sich genau wie die anderen von seinem Stuhl. Halsey war das älteste Mitglied der Gruppe und ihr Leiter sowohl aufgrund seines Alters als auch seines Ansehens.

»Wir haben gerade über Skye spekuliert«, sagte Kells. »Erzähle uns also, wie es verlaufen ist.«

Sie nahm den Stuhl, den Banks ihr hervorgezogen hatte, und ließ sich, plötzlich erschöpft, darauf niedersinken. Die hohe Lehne drückte gegen ihren Hinterkopf, und einen Moment lang schloss sie die Augen.

»Alles lief ziemlich genau so, wie wir es erwartet hatten. Nicht so gut, wie wir es vielleicht gern gesehen hätten, aber auch nicht so schlecht, wie es möglich gewesen wäre – bei weitem nicht so schlecht.« Als sie hörte, dass jemand klirrend eine Kaffeetasse vor sie auf den Tisch stellte, richtete sie sich wieder auf. »Er … er war schockiert, wie ihr euch vorstellen könnt, doch ich denke, alles in allem hat der Graf mir Glauben geschenkt. Die bewusstlosen Matrosen haben meiner Behauptung Gewicht verliehen. Als der Graf ging, räumte er ein, dass er in unserer Schuld steht …« Sie führte die Tasse an den Mund und ließ ihre Worte wirken.

»Nun«, sagte Kells, »das ist wohl keine schlechte Nachricht, wenn auch von einem Gentleman kaum weniger zu erwarten war. Schließlich haben wir ihn vor dem Kerker gerettet. Eigentlich sogar vor dem absoluten Ruin.« Kells nickte. Er neigte zu einem raschen Urteil und raschem Handeln. In mancher Hinsicht fühlte sie sich ihm dadurch am nächsten. Halsey sagte wie üblich erst einmal gar nichts, wägte seine Worte ab und bedachte jede denkbare Unglück verheißende Interpretation.

»Aber was wird Skye jetzt tun? Hat er das gesagt?« Delisle war fünf Jahre älter als Anna und stellte die meisten Fragen – selbst die, deren Antwort auf der Hand lag, was gut war, wie sie inzwischen gemerkt hatte. Ohne ihn wären viele Diskussionspunkte niemals zur Sprache gekommen.

»Ich weiß es nicht, und ich habe ihn nicht gefragt. Es war ein heikler Moment. Wie unter uns besprochen, war die Hauptsache, dass Skye merkte und glaubte, dass wir ihn gerettet haben – aus keinem anderen Grund als unserer Bewunderung für ihn. Und das hat er wohl tatsächlich so akzeptiert. Wie steht es mit euren eigenen Aufgaben?«

Delisle warf Banks einen schnellen Blick zu. »Ich wünschte, wir könnten genauso viel Positives berichten. Wir wären beinahe in Samual Hayes' Wohnung ertappt worden. Eine Rotte Marinesoldaten kam hoch, während wir noch da waren, und uns blieb als einziger Ausweg das Fenster. Ich fürchte, sie werden sich noch immer fragen, wie wir aus solcher Höhe hinunterspringen konnten, ohne Verletzungen zu erleiden. Es hätte nicht schlimmer kommen können, aber nachdem wir einmal die Treppe hinaufgegangen waren, gab es keinen anderen Ausweg.«

»Uns ist nie der Gedanke gekommen, dass die Admiralität zum gleichen Zeitpunkt, zu dem sie die Falle für Skye stellte, auch Hayes' Räume durchsuchen würde«, sagte

Banks. »Ich kann mir immer noch nicht vorstellen, warum sie das getan hat.«

Halsey schüttelte ganz leicht den Kopf und rückte in seinem Stuhl zurück, einen Ausdruck des Unglaubens im Gesicht. Er war nicht glücklich mit dem, was er da hörte.

»Du hattest keine Probleme?«, fragte Anna den alten Mann mit ruhiger, ehrerbietiger Stimme. Er war nie gänzlich für dieses Unternehmen gewesen, und nun schienen seine schlimmsten Befürchtungen sich bestätigt zu haben.

»Probleme? Nein«, antwortete er leise. »Was getan werden muss, habe ich immer fertig gebracht, selbst einen Mord.« Wieder schüttelte er den Kopf, eindeutig beunruhigt. »Skye hat also nicht angeboten, dir irgendwelche Tore zu öffnen?«, fragte er und sah Anna fest an. Sie fragte sich, wie ein Mensch seinen Blick nur so hart machen konnte.

»Er hat mir nichts angeboten, was ich aber auch nicht erwartet hatte. Noch nicht. Aber noch immer habe ich keinen Zweifel daran, dass meine Vision echt war. Er *wird* uns ein Tor öffnen. Da bin ich mir sicher.«

»Ja, aber wer wird uns dahinter erwarten? Das weißt du noch immer nicht, wie ich schließe?« Halseys Blick wurde nicht weicher und ließ sie auch nicht los.

Anna schüttelte den Kopf. Visionen ließen sich nicht so ohne weiteres erklären, und selbst die Alten hatten die Zukunftsschau nicht vollständig verstanden. Anna konnte sich ihre Vision bis in alle Einzelheiten in Erinnerung rufen, wenn sie die Augen schloss, doch noch immer konnte sie nicht sagen, wer hinter dem Tor stand. Ein Mann, der ein Buch und eine weiße Blüte hielt, doch als er sich ihr zuwandte, sodass sie sein Gesicht hätte erkennen können, wurde sie von einem Licht geblendet. Sonst nichts. Skye würde das Tor zu Wissen und Macht öffnen, so lautete die Botschaft der Vision. Wer das Buch in Händen hielt, war gewiss ohne Bedeutung.

»Lasst uns nicht wieder darüber streiten«, sagte Kells.

»Das wird auch nichts ändern. Eldrich plant noch immer, den Künsten zu unserer Lebenszeit ein Ende zu bereiten. Die Jahre der Vorsicht sind vorüber. Wir können nicht einfach abwarten, bis Eldrich stirbt – jetzt nicht mehr. Wenn der Magier nicht mehr ist, werden die Künste mit ihm zusammen verschwinden.«

Ja, dachte Anna. Sie hatte es gesehen. Wie Eldrich durch eine Schneise im Wald verschwand und eine ihrer früheren Macht entblößte Welt zurückließ, eine aller Magie beraubte Welt. Die Erinnerung ließ sie schaudern. Der Wald hatte so leblos gewirkt, obwohl er den meisten Menschen noch immer als wucherndes Grün erschienen wäre. Sie konnte sich nicht vorstellen, in einer solchen Welt zu leben.

»Aber, Anna«, meinte Banks freundlich. »Du hast nicht gesehen, was wir aus Hayes Wohnung herausgeholt haben.« Er schob ihr einen Brief über den Tisch zu. »Es war noch viel mehr da – ein Tagebuch und ein Blätterstoß mit Notizen –, doch wir wurden überrascht und ließen den Rest in unserer Panik zurück.«

Anna nahm den Brief in die Hand.

»Er ist von dem anderen jungen Mann, den Skye eingestellt hat«, sagte Delisle. »Fenwick Kehler. Wir hatten uns schon gefragt, wohin er verschwunden war. Anscheinend hat er im Farrellitischen Archiv in Wooton recherchiert!«

Mein lieber Hayes,
ich hatte schon begonnen, trotz all meiner Mühe an einer Vollendung meiner Aufgabe hier zu verzweifeln, doch letzthin haben die Dinge sich geändert. Du würdest mir nicht glauben, was ich gefunden habe, Sir! Alles, was ich mir je erträumt habe, und noch mehr! Das Archiv ist ein Flöz lang vergessenen Wissens, man muss nur die richtige Ader finden. Bei unserer nächsten Begegnung erzähle ich dir

viel mehr. Ich hoffe, Ende Frühjahr ein paar Tage Urlaub zu erhalten, und werde dann in aller Eile nach Avonel reisen.
Ich hoffe, dass dieser Brief dich bei gutem Befinden antrifft.
Dein
F. W. Kehler

»Da steht nicht viel«, sagte Anna, überrascht, dass Banks dies für so bedeutsam hielt.

»Das könnte man meinen, aber ich habe Hayes' Tagebuch gesehen. Seite um Seite über den Fremden von Compton Heath. Und viele Spekulationen über Baumgere! Wenn wir annehmen, dass Kehler noch immer in Skyes Auftrag arbeitet, sagt der Brief sehr viel aus. Man sollte nicht außer Acht lassen, dass Kehler mit großer Vorsicht schreiben musste. Schließlich taucht er da in eine Materie ein, die die Priester gewiss nicht billigen würden – und es ist vermutlich nicht unter ihrer Würde, die Korrespondenz ihrer Gastschüler zu überwachen. Nein, wenn man ihn im rechten Licht betrachtet, sagt dieser Brief eine Menge aus. Falls Skye das Tor öffnet, ist der Mann, der dahinter steht, vielleicht dieser junge Gelehrte Kehler. Wer kann ahnen, was er in Wooton gefunden hat? Wir wissen, dass die Priester seit Jahrhunderten ihr Wissen horten, und nicht alles ist religiöser Natur.«

Anna zuckte die Schultern. »Wissen wir, was mit Hayes passiert ist? Befindet er sich jetzt in den Händen der Admiralität?«

Einen Moment lang antwortete keiner.

»Wir wissen es nicht«, sagte Kells dann. »Möglicherweise ja. Jetzt, wo Skye ihrer Falle entkommen ist, wird es nicht gut aussehen, wenn die Marine diesen jungen Mann in Gewahrsam hat. Schließlich ist er keines Verbrechens schuldig. Ich weiß nicht, was sie mit ihm anstellen werden. Und wer weiß, was die ehrenwerten Herren der Admiralität denken, wenn er ihnen von seinen Recherchen für Skye berichtet.«

»Über die Admiralität brauchen wir uns keine Gedanken zu machen«, sagte Halsey plötzlich, und seine alte, raue Stimme klang müde und irgendwie traurig. »Im Moment müssen wir nach Anzeichen Ausschau halten, ob Eldrich bei all dem die Hand im Spiel hat. Wir warten ab und halten Abstand.«

»Gewiss hat unsere Vorsicht uns in all den Jahren gute Dienste geleistet«, hörte Anna sich selbst sagen, »doch diese Zeiten sind vorüber. Wenn wir jetzt zu vorsichtig sind, opfern wir alles. Die Künste werden uns für immer verloren gehen. Dann hat Eldrich triumphiert.«

»Du wirst eine schreckliche Lektion lernen, Anna, wenn du ihn weiter so unterschätzt«, sagte Halsey mit recht resignierter Stimme. »Er ist ein *Magier.* Selbst wenn Eldrich der unbedeutendste aller Magier wäre, ist er immer noch mächtiger, als du auch nur denken kannst. Du machst dir keine Vorstellung, wozu er fähig ist. Es ist absolut denkbar, dass Skye ihm zuarbeitet oder dass die Männer, die Skye verderben wollten, dies im Auftrag des Magiers taten, ob sie sich nun dessen bewusst waren oder nicht. Und wir sind zu Skyes Rettung geeilt. Wir haben uns zu erkennen gegeben. Uns nach Jahrhunderten des Versteckens zu erkennen gegeben. Wir waren leichtsinnig genug. Jetzt müssen wir abwarten.

Zu sagen, die Zeit der Vorsicht sei vorbei, ist eine Sache, Eldrich tolldreist in die Arme zu rennen eine andere. Das lasse ich nicht zu. Wenn wir jetzt nicht klug vorgehen, ist es unser Verderben. Lasst uns beobachten, was Skye unternimmt. Ich möchte nicht feststellen müssen, dass er dieses viel gerühmte Tor geöffnet hat und dass dann der Mann, der uns dahinter erwartet, gar kein Mann ist – sondern ein Magier.«

»Vielleicht sollte Anna versuchen, noch einmal zu sehen.

Schließlich haben wir Kontakt mit Skye aufgenommen. Wir haben eine Zwischenstation passiert – eine wichtige Station.« Delisle warf Anna einen etwas schuldbewussten Blick zu. »Vielleicht sind die Dinge jetzt klarer.«

Anna saß unbeweglich da. Der Gedanke, sich erneut als Seherin zu verausgaben, ließ ein fast panisches Gefühl in ihr aufsteigen. Sie war diesen Pfad zu oft gegangen, unter großen Opfern, und sehr oft war dabei nichts herausgekommen. Seit kurzem beschützte Halsey sie zunehmend davor, beschützte sie vor den anderen, die ihre Gabe der Zukunftsschau als Lösung für alle Zweifel betrachteten, obwohl dem niemals so war. Sie wartete, dass der alte Mann ihr zu Hilfe kam, damit sie keine Ausflüchte machen musste ... ihre Angst nicht zeigen musste.

Es zieht das Leben aus mir heraus, dachte sie. *Könnt ihr das nicht sehen?*

Halsey sah sie nicht an, nickte aber plötzlich, eine minimale Bewegung. »Kannst du es ertragen?«, fragte er und schaute zu ihr auf; die Traurigkeit, die er den ganzen Abend in sich genährt hatte, war plötzlich so eindringlich wie der Schrei eines Neugeborenen.

»Natürlich«, hörte sie sich sagen. Eine andere Antwort gab es nicht. Sie war der gemeinsamen Sache nicht weniger ergeben als die anderen, die alles tun würden, um Eldrich am Erreichen seines Ziels zu hindern.

Aber warum tut er das?, fragte sie sich wieder. Sie wusste es nicht. Magier waren eigensüchtig und halsstarrig. Einen anderen Grund brauchten sie nicht.

Sie nehmen die Magie mit ... irgendwohin.

Sie sah wieder das Bild vor sich, auf dem Eldrich durch eine Schneise im Wald verschwand. Sah die Welt, die er hinter sich zurückließ. Eine Welt, in der Prophezeiungen und die Zukunftsschau nicht mehr möglich wären. Eine Welt, in der ihr Talent eine sogar noch geringere Chance zur Entfaltung haben würde als jetzt. Nämlich gar keine.

Sie stieß sich vom Tisch ab, wartete nicht auf die anderen. Besser führen als folgen. Sie war diejenige, die mit dem Talent geboren war. Sie war diejenige, die eines Tages führen würde, wenn alles so verlief, wie sie es sich erhofften.

Sie ging in den Garten hinaus und zwang ihr Herz zum Stillsein, ihren Kopf zur Ruhe.

Ich kann keine Angst haben, wiederholte sie sich wieder und wieder in einem Singsang. Keine Angst zeigen und keine Angst haben war nicht dasselbe, und hier reichte es nicht, wenn sie einfach nur keine Angst zeigte. Das könnte ihr sogar ... nun, darüber wollte sie nicht nachdenken.

Sie gingen zu einem kleinen Teich zwischen den Bäumen. Hier blieb Anna stehen und atmete den Rest der Nacht ein, zog die Dunkelheit in ihre Lungen, das Licht der Sterne, die Schatten. Still, sie waren so still. Sie lauschte auf die Lieder der Sterne – der Chorsterne.

Sie erschienen vor ihr, als sie die Augen schloss, erst zitternd, dann aber fest. Sie begann einen geflüsterten Singsang und bückte sich eilig, um ein Zeichen in die Erde zu malen, eine Figur bleichen Lichts zu zeichnen.

Als die Figur standhielt, stand sie auf und trat in das Muster hinein, wozu sie die Augen nicht öffnen musste, denn die Linien brannten in ihrem Geist, brannten so heftig, dass sie sie spüren konnte.

Das ist kein Schmerz, sagte sie sich, obwohl alles sie trieb, die glühenden Linien aus sich auszuschließen und loszuschreien.

Das ist kein Schmerz. Sie wiederholte sich die Lüge, denn sie wusste, nur so konnte sie überleben.

Eine brennende Hitze, die ihre Nerven wie Feuer versengte, wie das kälteste Eis. Schmerz, so schrecklich in seiner Heftigkeit, dass er nicht mehr menschlich zu sein schien. Ein Mensch konnte eine solche Qual gar nicht empfinden. Wie wenn man ein Kind zur Welt bringt und beim ersten Schrei des Kindes seinen eigenen grässlichen Tod erfährt.

Anna schrie und öffnete plötzlich die Augen. Starrte in den dunklen Himmel des Teiches hinein, wo die Sterne hingen wie Punkte weiß glühenden Feuers.

Ich schaue in meinen eigenen Kopf, dachte sie und warf dann mit steifen Fingern einen Kiesel ins Wasser. Die Sterne gerieten ins Wanken, wackelten hin und her, und sie spürte, wie sie fiel. Doch noch immer schaute sie hin und wartete ab. Wartete. Öffnete sich der Leere, der Qual, doch nur einen Moment lang. Mehr konnte sie nicht ertragen. Mehr konnte keiner ertragen. Dann schloss sie die Augen, spürte die Erde unter ihren Knien und Hände, die sie auffingen.

Sie hatte nichts gesehen. *Nichts.*

5

Dieser ganz besondere Besucher kam immer unangekündigt und irgendwie unerwartet. Wenn man bedachte, wie viel Zeit Sir John mit Nachdenken über diesen Herrn verbrachte und welchen Schrecken er bei Bryces jeweiligem Auftauchen dann immer verspürte, war es schon beeindruckend, dass der Mann anscheinend immer unabänderlich dann eintraf, wenn Sir John nicht damit rechnete. Dem Dienstmädchen kam es sehr sonderbar vor, und Sir John war sich sicher, dass seine eigene Reaktion ihr Misstrauen sogar noch verschärfte. Er konnte daran jedoch nichts ändern. Diese Besuche konnte er weder kontrollieren noch auch nur beeinflussen – dabei ereignete sich in Avonel selten etwas, das Sir John nicht beeinflussen konnte.

Es war klar, dass Sir John seinen Besucher niemals warten ließ, zu welcher Zeit und unter welchen Umständen auch immer. Noch einmal warf er einen ungläubigen Blick auf die Uhr. Nicht einmal halb fünf – noch dunkel, und Morgen konnte man es nur nennen, wenn man dieses Wort sehr freizügig auslegte. Er beugte sich über den Kamin, stocherte in der Glut und legte sorgfältig trockenes Holz auf. Der Morgen war immer noch kühl, auch wenn sich das bald ändern würde, und ein Feuer blieb weiterhin ein Vergnügen, obwohl es vielleicht nicht mehr absolut notwendig war. Das Zedernholz knackte und ließ einen dünnen Rauchfaden entweichen. Mit einem Seufzer brachen Flammen hervor.

Sir John war noch immer im Nachthemd und fühlte sich sonderbar verletzlich, doch weniger verletzlich fühlte er sich auch sonst nicht, wenn Bryce kam, unter welchen Umständen auch immer.

»Herzlichen Glückwunsch zu Ihrer Erhebung in die Baronetswürde, Sir John.« Bryce stand in der Tür des Empfangszimmers. Keine Entschuldigung für die ungewöhnliche Stunde, doch Sir John hatte auch keine erwartet.

»Darf ich?« Bryce zeigte auf einen Stuhl.

»Aber natürlich. Branntwein? Wein? Ich habe einen feinen Rotwein von den südlichen Hängen Farrows.« Sir John tat beharrlich so, als wäre es spät am Abend und nicht unverschämt früh am Morgen. Irgendwie machte das die Angelegenheit einfacher.

»Rotwein, bitte.«

Sir John schenkte jedem ein Glas ein und setzte sich ans Feuer. Bryce war zweifellos der selbstsicherste Mensch, dem Sir John je begegnet war – nicht arrogant oder von sich eingenommen, aber offensichtlich ohne die geringste Spur von Selbstzweifel. Dieses Selbstvertrauen hatte eine enorme Wirkung. Sir John war so gut wie überzeugt, dass selbst der König sich diesem Mann fügen würde.

Das Sonderbare daran war, dass Sir John, der sich etwas auf seine Fähigkeit einbildete, seine Mitmenschen zu verstehen, sich nicht recht erklären konnte, wie Bryce es schaffte, so viel Selbstvertrauen auszustrahlen, oder was dessen Kern war.

Sir John empfand Bryce als fast unmenschlich präzise. Er war tadellos gekleidet, er drückte sich immer so klar und exakt aus, als machte es keinerlei Mühe, seine Gedanken jederzeit vollkommen zu übermitteln. Sir John hatte noch nie mit jemandem gesprochen, der nicht gelegentlich ein Wort suchte oder einen Ausdruck benutzte, der nicht gänzlich zutreffend war – außer Bryce. Dieser Mann war in jeder Hinsicht peinlich genau – was etwas Verstörendes hatte. Sir John konnte sich des Gefühls nicht erwehren, mit jemandem zu tun zu haben, der normale menschliche Eigenschaften hinter sich gelassen hatte.

Sir John konnte sich nicht vorstellen, dass Bryce jemals einen Fehler machte oder Schlaf brauchte. Er war sich sicher, dass der Mann nicht schwitzte. Bryce existierte auf irgendeiner anderen Ebene und stieg nur gelegentlich in die verworrene Welt der Menschen hinunter, die ihm wohl nur um weniges organisierter und gedankenvoller erschienen als die Vertreter des Tierreichs.

Bryce betrachtete ihn einen Moment lang und trank seinen Wein. »Ich vermute, die Samen, die Sie gesät haben, tragen nun die ersten Früchte, Sir John.«

Als durch und durch politisches Wesen hatte Sir John im Laufe der Jahre gelernt, seine Gefühle und Reaktionen für sich zu behalten, doch er bildete sich nicht ein, so etwas vor Bryce verbergen zu können, und so hatte Bryce zweifellos die Furcht gesehen, die Sir John gerade durchzuckt hatte.

»Was ist geschehen?«, fragte Sir John. Wer war gefallen? Moncrief oder Skye?

»Das hatte ich gehofft, von Ihnen zu erfahren. Ich schlage vor, Sie statten Ihren Freunden in der Admiralität einen Besuch ab. Überbringen Sie mir alles, worauf Sie stoßen, bis in die kleinste Einzelheit. Ich werde alles abwägen, Sir John. Bilden Sie sich nicht ein, selbst beurteilen zu können, was wichtig ist. Nur ich kann das entscheiden. Verstehen Sie?«

Sir John nickte. Dieser kleine Vortrag war überflüssig, denn ihm war absolut bewusst, dass er nicht den winzigsten Einblick in die Absichten dieses Mannes hatte. Auf Bryces Anweisungen hin hatte Sir John die Fehde zwischen Moncrief und dem Grafen von Skye geschürt – obwohl Fehde kaum das richtige Wort war; Moncrief ließ seine Rachefeldzüge niemals öffentlich werden. Das war einer der Gründe, aus denen der Mann so gefürchtet war.

Er bereitete einen Dolchstoß in den Rücken eines Bekannten vor, und die ganze Zeit hatte der nicht den kleinsten Hinweis darauf, was ihm zustoßen würde. Doch wie man es auch drehte und wendete, Sir John hatte Moncriefs Eifersucht und Hass auf Skye noch ermutigt. Keine Aufgabe, die er mit großer Freude übernommen hatte. Sir John verstand vielleicht nicht alle Erfindungen und Entdeckungen, die Skye gemacht hatte, doch er zweifelte nicht an dem Genie des Mannes, der zudem noch im Wesentlichen ein guter Mensch war. Ein guter Mensch in einer Gesellschaft, in der Moncrief zwar das gefräßigste aller Raubtiere war, Raubtiere aber absolut nichts Ungewöhnliches darstellten.

»Ich werde Sie heute Abend wieder besuchen. Das verschafft Ihnen mehr als genug Zeit …«

Das war eindeutig keine Frage, und ein Tag war zweifellos völlig unzureichend. »Ich … ja, das wird angemessen sein.«

»Gut.« Bryce schaute Sir John an und versuchte so etwas wie ein Lächeln. Wie alle anderen menschlichen Gefühle schienen Freude und Vergnügen unter seiner Würde und jeder Versuch, sie nachzuahmen, zu einem traurigen Scheitern verurteilt – wobei allerdings Sir John solche Bemühungen gewiss niemals belustigend fand.

»Sie sehen nicht gerade erfreut aus, Sir John. Waren meine Versicherungen, dass Skye nichts Böses widerfahren soll, nicht ausreichend?«

»Mehr als das, aber ich mache mir wohl immer noch Sorgen. Moncrief gegen jemanden aufzuhetzen … Ich weiß nicht, ob es überhaupt ein Tier gibt, das so boshaft wäre wie der Erste Mann des Königs.«

»Ja, es ist ein Wunder … so, wie er sich durch die zivilisierte Gesellschaft bewegt, als gehöre er tatsächlich dazu …« Bryce zuckte die Schultern. Er neigte nicht zum Philosophieren über die Menschheit. »Sie bewundern Skye.«

»Ja«, antwortete Sir John rasch. »Ja, wahrhaftig. Aber

nicht aus den Gründen, aus denen die ganze Nation ihn bewundert.«

Bryce erwiderte nichts, sondern wartete geduldig.

»Ich bewundere ihn für seine Überzeugungen. Es ist kein Geheimnis, dass Skye große Skrupel wegen der Verwendung seiner Erfindung hatte. Die Kanone ist schließlich die gefährlichste Waffe in der Geschichte der Kriegskunst. Es heißt sogar von mancher Seite, wir hätten erst den Anfang ihrer Einsatzmöglichkeiten verstanden. Und schauen Sie nur, was jetzt schon passiert ist. Viele sind der Ansicht, dass die Schlacht von Cloud's End zu weit getrieben wurde. Es heißt, der Admiral der Flotte Entonnes habe sich ergeben wollen, doch seine Schiffe seien dennoch zerstört worden. Man hat den armen Admiral Stewart deswegen ins Gebet genommen, doch in Wirklichkeit war es Politik. Daran habe ich keinen Zweifel. Das Ziel war, die Flotte Entonnes bis auf das letzte Schiff zu vernichten.« Sir John schüttelte den Kopf. »Barbarisch, wahrhaftig. Und so viele ertrunkene Matrosen. Unter welcher Flagge auch immer sie nun segelten, man hätte ihnen erlauben müssen, sich zu ergeben. Das war nicht weniger als Mord.

Lord Skye ist nicht erfreut über die Art, wie die Regierung von Farr den ihm zu verdankenden Vorteil ausgenutzt hat, und ich wage zu behaupten, dass er ihr eine solche Waffe in Zukunft weit weniger bereitwillig in die Hände geben würde.«

Bei diesen Worten hob Bryce tatsächlich eine Augenbraue. »Ein Mann von Gewissen«, sagte er, und Sir John nickte. Bryce schien dies einen Moment lang zu bedenken, doch dann konzentrierte er sich wieder ganz auf Sir John und fixierte ihn mit einem Blick. »Nun, über dieses moralische Dilemma brauchen Sie sich keine Gedanken mehr zu machen. Sehen Sie, inzwischen ist Entonne so weit, dass es selbst Kanonen und Schießpulver herstellen kann. Tatsächlich beschäftigt man sich dort schon seit einigen Monaten damit.«

Sir John rutschte in seinem Stuhl vor. »Wie um alles in der Welt …? War es Skye?«

Bryce zuckte die Schultern. »Ich weiß nicht, wie sie dahinter gekommen sind. Anscheinend war das gar nicht mehr so schwierig, nachdem die Kanone überhaupt erfunden war. Selbst der Admiralität muss klar gewesen sein, dass ihr Vorteil nur von kurzer Natur sein konnte. Zweifellos hat dies eine Rolle bei der Entscheidung gespielt, die Flotte Entonnes zu vernichten – den Vorteil voll ausnutzen, solange man ihn hat.«

Entonne hatte die Kanone?!

»Sie sehen etwas überrascht aus, Sir John. Das war unvermeidbar. Und wird die Welt jetzt, wo Entonne die Kanone besitzt, anders sein? Nein, sie wird dieselbe bleiben wie in den letzten drei Jahrhunderten: Keines der beiden Länder hat die Oberhand. Besser, es herrscht ein Gleichgewicht.«

»Aber meine Regierung sollte informiert werden.«

Bryces ließ durch sein Verhalten durchblicken, dass ihm das ohne große Bedeutung erschien.

»Wenn Sie es für wichtig halten. Es könnte wohl von Vorteil für Sie sein, diese Nachricht als Erster zu überbringen. Sehen Sie also? Berücksichtige ich Ihre Interessen etwa nicht? War das nicht unsere Abmachung? Haben Sie als Ergebnis meiner Bemühungen nicht die Baronetswürde verliehen bekommen?«

»Wollen Sie damit andeuten, dass ich dieser Ehre nicht würdig bin?«, fragte Sir John unüberlegt – die Worte waren aus seinem Mund, bevor er noch merkte, was er gesagt hatte.

Bryce lächelte nur. »Sie sind ihrer dreifach würdig, mein lieber Sir John, aber Wert und Würde haben mit der Verleihung von Titeln wenig zu tun, wie Sie wissen. Sie waren ihrer seit langem würdig, verfügten aber über keinen Einfluss – zumindest nicht über den entsprechenden Einfluss.«

»Aber wessen Zwecken dient diese Baronetswürde, das frage ich mich oft selbst.«

»Denen meines Auftraggebers, Sir John, täuschen Sie sich nicht. Denen meines Auftraggebers. Aber ist sie nicht auch Ihnen selbst nützlich? Haben Sie nicht Freude daran? Bereitet es Ihnen keine Genugtuung, als ›Sir John‹ angesprochen zu werden? Seien Sie ehrlich.«

»Sie wissen, dass dem so ist«, erwiderte er ruhig, fühlte sich aber ein wenig überrannt.

»Ich kenne Ihre Sorgen, Sir John. Sie fürchten, dass man Sie dazu auffordert, gegen Ihre Prinzipien zu verstoßen. Oder dass mein Auftraggeber etwas von Ihnen verlangen wird, das Sie in den Ruin stürzt oder Sie Ihren guten Ruf kostet. Ist dem nicht so?« Er wartete die Bestätigung nicht ab, als wüsste er ohnehin, dass er die Gedanken anderer Menschen richtig deuten konnte. »Aber beruhigen Sie sich; mein Auftraggeber wünscht Ihnen nichts Böses. Sie sind ein guter und loyaler Diener, Sir John. Warum sollte er jemanden wie Sie in Gefahr bringen? Wenn man ein Rennpferd der Championklasse hat, würde nur ein Dummkopf es vor die Hunde gehen lassen. Es dürfte wohl niemand weniger dumm sein als mein Auftraggeber, Sir John, das darf ich Ihnen versichern.«

Sir John spürte, dass er nickte. Man konnte nicht an Bryces Worten zweifeln. Wie so vieles andere war vermutlich auch eine Lüge unter seiner Würde. Wenn er nicht wollte, dass Sir John etwas wusste, dann sagte er es ihm einfach nicht. Das bereitete ihm keine Skrupel. In jeder Behauptung Bryces arbeitete unterschwellig eine heimtückische Logik. Sir John fragte sich oft, ob er nicht einfach unter dem Einfluss dieses Mannes stand, von seiner überlegenen Logik und seinem überwältigenden Selbstvertrauen in Bann geschlagen war. Verlor er seine eigenen Prinzipien aus den Augen, oder lernte er einfach nur, unter Anleitung dieses Menschen, der ihn zu jeder Tages- und Nachtstunde besuchte, die Welt klarer zu sehen?

Bryce wartete geduldig ab, fast als schaue er Sir John bei seinem Denkprozess zu.

»Ich werde so viel wie möglich herausfinden«, sagte Sir John.

»Mein Auftraggeber muss außerdem wissen, wo Skye jetzt ist.«

Sir John nickte, obwohl er sich überhaupt nicht sicher war, ob er ihn finden konnte.

Bryce äußerte keinen Dank, griff aber in seinen Mantel und holte einen Umschlag heraus. »Hier ist ein Unternehmen, das Sie interessieren wird, Sir John. Ein kurzer Verbindungskanal zwischen den Flüssen Singe und Trent, von verlässlichen Männern in Angriff genommen. Alle Details finden Sie hier.« Er reichte Sir John den Umschlag, der ihn schnell entgegennahm. Nun lächelte Mr. Bryce ihn tatsächlich an. »In einigen Monaten werden Sie Ihre Schulden los sein, Sir John. Inzwischen können Sie sich wohl das Vergnügen eines Dieners leisten. Nächstes Jahr haben Sie eine Kutsche, das Jahr darauf ein größeres Haus. Sie haben Ihr Budget genau eingehalten, nehme ich an?«

»Bis aufs i-Tüpfelchen ... oder, besser gesagt, bis aufs Komma genau, in diesem Fall.« Ich war nicht spielen, nicht ein einziges Mal. Bryce hatte Recht gehabt; das Verlangen war geschwunden. Obwohl sein Versuch, die Sucht zu überwinden, jahrzehntelang vergeblich geblieben war, war sie nun einfach weg. Und noch bemerkenswerter, seine Schulden, die ihm zuvor unüberwindlich erschienen waren, waren fast abbezahlt.

Bryce versuchte nicht einmal, über den schwachen Scherz höflich zu lächeln. »Es ist eine gewinnbringende Abmachung, oder?«

Sir John nickte.

Bryce erhob sich. »Ich werde Sie nun nicht mehr von Ihrer wertvollen Arbeit abhalten, Sir John. Nein, danke, ich finde allein hinaus.«

Aber wer ist sein Auftraggeber?, fragte sich Sir John.

Sir John ging ans Fenster, hielt aber ein wenig Abstand, damit man ihn von unten nicht sehen konnte. Bryce trat auf die Straße, in das Licht der noch immer leuchtenden Straßenlaternen und das bleiche Schimmern der ersten Morgendämmerung hinein. Keine Kutsche erwartete ihn, nicht einmal eine Mietdroschke. Mr. Bryce überquerte die Straße mit entschlossenem Schritt wie jemand, der einen Termin hat, und genau als er den Fuß auf den Randstein gegenüber setzte, blieb er stehen, schaute direkt zu Sir John hinauf und nickte.

Unwillkürlich trat Sir John vom Fenster zurück. *Aber er kann mich hier oben doch gewiss nicht gesehen haben*, dachte er. Er fühlte sich erstaunlich mitgenommen und ließ sich schwer in einen Stuhl sinken.

Wie konnte er wissen, dass ich ihn beobachtete?

6

Sie hasste Geständnisse. Sie schätzte es nicht, wenn andere Menschen ihre Seele vor ihr entblößten, und sie schätzte es noch weniger, ihre eigene Stimme in diesem kläglichen, allzu vertraulichen Tonfall zu hören. Und doch tat sie genau das, stand vor dem Feuer, unter dem Porträt ihres verstorbenen Gatten, der streng auf sie hinunterstarrte – obwohl er sie in Wirklichkeit zeit seines Lebens nie mit einem solchen Blick bedacht hatte –, und enthüllte Dinge, die ihr zutiefst peinlich waren. Gestand Regungen ein, die sie viel lieber für sich behalten hätte, und wusste nicht, warum. Und dann auch noch ausgerechnet vor Marianne Edden!

»Mir schien es, er hätte Zeichen von Interesse gezeigt«, sagte Lady Chilton, verärgert über die mickrige, piepsige Stimme, die ihrem Mund entfloh.

Schweigen. Ein gesegneter Moment des Schweigens. Vielleicht war sie jetzt fertig. Möge Farrelle ihr beistehen, ein wenig Würde zu bewahren.

»Ich bin beeindruckt. Du scheinst den einzigen Mann in ganz Farrland aufgetrieben zu haben, der deinen Reizen gegenüber immun ist«, bemerkte Marianne trocken und mit recht wenig Mitgefühl für die Misere der Gräfin. »Aber du misst seiner Genialität meiner Meinung nach zu viel Wert bei. Ich selbst kenne mehrere unbestreitbar brillante Männer, und ich muss dir sagen, dass ich sie für die größten Langeweiler der Nation halte. Lieber würde ich noch zuhören, wie eine Mutter von ihren Kindern erzählt, als diesen ›brillanten Männern‹ zu lauschen. Niemand ist so mit sich selbst beschäftigt wie ein Mann, der von seinem überlegenen Intellekt überzeugt ist – ein Zustand, unter dem viel zu viele leiden. Aber wenn er zwischen den Horden deiner Anbeter der einzige Mann ist, nun …«

»Schon gut, Marianne, ich höre auf, mir selbst Leid zu tun. Du hast ja Recht.« Die Gräfin schüttelte den Kopf. Bei Marianne Edden gab es keinen Raum für Melodramatik. Sie war eine Romanautorin und hatte für so etwas das Auge des Romanciers.

Doch schon wieder musste die Gräfin feststellen, dass sie aus dem Nähkästchen plauderte. »Das Demütigendste dabei war«, fuhr sie fort, ohne sich bremsen zu können, »dass ich am Abend der Marquise nur in der Hoffnung teilgenommen hatte, ihm vielleicht zu begegnen. Ich bin in ein *Bordell* gegangen, weil er die Bemerkung hat fallen lassen, dass er dort sein würde, und er hat sich nicht einmal die Mühe gemacht, sein Gesicht zu zeigen! Ein Bordell! Und da höre ich nun, wie die Leute sich über seine neueste Flamme austauschen, und die ist fast noch ein Kind …« Sie legte die Hand auf den Kaminsims und lehnte sich an. Jetzt war es heraus. Vielleicht konnte sie ja jetzt aufhören.

»Na, das ist mir aber ein Mann?! Eine wunderschöne, vollendete Frau ist hinter ihm her, und er jagt einem Püppchen nach. Na, ist das nicht *genial!* Genial darin, sich wie der letzte Trottel zu benehmen!«

Die Gräfin erwiderte nichts. Oh, es war gut, Mariannes Unterstützung zu bekommen, aber es hatte wenig Einfluss auf ihre Gefühle. *Mach dich frei davon*, dachte sie. *Du als Allerletzte solltest dich darüber beklagen, dass irgendein Gentleman nicht wie verrückt hinter dir her ist.* Dieser Gedanke ließ einen anderen Kummer in ihr aufsteigen. Wo sie auch hinging, wurde sie wie von einer Art Wahnsinn umwirbelt, seit Jahren schon, und sie konnte sich dem nur entziehen, wenn sie sich der Gesellschaft gänzlich fern hielt, was nicht vollständig möglich war. Sie konnte sich doch nicht einschließen.

Die Gräfin war zwar eine Witwe, aber noch immer jung. Gewiss konnte man sie nicht dazu verurteilen, den Rest ihres Lebens in Einsamkeit zu verbringen oder, schlimmer noch, mit einem Partner, der sie nur mäßig zufrieden stellte. Die Männer verfolgten sie mit einer Wildheit, die andere Frauen fast nie kennen lernten; gewiss würde doch einer dieser zahllosen Männer der gesuchte Partner sein. Der Wall gegen die Einsamkeit.

»Wann zeigst du mir diese Bilder, für die er sich so interessiert?«, fragte Marianne.

Bei der Erwähnung der Bilder überlief die Gräfin ein leichter Schauder. »Ich werde sie für den Herrn, der ihre Authentizität feststellen soll, aus ihren Kästen nehmen lassen. Wie hieß er noch?«

»Kent. Averil Kent.«

»Ja. Du kannst sie also heute Nachmittag sehen, wenn du möchtest.«

»Heute habe ich etwas anderes vor, aber ich möchte sie auf jeden Fall demnächst sehen. Was fasziniert Skye so an ihnen, was meinst du? Hast du das je erfahren? Er erscheint mir kaum als ein Mann, der sich für Mystisches interessiert.«

Die Gräfin ließ die Hand über den Kaminsims gleiten und schaute zum Porträt ihres verstorbenen Gatten hinauf – trotz seines missbilligenden Blicks fand sie sein Bildnis weit tröstlicher als die Gemälde Peliers.

»Das sollte man meinen. Ich weiß eigentlich nicht, was ihn so an Pelier fasziniert. Skye ist kein offener Mensch.« Sie schüttelte den Kopf, weil sie damit eigentlich meinte, dass sie ihn in emotionaler Hinsicht nicht für offen hielt, denn über die meisten Themen pflegte er sich bereitwillig in aller Ausführlichkeit zu äußern – aber bezüglich seines Interesses an den Peliers hielt er sich sehr bedeckt. Sie vermutete, dass ihm diese bestimmte Angelegenheit peinlich war.

»Hinter seinem Interesse steckt mehr als die reine Freude an der Kunst. Jetzt, wo ich die Bilder in meinem Gewahrsam habe, werde ich vielleicht herausbekommen, was ihn daran so fasziniert.«

»Vielleicht, doch ich befürchte, dass du es mir dann nicht erzählen wirst«, sagte Marianne. »Du bist da recht unfair, muss ich sagen. Ich teile all meinen Klatsch mit dir, und nicht nur Klatsch, sondern Klatsch der ersten Ordnung, und du … nun, du bist eindeutig *verschwiegen.*« Sie sprach dieses Wort beeindruckend verächtlich aus. »Das ist wohl kaum einer Dame angemessen. Du sollst doch nur gegenüber anderen verschwiegen sein – nicht gegenüber deinen besten Freundinnen, zu denen ich mich rechne.«

»Das bist du gewiss, Marianne, aber ich habe so wenig zu erzählen. Es ist schrecklich unfair, da gebe ich dir recht, aber stelle ich dich dafür nicht jedem Menschen vor, den du nur kennen zu lernen wünschst? Sammelst du bei den Leuten, die du durch mich kennen lernst, nicht bogenweise Material für deine Romane? So hast du doch auch etwas davon, denke ich.«

Marianne nickte ein wenig widerstrebend. »Das kann ich wohl nicht gänzlich abstreiten.« Sie schaute zur Uhr auf dem Kaminsims. »Jetzt muss ich aber leider gehen. Mein Publikum erwartet mich.«

Die beiden Frauen verabschiedeten sich, und die Gräfin blieb allein zurück. Sie ließ sich in dem Sessel nieder, den Marianne gerade eben geräumt hatte, und betrachtete ein Stillleben an der Wand gegenüber. Es war kein bemerkenswertes Kunstwerk, einfach nur gute Arbeit, aber es beruhigte sie trotzdem. Die Peliers dagegen empfand sie als aufwühlend, um das Mindeste zu sagen. Sie hatten etwas an sich … Als ob man in jemandes anderen Träume hineinschaute – oder vielleicht eher Albträume. Nicht, dass sie grässlich waren, nur verstörend und sonderbar irreal. Sie schienen mehr einem Delirium – einem Fiebertraum – entsprungen als der normalen Vorstellungskraft.

Warum war Skye so von ihnen fasziniert? Es war beinahe ungehörig, dass ein Empiriker sich so von einem Mann wie Pelier fesseln ließ, von dem es hieß, er habe *Visionen* gemalt, die später zum Teil, so wurde behauptet, tatsächlich eingetreten seien.

»Torheit«, sagte sie laut. Doch Skye war wohl kaum töricht zu nennen. O ja, er war ein wenig eitel und sonnte sich ein wenig zu sehr in seiner Berühmtheit, aber er war nicht töricht – zumindest noch nicht.

Die Gräfin war überrascht, dass sie noch nichts von ihm gehört hatte. Sobald die Gemälde am Nachmittag zuvor eingetroffen waren, hatte sie ihm eine Nachricht geschickt und eine umgehende Antwort erwartet. Vielleicht war er nicht von der Gräfin von Chilton in Bann geschlagen wie so viele andere, aber sie hatte erwartet, dass er sich sofort auf die Peliers stürzen würde.

Sehr merkwürdig.

Warum liegt ihm nichts an mir?, fragte sie sich. *Warum, wo doch so viele andere ganz närrisch werden.* Schon der Gedanke beunruhigte sie. Letzthin hatten sich zwei Männer ihretwegen duelliert. Sie wurde rot vor Verlegenheit und Kummer. Sich ihretwegen duelliert, dabei hatte sie keinen der beiden je kennen gelernt. Fremde … Und einer der beiden war recht ernsthaft verletzt worden. Was, wenn er dabei umgekommen wäre? Dachten diese Männer denn nie an sie? Wie hätte sie damit leben sollen?

Ich werde gezwungen sein, mich völlig zurückzuziehen, mich zu verstecken, dachte sie. *Aber noch nicht. Erst muss ich mir sicher sein, dass ich nicht die geringste Chance habe, Skye für mich zu interessieren. Nicht die geringste Chance.*

Kent saß im Salon und wartete so geduldig, wie ein Mann nur warten konnte, der gleich die schönste Frau Farrlands und höchstwahrscheinlich auch im weiten Umkreis von Farrland kennen lernen würde. Er saß in einem Sessel, dem gegenüber ein Spiegel an der Wand hing, und betrachtete den armen, nervösen Kerl, der so vorsichtig zu ihm zurückschaute.

Nimm dich zusammen, Mann, schalt er sich. *So schlimm, wie du denkst, ist es doch gar nicht.*

Vom Kopf her wusste er, dass das stimmte; schließlich war Kent so etwas wie ein Liebling der Damenwelt Avonels. Oh, er wusste, dass er kein ungewöhnlich gut aussehender Mann war, aber er hatte seine Qualitäten. Er schaute den Mann im Spiegel an und versuchte, ihn dazu zu bringen, etwas ungezwungener dreinzublicken.

So ist es schon besser, dachte er. *Ja, setz dich auf, als wärest du energisch und selbstbewusst – wie auch immer es im Moment mit dir bestellt sein mag.*

Nein, er war nicht unangenehm anzusehen. Seine Stirn war hoch und glatt, die Augenbrauen wohlgeformt. Wenn dies hier sein Idealporträt wäre, würde er natürlich die Nase nach Möglichkeit retuschieren, denn sie war ein wenig größer, als ihm angenehm gewesen wäre. Und sein Kinn könnte ein wenig mehr Maß halten – nicht ganz so stark sein. Seine Augen allerdings waren sehr schön – ein je nach Lichteinfall mehr oder weniger strahlendes Graublau. Er hätte einen blauen Gehrock dazu getragen, der seine Augenfarbe besonders zur Geltung brachte. Er hatte immer ein Händchen für seine Kleidung gehabt – in letzter Zeit war er sogar eine Art Trendsetter geworden. Ja, der Mann, der ihm da gegenübersaß, würde durchgehen. Viele Frauen wären mit weit weniger zufrieden. Ach, na ja, größer. Er wäre gerne ein wenig größer, aber klein war er jedenfalls nicht, und seine Figur war absolut akzeptabel. Nein, schon viele schöne Frauen hatten sich mit Männern abgefunden, die dem Auge keineswegs mehr zu bieten hatten. Selbst vom ersten Ehemann der Gräfin hieß es, er sei ein recht gewöhnlicher Mann gewesen, im körperlichen Sinne.

Draußen im Gang ertönten Schritte, und er stand erwartungsvoll auf, der Mund ein wenig trocken, doch die Schritte gingen vorbei und verhallten, was Kent mit einem verstörenden Gefühl des Verlusts zurückließ. Er war so durcheinander, dass er zum Kaminsims ging, um ein Miniaturporträt zu betrachten, als wolle er die Tatsache kaschieren, dass er in seiner Nervosität erwartungsvoll aufgesprungen war, obwohl gar niemand kam. *Aber es sieht dich doch gar keiner*, sagte er sich. Dennoch hatte er das Gefühl, sich dumm benommen zu haben.

Den auf dem Porträt in seiner Hand Abgebildeten registrierte er kaum; ein Mann wie viele andere. Seine Gedanken waren bei der Frau. Kent hatte die Gräfin mehr als einmal gesehen – sein junger Erfolg hatte ihm Zutritt zu solchen Kreisen verschafft –, doch tatsächlich vorgestellt war er ihr noch nicht worden. Was bedeutete, dass er in vieler Hinsicht noch immer draußen stand. Und doch, hier war er nun Gast im Avonel-Haus der Gräfin, wenn auch in einer beruflichen Angelegenheit.

Er hoffte zutiefst, dass die Gräfin eines seiner Gemälde kaufen würde. Die restliche Aristokratie hätte dann nichts Eiligeres zu tun, als ihrem Beispiel zu folgen, und die Preise würden hochschnellen. Dieser Gedanke ließ ihn ein wenig nervös werden. Doch nicht so sehr wie die Vorstellung, dass er der Gräfin vielleicht unsympathisch wäre. Das war seine große Angst. Nicht nur würde es wahrscheinlich seine Karriere ruinieren, nein, von einer solchen Demütigung konnte man sich nicht erholen. Er wäre gezwungen, das Land zu verlassen.

Ich erwarte nicht, dass sie mir auf den ersten Blick in die Arme fällt, sagte er sich. *Ein solcher Narr bin ich nicht.*

Aber wenn sie meine Unterhaltung als angenehm empfände und von meinem Witz wenigstens ein wenig eingenommen wäre … Wenn ich in ihren Kreis hineinkäme – selbst nur in den äußersten Zirkel –, sodass sie mich gelegentlich zu sich nach Hause einladen und im Theater begrüßen würde, dann hätte ich wenigstens das Gefühl, dass ich hier nicht der Hanswurst bin.

Kent wusste einiges über die Gräfin, wie beinahe jedermann in Farrland. Sie galt als sehr intelligent, schnell gelangweilt, literarisch und künstlerisch gebildet und in ihrem Verhalten zurückhaltend. Die Menschen, die es schafften, in ihren berühmten Salon eingeladen zu werden, gehörten alle zur Elite und waren für ihren Charme und ihre Kultiviertheit bekannt. Körperliche Vorzüge allein reichten nicht für eine Einladung bei der Gräfin – einer für ihre körperlichen Vorzüge berühmten Frau. Auch Titel schienen sie nicht sonderlich zu beeindrucken, denn mehrere ihre Favoriten stammten aus Familien, die sich durch nichts ausgezeichnet hatten.

Ich habe es fast geschafft, sagte sich Kent. Vor kurzem hatten ihm seine Landschaftsgemälde Einlass in die Empirische Gesellschaft verschafft – eine Leistung, auf die er zu Recht stolz war. Und bald würde er durch seine Bilder auch zum Mitglied der Königlichen Gesellschaft der Schönen Künste werden. Averil Kent, MEG, MKGSK.

Allein an seinen Leistungen gemessen war er inzwischen fast so weit, dass er in die Welt der Gräfin eintreten konnte. Aber Leistungen reichten nicht. Die Gräfin musste ihn kennen lernen und für würdig befinden.

»Mein verstorbener Ehemann, der Graf von Chilton«, sagte eine Stimme mit einem so warmen, vollen Klang, dass sie Kent im Innersten berührte. Er drehte sich um, und da stand die Gräfin im Türrahmen. »Oder waren Sie mehr am Maler interessiert? Montpellier, glaube ich.«

Kent verbeugte sich ein wenig befangen, von ihrem

plötzlichen Erscheinen aus der Fassung gebracht. »Es ist ein wunderschönes kleines Kunstwerk, Lady Chilton«, brachte er heraus. »Lord Chilton war ein eindrucksvoller Mann.«

»Meinen Sie?«, fragte sie, und auf ihrem schönen Mund erschien ein leicht spöttisches Lächeln.

Kent nickte. Was war das nur an ihr? Warum trieb sie die Männer fast in den Wahnsinn? Er kämpfte gegen den Drang an, sie anzustarren.

»Ich habe ihn eigentlich nie als eindrucksvoll betrachtet und nicht einmal als gut aussehend. Aber er war über alle Maßen gütig, in politischen Dingen geschickt, gerecht und rücksichtsvoll. Und er hat das Leben mit beiden Händen ergriffen wie kein anderer. Obwohl sein Leben zu kurz war, hat Lord Chilton gewiss mehr gelebt als so mancher, dessen Lebensspanne die seine um das Dreifache übersteigt.« Sie betrachtete das kleine Gemälde in seinem Silberrahmen mit großer Zuneigung und einer gewissen Traurigkeit.

Plötzlich streckte die Gräfin die Hand aus. »Und Sie sind Mr. Kent, nicht wahr?«

»Averil Kent, Lady Chilton. Ihr Diener.« Kent berührte die dargebotene Hand mit den Lippen und merkte dabei, dass er errötete, wobei die Gräfin allerdings durch nichts zu erkennen gab, dass es ihr aufgefallen war.

Sie zeigte auf einen Stuhl, und Kent war froh, sich setzen zu können, während die Gräfin den Tee kommen ließ.

Kent fiel auf, dass die Gräfin nicht die ideale Frauenfigur besaß, denn sie war eigentlich zu groß und zu schlank. Beinahe weidenartig, dachte er. Zu mädchenhaft, nicht fraulich genug, und das überraschte ihn, wo doch allgemein keiner gelten ließ, dass sie weniger als vollkommen sein könnte. Vollendet war vielleicht ihr dunkles, fast schwarzes Haar zu nennen, denn es war dick und fiel in glänzenden Locken um das herzförmige Gesicht.

Mit seinen vom Malen geschulten Augen registrierte Kent rasch ihre Gesichtszüge. Große, blaue Augen, die zu weit auseinander standen und ein wenig in die Länge gezogen waren, was ungewöhnlich war und ihrem Gesicht eine leicht exotische Note verlieh. Er bemerkte ein unter ihrer rechten Augenbraue verborgenes Muttermal, das allerdings sonst wohl keinem je auffiel. Ihre Lippen waren voll und passten zur Form ihrer Augen. Kent empfand ihre Züge als besonders fein ziseliert. Fraglos war sie eine sehr schöne Frau, aber doch nicht so umwerfend, dass es den Begeisterungstaumel, den sie hervorrief, wirklich rechtfertigte.

Warum aber reagierte er selbst dann so heftig auf sie? Seit er zum ersten Mal eine Frau umworben hatte, war er nicht mehr so nervös gewesen. Es war ihre Stimme, merkte er. Sie war so klangvoll, so volltönend – beinahe meinte er, sie sehen zu können. Eine Palette der lebhaftesten Schattierungen. Wenn sie sprach, drang ihre Stimme in seinen innersten Kern vor, und dort begann etwas zu vibrieren, als wolle es harmonisch mitschwingen. Wenn sie sprach, hätte er am liebsten die Augen geschlossen und ihre Stimme einfach auf sich wirken lassen wie eine körperliche Zärtlichkeit.

»Meine Freundin, die Marquise von Wicklow, besitzt ein sehr schönes Gemälde des Whye-Tales von Ihnen, Mr. Kent. Ich bewundere es sehr. Haben Sie noch weitere gemalt?«

»Vom Tal?«, fragte er, von der Wärme ihres Tonfalls so gefangen genommen, dass er fast unfähig war, ihre Worte zu verstehen.

»Nein, Landschaften überhaupt.«

»Oh. Ja«, erwiderte er und versuchte, sich zusammenzureißen. »In den letzten Jahren waren Landschaften mein Hauptthema, obwohl die Natur im Kleinen gleichfalls meine Aufmerksamkeit auf sich gezogen hat.«

Sie lächelte. Kent hatte eindeutig den Eindruck, dass er mit einer Frau sprach, die unglücklich war. Etwas war an ihren Gesichtszügen – eine ganz leichte Starre –, als wäre sie es müde, den Schein aufrecht zu halten. »Und damit haben Sie sich Zutritt zur Empirischen Gesellschaft verschafft?«

Kent nickte. »Ich höre mit Überraschung, dass Sie davon wissen.«

»Sie gelten als Künstler mit einer bedeutenden Zukunft, Mr. Kent. Und ich bin eine Bewundererin der Künste und Freundin der Künstler.«

Kent überlief bei diesen Worten ein leichter Schauder, als hätte sie damit Bewunderung für ihn selbst angedeutet. Der Tee wurde gebracht, was ihre Unterhaltung unterbrach und Kent Luft verschaffte, sich ein wenig zu sammeln. Er hoffte, inzwischen wieder seine normale Gesichtsfarbe zu haben, obwohl sein Gesicht sich immer noch heiß anfühlte.

»Man hat mir gesagt, Mr. Kent, dass Sie ein Experte für Pelier sind.«

»Ich darf Ihnen in aller Demut antworten, Lady Chilton, dass das absolut richtig ist.«

Sie lachte, was ihn mit Genugtuung erfüllte. »Sie sind aber wirklich zu bescheiden, Sir.« Sie zeigte mit ihrer Teetasse auf die Türen hinter Kent.

»Würden Sie mir freundlicherweise Ihre Meinung zu diesen Bildern sagen?« Sie stand, Tasse und Untertasse in der Hand, auf und führte Kent durch das Nachbarzimmer in den Raum dahinter. Ihm kam es so vor, als ginge sie ein wenig steif, wie wenn man eine irgendwie unangenehme Aufgabe in Angriff nimmt.

Die Bilder waren nicht aufgehängt, sondern lehnten auf einen Tisch gestellt an der Wand. Kent interessierte sich zwar schon seit langem für Pelier und sein Werk, merkte aber jetzt, dass es ihm extreme Willenskraft abverlangen würde, sich im Moment auf etwas anderes als die Gräfin zu konzentrieren. Die Gräfin ihrerseits war von den Bildern zurückgetreten, einen merkwürdigen Ausdruck auf dem Gesicht.

»Wie Sie sehen werden, sind sie als Peliers signiert, doch es scheinen Zweifel an der Wahrhaftigkeit dieses Anspruchs zu bestehen.«

Kent stellte seine Tasse weg und näherte sich, um sie genauer zu betrachten. Das erste Bild war so vieldeutig, wie für Pelier typisch: drei um eine Marmorkrypta versammelte Gestalten. Wenn es irgendeine Bedeutung besaß, war diese unergründlich, wie bei vielen von Peliers Arbeiten. Sie wurden regelmäßig neu interpretiert, damit sie zu irgendwelchen Ereignissen passten. Das zweite war sogar noch merkwürdiger. Ein unkonventionell gekleideter Mann überquerte, dem Betrachter den Rücken gekehrt, eine Brücke über einen Fluss, doch die Brücke änderte zwischen den beiden Ufern ihre Bauweise, als wären zwei verschiedene Gemälde in der Mitte zusammengeflossen. Auf dem einen Flussufer war es Morgen, und das Licht ergoss sich durch die blühenden Bäume eines Frühlingstags. Auf dem anderen Flussufer war weder Morgen noch Frühjahr, sondern es war ein Herbstnachmittag dargestellt. Im Hintergrund erblickte Kent die Ruine einer alten Kathedrale, und dann merkte er, dass im Schatten der Bäume eine altmodische Kutsche aufgefahren war. Sie schien zu warten.

»Wie ausgesprochen sonderbar«, sagte Kent. »Sehen Sie, wie der Fluss in zwei verschiedene Richtungen strömt. Als läge die Brücke von beiden Seiten aus gesehen flussabwärts.« Kent schüttelte lächelnd den Kopf: Diese wunderbare Vieldeutigkeit ließ ihn immer so reagieren.

»Haben Sie eine Lupe?«, fragte er.

Die Gräfin läutete einem Diener, der das Gewünschte rasch herbeischaffte. Kent beugte sich dichter über die

Leinwand und untersuchte die Signatur, die Technik, den Pinselstrich und die Palette.

Die Grabinschrift war in keiner Kent bekannten Schrift verfasst, was auf ein Gemälde für die Moravier schließen ließ. Pelier war zweifellos Mitglied dieser Geheimgesellschaft gewesen. Vielleicht war es eine Botschaft für andere Moravier. Aber etwas an diesem Bild …

»Ich glaube, Lady Chilton, dass zumindest dieses Gemälde hier ein sehr kunstfertig ausgeführtes Plagiat ist. Es tut mir Leid. Hat man es Ihnen als Pelier verkauft?«

»Es war ein Geschenk, Mr. Kent, und die gute Seele, die es mir geschenkt hat, war sich bezüglich der Echtheit selbst nicht sicher. Warum sind Sie denn so überzeugt, dass es kein Pelier ist?«

Kent zeigte mit einer Hand: »Sehen Sie das Weiß im Marmor des Grabes und hier im Hemd des Gentlemans? Das ist garantiert kein Bleiweiß. Pelier hat aber nur Bleiweiß verwendet. Und die Pinselstriche sind zwar eine fast täuschend echte Fälschung, aber eben doch nicht ganz so, wie ich es erwarten würde. Pelier hatte eine sehr leichte Hand, die besonders schwer zu imitieren ist. Die Signatur allerdings ist erstaunlich. Ich würde sie für echt halten, wären da nicht diese anderen Dinge.« Schließlich zeigte Kent zur Fläche des Himmels. »Das hier aber ist der wahre Fehler in dem Gemälde. Ich habe oft gedacht, dass nichts Peliers Behandlung von Wolken und Licht am Himmel gleichkommt. Das hier ist nur ganz ordentlich. Kein Zweifel, Lady Chilton. Ein wundervolles Plagiat, aber dennoch ein Plagiat.«

Die Gräfin zuckte lächelnd die Achseln. »Oh, nun, es war ein Geschenk aus freundlichem Herzen, und das ist es, was zählt. Es ist eher schon eine Ironie des Schicksals, dass ich es überhaupt besitze. Ich war bei jemandem zu Besuch und tat so, als ob ich diese Bilder bewunderte – aus Höflichkeit, verstehen Sie – und am nächsten Tag trafen sie bei mir ein.« Sie trat einen Schritt zurück und betrachtete das Gemälde. »Und dann sind sie obendrein auch noch Fälschungen.«

»O nein, Lady Chilton. Dieses erste hier ist eine Fälschung. Aber der Mann, der die Brücke überquert: Das ist ein Pelier. Da bin ich mir so gut wie sicher. Schauen Sie diesen unglaublichen Himmel an! Hätte er nie etwas anderes gemalt als den Himmel, hätte ich ihn trotzdem zu den Meistern gezählt. Nein, dieses hier ist echt, und mehr als das, ich habe noch nie von diesem Bild gehört. Hin und wieder kommt das vor: Ein echter Pelier taucht auf. Es wird die Kunstwelt in Aufregung versetzen – ganz zu schweigen von denen, die ihre Zeit damit zubringen, Peliers Werk zu interpretieren und immer wieder umzuinterpretieren.«

»Wie aufregend für alle Beteiligten«, sagte sie und betrachtete das Bild mit gerümpfter Nase.

»Die Gräfin ist keine seiner Bewundererinnen, wie ich schließe?«

»Oh, an Pelier ist ja sicher nichts verkehrt, aber …« Sie schnitt eine Grimasse. »Glauben Sie, dass Pelier ein Seher war, Mr. Kent? Oder hat er einfach nur alle an der Nase herumgeführt?«

Kent dachte einen Moment lang nach. Irgendwie hatte er das Gefühl, seine Antwort auf diese Frage sei ›der Test‹. Sein Schicksal hing von dieser Antwort ab.

»Nun, ich werde ohne Zögern sagen, dass Pelier kein Scharlatan war, womit ich ausdrücken will, dass er selbst seine Gemälde für prophetische Inspirationen hielt, wenn er auch nicht behauptete, ihre Bedeutung zu kennen. Ob er ein Seher war …? Es hängt davon ab, wessen Interpretationen man liest. Es besteht wohl wenig Zweifel daran, dass er das große Erdbeben von 1378 vorhersagte. Wenn Sie die beiden Gemälde betrachten, die sich mit diesem Ereignis beschäftigen – haben Sie sie gesehen, Lady Chilton?«

Sie schüttelte den Kopf.

»Das eine zeigt die Ruinen der Stadt Brasa, und diese sind den Ruinen, die nach der Katastrophe tatsächlich vorzufinden waren, so ähnlich, dass keine Verwechslung möglich ist. Dreizehn Tauben fliegen oben in die perfekten Wolken des Himmels. Die Zahl 78 lässt sich auf einem zerstörten Haus erkennen, und ein Kirschbaum steht in Blüte, was die Szene in den Februar verlegt – genau der Zeitpunkt, zu dem die Tragödie sich ereignete. Ein junges Mädchen rennt nackt durch die Straße, offensichtlich ein Opfer von Verbrennungen wie so viele. Und man sieht ein Gespann grauer Pferde wild über den fernen Hügel galoppieren, noch im Geschirr, jedoch vom Wagen frei gerissen.« Kent blickte der Gräfin in die Augen und fragte sich, ob sie ihn für einen Narren hielt. »Ich halte das eindeutig für eine Prophezeiung. Anders kann ich es mir nicht erklären.«

»Ich verstehe. Und hat Pelier wirklich in Trance und mit geschlossenen Augen gemalt?«

»Ich bezweifele sehr, dass er die Augen geschlossen hatte, doch da er niemanden in sein Atelier ließ, wenn er arbeitete, werden wir es nie erfahren. Pelier selbst hat nur gesagt, beim ersten Pinselstrich wisse er noch nicht, was für ein Bild er malen werde, und er sei dann ›inspiriert‹, wie er es gern erklärte. Er selbst hat sehr wenige Behauptungen aufgestellt, Lady Chilton, das waren vielmehr diejenigen, die sich um ihn sammelten, als er schon dem Ende entgegenging. Sie waren für den Mythos verantwortlich – diese Leute und die, die nach ihnen kamen.«

»Das ist eine faszinierende Geschichte«, sagte sie mit einem weiteren Blick auf die Bilder. »Es tut mir ein bisschen Leid, dass nur eines echt ist«, meinte sie dann, doch Kent war sich sicher, dass es ihr damit nicht Ernst war. Noch immer stand sie unnatürlich weit weg, und alles in ihrem Verhalten ließ auf großes Unbehagen schließen. Diese Bilder beunruhigten sie auf irgendeine Weise.

Kent schaute zu den Gemälden zurück. »Aber das andere könnte ohne weiteres eine Kopie sein – vielleicht sogar eine originalgetreue. Es wurden viele Kopien angefertigt, und einen präzisen Katalog der Werke Peliers gibt es nicht. Wenn er eine Leinwand fertig gestellt hatte, scherte er sich nicht mehr sonderlich darum, was mit ihr geschah. Es trieb ihn einfach nur, das Bild zu malen. Ich stimme im Prinzip der Meinung zu, dass etwa vierzig Bilder niemals erfasst worden sind. Für ein Nichts verkauft oder sogar verschenkt. Seit vielen Jahren verschollen. Ein echter Pelier taucht vielleicht einmal im Jahrzehnt auf, und dazu kommt dann eine ungewisse Anzahl nur aus Gewinnsucht angefertigter Plagiate oder aber von seinen Verehrern nachgemalter Kopien von Originalen.«

»Sie hängen nicht jener Richtung an, die in jedem Element seiner Bilder irgendeine Bedeutung zu finden versucht, oder?«

Kent schüttelte den Kopf. »Nein, das halte ich für ein bisschen übertrieben, und ich glaube auch nicht, dass für jedes Bild irgendein Ereignis zu finden sein muss. Manche Bilder waren jedoch meiner Meinung nach echte Akte von Prophezeiung, und obwohl das meinen eigentlichen Überzeugungen zuwiderläuft, fällt mir keine andere Erklärung ein.« Kent zuckte ein wenig verlegen die Schultern. Er hatte die Wahrheit gesagt, wo er vielleicht besser gelogen hätte. Doch jetzt war es passiert.

»Nun, Mr. Kent, ich stimme Ihnen gewiss darin zu, dass wir das Leben mit unserer Alltagserfahrung nicht völlig erfassen können. Schließlich lebt hier in unserem eigenen Land noch immer ein Magier, und all das, was die Magier getan haben, einschließlich ihrer Prophezeiungen, lässt sich nicht komplett abstreiten. Dass ein Mann Bilder gemalt haben könnte, die auf künftige Ereignisse hinweisen, erscheint mir als nicht unmöglich.«

»Da stimme ich vollständig mit Ihnen überein, Lady

Chilton«, sagte Kent, und seine Begeisterung und vielleicht auch Erleichterung waren deutlich zu sehen. »Genau das sage ich seit langem ...«

»Lady Chilton?«

Kent und die Gräfin wandten sich um, und ein Hausmädchen stand in der Tür. »Verzeihen Sie, Ma'am. Hier ist ein Brief ...«

Es folgte ein sonderbarer Moment des Zögerns. Kent meinte eine Andeutung von Verärgerung über das Gesicht der Gräfin huschen zu sehen, doch dann veränderte sich ihr Verhalten. »Ach«, sagte sie und wandte sich dann Kent zu. »Würden Sie mich bitte einen Moment lang entschuldigen, Mr. Kent?«

»Aber gewiss doch.«

Die Gräfin eilte hinaus, und Kent konnte nur hinter ihr hersehen, wie sie verschwand; anmutiger als eine Tänzerin, dachte er. Dann hörte er draußen leise Stimmen, denn die Tür war leicht angelehnt geblieben. Kent merkte, wie es ihn zur Tür zog und er angestrengt die Ohren spitzte, ohne recht zu wissen, warum. Vielleicht würde die Gräfin etwas über ihn sagen und er könnte einen Hinweis erhaschen, wie sie ihn einschätzte.

Doch das Gemurmel verstummte, sodass er sich fragte, ob man ihn gehört hatte. *Das wäre das Ende aller Chancen*, dachte Kent. *Setz dich hin, Mann!* Doch er blieb, wo er war, und spitzte weiter die Ohren.

Papiergeraschel. »Castlebough«, sagte die Gräfin. »Lassen Sie alles vorbereiten. Ich breche wenn möglich noch heute auf. Allerspätestens morgen früh.«

Kent trat von der Tür zurück und tat so, als inspiziere er ein anderes Gemälde.

»Doch nicht noch eine Fälschung, hoffe ich«, sagte die Gräfin, doch Kent erkannte, dass ihr Verhalten sich verändert hatte. Der Brief hatte das durch die Peliers verursachte Unbehagen in ihr ausgelöscht, doch sie wirkte auch nicht selbstgewiss und freudig, als hätte sie von einem Liebsten gehört. Tatsächlich wirkte sie noch immer ziemlich traurig.

»Nein, darauf deutet nichts hin.« Kent versuchte zu lächeln, doch das gezwungene Verhalten der Gräfin betrübte ihn, als könne er es kaum ertragen, sie unglücklich zu sehen – er, ein vollkommener Fremder.

»Nochmals Tee?«, fragte die Gräfin, eindeutig in der Absicht, den Besuch in aller Höflichkeit fortzusetzen.

»Ich glaube, Lady Chilton hat derzeit Dringlicheres zu tun. Bitte, lassen Sie sich nicht von mir aufhalten.«

Sie hielt inne und schaute ihn an, ihr Verhalten sehr ernst.

»Sie sind sehr freundlich, Mr. Kent. Ja, man ruft mich weg von hier. Sollten wir Ihren Besuch vielleicht auf ein andermal verschieben? Ich hatte mich so darauf gefreut, Sie ein bisschen besser kennen zu lernen.«

Kent war von der offensichtlichen Ernsthaftigkeit in ihrer Stimme berührt.

»Nichts wäre mir lieber. Ich bin demnächst eine Weile verreist – zum Studium neuer Motive –, aber wenn ich zurückkehre …«

»Dann werden wir uns also wiedersehen.« Ihr schien ein Gedanke zu kommen. »Malen Sie Porträts?«

»Leider nein, Lady Chilton.«

»Wie schade. Aber vielleicht könnte ich Sie in Ihrem Atelier besuchen? Ich hätte sehr gern einen Averil Kent und will sichergehen, dass ich keine Fälschung bekomme.«

»Es wäre mir eine Ehre, Lady Chilton«, sagte Kent und verneigte sich.

»Wohl kaum«, erwiderte sie, »aber aus irgendeinem sonderbaren Grund überragt mein gesellschaftlicher Einfluss in Avonel meine eigentlichen Fähigkeiten und Leistungen ganz unverhältnismäßig. Ich könnte die Nachfrage nach

Ihren Arbeiten steigern, Mr. Kent. Es sei denn, Sie sind finanziell unabhängig und verachten es, Geld aus Ihrer Kunst zu schlagen?«

Kent begegnete kurz ihren Augen und schüttelte fast unmerklich den Kopf.

»Gut. Ich verachte Dilettanten. Wahre Künstler, die Ihren Lebensunterhalt mit eigener Hand verdienen müssen – das sind die Männer und Frauen, die die Kunst Farrlands zu dem gemacht haben, was sie ist. Nicht die Lord Dinseys und Sir Gerrard Bainbridges.« Sie hielt inne und fixierte ihn mit einem nachdenklichen Blick. »Wenn wir Freunde werden sollen, Mr. Kent«, sagte sie, und ihre volle Stimme senkte sich zu einem so vertraulichen Tonfall, dass Kent sich beinahe vergessen hätte, »muss ich Ihnen sagen, dass ich es unerträglich finde, so behandelt zu werden wie … Nun, als wäre ich nicht auch nur ein Mensch. Verstehen Sie?« Sie wirkte ganz aufrichtig, und ihre letzten Worte waren fast eine Bitte.

Kent nickte und spürte plötzlich eine tiefe Einsamkeit, die diese Frau, die begehrteste Frau in ganz Farrland, umgab.

»Bis zu unserem Wiedersehen, Mr. Kent«, sagte sie und bot ihm ihre Hand dar.

Kent berührte die vollkommene Haut mit seinen Lippen, und das Nächste, was ihm bewusst wurde, war, dass er sich auf der Straße befand und in die falsche Richtung marschierte. Der kurze Blick, den er auf den Menschen hinter der Rolle der Gräfin von Chilton erhascht hatte, hatte ihn völlig verwirrt. War sie einsam? Konnte eine Frau in ihrer Stellung ein Leben führen, das nicht vollkommen zu nennen war? Hatte sie Zweifel? Oder einen Traum von einem anderen Leben? Was war das, das sie von einem Moment auf den nächsten davonrief?

Er blieb auf der Straße stehen und schaute sich um, als hätte er sich in einer fremden Stadt verirrt. Erst einen Augenblick später – fast wie nach einem Blackout – erkannte er, wo er sich befand.

»Was denkst du dir eigentlich?«, sagte er ruhig. »Du würdest gewiss wie ein Narr dastehen.« Aber dennoch ging er weiter die Straße entlang und fragte sich, wie viele Tage man wohl nach Castlebough brauchte und ob sie sich vielleicht auf dem Weg treffen würden, damit er nicht so lange warten musste, bis er diese Stimme wieder hörte.

7

Die Allianz unbehaglich zu nennen wäre eine Untertreibung gewesen, doch der Pakt zwischen Moncrief und Admiral Sir Joseph Brookes hatte ein Jahrzehnt überdauert und blieb bei aller Instabilität doch so beständig, wie dies bei einer Verbindung zwischen zwei Männern, deren Ziele sich nicht vollständig gegenseitig ausschlossen, nur möglich war.

Brookes war vierzehn oder fünfzehn Jahre älter als Moncrief und damit Mitte sechzig, obwohl er viel älter aussah. Nicht dass er irgendwie hinfällig oder gebrechlich gewesen wäre, denn er war ein vitaler Mann, noch immer gesund und rüstig, doch von seinen Jahren auf See war er so grau und runzlig wie dies bei Menschen, die an Land blieben, selbst mit achtzig noch kaum der Fall war.

Wie die meisten Angehörigen der Marine achtete Brookes sehr auf sein Äußeres und kleidete sich so gepflegt und sorgfältig, wie dies sonst eher dem Dandy vorbehalten bleibt – dabei war er aber nicht im Geringsten eitel. Das war nur eine durch den Dienst angenommene Gewohnheit – eine Ehrensache, die mit Selbstbespiegelung fast gar nichts zu tun hatte.

Ihrer Brüchigkeit zum Trotz gründete die Allianz der beiden auf einem recht soliden Fundament. Sir Joseph Brookes hatte es zu einem großen Teil, wenn auch nicht ausschließlich, Moncrief zu verdanken, dass er zum Seelord, zum Chef der Admiralität, berufen worden war. Nicht, dass ihm die Qualifikationen gefehlt hätten – das war gewiss nicht der Fall. Brookes war ein effektiver und sogar recht phantasievoller Vorgesetzter. Doch ohne wohl platzierte Gönner stieg man im Dienste des Königs nicht auf.

Als Gegenleistung für Moncriefs weiterhin gewährte Unterstützung stellte Sir Joseph dem Ersten Mann des Königs das Geheimdienstorgan der Admiralität zur Verfügung. Natürlich hatte der Palast auch seine eigenen Agenten, doch die arbeiteten zwangsläufig unter dem wachsamen Blick der Regierung – eine Situation, die Moncrief … lästig fand.

Die Admiralität dagegen war fast ein eigenes Fürstentum – und der Seelord war der Fürst dieser gar nicht so kleinen Nation innerhalb der Nation. Einer der Gründe, aus denen Sir Joseph sich so lange in seiner Position gehalten hatte, war sein politisches Gespür. Wie der Herrscher einer kleinen Nation hatte er ein unvergleichliches Geschick darin entwickelt, die Bedürfnisse seines Fürstentums und die Ansprüche seiner mächtigeren Nachbarn – in diesem Falle des Königs und der Regierung von Farrland – miteinander auszutarieren. Er war ein Meister darin, seine eigenen Pläne in das Gewand eines Vorteils für Farrland zu kleiden – und manchmal stimmte das sogar.

»Wir haben die Frau gefunden«, mit diesen Worten wurde Moncrief von Brookes empfangen.

Der Erste Mann des Königs hatte sich auf einen der ledernen Armstühle im Büro des Seelords gesetzt. Auf seinen Stock gestützt starrte er Brookes mit deutlichem Missfallen an, und obwohl ihn die Nachricht ein wenig erleichterte, ließ er dies nicht erkennen. »Dann wissen wir also, wer sie zu diesem Betrug veranlasst hat?«

»Zum Teufel noch mal, nein.« Brookes war kein Mann, der sich leicht einschüchtern ließ. Wenn man Schlachten und Stürme zu See überstanden hat, kann einen auch der Erste Mann des Königs nicht mehr erschrecken – aber behaglich schien er sich auch nicht zu fühlen. »Sie wurde am Morgen in einem Hafenbecken entdeckt – ertrunken.«

Selbst Moncrief konnte sein Gesicht bei dieser Nachricht nicht völlig unbewegt halten. »So etwas würde Skye gewiss niemals tun«, sagte Moncrief. »Stand sie dann also schon die ganze Zeit im Sold der Entonne? Die Pläne für die Kanone sind verschwunden, oder?«

Brookes nickte. »Ja, unglücklicherweise ja. Ob sie nun eine Spionin Entonnes war ...« Er zuckte die Schultern, was Moncrief ganz verrückt machte.

Die Pläne für die Kanone waren verschwunden! Dafür konnte nur Entonne verantwortlich sein. Farrelles Flammen! Hatten er und Brookes bei dem Versuch, Skye zu ruinieren, Farrlands militärischen Vorteil verschenkt? Plötzlich war Moncrief ein bisschen übel, und schwer auf die eine Armlehne gestützt lehnte er sich im Stuhl zurück.

»Ich sollte mir wohl erst einmal anhören, was vorgefallen ist«, sagte er schließlich mit trockenem Mund.

Brookes holte tief Atem. »Es ist ein wenig schwierig, sich ein genaues Bild zu machen. Unsere Leute waren wie besprochen an Ort und Stelle. Es klingelte, Mary ging hinunter, um die Tür zu öffnen, und mehr können die Offiziere nicht sagen. Sie wachten sechs Stunden später wieder auf. Mary und die Pläne waren verschwunden. Und das könnte das Ende der Geschichte sein, hätten wir Mary nicht, wie bereits gesagt, heute Vormittag aufgefunden.«

»Das ist alles? Mehr wissen wir nicht?«

Brookes schüttelte den Kopf. »Beinahe. Es ist zumindest alles, was wir mit Sicherheit wissen, aber es gibt noch ein paar weitere Details. Zwei der Offiziere schwören, sie hätten dort bei Mary weder gegessen noch getrunken und auch zuvor mehrere Stunden nichts angerührt, und doch haben alle genau zur selben Zeit das Bewusstsein verloren.«

Moncrief schnaubte. »Nun, das ist doch eine eindeutige Lüge. Ich wette, alle haben etwas getrunken, und die beiden hatten Angst, es zuzugeben. Wer wird denn schon eine Pflichtvergessenheit einräumen?«

»Der Gedanke liegt nahe«, erwiderte der Seelord, »doch ich habe selbst mit den Männern gesprochen und neige zu der Annahme, dass sie die Wahrheit sagen – oder doch zum größten Teil.«

Es überraschte Moncrief, dass Brookes tatsächlich mit Männern redete, die in eine solche Aktion verwickelt waren. Am besten hielt man etwas Abstand. Das war Moncriefs Politik.

»Aber sie standen doch eindeutig unter dem Einfluss einer Droge …«

»Das sollte man meinen. Aber wie erklärt es sich bei den Männern, die sich nicht mit einem Schluck erfrischt haben?«

»Wenn sie nicht lügen, müssen sie sich irren«, sagte Moncrief. »Lügner oder Narren – suchen Sie sich eines aus.«

Brookes wirkte nicht überzeugt. »Wenn Sie kurz gestatten, Lord Moncrief, lasse ich jetzt zwei Zeugen für ein Ereignis kommen, das Sie recht erbaulich finden könnten.«

Moncrief war ein wenig schockiert von dem Vorschlag. Er wollte sich nicht zu sehr in die Sache verwickeln lassen – während Brookes sich offensichtlich schon viel zu tief hineinbegeben hatte. »Wenn Sie es für absolut notwendig halten«, sagte er, ohne seinen Widerwillen zu kaschieren.

Sir Joseph nickte, anscheinend ohne Moncriefs Widerstreben zu bemerken oder sich darum zu scheren.

Er zog am Troddel eines Klingelzugs, und das pockennarbige, doch recht würdevolle Gesicht seines Sekretärs tauchte in der geöffneten Tür auf. »Sir?«

»Schicken Sie sie bitte herein.«

Der Sekretär machte eine Bewegung, die einer Verbeugung ähnelte, und verschwand. Einen Moment später ging die Tür auf, und zwei Individuen kamen widerstrebend mit gesenktem Kopf und kleinen, schüchternen Schrittchen herein. Die eine Person war ein Matrose, der seinen Strohhut in der Hand hielt, die andere eine Frau – eine Hure, so meinte Moncrief sicher zu erkennen.

»Dies hier ist Abel Ransom, Proviantmeister auf dem königlichen Schiff *Prince Kori*. Und Miss Eliza Blount – *Näherin*«, erklärte Brookes. »Wären Sie bitte so freundlich, Mr. Ransom, uns zu erzählen, was Sie letzte Nacht gesehen haben.«

Der Seemann nickte, wobei er die Augen kaum einen Moment lang vom Boden hob. Moncrief fragte sich, ob je zuvor ein Mensch von so niedrigem Rang dieses Büro betreten hatte – außer um den Boden zu schrubben.

»Wenn Sie gestatten, Sir, ich war spät gestern Nacht im Hafen bei Halls and Hale, Segelmachern, als eine Kutsche auf den Kai gefahren kam.« Er schaute ängstlich auf, als erwarte er, keinen Glauben zu finden. Einen Moment lang rang er um Worte, denn anscheinend hatte die Furcht jede Erinnerung aus seinem Kopf vertrieben.

»Nun, machen Sie schon weiter, Ransom«, sagte Brookes nicht allzu geduldig.

»Ja, Sir. Zwei Herren und eine Dame stiegen aus der Kutsche, Sir. Ich konnte sie nicht deutlich erkennen, denn das Licht war sehr schlecht, doch der eine Herr war älter, Sir. Älter und ein bisschen krumm.«

»Gebeugt«, übersetzte Brookes für Moncrief.

»Ja, Sir, gebeugt und nicht so beweglich. Er redete mit der Dame, aber wir konnten nicht hören, was er sagte. Wir waren im Schatten der Tür ... redeten miteinander, wissen Sie.

Die Frau ging von dem Herrn weg und ein bisschen steifbeinig zum Rand des Kais, aber da blieb sie nicht stehen, Sir. Das schwöre ich. Sie ging einfach direkt hinein. Sprang auch nicht, Sir, sondern ging hinein, als ob sie das Wasser nicht sehen könnte. Die beiden Herren traten an den Rand,

Sir, schauten ihr eine kurze Weile zu und taten nichts, um ihr zu helfen, als hätte sie überhaupt keine Probleme. Und dann stiegen sie wieder in ihre Kutsche und fuhren davon.« Er schaute auf, und seine Ängstlichkeit wurde abwehrend. »Wir gingen hin, um zu sehen, was geschehen war, Sir. Doch das Wasser strömte mit der Ebbe hinaus, und sie war nicht zu finden. Ertrunken, möchte ich wetten.«

Brookes schaute zu Moncrief hinüber und hob die Augenbrauen.

»Und Sie haben nichts getan, um ihr zu helfen?«, fragte Moncrief.

Der Mann schaute die Frau an. »Nun, Sir, wir haben nicht gemerkt, dass sie in Gefahr war. Die beiden Herren standen so ruhig dabei, da wussten wir nicht, was wir davon halten sollten. ›Vielleicht kann sie schwimmen‹, dachte ich. Diese Leute treiben die sonderbarsten Dinge als Sport, wenn ich so sagen darf. Sie rudern ein Boot zum Vergnügen, Sir. Und von manchen heißt es, sie würden schwimmen, obwohl ich es noch nie selbst gesehen habe. Es war alles so sonderbar, dass ich einfach nicht klar dachte.«

»Und Sie, Miss?«, fragte Sir Joseph. »Stimmen Sie Mr. Ransoms Bericht zu?«

Sie nickte hastig, eindeutig in der Hoffnung, selbst überhaupt nichts sagen zu müssen. Moncrief merkte, dass unter dem Make-up ein Mädchen von vielleicht sechzehn oder siebzehn Jahren steckte. Da er selbst Töchter hatte, war er gleichzeitig entsetzt und von Mitleid erfüllt.

»Sprechen Sie deutlich, wenn man sich an Sie wendet«, sagte Brookes.

»Ja, Sir«, brachte das Mädchen heraus, ihre Stimme kaum mehr als ein Flüstern. »Ja, genau wie Abel sagt, Sir. Wenn es gefällt, Sir.«

»Da gefällt mir fast gar nichts«, sagte Brookes, doch er

sprach eigentlich nicht mit dem Mädchen. »Haben Sie irgendwelche Fragen, Lord Moncrief?«

»Ich muss wohl nicht fragen, wer die betreffende Frau war«, wandte Moncrief sich ruhig an Brookes, der nickte. »Können die beiden die Männer identifizieren?«

»Können Sie das?«, fragte Sir Joseph das Paar.

»Es tut mir Leid, Sir. Es war sehr dunkel.«

»Gewiss«, gab Brookes zurück. »Haben Sie noch irgendwelche Fragen?«, wandte er sich an Moncrief.

Der Erste Mann des Königs schüttelte den Kopf.

»Ich sorge dafür, dass die beiden greifbar bleiben, falls sie doch noch etwas beitragen könnten«, sagte Brookes, als der Mann und die Frau hinausgeführt wurden. »Aber verstehen Sie jetzt, was ich meine. Ist das nicht eine sonderbare Geschichte?«

Nun war es an Moncrief, mit den Schultern zu zucken. »Die Frau wurde bedroht: Entweder sie ging ins Wasser, oder man würde ihr schlimmste Gewalt antun: eine Wahl, die wir vielleicht genau wie sie entschieden hätten.«

»Ja, das mag wohl sein, doch sowohl Ransom als auch das Mädchen sind sich sicher, dass sie nicht bedroht worden ist. Nur eine ruhige Unterhaltung. Als die Frau ins Wasser ging, waren sie völlig überrascht. Kein Wunder, dass sie die Sache für harmlos hielten – irgendein Feine-Leute-Scherz, wenn auch keiner lachte, da will ich wetten.«

»Und wie erklären Sie die Sache dann?«

»Ich kann es nicht erklären, aber es ist verdammt eigenartig, meinen Sie nicht?«

»Um das Mindeste zu sagen.« Moncrief hatte keine Ahnung, was er davon halten sollte.

»Aber meinen Sie nicht auch, dass es da eine Art Muster gibt?«, fragte Sir Joseph. »Zwei der Männer, die auf Skye gewartet haben, schwören, dass sie nichts zu essen und nichts zu trinken angerührt haben, und doch verlieren sie genauso die Kontrolle über ihre Sinne wie ihre Kameraden, die etwas zu sich genommen hatten. Dann dieser merkwürdige Vorfall beim Hafen. Und jetzt lassen Sie mich noch etwas hinzufügen. Die Offiziere, die die Räume durchsuchen sollten, in denen einer dieser für Skye arbeitenden jungen Männer lebt, stießen auf andere Personen, die in derselben Absicht vor ihnen dort eingetroffen waren.« Er hielt einen Moment lang inne. »Diese Herren verließen die Räumlichkeiten auf dem einzig möglichen Weg – sie sprangen aus dem Fenster. Das erschien eigenartig genug, da das Fenster recht hoch lag, doch sie landeten offensichtlich, ohne sich wehzutun, und verschwanden in die Dunkelheit. Die anwesenden Offiziere versicherten mir, sie hätten sich schlimm verletzt, hätten sie diesen Sprung nachvollzogen – und Marineoffiziere sehen oft genug Leute von der Takelage fallen, um das beurteilen zu können.«

Brookes hob seine buschigen grauen Augenbrauen – wie stürmische Wogen, dachte Moncrief. Hob sie, als machte das, was er gerade gesagt hatte, irgendwie Sinn.

»Und was wollen Sie damit sagen, Sir Joseph?«

»Männer schlafen wie betäubt ein, obwohl sie weder etwas gegessen noch etwas getrunken haben. Eine Frau ging im Hafen ganz ruhig ins Wasser und ertrank. Sie schrie nicht und flehte nicht um ihr Leben, sondern ging einfach ins Wasser, als hätte das keinerlei Folgen. Und schließlich sprangen noch Männer aus großer Höhe nach unten, um unseren Leuten zu entkommen, und landeten so leicht, dass sie davon*rennen* konnten. Kamen so weich auf, dass die Männer, die sie verfolgten, kaum einen Laut vernahmen. Dies zusammengenommen ist mehr als nur sonderbar, es ist … nun, ich fürchte, es ist nicht natürlich …«

Hätte ein anderer als Sir Joseph Brookes diese Behauptung von sich gegeben, hätte Moncrief laut herausgelacht, doch der Seelord hatte eine geradezu unheimliche Intuition und hatte mit seinen Vermutungen schon so oft Recht gehabt, dass Moncrief sich selbst bei den ungeheuerlichsten Ideen jeden Spott verkniff.

»Denken Sie, es ist Eldrich? Ist es das, was Sie meinen? Flammen, Joseph, der Magier hat seinen Landsitz seit … Jahrzehnten nicht mehr verlassen. Es gibt Gerüchte, dass er nicht mehr lange auf dieser Welt weilen wird.«

»Ja, Gerüchte gibt es immer mehr als genug, wenn es um den Magier geht. Er sorgt hundertprozentig dafür, dass keinerlei Wahrheiten seinem Zugriff entsickern – es sei denn, es wäre zu seinem Nutzen. Nein, wir können wohl nicht davon ausgehen, dass der Magier dem Tode sonderlich nahe ist. Doch kann man auch nicht mit Sicherheit sagen, dass Eldrich beteiligt war – oder nicht beteiligt war; ich weiß nur, dass in der Stadt gestern Abend etwas geschehen ist, was nicht ganz so war, wie es hätte sein sollen, und immer drehte es sich dabei um Skye. Vielleicht ist der König nicht sein einziger Beschützer.«

Die beiden Männern saßen eine Weile da und grübelten, als läge diese Vorstellung so weit außerhalb ihres üblichen Erfahrungshorizonts, dass sie sich nicht einmal ansatzweise vorstellen konnten, was sie bedeuten mochte oder was sie tun sollten. Dann unterbrach Moncrief das Schweigen. »Was ist aus Skye geworden?«

»Das wissen wir nicht.«

Moncrief schüttelte den Kopf. »Ich habe getan, was ich konnte, um sicherzustellen, dass er den König nicht erreicht oder Seiner Majestät auch nur eine Nachricht schickt, aber diese Vorkehrungen lassen sich nicht für immer aufrechterhalten. Allenfalls ein paar Tage … Wir müssen wohl davon ausgehen, dass Skye weiß, wer hinter dem Versuch stand, ihn zu ruinieren?«

»Nicht unbedingt. Mary wird es gewiss vermutet haben, hatte aber keine Beweise, und den Offizieren, die mit der Sache befasst waren, vertraue ich hundertprozentig. Nein, vor einer offiziellen Untersuchung sind wir zumindest sicher – welchen Schaden wir sonst vielleicht nehmen könnten, lässt sich nicht sagen. Falls der König Skye mehr Glauben schenken sollte als uns …«

Sir Joseph rieb sich behutsam ein Auge, und Moncrief wurde bewusst, dass der Mann die Nacht nicht geschlafen hatte. »Aber ich habe das Gefühl, Lord Moncrief, dass Skye und der König unsere kleinste Sorge sind. Irgendetwas anderes ist zugange. Etwas sehr Merkwürdiges. Wenn wir davon ausgehen, dass die Männer, die in der Paradise Street aus dem Fenster sprangen, und die Männer, die die Frau im Hafen ins Wasser schickten, nicht dieselben Herren waren – denn dann hätten sie beinahe zur selben Zeit an zwei verschiedenen Orten sein müssen –, dann müsste man darauf schließen, dass wohl mehr als ein Mensch über zumindest gewisse Kenntnisse der Künste verfügt. Das lässt uns zwei denkbare Möglichkeiten. Entweder sind sie Diener des Magiers«, er hielt inne, wie von seinen eigenen Worten überrascht, »oder sie gehören zu einer Gruppe, von der wir überhaupt nichts wissen.«

»Ersteres erscheint mir wesentlich wahrscheinlicher.«

»Normalerweise würde ich Ihnen zustimmen, aber ich will Ihnen noch etwas berichten. Die Offiziere, die Samual Hayes' Zimmer durchsuchten, kamen mit einem Tagebuch und mehreren interessanten Briefen zurück. Die meisten von seinem Freund Kehler, der am Farrellitischen Archiv in Wooton studiert hat. Sie werden nicht glauben, wohinter die beiden her waren. Anscheinend hat Skye sie beauftragt, sich mit dem Vorfall des so genannten Fremden von Compton Heath zu befassen. Haben Sie davon gehört?

»Ein wenig, ja. Irgend so eine Art Verrückter, der in jenem Städtchen auftauchte, worauf die Einheimischen behaupteten, er stamme aus einem unbekannten Land. War es nicht das?«

»Mehr oder weniger. Aber das Sonderbare ist, dass

Hayes und Kehler ihre Untersuchung mit der Überzeugung abschlossen, dass der Mann ganz und gar nicht verrückt war. Außerdem scheinen sie zu glauben, dass er tatsächlich von einem Magier dort weggeschafft wurde.«

Moncrief fehlten die Worte, und er stellte bestürzt fest, wie verunsichert und unwissend er sich plötzlich fühlte. Moncrief, der die Regierung und einen beträchtlichen Teil des Königreiches unter Kontrolle hatte. »Joseph, ich habe nicht die leiseste Ahnung, was da los ist. Du vielleicht?«

»Das kann ich nicht behaupten, Lord Moncrief, doch wie absurd es auch klingen mag, allmählich bekommt es den Anschein, als hätte Skye sich für die Künste interessiert oder sogar direkt damit zu tun. Ob dies nun Eldrich betrifft oder irgendeinen anderen Magier, kann ich nicht sagen. Aber mir scheint, wir sollten in Erfahrung bringen, ob die Künste im Raum des Entide-Meers wieder zum Leben erwacht sind.«

Auch Moncrief wollte wissen, was da los war, doch wenn ein Magier damit zu tun hatte … »Ich frage mich, ob es klug ist, Eldrich in die Quere zu kommen. Er wird unangenehm, wenn wir uns in seine Angelegenheiten mischen. Egal, wie alt oder krank Eldrich inzwischen ist – er ist und bleibt ein Magier.«

Brookes nickte. »Ja, aber für eine Einmischung würde ich mich auch niemals aussprechen. Ich schlage nur vor, die Sache im Auge zu behalten. Wenn es noch jemanden gibt, der die Künste praktiziert, sollten wir seine Absichten kennen – oder uns zumindest vergewissern, dass er uns nicht übel will. Wenn sich herausstellt, das es Eldrich ist, brechen wir unsere Operation ab. Sollten wir uns angemessen sicher sein, dass es nicht Eldrich ist, hielte ich es für geraten, den Magier zu informieren.«

»Es bleibt ein Risiko, doch ich muss Ihnen trotz allen Widerstrebens zustimmen.« Moncrief unterbrach sich, während er sich aus dem Lehnstuhl erhob. »Aber,

Brookes, wir sollten dafür sorgen, dass nur Ihre besten Leute damit befasst werden und genau wissen, wie wichtig es für sie ist, Abstand zu halten. Wir müssen das Risiko so weit wie möglich begrenzen.«

»Gewiss, Lord Moncrief. Überlassen Sie das nur mir.«

Moncrief erhob sich, doch plötzlich fiel ihm etwas ein – offensichtlich hatte die überraschende Wendung der Unterhaltung sein Denkvermögen beeinträchtigt. »Wie wollen Sie denn anfangen, Brookes? Sie haben Skye doch aus den Augen verloren.«

Auch Brookes war inzwischen aufgestanden. »Ja, aber nur kurzfristig, denke ich. Sollte Skye wieder in Avonel auftauchen, werden wir davon erfahren, da noch immer einer der Diener des Grafen in unserem Sold steht. Doch davon abgesehen halte ich es nicht für sonderlich schwierig, Skye zu finden. Er hat diese jungen Männer in der Sache Baumgere recherchieren lassen, und ich bin mir fast sicher, dass sein Interesse uns auf seine Spur führen wird. Ich könnte wetten, dass Lord Skye sich in das Städtchen Castlebough zurückgezogen hat – das der Grenze zu Entonne praktischerweise recht nahe liegt, falls er Farrland vollständig verlassen müsste. Ich bin mir sicher, dass er sich unserem Sichtfeld nur momentan entziehen konnte, denn der Graf ist viel zu bekannt, um lange verborgen zu bleiben. Bald werden wir wissen, wo er sich aufhält, und dann wird man sehen, was da in unserem Königreich eigentlich los ist. Etwas sehr Sonderbares, denke ich. Etwas äußerst Sonderbares.«

8

Es klang nach einer rhythmischen Folge von Silben, doch zu leise, um sie zu verstehen. Gesang, da war Erasmus sich sicher. Beinahe meinte er, Wörter herauszuhören, doch es schien kein Farr zu sein. Mehr und mehr erfüllte ihn Angst. Der Tag war klar und warm, doch hier, in den grünen Korridoren des Waldes, war es kühl, und das Sonnenlicht sickerte durch die gedämpften Grüntöne. Rauch; er roch Rauch. Er brannte ätzend in den Nasenlöchern, doch dann ertönte ein Zischen, und er wurde süß und aromatisch. Jemand hatte Blätter ins Feuer geworfen. Luckwort-Blätter, doch sie hatten nicht die übliche beruhigende Wirkung. Er wusste schon, was als Nächstes kommen würde, und wollte schreien, doch wie sehr er es auch versuchte, er bekam keinen Ton heraus.

Er stieß einen Zweig beiseite, jetzt hastig, getrieben vom Entsetzen vor dem, was gleich passieren musste. Doch etwas stimmte nicht; er schien ganz langsam dahinzugleiten wie ein Vogel, der sich vom Wind tragen lässt, schien kaum voranzukommen.

Und dann der Schrei. Er verharrte auf dem Pfad zwischen den Bäumen und den schräg einfallenden Lichtschäften. Mehr als alles andere wollte er wegschauen und die Augen davor verschließen, doch das gelang ihm nicht. Nicht richtig. Und dann tauchte das Kind auf, schon fast von den Flammen verschlungen, der Mund geöffnet in einem stummen Schrei unvorstellbarer Pein. Jeder Nerv schrillte vor Qual. Das Kind taumelte auf ihn zu, die Arme wie um Hilfe, um Halt flehend ausgestreckt. Und dann stolperte es und schaute ihn stumm an, die Anklage unübersehbar.

Warum. Warum hast du mir das angetan.

Das brennende Kind stürzte vor, und das Letzte, was Erasmus sah, war sein Gesicht. *Sein* Gesicht. Er brannte. Nicht irgendein anderer. *Er* stand in Flammen.

Erasmus erwachte schweißgebadet aus seinem Traum. Torkelnd erhob er sich von dem Diwan, auf dem er eingeschlafen war, taperte bis zur Balkontür und schaute in seinen Garten hinunter. Fast schluchzend sog er die kühle Luft ein. Er lebte und war unverletzt. Nicht er selbst hatte gebrannt. Farelle sei Dank. Er nicht.

Es fiel ihm nie leicht, den Traum aus seinen Gedanken zu verbannen, und Erasmus war dankbar, dass er ihn nur selten träumte. Viel zu unruhig zum Sitzen marschierte er in seinem Arbeitszimmer auf und ab und strich sich immer wieder mit der Hand durchs Haar.

»Blut und Flammen. Blut und Flammen.«

Er fragte sich oft, warum der Traum immer wiederkehrte, doch auch diesmal wusste er keine Antwort. Vielleicht gab es keinen Grund dafür. Der Traum ließ ihn eben einfach nicht los. Seine Buße.

»Wir wussten es nicht«, sagte er laut. »Wie hätten wir es wissen können?«

Er versuchte, an etwas anderes zu denken: Seine Unterhaltung mit Hayes, doch nun kam Stokes mit Erasmus' Waschwasser. Der Diener hatte einen merkwürdig nachdenklichen Ausdruck im Gesicht, der nicht ganz seinem Wesen entsprach.

»Sie sehen heute morgen so aus, als wären Sie entweder beunruhigt oder krank, Stokes. Was denn nun von beidem?«

»Krank bin ich nie, Sir«, erwiderte Stokes schnell. »Und auch nicht besonders beunruhigt … aber Ihr junger Mann da ist seit ich weiß nicht wann wach und geht hin und her.

Immer in der Bibliothek auf und ab. Und durch die Eingangshalle. Er scheint über seinen Aufbruch nachzudenken, so kommt es mir zumindest vor.«

»Aber er ist doch noch hier, hoffe ich?«

»O ja, Sir. Er hat ganz allein eine Kanne Kaffee getrunken und vibriert wie eine Harfensaite. Er scheint darauf zu brennen, mit Ihnen zu reden, Sir. Fragt ständig, wann Sie denn aufstehen.«

»Ich bin gleich unten. Lassen Sie ihn nicht gehen, bevor ich mit ihm gesprochen habe.«

Erasmus fuhr in seiner Toilette fort und ließ sich von Hayes' Ungeduld nicht seine Morgenroutine durcheinander bringen. Kurz danach kam Stokes zurück, um ihn zu rasieren und seine Kleider zurechtzulegen, und während ihm der Stahl übers Gesicht schabte, dachte Erasmus noch einmal über das Gespräch der vergangenen Nacht nach.

Die Geschichte über den Fremden wäre einfach nur Folklore gewesen, hätte Hayes nicht den Arzt Ripke getroffen. Dessen Äußerungen haftete etwas unbestreitbar Authentisches an. Und Erasmus' Intuition sagte ihm, dass der Mensch, der den Fremden mit seiner Kutsche abgeholt hatte, gar kein Mensch gewesen war – zumindest nicht in dem Sinne, in dem Erasmus das Wort verstand. Es war ein Magier gewesen, und Erasmus dachte bei sich, dass er wohl sogar den Namen des Magiers nennen könnte. Wenn der Magier Interesse für diesen Fremden gezeigt hatte, dann interessierte der Fremde auch Erasmus. Daher sollte Hayes sich besser darauf gefasst machen, ein wenig mehr zu enthüllen – der Name des Gentlemans, der ihn beauftragt hatte, wäre ein guter Anfang.

Als er die Treppe hinunterging, fragte sich Erasmus, was für eine Rolle wohl die Admiralität in dieser Geschichte spielte. Es sei denn, man glaubte dort wirklich, der Fremde wäre aus einem unentdeckten Land gekommen, denn der größte Teil des Globus war eindeutig noch immer ein Geheimnis. Vielleicht hatte man kürzlich auf einer Entdeckungsreise etwas in Erfahrung gebracht …

Hayes saß an einem kleinen Tisch im Frühstückszimmer und schaute auf den Garten hinaus. Als Erasmus eintrat, sprang er auf, offensichtlich erleichtert, ihn zu sehen. Im Verhalten des jungen Mannes lag jedoch eine gewisse Nervosität, die auch jetzt nicht verschwand.

»Ah, Erasmus, ich kann Ihnen für Ihre Hilfe und Großzügigkeit gar nicht genug danken, doch ich habe beschlossen, dass ich sowohl Kehler als auch unseren Auftraggeber schnellstmöglich benachrichtigen muss.«

»Nicht, bevor Sie etwas gegessen haben, hoffe ich.« Erasmus setzte sich an den Tisch, breitete eine Serviette auf dem Schoß aus und griff nach der Kaffeekanne. »Setzen Sie sich, Hayes. Ich habe gleichfalls nachgedacht.«

Hayes ließ sich langsam nieder, als wäre er drauf und dran, ohne weitere Diskussion einfach zur Tür hinauszurennen.

»Vielleicht werden Sie noch immer von der Admiralität gesucht, daher bin ich mir nicht sicher, ob es eine gute Idee ist, Sie auf eigene Faust in der Stadt herumrennen zu lassen. Wenn man wegen Ihrer Verbindung mit dem Gentleman, der Sie beauftragt hat, hinter Ihnen her ist, ist man wahrscheinlich auch hinter ihm her.«

Hayes schüttelte den Kopf. »Darüber habe ich nachgedacht, bin aber zu dem Schluss gekommen, dass das sehr unwahrscheinlich ist. Sehen Sie, mein Schutzherr steht … nun, er steht nicht außerhalb des Gesetzes, aber gewiss würden Beauftragte der Admiralität sich nicht an ihn heranwagen, wenn nicht …« Er zögerte. »Ich will Ihnen nur sagen, der Mann ist dem König nicht unbekannt.«

Erasmus hielt, die Tasse in der Hand, mitten in seiner Bewegung inne. *»Sagen Sie mir damit etwa, dass es Skye ist?«* Erasmus kam dieser Gedanke kaum glaubhaft vor, aber wen sonst konnte Hayes meinen? Ein Mann von bedeutendem Ruf, der in irgendeiner Beziehung zur Admiralität stand. Ein Vertrauter des Königs, ein Mann, dessen Interessen wohl kaum nahe legten, dass er Geschichten von mysteriösen Fremden nachforschen würde. Eindeutig ein Empiriker. *Skye.* Ein anderer konnte es nicht sein.

Hayes zögerte, und auf seinem ziemlich müden Gesicht zeichnete sich Verdruss ab. »Ich sage es Ihnen nicht … zumindest nicht absichtlich«, fügte er ruhig hinzu.

Erasmus lehnte sich in seinem Stuhl zurück und schaute seinen Bekannten an. Hätte der ihm gesagt, der fragliche Mann sei Erasmus' eigener Bruder, wäre er weniger schockiert gewesen.

»Was könnte denn Skye nur an einer solchen Geschichte interessieren?«, fragte er schließlich.

Hayes zuckte die Schultern und griff nach seinem Löffel, als sei er plötzlich von Silberbesteck fasziniert. »Erasmus, ich hoffe, Sie verstehen, dass der Graf seinen Namen nicht in Verbindung mit unserer Untersuchung genannt wissen möchte – darin war er unerbittlich.«

Erasmus nickte stumm. »Aber warum interessiert er sich dafür?«

Hayes drehte den Löffel um und ließ ihn dabei fallen, sodass er klirrend auf dem Boden landete. Erasmus bückte sich schnell, hob ihn auf, streckte die Hand aus und ergriff Hayes' Handgelenk, damit der junge Mann ihn endlich ansah.

»Warum?«, fragte er ruhig.

Hayes schüttelte den Kopf. »Ich weiß es nicht. Es … ich weiß es nicht. Wir haben selbst endlos darüber gerätselt, aber es ist Ihnen gewiss klar, dass man dem Grafen Skye keine zudringlichen Fragen stellt.«

Erasmus nickte. Der Graf war bekannt für seine Ungeduld mit jedem, der meinte, sich ihm gegenüber irgendetwas herausnehmen zu können. »Nun, ich stimme Ihnen darin zu, dass man ihn auf direktem Wege benachrichtigen sollte. Und dieser junge Mann, Kehler ... was ist aus ihm geworden?«

»Er hat weiter für Lord Skye gearbeitet, allerdings nicht hier in Avonel. Mehr darf ich nicht sagen.«

»Wollen Sie ihn persönlich aufsuchen – Kehler, meine ich.«

»Nein, ich werde ihm schreiben müssen.«

»Nun, essen Sie, dann statten wir dem Grafen einen Besuch ab. Ich denke, angesichts der Umstände können wir es riskieren, auf eine Anmeldung zu verzichten.«

»Sie begleiten mich? Aber, Erasmus, dann weiß er, das ich Ihnen davon erzählt habe.«

»Nun, ja, das ist ein Problem, doch ich bin mir nicht sicher, ob Sie sich vor seiner Tür blicken lassen sollten, da Sie von der Admiralität gesucht werden.« Erasmus dachte einen Moment lang nach. »Wir werden die Sache so angehen: Sie schreiben dem Grafen einen Brief, und wir fahren mit einer Droschke zu ihm, wo ich den Brief überbringe. Sie können in der Kutsche bleiben, es sei denn, der Graf ist zu Hause und möchte Sie sprechen. Ich werde behaupten, nur ein guter Freund zu sein, der hilft, ohne eine Erklärung zu erwarten. Skye und ich sind beide Mitglieder der Gesellschaft, und von mir ist bekannt, dass ich mich vor Klatsch zurückhalte. Genügt das?«

Hayes wirkte enorm erleichtert, einen Verbündeten zu haben, und machte sich sofort ans Verfassen des Briefes, ohne sein Frühstück auch nur anzurühren.

Die Fahrt zu Skyes Stadthaus dauerte nicht sonderlich lange, da er, wie sich herausstellte, nicht weit von Erasmus wohnte. Hayes blieb wie verabredet in der Mietdroschke sitzen, während Erasmus läuten ging.

Auf der Freitreppe blieb er stehen und warf einen forschenden Blick über die Straße. Falls Skyes Haus überwacht wurde, geschah dies einigermaßen diskret. Eine alte Frau schaute aus einem Fenster den Weg entlang, doch in Erasmus Augen sah sie nicht wie eine Agentin der Admiralität aus – eher wie eine Klatschbase.

Die Tür öffnete sich, und ein Diener nickte respektvoll, als Erasmus ihm seine Visitenkarte reichte. »Erasmus Flattery. Ich muss unbedingt mit Lord Skye sprechen. Ich habe einen Brief für ihn.«

»Es tut mir sehr Leid, Mr. Flattery, aber Lord Skye ist nicht zu Hause. Ich werde aber für eine zuverlässige Überbringung des Briefes sorgen.« Er streckte die Hand aus, was Erasmus ignorierte.

»Ich habe den Auftrag, den Brief nur Lord Skye persönlich zu übergeben.«

»Es tut mir Leid, Sir, aber das ist im Moment nicht möglich.«

Der Diener blickte auf, als er das Geräusch der sich öffnenden Kutschentür hörte.

»Mr. Hayes!«

Hayes eilte die Stufen hinauf. »Ja, ist der Graf denn nicht zu Hause? Ich muss unbedingt mit ihm sprechen.«

Der Diener schüttelte den Kopf, anscheinend erfreut, Samual zu sehen. »Nein, Sir. Lord Skye ist heute Vormittag aufgebrochen, ohne zu sagen, wohin. Es war äußerst eigenartig. Sie wissen wohl auch nicht, wohin er abgereist ist, oder, Mr. Hayes?«

»Leider nicht. Waren Leute von der Admiralität da, um sich nach Ihrem Herrn zu erkundigen?«

»Nicht einer, Sir, aber Ihr Kollege, Mr. Kehler, war heute Vormittag da. Er hat mir ebenfalls einen Brief dagelassen.«

Hayes schüttelte besorgt den Kopf und schaute Erasmus an, als wäre er sich nicht sicher, was er tun solle. »Kehler hat nicht gesagt, wo er abgestiegen ist, oder?«

»Leider nein, Sir. Wollen Sie mir Ihren Brief dalassen, Mr. Hayes?«

Hayes wollte das gerade bejahen, als Erasmus sich einmischte und den Brief schnell in die Tasche steckte. »Nein, aber vielen Dank. Würden Sie Lord Skye bitten, mich zu kontaktieren, wenn er zurückkommt?«

Der Diener warf Erasmus einen merkwürdigen Blick zu, als wäre er ein wenig beleidigt, dass Erasmus ihm anscheinend nicht traute. »Wie Sie wünschen, Sir.«

Erasmus lenkte Hayes die Freitreppe hinunter und in die Kutsche.

»Wieso haben Sie das getan?«, fragte Hayes. »Wir wissen nicht, wann Skye zurückkommt oder ob er überhaupt weg ist. Es wäre besser, er würde meinen Brief so bald wie irgend möglich empfangen.«

Erasmus nickte. »Vielleicht, aber fanden Sie den Diener nicht auch neugieriger, als es die Höflichkeit gebietet?«

Hayes stutzte. »Aber er kennt mich und machte sich wahrscheinlich Sorgen um seinen Arbeitgeber.«

»Vielleicht, aber die Admiralität hat die Gewohnheit, Diener für Informationen über Ihre Herren zu bezahlen. Da empfehle ich, der Vorsicht den Vortritt zu lassen.« Erasmus gab dem Kutscher mit einem Klopfen an das Verdeck das Zeichen zur Abfahrt. »Anscheinend hält sich Ihr Kollege derzeit in Avonel auf. Wie hieß er noch? Kehler?«

Hayes nickte nachdenklich. »Ja, aber wo mag er stecken, das ist die Frage. Unter normalen Umständen wäre er mein Gast. Wie die Dinge jedoch stehen, kann er überall logieren.«

Das Fensterchen zwischen dem Kutscher und dem Kutschkasten glitt auf. »Ich weiß nicht, wohin ich fahren soll, Sir«, sagte der Mann.

»Ich auch nicht. Fahren Sie einen Moment lang einfach so weiter, während wir uns beraten.« Er wandte sich wieder Hayes zu. »Ich nehme an, Kehler hat Freunde in der Stadt. Außer Ihnen, meine ich?«

»Vor allem Emin, aber der ist bis Mitte des Sommers im

Ausland.« Hayes dachte einen Moment lang nach. »Wir könnten es mit dem ›Rülps‹ versuchen.«

»Natürlich«, sagte Erasmus. »Das alte *Ex und Hopp*.«

Sie schlugen den Weg zur Wirtschaft ein, wo Hayes Kehler zu finden hoffte, einen Ort, den auch Erasmus gut kannte, obwohl er jahrelang nicht mehr dort gewesen war.

Das ›Ex und Hopp‹ wurde von vielen seiner Stammgäste auch ›Haus Hoffnungsvoll‹ genannt, und zwar aus dem einfachen Grund, weil sich dort der Empirikernachwuchs versammelte, und zwar sowohl zu gepflegten Diskussionen als auch zu Debatten, die man nur als wild bezeichnen konnte. Eigentlich war es so, dass die Stammgäste abgesehen von ihren anderen Interessen unmäßig viel Zeit mit Klatsch über die *Gesellschaft für Empirische Studien* und ihre Mitglieder verbrachten, denn Haus Hoffnungsvoll war voller junger Männer, die sich danach verzehrten, Mitglieder dieser erlauchten Gesellschaft zu werden.

Unzählige Stunden wurden mit Gesprächen über Mittel und Wege verbracht, wie man die Gesellschaft dazu bringen konnte, die eigenen Anstrengungen wahrzunehmen, und wieder und wieder sezierte man die Taktiken jedes einzelnen erfolgreichen Kandidaten.

Natürlich bot Haus Hoffnungsvoll auch dem erfolgreichen Helden eine Bühne, denn wer konnte schon der Versuchung widerstehen, ins ›alte Revier‹ zurückzukehren. Und wie bescheiden das neu ernannte Mitglied seinen Sieg auch immer trug und wie sehr er den anderen auch versicherte, ihre Zeit werde auch noch kommen, es war immer ein wenig Triumph dabei und ebenso immer ein wenig Neid.

Bei sich dachte Erasmus, dass diese jungen Männer ihre Neumitgliedschaft beträchtlich beschleunigen könnten, wenn sie die im Ex und Hopp zugebrachte Zeit stattdessen auf ihre eigentlichen Studien verwendeten, doch andererseits hatte auch er selbst zahllose Stunden in ebendiesem

Etablissement verplempert. Anscheinend hatte die Jugend ein unbestreitbares Verlangen nach Gesellschaft. In dieser Beziehung war sie mit dem Elend zu vergleichen.

Während der Fahrt ergriff keiner der beiden das Wort. Das gemessene Geklapper der Hufe auf dem Straßenpflaster versetzte Erasmus mit seiner hypnotischen Gleichmäßigkeit in kontemplative Stimmung. Wieder fiel ihm sein Traum ein, doch er schob ihn beiseite – was ihm am helllichten Tage weit besser gelang. Bald würden sie ihr Ziel erreichen.

Erasmus folgte Hayes durch die Tür und blieb einen Moment lang stehen, während sich seine Augen an das Dämmerlicht im Inneren gewöhnten. Plötzlich versiegte das allgemeine Stimmengewirr, als viele der jungen Männer gewahr wurden, dass einer der Götter zu ihnen herabgestiegen war und nun zwischen ihnen wandelte. Wenn auch Erasmus' Ruf vielleicht noch nicht so groß war, dass er die Herzen junger Empiriker mit echter Ehrfurcht erfüllen musste. Vielleicht hielten sie ihn auch nur für einen Halbgott.

Hayes ließ die Augen über die anwesenden Männer gleiten, beantwortete das eine oder andere Nicken, winkte dann jemandem zu und durchquerte den Raum in seine Richtung, Erasmus im Kielwasser.

»Einen wunderschönen Tag, Dandish. Hast du Fenwick Kehler gesehen?«

Dandish sprang fast aus seinem Stuhl und warf Erasmus einen nervösen Blick zu. »Gestern. Er war eine Stunde oder länger hier und hat sich, soweit ich mich erinnere, ebenfalls nach dir erkundigt. Mit Ribbon hat er am meisten gesprochen.« Als er merkte, dass Hayes nicht die Absicht hatte, ihn vorzustellen, wandte er sich Erasmus zu. »Sanfield Dandish, zu Ihren Diensten, Mr. Flattery. Ich bin ein großer Bewunderer Ihrer Arbeiten zu Gartenbau und Botanik, Sir.«

Erasmus reichte dem jungen Mann die Hand und schenkte ihm ein gepresstes Lächeln, da er sich selbst im Angesicht von aufrichtigem Lob nie recht wohl fühlte. »Das ist freundlich von Ihnen«, sagte er.

»Du könntest es mit dem alten Sam versuchen«, schlug Dandish vor. »Er hat wahrscheinlich mit Kehler gesprochen.«

Hayes bestellte Ale und ließ Erasmus am Tisch zurück, während er sich mit dem Mann am Zapfhahn unterhielt. In null Komma nichts war er wieder da. »Sam weiß nicht, wo Kehler untergekommen ist, doch wahrscheinlich in diesem Viertel hier. Es gibt hier eine Reihe von Pensionen, die Studenten und Gelehrten auf Besuch Quartier bieten. Dort werde ich ihn gewiss finden.« Hayes nahm sein Ale und trank ein paar Schlucke, die Augen auf Erasmus gerichtet. »Schauen Sie, Erasmus, es sieht nicht so aus, als wäre die Admiralität massiv hinter mir her. Offensichtlich sind keine Leute von der Marine hier gewesen, und das hätte man sonst bestimmt nicht versäumt. Ich halte es nicht für nötig, dass Sie ihren Tag mit der Suche nach Kehler verplempern. Überlassen Sie die Sache mir, und ich bringe Ihnen alle Informationen, die ich mir verschaffen kann; das heißt, falls es Ihnen nichts ausmacht, mich noch eine Nacht zu beherbergen. Ich spüre noch immer eine gewisse Beklommenheit bei dem Gedanken, in meine Räume zurückzukehren.«

»Sie sind herzlichst willkommen, Hayes, aber schauen Sie doch, ob Sie Kehler nicht mitbringen können. Ich bin auch neugierig auf seine Geschichte. Ich könnte Stokes veranlassen, einen weiteren Raum herzurichten, und Sie beide unterbringen, wenn Sie möchten.«

Bei diesem Angebot hellte sich Hayes' Miene auf. »Das ist wirklich sehr liebenswürdig von Ihnen, Erasmus. Ich werde versuchen, Kehler zu finden, und dann werden wir sehen, was er in den Archiven von Wooton aufgedeckt hat. Es überrascht mich ein wenig, dass er so früh im Jahr nach Avonel kommt. Das erscheint mir etwas beunruhigend. Falls ich nicht bis zwanzig Uhr zurück bin, bedeutet das, dass die Admiralität mich geschnappt hat. Ich hoffe, Sie wissen, was dann zu tun ist, denn ich weiß es gewiss nicht.«

»Überlassen Sie das mir, Hayes, aber bleiben Sie wachsam und achten Sie darauf, Ihren Namen nicht jedem zu nennen.«

Erasmus grübelte den ganzen Nachmittag über die Geschichte nach, die Hayes ihm berichtet hatte. Sie hatte unvertraute Emotionen an die Oberfläche steigen lassen. Er hatte sogar von seiner Zeit im Haushalt Eldrichs erzählt, was er sonst fast nie tat. Nein, das alles war sehr sonderbar. Das Schlimmste daran war, dass Erasmus mit Gewissheit die Hand des Magiers in der Geschichte von Compton Heath zu spüren meinte. Die unsichtbare Hand.

»Er schläft nicht«, flüsterte Erasmus dem Fenster zu. *»Noch nicht.«*

Erasmus war sich ziemlich sicher, dass die Gerüchte, Eldrich gehe seinem Ende entgegen, nicht der Wahrheit entsprachen – zumindest nicht in der Weise, wie sie allgemein interpretiert wurden. Eldrich, da war sich Erasmus ziemlich sicher, würde erst von hinnen gehen, wenn er Gewissheit hatte, dass seine Zeit gekommen war. Doch die Vorstellung, der Magier läge alt und hinfällig auf seinem Totenbett, war einfach unhaltbar. Eldrich würde höchstwahrscheinlich bis zu seiner letzten Stunde in dieser Welt quicklebendig bleiben. Die Menschen verstanden einfach nichts von Magiern – zumindest heute nicht mehr.

Erasmus trat auf einen kleinen Balkon hinaus, der zu seinem Garten hinunterblickte. Im Gegensatz zu den meisten anderen angesehenen Bürgern Avonels besaß er kein Haus mit Blick aufs Meer. Ihm schien der weite, offene

Horizont zu viele Fragen zu stellen, und so wie die Dinge standen, plagten ihn ohnehin schon genug Fragen. Nein, Erasmus zog seinen kleinen Garten vor. Der verschaffte seiner Seele Ruhe, wie es der Weite des Ozeans niemals möglich war. Ein Garten flüsterte keine Fragen.

Die hereinbrechende Dämmerung löste den Bann auf den Schatten zwischen Büschen und Bäumen, sodass sie anschwollen und langsam in alle Richtungen strömten. Eine scharfe Trennlinie zwischen Licht und Schatten setzte sich allmählich auf den Blättern einer alten Eiche fest, und die Hauskante warf einen dunklen, plastischen Schatten auf den Rasen. Bald würde die ganze Wirklichkeit mit der Dunkelheit verschmelzen, und alles würde seine klaren Grenzen verlieren. Erasmus würde träumen und auch seine Grenzen verlieren.

Die Welt, wenn Eldrich sie verlassen hat, dachte Erasmus. *Eine Welt der Gemeinplätze.*

Ein kräftiges Klopfen ließ ihn zusammenfahren, und sein Diener Stokes trat ein. Er öffnete den Mund, hielt aber dann ein wenig überrascht inne. »Hätten Sie nicht gerne eine Lampe, Sir?«

»Doch, bitte«, erwiderte Erasmus, versuchte sein Herz zur Ruhe zu bringen und fühlte sich ganz ähnlich wie damals als Junge, als er erwartete, Eldrich werde gleich mit einem Windstoß hereinfegen.

Stokes entzündete eine Lampe und dann noch eine zweite auf Erasmus' Schreibtisch. Das Licht schien eine beruhigende Wirkung auf ihn auszuüben – wie Öl auf stürmischer See.

»Äußerst ungewöhnlich, Sir. An unserer Tür steht ein Farrellitischer Priester und bittet, Sie zu sprechen.«

»Möchte er Geld? Können Sie ihm nicht sagen, dass wir nicht seines Glaubens sind?«

»Es geht ihm wohl nicht um Geld, Sir; er wünscht, persönlich mit Ihnen zu sprechen, sagt aber nicht, warum.«

Stokes sah ein wenig verwirrt drein. Erasmus war zwar selbst nicht fromm, achtete aber die Priester, und sei es auch nur des guten Tons halber.

»Am liebsten würde ich ihn wegschicken«, dachte Erasmus laut nach. »Hätte er sich nicht die Zeit nehmen können, mir den Zweck seines Besuchs brieflich mitzuteilen? Diese Priester …!« Er schaute hinter sich in den Garten, der allmählich von der Dunkelheit verschluckt wurde. »Ach, bring ihn hoch. Ich werde wohl herausfinden, was er möchte.«

Stokes nickte, ging hinaus und ließ die Tür leicht angelehnt, damit sein Brotherr das Kommen des Gastes hören konnte.

Kurz darauf ließ Stokes einen kleinen Mann ein, der die Roben des Farrellitischen Glaubens trug. »Diakon Rose, Mr. Flattery.«

Erasmus streckte beide Arme aus, wie es sich gehörte, obwohl es ihm gegen den Strich ging. Er versuchte, sich in Erinnerung zu rufen, welchen Rang ein Diakon in der Farrellitischen Hierarchie einnahm. Höher gestellt als ein Gemeindepriester, dachte er, obwohl die alte Wurzel des Wortes Diener bedeutete – in diesem Falle Diener des Märtyrers. Gewiss nicht Diener der Gemeinde.

»Mr. Flattery«, sagte der Mann leise und äußerst demütig, was Erasmus noch mehr aufbrachte – gespielte Demut, da war er sich sicher. Der Diakon ergriff seine beiden Hände und sprach einen kurzen Segen in Alt-Farr. »Vielen Dank für Ihre Freundlichkeit, mich ohne vorherige Anmeldung einzulassen, Mr. Flattery. Ich muss mich entschuldigen. Es ist nicht meine Gewohnheit, unangemeldet bei Leuten hereinzuplatzen, das versichere ich Ihnen.«

»Eine Entschuldigung ist nicht nötig, Euer Hochwürden. Trinken Sie einen Wein oder Branntwein? Kaffee oder Tee?« Erasmus zeigte auf zwei Stühle.

»Branntwein wäre mir sehr recht, wie ich gestehen

muss. Ich bin seit drei Tagen unterwegs und erst heute Vormittag in Avonel eingetroffen.«

»Nun, dann haben Sie einen Branntwein nötig.« Erasmus wollte gerade fragen, ob der Mann schon etwas gegessen hatte, biss sich aber auf die Zunge. Er war den Priestern Farrelles nie allzu freundlich begegnet, denn er hielt sie für eine zynische Versammlung, die nur ihre eigenen Interessen im Kopf hatte und den Fortschritt in Farrland auf vielfältige Weise behinderte.

Der Priester raffte den Faltenwurf seiner Roben, setzte sich und lächelte Erasmus freundlich, aber nicht zu vertraulich an. Diakon Rose war ein kleiner Mann, dessen Gestalt von seinen Roben gründlich verhüllt wurde. Sein grauschwarz meliertes Haar war nach Priesterart kurz geschnitten, und er trug ein rundes scharlachrotes Schädelkäppchen, das seinen Rang bezeichnete. Rose war vielleicht kein sonderlich gut aussehender Mann, doch sein Gesicht strahlte sehr viel Charme und Humor aus, und in seinen Augen schien eine echte Güte zu liegen, obwohl auch eine Spur großer Entschiedenheit erkennbar war.

Erasmus wollte gerade mit dem Geplauder beginnen, das bei solchen Anlässen erwartet wurde – Bemerkungen über das Wetter et cetera –, entschied dann aber, dass ein solch unerwarteter Besuch wohl kaum höflich zu nennen war, und ging die Sache direkt an.

»Was kann ich für Sie tun, Euer Hochwürden?«

Der Priester verzog das Gesicht zu einem merkwürdigen, fast Grimasse zu nennenden Lächeln, als empfände er diese Unhöflichkeit als verletzend, akzeptiere sie aber, denn so sei nun einmal die Bürde dessen, der die eine Wahrheit trägt. »Zu dieser Frage sind Sie vollauf berechtigt, Mr. Flattery. Doch lassen Sie mich Ihnen zu Beginn versichern, dass Sie gar nichts für mich tun müssen. Ich bin um eines gemeinsamen Freundes willen gekommen, den ich sehr schätze und um den ich mich nun sorge. Nur seinetwegen bin ich hier.

Sehen Sie, nach meiner Ankunft in Avonel heute Vormittag machte ich mich auf die Suche nach diesem jungen Mann, und auch wenn ich nicht das Glück hatte, ihn zu finden, berichtete man mir in einer Stammkneipe der jungen Leute, ein Mann, auf den die gegebene Beschreibung und der Name passe, sei tatsächlich da gewesen; zu meiner großen Überraschung erfuhr ich aber außerdem noch, dass ich ihn heute nicht als Erster suchte. Nur eine Stunde zuvor habe der berühmte Erasmus Flattery sich nach demselben Mann erkundigt.«

Stokes traf mit dem Branntwein ein und zündete noch eine Lampe an, bevor er wieder ging. Erasmus hätte sich eigentlich nicht zu wundern brauchen, dass dieser Besuch etwas mit Hayes und seinem Freund Kehler zu tun hatte, doch irgendwie war er überrumpelt worden.

»Erasmus Flattery ist ein Name, der mir aufgrund meiner eigenen Interessen wohl bekannt ist, und das hat mich hergebracht. Sehen Sie, Fenwick Kehler ist ein Student an meinem Kolleg, und ich muss sagen, einen solchen Studenten bekommen wir nur einmal im Jahrzehnt zu sehen, falls überhaupt. Mr. Kehler hat das Zeug zu einem ausgezeichneten Historiker, vielleicht sogar zu einer echten Größe. Darum bin ich so beunruhigt.«

Erasmus hielt die Priesterschaft zwar generell für zynisch, doch dieser Mann hier schien um seinen Studenten ehrlich besorgt zu sein.

»Das Problem, um direkt auf den Punkt zu kommen, besteht darin, Mr. Flattery, dass der junge Kehler in den Archiven recherchiert hat. Leider hat er dabei die Nase in Dinge gesteckt, die nach unserer Ansicht eigentlich nur die Kirche etwas angehen. Zu denen er streng genommen überhaupt keinen Zugang hätte haben dürfen.« Einen Moment lang wirkte der Mann peinlich berührt. Er rieb die

Hände langsam gegeneinander und drehte dann an seinem einen Fingerring herum. »Ja, ich weiß, viele Menschen sind der Meinung, dass wir in Wooton Material versteckt halten, aber das entspricht nicht genau der Wahrheit oder ist zumindest nicht das, was man vermutlich allgemein denkt.« Plötzlich schaute er zu Erasmus auf, Intelligenz und Scharfblick in den Augen. »Vielleicht hat Mr. Kehler Ihnen davon erzählt …?«

Erasmus erwiderte nichts, sondern blickte nur kühl zurück.

»Nun, das ist natürlich Ihre Sache und geht mich eigentlich nichts an«, fügte der Priester hastig hinzu. »Ich will Ihnen dazu also nur sagen, dass Kehler Einblick in Dokumente gehabt hat, aus denen er nur ein einseitiges Bild einer bestimmten Angelegenheit gewinnen konnte.«

Erasmus wollte ihn unterbrechen und erklären, dass er von der Angelegenheit keine Ahnung habe, da setzte der Priester seine Rede schon fort, wobei er aus dem Fenster blickte und weiter mit seinem Ring spielte. »Die ganze Affäre Honare Baumgere ist für uns äußerst peinlich und teilweise auch rätselhaft. Und all diese Spekulationen …« Er schaute wieder Erasmus an. »So viel unglaublich dummes Zeugs.

Aber das ist nicht meine eigentliche Sorge. Sehen Sie, was Mr. Kehler sich da in unserem Archiv herausgenommen hat, hat einen ziemlichen Aufruhr erzeugt. Man hatte ihm großes Vertrauen geschenkt, und er hat … nun, er hat getan, was er unglücklicherweise getan hat, und nun ist er in großer Gefahr, vom Kolleg ausgeschlossen zu werden. Nicht das Ende der Welt, denken Sie nun zweifellos, doch das Schlimmste daran ist, dass Kehler aus einer Familie mit äußerst bescheidenen Mitteln stammt. Er hängt bezüglich der Unterrichtsgebühren und anderer Ausgaben gänzlich von der Güte der Farrellitischen Kirche ab. Oh, er verrichtet zum Ausgleich Arbeiten in der Bibliothek, doch das deckt seine Kosten keineswegs, und jetzt, sehen Sie, hat er seine Position ernstlich gefährdet. Er hat nicht die Mittel, nach Merton oder sogar an eine geringere Universität zurückzukehren. Ich fürchte, dass wir Zeugen des vorzeitigen Endes einer ungewöhnlich viel versprechenden Karriere werden, Mr. Flattery.« Er schüttelte den Kopf. »Ich bin mir nicht recht sicher, was ich tun soll, denn sehen Sie, er ist nicht bereit, sich den Folgen seiner Handlungen zu stellen. Sobald sein Wortbruch uns gegenüber ans Tageslicht gekommen war, schlich sich Mr. Kehler aus dem Kloster und war verschwunden. Nun sollte ein Mann seines Alters und Bildungsstandes doch den Mut haben, sich zu seinen Fehlern zu bekennen und sich zumindest dafür zu entschuldigen. Und doch ist er weggelaufen wie ein Kind, zur großen Enttäuschung derjenigen, die viel getan hatten, seine Studien zu fördern, und die ihn geschätzt und ihm vertraut hatten.«

Er streckte die Hand aus und berührte Erasmus am Handgelenk. »Deswegen bin ich zu Ihnen gekommen. Wenn er nicht zurückkommt und die Verantwortung für seine Handlungen übernimmt, wird er zweifellos des Kollegs verwiesen, was für die Gemeinschaft der Stipendiaten gewiss ein herber Verlust wäre, ganz zu schweigen von den Folgen für sein ganzes Leben. Ich bin mir sicher, dass er Ihnen große Achtung entgegenbringt, Mr. Flattery. Sie sind ein Mitglied der *Gesellschaft*, wie heutzutage alle jungen Männer es gerne wären. Können Sie nicht mit ihm reden? Ich versichere Ihnen, in den Archiven Wootons lassen sich keine großen Geheimnisse aufdecken. Er wirft seine Karriere für nichts weg.« Er breitete die Arme aus. »Für nichts.« Der Diakon schaute zu ihm auf, und allmählich siegte seine Beunruhigung über die Fassade friedlichen Charmes.

Erasmus ging die Sorge des Mannes nahe, obgleich es wider sein besseres Urteil war. »Lassen Sie mich erklären,

Euer Hochwürden, dass es gewissermaßen eine Übertreibung wäre, wollte man behaupten, Mr. Kehler und ich seien Bekannte. Ich vermute, dass ich weniger Einfluss auf ihn ausüben könnte, als Sie hoffen.«

Diakon Rose blickte ein wenig überrascht drein. »Das war mir nicht bewusst. Ich dachte, Sie stünden vielleicht schon seit langem miteinander in Verbindung. In gewisser Weise läge es nahe, dass Mr. Kehler ihre Freundschaft sucht. Hat er Sie über Magier ausgefragt, Mr. Flattery?«

Erasmus fühlte sich etwas überrumpelt. »Ich bin wirklich der Meinung, dass jegliches Gespräch zwischen Mr. Kehler und mir nur uns etwas anging, Euer Hochwürden. Dafür werden Sie gewiss Verständnis haben.«

»Gewiss, gewiss. Doch selbst wenn Ihre Bekanntschaft noch nicht seit langem besteht, hätten Sie vielleicht einen günstigen Einfluss auf den jungen Mann. Könnten Sie nicht ein Wort mit ihm reden, Mr. Flattery? Ich könnte mir vorstellen, dass er Ihren Rat nicht verwirft. Denken Sie doch nur an den armen Kehler. Was soll aus ihm werden? Er hat keinen Beruf, seine Familie hat keine Verbindungen. Wir reden hier von einer großen Karriere, die einfach am Eigensinn scheitert. Und das ist eine Tragödie. Die *Jugend*, Mr. Flattery. Nur ein junger Mann kann sich so überstürzt verhalten. Nur ein junger Mann könnte den Folgen seiner Entscheidung so blind gegenüberstehen. Ihm kommt die Zukunft zweifellos strahlend vor, doch wir beide wissen, dass im Verlauf nur weniger Jahre vieles passieren kann. Ich fürchte, er wird diese Entscheidung sein Leben lang bereuen. Reue ist etwas Entsetzliches.«

Erasmus fragte sich, was Kehler wohl in den Farrellitischen Archiven gesucht hatte. Er stand noch immer in Skyes Diensten, und Skye hatte offensichtlich einige sehr eigentümliche Interessen.

Seit langem glaubten die Gelehrten, dass ein großer Teil der Geschichte Farrlands in den Archiven Wootons versteckt war. Vielleicht zahlreiche Informationen über die Magier. »Ich weiß nicht, wo Kehler sich im Moment aufhält, doch falls er sich auffinden lässt, werde ich mit ihm reden. Mehr kann ich Ihnen nicht versprechen. Ich gehe nicht davon aus, dass er meinen Ratschlägen Folge leistet.«

Der Priester streckte die Arme aus und ergriff Erasmus' Hände. »Vielen Dank, Mr. Flattery. Der Segen Farrelles für Ihr gutes Herz. Und Kehler wird es Ihnen eines Tages auch danken.« Er murmelte einen weiteren Segensspruch in Alt-Farr.

Der Priester lehnte sich in seinem Stuhl zurück, nahm seinen Branntwein und schaute Erasmus an, als wäre dieser ein besonders hoch geschätzter Student. »Wie ich schon vorher sagte, Mr. Flattery, haben wir ein gemeinsames Interesse: den Weinbau. Vor Jahren hatte ich eine Stelle in den Südländern, und in der dortigen Abtei kultivierten wir Reben – oh, und kelterten auch Wein –, doch meine Liebe galt den Reben und den Trauben. Unter der hochsommerlichen Sonne auf den Feldern zu arbeiten, die Trauben an den Weinstöcken heranreifen zu sehen ... Das fehlt mir schrecklich. In Wooton habe ich ein paar Weinstöcke, aber es liegt zu weit nördlich – wenngleich ich in den letzten Jahren etwas bessere Ergebnisse erzielen konnte. Sie haben doch gewiss nicht alle Forschungsarbeiten oben in Locfal durchgeführt?«

»Einen Teil, doch ich besitze ein kleines Gut auf der Insel Farrow.«

Der Priester reagierte, als hätte Erasmus den Namen seiner verlorenen Geliebten genannt – Anlass seiner Flucht in den Priesterberuf. »Ach, was haben Sie für ein Glück, Mr. Flattery. Ich war bisher nur ein einziges Mal auf Farrow, und leider viel zu kurz, doch für den Weinbau gibt es wohl kaum eine bessere Gegend. Haben Sie die berühmten Ruinen gesehen?«

Erasmus nickte.

»Sind die nicht wunderbar? Wirklich erstaunlich. Das Leben ist voller Geheimnisse, Mr. Flattery, und ich bin froh darüber. Ich bin sehr traurig über diese jungen Empiriker, die alles erklären wollen. In meinen Augen ist die Betrachtung des Wunderbaren eine wertvolle Meditation. Sie lehrt uns Demut und erfüllt uns mit der angemessenen Ehrfurcht vor dieser Welt, mit der wir gesegnet wurden. Meinen Sie nicht auch?«

Erasmus zuckte die Schultern. »Ich dachte, es wäre die Aufgabe der Kirche, die Wunder zu erklären.«

Der Priester wirkte überhaupt nicht gekränkt, und seine liebenswürdige Art änderte sich nicht im Geringsten. Er schien sich sogar geradezu zu freuen, dass Erasmus sich auf einen Disput mit ihm einließ. »Die Farrellitische Kirche ist nicht monolithisch, Mr. Flattery. Es gibt Denkschulen – zahlreiche –, und wir stimmen zwar in den zentralen Fragen überein, doch zu vielen anderen Bereichen sind die Meinungen geteilt. Das halte ich für äußerst gesund.

Vielleicht bin ich so eine Art Mystiker. Ich glaube an Mysterien, die nie dazu gedacht waren, vom Menschen erfasst zu werden. Zumindest nicht in diesem Leben. Diese Mysterien sollen uns mit Ehrfurcht erfüllen. Uns auf eine unerklärliche Art unterrichten. In dieser Hinsicht sind sie wie die besten Werke der Kunst. Ihre Betrachtung öffnet Türen in unseren eigenen Gedanken. Wir sehen Dinge, die wir sonst nicht gesehen hätten. Und sie erfüllen uns mit Freude über ihre Schönheit. Wer die Worte Farrelles studiert, um das Denken des Märtyrers zu verstehen, ist meiner Meinung nach auf dem falschen Weg. Diese Schriften waren nie dazu gedacht, verstanden zu werden, sondern wurden geschaffen, um das Denken seiner Jünger anzuregen. Sie sollten nicht die Grundlage einer Lehre sein, sondern als Inspiration dienen.« Der Mann hielt inne, vielleicht ein wenig verlegen, weil dies eindeutig ein Thema war, das ihm am Herzen lag. »Darf ich Ihnen meine Ansicht über den Mystizismus mitteilen?«

Erasmus nickte, wider Willen interessiert an den Ausführungen des Mannes.

»Stellen Sie sich vor, Sie hätten eine Ausbildung als Tänzer abgeschlossen und das sei seit vielen Jahren Ihre Berufung. Doch dann würde Ihnen klar, dass Ihre Kunst die Erlernung einer größeren geistigen Konzentration erfordert, und so widmeten Sie sich der meditativen Disziplin der Belthamite-Eremiten und verfolgten dies eine Weile. Nach Beendigung Ihrer Studien entdeckten Sie, dass auch Hand- und Armbewegungen viele Ausdrucksmöglichkeiten bieten, und so reisten Sie nach Doorn, um dort eine Zeit lang mit einem Meister zu arbeiten. Und dann kehrten Sie vielleicht irgendwann nach Avonel zurück, nähmen ohne besonderen Grund ein Florett zur Hand und stellten plötzlich fest, dass Sie durch all Ihre Ausbildungsjahre zu einem großartigen Fechter geworden sind, obwohl keine der Disziplinen, denen Sie sich widmeten, irgendeine Verbindung zum Fechten zu haben schien. Das ist Mystizismus. Man liest die Lehren Farrelles. Meditiert über das Fließen des Wassers in einem Strom. Arbeitet in einem öffentlichen Garten, um die Armen zu nähren. Tut man all dies aufmerksam, erwächst einem eines Tages eine Erkenntnis, die irgendwie aus all diesen Tätigkeiten gewachsen ist und doch in keiner erkennbaren Weise aus ihnen zu bestehen scheint. All das Getane führt zu einem größeren Verständnis. Doch Verständnis ist nicht das richtige Wort, denn es ist kein ›Verstehen‹, das sich erklären ließe. Es ist, als würde sich in Ihrem Inneren eine Blüte öffnen. Etwas, das schön und Ehrfurcht gebietend ist, Sie größeres Mitgefühl lehrt und vielleicht dazu führt, dass Sie in der Welt viel bewirken können. Doch kann man dem einen Namen geben? Nein. So wirkt die Mystik, Mr. Flattery, und man muss nicht an den Mystizismus glauben, um sie zu erfahren.« Plötzlich fältelte ein Lächeln sein runzliges Gesicht.

»Sehen Sie jetzt, was ich getan habe? Am Anfang stand ein Gespräch über den Weinbau, ein Thema, das uns beiden am Herzen liegt, und geendet habe ich mit einem Vortrag über den Mystizismus. Ich muss mich entschuldigen. Ich lasse mich immer von meiner eigenen Begeisterung davontragen. Das ist eine große Schwäche und hat mich wohl leider zu einem Langweiler gemacht. Verzeihen Sie mir.« Der Priester erhob sich plötzlich. »Doch nun habe ich genug von Ihrer wertvollen Zeit in Anspruch genommen, Mr. Flattery. Ich danke Ihnen nochmals für Ihre Bereitschaft, mit Kehler zu reden. Das ist sehr großmütig von Ihnen, und ich bin mir sicher, dass Kehler Ihnen eines Tages dafür danken wird.«

Diakon Rose dankte Erasmus noch immer, als er aus der Tür auf die Straße trat. Erasmus blieb einen Moment lang verblüfft vor der Tür stehen und wurde sich dann bewusst, dass er wie ein Mensch aussah, der seine Andacht vor einem Altar verrichtet, was ihn irgendwie erschaudern ließ.

Er machte kehrt und stieg wieder die Treppe hinauf. Der Priester war nicht so charmant, wie er von sich dachte – oder zumindest nicht so gerissen. Fenwick Kehler hatte in Merton etwas entdeckt, was die Kirche mit großer Sorge erfüllte. Daran hegte Erasmus keinerlei Zweifel. Etwas, das vielleicht mit Fremden zu tun hatte. Mit Fremden und mit Magiern.

9

Avonel besaß Dutzende von Privatclubs unterschiedlich stark ausgeprägter Exklusivität. Die exklusivsten und daher auch die privatesten waren diejenigen Clubs, die sich äußerlich durch keinerlei Kennzeichen von den umgebenden Gebäuden abhoben. Manche hatten nicht einmal einen öffentlichen Namen und wurden von ihren Mitgliedern einfach als ›der Club‹ bezeichnet.

Jeder Club hatte einen Zweck, wenn auch der eigentliche Zweck nicht unbedingt der in der Gründungsurkunde festgehaltene war. Zum Beispiel war der Club, in den Sir John an diesem Abend gegangen war, vorgeblich ein Spielclub, doch sein eigentlicher Zweck bestand darin, bestimmte Teile seiner Mitgliedschaft in solche Schulden zu stürzen, dass sie dem ›Club‹ in absehbarer Zukunft zur Loyalität verpflichtet blieben. Sir John war einmal so tief bei dieser bestimmten Organisation verschuldet gewesen, dass er damit gerechnet hatte, für den Rest seiner beruflichen Laufbahn nach ihrer Pfeife zu tanzen – und die Interessen ihrer Mitglieder unter großem Schaden für seine Glaubwürdigkeit als Minister der Regierung vorantreiben zu müssen. Das war, bevor er Bryce kennen lernte.

Jetzt verwendete er einen gewissen Aufwand darauf, die Interessen von Bryces mysteriösem Auftraggeber voranzutreiben, doch dies hatte ihn nicht halb so oft in Konflikt mit seinem Gewissen gebracht. Dennoch sehnte Sir John sich noch immer mehr als alles danach, frei zu sein. Niemandem als seinem König und seinem Land zu dienen. Darum war er schließlich zu Beginn in den Regierungsdienst getreten: aus Idealismus. Er schüttelte den Kopf.

Kaum zu glauben, wenn man bedachte, wie dann alles gekommen war.

Sir John fragte sich, ob die Neuigkeit, dass die Entonne inzwischen die Kanone entwickelt hatten, wohl schon durchgesickert war. Ewig ließ es sich nicht geheim halten, das war gewiss. Es wäre schrecklich, wenn die Marine erst dann davon erführe, wenn die Entonne zum ersten Mal das Feuer auf ein Farr-Schiff eröffneten. Das durfte er nicht zulassen, doch zuvor konnte er noch politisches Kapital aus der Information schlagen. Informationen waren schließlich eine Ware wie Gold oder Getreide; man konnte ihnen einen gewissen Wert zuordnen und einen Tauschhandel abschließen, und genau das hatte Sir John vor.

»Sir John! Wie schön, Sie zu sehen. Wir haben das Vergnügen Ihrer Gesellschaft schon lange nicht mehr genossen.«

Angesprochen hatte ihn einer der älteren Clubmitglieder. Ein Mann, dem Sir John schon oft einen Gefallen getan hatte.

»Nein, eine ganze Weile nicht«, erwiderte Sir John.

»Meinen Sie, dass Sie heute einen Glücksabend haben?«

»Den habe ich wahrhaftig.« Sir John fühlte sich so unglaublich vom Glück begünstigt, dass er nicht vorhatte, auch nur eine einzige Münze zu verspielen.

Der Mann berührte ihn mit einem breiten Lächeln am Arm. »Nun, Sie wissen, dass Sie hier immer Kredit haben.«

Sir John schaute zu Boden und nickte. Das Lächeln dieses Mannes ließ eine Welle von Ärger und Groll in ihm aufsteigen. Ihm war klar, was es wirklich bedeutete: Wir wussten, dass Sie wiederkommen. *Ich bin wiedergekommen*, dachte Sir John, *aber ich habe mich verändert. Jetzt kann ich widerstehen. Ich weiß nicht recht, wie oder warum, aber ich kann widerstehen.*

Er ging weiter durch die Räumlichkeiten und nickte hier und da einem Mann zu. Die Begegnung hatte ihm den

Abend etwas verdorben. *Sie haben mich für so schwach gehalten, glaubten mich fest im Griff meiner Dämonen.* Diese Feststellung untergrub sein Selbstvertrauen ein wenig.

Er erinnerte sich gut an sein erstes Gespräch mit Bryce. Bryce hatte, fast schon am Rande der Beleidigung, bemerkt: »Ich will Ihnen sagen, woran es liegt, denn es ist mir kein Geheimnis. Sie halten sich für einen vom Schicksal begünstigten Menschen: intelligent, aus guter Familie, Jahrgangsbester, gesund, vital und den Damen wohlgefällig. Sie glauben so vollständig an die Gunst des Geschicks, dass Sie es einfach nicht akzeptieren können, wenn Ihr Glück Sie am Spieltisch im Stich lässt. Das kann doch nicht wahr sein! Sie kehren also zurück, um zu beweisen, dass ihr Glück kein Zufall ist – als wäre dies eine völlig unakzeptable Niederlage. Ihr Glück wird siegen – es muss. Und so haben Sie immer wieder ein Vermögen verspielt.«

Bryce, damals noch fast ein Fremder, hatte absolut Recht gehabt. Das war Sir John klar gewesen, sobald Bryce die Worte ausgesprochen hatte. Ein so vom Schicksal begünstigter Mensch wie er sollte bei etwas so Trivialem wie dem Karten- oder Würfelspiel nicht verlieren. Wirklich. Es war absurd. Aber er hatte oft genug verloren.

Und dann war er zu seiner Übereinkunft mit Bryce gelangt – sein Pakt mit dem Teufel. Bryce würde ihn von seinen Schulden beim Club befreien; allerdings nicht von seinen sonstigen Schulden, die sich angesammelt hatten, weil er sein ganzes Geld verspielte – mit denen musste Sir John selbst fertig werden. Und so war es geschehen. Bryce hatte ihn eines Abends zum Club begleitet, sie hatten sich mit Sir Johns Gläubigern an einen Tisch gesetzt und Karten gespielt. Und Sir John hatte gewonnen! Er hatte so gewonnen, wie er es immer für sein gutes Recht gehalten hatte.

Und dann, als er von seinen Schulden befreit war, war Bryce aufgestanden und hatte angekündigt, dass es nun

Zeit zum Gehen sei. Sir John war noch nie so enttäuscht gewesen. Gehen!? Doch der Blick, mit dem Bryce ihn ansah, machte ihm klar, dass Widerrede nichts nützte. Wenn Bryce den Tisch verließ, würde Sir Johns Glückssträhne sich mit ihm zusammen verabschieden.

Er fragte Bryce, wie er das angestellt habe – das war, bevor ihm klar wurde, dass man Bryce keine Fragen stellte –, doch dieser antwortete nicht. Sir John blieb der Eindruck, Bryce müsse wohl der raffinierteste aller Spieler sein und mit den Karten so geschickt umgehen, dass kein Mensch sehen konnte, was er da machte. Sir John scherte sich nicht darum, dass er durch Falschspielerei gewonnen hatte, denn er hatte ohnehin immer den Verdacht gehabt, dass man ihn austrickste.

Das Unglaublichste war aber, dass es ihn nach dieser Nacht nicht mehr zum Spielen trieb. Überhaupt nicht mehr. Er ging noch nicht einmal mehr der Gesellschaft halber in den Club. Das Verlangen war verschwunden. Er hatte nicht mehr das Gefühl, sich auf die Probe stellen zu müssen – sein Glück auf die Probe stellen zu müssen. Jetzt erschien ihm das sogar als ziemlich törichter Zeitvertreib. Er konnte kaum mehr verstehen, wie er auf etwas so Dummes hatte hereinfallen können.

Er ging in den größten Saal und schaute sich um in der Hoffnung, dass an diesem Abend die richtigen Herren anwesend wären. Nur wenige der Männer an den Tischen blickten auf – sie waren völlig in ihre Karten vertieft. Im Nachbarsaal war gerade eine Weinprobe zugange, die eine Anzahl von Dragonern und Marinesoldaten ernstlich fesselte. Einer davon, ein Spross der Palle-Familie, hob sein Glas auf ihn, als er vorbeikam. Sir John lächelte.

Zehn Minuten später fand er einen der Männer, die er gesucht hatte: den Marquis von Sennet. Der Marquis hatte sich mit in den Hosenbund gesteckten Daumen gegen eine Wand gelehnt und beobachtete mit recht gelangweiltem

Gesichtsaudruck mehrere Männer bei einem ›Kegeln‹ genannten Spiel auf einem Billardtisch ohne Löcher.

»Lord Sennet«, sagte Sir John und lehnte sich mit der Schulter an die Wand.

»Lord? Heute Abend sind wir wohl förmlich miteinander. Sind Sie zurückgekommen, um gewissen Herren einmal Manieren beizubringen?«, fragte er, und Sir John lachte. »Sagen Sie mir, Sir John, wie haben Sie das angestellt? Seit einem Jahr rätselt man in diesen Räumen hier immer wieder darüber.«

»Nun, ich habe einen Widder geopfert und mit seinem Blut meine Brust mit Pentagrammen bemalt. Ich bin zur Ruine der alten Abtei am Rande der Stadt gepilgert und habe meine Seele an einen dunklen Geist verkauft …«

»Das Übliche also?«

»Na ja, ich habe keine Jungfrauen geopfert, nicht einmal symbolisch.«

»Ich verstehe.« Sennet schaute wieder auf das Spiel, da dort jedermann aufstöhnte.

»Ich habe da eine Information, die Sie vielleicht interessieren könnte«, sagte Sir John, nun mit gesenkter Stimme. »Also, sogar mit Gewissheit interessieren wird.«

»Ach ja?«

»Wir sollten uns etwas vertraulicher unterhalten.«

»In der Bibliothek?«

Sir John nickte und ging zum Treppenhaus davon. In diesem Club konnte man sich normalerweise darauf verlassen, dass niemand in der Bibliothek war. Die Literaturzirkel interessierten sich nicht fürs Glücksspiel.

Sir John warf einen Blick zurück in den Spielsaal mit all den nur auf ihr Glück fixierten Männern. Ihm kam diese Szene recht jämmerlich vor. Er schüttelte den Kopf, nicht ohne das Gefühl einer gewissen moralischen Überlegenheit, wie ihm auffiel, und ging weiter.

Die Bibliothek lag tatsächlich leer da. Er nahm sich eine

Ausgabe der Tageszeitung und machte es sich beim kalten Kamin bequem. Kurz darauf kam Sennet, der seine Neugierde aber durchaus im Griff hatte.

Er ließ sich in einen der Sessel fallen und schaute Sir John an, als würde er keinen Moment lang glauben, dass der ihm irgendetwas von Interesse mitteilen könnte.

»Ich habe gewisse Neuigkeiten über die Entonne – die bisher noch nicht einmal als Gerücht kursieren.«

»Nachrichten über die Entonne sind immer spannend.«

»Und ich habe großes Interesse an den derzeitigen Vorgängen um Skye. Es gibt Gerüchte …«

»Da könnte ich Ihnen vielleicht helfen.« Der Vorzug Sennets war, dass man sich darauf verlassen konnte, ein gleichwertiges Maß an Informationen zurückzuerhalten. Eine der Eigenschaften, die Sir John an ihm zu schätzen wusste.

»Meine Freunde in Entonne haben mir mitgeteilt, dass ihre Landsleute inzwischen Kanonen gießen und Schießpulver herstellen. In zwei Monaten, vielleicht auch früher, verfügen sie über mit Kanonen bestückte Schiffe.«

Sennet setzte sich in seinem Stuhl auf, und sein Gesichtsausdruck hatte sich vollständig verändert. Sir John hätte beinahe gelächelt. Es war nicht leicht, Sennet zu überraschen.

»Haben Sie das dem Ersten Mann des Königs mitgeteilt?«

»Noch nicht.«

»Blut des Märtyrers«, fluchte Sennet, während er mit seiner raschen Auffassungsgabe abklopfte, was alles in dieser Nachricht steckte. »Wir wussten alle, dass es irgendwann so weit sein würde, aber so schnell hatten wir es nicht erwartet.« Er schaute zu Sir John auf, eindeutig beeindruckt. »Sie werden Moncrief mit dieser Nachricht gewiss nicht glücklich machen – nicht ein bisschen.«

Sir John erwiderte nichts. Niemand in Farrland würde sich über diese Nachricht freuen – außer vielleicht Skye.

Sennet grinste. »Nun, da haben Sie mich auf dem falschen Fuß erwischt, Sir John. Gute Leistung. Aber Sie waren schon immer einer der besten Zauberkünstler. Alle Achtung. Sie müssen außerordentliche Freunde in Entonne haben. Sehr gut situierte.« Sennet betrachtete ihn mit einer gewissen Bewunderung und versuchte offensichtlich, den Namen seiner Quelle zu erraten. »Aber Ihre Frage …« Sein Blick wurde ernster. »Ich weiß nicht, ob Ihnen klar ist, was für ein Wespennest Sie da angestochen haben. Flammen, aber Moncrief spielt ein gefährliches Spiel.

Ich weiß nicht, was Sie alles schon gehört haben, aber ich habe einen Freund in der Admiralität …« Sennet führte den Satz nicht zu Ende. »Gestern Abend wollte Skye eine Frau besuchen. Er wusste nichts davon, dass sie einmal eine Spionin Entonnes war, die inzwischen vermutlich im Dienste der Admiralität stand.« Er legte den Kopf schief und sah Sir John an, der aber die Andeutung nicht verstand.

Was wollte Sennet ihm da nur sagen? Und dann verstand er plötzlich. Moncriefs Eifersucht war außer Kontrolle geraten! »Man hat versucht, Skye eine Falle zu stellen«, sagte er, und eine Bestätigung erschien ihm gar nicht mehr nötig. Genau das entsprach Moncriefs Art. Skye zu Fall bringen, indem er seinen Ruf ruinierte. Schwierig war das nicht. Eine Frau, die als Spionin Entonnes bekannt war, zu der Behauptung veranlassen, Skye habe ihr den Entwurf der Schiffskanone übergeben, sie dann von den Männern der Admiralität auf frischer Tat ertappen lassen. Verrat. Selbst der König würde Skye nicht aus dieser Situation retten können.

Doch Sir John, und nun auch Sennet, wussten, dass die Entonne die Kanone schon besaßen! Sie hatten Skye gar nicht nötig. Wenn das herauskam, würde Moncrief in die Grube fallen, die er Skye gegraben hatte.

»Wissen Sie denn, was da genau vorgefallen ist?«, fragte Sir John.

»Nicht in allen Einzelheiten, aber Sie können es gewiss erraten. Irgendwie ist es schief gelaufen. Moncrief hat tatsächlich den Seelord besucht – war persönlich im Amtssitz der Admiralität! Dort ist man mehr als beunruhigt. Keiner weiß, wo Skye sich im Moment aufhält, und ich bin mir sicher, Moncrief und der Seelord leben in Angst und Schrecken, dass er im Palast auftaucht und mit dem König speist. Wenn der König erfährt, dass Moncrief und Brookes eine Intrige gegen Skye geschmiedet haben … nun, dann sind sie nicht mehr zu retten.«

»Hat Skye gemerkt, was da im Gange war, und ist geflüchtet?«

»Ich weiß es nicht. Vielleicht. Aber es gibt noch mehr. Heute Morgen wurde eine Frau, die auf die Beschreibung der ehemaligen Agentin Entonnes passt, mit dem Gesicht nach unten in einem Hafenbecken treibend gefunden.«

Sir John schüttelte den Kopf und wurde sich plötzlich bewusst, dass er Moncriefs Eifersucht unterschätzt hatte. Der Mann war weniger im Gleichgewicht und verzweifelter, als er vermutet hatte.

Sennet glättete seinen Gehrock mit übertriebener Sorgfalt.

»Ich habe das Gefühl, dass da noch etwas ist, Lord Sennet.«

»Ich weiß nicht, was ich davon halten soll. Es ist mir sogar ein wenig peinlich, Ihnen davon zu erzählen.«

Wieder erklang Bryces Mahnung in seinem Ohr. Berichten Sie mir alles, was Sie in Erfahrung bringen, und ich werde selbst darüber urteilen.

»Bitte, Lord Sennet, lassen Sie Ihre Zurückhaltung fallen. Ich werde nur über die Information urteilen und nicht über ihre Quelle.«

Sennet nickte. »Es ist etwas sehr Ungewöhnliches geschehen, wie mein Freund in der Admiralität mir berichtete, obwohl er nicht weiß, was es eigentlich ist. Aber anscheinend hat es Hinweise ... nun, auf die geheimen Künste gegeben.« Er schaute zu Sir John auf, ein wenig abwehrend, aber doch an seiner Reaktion interessiert. »Ergibt das in Ihren Augen irgendeinen Sinn?«

Sir John zuckte die Schultern, fühlte sich aber, als hätte er plötzlich den Boden unter den Füßen verloren. Hatte Sennet wirklich *die Künste* gemeint?

»Vielleicht. Wissen Sie mehr darüber?«

»Eigentlich nicht. Mein Freund hat sich nicht sonderlich klar ausgedrückt. Sie sollten sich vielleicht genauer mit dem Tod dieser Frau befassen – der Frau, die im Hafen gefunden wurde.« Er schüttelte den Kopf. »Man hat mir gesagt, Brookes und Moncrief hätten dreingeschaut, als hätten sie gerade einen Geist gesehen. Und sie haben einen Matrosen und irgend so eine Dirne verhört. Mein Freund glaubt, dass die beiden etwas über den Tod der Frau wussten. Verdammt merkwürdig.«

»So hat es den Anschein.« Sir John rückte in seinem Stuhl herum und wäre gerne gegangen. Er brannte darauf, seine Erkenntnisse Bryce mitzuteilen – und die Reaktion des Mannes zu sehen.

»Seien Sie besser vorsichtig, wem Sie von den Entonne und der Schiffskanone erzählen, Sir John«, sagte Sennet, der spürte, dass sein Gesprächspartner an Aufbruch dachte. »Moncrief wird wohl kaum wollen, dass diese Neuigkeit sich allzu schnell verbreitet.«

»Nein, sicherlich nicht, obgleich es gewiss nur wenige Leute gibt, die von seiner Intrige gegen Skye wissen und daher zwei und zwei zusammenzählen können.« Er schaute Sennet an, der den Kopf schüttelte.

»Da haben Sie bestimmt Recht. Und doch ... wenn Skye weiß, was geplant war, wird er es wahrscheinlich nicht geheim halten; andererseits wäre es ein Fehler, Moncrief ohne Beweise zu beschuldigen. Umso mehr, als wohl bekannt ist, dass die beiden sich nicht mögen. Es könnte einfach als Verleumdungsversuch erscheinen und wäre daher unklug. Ich kann mir nicht vorstellen, dass Skye etwas Voreiliges unternimmt.«

»Nein.« Sir John hatte seine eigene Neuigkeit für sehr wertvoll gehalten, doch Sennet hatte ihn mit zu kleiner Münze ausbezahlt, und sei es auch nur, weil er nach seiner Warnung auf der Hut vor Moncrief war. Wahrscheinlich wäre er mit seiner Neuigkeit über die Entonne und die Kanone direkt zu Moncrief gegangen, und wo hätte das wohl hingeführt?

Sennet hatte seine Schulden beglichen, das war sicher, doch Sir John war bereit, seinen Kredit ein wenig zu strapazieren.

»Sie wissen nicht, wohin Skye verschwunden ist?«

Sennet schüttelte den Kopf. »Es ist äußerst geheimnisvoll. Fragen Sie nur aus Neugierde, oder müssen Sie es wissen?«

»Ich muss mit ihm sprechen. Ich habe Informationen, die für ihn wichtig sind.«

Sennet bedachte die Bitte und betrachtete Sir John, als wäge er dessen Zahlungsfähigkeit ab. »Mir ist letzthin zu Ohren gekommen, dass die Gräfin Chilton große Hochachtung vor Skye hat. Sie würde ihn gewiss nicht absichtlich verraten, aber ...«

»Die Gräfin? Wirklich? Ich hätte mich mit empirischer Forschung beschäftigen sollen.«

Sennet lächelte höflich.

Sir John war bereit, noch einmal auf Pump zu fragen. »Ich habe eine letzte Bitte. Hatten Sie je mit einem Mann namens Bryce zu tun, oder haben Sie je etwas über ihn gehört?«

»Bryce? Und wie heißt er mit Vornamen?«

»Ich ... ich weiß es nicht«, räumte Sir John ein wenig

verlegen ein. »Der Mann ist mir ein Geheimnis. Hoch gewachsen, dunkel, sehr selbstsicher. Ausgesprochen pedantisch. Spricht äußerst präzise. Mehr kann ich eigentlich nicht über ihn sagen.«

»Aber beschreiben Sie da nicht den Fremden, der am Abend Ihrer phänomenalen Glückssträhne mit Ihnen am Spieltisch saß?«

Sir John nickte.

»Aber alle halten ihn für einen Freund von Ihnen. Einen …« Er wollte nicht ›Falschspieler‹ sagen. »Und Sie haben ihn wirklich nicht gekannt?«

Sir John schüttelte den Kopf. Nur eine kleine Lüge. Er kannte Bryce so gut wie gar nicht.

»Nun, das ist interessant. Ich weiß nicht, ob ich mit so wenigen Anhaltspunkten irgendetwas in Erfahrung bringen kann. Mehr können Sie mir nicht sagen? Ist er ein Privatier, oder hat er einen Beruf? Welche Universitäten? Von seiner Familie wissen Sie wohl auch nichts?«

»Mehr kann ich Ihnen leider nicht sagen. Er hat einen Kopf für Zahlen, insbesondere wenn es um Geld geht, und er ist ein gerissener Kapitalanleger.«

»Ah, das ist doch etwas. Falls er ein Kapitalanleger ist, kann man ihn finden.«

»Nun, vielleicht stimmt das, vielleicht aber auch nicht. Ich bin mir nicht absolut sicher, ob er selbst anlegt … Man sollte es aber meinen.«

Sennet holte die kleinste Taschenuhr hervor, die Sir John je gesehen hatte. »Ich werde mein Bestes tun, Sir John.«

»Ich stehe in Ihrer Schuld«, sagte Sir John, was er nicht nur als höfliche Floskel verstand.

»Wohl kaum.« Sennet wandte sich ihm zu, nun plötzlich sehr ernst. »Seien Sie vorsichtig mit Ihrem Wissen über die Entonne. Ich hätte nicht gerne, dass Moncrief diese Neuigkeit vertuscht, weil sie ihm möglicherweise schaden könnte. Dann müssten vielleicht unschuldige Farr-Matrosen sterben, um etwas zu erfahren, was man schon weiß. Ich schlage vor, Sie suchen sich einen anderen Informationskanal zum König, und gewiss nicht über die Admiralität.«

»Moncrief ist mein Vorgesetzter. Ich selbst kann nicht an ihm vorbei direkt den König ansprechen.« Er richtete einen bittenden Blick auf Sennet. »Sie könnten statt meiner dem König diese Information überbringen, dann würde Moncrief ihre Quelle gar nicht erfahren. Wenn das irgendjemandem gelingt, dann Ihnen.«

Sennet nickte. »Höchstwahrscheinlich, aber befürchten Sie nicht, die Anerkennung für Ihre Entdeckung zu verlieren?«

Dieser Informationsaustausch würde ihn also mehr kosten als vorhergesehen. »Wer die Anerkennung nun bekommt, ist unwichtig. Moncrief sollte besser nicht wissen, dass diese Information von mir stammt, und Sie haben absolut Recht – der König muss sofort davon erfahren. Können Sie das schaffen?«

Sennet nickte. »Überlassen Sie die Sache mir, und wenn die Zeit günstiger ist, werde ich dafür sorgen, dass Ihnen Ihr Teil der Anerkennung zukommt. Klingt das annehmbar?«

»Mehr als annehmbar«, antwortete Sir John, der spürte, wie ihm die Erhebung in den Hochadel entschlüpfte.

»Dann mache ich mich an unsere Aufgabe, Sir John. Viel Glück bei der Suche nach Skye. Wenn ich irgendetwas erfahre, gebe ich Ihnen sofort Bescheid.«

Ja, das wirst du gewiss tun. Du wirst alle möglichen Ehren für die Information erhalten, die ich dir gegeben habe. Sir John merkte jedoch, dass seine Belustigung noch größer war als sein Groll. Er hatte herausgefunden, was Bryce wissen wollte, und wohl oder übel zählte allein das.

Wie betäubt ging Sir John durch den Club zurück und reagierte kaum, wenn man ihn ansprach. Der Gedanke, dass er selbst diese Sache ins Rollen gebracht hatte – er hatte alles so arrangiert, dass Moncrief sich durch Skye lächerlich gemacht fühlen musste –, wurde ihm nun in seiner ganzen Bedeutung bewusst. Er hatte gewusst, dass Moncrief eine solche Beleidigung nicht unbeantwortet lassen würde. War Bryce schon die ganze Zeit darauf aus gewesen, Moncrief zu Fall zu bringen? War das seine Absicht gewesen? Erstaunlich. Plötzlich erlangte die Frage nach der Identität von Bryces geheimnisvollem Auftraggeber ein ganz neues Gewicht. Moncrief hatte zweifellos Feinde, aber für welchen von ihnen arbeitete Mr. Bryce?

Doch noch etwas anderes an seiner Unterhaltung mit Sennet beschäftigte ihn – und sei es auch nur, weil es so merkwürdig war. *»Es hat einen Hinweis auf die geheimen Künste gegeben.«* Hatte Bryce ihn deshalb ermahnt, ihm alles zu berichten, was er hörte? Sir John schüttelte den Kopf. In was war er da nur hineingeraten?

Sir John trat zur Haupttür des Clubs heraus und wollte gerade den Portier bitten, ihm eine Droschke zu rufen, als die Tür einer großen Kutsche sich öffnete und ein Mann sich hinausbeugte:

»Sir John?«

Es war Sir Bryce, der ihn dort am Straßenrand erwartete.

Sir John stieg ein und setzte sich, mehr als ein wenig überrascht.

»Was um alles in der Welt hat Sie zu dieser Stunde hergeführt?«, fragte Sir John.

»Man könnte es eine Ahnung nennen«, antwortete Bryce mit nur einer Andeutung von Lächeln. »Haben Sie Skye gefunden? Wissen wir, was vorgefallen ist?«

»Ich kenne den Namen einer Person, die vielleicht weiß, wo Lord Skye sich aufhält, das hoffe ich zumindest. Ob sie uns helfen wird oder nicht, wird zu sehen sein. Was nun den Vorfall betrifft, so sieht es so aus, als hätte Moncrief in einem Anfall von Eifersucht versucht, Skye eine Falle zu stellen.« Er berichtete Bryce, was er von Sennet erfahren hatte, wobei er nur die letzte Information zurückhielt.

Bryce nickte nur. »Und das war's? Mehr haben Sie nicht herausgefunden?«

»Doch, noch eines …« Sir John beobachtete den geheimnisvollen Mann genau, obwohl er nicht erwartete, Bryces Reaktion lesen zu können – das gelang ihm nie. »Mein Freund berichtet, es hätte in dieser Sache einen Hinweis auf die geheimen Künste gegeben. Vielleicht etwas bezüglich der Umstände, unter denen die Frau ums Leben kam.«

Zu Sir Johns Verblüffung lächelte Bryce. Keineswegs ein spöttisches oder ungläubiges Lächeln, sondern ein Lächeln großer Befriedigung. Als hätte man ihm gesagt, die Frau, die er auf der Welt am meisten begehre, sei ganz verrückt nach ihm.

»Nun«, sagte er, sonst nichts.

»Ist das irgendwie von Bedeutung?«, fragte Sir John, der sich nicht zurückhalten konnte.

»Das kann allein mein Auftraggeber entscheiden«, erwiderte Bryce, obwohl er immer noch erfreut dreinsah und nicht verärgert wie sonst, wenn Sir John ihm Fragen stellte.

Das ließ Sir John plötzlich kühner werden. »Sie wollen also Moncrief zu Fall bringen? War das Ihr Plan?«

Bryce schaute überrascht. *»Moncrief?«*, fragte er, als höre er den Namen zum ersten Mal. »Sir John, Moncrief ist uns gleichgültig. Völlig gleichgültig.« Und mit diesen Worten verschränkte er die Arme vor der Brust und wandte seinen Blick aus dem Fenster.

10

Einige Zeit nach dem Abendessen kehrte Hayes zu Erasmus nach Hause zurück. Keuchend und rot im Gesicht sah er aus, als wäre er durch die ganze Stadt gerannt.

Stokes führte ihn ins Arbeitszimmer, und sein Verhalten gegenüber diesem jungen Obdachlosen war beträchtlich milder geworden.

»Ah, Hayes. Ohne Ihren Freund Kehler, wie ich sehe.« Erasmus hielt inne. »Alles in Ordnung?« Hayes war anscheinend nicht nur rot angelaufen, er wirkte auch bestürzt. »Ihrem Freund ist doch nichts Schlimmes widerfahren, hoffe ich?«

»Nein. Nicht, dass ich wüsste. Aber ich hatte gerade eine ganz eigenartige Begegnung. Als ich zu Ihrer Tür kam – ich wollte gerade den Türklopfer bedienen –, rief jemand Kehlers Namen. Ich drehte mich um, und da hastete so ein kleiner Mann über die Straße. Er kam zum Fuße der Freitreppe und merkte, dass ich überhaupt nicht Kehler war. Da murmelte er eine Entschuldigung und huschte davon. Das Sonderbare daran ist, dass es ein Farrellitischer Priester war und Kehler am Kolleg von Wooton studiert hat.«

»Diakon Rose.«

»Sie kennen ihn?«

»Erst seit heute Nachmittag. Er kam auf der Suche nach Kehler hier vorbei. Er war im ›Rülps‹ und hatte erfahren, dass ich mich dort nach Kehler erkundigt hatte. Er ist in der Hoffnung hergekommen, ich würde ihm helfen, Ihren Freund zu finden. Anscheinend hat Kehler sich mit Dokumenten beschäftigt, die er eigentlich gar nicht in die Hände hätte bekommen dürfen, und das hat die Kirche in einen ziemlichen Aufruhr versetzt. Dieser Rose behauptete, Kehler habe das Vertrauen der Kirche missbraucht und sei nun in Gefahr, des Kollegs verwiesen zu werden, was das Ende seiner Laufbahn bedeuten würde, da er für Unterrichtsgeld und Unterhalt von der Kirche abhängig ist.«

Hayes schnaubte. »So einen Unsinn habe ich noch nie gehört. Kehlers Familie ist nicht wohlhabend, aber gewiss in der Lage, seine Kolleggebühren zu bezahlen. Nein, ich glaube nicht, dass die Farrelliten Kehler aus Wohltätigkeitsgründen suchen.« Hayes griff in sein Jackett und zog einen Brief heraus. »Den hat Kehler bei einem Freund hinterlassen.« Er wollte ihn Erasmus reichen, schien dann einen Sinneswandel durchzumachen, schob ihn aber schließlich doch in Erasmus' Hand.

Erasmus zog den Brief aus dem Umschlag – eine einzige Seite, mit einer schrecklichen Handschrift geschrieben.

Mein lieber Hayes,
ich habe Colghan Anweisung gegeben, diesen Brief niemandem außer dir anzuvertrauen. Ich habe versucht, dich während meines Aufenthalts in Avonel aufzusuchen, doch du warst aus deinen Räumlichkeiten geflohen, und es gab alle möglichen Gerüchte über diesen Vorfall.
Auch ich bin geflohen; vor meinen guten Lehrern. Anscheinend haben sie meine Suche nach Wahrheit nicht so recht würdigen können. Nun, wie dem auch sei, ich habe so einiges gefunden, was dich wirklich verblüffen würde. In einem Brief will ich nicht mehr sagen, hoffe aber, dich bald persönlich zu sehen. Ich habe die Straße der Ehre gewählt, das wirst du gewiss verstehen.
Ich überlasse dir diese eine Textzeile, die mir ein absolutes Geheimnis ist. Kannst du vielleicht in Merton jemanden auftreiben, der das hier lesen könnte?

Es folgte eine einzelne Zeile von Schriftzeichen, bei deren Anblick Erasmus sich ganz plötzlich hinsetzte.

»Erasmus?« Hayes klang besorgt. »Alles in Ordnung? Sie sind plötzlich leichenblass. Soll ich Stokes rufen?«

Erasmus schaute zu Hayes auf, der ihn äußerst beunruhigt ansah. »Diesen Text hat er in den Archiven gefunden?«

»Ich denke schon. Können Sie das lesen?«

Erasmus schüttelte den Kopf. »Nein. Das kann keiner lesen. Zumindest kein Mensch. Es ist die Schrift der Magier … Ich habe sie gesehen – im Hause Eldrich.« Erasmus nahm den Brief wieder zur Hand, noch immer aufgeregt und sonderbar traurig. »Wo befindet sich Kehler Ihrer Meinung nach jetzt?«, fragte er, die Stimme ganz leise, als hätte er gerade eben vom Tod eines Freundes erfahren.

Hayes antwortete ihm nicht, und Erasmus schaute auf.

»Ich denke, es wäre besser, wenn Sie mir Auskunft geben, Hayes. Allmählich kommt mir der Verdacht, dass Ihr Freund Kehler in etwas hineingeraten ist, das er nicht wirklich versteht. Und wir dürfen nicht vergessen, dass die Admiralität Ihre Zimmer durchsucht hat – vielleicht hat man auch von dieser Seite einiges Interesse an der Angelegenheit.«

Hayes setzte sich und kämpfte offensichtlich mit den Versprechen, die er Skye und Kehler gegeben hatte. »Kehler hat geschrieben, er habe die Straße der Ehre genommen«, sagte er mit gedämpfter Stimme. »Das bezieht sich auf den Priester. Ein Mann, der vor Jahren gestorben ist. Honare Baumgere. Wissen Sie, von wem ich spreche?«

Erasmus schüttelte den Kopf. »Nein, aber der Diakon hat seinen Namen erwähnt – so nebenbei fallen lassen, als wolle er meine Reaktion testen.«

Hayes hob die Augenbrauen. »Baumgere war jemand, für den Skye sich interessierte. Ich hatte erwähnt, dass man in Compton Heath einen Priester hatte kommen lassen, der sich in Fremdsprachen auskannte? Dieser Priester war Honare Baumgere.« Hayes holte tief Atem und stieß die Luft langsam wieder aus, den Blick auf irgendeinen Punkt weit jenseits der Zimmerwand gerichtet. »Später – viele Jahre später – grub Baumgere ein … Bauwerk bei der Stadt Castlebough in den Caledon-Bergen aus.«

»Davon habe ich gehört. War das nicht eine Krypta?«

»Als solche ist das Bauwerk bekannt, obwohl es außer einer vagen Ähnlichkeit keinen Grund zu der Annahme gibt, dass es wirklich eine Krypta war. Doch die Architektur kann einem Kopfzerbrechen aufgeben. Manche nennen das Bauwerk so einzigartig wie die Ruinen von Farrow, denn keiner weiß, wer es erbaut hat oder wann es erbaut wurde oder auch nur zu welchem Zweck.«

»Und dafür hat Skye sich interessiert? Hat es irgendwie mit dem Fremden zu tun?«

Hayes nickte abweisend.

»Samual«, Erasmus schwenkte den Brief vor ihm, »das hier ist die Schrift der Magier, sie mag zwar eines Tages ein Objekt des akademischen Interesses werden, doch ich kann Ihnen versichern, solange Eldrich noch lebt, bleibt sie ein eifersüchtig gehütetes Geheimnis. Sollten die Priester Texte in dieser Sprache in Wooton aufbewahren und Kehler sie gefunden haben, ist es kein Wunder, dass sie ihn suchen. Falls Eldrich entdeckt, dass die Kirche Texte gesammelt hat, die sich mit den Künsten befassen, wird er in blinden Zorn geraten.

Verstehen Sie, als die Farrelliten ihren Krieg gegen die Magier verloren, schworen sie, die Künste nie wieder zu praktizieren, denn sie hatten die Künste der Magier gegen diese selbst eingesetzt. Alle Texte, die sie zusammengetragen hatten, mussten den Magiern übergeben werden. Falls Texte zurückgehalten wurden oder seitdem auch nur versteckte Texte wieder aufgetaucht sind, wird Eldrich keine Gnade kennen. Das kann ich Ihnen versichern. Das Schlimmste daran ist, dass Ihr Freund Kehler am Ende vielleicht genauso darunter leiden wird wie die Priester. Vergessen Sie nicht, Magier sind nicht für Gerechtigkeit und Fairness bekannt. Ich halte es für das Beste, dass Sie mir sagen, was Sie wissen, und dann machen wir uns daran, Kehler aufzuspüren. Ich kann nur hoffen, dass wir ihn finden, bevor er irgendeine Dummheit begeht. Was meinen Sie, Hayes, vertrauen Sie mir den Rest Ihrer Geschichte an?«

Hayes dachte einen Moment lang nach, und sein jungenhaftes Gesicht war jetzt sehr ernst, was ihn sonderbarerweise sogar noch jünger wirken ließ. Dann nickte er hastig und zog dabei seine Weste aus. Einen Moment lang war er ganz still. »Baumgere war ein recht bekannter Gelehrter«, begann er, »der viele Jahre lang als Archivar in Wooton wirkte. Irgendwann in den mittleren Jahren überkam ihn der Wunsch nach einem stärker seelsorgerisch geprägten Leben, und er erhielt die Kirchengemeinde von Castlebough zur Pfründe. Kennen Sie Castlebough? Es liegt nicht weit vom berühmten Wanderfalken-See. Für mich eine der schönsten Landschaften überhaupt. Mitten im Herzen der Caledon-Berge. Das Städtchen ist heute nicht mehr so gut bekannt wie früher einmal – oh, vor einem halben Jahrhundert –, wo es in Mode war, dort zur Badekur zu gehen, doch noch immer reist man aus Gesundheitsgründen nach Castlebough.

Baumgere war immer Gelehrter gewesen – hatte wahrscheinlich nie in seinem ganzen Leben eine Predigt gehalten –, doch offensichtlich war er innerhalb der Kirche sehr geachtet, und wenn das sein Wunsch war, taten ihm seine Vorgesetzten gerne den Gefallen. Nach knapp drei Jahren in Castlebough trat Baumgere aus der Kirche aus, was an sich schon merkwürdig genug ist, doch dann entdeckte er die verschüttete »Krypta« in der Nähe des Schlosses.

Er begann die Berge zu durchstreifen, als sei er noch immer auf der Suche nach irgendetwas. Gelegentlich sah man ihn in Begleitung seines Dieners – eines großen, kräftigen Mannes, der taubstumm geboren war. Es hieß, sie hätten in dieser Gegend noch an anderen Stellen gegraben, doch falls sie etwas gefunden haben, hat es keiner zu Gesicht bekommen.

Baumgere kaufte ein Gutshaus außerhalb der Stadt, was beweist, dass er einiges Geld besaß, obwohl er immer behauptet hatte, aus keinem reichen Haus zu stammen – nicht, dass er sonst viel über sich gesagt hätte, denn er war ein verschwiegener Mensch.

Von diesem Punkt der Geschichte an gibt es jede Menge Gerüchte. Die einen haben nach Kehlers Auffassung – und er weiß mehr darüber als ich – wohl mit der Schrift auf der Krypta zu tun. Es heißt, das Gebäude sei durch eine Inschrift gekennzeichnet gewesen, doch Baumgere habe diese Inschrift direkt nach der Entdeckung abhauen lassen, was eine ziemliche Arbeit gewesen sein muss. Offensichtlich kann man die Stelle noch heute erkennen. Keiner weiß, warum er das getan hat.

Es gibt noch eine weitere Merkwürdigkeit … Baumgere besaß anscheinend ein Gemälde der Krypta, von keinem Geringeren als Pelier selbst, was bedeutet, dass es zweihundert Jahre vor der Entdeckung der Krypta durch Baumgere gemalt wurde. Alle Anhaltspunkte Kehlers lassen darauf schließen, dass die Krypta zum damaligen Zeitpunkt unbekannt war – tatsächlich noch unter der Erdschicht verborgen lag.

Das Gemälde ist typisch für Peliers orakelhaften Stil, der Symbole und Vorzeichen verwendet. Für dieses Gemälde Peliers hatten seine Interpreten im Gegensatz zu sonst keine Erklärung. Falls es irgendein künftiges Ereignis vorhersagte, schien keiner eine Vermutung äußern zu können, worum es sich handeln mochte.

Das Gemälde zeigte offensichtlich das Grab mit noch intakter Inschrift und drei Personen, die ihm ihre Huldigung erwiesen oder vielleicht auch das Grab untersuchten, das ist schwer zu sagen. Die drei Personen waren angeblich ein Gentleman, eine etwas groteske männliche Gestalt, die man für einen Diener hielt, und eine völlig in Schwarz gekleidete verschleierte Dame. Oh, und vielleicht war im Schatten der Tür noch eine dunkle Gestalt verborgen, aber nur vielleicht. Im Hintergrund sieht man den alten Bergfried, der Castlebough überragt, und Kehler ist der Meinung, durch diesen Orientierungspunkt habe Baumgere die Krypta gefunden.

Offensichtlich hatte Skye die Peliers, die sich in Baumgeres Besitz befunden hatten, schon eine Weile gesucht. Gleich bei einer der ersten Begegnungen hatte er sie Kehler gegenüber erwähnt, und das hatte Einfluss auf Kehlers Entscheidung genommen, sich in Wooton einzuschreiben. Man neigte allgemein zu der Ansicht, Baumgeres persönliche Habe einschließlich der Peliers und aller Aufzeichnungen, die der Mann möglicherweise hinterlassen hatte, seien von der Kirche übernommen worden.«

Hayes erhob sich von seinem Stuhl, ging zum Fenster und schloss es bis auf einen Spalt, denn die Nacht wurde allmählich ein wenig kühl. Er beugte sich neugierig vor und schaute auf die Straße hinunter.

»Ist er da?«, fragte Erasmus beinahe flüsternd.

Hayes schüttelte den Kopf. »Das kann ich nicht sagen.« Er nahm den Faden seiner Erzählung wieder auf, schaute aber immer noch wachsam nach draußen. »Mir kommt es merkwürdig vor, dass die Farrellitische Kirche sich anscheinend nicht weiter für ihren ehemaligen Priester interessierte, aber vermutlich hat er eben nichts getan, was die Kirche hätte interessieren können – das kam erst später.« Hayes saß jetzt auf der Fensterbank, und das Lampenlicht warf sonderbare Schatten auf sein Gesicht, das wie von Sorgenfalten überzogen wirkte. »Es heißt, als Baumgere auf dem Totenbett lag, sei der Priester, der seine

Pfründe übernommen hatte, für das Sterbesakrament gekommen. Als er jedoch Baumgeres Beichte hörte, verweigerte er ihm die Absolution, stürmte fassungslos aus dem Haus und überließ den Mann dem wahren Tod – ein erstaunliches Ereignis in der Geschichte der Farrellitischen Kirche, selbst wenn der Sterbende kein Priester mehr war. So verschied Baumgere wie ein Mensch, der nie den wahren Glauben gefunden hat. Und dann wurde sonderbarerweise nur kurz danach der Priester, der ihm die Absolution verweigert hatte, im Wald erhängt aufgefunden. Selbstmord! Eine Todsünde nach den Lehren der Farrellitischen Kirche. Und das ist mehr oder weniger das Ende der Geschichte.

Baumgere hinterließ kein Geld, weder irgendeiner Einzelperson noch der Kirche, und keiner hat seine Geschichte erfahren, es sei denn, er hätte sie auf dem Totenbett gebeichtet, was jedermann glaubt. Ob der Priester, der seine Beichte hörte, diese Geschichte je weitergegeben hat, weiß man nicht.« Hayes stand auf und lächelte Erasmus an. »Sie sehen also, fruchtbarer Boden für Spekulationen aller Art.«

»Das will ich meinen. Ist davon auszugehen, dass die Schriftzeile, die Kehler Ihnen geschickt hat, etwas mit Baumgere zu tun hat?«

»Das ist recht wahrscheinlich, aber er hat, wie Sie selbst gesehen haben, in seinem Brief nichts davon erwähnt.«

Hayes wandte sich um und schaute wieder auf die Straße hinaus. Erasmus konnte in der dunklen Scheibe gerade noch sein Spiegelbild erkennen.

»Man weiß nie, was Kehler im Sinn führt. Seine Interessen sind … recht eigen.«

»Zum Beispiel?«

»Verlorenes Wissen. Geheime Geschichten. Alles, wovon er glaubt, dass die Kirche es seit langem weiß, aber vor der Öffentlichkeit der Laien verborgen hält. Bei Kehler weiß man nie. Er behält seine Absichten meistens für sich – ähnlich wie Sie, Erasmus. Die Geschichte des Fremden von Compton Heath hat seine Suche in eine völlig neue Richtung gelenkt. Bis dahin waren seine Interessen sehr akademisch und recht achtbar. Skye hat ihm eine Welt der Geheimnisse eröffnet. Ein Gebiet, das von der akademischen Welt überhaupt nicht beachtet wurde. Sie können sich seine Aufregung gar nicht vorstellen. Er hoffte, etwas über den Fremden von Compton Heath in den Archiven zu finden. Er dachte, Baumgere könnte etwas niedergeschrieben haben, das sich dort finden lassen würde.«

Erasmus dachte einen Moment lang nach. In dieser Geschichte gab es fehlende Teile – ganze Kapitel, wie er annahm. »Gibt es eine Verbindung zwischen dem Fremden von Compton Heath und dem Bauwerk, das Baumgere gefunden hat?«

Hayes vollführte eine sonderbare Bewegung – beinahe ein Achselzucken. Beinahe eine Lüge, dachte Erasmus. »Alles ist möglich.«

»Kehler wird ja wohl eine Theorie über Baumgere und das Objekt seiner Suche haben, oder?«

»Ja, ich denke schon.« Dieselbe Zurückhaltung. Das Lügen fiel dem jungen Hayes nicht leicht – zumindest nicht das Belügen von Freunden. Vielleicht hatte er das Gefühl, schon zu viel gesagt zu haben.

»Aber Sie dürfen es nicht sagen, wenn ich richtig folgere?«

Ein langer Moment des Zögerns, währenddessen er auf die Straße hinausschaute oder vielleicht auch sein eigenes Spiegelbild betrachtete. »Falls wir Kehler finden, wird er Ihnen vielleicht mehr erzählen. Ich selbst weiß nicht mehr. O doch, noch etwas ... Offensichtlich ist in Baumgeres eigenem Grabstein eine Zeile in einer Schrift eingraviert, die nicht zu lesen ist. Vielleicht Baumgeres Abschlusserklärung, vielleicht auch nur ein makaberer

Scherz des Steinmetzen; keiner weiß es.« Erasmus nickte und blickte Hayes unverwandt an, der auf die verdunkelte Straße hinaussah. Das hohle Hufgeklapper eines Pferdes zog am Fenster vorbei; im Feuer verrutschte ein Scheit.

»Sie denken gerade, dass Sie nach Castlebough reisen sollten, um Ihrem Freund zu helfen – und um ihn zu warnen«, sagte Erasmus leise. »Und ich halte Ihre Sorge nicht für fehl am Platze. Sollte die Kirche wirklich Texte in der Sprache der Magier besitzen ...« Hayes warf ihm einen hilflosen Blick zu, und in seine Augen trat ein wenig Hoffnung. »Es scheint mir absolut geboten, dass Kehler weiß, was er da aufgewühlt hat. Ich kann meine Angelegenheiten so weit ordnen, dass ich bis Nachmittag reisefertig bin. Wie steht es mit Ihnen, Samual? Begleiten Sie mich?«

Einen Moment lang starrte Hayes Erasmus nur an, doch gleich darauf stand er auf und schien sich geradezu zu schütteln, schüttelte die Lethargie und Hilflosigkeit ab, die ihm vom Leben in der Paradise Street noch anhaftete. Dann fiel ihm jedoch etwas ein, und das Licht, das in seinem Innern aufgeleuchtet war, verflackerte trübe. »Aber Erasmus, ich muss Ihnen sagen, dass ich nicht ...«

Erasmus hob die Hand. »Sprechen Sie nicht davon. Wir reden hier über Kehlers Wohlergehen. Er ist möglicherweise sowohl vonseiten der Kirche wie vonseiten Eldrichs gefährdet. Nein, da wollen wir nicht knausern. Mein Vater, er ruhe in Frieden, hat mir genug hinterlassen, um in völliger Muße zu leben. Kehlers Rettung ist eine weit sinnvollere Verwendung für mein Geld, als ich sonst finden könnte.«

Als Hayes schließlich zu Bett ging, ließ er Kehlers Brief liegen. Erasmus nahm ihn und betrachtete die Zeile mit der fremden Schrift lange. Schon der Anblick dieser Charaktere beschwor alte Erinnerungen und den damit verbundenen inneren Aufruhr herauf. Und doch konnte er den Brief nicht aus der Hand legen. Einen Moment lang dachte er daran, ihn ins Feuer zu werfen, doch der Gedanke, ihn in Flammen aufgehen zu sehen, war zu beunruhigend.

»Er ist der Erinnerung entfallen«, las Erasmus laut. *Der Erinnerung entfallen.*

11

Die Caledon-Hügel stiegen zur Westgrenze hin immer stärker an, wo sie allmählich fast Gebirgsstatus erreichten, bevor sie direkt hinter der Grenze zu Entonne zu einem Hochplateau abfielen.

Die geringe Bevölkerungsdichte und das zerklüftete Gelände bedeuteten, dass nur ein paar Straßen ihren Weg durch die gewundenen Täler und Schluchten fanden. Geologisch wurde das Gebiet von einer massiven Schicht Granulitgesteins dominiert, das sich der gängigen Theorie zufolge vor Jahrmillionen auf dem Grund eines flachen Meeres gebildet hatte, jetzt allerdings hoch über dem Meeresspiegel zu finden war.

Der weißliche Stein war im Laufe der langen Zeitspanne verwittert, sodass nun unregelmäßige Bergkuppen emporragten, die manchmal fast abgerundet wirkten, oft aber steile Wände und scharfe Kanten aufwiesen. Flüsse schlängelten sich durch Täler und stürzten sich über hohe Klippen in Schluchten, wo das Wasser brodelnd hindurchzischte und dann in tiefe, türkisblaue Becken schoss.

Der größte Teil der Caledon-Berge war von einem alten Wald überzogen, und hier konnte man Unterarten der Eiche, Birke und Walnuss finden, die in keiner anderen Gegend Farrlands heimisch waren. Auf der Nordseite der Berge wuchs in den höheren Lagen eine besonders intensiv duftende Kiefer namens Camden-Kiefer, und die Rosenfamilie hatte sich mit einigen Vertretern – vom Holzapfel über den Weißdorn bis zu blühenden Rosenbüschen – über die Hügel und Täler verstreut.

In den schon seit langem für ihren Wildreichtum bekannten Bergen lagen überall die Jagdhütten der Aristokratie verstreut, und hier und da bot ein fruchtbares Tal etwas Raum für die Landwirtschaft. Tiefe, klare Seen wurden zum Zielort für Reisende, die sich von einsamer Schönheit angezogen fühlten, und an besonders pittoresken Orten waren kleine Ortschaften emporgeschossen, die den Reisenden Kost und Logis boten.

Hayes ließ den Blick über das unter ihnen liegende Tal gleiten und schaute dann auf die Berge im Norden. Sie hatten die Kutsche an dieser Stelle nicht nur angehalten, um den Pferden nach dem Anstieg eine Verschnaufpause zu gönnen, sondern auch, um den Ausblick von diesem bekannten Aussichtspunkt zu genießen, und dass sie nicht die Ersten waren, die diese Stelle entdeckten, verringerte ihr Vergnügen keineswegs. In der Ferne meinte Hayes die Überreste eines großen Bauwerks ausmachen zu können, wenn dies auch bei Ruinen, die aus ähnlichem Stein wie die Umgebung bestanden, manchmal schwer zu sagen war – Kalkstein zerbröckelte öfters zu Blöcken, die ganz verblüffend nach Menschenwerk aussahen.

Erasmus tastete die Szenerie langsam mit einem Feldstecher ab.

»Ist das eine Jagdhütte, da oben auf dem rechten Berg?«, fragte Hayes.

Erasmus richtete sein Glas darauf und schüttelte dann den Kopf. »Ein Turm. Vielleicht sogar eine kleine Burg.«

Auch dafür waren die Caledon-Berge bekannt: für die Ruinen von Burgen und anderen Verteidigungsanlagen. In den langen Jahren der Kriege und Fehden, die die um das Entide-Meer gelegenen Nationen heimsuchten, hatten die Berge mehr als den ihnen zustehenden Anteil von Kämpfen gesehen, und seit über tausend Jahren wurden Burgen gebaut, geschleift und neu errichtet. Zweifellos waren auch gerade jetzt die Arbeiten an mehreren Verteidigungsanlagen zugange, aber näher an der derzeitigen Grenze, die sich durch die breiten Pässe zwischen den hohen Gebirgskämmen zog. Eine Armee auf anderen Wegen zu verlegen war schwierig – oder hatte sich tatsächlich als unmöglich erwiesen.

Erasmus trat ein paar Schritte nach rechts und lehnte sich gegen eine niedrige Steinmauer, um nach Westen in einen Seitenarm des Tals zu spähen. Dort lag ein kleiner See und reflektierte das Licht des späten Nachmittags, während in seiner Mitte das Spiegelbild einer geisterhaft wirkenden weißen Wolke schwebte.

»Dort«, sagte Erasmus. »Das wird wohl Castlebough sein. Sehen Sie es?« Er reichte Hayes das Fernglas.

Hayes brauchte einen Moment, bis seine Augen sich auf das Glas eingestellt hatten, doch dann erblickte er am anderen Ende des Sees oben auf einem kantigen Hügel ein zu Füßen einer zerfallenen Zitadelle kauerndes Städtchen. »Genau wie der Name sagt, dort steht eine Burg oder zumindest der Überrest einer Burg.«

»Ein Donjon der Ritter von Glamoar«, sagte Erasmus und überraschte Hayes mit seinem Wissen über die Geschichte eines so unbedeutenden kleinen Städtchens. »Der Ort, an dem dieser Baumgere eine geheimnisvolle Krypta entdeckte. Und der Ort, an dem vermutlich auch unser guter Kehler seinen sehr speziellen Interessen nachgeht, wie Sie es ausdrückten. Wollen wir hoffen, dass wir vor den Leuten der Admiralität hier eintreffen und dass der Kirchenmann nicht erraten hat, wo Kehler sich wohl aufhalten könnte.«

Hayes schwenkte das Glas das Tal hinauf. Ein über dem See dahingleitender Falke stieß aus der Höhe zum Wasser nieder. Hayes verlor ihn aus den Augen, bevor er die Wasseroberfläche erreichte, als habe er sich in Luft aufgelöst.

»Schauen Sie! Erasmus! Ein Wolf beim See.« Er reichte Erasmus das Glas. »Auf der Mitte des rechten Ufers. Sehen Sie ihn?«

Erasmus fuhr mit dem Fernglas das Ufer in beide Richtungen ab. »Nein …«, sagte er mit sonderbar zögernder Stimme. »Nein, er scheint verschwunden zu sein.« Er ließ das Glas sinken, und sein Blick war völlig verändert. Als hätte er etwas sehr Beunruhigendes erblickt. »Wir sollten unseren Weg fortsetzen.« Erasmus winkte Hayes, ihm schon zur Kutsche voranzugehen, doch als Hayes einen Blick über die Schulter zurückwarf, sah er, dass Erasmus mit äußerst grimmiger Miene zurückschaute.

Das muss ihn an den Wolf erinnern, der in der Nähe von Eldrichs Haus umherstreifte, rief Hayes sich Erasmus' Erzählung ins Gedächtnis, und eine Woge des Mitgefühls für das damalige Kind Erasmus stieg in ihm auf. Eine so eigenartige Erfahrung konnte er sich gar nicht vorstellen – so ganz anders als seine recht sorgenfreie Kindheit.

Sie fuhren weiter, und jetzt war Erasmus noch schweigsamer geworden. Er saß ganz still da, starrte Stunde um Stunde aus dem Fenster, das Kinn auf die Hand gestützt wie ein Trauernder. Ohne recht zu wissen, warum, kam es Hayes so vor, als ob Erasmus um seine verlorene Kindheit trauerte und um das schreckliche Erbe der Erinnerungen, die ihn immer noch quälten.

Sir John stand am Straßenrand, neben sich eine mehr als hundert Meter tief in die Schlucht abfallende Steilwand. Er warf einen kurzen Blick nach unten und schaute dann schnell wieder auf. Der Anblick des kochenden Wassers – weiß und ein ganz unglaubliches Porzellangrün – versetzte alle seine Muskeln in Anspannung. Dort am Klippenrand sah er wie ein Strichmännchen aus: steif, unbeholfen, völlig aus der Fassung geraten.

Im Gegensatz zu ihm bewegte Bryce sich an der Kante der Steilwand, als wäre ihm gar nicht aufgefallen, dass ein einziger Schritt nach rechts ihn zunächst in den Himmel befördern würde – einen Moment lang –, bevor er unten in den Fluss stürzte und ertrank. Ein Vogel hätte sich dort nicht sorgenfreier benehmen können. Verlor einer von ihnen beiden auch nur einen Moment lang das Gleichgewicht, würde das seinem Leben ein Ende setzen.

Plötzlich zeigte Bryce nach unten. »Da – sehen Sie sie?«

Blinzelnd beugte Sir John sich ein wenig vor und zog sich dann abrupt zurück. Hier hätte man ein Fernglas gebraucht. Aber nun erblickte er doch eine Bewegung. Vielleicht eine gelbe Kutsche. Im letzten Gasthaus hatte man ihnen gesagt, die Gräfin sei ihnen nicht weit voraus, und so schnell, wie sie selbst reisten, war das auch kein Wunder. Halb erwartete Sir John, dass sie noch vor ihr eintreffen würden.

»Sie haben gewiss Recht, wenn es mich auch überrascht, dass die Gräfin mit so kleinem Gefolge unterwegs ist. Nur zwei Kutschen.« Einen Moment lang glaubte Sir John, das Gleichgewicht zu verlieren, und trat mit pochendem Herzen eilig von der Kante zurück.

Bryce fasste ihn genauer ins Auge und lächelte dann – halb belustigt und halb mitleidig. »Wir sollten sie wohl noch eine Weile so weiterfahren lassen. Ich möchte lieber nicht gesehen werden.« Plötzlich wandte er mit aufmerksamem Blick den Kopf. »Hören Sie das?«

Sir John lauschte, hörte aber nur den Fluss, den Wind in den Bäumen und das Seufzen der armen, niedergebogenen Äste. Ein Rabe rief.

Die Pferde hatten die Ohren gespitzt, plötzlich aufgeregt.

»Kommt da jemand?«

»Ja. Warten wir einmal ab, wer es ist. Falls Ihre Leute von der Admiralität noch immer hinter Skye her sind, möchte ich das wissen.« Bryce bückte sich plötzlich, hob einen Kiefernzapfen auf und warf ihn in den Abgrund. Wie ein Schuljunge stand er da und schaute dem Fall zu, wobei der Zapfen von einer die Schlucht durchwehenden Luftströmung erfasst in der Nähe der Wasseroberfläche plötzlich einen Bogen zur Seite schlug. Dann ein kaum zu hörendes Aufplatschen. Bryce stand noch einen Moment lang da, als beobachte er den davonschwimmenden Zapfen, und wandte sich dann genau in dem Moment zur Straße zurück, als ein leichter Zweispänner um die Kurve bog.

Außer dem Lenker saß niemand in dem Gefährt, und der richtete sich beim Näherkommen ein wenig in seinem Sitz auf und betrachtete die beiden Männer auf der Straße. Dann hob er den Arm und winkte.

»Sir John«, rief er, seine Pferde zügelnd.

»Ach, Kent, was für eine Überraschung. Wohin fahren Sie denn?«

»Nach Castlebough«, antwortete Kent. »Und Sie Ihrerseits?«

Sir John zögerte, da er nicht wusste, ob Bryce ihr Ziel genannt wissen wollte, doch dann ergriff dieser selbst das Wort.

»Ebenso. Sie müssen der berühmte Averil Kent sein … Percival Bryce, Ihr Diener, Sir.«

»Und ich bin der Ihre, Mr. Bryce«, erwiderte Kent. Sir John kannte Kent nicht besonders gut, hatte aber dennoch das Gefühl, der junge Mann wirke ein wenig verlegen, als hätte man ihn bei etwas erwischt, wovon lieber keiner etwas erfahren sollte. Einen Moment lang herrschte peinliches Schweigen, dann tippte Kent sich an den Hut.

»Vielleicht treffen wir uns ja in Castlebough«, sagte er. »Einen schönen Tag, meine Herren.«

Sir John und Bryce sahen Kent einen Augenblick lang nach.

»Sonderbar, dass wir hier auf Kent stoßen«, bemerkte Sir John, als der junge Mann um eine Biegung verschwunden war. »Er muss sich auf einer seiner Malexkursionen befinden.«

Bryce lachte. »Er ist hinter der Gräfin her, Sir John, Haben Sie das nicht bemerkt?«

Sir John schaute seinen Gefährten überrascht an. »Wie können Sie sich da so sicher sein?«

»Ach, das konnte man an seinem Verhalten ablesen. Daran, wie er den Kopf schief hielt. Diese gewisse Verlegenheit, hier auf Bekannte zu stoßen. Haben Sie nicht gesehen, wie er so hoffnungsvoll zu unserer Kutsche hinüberspähte, und dann die Enttäuschung, als er sah, wer wir waren – oder besser, wer wir nicht waren. Da gibt es keinen Zweifel. Der arme Mann folgt den Spuren der Gräfin von Chilton, ganz wie irgendein beliebiger Straßenköter, der hinter einer heißen Hündin her ist. Er tut mir Leid; er hat wohl eine schlimme Zeit vor sich. Wollen wir hoffen, dass er nicht närrisch genug ist, sich schließlich auch noch wegen einer solchen Frau zu duellieren.«

»Wegen einer solchen Frau, wahrhaftig!«, gab Sir John zurück. »Sie verachten Sie also?«

Bryce wandte sich fast aufgebracht zu ihm um. »Ich wollte damit nur sagen, dass sie eine Frau ist, die Männer selbst dann anzieht, wenn sie es nicht beabsichtigt, Sir John. Ob ich sie verachte? Nein. Ganz im Gegenteil. Sie tut mir Leid. Sogar noch mehr als der arme Kent.« Bryce schaute weg und ins Tal hinein. »Sie tut mir zutiefst Leid.«

12

Ein Mensch bewegt sich entweder westwärts durchs Leben, dem Licht entgegen, oder ostwärts auf die sich sammelnde Dunkelheit zu. Das ist eine Art von Ausrichtung des Temperaments, die in den ersten Lebensjahren zustande kommt; ein emotionaler Kompass. Entweder verfolgt man seine Träume oder seine Erinnerungen, und wer es nach dem ersten Einstellen des Kompasses auch nur schafft, ihn um ein oder zwei Grade zu verschieben, ist ein ungewöhnlicher Mensch.

Halden: Essays

Als Hayes am Morgen zum Frühstück herunterkam, stellte er fest, dass Erasmus schon seit mehr als zwei Stunden weg war. Hayes verfluchte sich wegen seiner dummen Trägheit und erwog, seinem Gefährten nachzugehen, sagte sich aber, dass Erasmus dann unweigerlich zurückkehren würde, während er selbst unterwegs war, und so entschied er sich fürs Frühstück und das Bleiben an Ort und Stelle.

Im Umland von Castlebough lagen mehrere heiße Quellen, deren Wasser als heilsam galt, und dieser Tatsache mehr als allem anderen war das Bestehen des Städtchens zu verdanken. Die Terrassengärten und kleinen Weiden, die er auf dem Hang unterhalb der Stadt gesehen hatte, boten gewiss nicht die Grundlage für Geschäft und Handel, und die wenigen Reisenden, die unterwegs zu anderen Zielen hier Halt machten, würden allenfalls die Existenz eines winzigen Gasthauses sichern.

Castlebough rühmte sich aber neun stattlicher Hotelgaststätten, und die wurden praktisch ausschließlich von Kurgästen besucht. Zu Hayes' Befriedigung hatte Erasmus eines der besseren Häuser gewählt, das *Quellen*, und hier hatte er für jeden ein Einzelzimmer im selben Stockwerk genommen. Da Hayes sich bei dieser Reise keine Gedanken ums Geld zu machen brauchte (Erasmus bestand darauf, alles zu bezahlen), fühlte er sich fast wieder wie ein bemittelter Gentleman. Ihm war nie bewusst gewesen, wie frei man sich fühlte, wenn man sorglos Geld ausgeben konnte – das war ihm erst klar, seit er gezwungen war, jeden Pfennig zweimal umzudrehen.

Allein der Gedanke, in eine Gaststätte zu gehen und sich vor dem Bestellen nach dem Preis des Gerichts zu erkundigen! Früher war ihm so etwas nie in den Sinn gekommen, und obwohl er sich bald daran gewöhnt hatte, war ihm diese Erfahrung doch recht demütigend erschienen.

Na, also was ich an Demütigungen hinter mir habe, sollte inzwischen für ein Leben reichen, dachte er. *Ich werde mir gewiss niemals Sorgen machen müssen, arrogant oder eitel zu werden.*

Wenn sie jetzt nur Kehler finden konnten. Hayes fragte sich nicht zum ersten Mal, was sein Freund überhaupt im Sinn haben mochte, denn Kehler war selbst ihm gegenüber verschwiegen; dabei war Hayes mit großer Wahrscheinlichkeit sein bester Freund auf der Welt.

Hoffentlich finden wir ihn, bevor er sich zu tief in Schwierigkeiten hineinmanövriert hat, dachte Hayes, doch gleichzeitig war ihm bewusst, dass er mehr als alles andere wissen wollte, was Kehler entdeckt hatte. Er empfand eine brennende Neugierde.

Der Speisesaal war nicht einmal zur Hälfte gefüllt, und keiner der Gäste schien es eilig zu haben – keine Einwohner Castleboughs, das war gewiss. Es waren ein paar ältere Menschen darunter, die vielleicht tatsächlich an irgendeinem Gebrechen litten, doch die meisten Anwesenden waren kaum alt zu nennen – in den Dreißigern oder Vierzigern – und wirkten auch keineswegs von Krankheit gezeichnet. Sie sahen allenfalls nach Urlaub aus. Er hörte einige von ihnen beim Besprechen der Tagespläne: eine Bootsfahrt den Fluss hinunter, die sie durch eine Höhle führen würde; ein Segeltrip auf dem Wanderfalken-See; eine Exkursion zu verschiedenen Ruinen. Hayes empfand einen gewissen Neid auf so viel freie Zeit, die offensichtlich auf finanziellen Ressourcen beruhte, über die er nicht verfügte.

»Ah, Hayes … Sie haben es also endlich geschafft, dem Tag in die Augen zu blicken«, bemerkte Erasmus, als er seinen Gefährten fand. »Sind Sie schon lange hier?«

»Nein, gar nicht. Gerade lange genug, um die Pläne unserer Nachbargäste mit anzuhören und ein bisschen Selbstmitleid zu bekommen. Sie sind gerade rechtzeitig gekommen, Erasmus, um mich aus diesem speziellen Gefühlssumpf herauszuziehen.«

Erasmus nahm sich einen Stuhl und bestellte Kaffee. »Nun, ich habe mich einmal in unserem Städtchen hier umgeschaut und mir die anderen Gasthäuser vorgenommen. Keines scheint Mr. Kehler in seiner Obhut zu haben und auch sonst niemanden, auf den seine Beschreibung passt; ich hoffe nur, dass wir nicht nach dieser weiten Reise feststellen müssen, dass Kehler zwar hier war, aber schon wieder aufgebrochen ist.«

»Aber er hatte nur zwei Tage Vorsprung. Ich kann mir nicht vorstellen, dass er schon wieder weg ist.« Hayes war etwas beunruhigt bei dem Gedanken, dass er Erasmus so weit geschleppt hatte und es jetzt vielleicht ganz vergeblich war.

»Nun, man hat mir gesagt, es gebe hier in Castlebough eine Reihe von Wohnungen, die Leuten aus dem Tiefland gehören. Von diesen werden einige wochenweise vermietet und andere gelegentlich von Freunden der Familie genutzt. Sie wissen nicht, ob Kehler Freunde hat, die hier vielleicht eine solche Wohnung besitzen könnten?«

Hayes schüttelte den Kopf.

Der Kaffee kam, und Erasmus trank ihn schwarz. »Dann schlage ich vor, dass wir uns einmal diese geheimnisvolle Krypta und anschließend Baumgeres ehemaliges Haus anschauen. Ich habe mir den Weg vom Personal hier beschreiben lassen – anscheinend keine gänzlich ungewöhnliche Bitte. Baumgere und seine geheimnisvollen Ausgrabungen haben offensichtlich schon vor uns eine ganze Reihe von Leuten angezogen. Kehler könnte vielleicht feststellen, dass sein Geheimnis inzwischen recht abgegrast ist. Ich frage mich, was er da zu entdecken hofft?«

Hayes zuckte die Schultern.

Erasmus fixierte seinen Gefährten mit einem sonderbaren Blick, und der Jüngere wandte seine Aufmerksamkeit ganz dem Essen zu, da er Erasmus' Vermutung spürte, er habe ihm nicht alles gesagt. Man wusste nie so recht, woran man mit Erasmus war, denn der Mann schien sich seine eigenen Gedanken darüber gemacht zu haben, welche gesellschaftliche Vorschriften er einhielt und welche er einfach ignorierte.

»Sobald Sie fertig sind«, sagte Erasmus, der seinen Kaffee heruntergestürzt hatte. Er erhob sich von seinem Stuhl. »Ich bin in meinem Zimmer.«

Vierzig Minuten später stiegen die beiden Herren eine der steilen Straßen Castleboughs hinauf. Es war ein typisches Städtchen dieser Gegend, aus Gestein der umliegenden Berge erbaut, und die Hauptstraße führte im Zickzack den Berg hinauf, während zahlreiche Gassen und Treppen die verschiedenen Ebenen miteinander verbanden. Irgendwo hoch oben hatte man eine Quelle für die Wasserversorgung der Stadt eingefangen, und nun schlängelte sich das Wasser in vielen Bögen und Schleifen zwischen den Häusern nach unten, tauchte hier und da auf oder ließ sein Geplätscher unter dem Straßenpflaster vernehmen. Hayes empfand den Ort als ein pittoreskes kleines Städtchen, säuberlich gepflegt und zweifellos für die Besucher in diesem Zustand erhalten.

Als sie die letzten Häuser der eigentlichen Stadt unter sich zurückgelassen hatten, fanden sie die alte Treppe, die man ihnen beschrieben hatte, und stiegen sie hinauf. Der von ihnen gesuchte Friedhof lag auf der Bergkuppe hinter dem alten Schloss, die man zwar auch über die Straße erreichen konnte, zu der die Treppe aber einen kürzeren, wenn auch etwas abenteuerlicheren Zugang gewährte.

Bald stellten sie jede Unterhaltung ein und sparten sich ihre Puste für den Aufstieg. Die Treppe endete an einem Pfad, der sich in den Wald hinaufschlängelte und plötzlich in eine tief eingeschnittene, steile Rinne mündete. Hier und da hatte man Trittsteine eingefügt, und an einer Stelle diente eine rostige Kette als Geländer; mit einer gewissen Anstrengung zogen sie sich daran bergaufwärts. Schließlich stießen sie wieder auf Stufen, dann ein Absatz, eine letzte Treppe, und sie traten auf die Kuppe hinaus.

Erasmus und Hayes ließen sich auf eine Steinbank plumpsen und schnappten nach Atem. Vor ihnen lag ein wunderschönes Panorama ausgebreitet, über die Stadt hinaus und bis zum See hinunter. Im Norden konnten sie die Berge wie Meereswogen einem verschwommenen Horizont entgegenstreben sehen, der unglaublich fern und geheimnisvoll wirkte. Wenn Hayes ganz genau hinschaute, meinte er mit Gewissheit eine weitere Bergkette hinter der zu erkennen, die ihm als die fernste erschienen war, und dann dahinter wieder andere.

Im Westen erhoben sich die hohen Berge zu einer zerklüfteten Begegnung mit dem kalten Himmel, und dort war noch immer Schnee zu sehen, der hell und rein in der Morgensonne glänzte.

»Sollte Kehler nicht hier sein, werde ich mich schon durch diesen Anblick völlig entschädigt fühlen«, bemerkte Erasmus, wodurch Hayes sich ein bisschen besser fühlte, denn er machte sich noch immer Sorgen, Kehler könnte schon wieder aufgebrochen sein oder, schlimmer – die Priester könnten ihn zuerst gefunden haben.

Sie blieben noch ein Weilchen sitzen, wortlos und gänzlich von der Szenerie in Anspruch genommen. Dann stand Erasmus auf, und Hayes folgte ihm. Widerstrebend wandten sie sich ab.

Das Schloss war ziemlich zusammengeschrumpft, weil man beim Weiterbau des Städtchens eine Fuhre Steine nach der anderen abgetragen hatte, aber dennoch waren noch einige hohe Mauern und Türme übrig geblieben. Durch einige der Öffnungen konnte Hayes den blauen Himmel sehen, und aus Rissen und Simsen sprossen büschelweise trockenes Gras und kleine gelbe Blumen.

Die Westmauer war von den Ranken der Purpurwinde überwuchert, und jetzt standen die Blüten offen und nickten im leichten Wind. Hinter einigem wilden Beerengestrüpp fanden sie den alten Friedhof. Der war von der größten Hainbuche beschattet, die sie je gesehen hatten, der Stamm einen Meter dick und die Äste so krumm und knorrig wie bei dieser Baumart üblich.

Vielleicht ein halbes Dutzend von Gestrüpp und hohem, goldenem Gras verdeckte Grabsteine standen da. Hayes beugte sich über die Steine und betrachtete sie genau. Einen Moment später rief er aus: »Schauen Sie! Baumgeres Grab, aber nur sein Name ist noch zu sehen. Die Inschrift ist unkenntlich gemacht worden.« Er bückte sich und strich mit den Fingern über die paar noch lesbaren Zeilen. »Ob das einfach Vandalismus war, was meinen Sie? Oder könnte man die Inschrift aus einem ganz bestimmten Grund entfernt haben?«

Erasmus schüttelte den Kopf, gab aber keine Meinung

zum Besten. Ein paar Reste eines ehemaligen Ornaments oder einer Inschrift waren noch zu sehen, und diese betrachtete Erasmus lange, bevor er Feder und Tinte herausnahm und die Linien in sein kleines Notizbuch übertrug.

»Wird es Ihnen wohl gelingen, in diese Reste einen Sinn zu bringen, Mr. Flattery, nachdem so viele andere Zuflucht zur reinen Phantasie nehmen mussten?«

Hayes und Erasmus drehten sich beide nach dem Ursprung dieser sonderbaren hohen Stimme um, und dort, einige Schritte entfernt, stand ein exotisch gekleideter Mann, der wohl kaum größer als einen Meter war. Die beiden Reisenden waren von seinem Anblick so überrascht, dass sie ihn einfach nur verblüfft anstarrten.

»Randall Spencer Emanual Clarendon, zu Ihren Diensten«, sagte der Zwerg mit einer schwungvollen Verbeugung. »Und Sie sind bestimmt der berühmte Erasmus Flattery, nicht wahr?«

»Zu Ihren Diensten, Sir, und mein ganz besonderer Freund, Mr. Samual Hayes.«

»Zu Ihren Diensten, Sir«, sagte Hayes und reichte dem Mann die Hand, der ihm das eigene kleine Händchen entgegenstreckte.

Randall Spencer Emanual Clarendon steckte in tadelloser Kleidung, aus teuren, leuchtend bunten Stoffen raffiniert geschnitten, und an seiner Seite trug er ein kurzes Rapier in einer wunderschön punzierten Scheide. An seinen hohen Stiefeln prangten enorme Silberschnallen, und seine Ärmelaufschläge glitzerten von hellen Steinen, die Hayes für Diamanten hielt. Er trug keine Perücke und hatte seinen grauen Haarkranz hinten mit einem leuchtend blauen Band zusammengebunden. Seine Glatze war von der Sonne gebräunt, seine Augen blau wie Bergseen, und sein voller Mund unter dem prächtigen weißen Schnauzbart war zu einem Lächeln verzogen, als genieße er die

Reaktion der beiden Männer, denn sie starrten ihn an wie Bauernbuben beim Anblick ihres ersten Adligen.

»Sie wissen, wer ich bin«, stellte Erasmus fest.

»Ja, verzeihen Sie. Es ist ein kleines Städtchen, und so hat sich die Nachricht, dass Erasmus Flattery hier abgestiegen ist, schnell herumgesprochen. Ihre Studien über die edlen Reben sind hier einer ganzen Lesergemeinde wohl vertraut. Hier gibt es nämlich eine recht große Gesellschaft von Weinfreunden. Einige der erfolgreichsten Weinkundler und Winzer verbringen einen Teil des Jahres in Castlebough, und da können Sie sich bestimmt vorstellen, wie viel dort jetzt geredet wird.« Er lächelte gewinnend und ließ einen Goldzahn aufblitzen. »Ich hoffe, Sie haben Zeit, zu unserem Treffen zu kommen, Mr. Flattery, und Ihr Gefährte ebenfalls. Sind Sie gleichfalls Gartenbauexperte, Mr. Hayes?«

»Leider nein, aber ich gebe gerne zu, dass ich einer anständigen Flasche Wein viel abgewinnen kann.« Hayes meinte bei dieser Aussage eine Andeutung von Mitleid im Blick seines Gegenübers zu erkennen.

»Nun, aber vielleicht finden Sie unser Treffen dennoch interessant. In der Vergangenheit haben wir schon mehr als einen Gentleman für unsere Sache gewinnen können. Aber, Mr. Flattery, es gibt noch eine weitere Verbindung zwischen Ihnen und dem Städtchen Castlebough. Der berühmte Admiral Vinzent Flattery besaß hier einige Jahre lang ein Haus und kam oft mit seiner Frau hier heraus, um die Quellen zu genießen.«

»Das wusste ich gar nicht«, antwortete Erasmus. »Den Admiral habe ich leider nicht mehr persönlich gekannt, obwohl er bei meiner Geburt wohl noch am Leben war. Ich werde sein Haus besichtigen müssen.«

»Und ich würde es Ihnen nur zu gerne zeigen. Aber eigentlich bin ich Ihnen nachgegangen, weil ich gehört habe, Sie hätten sich nach dem mysteriösen Baumgere erkundigt. Da dachte ich mir, ich sollte Sie besser finden, bevor jemand versucht, Ihnen Kopien der Inschriften zu verkaufen oder vermeintliche Schatzkarten oder was auch immer. Nicht, dass Sie auf solche Leute hereinfallen würden, gewiss nicht, aber man würde nur Ihre Zeit verschwenden. Ich habe mich einmal selbst für Baumgere und seine Geschichte interessiert und würde meine geringen Kenntnisse gerne zu Ihrer Verfügung stellen und mich Ihnen als ortskundiger Führer anbieten, wenn es Ihnen recht ist.«

Hayes und Erasmus schauten sich an, und die Entscheidung war schon gefallen. »Das fänden wir herrlich«, antwortete Erasmus.

Plötzlich brach etwas aus dem Gras heraus, was Hayes erschreckt herumfahren ließ. Ein großer, massiger Wolfshund schoss an ihm vorbei und kam keuchend zu Clarendon, der offensichtlich sein Herr war.

»Das hier ist Dusk, mein ganz besonderer Freund«, erklärte der. »Strecken Sie die Hände aus, damit er sie beschnuppern kann. Ich hoffe, dass keiner von Ihnen beiden mir etwas Böses wünscht, denn in diesem Falle würde er Sie angreifen. Er spürt Dinge, die Menschen nicht spüren können, und lässt sich nicht überreden, eine Person, die mich nicht leiden kann, ungestört ihren Geschäften nachgehen zu lassen. Glücklicherweise bin ich nicht allgemein unbeliebt, sonst hätte der arme Dusk wahrscheinlich schon seinen Tod durch einen Schwertstreich gefunden. Da, sehen Sie, er hat Sie für würdig befunden, und das ist ein Urteil, auf das ich mehr als das von so manchem Menschen gebe, wie ich Ihnen sagen kann.« Er streichelte den Hund hinter den Ohren, wozu er die Hand einfach ausstrecken konnte, denn Dusk reichte Clarendon fast bis zur Schulter.

»Da Castlebough so klein ist, Mr. Clarendon, haben Sie vielleicht von einem Freund von uns gehört. Wir hatten gehofft, ihn hier anzutreffen. Einen jungen Mann namens Fenwick Kehler?«

»Kehler? Nein … ich kenne niemanden diesen Namens, aber ich werde mich erkundigen. Und bitte, nennen Sie mich doch Randall.« Der Zwerg zeigte auf eine nahe gelegene Baumgruppe. »Da hinten liegt Baumgeres Entdeckung. Sie versuchen also, die Überreste der geheimnisvollen Inschriften zu entziffern …?«

»Hat es sie denn wirklich gegeben?«, fragte Erasmus.

»O ja, doch jetzt schon seit vielen Jahren nicht mehr. Die Inschrift wurde noch zu Zeiten Baumgeres abgeschlagen, wie Sie zweifellos schon wissen, doch ob Baumgere selbst dies getan hat, ist unbekannt. Die Geschichte wurde im Laufe der Jahre, nun ja … *ausgeschmückt*, und die traurige Wahrheit ist leider, dass faktische Beweise – das, was unbestreitbar bekannt ist – sehr dünn gesät sind.« Er holte tief Luft und betrachtete die Grabsteine, während sich ein Hauch von Traurigkeit auf ihn legte. »Dass Baumgere ausgerechnet Castlebough zu seinem Zuhause machte, hat die Spekulationen noch geschürt, denn es gibt im Raum des Entide-Meers wohl wenige Regionen, die sich für Legenden so anbieten wie die Caledon-Berge mit ihrer ungewöhnlichen Geschichte und ihren vielen echten Mysterien. Und vielleicht hat die Geschichte des Pater Baumgere ja tatsächlich vor langer Zeit hier begonnen und ihren Ursprung in einem Vorfall, der sich in diesen Bergen hier ereignete. Das wird zumindest von vielen behauptet.« Wieder zeigte er zu den Bäumen. »Wenn Sie genug Zeit haben, werde ich Ihnen die geheimnisvolle ›Krypta‹ zeigen, wie sie genannt wird, und dann können wir uns eine Weile hinsetzen, und ich erzähle Ihnen, was ich noch in Erinnerung habe.«

Randall führte sie zwischen die schattigen, silberstämmigen Birken und anschließend eine Steintreppe zwischen Fliederbäumen hinunter. Der Pfad beschrieb einen Kreisbogen und öffnete sich dann an einer Stelle, die fast wie ein kleiner Steinbruch wirkte.

Dort erhob sich vor ihnen die in den weißen Granulitschiefer geschlagene Fassade eines kleinen Bauwerks. Vier Säulen traten stolz aus dem Gestein heraus, und die schweren Gesimse der Dachfassade schienen auf ihnen zu ruhen. In den Stein war eine Tür geschlagen worden, und davor hing ein Bronzetor an schweren Angeln. Das Tor war angelehnt und hing etwas schief, als wäre es aufgebrochen und dabei beschädigt worden. Hayes war von dem, was er da erblickte, recht erstaunt, denn das Grab war zwar nicht groß, verströmte aber etwas Erhabenes.

»Über der Tür befand sich eine Inschrift, und über der Schwelle ebenso«, erklärte Randall. »Jetzt sind beide verschwunden, wie Sie sehen können.« Er wandte sich den anderen zu. »Sie wirken überrascht, Mr. Flattery?«

Erasmus konnte die Augen nicht von dem Bauwerk lassen. »Es ist nicht ganz das, was ich erwartet hatte. Es ist ... nun ja, zwar von bescheidener Größe, vom Entwurf her jedoch großartig angelegt, als wäre es nur ein Modell für das Eigentliche.«

Randall drehte sich wieder zum Grab um und betrachtete es einen Moment lang. »Das stimmt genau. Und was wollte der Erbauer mit diesem Widerspruch wohl aussagen? Dass die hier bestattete Person mehr war, als von anderen wahrgenommen wurde? Dass seine oder ihre wahre Größe verkannt wurde?« Einen Moment blieb er noch stehen, dann setzte er sich auf die Treppe, die Augen noch immer auf die Fassade gerichtet.

»Ich habe oft hier gesessen, daher ist das Bauwerk, wenn man es so nennen darf, mir ausgesprochen vertraut, und doch kommt es mir jedes Mal noch geheimnisvoller vor. Vielleicht geht es einem so, wenn man das wahre Wesen eines Objekts nicht erfassen kann – es scheint sich irgendwie den eigenen Anstrengungen zu widersetzen.«

Lächelnd schüttelte er den Kopf. »Aber dies hier ist einfach nur eine in den Stein gehauene Fassade und im Inneren eine leere Kammer, wie Sie sehen werden, wenn Sie hineingehen. Nicht einmal vier Quadratmeter groß in den Felsen geschlagen. Keine geheimen Türen, keine versteckten Säle. Einfach nur solider Stein. Der Körper oder die Asche wurden vor langer Zeit an einen anderen Ort gebracht, oder vielleicht war dies hier auch gar keine Krypta. Wer kann das schon sagen, denn diese Bezeichnung ist allein einer vagen Ähnlichkeit zu verdanken. Vielleicht hat diese Kammer auch ganz anderen Zwecken gedient.« Randall schaute die beiden nacheinander an und dann auf den Stein nieder, den er mit der Hand prüfte.

»Wie Sie zweifellos aus Ihren Schultagen in Erinnerung haben«, begann er, »gehörten die Caledon-Berge nicht immer zum Königreich Farrland. Früher wurden sie einmal vom heutigen Entonne beansprucht, und zu anderen Zeiten waren sie ein selbstständiges oder halb selbstständiges Gebiet. Vor siebenhundert Jahren war dies hier das Herzogtum Atreche und unterstand nur nominell der Kontrolle Farrlands. Hier versteckten sich die ersten Gefolgsleute Farrelles vor ihren Verfolgern, und mehr als ein Magier hat diese bezaubernden Berge zu seiner Heimat erwählt. Hier wurden große Rittertaten vollbracht – genau an dieser Stelle wie an Tausenden anderen. Und auch Zeuge von Tragödien sind die Berge geworden. Es ist tatsächlich ein raues Land. Die Landwirtschaft ist schwierig. Im Granulitschiefer gibt es keine abbaubaren Erze. Nur der Förster und der Jäger können hier ihr Auskommen finden. Dennoch besitzt dieses Gebirge in meinen Augen eine unvergleichliche Schönheit, und vor mir haben schon viele Menschen ebenso gedacht; so zog es sie hierher, um sich hier ein Leben aufzubauen, und oft mussten sie kämpfen, um sich diese Lebensgrundlagen zu erhalten.

Der Orden der Farrellitischen Ritter, Ritter von Glamoar

genannt, errichtete hier große Zitadellen und löschte die Tautistianische Häresie aus, die sich unter Flüchtlingen aus Entonne und Doorn breit gemacht hatte. Doch dann wurden die Ritter selbst zu Häretikern gestempelt und unterlagen schließlich während der großen Aufstände der vom Bischof von Nearl aufgestellten Armee.

Nach einer weit verbreiteten Ansicht sollen die Ritter von Glamoar einen Schatz im Gebirge versteckt haben, denn reich waren sie gewiss; dieser Schatz galt in vielen Augen als die Grundlage von Baumgeres Wohlstand. Und vielleicht stimmt das auch, doch es scheint nicht recht vorstellbar, dass Baumgere die Hinweise auf diesen Schatz im Farrellitischen Archiv gefunden hat. Wenn es auch heißt, die Kirche hätte sich einen großen Teil der Geschichte Farrlands einverleibt.« Dusk war schnüffelnd und witternd davongetrottet, kam aber nun plötzlich zurückgesprungen, schaute nach seinem Herrn und beäugte die Fremden.

»Doch was wissen wir mit Gewissheit über diesen Mann?«, fuhr Clarendon wie in einem Vortrag fort. »Baumgere scheint nach seiner Quittierung des Kirchendienstes zumindest einen gewissen Wohlstand erworben zu haben, dessen Ursprung unbekannt ist. Das ist alles richtig. Ich werde Ihnen sein Haus am Rande des Städtchens zeigen, dann sehen Sie, was ich meine. Es ist nicht nur groß und protzig, sondern auch eine architektonische Kuriosität. Das Haus eines wahren Exzentrikers.

Zweifellos hatte Baumgere etwas getan, was den Priester des Städtchens, der übrigens sein Freund und Bewunderer war, dazu veranlasste, ihm die Absolution zu verweigern. Nun gibt es nur eine gewisse Bandbreite von Sünden, derentwegen einem Menschen die Absolution verweigert werden muss, und die sind wohl bekannt: Häresie, wobei sich allerdings die Vorstellung, was als Häresie betrachtet wird, im Laufe der Zeit wandelt; Sakrileg, natürlich – das

Ausrauben eines Grabes stellt zum Beispiel ein Sakrileg dar. Mord dagegen führt sonderbarerweise nicht zur Verweigerung der Absolution, vorausgesetzt, man sucht die Vergebung der Kirche und bereut seine Sünde.

Ist man aber ein Priester der Kirche, gibt es noch eine Reihe weiterer Handlungen, derentwegen man verdammt ist, die Unterwelt zu durchstreifen. Verrat während der Religionskriege hätte zur Verweigerung der Absolution geführt. Der Verrat eines Geheimnisses der Kirche zeitigt dasselbe Ergebnis. Ebenso der Erwerb von Wissen, das einem rangmäßig nicht zusteht – einem Gemeindepriester bleibt manches Wissen verwehrt, das ein Bischof besitzt, verstehen Sie.

Ich sage schon seit langem, dass ein Großteil der Spekulationen über die Quelle von Baumgeres Wohlstand sich einfach durch Berücksichtigung der Möglichkeiten widerlegen lässt, die uns durch die Verweigerung der Absolution verbleiben. Streichen wir den Verrat der Kirche in Kriegszeiten, bleibt uns nur noch Häresie, das Sakrileg, der Verrat eines Kirchengeheimnisses oder der Erwerb von Wissen, das einem rangmäßig nicht zusteht.«

»Sie wirken recht sicher, dass die Verweigerung der Absolution mit Baumgeres Erwerb von Wohlstand oder seinen Entdeckungen zusammenhängt, Randall«, warf Erasmus ein.

»Tja, das stimmt.« Clarendon lächelte, als freue er sich, feststellen zu dürfen, dass Erasmus seinen Ruf nicht umsonst erworben hatte. »Und tatsächlich hatte ich mir ja vorgenommen, Ihnen nur zu berichten, was als Tatsache feststeht, und Sie weder mit meiner eigenen Meinung noch mit den Spekulationen der anderen zu behelligen. Verzeihen Sie, denn Sie haben absolut Recht: Diese Umstände sind nicht notwendigerweise als Ursache und Wirkung miteinander verknüpft. So schwer es mir auch fällt, werde ich versuchen, mich auf das zu beschränken, was ich weiß, obwohl es in diesem ganz bestimmten Fall nahezu unmöglich ist, den Spekulationen zu widerstehen.« Der kleine Mann ließ die Hand wieder über den Stein gleiten, als suche er dort nach irgendetwas. »Pater Joseph, der Priester, der Baumgere die Absolution verweigerte, beging eine Woche nach Baumgeres Tod Selbstmord. Äußerste Desillusionierung? Glaubensverlust? Oder vielleicht eine Schwermut, die mit Baumgere und seinem Geheimnis überhaupt nichts zu tun hatte – denn ein Geheimnis *hatte* Baumgere zweifellos. Dessen bin sogar ich mir gewiss. Doch man muss schon sehr vom Zufall überzeugt sein, um zu akzeptieren, dass diese beiden Ereignisse nicht miteinander verknüpft waren, und ebenso, um eine Verbindung zwischen Baumgeres geheimnisvoller Entdeckung und der Verweigerung der Absolution auszuschließen; oder Baumgeres Jahre in den Farrellitischen Archiven, sein unerwartetes Ausscheiden aus dem Kirchendienst und sein plötzlicher Wohlstand.« Clarendon lachte.

»Nun, Sie sehen schon, ich kann mich einfach nicht auf die reinen Details beschränken! Verzeihen Sie mir, meine Herren. Ich tue mein Bestes.« Er schien sich nun bewusst zu konzentrieren. »Baumgere war ein interessanter Mensch. Er ist in der Hierarchie der Kirche niemals weit aufgestiegen, obwohl er als ausgezeichneter Gelehrter galt – von den Farrelliten irgendwie auch bewundert. Doch vielleicht fehlte ihm der politische Instinkt, und den muss man zum Aufstieg in der Kirche des Märtyrers mitbringen – in dieser Hinsicht steht es da wie mit der Regierung am Hofe.

Baumgere hatte nur wenige Freunde und behielt seine Angelegenheiten für sich. Daher halte ich das Folgende für zweifelhafter Herkunft, doch ein bedeutender Bürger soll einmal behauptet haben, Baumgere habe seine Frage nach der Quelle seines Reichtums mit den Worten beantwortet: »Warum kümmert sich keiner um meinen wahren Reichtum? Mein wahrer Wohlstand ist mein Wissen, die Jahre, die ich mich in das Studium unserer Geschichte vergraben habe. Das ist die Grundlage echten Reichtums, doch dafür scheint keiner sich zu interessieren.«

Wie schon gesagt, halte ich diese Geschichte nicht für echt und erwähne sie nur, weil sie ein fester Bestandteil des Mythos geworden ist. Vielleicht war Baumgere gar nicht so reich, wie allgemein angenommen wurde.«

»Und der Grabstein und die zerstörte Inschrift auf der Grabkammer: Wie passt das zum Rest?«, fragte Hayes.

»Aha. Eine ausgezeichnete Frage, Mr. Hayes, denn wie die Teile zueinander passen, ist genau die Krux bei der Sache. Auf dem Grabstein befand sich eine Inschrift, die verschwunden ist, doch ob dies ein Akt des Vandalismus war oder einen anderen Grund hatte, lässt sich nicht mehr feststellen. Die Inschrift auf der Krypta wurde dagegen zweifellos absichtlich ausgelöscht – und mit ziemlicher Sicherheit durch Baumgere selbst.

Ich habe in dieser bestimmten Sache nur noch eines hinzuzufügen – und das habe ich bisher nur mit wenigen Menschen geteilt. Ihnen, Mr. Flattery, werde ich dieses Wissen jedoch zur Verfügung stellen, denn vielleicht haben Sie zu dieser Angelegenheit etwas anzumerken.« Der kleine Mann schaute Erasmus bei diesen Worten an und stand dann auf. »Kommen Sie. Ich will es Ihnen zeigen.«

Clarendon trat wieder zur Gruft zurück. Er kniete nieder und beugte sich vor, um etwas in dem dort eingravierten Ornament zu zeigen. »Sehen Sie, dies hier ist ein Blumenornament, das eine Säule umrankt.«

Hayes beugte sich näher heran, um dieses recht übliche Ornament zu betrachten – eine Ranke und Blüte in erhabenem Relief.

»Dieses Ornament hier gilt allgemein als Glyzinie, doch obwohl es eindeutig stilisiert ist, habe ich mich oft gefragt, ob die Blütenbüschel überhaupt Blüten sind oder nicht eher Weintraubenbüschel. Sie sind Botaniker und Gartenkundler, Mr. Flattery, was würden Sie sagen?«

»Das hier ist eine Weinranke, Randall. Sie haben absolut Recht.«

Clarendon strahlte. »Aha«, sagte er mit einer gewissen Befriedigung. »Nun«, meinte er dann, stand auf und zeigte auf das Gesims über den Säulen. »Schauen Sie da. Das ist die einzige Unterbrechung des Musters. Was machen Sie daraus, Mr. Flattery?«

Hayes sah dort drei eingravierte Blumen, deren Stiele sich überschnitten.

Erasmus lehnte sich zurück und schaute auf. »Bei den beiden äußeren Blumen handelt es sich nahezu mit Gewissheit um Rosen, doch die andere Blume kann ich nicht benennen. Ich habe sie noch nie gesehen.«

»Genau. Eine Blume ist unbekannt, und die anderen sind Rosen. Talrosen, wie ich mir von einem Rosenkenner habe sagen lassen.«

Erasmus trat abrupt zurück, plötzlich auf der Hut.

Clarendon schaute zu Erasmus auf. »Wie ich sehe, wissen Sie, was dieses Symbol bedeutet, Mr. Flattery.«

Erasmus schüttelte den Kopf, obgleich es keine echtes Dementi war.

»*Teller*«, sagte Clarendon, sonst nichts, doch er starrte Erasmus an, der seinem Blick begegnete.

Hayes schaute von einem Mann zum anderen und fragte sich, wovon um alles in der Welt sie sprachen. Teller? »Wer ist Teller?«, hörte Hayes sich fragen.

Clarendon löste die Augen nicht von Erasmus. »Dieser Mann war einmal der Lehrling eines Zauberers: vermutlich Lapins. Doch er hat seine Lehrzeit nicht beendet, da sein Mentor starb.« Bei diesen Worten schien Clarendons Blick sogar noch schärfer zu werden. »Möglicherweise hat Teller den Farrelliten bei ihrem Krieg gegen die Magier Beistand geleistet. Wir wissen nicht, was danach mit ihm geschah, doch vielleicht hat er anschließend noch viele Jahre gelebt. Nach einer durchaus verbreiteten Ansicht hat Teller einen Geheimbund ins Leben gerufen, der dem Erlernen der magischen Künste gewidmet war – des Teils der Künste, den er nicht schon beherrschte. Während des Winterkriegs vernichteten die Magier alles, was von Tellers Bund noch übrig war – das wird zumindest von den Historikern angenommen. Das Symbol Tellers und später seines Geheimbundes bestand aus drei Talrosen, die so angeordnet waren, wie Sie es hier bei diesen Blüten sehen.«

»Aber hier sind nur zwei Rosen«, warf Erasmus schnell ein.

»Das stimmt, Mr. Flattery, aber ich gebe mich damit zufrieden, dass es dennoch Tellers Symbol ist.«

»Aber diese Krypta ist gewiss keine fünfhundert Jahre alt«, widersprach Erasmus.

»Das ist schwer zu sagen. Manche Fachleute halten sie für noch wesentlich älter, doch da sie verschüttet war, war sie den normalen Witterungsbedingungen nicht ausgesetzt, sodass eine genaue Datierung nicht möglich ist. Vielleicht wurde sie auch lange nach Tellers Tod errichtet und nur seine Asche hierher gebracht.«

»Doch falls Tellers Geheimbund den Winterkrieg irgendwie überstanden hätte, warum sollte er dann mit so etwas die Aufmerksamkeit auf sich lenken? Es wäre doch unklug gewesen, eine Grabstätte zu errichten«, entgegnete Erasmus. »Die Magier hatten schon einmal versucht, sie alle auszulöschen. Warum sollten sie etwas tun, was sie dem Zorn der Magier aussetzen würde? Das macht keinen Sinn.«

Clarendon zuckte die Schultern. »Diese Grabstätte ist bis zur Zeit Baumgeres ungestört und unbekannt geblieben. Erst seit dem letzten Jahrhundert ist Castlebough für die Außenwelt von Interesse. Vielleicht war das Risiko gar nicht so groß. Oder vielleicht hatte die Welt sich so sehr verändert, dass sie meinten, es würde keine Rolle mehr spielen. Aber es ist interessant, meinen Sie nicht?« Er lehnte sich mit dem Rücken gegen eine der Säulen. »Sie haben ja auch eine Lehre bei Eldrich begonnen, Mr. Flattery, und diese nicht beendet … Vielleicht können Sie ja etwas Licht auf die Frage werfen, was vor langer Zeit mit Teller geschehen ist?«

Erasmus schüttelte den Kopf. »Ich habe keine Lehre begonnen, das versichere ich Ihnen …« Erasmus Dementi wurde von wildem Bellen und Knurren unterbrochen.

»Dusk!«, schrie Clarendon und rannte sofort auf die Lärmquelle zu.

Das Gebell drang aus dem Inneren der Burgruine. Hayes und Erasmus folgten Clarendon, obwohl er aufgrund seines Alters und seiner geringen Körpergröße eigentlich der Langsamere war, doch keiner der beiden wollte den offensichtlich aufgebrachten Wolfshund vor seinem Herrn finden.

Nach kurzer Suche in den Ruinen bogen sie um eine Ecke und stießen auf Dusk, der knurrend und gelegentlich hochspringend eine Mauer hinaufstarrte und mit seinen mächtigen Kiefern nach irgendeinem unsichtbaren Feind schnappte. »Was hast du da in die Enge getrieben, Dusk?«, rief Clarendon nach Atem ringend. »Hör jetzt auf damit.«

Hayes folgte Clarendon, der seinen Hund am Halsband fasste und nach oben schaute, wo er einen recht verschreckt wirkenden Mann in einer Nische hocken sah.

»Kehler!«, rief Hayes völlig überrascht aus.

»Bitte, Hayes, ruf ihn ab. Ich kann mich hier keinen Moment länger festhalten.«

Das erschien Hayes kein bisschen übertrieben. Der arme Kehler war rot vor Anstrengung, und seine Arme zitterten.

»Sie können herunterkommen, Sir«, sagte Clarendon und zog den noch immer knurrenden Hund zurück. »Ich habe ihn.«

Kehler zögerte, vielleicht weil er das Größenverhältnis zwischen Mann und zerrendem Hund abwog, doch dann entschied sein Körper für ihn, rutschte ab und plumpste ungeschickt auf das weiche Gras. Hayes half ihm auf, wobei er sich das Lachen nicht verkneifen konnte, und Kehler stand schließlich seine Kleider abklopfend da.

»Ich hoffe, Sie sind nicht verletzt, Sir?«, erkundigte sich Clarendon, der Dusk noch immer festhielt.

»Nein, nur halb um den Verstand gebracht vor Angst. Beim Blut des Märtyrers, das ist aber ein furchterregendes Tier«, sagte Kehler und beäugte den Hund.

»Aber er wird Ihnen nichts tun, Mr. Kehler. Keine Angst. Er will mich nur beschützen und war sich Ihrer Absichten nicht sicher.« Er wandte seine Aufmerksamkeit dem noch immer knurrenden Wolfshund zu. »Also, Dusk, das reicht jetzt. Dies ist ein Freund.«

Der Hund und Kehler wurden einander angemessen vorgestellt, wenn auch keiner der beiden so aussah, als würde er dem anderen sofort sein Vertrauen schenken.

Kehler ließ sich auf eine grasbewachsene Böschung fallen und schaute zu den beiden Männern und ihrem erstaunlich kleinen Begleiter auf.

»Ich kann dir gar nicht sagen, wie überrascht ich bin, dich hier anzutreffen«, sagte Kehler.

»Und wir können dir nicht sagen, wie froh wir sind, dich zu finden«, erwiderte Hayes. »Wo bist du abgestiegen? Wir haben dich in allen Gasthäusern gesucht.«

Dies schien Kehler ein wenig aus der Fassung zu bringen. »Ich wohne nicht im Ort. Habt ihr euch etwa namentlich nach mir erkundigt?«

»Wie sollten wir uns sonst nach dir erkundigen?«, fragte Hayes. »Vielleicht nach deinem Ruf als Geistesgröße? Leider muss ich dir sagen, dass deine Leistungen dafür noch nicht ausreichen.«

»Und diese Herren hier sind nicht die Einzigen, die Sie suchen, Mr. Kehler«, erklärte Clarendon mit sehr ernster Miene. »Ein Diakon Rose hat sich in der ganzen Stadt nach Ihnen erkundigt.«

»Der Dämon Rose!«, sagte Kehler. »Farrelles Flammen! Verraten Sie mich nicht, bitte«, flehte er, das Gesicht von Angst verzerrt.

13

Die Erinnerung ist nur ein Behältnis für Vergangenheit; die Zukunft ein Gewebe aus Träumen. Und die viel gerühmte Gegenwart, die wir alle mit Leidenschaft ergreifen sollen, ist nichts als der winzigste Teil eines Augenblicks, ein einziges Ticken der Uhr, ein Mittel der Übersetzung von Zukunft in Vergangenheit, von Träumen in Erinnerungen.

Marianne Edden:
Reflexionen zum Tod von Michael Valpy

Die Abende waren im Hochland kühler, und die Gräfin stand vor der geschlossenen Glastür und schaute über den Balkon ins Tal hinaus. Das Licht der Dämmerung schien die Entfernungen zu verändern, sodass die am weitesten entfernten Berge nicht so sehr zu verschwinden als vielmehr davonzuschlüpfen schienen. Noch ein Moment, und sie würden nicht mehr zu sehen sein.

Hinter der Gräfin flackerte ein Licht auf und ließ ihr Spiegelbild in der Scheibe aufschimmern. Sie starrte es geradezu an, als wäre eine Fremde vor ihr aufgetaucht. Eine unglückliche Fremde.

»Und, können Sie ihn erblicken?«, ertönte die Stimme ihrer Gefährtin.

Die Gräfin schüttelte den Kopf.

»Ich habe nie damit gerechnet, den Tag kommen zu sehen, an dem die begehrteste Frau des Königreichs einem Mann hinterherläuft wie ein liebestolles Mädchen. Und noch erstaunlicher ist, dass er vor ihr davonzulaufen scheint. Bist du dir sicher, dass er Frauen überhaupt mag?«

Was hatte man ihr gesagt? Alle seine Frauen seien vom gleichen Typ gewesen – zierlich und sehr blond. Die Gräfin war weder das eine noch das andere. Sie lehnte die Stirn gegen das kühle Glas. Sah er sie einfach als Freundin – so wie sie mehrere Männer betrachtete, die verrückt nach ihr waren? Fühlten diese armen Seelen sich genauso gequält wie sie?

»*Elaural?*«

»Entschuldige, Marianne. Ja, er mag Frauen. Zweifelhaft sind nur seine Gefühle für diese ganz bestimmte Frau.«

»Er muss wohl den Gleichgültigen spielen. Die älteste aller Listen. Stelle ihn mir vor, dann werde ich die Antwort bald wissen.«

Das bezweifelte die Gräfin nicht. Marianne Edden war ihrer Meinung nach die scharfsichtigste Frau Farrlands. Diesem Einblick in andere verdankte sie große Berühmtheit. Nein, das war nicht ganz richtig, und Marianne ertrug keine Ungenauigkeiten. Es war ihre Fähigkeit, diese Scharfsichtigkeit in Worte zu fassen, mit der sie ihren Ruhm errungen hatte, denn Marianne war die hervorragendste Verfasserin von Gesellschaftsromanen ihrer Zeit.

»Nun, jetzt komm vom Fenster weg und versuche, einmal nicht an diesen verdammten Narren zu denken. Ich spiele sogar Karten mit dir, wenn du möchtest, obwohl ich diese Betätigung eigentlich verabscheue. Nur, um dich nicht weiter schmachten zu sehen wie eine Dame in einem schlechten Roman. Das ist unwürdig.«

Die Gräfin wandte sich ihrer Freundin zu. »Ich dachte, das Streben nach Würde wäre in deinen Augen reine Narretei?«

»Würde? Nein. Für Würde bin ich immer zu haben – nur diese übertriebene Wichtigtuerei der Aristokraten finde ich unerträglich. Wichtigtuerei hat mit Würde nichts zu tun – sie ist nicht einmal *achtbar*. Sie ist der Versuch eines Esels, seine eigene Mittelmäßigkeit zu kaschieren. Ein achtbarer Ladenbesitzer – der verdient Respekt. Jemand, der sich nicht einbildet, einen ganz besonderen Platz in der Gesellschaft einzunehmen, und der dennoch Selbstbeherrschung und Anstand zeigt – und dabei auch noch Humor hat. Ein Ladenbesitzer, der davon überzeugt ist, seine Rolle in der Welt nach seinen besten Fähigkeiten zu erfüllen. Der ehrlich und anständig ist, weil er an Ehrlichkeit und Anstand glaubt – und nicht nur, weil er denkt, die anderen sehen hin. Ein Mann, der die Rückschläge und Demütigungen des Lebens erträgt, ohne sich ständig zu beklagen. Würde.«

Marianne beugte sich vor und schob einen trockenen Stecken ins Feuer, bis dessen Spitze rauchte und glühte. Damit zündete sie ihre Pfeife an und stand dann in eine große Qualmwolke gehüllt auf, schnaufend wie ein Lastesel.

Genau dieses Porträt von Marianne Edden sollte man malen, dachte die Gräfin: von einer Wolke bittersüß duftenden Rauchs fast verborgen, als hätte sie sich wie ein Dämon aus den Flammen erhoben … oder wie ein Märtyrer, und ihre alles sehenden Augen auf die Schwächen und Ticks der um sie verstreuten Sterblichen geworfen. Zum ersten Mal an diesem Abend lächelte die Gräfin.

»Gewiss kann ich Rückschläge und Demütigungen nicht mit der gleichen Stärke ertragen wie dein edler Ladenbesitzer, doch ich werde versuchen, mich nicht zu beklagen, wozu eine Frau meines Standes ja nun gewiss kein Recht hat.«

Marianne brachte ihre mächtige Gestalt in einem Stuhl unter, einen geistesabwesenden Ausdruck auf dem Gesicht. Die Gräfin stellte sich Marianne Edden gerne als eine Frau vor, die durch ein Versehen als Bauernbub aufgewachsen wäre – ein Fehler, der erst im Alter von zwanzig

Jahren entdeckt und nur mit mäßigem Erfolg korrigiert worden wäre. Marianne maskulin zu nennen wäre unrichtig gewesen. O ja, »damenhaft« im allgemein üblichen Sinne des Wortes war sie gewiss nicht. Es war unvorstellbar, dass Marianne einen Schwächeanfall erleiden würde. Oder sich das Leben durch närrische Männer schwermachen ließe, etwas, wofür die Farr-Frauen geboren zu sein schienen.

Marianne hatte einmal einige Medizinstudenten dafür bezahlt, sie der Sektion einer Leiche beiwohnen zu lassen – mit der Begründung, sie müsse mehr über die Substanz des Menschen wissen, um die Wahrheit über ihn schreiben zu können –, und nicht nur hatte sie die Gequältheit vermissen lassen, die dem empfindsameren Geschlecht angestanden hätte, nein, sie ging auch noch in den Salons herum und entsetzte die Gäste mit plastischen Schilderungen dessen, was sie gesehen hatte!

»Sie ist nicht gerade die Durchschnitts…-Bürgerin«, hatte die Gräfin sie einmal von jemandem beschreiben gehört, was sie zum Lachen gereizt hatte. Selbst in Farrland, wo man zur Untertreibung neigte, war dies eine Untertreibung.

»Was genau siehst du eigentlich in diesem Mann?«, fragte Marianne, als wäre dies gar keine persönliche Frage. Als wäre es etwas, was sie sehr verwirrte und was die Gräfin vielleicht klären konnte.

Die Gräfin musste fast wider Willen über diese Unschuld lächeln.

»Nun, er ist ein Genie …«

»*Ich* bin auch ein Genie, und dennoch werde ich nicht vom schönsten Mann des Königreichs verfolgt. In meinem Fall scheint die Intelligenz sogar den gegenteiligen Effekt zu haben. Aber mach weiter. Offensichtlich zieht diese Art von Talent dich stärker an als die meisten anderen Menschen.«

»Aber er ist so zurückhaltend, als gäbe es etwas, was er verbergen muss. Fast nie bemüht er sich, mit seiner geistreichen Unterhaltung Eindruck zu machen, wie die meisten anderen Menschen es tun. Als wäre das nur ein Spiel, mit dem er sich nicht abgeben mag. Als wäre ihm sein Talent für so etwas zu schade. Wenn er spricht, ist er sehr aufrichtig und wählt seine Worte mit großer Sorgfalt. Und wenn er seine Meinung äußert, denn für lange Reden ist er nicht bekannt, ist jedes seiner Worte wert, mit großer Aufmerksamkeit gehört zu werden. Es kommt zwar nicht häufig vor, doch ich habe gesehen, wie Lord Skye die Argumente sämtlicher Anwesender mit nur ein paar wohl gesetzten Worten widerlegte, und keiner konnte mehr etwas dagegen vorbringen. Als wären seine eigenen Gedanken unangreifbar.«

»Ein Mann, der nicht in den Klang seiner eigenen Stimme verliebt ist, scheint äußerst ungewöhnlich«, sann Marianne, als empfände sie den Gedanken als verstörend.

Die Gräfin wurde plötzlich von ihrer Unfähigkeit überwältigt, ihre Gefühle auszudrücken. Die Wortmacht ihrer Gefährtin stand ihr nicht zu Gebote, das war gewiss.

»Sollten wir nicht einen Tee trinken?«, fragte sie plötzlich.

»Bier wäre mehr nach meinem Geschmack«, erwiderte Marianne und schaute die Gräfin ein wenig angeekelt an, offensichtlich entsetzt von ihrem Vorschlag. Schließlich war es schon dunkel.

»Dann lasse ich also Bier bringen«, sagte die Gräfin. Sie läutete nach einem Diener und bestellte sowohl Bier als auch Tee, da sie sich Mariannes Leidenschaft für das Lieblingsgetränk des arbeitenden Mannes nicht so recht anschließen mochte.

Ein Schaumschnurrbart zeichnete sich auf dem zufriedenen Gesicht der Schriftstellerin ab, als sie ihr Glas abstellte. »Du solltest das mal probieren, Elaural«, sprach sie die Gräfin mit Vornamen an, denn ihre Vorliebe für die Gebräuche der arbeitenden Klasse ließ keine Titel zu – zumindest nicht unter gewissen Umständen. Die Gräfin lächelte.

Marianne beugte sich vor, um im Feuer zu stochern, und ihr kurzes Haar schimmerte im Lampenlicht.

Sie hätte so schönes Haar, wenn sie es wachsen ließe, dachte die Gräfin. *Aber sie will eben nicht für ihr Äußeres bewundert werden, sondern nur für ihren Geist – warum es falsch wäre, sich für beides bewundern zu lassen, kann ich nicht ergründen.*

Doch in gewisser Weise bewunderte die Gräfin den von Marianne Edden eingenommenen Standpunkt. Er war mutig, wenn auch ein wenig exzentrisch. Die Gräfin hielt es für natürlich, dass Männer und Frauen einander bewunderten. Dass sie miteinander flirteten und sich den Hof machten. War es denn bei den Tieren nicht dasselbe? Es war natürlich. Aber für sie war es auch leicht, so etwas mit Optimismus zu betrachten – sie war nicht mit schiefen Zähnen oder einer abstoßenden Nase zur Welt gekommen. Die Männer bewunderten sie – mehr als ihr lieb war. Aber überhaupt nicht beachtet werden ... Sie konnte sich gar nicht vorstellen, wie schmerzlich das wohl sein musste. Sein *wird*, rief sie sich in Erinnerung. Dafür würde das Alter schon sorgen. Die Erfahrung würde ihr bald genug blühen, und der Gedanke verstörte sie genauso wie immer.

»Bist du einverstanden, dass ich mir diese Porträts jetzt anschaue?«, fragte Marianne plötzlich.

Die Gräfin spürte, wie sie ein leichter Schauder überlief. »Wenn du möchtest, allerdings sind es keine Porträts.« Die Peliers steckten noch immer in ihrer Schutzhülle, wo sie sie absichtlich gelassen hatte. Die Wahrheit war, dass sie die Gemälde zwar so schnell wie möglich loswerden wollte, gleichzeitig aber fürchtete, Skye nie wiederzusehen, wenn sie einmal nicht mehr in ihrem Besitz waren.

Widerstrebend ging die Gräfin zu der Holzkiste, in der die Gemälde transportiert worden waren. »Könntest du einmal mit anfassen? Die Rahmen sind nicht leicht.«

Die beiden Frauen hoben das erste Gemälde aus der Kiste, nahmen vorsichtig die Hüllen ab und verfuhren mit dem zweiten genauso. Sie lehnten die Bilder auf einem Abstelltisch gegen die Wand und drehten das Licht so, dass sie sie deutlich erkennen konnten. Eine ganze Weile standen sie da und betrachteten die Gemälde im Lampenlicht, das sie nach dem Empfinden der Gräfin allenfalls noch unheimlicher wirken ließ.

»Was an diesen Gemälden verstört dich so, Elaural?«, fragte Marianne leise.

Die Gräfin schüttelte den Kopf. »Ich weiß es nicht«, flüsterte sie, ohne auch nur den Versuch zu machen, diese Wahrheit abzustreiten.

»Aber fühlst du dich auch von ihnen angezogen?«

Die Gräfin nickte, so gerne sie dem auch widersprochen hätte.

Marianne wandte ihre Aufmerksamkeit wieder den Gemälden zu. »Und dieser Mann da, an dem du hängst, ist völlig von ihnen in Bann geschlagen?«, fragte die Schriftstellerin geradeheraus.

»Das würde ich nicht behaupten, aber er hält sie für bedeutsam im Zusammenhang mit dem größeren Geheimnis.«

»Du meinst die Geschichte, die du mir auf der Hinreise erzählt hast? Wie hieß der Mann noch?«

»Baumgere.«

»Aber eines der Gemälde ist eine Fälschung, sagst du?«

Die Gräfin nickte. »Es könnte allerdings eine akkurate Fälschung sein – eine exakte Kopie. Das glaubt zumindest Mr. Kent.«

Marianne beugte sich vor, um die Signatur zu betrachten.

»An diesen Gemälden ist irgendetwas Eigenartiges. Das fühle ich selbst. Und dieser Mann.« Sie zeigte auf die Gestalt, die die Brücke überquerte. »Der sieht aus wie jemand, der zum Galgen geht. Schau dir sein Gesicht an. Er weiß, dass sein Schicksal entschieden ist, und macht nur weiter, weil es keine Alternative gibt. Etwas oder jemand erwartet ihn, und er kann nicht umkehren. Also, der Mann da kann einem Leid tun. Ist das der Fremde, von dem Skye gesprochen hat?«

»Das glaubt er zumindest. Die Turmspitze im Hintergrund gehörte zu einer Kirche, die vor Jahren im Dorf Compton Heath abgebrannt ist.«

»Und was ist aus dem Mann geworden?«

Die Gräfin schüttelte den Kopf. »Er wurde in einer Kutsche abgeholt und fortgebracht, von wem allerdings, das weiß keiner. Es wird berichtet, dass es ein Magier war – aber dann sollte man wohl eine bessere Geschichte erwarten, oder?«

»Ja, wahrhaftig«, erwiderte Marianne. »Ich wünschte, du wärest nicht in diese Angelegenheit verwickelt, Elaural. Skye ... Skye hat seine eigenen fixen Ideen. Du tätest besser daran, dich nicht weiter hineinziehen zu lassen. Du weißt ja nicht einmal, was er sucht, oder?«

Die Gräfin schüttelte den Kopf. Sie wusste es nicht. Er war hinter mehr her, als er ihr sagte, das war gewiss. Es war nicht nur bloße Neugierde. Er war wirklich wie besessen.

Woher war der Fremde gekommen, und wonach hatte der Priester eigentlich gesucht? War es das, was Skye fesselte? Wusste er, was Baumgere gesucht hatte?

»Was bedeutet die Schrift auf der Krypta? Weiß Skye das?«

»Nein. Anscheinend ist sie nicht zu lesen, das sagt er zumindest.«

»Und wie ich folgere, darf man dem großen Skye nicht widersprechen?«

»Man darf schon, aber auf eigene Gefahr.«

»Ich warne dich nur dieses eine Mal, Elaural. Ich bin bekannt für meine Intuition, und ich habe bei dieser Sache kein gutes Gefühl. Nun, jetzt habe ich gesagt, was ich zu sagen hatte.« Eine winzige Pause. »Es wäre etwas anderes, wenn dieser Mann verrückt nach dir wäre ...«

»Ich dachte, du hättest gesagt, was du zu sagen hattest?«

»Das habe ich auch.« Sie wandte sich ab und ging ins Nachbarzimmer.

Einen Moment später folgte ihr die Gräfin und zog die Tür zu den Peliers fest hinter sich zu.

Marianne schaute auf, die Miene noch immer etwas verbissen, als hätten die Gemälde ein unangenehmes Gefühl in ihr hinterlassen. »Ist diese Krypta hier in der Nähe?«, fragte sie in einem aufgesetzt normalen Tonfall.

Die Gräfin nickte.

»Dann sollten wir sie uns zumindest anschauen, solange wir noch hier sind. Ich hoffe, dein Genie wird bald Kontakt mit uns aufnehmen. Das kommt mir ein wenig rücksichtslos vor.«

»Er ist nicht mein Genie, und ich bin mir sicher, es gibt Gründe für das, was er tut. Ich selbst möchte das Bauwerk auch gerne besichtigen – ich weiß gar nicht, ob man es im eigentlichen Sinne eine Krypta nennen kann. Es ist wohl eine der Sehenswürdigkeiten in der Umgebung von Castlebough.«

»Nun, die Sehenswürdigkeiten dürfen wir uns nicht entgehen lassen. Nach dieser weiten Reise steht uns wohl eine Entschädigung für so viel Mühe zu. Vielleicht erhebt sich ein Geist aus der Krypta und beantwortet all unsere Fragen.«

Die Gräfin schüttelte den Kopf und versuchte, die durch die Gemälde ausgelösten Gefühle zum Abklingen zu bringen. »Ich glaube, du nimmst die Sache nicht richtig ernst, Marianne. Morgen ist es wohl Zeit für dich, dich wieder an deine Arbeit zu machen. In dieser Hinsicht werde ich mein Wort halten. Du wirst jeden Morgen Punkt zehn Uhr mit Federhalter und Papier in deinem Zimmer eingeschlossen und erst wieder herausgelassen, wenn du deine drei Seiten unten durch den Türschlitz geschoben hast und ich sie für gut befunden habe.«

»Ich hatte doch nur gewitzelt, Elaural. Ich zeige dir das Wort in meinem Wörterbuch: *witzeln*.« Doch das war einfach routinemäßiges Gefrotzel – keine der beiden lachte.

14

Eine Erinnerung ist ein enttäuschter Traum.

Halden

»Ich war so eine Art Wunderkind der Farrellitischen Schule vor Ort, doch mein Vater, der gerissener war, als man nach seinem Lebensgeschick annehmen sollte, entriss mich den Klauen der Priester.« Clarendon hob sein Weinglas. »Ihm war die Möglichkeit aufgegangen, aus meinem Talent Geld zu schlagen, und Geld war das, was dem armen Mann immer wieder entschlüpfte.« Er hielt inne, um seinen Wein zu kosten. »Empfinden Sie den Nachgeschmack auch als bitter?«, fragte er Erasmus.

Sie waren spät am Nachmittag von der Ruine herunter zu Clarendon nach Hause gegangen. Kehler hatte darauf beharrt, erst nach Anbruch der Dunkelheit nachzukommen, und sah, als er dann eintraf, mehr als nur ein wenig besorgt aus. Er sagte weiterhin so gut wie gar nichts, und die anderen gaben das Fragen auf und hofften, dass er irgendwann, wenn er so weit war, von selbst mehr berichten würde.

Erasmus meinte, einen ziemlichen Gegensatz zwischen Hayes' nettem, jungenhaftem Gesicht und den scharfen Zügen seines Freundes auszumachen. Kehlers Bewegungen hatten etwas Huschendes, und er hielt den Kopf auf eine Weise gesenkt, die den Eindruck vermittelte, dass er jederzeit zum Abducken und Verschwinden bereit war. Die beiden waren ungefähr gleichaltrig, doch Kehlers

Schläfen waren schon angegraut, und in seine Augenwinkel hatten sich die ersten Krähenfüße eingegraben. Und doch war etwas zwischen diesen beiden Männern, eine Gemeinsamkeit trotz des so widersprüchlichen Anscheins. Beide hatten etwas Gehetztes, vielleicht aus völlig unterschiedlichen Gründen, doch es war unverkennbar.

Erasmus kostete den Wein erneut, alle Konzentration nach innen gerichtet. »Bitter? Vielleicht ein ganz klein wenig, aber ich glaube, dass ich das fast mag. Es ist ein merkwürdiger Beigeschmack fast wie von leicht angebrannten Äpfeln dabei.«

Clarendon kostete erneut seinen eigenen Wein, legte den Kopf schief und schloss die Augen. »Ja. Ja, ich verstehe, was Sie meinen. Sie müssen die anderen kennen lernen, Mr. Flattery, die werden Sie herzlichst willkommen heißen.« Er schaute zu einem Bild an der Wand auf – eine Zirkustruppe unter dem Licht von Fackeln und großen Laternen, und dann schien ihm wieder einzufallen, dass er gerade dabei gewesen war, eine Geschichte zu erzählen. »Hauptsächlich führte ich Kopfrechnen vor – arithmetische Probleme, die mir vom Publikum der Aufführungen gestellt wurden, denn wir hatten uns einer Wandertruppe angeschlossen: General Albert W. Paynes Fahrende Gesellschaft. Unglücklicherweise behielt der ›General‹ das meiste Geld für sich, und mein Vater verschleuderte das, was übrig blieb, für schöne Kleidung, Frauen und Alkohol. Er war wohl leider kein sonderlich origineller Mensch«, fügte er wie entschuldigend hinzu.

»Viele großartige Leistungen wurden vorgeführt. Ich konnte enorme Textblöcke nach einem einzigen Mal Lesen auswendig und gab sie fehlerlos wieder, oder ich musste eine dreißigstellige Zahl nur anschauen und konnte sie dann niederschreiben. Einmal machte ich den Abschlusstest für Mathematik in Merton ohne einen einzigen Fehler und in der Hälfte der bisherigen Rekordzeit. Damals stand ich drei Monate vor meinem zehnten Geburtstag. Ich erwarb mir einen ziemlichen Ruf, und der Besitzer unserer Fahrenden Gesellschaft verdiente noch mehr Geld an mir. Nicht lange danach starb mein Vater – erstickte im Vollrausch an seinem eigenen Erbrochenen. Über die Frage, wer mein Vormund werden sollte, kam es zu einem Streit zwischen mehreren meiner Verwandten, Menschen, die ich kaum kannte, und dem General. Schließlich zog eine der Artistinnen, die ich immer ›Tante‹ genannt hatte, eine unterzeichnete Heiratsurkunde hervor, mit der sie belegte, dass sie und mein Vater in einer geheiligten Ehe vereinigt gewesen waren – das konnte er gewiss nur im Suff unterschrieben haben.

Es war ein ziemlicher Skandal, aber schließlich gelang es meiner ›Tante‹, meine lieben Verwandten und den General auszustechen, die dem Richter nur Geld bieten konnten. Tante Liz, die eine hinreißende junge Frau war, konnte dem Richter etwas verschaffen, was er nicht hatte und vielleicht auch noch nie gehabt hatte – die deutlich sichtbare Liebe und Bewunderung einer schönen jungen Frau, wie kurz diese nun auch währte.

Von jenem Tag an war mein Leben ein anderes. Tante Liz und ich verließen die Truppe auf der Stelle. Sie war eine der Tänzerinnen und Akrobatinnen dieser ausgesprochen unanständigen Show gewesen, und vielleicht hatte sie nach dem Ende der Vorstellung sogar in den Zelten gearbeitet, das weiß ich nicht, doch sie war eine so gerissene Geschäftsfrau wie nur irgendeine, die je eine Münze in der Hand gehalten hat, das kann ich Ihnen sagen. Sie nahm alles Geld, das sie hatte sparen können, was darauf hinweist, dass sie tatsächlich nebenher noch so ihre Beschäftigung gehabt hatte, und stellte Lehrer für mich ein. Einen pensionierten Professor aus Merton, der mich in der höheren Mathematik unterrichtete. Einen Sprecherzieher. Mein verkorkster Arbeiterklasseakzent wurde zurechtgehämmert, und ich durfte auch so viel lesen, wie ich nur wollte – und ich wollte immer lesen. Bald war Tante Liz so weit mit mir gekommen, dass die geachtetsten Gelehrten Farrlands darum wetteiferten, mich zu unterrichten, denn ich hatte ein fehlerloses Gedächtnis und konnte Berechnungen ausführen, für die andere vielleicht Stunden oder Tage benötigt hätten, während sie mich nur einige Sekunden kosteten.«

Hayes betrachtete das Gesicht des kleinen Mannes, der von seiner Geschichte vollständig davongetragen wurde, doch er spürte auch Traurigkeit in dem seine Erinnerungen ausbreitenden Clarendon.

»Bald gab ich meine Vorstellungen nur noch in den Privathäusern der wohlhabendsten Bürger Farrlands oder in großen Sälen. Einmal wurde ich als Gast von der Empirischen Gesellschaft eingeladen, wo man mir die schwierigsten Fragen überhaupt stellte, wobei ich meine Sache allerdings gut machte. Allmählich fühlte ich mich nicht mehr ganz so als Objekt der Schaulustigen, nicht mehr ganz so als Missgeburt, wenn auch die alten Gefühle nicht vollständig verschwanden. Ich wurde der Kleine Professor genannt oder der Gelehrte Zwerg. Professor Gedächtnis. Alle möglichen Namen. Und unter all den gebildeten Leuten habe ich ein paar echte Freunde gewonnen. Außerdem machte ich eine Menge Geld. Dafür sorgte schon Lizzy. Sie war meine Vormundschaftsgöttin, und ich habe sie hoffnungslos geliebt.« Er drehte sich, als wolle er aus dem dunklen Fenster schauen, und hob dabei eine Hand zum Gesicht, verwandelte die Bewegung aber in eine reine Geste und legte die Hand unters Kinn.

»Als ich siebzehn war, ist meine geliebte Lizzy einem Schurken zum Opfer gefallen. Einem Colonel Winslow Petry. Viel zu schnell haben sie geheiratet …« Seine Stimme erstarb. Dann rückte er sich im Stuhl zurecht und richtete seinen kleinen Rücken auf. »Und so war ich gezwungen, wieder von vorn anzufangen. Zum zweiten Mal in meinem kurzen Leben hatte ich alles verloren. Lizzy und auch das Geld. Doch glücklicherweise hatte ich einen Kopf für Zahlen, und in einem bestimmten Sinne ist Geld nichts anderes als das – Zahlen, Ziffern auf einem Blatt Papier. Ich wusste, was man tun musste, um welches zu verdienen, auch wenn es mir wenig Freude bereitete, und das Beispiel meines Vaters lehrte mich, das Erworbene auch zu behalten.

Lizzy und ihr Colonel machten sich mit dem von uns erarbeiteten Geld davon. Bis heute kann ich nur mit tiefster Traurigkeit daran denken. Sie war der eine Mensch, dem ich zutiefst vertraut hatte … Danach war ich sechs Jahre lang ununterbrochen unterwegs. Durch ganz Doorn und Entonne. In jeden Winkel der Länder um das Entide-Meer. Wohin ich auch ging, bewegte ich mich in der Gesellschaft. Ich lernte Klavier spielen, auch wenn ich darin nicht so gewandt wurde wie in anderen Fertigkeiten, mit denen ich mich befasste. Ich wurde ein Liebhaber der Künste und lernte viele Künstler und Schriftsteller kennen. Und das war meine Rettung.« Er schaute zu seinen Gästen auf, und sein Gesicht hellte sich ein wenig auf.

»Ich hatte das Glück, nach all meinen Jahren der Wanderschaft die Haywood-Familie kennen zu lernen – kennen Sie sie?«

»Die Porzellanfabrikanten?«, fragte Hayes.

»Genau die. Ich wurde zu ihnen eingeladen, um eine meiner Vorführungen zu geben, und ich wollte überhaupt nicht mehr weggehen. Solche offenherzigen Menschen und eine so vollständige Freude am Leben waren mir noch nie begegnet. Ich war so von ihnen eingenommen und fasziniert, wie Sie es sich gar nicht vorstellen können. Verstehen Sie, sie haben mich in den Schoß ihrer Familie aufgenommen, wie sie dies bei einigen wenigen Menschen machten, die sie wirklich mochten. Sie haben mich gerettet … vor Zynismus, Bitterkeit und Groll, all dem Hässlichen und Wertlosen, das sich in meinem Herzen eingenistet hatte. Ich warf all das hinaus wie eine Brut von Dämonen und schuf mich neu. Durch die Haywoods lernte ich, dass meine Gaben etwas Wertvolles waren und dass ich genauso wenig eine Missgeburt darstellte wie zum Beispiel ein Pianist, der das Publikum in seiner Hand hält und mittels seiner eigenen Gaben auf dessen Emotionen spielt. Ich war begabt, vielleicht sogar in höchstem Maße begabt. Was meine kleine Statur angeht … nun, in ihrem Heim spielte das keine Rolle.

Verstehen Sie, ich hatte mich nie als Intellektuellen gesehen, sondern nur als einen Menschen, der Tricks vorführen konnte, geistige Tricks, gewiss, aber dennoch eben Tricks. In meinen eigenen Augen war ich nicht anders als die dressierten Tiere in General Paynes Fahrendem Zirkus oder die anderen Missgeburten, deren körperliche Deformationen für das Volk eine Quelle der Faszination und des Entsetzens darstellten. Aber die Haywoods machten mir klar, dass das nicht stimmte, dass ich in Wirklichkeit einem Professor in Merton ebenbürtig war – oder sogar überlegen, denn mir entfällt nie etwas, und ich kann Berechnungen im Kopf anstellen, die andere mir niemals nachmachen könnten.

Durch ihre Vermittlung habe ich dann tatsächlich ein Jahr lang unterrichtet; höhere Mathematik an der Universität von Belgard. Für Sie wird das komisch klingen, aber die Haywoods haben mich erst zum Menschen gemacht, denn in meiner eigenen Vorstellung war ich immer ein Außenseiter – ein Fast-Mensch. Ein Zwerg; andersartig sowohl im Geist als auch vom Körper her.« Er lächelte fast gütig. »Und so sehen Sie jetzt einen Mann vor sich, der zwar klein an Wuchs ist, doch groß, was seine geistigen Fähigkeiten anbelangt. Ein echter Tausendsassa, wie man so sagt. Und durch das Wohlwollen und die Bemühungen der Haywoods war ich sogar fähig, in anderer Hinsicht Feingefühl zu entwickeln.« Er hob sein Glas wie zu einem Toast auf seine Wohltäter. »Das ist nun mehr oder weniger meine Geschichte. Ich habe so viel Geld verdient, dass ich keine Vorstellungen mehr gebe wie früher, sondern mich gänzlich meinen Interessen und meinen vielen Freunden widme, denn wie Sie wissen, haben Menschen mit meinen angeborenen körperlichen Eigenschaften oft keine normale Lebensspanne, und ich will so wenig Zeit wie möglich verschwenden.« Er trank aus seinem Glas.

»Und so befinden wir uns nun hier, die wir jeder sein eigenes Leben gelebt haben und jeder seinem eigenen Pfad gefolgt sind, und doch sind wir genau in diesem Moment hier eingetroffen. Wenn Sie wie ich dem Zufall misstrauen gelernt haben, könnte man meinen, dass es dafür einen Grund gibt. Warum sind wir alle heute Abend hierher gekommen?«

Hayes war sich nicht sicher, ob dies eine rein rhetorische Frage war. Er merkte sogar, dass er sich genau dasselbe fragte. Was machten sie hier?

»Aber Sie interessieren sich für die Magier, Randall«, bemerkte Erasmus, »und Sie wissen etwas über Teller, und das ist nun echtes Geheimwissen. Interessieren Sie sich schon lange dafür?«

Randall schaute auf den Tisch hinunter, und Hayes hatte den Eindruck, dass er sich klar zu werden versuchte, wie viel er Erasmus erzählen sollte, denn wenn der Zwerg auch offensichtlich sein Bewunderer war, war Erasmus doch noch fast ein Fremder für ihn.

»Ich bin ganz zufällig zu diesem Interesse gekommen. Verstehen Sie, ich habe Castlebough durch einen Arzt kennen gelernt. Der schlug mir vor, eine Erkrankung hier auszukurieren, ein Rat, dem ich folgte, und bei mir zumindest klappte es. Während dieses Besuchs habe ich mich in das Städtchen und die Landschaft hier verliebt. Es ist eine wohltuend gesunde Umgebung, finde ich. Saubere Luft, heilsames Wasser, Bewegung und nur wenige der Ärgernisse der Stadt.

Ich komme im Frühjahr her und bleibe normalerweise den ganzen Sommer. Den Winter verbringe ich mit Reisen. Den vergangenen Winter habe ich Farrow besucht.« Plötzlich stand er auf, doch nur, um sich über den Tisch zu beugen und Kehlers Glas neu zu füllen. »Ich bin von Natur aus neugierig und dachte, ich könnte etwas über die Geschichte meines neuen Zuhauses erfahren. Und was für eine Geschichte das ist! Die Zitadelle dort oben hat einige der schlimmsten Schlachten der Häresiekriege miterlebt.« Er schüttelte den Kopf, und die Trauer kehrte zurück. »Und natürlich war da das Geheimnis um Baumgere, das das Städtchen seit Jahren fasziniert. Im Vergleich zu den Bewohnern Castleboughs hatte ich bei meinen Nachforschungen jedoch enorme Vorteile. Auf meinen Reisen hatte ich Gelegenheit, mich mit Menschen von großem Wissen zu unterhalten, und ich habe mich in Privatbibliotheken umgeschaut, zu denen nur wenige Zutritt erhalten.

Es ist erstaunlich, wie das Wissen in der ganzen Welt verstreut ist«, sagte er plötzlich. »Manches ist in Büchern festgehalten, von denen nur noch ein einziges Exemplar existiert. Vieles wurde mündlich überliefert und ruht für einen extrem begrenzten Zeitraum in den Köpfen der unwahrscheinlichsten Menschen an den abgelegensten Orten. Und dann gibt es noch die großen Bibliotheken und zahllosen Dachböden der bekannten Welt … Und was Menschen sich in ihren Briefen anvertrauen! Also, ja, es hat mit einem Interesse an dieser Stadtlegende – Baumgeres Krypta und die Verweigerung der Absolution – begonnen und mich zu diesem Mann namens Teller geführt und dann zu den Magiern.« Clarendon schaute zu den anderen auf, fast abwehrend.

Hayes bemerkte, dass Kehler seinen Gastgeber hingerissen anstarrte und auf jedes seiner Worte und alles lauschte, was zwischen den Zeilen angedeutet wurde. Ein Wunder, dass es Kehler gelang, sich zurückzuhalten.

»Der von Teller gegründete Geheimbund wurde nahezu mit Sicherheit während des Winterkriegs – um 1415 – beinahe fünf Jahrhunderte nach Teller zerstört. Fünf Jahrhunderte! Was mag man in dieser Zeitspanne alles gelernt haben.« Er blickte jeden seiner Gäste an, als hielten sie die Antwort auf diese Frage vor ihm zurück. »Ich weiß es nicht«, sagte er dann und ließ seine Augen sinken. »Ich weiß es nicht. Aber zumindest war es so viel, dass die Magier den Eindruck bekamen, sie müssten die Leute jagen, zur Strecke bringen und vernichten. Sie vernichten, nachdem es der Gruppe gelungen war, fünfhundert Jahre geheim zu bleiben.«

»Die Magier mussten sie nicht jagen«, warf Erasmus zu jedermanns Überraschung ein.

Clarendon schaute auf, die Augen plötzlich voll lebhaften Interesses.

Erasmus sah keinem in die Augen, sondern starrte den leeren Stuhl ihm gegenüber an, als ob dort jemand säße, an den er sich wendete.

»Die Telleriten – diese Bezeichnung benutze ich, weil ich keine andere kenne; wie die Gesellschaft sich selbst nannte, ist unbekannt, und die Magier sprachen ihren Namen niemals aus – die Telleriten wurden alle gemeinsam erwischt – wahrscheinlich in eine Falle gelockt. In eine Falle gelockt und vernichtet.«

»Wie?«, fragte Kehler ruhig.

»Ich weiß es nicht, doch es erscheint wahrscheinlich, dass sie sich versammelt hatten, um ein wichtiges Ritual durchzuführen. Mehr konnte ich nicht in Erfahrung bringen. Ich kann nicht einmal sagen, wo dies geschehen ist, und kenne auch den Zeitpunkt nicht mit Gewissheit, halte aber Randalls Datum 1415 für recht wahrscheinlich.«

»Aber was machen Sie aus der Krypta und dem Grabstein bei der Zitadelle?«, fragte Clarendon.

Erasmus schüttelte den Kopf. »Ich weiß es nicht. Falls irgendwelche Reste des Geheimbundes die Säuberung überlebt haben sollten ... nun, dann halte ich es für unwahrscheinlich, dass sie irgendetwas getan haben könnten, was die Aufmerksamkeit auf sie gelenkt hätte. Ist dies hier Tellers Grab? Das bezweifle ich sehr. Zu welchem Zweck die Kammer diente, ist ein Geheimnis. Was die Grabsteine anbelangt ... Nun, Sie haben ja selbst gesagt, dass nur Gerüchte sie mit Baumgere verbinden.«

Kehler beugte sich im Stuhl vor und konnte seine Aufregung kaum unterdrücken. »Aber wo? Wo wurden die Telleriten vernichtet? Könnte das hier in Castlebough gewesen sein? Könnte das das Grab erklären?«

»Nein«, erwiderte Erasmus. »Ich weiß nicht, wo es war, aber wo es nicht war, ist mir wesentlich klarer, und so kann ich diesen Ort hier praktisch zweifelsfrei ausschließen. Es gibt ein sehr altes Lied, das seinen Ursprung unter den wandernden Cary-Sängern hatte, und es ist genauso vieldeutig wie alle ihre Werke.« Erasmus lehnte sich in seinem Stuhl vor und sang leise mit einer dünnen, doch ausdrucksstarken Stimme.

»Ein Schäfer, eine Jungfrau, eine Waise von zehn,
Eine Nacht unterm Kint im Frühjahrsduft,
Sieben Männer kamen im Licht von Fackeln und Sternen,
ihr Singen drang leis durch die laue Luft,

> *A delro, al delro*
> *Ai kombi aré.*
> *Wir sind gekommen zum Tor,*
> *zum Tor von Legendenland.*

Fünf gingen durchs Mondlicht, mehr Geist als Mensch,
im Sternenlicht singend in fremden Sprachen,
vorbei an der Waise, der Jungfrau, dem Mann
hinunter ins Labyrinth, den Felsenrachen.

A delro, a delro
Ai kombi aré.
Wir sind gekommen zum Tor,
zum Tor von Legendenland.

Die Dunkelheit kam, verschlang den Himmel,
Im brüllenden Sturm der Turm zerkracht,
Den Himmel versengte die Schrift aus Feuer,
Zerschmetterte Fels mit Worten der Macht.

A delro, a delro
Ai kombi aré

Zu ihrer Stund ging die Sonne nicht auf,
Und Sterne warn von der Bahn gezwungen,
Fünf Männer schritten in düsterer Macht,
vorbei an der Waise, der Jungfrau und dem, der verschlungen.

A delro, a delro
Ai kombi aré.
Wir sind gekommen zum Tor,
zum Tor von Legendenland.

A delro, a delro
Ai kombi aré.«

Erasmus setzt sich in seinem Stuhl zurück und starrte die anderen an, ohne sie zu sehen. Einen Moment lang sprach keiner, doch dann bewegte ein Luftzug die Vorhänge und ließ Hayes zusammenschrecken. Er lachte nervös auf, und der Ton erstarb wieder wie eine ausgedrückte Kerzenflamme. Eine Motte kam von draußen herein und umflatterte wild die heiße Lampe, konnte dem Licht nicht widerstehen.

»Aber was könnte das bedeuten?«, fragte Hayes.

»Die Vernichtung Tellers«, antwortete Randall bestimmt.

Erasmus nickte.

»Und die Sprache …? Ist das die Sprache der Magier?«

Erasmus zuckte die Schultern. »Vielleicht. Ich weiß es nicht. Das Lied ist sicherlich zum Teil reine Phantasie. *›Wir sind gekommen zum Tor, zum Tor von Legendenland.‹* Aber da ist etwas wie so oft bei den Liedern der wandernden Spielleute. Da ist eine Wahrheit verborgen. Sieben Männer sind im Mondlicht vorbeigegangen. Fünf kamen hinterher, ›mehr Geist als Mensch‹. Fünf Magier. Es wurde ein großer Zauber bewirkt, oder mehrere Zauber. Fünf Männer kehrten ›in düsterer Macht‹ zurück, an den Zeugen vorbei, von denen einer verschlungen wurde – wahrscheinlich wahnsinnig geworden, nehme ich an. Wahnsinnig vor Angst. Das ist die Geschichte.«

»Aber Sie wissen noch etwas, Mr. Flattery, denn aufgrund so dünner Beweise würden Sie wohl kaum zu einer solchen Annahme kommen.« Randall richtete den Blick wieder auf Erasmus, doch diesmal schaute Erasmus nicht auf.

»Sie wollen es nicht sagen.« Randall lächelte freundlich. Es war keine Frage. Ein langes Schweigen. »Vielleicht jetzt noch nicht«, sagte der Zwerg dann, »aber wenn Sie mich besser kennen …« Randall stand auf, schenkte Erasmus Wein nach und ebenso den anderen. Er hob sein Glas, und seine Gäste standen gleichfalls auf.

»Auf die Geheimnisse, meine Herren, denn die halten mich lebendig. Und auf unerwartete Begegnungen, denn auch die sind geheimnisvoll. Und auf den Zufall, an den ich absolut nicht glaube.«

15

Hayes saß in seinem Zimmer auf einem Stuhl und schaute Kehler zu, wie er über das kleine Teppichquadrat hin und her marschierte. Gelegentlich ging er zum Fenster und zog den Vorhang gerade so weit beiseite, dass er in den schwach erhellten Hof hinunterschauen konnte. Einen Moment lang starrte er dann nach draußen, vielleicht auf der Suche nach übel wollenden Gestalten in den Schattenwinkeln, und kehrte anschließend wieder zu seinem Auf- und Abmarschieren zurück.

»Diakon Rose ist wesentlich gefährlicher, als dir klar ist. Gewiss weit gefährlicher, als Erasmus annimmt.« Er blieb stehen und bemühte sich sichtlich, sich mit langen, langsamen Atemzügen etwas zur Ruhe zu bringen. »Nein, Diakon Rose müssen wir um jeden Preis aus dem Weg gehen.« Er taxierte Hayes mit einem ganz uncharakteristisch abschätzenden Blick. »Aber wo ist unser viel gerühmter Auftraggeber?«

»Da teile ich Erasmus' Ansicht; ich vermute, dass Skye hierher gekommen ist«, antwortete Hayes, der versuchte, den auf ihn gerichteten Blick zu ignorieren. »Wobei ich mir allerdings nicht vorstellen kann, dass der berühmte Lord Skye sich lange in Castlebough aufhalten könnte, ohne dass jedermann es mitbekommt.«

Kehler nahm sein Auf- und Abmarschieren wieder auf, ging zwei Schritte, blieb dann stehen und schaute Hayes überrascht an. »Was in Farrelles Namen hatten Agenten der Admiralität in deinen Zimmern zu schaffen?«, fragte er, womit er einen früheren Teil ihrer Unterhaltung wieder aufgriff. »Sie können sich doch nicht für die Angelegenheit interessieren, der wir auf der Spur sind … oder?«

Hayes hob hilflos die Hände. »Ich glaube kaum. Nein, es muss etwas mit der Marinekanone zu tun haben. Vielleicht hatten sie Angst, Agenten aus Entonne könnten versuchen, Skye die Pläne zu stehlen. Sollten sie da nicht auch seinen ganzen Bekanntenkreis unter die Lupe nehmen? Und da bin nun ich, stecke in schrecklichen finanziellen Schwierigkeiten und habe mich auch noch kürzlich um eine Position im Außenministerium beworben. Sehe ich da nicht aus wie der perfekte Kandidat für die Werber der Entonne? Darauf tippe ich zumindest. Ich hoffe nur, dass Skye mich entlastet, denn ich schätze das Leben als Flüchtling nicht sonderlich. Inzwischen stehen die Dinge so schlimm, dass mir die Nähe der Grenze schneidend bewusst ist. Ich habe sogar den Vorsatz gefasst, still und heimlich nach Entonne zu verschwinden, falls es sich als notwendig erweisen sollte.« Ihm entschlüpfte ein kurzer, trauriger Lacher, und er schüttelte den Kopf.

»Ich bin mir recht sicher, dass es dazu nicht kommt, Hayes. Du hast Erasmus auf deiner Seite, was bedeutet, dass der Herzog von Blackwater sich hinter dich stellen wird. Und sicherlich wird Skye sich für dich verbürgen – für uns. Auch ich bin einer der Zuarbeiter des Grafen, vergiss das nicht. Im schlimmsten Falle werden wir gemeinsam ins Exil gehen.«

Das hätte beinahe ein Lächeln auf Hayes' Lippen gebracht. »Ja, nun, das ist ein gewisser Trost, aber im Moment weiß ich nicht recht aus noch ein. Inzwischen hat mein Vermieter in Avonel garantiert meine paar Sachen verhökert, und hier stehe ich nun und bin ganz und gar auf Erasmus Flatterys Gunst angewiesen.« Vor Trauer zog sich sein Gesicht so zusammen, dass es fast in seinen Augen glänzte. »Selten habe ich weniger Hoffnung für meine Zukunft gehabt als gerade jetzt.«

»Ich glaube nicht, dass du dir übermäßig Sorgen um deine Zukunft zu machen brauchst, Hayes«, erwiderte Kehler mit einer nur schlecht kaschierten plötzlichen Selbstgefälligkeit.

Bei diesen Worten schaute Hayes mit einer gewissen Hoffnung zu seinem Freund auf. »Warum habe ich nur das Gefühl, dass du mir jetzt gleich vorschlägst, meine Seele zu verkaufen?«

»Nichts dergleichen, mein lieber Hayes. Nun ja, also zumindest kaum.« Die Worte waren vielleicht scherzhaft gewesen, doch Kehlers Art war plötzlich sehr ernst. »Um ehrlich zu sein, Hayes, bin ich mit der Natur meiner Beziehungen zu unserem Auftraggeber nicht sonderlich zufrieden. Vielleicht ist das das ewige Klagelied des Gehilfen, aber ich habe das Gefühl, den Löwenanteil der Arbeit geleistet zu haben und dann zusehen zu müssen, wie Skye den Profit einsteckt.« Er hielt inne und dachte nach. »Tatsächlich verstehe ich nicht, was Skye aus dem von mir in Erfahrung Gebrachten zu lernen erhofft, was er damit anfangen will, doch ich habe den Verdacht, dass es, wenn es nach ihm geht, niemandem nutzen wird als ihm selbst.« Er schaute Hayes direkt an. »Ich habe in Wooton einige Dinge entdeckt, die dir wohl ein wenig den Atem verschlagen werden.«

»Und ich will nur zu gerne davon hören; aber, Kehler, du hast diese Angelegenheit für Lord Skye in Angriff genommen. Bedeutet dir das denn nichts?«

»Doch, gewiss. Ich habe im Haus des Grafen einen Brief abgegeben, in dem ich ihm mehrere meiner Entdeckungen umriss, seitdem aber nichts von ihm gehört. Wohl kaum der angemessene Lohn für meine Mühen. Doch ich habe Lord Skye nur versprochen, ihm alles zu überbringen, was ich herausgefunden habe, und sein Vertrauen nicht zu missbrauchen – worunter ich verstehe, dass ich seinen Anteil an dieser Angelegenheit nicht verrate. Was *ich* dagegen mit meinen Entdeckungen anfange, ist eine ganz andere Sache. Nun, was würdest du sagen, wenn ich dir jetzt erklärte, dass wir beide unsere Neugierde stillen und hoffentlich auch eine bedeutende Entdeckung machen könnten und dass obendrein auch noch ein hübsches Sümmchen für dich dabei herausspringt?«

»Ich würde natürlich ›Prima, Kehler!‹ sagen, aber du musst wissen, dass – von Skye einmal ganz abgesehen – Erasmus anscheinend der Meinung ist, dass du dich da auf Dinge einlässt, die sehr leicht gefährlich sein könnten. Falls die Farrelliten geheimes Wissen vor den Magiern versteckt gehalten haben, werden sie nach Erasmus' Meinung alles nur in ihrer Macht Stehende unternehmen, um das vor Eldrich geheim zu halten. Darum verfolgt dich der Priester, das vermute ich zumindest. Vielleicht solltest du mir genauer erzählen, was du entdeckt hast.«

»Alles zu seiner Zeit, Hayes. Alles zu seiner Zeit. Unser erster Geschäftsordnungspunkt besteht darin, allen Beteiligten zu entschlüpfen – allen Agenten der Admiralität, Priestern, Freunden und Wohlgesinnten, einfach allen. Ich habe die benötigte Ausrüstung schon zusammengestellt.« Kehler zeigte zur Tür.

»Aber wohin gehen wir denn?«

»Das beenden, was Baumgere begonnen hat, aber aufgrund seines Alters nicht mehr zu Ende führen konnte. Uns einen Namen in der Welt machen. Komm mit, solange noch Zeit ist, denn eines kann ich dir versichern, Hayes – dies ist eine Gelegenheit, die sich kein zweites Mal bieten wird.«

16

An Skye war etwas, was Marianne Edden nicht recht erfassen konnte. Sie war für ihre Intuition berühmt, was sie auch für gerechtfertigt hielt, und so konnte sie nur mit Mühe akzeptieren, dass jemand für sie so völlig undurchdringlich blieb. Skye rückte sich ein wenig im Stuhl zurecht, und sie beobachtete jede seiner Bewegungen in der Hoffnung, durch diese Besinnung auf ihn mehr zu erkennen. Sie hatte sogar ihren Stuhl so gestellt, dass sie ihn unauffällig beobachten konnte.

Einen Moment lang ließ sie die Augen zur Gräfin hinüberwandern – verglichen mit Skye war Elaural so leicht zu lesen wie ein Kind. Sie konnte nichts verbergen, zumindest nicht vor ihrer Freundin. Aber Skye …

Marianne hatte ihn bisher noch nicht kennen gelernt, und es war ihr bewusst, dass manche Leute diesem Abend eine historische Bedeutung beimessen würden. Die Begegnung zweier zeitgenössischer Geistesgrößen – der eine im wissenschaftlichen, die andere im literarischen Bereich. Glücklicherweise war keiner dieser Leute anwesend; sie wären ungemein enttäuscht worden.

Skye saß da, starrte die Pelier-Bilder an und riss sich nur hin und wieder kurz von ihnen los, um einen Versuch höflicher Konversation zu machen. Er hatte seine Gedanken eindeutig nicht auf seine Gastgeberinnen gerichtet – und vor allem unübersehbar nicht auf die von Bewunderung erfüllte Gräfin.

Allein in einem Zimmer mit der brillantesten Romanautorin und der meistgefeierten Schönheit seiner Zeit, und er scheint uns kaum zu bemerken, dachte Marianne nicht gänzlich unbescheiden – schließlich rühmte sie ihre Brillanz ja normalerweise nicht selbst.

»Haben Sie irgendetwas über die Schrift in Erfahrung gebracht?«, fragte die Gräfin mit belegter Stimme. Es war ihr offensichtlich bewusst, dass Skye sie kaum bemerkte.

Er drehte sich mit verwirrtem Blick zu ihr um, dann erst konnte er ihre Frage einordnen. »Oh ...« Er wandte sich wieder dem Gemälde zu, sein Blick verweilte nicht auf dem Gesicht, von dem andere Männer kaum die Augen reißen konnten. »Nichts Brauchbares. Eine gewisse Ähnlichkeit mit der Schrift auf den Ruinen von Farrow ist aufgefallen, was eine fesselnde Idee ist. Es gibt gewisse Hinweise, dass es sich um ein sehr altes Farr handeln könnte, das seit Jahrhunderten nicht mehr gesprochen wird, den Magiern jedoch vielleicht noch in jüngerer Zeit bekannt war. Unglücklicherweise haben die beiden Männer, die mir darüber Aufschluss geben könnten, nicht die Absicht, mir zu helfen.«

»Also, wer könnte das denn sein?«, fragte die Gräfin, die offensichtlich versuchte, seine Aufmerksamkeit auf sich zu lenken, etwas, was ihr mit anderen Männern mühelos gelang.

Wie Skye sich jetzt im Stuhl zurechtrückte ... irgendetwas stimmte da nicht ganz, da war Marianne sich sicher.

»Nun, Eldrich natürlich, und der andere ist Erasmus Flattery. Kennen Sie ihn? Er ist ein Bruder des Herzogs von Blackwater, glaube ich.«

»Nein«, antwortete die Gräfin, eindeutig mit dem Gefühl des Versagens. »Nein, leider nicht. Aber ist dieser Erasmus Flattery nicht ein Empiriker? Einer Ihrer Kollegen in der Gesellschaft?«

Skye nickte mit leicht verzogenem Gesicht. »Ja, allerdings nimmt er selten an den Versammlungen teil und ist auch den anderen Mitgliedern nicht besonders gut bekannt. Eine Art Exzentriker, dieser Flattery.« Er hielt unbehaglich inne und fuhr dann fort: »Er hat als Junge in Eldrichs Haushalt gelebt. Wussten Sie das?«

»Nun, das Gerücht ist mir zu Ohren gekommen, aber ich habe es nie recht geglaubt. Du vielleicht, Marianne?«

»Ich muss gestehen, dass ich mir noch keine Meinung zu Erasmus Flatterys Kindheit gebildet habe.«

Die Gräfin warf ihr einen leicht verärgerten Blick zu, doch Marianne konnte nicht widerstehen. Die Situation erschien ihr so offensichtlich falsch und gezwungen. Warum demütigte Elaural sich fortwährend diesem Mann gegenüber?

»Nun, das Gerücht stimmt tatsächlich«, warf Skye rasch ein. »Flattery hat etwa drei Jahre in Eldrichs Haushalt verbracht, stellen Sie sich das vor. Doch er redet nicht darüber und geht allen diesbezüglichen Fragen energisch aus dem Weg. Allzu energisch, wie viele denken.« Es folgte eine lange, verlegene Pause, und Marianne stählte sich innerlich für das, was kommen würde. Sah die Gräfin denn nicht, was hier vor sich ging? Ließ ihr normaler Instinkt sie in Gegenwart dieses Mannes im Stich? Farrelle stehe ihr bei, dachte Marianne, das muss Liebe sein.

Skye räusperte sich lautlos. »Nun will es die Ironie des Schicksals«, begann er dann in gezwungen beiläufigem Tonfall, »dass Erasmus Flattery derzeit möglicherweise tatsächlich in Castlebough weilt – das habe ich zumindest gerüchteweise vernommen.« Dabei hielt er die Augen starr auf die Gemälde gerichtet und vermied den Blick beider Frauen sorgfältig. »Ein sonderbarer Zufall, dass Flattery gerade jetzt hier ist.« Er warf der Gräfin einen kurzen Blick zu und sah dann sofort wieder auf das Gemälde. »Stellen Sie sich das nur vor, Jahre im Haushalt eines Magiers gelebt zu haben und nie ein Wort davon zu erzählen. Der Mann behält einen kleinen Teil unserer überaus faszinierenden Geschichte ganz für sich. Die Sache erscheint so merkwürdig, dass sogar gemunkelt wird,

Flattery stehe unter einem Bann und könne gar nicht davon sprechen.« Skye schnaubte. »Offensichtlich hat er auch eine gewisse Zeit mit der Untersuchung der Ruinen von Farrow zugebracht, und auch darüber berichtet er nicht viel, wobei er allerdings behauptet, nichts Neues entdeckt zu haben. Aber ich frage mich, ob das wirklich stimmt.« Er beugte sich vor und betrachtete die Inschrift auf dem Gemälde der Grabkammer. »Ob er mir wohl sagen könnte, was das für eine Sprache ist? Kann er sie vielleicht lesen?«

»Wie kommen Sie auf den Gedanken, dass die Magier diese Sprache verwenden?«, fragte Marianne in der Hoffnung, das Kommende abzuwenden.

Der Graf zögerte. »Ich habe eine Notiz gesehen, die einer der Magier geschrieben hatte – Lucklow, um es genauer zu sagen. Eigentlich keine bemerkenswerte Notiz, wenn man ihre Quelle bedenkt, doch unter dem Buchstaben L der Unterschrift steht eine Zeile mit Charakteren, die der Schrift, die wir hier vor uns haben, erstaunlich ähnlich sind. Sicherlich, es ist wohl unwahrscheinlich, dass Erasmus meine Frage beantworten kann, doch wer sonst könnte über ein solches Wissen verfügen? Keiner, von dem ich wüsste.«

»Aber was würde das bedeuten?«, fragte die Gräfin, die jetzt zum ersten Mal an diesem Abend wahrhaftig klang. Diese Information hatte ihr Interesse geweckt. »Wie konnte Pelier eine solche Schrift kennen, wenn sie nach Ihrer Vermutung doch die Schrift der Magier war? Die Insel ist doch erst vor verhältnismäßig kurzer Zeit entdeckt worden – vor etwa vierhundert Jahren.«

Skye erhob einen Finger, und sein Gesicht hellte sich angesichts des Interesses der Gräfin auf. »Genau. Wie konnte Pelier diese Schrift überhaupt kennen. Entweder hatte er wirklich das zweite Gesicht und malte seine Visionen nur auf, ohne über ihre Bedeutung mehr zu wissen als wir, oder er verfügte irgendwie über Wissen, das nur die Magier besaßen.

Es ist wohl bekannt, dass Pelier Mitglied mehrerer Geheimgesellschaften war, doch hier hat es so viel Spekulation gegeben, dass die Wahrheit gewiss nicht mehr aufzufinden ist. Vielleicht gehörte er einem Geheimbund an, dem diese Schrift mehr oder weniger bekannt war. Es gibt Gerüchte über solche Verschwörungen: Männer, die ein gewisses Wissen über die Dinge der Magier besaßen. Ich bin überzeugt, dass zumindest einer dieser Bünde tatsächlich existiert hat, wenn er auch vor Jahren vernichtet wurde.«

»Aber warum interessiert Sie das?«, fragte Marianne und beobachtete, wie Skyes Gesicht sich veränderte und sein Verhalten plötzlich misstrauisch und unbestimmt feindselig wurde.

»Es ist das große Geheimnis«, erklärte er leichthin. »Jeder Mann in Farrland ist davon fasziniert, und auch jede Frau, wie ich zu behaupten wage. Die Magier und ihre Künste. Menschen, die das Doppelte und Dreifache unserer Lebensspanne erreichten und Taten vollbringen konnten, die unsere eigenen kümmerlichen Kräfte weit übersteigen. Das ist Grund genug für eine solche Faszination.«

»Aber was ist mit diesem Fremden und mit diesem Priester, Baumgere? Was haben die beiden mit dem großen Geheimnis zu tun?«

Skye zuckte die Schultern. »Genau das hoffe ich in Erfahrung zu bringen, Miss Edden. Woher mag dieser Fremde gekommen sein?«

»Sie halten die Sache also nicht für einen Schwindel?«, fragte Marianne und bedrängte Skye damit mehr als höflich.

Der große Empiriker zuckte die Schultern. »Ich kann weder das eine noch das andere beweisen, doch falls es ein Schwindel sein sollte, war der ungemein raffiniert, denn einige sehr scharfsinnige Männer sind darauf hereingefallen.«

»Aber stammte er denn aus einem anderen Land – einer noch unentdeckten zivilisierten Nation?« Marianne konnte direkt spüren, wie Skye sich verschloss und ihre Fragen immer unwilliger beantwortete.

»Er kam von einem anderen Ort«, erwiderte Skye.

»Aber was bedeutet das, ›von einem anderen Ort?‹«

Skye zuckte die Schultern, jetzt auf der Hut.

»Also wirklich, Marianne«, griff die Gräfin etwas nervös ein. »Du bist heute Abend ganz schön schwierig. Wir alle haben unsere Interessen, und ich wage zu behaupten, dass man von dir selten eine Rechtfertigung für die deinen verlangt.«

Marianne senkte den Kopf. »Verzeihen Sie mir, Lord Skye«, bat sie mit einem Lächeln über den Tadel der Gräfin. »Man hat mir gesagt, ich hätte überhaupt kein Taktgefühl, und offensichtlich stimmt das.«

»Keine Ursache, Miss Edden«, erwiderte Skye eifrig, sichtlich erleichtert, dass die Inquisition vorbei war. »Keine Ursache.« Mehr sagte er nicht, und sie wandten ihre Aufmerksamkeit wieder den Gemälden zu, weil keiner wusste, was er sagen sollte, um den Moment zu retten.

»Halten Sie es wirklich für möglich, dass Erasmus Flattery die Schrift lesen kann?«, fragte die Gräfin leise.

Skye zuckte die Schultern. »Es ist nicht ausgeschlossen.«

Die Gräfin holte tief Atem. »Nun, wenn Sie ihn zu mir schicken, werde ich die Wahrheit für Sie herausfinden«, sagte sie.

Skye wandte sich ihr zu, die Augen glänzend vor … was? Selbstgefälligkeit, merkte Marianne. Genau darauf hatte er die ganze Zeit gehofft.

»Könnten Sie das wirklich tun?«, fragte er.

»Zweifeln Sie nicht daran«, erwiderte die Gräfin, eindeutig glücklich, jetzt endlich seine volle Aufmerksamkeit zu haben. »Manchen Männern fällt es schwer, mir etwas abzuschlagen.«

Skye sprang richtiggehend auf. »Dann werde ich ihn sofort aufzufinden wissen. Schreiben Sie ihm eine Nachricht, und ich werde dafür sorgen, dass er sie noch diesen Abend erhält.« In seiner Freude wandte er sich Marianne zu und merkte, dass sie seine Begeisterung keineswegs teilte. Doch das veranlasste ihn nicht, die Sache noch einmal zu überdenken.

Erasmus hörte, dass ihm ein Brief unter der Tür hindurchgeschoben wurde, und erhob sich einen Moment später aus dem Bett, um nachzusehen. In dieser Nacht ließ sich der Schlaf nicht so leicht finden. In seinem Zimmer war das Licht von Mond und Sternen so hell, dass er den Umschlag sofort sehen konnte – ein graues Rechteck vor der dunklen Holztür.

Einen Moment lang stand er beim Fenster und versuchte, im schwachen Licht die Handschrift zu erkennen. Kam der Brief von Clarendon? Von Hayes? Oder sogar von Diakon Rose? Er fand eine Kerze, entzündete diese am Glutrest im Kamin und öffnete den Umschlag mit einem Taschenmesser.

Mein lieber Mr. Flattery,
gerade habe ich erfahren, dass auch Sie derzeit in Castlebough weilen (die Freuden der kleinen Städtchen), und so kam mir der Gedanke, ob ich Sie vielleicht zu einem Besuch verlocken könnte. Schon lange hätte ich Sie gerne einmal kennen gelernt und möchte Ihnen auch gestehen, dass ich Sie um einen kleinen Gefallen bitten möchte. Ich freue mich auf unsere Begegnung.

Unterschrieben hatte die Gräfin von Chilton.

»Wahrhaftig«, sagte Erasmus. »Was um alles in der Welt

hat die Gräfin mit mir vor?« Er ließ sich auf einen Stuhl sacken. Zweifellos war er nicht plötzlich so interessant für die bessere Gesellschaft Avonels geworden. Nein, es war dieser ›kleine Gefallen‹, dem ihr plötzliches Interesse zu verdanken sein musste. Und falls das stimmte, hatte es entweder mit Botanik zu tun oder mit Fragen über die Magier, und irgendwie hatte Erasmus nicht das Gefühl, dass es mit Botanik zu tun hatte. Aber dennoch ließ man sich die Gelegenheit, die Gräfin von Chilton kennen zu lernen, nicht einfach entgehen. Das war so etwas, womit man andere Leute auch noch in einem Jahrzehnt hinreißen konnte: *»Du hast die Gräfin tatsächlich persönlich kennen gelernt?« »Ja, aber die Gerüchte sind völlig danebengegriffen. Wir waren wirklich nur ganz normale Bekannte.«*

In Gedanken verloren saß er beim Fenster, bis ihm der Kopf plötzlich schwer wurde und er sich zwang, zu Bett zu gehen.

Was man so hörte, war keineswegs übertrieben.

Das war Erasmus' erster Gedanke bei der Begegnung mit der Gräfin. Wenn überhaupt war sie sogar noch schöner, als er es sich vorgestellt hatte – und in dieser Hinsicht kam seiner Vorstellungskraft normalerweise nichts gleich. Er merkte, dass er kaum in der Lage war, den Blick von diesen außergewöhnlichen Augen, diesem vollkommenen Gesicht zu wenden. *Ganz gewiss*, dachte er, *kann kein Mann diese schönen Lippen betrachten, ohne sich zu fragen, wie es wäre, sie zu küssen.*

Die Morgensonne warf lange Rechtecke auf den Boden und verwandelte den Umriss der Haarflechten der Gräfin in einen flammenden Nimbus um ihr herzförmiges Gesicht.

Ich hätte mein Schwert anlegen sollen, dachte Erasmus, *jetzt schon bin ich bereit, mich für sie zu duellieren. Kein*

Wunder, dass die Männer in ihrer Umgebung zu lauter Dummheiten getrieben werden.

»Es ist sehr nett von Ihnen, dass Sie gekommen sind, Mr. Flattery. Und zudem so kurzfristig. Ich fühle mich geehrt.«

»Von einer solchen Aufforderung träumt ja nun gewiss jeder Mann in ganz Farrland, Lady Chilton. Ich wäre auch von jetzt auf gleich zu Ihnen geeilt.«

»Nun, Sie machen Ihrem Familiennamen keine Schande, wie ich sehe.« Sie lächelte reizend, damit er dies als Neckerei auffasste, und wies ihn zu einem Diwan im Licht der Fenster.

Erasmus setzte sich etwas steif, und Lady Chilton ließ sich wohlgemut neben ihm nieder.

»Sie sind für eine gewisse Genialität bekannt, Mr. Flattery«, sagte sie, vielleicht weil sie ihm in nichts nachstehen wollte, »und so will ich nicht so tun, als könnte ich Ihnen etwas vormachen. Als ich schrieb, dass ich Sie schon lange einmal kennen lernen wollte, war das wirklich die Wahrheit, aber wie schon gesagt möchte ich Sie auch um einen kleinen Gefallen bitten, wenn es Ihnen recht ist.«

»Lady Chilton, ein Gefallen, um den Sie bitten, kann gar nicht zu groß sein. Bitte, zögern Sie nicht.« Erasmus war froh, dass sie sich nicht in ein stundenlanges zielloses Geplauder stürzte, bevor sie zur Sache kam. Froh und ein wenig enttäuscht. Man wollte das Ende eines Besuchs bei der Gräfin nicht früher kommen sehen als unbedingt notwendig.

Sie wandte ihre Aufmerksamkeit zwei Gemälden zu, die Erasmus nicht einmal bemerkt hatte, obwohl er direkt an ihnen vorbeigegangen war.

Beim Betrachten der Bilder fühlte er sich irgendwie desorientiert, konnte aber nicht sagen, warum. Die Regeln der Perspektive waren auf ganz subtile Art durchbrochen, und gleichzeitig zeichneten sie sich durch einen Hyperrealismus aus, als stammten sie aus einem Fiebertraum. Dann fiel ihm auf, dass die Krypta auf einem der Gemälde dieselbe war, die er oberhalb von Castlebough gesehen hatte. *Dies waren die Peliers, die Skye gefunden hatte!* Er wandte sich der Gräfin wieder zu, jetzt auf der Hut.

»Was mich interessiert, ist die Inschrift auf der Grabkammer«, erklärte die Gräfin.

»Dazu hat Lord Skye Sie angestiftet, ich verstehe«, erwiderte er, die Stimme kälter als eigentlich beabsichtigt.

Die Gräfin wandte den Blick ein wenig ab. »Eher habe ich mich selbst dazu angestiftet«, sagte sie leise.

Erasmus sah sie an, und es tat ihm Leid, dass er ihr vielleicht Unbehagen verursacht hatte. Man konnte diese Frau wohl kaum ansehen, ohne ihr Freude und nur Freude bereiten zu wollen.

»Aber Ihre Vermutung ist richtig«, erklärte die Gräfin dann. »Woher wussten Sie das?«

»Ich … ich habe Gerüchte gehört, dass Skye die Gemälde gefunden hat, die früher in Baumgeres Besitz waren.« Er nickte zu den Bildern hinüber.

»Ich verstehe. Können Sie diesen Text denn lesen? Skye ist der Meinung, es könnte sich um eine Sprache handeln, die von den Magiern verwendet wurde. Er fragt sich außerdem, ob es vielleicht irgendeine flüchtige Ähnlichkeit mit der Inschrift auf den Ruinen von Farrow gibt. Wie ich gehört habe, Mr. Flattery, sind Sie unter anderem auch eine Autorität bezüglich der Ruinen.« Sie wandte ihm die Augen wieder zu, ihr Blick eine Mischung aus Trotz und Schuldgefühl.

Die Gräfin erkannte am Gesicht und der steifen Haltung, dass Erasmus von dieser Entwicklung nicht begeistert war, und auch sie selbst war nicht glücklich darüber, ihn so auszunutzen. An seinem Verhalten war zudem etwas, aus dem sie schloss, dass Erasmus mehr verborgen hielt, als den meisten Leuten bewusst war. Sie fragte sich, ob Skye vielleicht Recht hatte – ob Erasmus die Schrift *tatsächlich* lesen konnte.

»Sie ist mir ein Buch mit sieben Siegeln«, erklärte er fest.

Die Gräfin schaute auf ihre Finger hinunter, die am Kissenrand herumzupften. »Habe ich Sie gekränkt, Mr. Flattery? Mir erschien diese Bitte eigentlich recht unschuldig.« Sie schaute wieder auf, begegnete seinem Blick nun voll und beobachtete, welche Wirkung das hatte. Ja, dieser Mann zumindest war ihren Reizen gegenüber nicht gleichgültig.

»Mich gekränkt? Nein«, antwortete er, obwohl sie ihn offensichtlich aus der Fassung gebracht hatte.

»Hat das etwas mit Ihren Dienstjahren bei Eldrich zu tun? Ich habe gehört, dass Sie nicht gerne darüber sprechen.«

»Keineswegs.« Zögernd schaute er einen Moment lang nach unten, doch er konnte die Augen nicht von ihrem Blick lösen. »Sie brauchen sich nicht zu entschuldigen, Lady Chilton. Ganz im Gegenteil, mir tut es Leid, dass ich keine Antwort auf Ihre Frage habe.«

»Oh.« Sie stieß die Luft aus, pustete seine Entschuldigung sozusagen fort. Dann schenkte sie ihm ihr reizendstes Lächeln. »Es gibt Leute, die behaupten, Sie stünden unter Eldrichs Bann und könnten deswegen nicht über diese Jahre sprechen ...«

Er lachte.

Sie hatte es geschafft, den Moment zu retten.

»Ich stehe unter keinem Bann, Lady Chilton. Mein kurzer Aufenthalt im Haushalt Eldrichs war so gänzlich ereignislos, dass ich keine Lust habe, meine Umwelt mit dieser Geschichte zu langweilen. Ich war ein Junge. Ich wurde in den Haushalt des Magiers geschickt, wo ich fast auf den Tag genau drei Jahre lebte. In dieser Zeit stand ich in der Obhut eines Tutors, der so uralt war, dass er selbst am

Ende der drei Jahre noch immer gelegentlich meinen Namen vergaß. Ich lernte die Fächer, die jeder Schuljunge lernt. Ich stibitzte Süßkram aus der Küche. Ich muss sagen, dass ich meine Mutter und meine Familie vermisste. Und dann wurde ich wieder heimgeschickt, und niemals hat man mir eine Erklärung gegeben – weder damals noch später. Oh, und was ich noch vergessen hatte: Den Magier selbst habe ich nie getroffen. Ich habe ihn allerdings gesehen, oder das glaube ich zumindest, und zwar mehr als einmal, doch niemals aus der Nähe. Ein hoch gewachsener Herr mit schwarzem Haar und steifem Gang. Und angesichts dieser ziemlich merkwürdigen Erfahrung glaubt nun jedermann, ich hätte die Geheimnisse der Zauberer erlernt.« Er zuckte die Schultern und lächelte etwas hilflos.

»Ich verstehe, was Sie meinen. Tee, Mr. Flattery?« Sie winkte den Diener herein und merkte dabei, dass Erasmus mehr als erleichtert war. Er hielt mit der wahren Geschichte hinterm Berg, da war sie sich sicher. Was wohl dazu nötig wäre, sie ihm zu entlocken?

Sie schickte den Diener hinaus und schenkte den Tee selbst ein.

Erasmus Flattery, zu diesem Ergebnis kam sie schnell, war kein übel aussehender Mann. Oh, er entsprach nicht der Mode; zwar war er durchaus gut gekleidet, doch sein ganzes Verhalten war nicht das, was derzeit in der Gesellschaft Avonels als akzeptabel galt. Nein, Erasmus Flattery beging die unverzeihliche Sünde, seine leidenschaftliche Natur durchblicken zu lassen. Er war ein ungemein intensiver Mensch und versuchte überhaupt nicht, das zu verbergen, ganz anders als die modischen Gentlemen Avonels, die in beinahe jeder Situation Langeweile vorschützten. Farrelle stehe ihnen bei, sie waren so unglaublich gleichgültig (außer anscheinend ihr selbst gegenüber). Da empfand sie Erasmus' Art als recht erfrischend.

Erasmus zeigte nichts von der Offenheit und Naivität, die für viele Empiriker und Gelehrte typisch war. Stattdessen wirkte er auf der Hut wie ein Mensch, der vieles gesehen hat und nicht nur Angenehmes. Ebendiesen Blick hatte sie schon an Männern wahrgenommen, die in Kriegen gekämpft hatten.

»Wie ich gehört habe, Mr. Flattery, gibt es Bestrebungen, einen Teil der Vorträge der Gesellschaft auch für die Damen zugänglich zu machen«, wandte sie sich dem Smalltalk zu, allerdings Smalltalk aus seiner eigenen Welt.

»Richtig, doch ich muss Ihnen sagen, dass ich wenig Hoffnung auf Erfolg habe. Noch liegt fast alles in der Hand der alten Garde.«

»Sind das die Herren, die man so liebevoll als ›Fossilien‹ bezeichnet?«

Erasmus lachte. »Ausgesprochen liebevoll, das versichere ich Ihnen!« Er kostete seinen Tee. »Man trägt sich mit der Idee, gegen eine geringe Gebühr öffentliche Vorträge zu halten. Nicht in den Räumlichkeiten der Gesellschaft oder unter ihrer Schirmherrschaft, doch vielleicht könnte man so die meisten, wenn nicht alle vor der Gesellschaft gehaltenen Vorträge der Öffentlichkeit anbieten. Ich würde das für eine gute Sache halten. Das Beste, was wir machen können, bis die alte Garde abtritt.«

»Nun, so mögen denn die Fossilien möglichst bald in die Sammlung des kosmischen Museums übergehen.«

»Hört, hört.«

»Erzählen Sie mir von dieser Ruine auf Farrow, Mr. Flattery. Das ist recht romantisch, finden Sie nicht. Dieses große Geheimnis, das schon seit Jahrhunderten dort ruht, der Zweck unbekannt, die Erbauer schon lange aus der Geschichte verschwunden. Wofür um alles in der Welt mag das Bauwerk wohl gedient haben?«

Erasmus zuckte die Schultern. »Ich weiß es eigentlich nicht, befürchte aber, dass der Zweck vielleicht durchaus nicht romantisch war. Ich selbst tippe auf eine Art Kalender. So etwas wie ein Instrument, mit dessen Hilfe man die Bewegungen von Sternen und Planeten maß und das genaue Eintreten bestimmter Himmelsereignisse vorhersagte. Der längste Tag im Sommer, der kürzeste Tag im Winter. Wahrscheinlich hatte das Bauwerk auch eine zeremonielle Bedeutung, doch worin diese bestand, kann man nur raten.«

»Aber es steht nahezu unversehrt da, und zwar schon seit wer weiß wie lange, dabei sind alle anderen Ruinen der Insel schon unter der Erde begraben, die Mauern bis zu den Fundamenten zerbröckelt. Wie kommt das denn?«

Erasmus trank seinen Tee. »Die anderen Ruinen haben keinerlei Ähnlichkeit mit der ›Ruine von Farrow‹. Sie sind aus anderem Gestein errichtet und haben auch einen anderen Stil. Meiner Ansicht nach sind sie älter als die uns bekannte Ruine. Vielleicht Jahrhunderte älter.«

»Erstaunlich«, sagte die Gräfin. »Ich muss einmal dorthin reisen. Ich weiß gar nicht, warum ich das bisher noch nicht getan habe.« Ihre Stimme klang in ihren eigenen Ohren so falsch, dass Erasmus ihr Verhalten wohl nur als kränkend empfinden konnte.

Schau doch, was ich hier tue, dachte sie. *Dieser arme Mann hat Geheimnisse, die er für sich behalten möchte, vielleicht aus gutem Grund, ich aber habe mir vorgenommen, sie ihm durch meinen Charme zu entlocken.* Sie wurde von einer Woge des Selbstekels überrollt. Ihr fiel wieder ein, wie Skye wie ein Junge aus seinem Stuhl gesprungen war, als sie ihm versicherte, sie könne die gewünschte Information von Erasmus Flattery bekommen.

Wie wenig ihm doch an mir liegt, dass er mich so ausnutzt, dachte sie und hätte vor Traurigkeit fast zu weinen begonnen. Und jetzt nutze ich diesen guten Mann genauso elendig aus. Sie schaute zu Erasmus hinüber und hatte das Gefühl, dass sie in dieser Situation beide Opfer waren.

»Ich muss Sie fragen – bitte, verstehen Sie das nicht als bloße Neugierde –, geht Ihnen das, was Ihnen in Ihrer Jugend zugestoßen ist, nicht nach? Wenn mir so etwas passiert wäre, würde ich gewiss an nichts anderes mehr denken. Hat Ihr guter Vater Ihnen denn nie eine Erklärung gegeben?«

»Es lag nicht in der Gewohnheit des Herzogs, irgendjemandem seine Handlungen zu erklären.« Erasmus schaute auf, reagierte auf das Mitgefühl in ihrem Gesicht. »Und ja, diese Frage stelle ich mir auch.« Einen Moment lang blickte er nach unten in seine Tasse. »Ich bin mir sicher, dass es einen Grund gegeben hat. Ich meine, es muss einen gegeben haben. Höchstwahrscheinlich habe ich in meiner Kindheit irgendeine Leistung vollbracht, die Eldrich auf mich aufmerksam machte. Es ist seit langem bekannt, dass ein zukünftiger Magier eine natürliche Begabung mitbringen musste, damit man ihn überhaupt in den Künsten ausbilden konnte – genauso, wie ein Sänger eine Stimme haben muss. Vielleicht ließ ich Anzeichen davon erkennen, wurde dann aber entweder als ungenügend verworfen, oder, was wahrscheinlicher ist, der Magier hielt seinen Genossen die Treue und unterrichtete keinen Lehrling mehr.«

»Aber wenn er nicht vorhatte, Sie zu unterrichten, warum um alles in der Welt hat er Sie dann überhaupt in seinen Haushalt aufgenommen?«

Erasmus schaute aus dem Fenster. »Vielleicht war Eldrich sich nicht sicher, dass er keinen Lehrling mehr zu sich nehmen würde. Keiner weiß genau, warum die Magier eigentlich aufgehört haben, die Nachfolgegeneration auszubilden. Das ist ein Geheimnis, das wohl für immer ungelüftet bleiben wird. Aber Eldrich hatte es vielleicht doch noch einmal in Erwägung gezogen. Oder vielleicht ist auch echtes Talent in dem Maße, wie es zur Ausbildung eines Zauberers erforderlich wäre, etwas sehr Seltenes geworden.«

»Vielleicht der Rationalität zum Opfer gefallen?«, fragte die Gräfin.

Erasmus lächelte. »Vielleicht.« Er begegnete ihrem Blick einen Moment lang und schaute dann weg, offensichtlich von seinen eigenen Hoffnungen und Gefühlen überwältigt.

Er tat der Gräfin Leid. Schließlich versuchte sie gerade, diese Hoffnungen zu ermutigen – nicht zu sehr, nur so weit, dass sie bekam, was sie wollte.

Was für eine durch und durch schlimme Frau ich doch geworden bin, dachte sie.

»Sagen Sie mir, Mr. Flattery, wie hat es Ihnen gefallen, der ›berühmte Erasmus Flattery‹ zu werden. Es hat Ihnen doch hoffentlich Vergnügen bereitet?«

Plötzlich setzte Erasmus sich ganz gerade und begegnete ihrem Blick, jetzt nicht mehr so freundlich, so eifrig bestrebt, ihr zu gefallen. »Die Schrift, Lady Chilton«, sagte er kühler, als Männer gewöhnlich mit ihr sprachen, »ist nicht dieselbe, die man auf der Ruine von Farrow gefunden hat, doch ein paar Charaktere weisen eine so große Ähnlichkeit auf, dass die Vermutung einer nicht allzu fernen Verwandtschaft nicht zu weit hergeholt scheint. Ich kann Ihnen nicht sagen, warum Pelier in dieser Schrift schreiben konnte, und ich kann sie auch nicht lesen. Wollten Sie das von mir hören?«

Die Gräfin spürte, wie sie innerlich zusammenschrumpfte. »Sie tun mir Unrecht, Sir«, protestierte sie leise.

»Wirklich? Dann nehmen Sie bitte meine demütige Entschuldigung entgegen.«

Er stellte seine Tasse auf den Tisch, und es hatte den Anschein, als ob er sich erheben wollte.

Sie streckte die Hand aus und legte sie auf seinen Arm. »Nein. Entschuldigen muss vielmehr ich mich. Ich …« Sie suchte nach den richtigen Worten, aber plötzlich erschien ihr alles unecht und unehrlich. »Ich hätte Sie nicht so missbrauchen dürfen, Mr. Flattery. Ich hoffe, Sie verzeihen mir das. Verstehen Sie … ich habe in den letzten Jahren feststellen müssen, dass … ich nicht immer mit meinem Verhalten zufrieden bin …« Sie schaute auf ihre Hände hinunter, die kleine, im Moment recht hilflos wirkende Bewegungen machten.

»Die Aufmerksamkeit, die Ihnen zuteil wird, Lady Chilton«, erwiderte Erasmus leise. »Das kann nicht leicht für Sie sein.«

»So ist es«, stimmte sie rasch zu. »Aber das ist keine Entschuldigung für mein Verhalten, und ich habe kein Recht, mich zu beklagen. Manche Frauen haben überhaupt keine Bewunderer. Wie schlimm muss das erst sein? Aber … ich bin eigentlich gar nicht so reizvoll.« Sie lächelte schmerzlich.

Schau nur, was das für eine Wirkung auf ihn hat, dachte sie. *Farrelle steh mir bei, jetzt habe ich einmal versucht, ehrlich zu sein, und habe damit wohl sein Herz zum Schmelzen gebracht.*

»Was hat Skye für ein Interesse an dieser Sache?«, fragte er mit einem gewissen Widerstreben. »Sind dies hier die Peliers, die in Baumgeres Besitz waren?«

Nach dem, was sie gerade getan hatte, blieb ihr nach ihrem Empfinden nur noch die Wahl, ihm zu antworten. »Das glaube ich, wobei man mich allerdings darüber aufgeklärt hat, dass eines davon – das Gemälde mit der Grabkammer – kein echter Pelier ist. Skye hält es für die exakte Kopie eines Originals – einschließlich der auf der Grabkammer zu sehenden Inschrift –, aber ich weiß nicht, warum er dieser Ansicht ist.«

Erasmus wandte seine Aufmerksamkeit wieder dem Gemälde zu. Sie fragte sich, was er im Moment wohl dachte, denn sein Blick war sehr ernst und düster.

»Ist es nicht bemerkenswert, Mr. Flattery, dass Pelier so etwas gemalt hat – und dieser Baumgere dann tatsächlich die abgebildete Krypta ausgräbt?«

»Ausgesprochen bemerkenswert, Lady Chilton.« Erasmus schüttelte den Kopf, als stünde er vor einem Rätsel, und wandte sich dann wieder seiner Gastgeberin zu. »Doch gewiss habe ich nun Lady Chiltons Zeit zur Genüge in Anspruch genommen. Es war mir ein großes Vergnügen.«

Sie zweifelte nicht daran, dass sie vor Verblüffung den Mund aufsperrte. Männer verabschiedeten sich niemals freiwillig von ihr. Im Gegenteil, meist hatte sie Probleme, sie wieder loszuwerden.

»Es … es war sehr freundlich von Ihnen, Mr. Flattery, dass Sie gekommen sind, und ich hoffe, dies war nicht das letzte Mal.«

Beide erhoben sich gleichzeitig.

Die Gräfin konnte sich kaum erinnern, sich jemals so durcheinander gefühlt zu haben. Wie weit hatte sie sich da nur erniedrigt. Skye ließ sie für seine eigenen Zwecke als Verführerin agieren, und wenn es auch nur um emotionale Verführung ging, dennoch … Sie fühlte eine solche Leere in ihrem Inneren, wenn sie bedachte, wozu Skye sie da veranlasst hatte.

Du hast es ihm angeboten, rief sie sich in Erinnerung. Aber er hatte nicht abgelehnt, wie es einem Gentleman angestanden hätte.

Und da stand nun dieser arme Flattery, der ihr niemals etwas Böses getan hatte, noch sonst irgendetwas Böses, wovon sie gewusst hätte, und sie hatte ihn so schlimm ausgenutzt. Und ihn obendrein noch beleidigt. Ihn behandelt, als wäre er ein Dummkopf.

Sie meinte fast, seinen Schmerz über diese Erfahrung zu spüren. Zum Tee mit der Gräfin von Chilton eingeladen, und nur, weil sie auf eine ganz bestimmte Information erpicht war, die er nicht teilen wollte. Schrecklich.

Zorn gegenüber Skye kochte in ihr hoch. Hilfloser Zorn, denn sie wusste, dass sie ihm den niemals würde zeigen können. So viel lag ihm nicht an ihr. Dann würde er ihr vielleicht einfach die kalte Schulter zeigen, und sie würde ihn niemals wiedersehen. War diese Wut eigentlich gegen ihn gerichtet oder eher gegen ihre eigene Schwachheit?

Sie begleitete Erasmus zur Tür, so sehr in diese Gedanken verloren, dass sie noch nicht einmal den Versuch höflicher Konversation machen konnte. Das Schweigen ging neben ihnen her wie ein Dritter; ein Geist in ihrer Gesellschaft, den sie fühlen, aber nicht sehen konnten.

An der Tür blieben sie stehen, beide auf der Hut. Ihr kam die Vorstellung, dass sie sich misstrauisch umkreisten und noch ungewiss war, ob ein Kampf oder eine Umarmung folgen würde.

Erasmus verbeugte sich förmlich. »Lady Chilton.«

»Mr. Flattery«, erwiderte sie, doch die letzte Silbe erstarb unerwartet auf ihren Lippen. Eine peinliche Sekunde, dann fasste Erasmus nach der Tür, doch sie ergriff seine Hand und gab sie nicht frei.

»Wenn Sie mich bitten, das, was Sie mir erzählt haben, nicht weiterzugeben, schwöre ich, es für mich zu behalten.« Sie merkte, dass sie jetzt dicht bei ihm stand und seine Hand in ihren beiden Händen hielt, ja sie fast umklammerte.

»Es … es spielt keine Rolle«, erwiderte Erasmus.

Sie suchte seine Augen, diesmal absichtslos. »Dann werde ich zumindest dies hier geheim halten: Ich weiß, dass Sie lesen können, was auf dem Gemälde stand. Nein. Streiten Sie es nicht ab. Ich weiß es. Und ich weiß, dass an Ihrer Geschichte über Eldrich noch mehr ist. Aber auch das werde ich niemandem erzählen.«

Erasmus hielt ihre Hand jetzt fest, fast schmerzhaft gepackt. Er starrte sie an, sein Blick undeutbar. Entweder würde er gleich vor Wut explodieren, dachte sie, oder sie in die Arme nehmen, doch sie wusste nicht, was von beidem.

Es gelang ihm, die Tür mit seiner freien Hand einen

Spalt weit zu öffnen. Da stellte sie sich auf die Zehenspitzen und gab ihm einen Kuss auf die Wange, bevor er zur Tür hinausging und sich nur unter Nennung ihres Namens verabschiedete.

Sie schaute ihm nach, wie er zum Tor ging, ohne sich umzusehen; er trat auf die Straße hinaus und entschwand ihren Blicken. Doch noch immer schloss die Gräfin die Tür nicht, sondern blieb stehen und atmete in tiefen Zügen die kühle Hochlandluft ein.

»Was ist nur über mich gekommen?«, fragte sie laut, konnte aber in dem Gefühlswirrwarr, das in ihrem Inneren tobte, keine Antwort finden. Warum hatte sie plötzlich ein solches Schuldgefühl wegen der Art empfunden, wie sie diesen Mann ausnutzte? Dies war nicht das erste Mal, dass sie ihren Charme zu einem bestimmten Zweck einsetzte – aber auch nicht das hundertste Mal.

Weil ich jetzt weiß, wie es sich anfühlt, dachte sie.

»Armer Mann«, flüsterte sie der Straße zu, doch sie war sich nicht gänzlich sicher, welchen Mann sie eigentlich meinte.

17

Am wärmsten Vormittag, den das Jahr bisher gesehen hatte, saß Erasmus auf der Terrasse an einem Tisch. Seine Gedanken weilten bei der Begegnung mit der Gräfin, die ihn stärker aufwühlte, als er erwartet hatte. Hatte sie ihn nicht im Voraus gewarnt, dass sie sich nur für sein Wissen interessierte? Warum fühlte er sich dann jetzt so leer und niedergeschlagen?

Außerdem fragte Erasmus sich allmählich, was mit Hayes los war. Bei seinem Aufbruch am Morgen hatte er dem jungen Mann eine Nachricht hinterlassen, er sei kurzfristig weggerufen worden, werde ihn aber mittags sehen. In einer Stunde waren sie mit Kehler verabredet.

Erasmus hoffte, irgendeine Erklärung für Kehlers Flucht an diesen Ort zu erhalten – auf jeden Fall mehr, als er bisher von Hayes gehört hatte.

Was hatte Kehler in den Archiven von Wooton erfahren? Konnte er vielleicht dieselbe Entdeckung wie Baumgere gemacht haben? Und verfolgten die Priester Kehler in diesem Falle, um sich sein Schweigen mit Geld zu erkaufen, wie sie es nach einer hier und da geäußerten Vermutung vielleicht mit Baumgere getan hatten?

Erasmus nahm seine Uhr aus der Tasche und fluchte leise. Beinahe eins! War das etwa Hayes' Vorstellung von zeitigem Aufstehen? Mehr Geduld konnte Erasmus nicht mehr aufbringen. Er leerte seinen Kaffee, stürmte die Stufen zu Hayes' Zimmer hinauf und hämmerte gegen die Tür.

Nichts. Drinnen kein Geräusch, keine Bewegung. Keine Stimme rief. Wieder hämmerte er so heftig gegen die Tür, dass sie in den Angeln rappelte. Nichts. Immer zwei Stufen auf einmal nehmend eilte er zurück, um den Geschäftsführer zu suchen.

Fünf Minuten später kamen sie mit dem Zimmerschlüssel wieder und fanden das Zimmer leer vor, das Bett noch gemacht, als hätte gar niemand darin geschlafen, und der größte Teil von Hayes' Sachen war verschwunden.

»So etwas schätze ich gar nicht«, knurrte Erasmus.

»Die Jugend ist ungestüm, um nicht zu sagen unbeherrscht, Mr. Flattery«, versuchte der Hotelier ihn zu beruhigen. »Ich bin mir sicher, dass Ihrem Schützling nichts Schlimmes widerfahren ist.«

»Ach ja, sind Sie das?«, entgegnete Erasmus, vom Tonfall des Mannes gereizt. »Ah …« An der Schranktür heftete ein gefalteter Zettel.

»Da werden Sie Ihre Erklärung finden«, sagte der Hotelier, als hätte er Recht behalten.

Erasmus riss die Nachricht los und faltete sie auf.

Mein lieber Erasmus,
Ich bin mit Kehler losgezogen, um mir die so genannte Spiegelseehöhle anzusehen. Er glaubt, dass Baumgere damals an dieser Stelle gesucht, aber nichts gefunden hat. Vielleicht ist es reiner Optimismus, aber Kehler ist der Meinung, dass dort noch immer eine große Entdeckung zu machen ist. Ich bin zur Geheimhaltung verpflichtet worden, doch nur ein Narr würde an einen solchen Ort gehen, ohne anderen Bescheid zu geben. Folgen Sie uns nicht auf dem Fuße, aber wenn wir in fünf Tagen nicht zurück sind, können Sie auf jeden Fall die Suche nach uns starten. Wir haben die Absicht, jenseits der Feengalerien zu suchen. Ich werde unseren Weg mit einem H kennzeichnen. Bitte entschuldigen Sie dies hier, aber Kehler wollte sonst niemanden mitnehmen.
Ihr Diener,
Samual Hayes

»Dann ist die Welt also wieder in Ordnung?«, fragte der Hotelier.

Erasmus starrte den Dummkopf wütend an und fegte ohne ein Wort zur Tür hinaus.

Clarendon rollte den Übersichtsplan auf dem Tisch aus und beschwerte die Ecken mit Gewichten.

»Sehen Sie, Mr. Flattery«, meinte Clarendon, »genau, wie ich es Ihnen gesagt habe.«

Erasmus hatte noch nie etwas Vergleichbares gesehen. Er hatte die »Landkarte« eines Höhlensystems vor sich, und das war wahrhaft labyrinthisch. Gänge kreuzten sich über- und untereinander oder liefen sogar in geringster Entfernung parallel nebeneinanderher. Er versuchte, die Ansicht von oben und von der Seite miteinander zu vergleichen, war aber bald verwirrt. Das Ganze war überwältigend komplex.

»Das sind ja Meilen unter der Erde«, meinte Erasmus entsetzt.

»Über dreißig, wie es scheint, und wahrscheinlich noch viel mehr, die bisher noch nicht erforscht oder auch nur entdeckt wurden. Vielleicht gibt es noch eine neuere Übersichtskarte als diese hier. Das werde ich herausfinden.« Clarendon legte den Finger auf eine Höhlenkammer. »Hier sind die so genannten Feengalerien. In diesem Abschnitt war ich selbst noch nicht, kenne aber Männer, die dort waren. Mit denen können wir uns gewiss unterhalten, doch vielleicht sollten wir die in dem Brief vorgeschlagenen fünf Tage abwarten, bevor wir Männer für eine Suche zusammentrommeln.«

»Ich will keine Männer zusammentrommeln. Ich will nicht, dass irgendjemand überhaupt etwas davon erfährt – zumindest nicht, bevor wir uns absolut sicher sind, dass die beiden sich verirrt haben. Nein, ich nehme diese Karte oder eine Karte noch neueren Datums, falls eine existiert, und begebe mich sofort zum Höhleneingang. Falls sie bis in ein oder zwei Tagen nicht wieder auftauchen, gehe ich ihnen nach.«

»Sie allein?«

Erasmus nickte.

»Nein, das kann ich nicht zulassen. Die Höhlen sind tückischer, als die Karte hier ahnen lässt. Sie müssen zumindest mich mitnehmen, Mr. Flattery. Alles andere wäre unvorsichtig.«

Erasmus wollte protestieren, doch Clarendon hob die Hand, und sein Schnurrbart hüpfte komisch; ein Zeichen der Entschlossenheit, dachte Erasmus. »Ich bin wesentlich robuster, als Sie annehmen, und in einem Höhlengang, wo es oft sehr eng wird, kann ein kleiner Mann die größere Leistung vollbringen. Und Sie vergessen: Ich war ja schon in den Höhlen.« Er hielt inne und dachte nach. »Wir sollten nicht unvorbereitet gehen, das wäre gefährlich, Mr. Flattery. Doch Vorbereitungen brauchen ihre Zeit. Wir sollten den Aufbruch für übermorgen planen.« Er schaute auf den Plan hinunter, hob dann den Kopf und begegnete Erasmus' Augen mit einem verschmitzten Lächeln. »Heute Abend können wir nicht mehr viel ausrichten, und ich habe versprochen, Erasmus Flattery zur Versammlung der Weinbaufreunde mitzubringen. Morgen beauftrage ich meine Leute mit den Vorbereitungen, und am Tag darauf machen wir uns ausgeruht auf den Weg. Ich will Ihnen ehrlich sagen, Mr. Flattery, dass wir wohl kaum eine Chance hätten, diese jungen Männer einzuholen, selbst wenn wir ihnen im Abstand von nur wenigen Stunden folgten. Sie sind jünger als wir, und in ihnen brennt das Feuer sowohl der Jugend als auch der Neugierde. Wir werden sie erst einholen, wenn sie ihr Tempo verlangsamt haben, und das wird nicht vor den Feengalerien der Fall sein – zwei Tage harten Vordringens in das Höhlensystem hinein. Sie sind zwar jung, aber wohl kaum leichtsinnig, denke ich, und so mache ich mir keine Sorgen, dass sie zu Schaden kommen; zumindest erscheint mir das äußerst unwahrscheinlich. Seien Sie guten Mutes, Sir, wir werden sie unversehrt auffinden, dessen bin ich gewiss.«

Erasmus und Clarendon gingen zu Fuß zur Versammlung, denn Castlebough war klein und der Abend mild. An diesem Abend sollte die Versammlung im Haus eines Mannes stattfinden, der wie die meisten Mitglieder der Gesellschaft nicht das ganze Jahr über in der Stadt ansässig war.

Bedingt durch all das Kommen und Gehen hatte die Gesellschaft eine ständig neu zusammengesetzte Mitgliedschaft, und man wusste nie, wer wohl da sein würde, wobei Clarendon Erasmus allerdings der Anwesenheit mehrerer Männer versicherte, die Erasmus zumindest dem Ruf nach kannte. Erasmus hatte sich einverstanden erklärt, kurz über seine eigene Arbeit zu sprechen und Fragen zu beantworten.

Das Haus, das sie aufsuchten, war sehr wohnlich und im üblichen Stil des Städtchens errichtet, mit viel glänzend dunklem Holz im Innern. Die Herren empfingen Erasmus mit offenen Armen, und wenn er auch nicht das Empfinden hatte, hier unter diesen Männern seinen Platz in der Welt gefunden zu haben, so fühlte er sich doch sehr geschätzt. Sonderbar, dass so viele Leute, die er noch nie getroffen hatte, ihm so viel Hochachtung entgegenbrachten.

Clarendon stellte ihm den Mann vor, der die Karte des großen Höhlensystems erstellt und nun auf Clarendons Bitte hin die neueste Version mitgebracht hatte. Der Mann hatte zwar ein Alter erreicht, in dem er selbst nicht mehr in die Höhle einstieg, doch er tröstete sich damit, dass er die Fortschritte anderer Forscher akribisch verzeichnete.

»Früher dachte ich einmal, ich würde das Bild vollenden, Mr. Flattery«, erzählte der Mann. »Jeden Tunnel und jede Kammer erforschen, doch die Höhle war leider größer als ich. Die Energien der Natur übersteigen die meinen bei weitem. Manchmal schaue ich die noch immer wachsende Höhlenkarte an und denke, dass wir es bald geschafft haben sollten, doch dann fällt mir ein, das ich dasselbe schon vor zwanzig Jahren gedacht habe, als erst die Hälfte von dem, was wir jetzt wissen, entdeckt war.

Layel, der berühmte Geologe, wanderte die Berge rund um die Höhle meilenweit ab, untersuchte das Muster der Wasserabflüsse, entdeckte jede Menge Dolinen und erklärte mir, er wäre nicht überrascht, wenn wir irgendwann die Verbindung zu einem weiteren, ebenso großen Höhlensystem entdeckten. Können Sie sich das vorstellen? Es wäre eines der Naturwunder der Welt, denke ich. Doch auch wie die Dinge jetzt stehen, gibt es drinnen viel zu bewundern. Stalaktiten und Säulen, ganze Vorhänge und zarte Kristallröhrchen, die im Inneren hohl und so dünn wie die Stiele von Weingläsern sind. Ich kenne ganze Decken, die damit überzogen sind, und sie sind erstaunlich schön. Es gibt auch Helektiten – ebenfalls Kristallröhrchen, doch so verbogen, als hätte die Schwerkraft bei ihrer Entstehung immer wieder die Richtung gewechselt, denn sie hängen nicht von oben nach unten, wie die anderen Gebilde, sondern sind in die erstaunlichsten Formen gebogen.«

»Kann man sich drinnen immer noch verirren? Dieses Problem ist durch die Karte hier doch gewiss gelöst worden?«, fragte Erasmus.

»Ich wünschte, Sie hätten Recht, Mr. Flattery, doch ich fürchte, dass dies keineswegs so ist. Manchmal denke ich, dass unsere Kartierungsbemühungen in dieser Hinsicht mehr geschadet als genutzt haben. Die Leute, die mit dieser Übersicht ausgerüstet einsteigen, sind wohl zu zuversichtlich. Sie bemerken die echten Gefahren nicht, denn es gibt einige sehr steile Kletterstellen, wenn man in die seltener besuchten Regionen vordringen will. Wer versucht, ein neues Gebiet zu erschließen, wird häufig verletzt. Aber selbst in den häufiger besuchten Bereichen kann man sich verirren. Es ist verwirrender, als Sie sich das vielleicht vorstellen. Und ich bin mir sicher, dass es noch viele unentdeckte Gänge gibt, selbst in den Teilen, die recht gut bekannt sind.« Er legte den Finger auf die Karte. »Sehen Sie diesen Gang hier? Die Leute sind zwanzig Jahre lang daran vorbeigegangen, bevor er entdeckt wurde, denn er liegt recht weit oben und ist kaum zu sehen. Ich weiß bis heute nicht, durch welchen Zufall er überhaupt jemandem aufgefallen ist. Aber schauen Sie! Er öffnet den Zugang zu einem kompletten Viertel der Höhle und hat uns schließlich auch zum dritten Eingang geführt: ein ganz schmaler Einstieg oben auf einem Felsen. Zwanzig Jahre lang übersehen! Wer weiß, wie viele solcher Gänge es noch geben mag? Nein, wenn Sie in das Höhlensystem einsteigen, Mr. Flattery, sollten Sie sich durch diese Karte hier nicht in falscher Sicherheit wiegen lassen. Für Ihre Sicherheit muss der gesunde Menschenverstand sorgen, doch dass Sie den haben, daran zweifle ich nicht.«

Erasmus betrachtete die Karte noch immer. Hier und da waren ergänzende Zeichnungen zu sehen, von denen Linien zu bestimmten Gängen gezogen waren. »Was bedeutet das?«

»Querschnitte der Höhle an einer bestimmten Stelle.« Der Mann schaute Randall an. »Es ist noch ein bisschen zu früh im Jahr, um tief in die Höhle einzusteigen. Wahrscheinlich steht an manchen Stellen noch Wasser. Nehmt Taschen aus gut geölter Baumwolle mit, Randall, und versucht, alles so trocken wie möglich zu halten. Es ist gefährlich, wenn man in der Höhle lange Zeit nass bleibt. Manche Männer kostet das fast die Vernunft, wie ich selbst erlebt habe. Sie werden lethargisch und wollen nicht mehr weitergehen. Gewiss wären sie gestorben, hätten wir sie nicht mit unserer eigenen Körperwärme gerettet.«

»Aber in den Höhlen ist es doch gewiss nicht kalt?«, fragte Erasmus.

»Nein, Mr. Flattery, nicht übermäßig, allerdings ist das Wasser recht frostig, vor allem zu dieser Jahreszeit. Aber man kann die Höhle auch nicht gerade warm nennen, und wer nicht ungeheuer robust ist, verliert, einmal durchnässt, bald die natürliche Körperwärme. Halten Sie sich an meinen Rat und bleiben Sie so trocken wie möglich. Aber vielleicht ist es auch gar nicht so schlimm; Randall war ja schon drinnen und weiß, womit man rechnen muss. Sie befinden sich in guten Händen. Fürchten Sie nichts.« Dann begann die eigentliche Versammlung, und Clarendon nahm den Rednerplatz vorne in dem großen Saal ein, der für die Anwesenden bestuhlt worden war.

»Wie viele von Ihnen bereits gehört haben«, begann der kleine Mann, »weilt der berühmte Erasmus Flattery, Mitglied der Empirischen Gesellschaft, heute Abend unter uns und hat sich bereit erklärt, uns einen Vortrag zur Veredelung wilder Rebsorten zu halten. Ich wage die Behauptung, dass es zu diesem Thema keine größere Autorität gibt. Außerdem haben wir das Glück eines Besuchs von Delford Simon, Eigentümer von Simon und Dean Weinhandlungen – ein Mann, der gewiss vielen von uns wohl bekannt ist. Außerdem möchte ich Diakon Rose von Wooton bei uns begrüßen, einen sehr geschickten Winzer. Mr. Flattery, falls Sie bereit sind …«

Erasmus war so verblüfft über Diakon Roses Anwesenheit, dass er den Einstieg in seinen Vortrag verpatzte. Er erblickte den Priester mitten im Publikum, anscheinend in Begleitung zweier Männer, die nicht im Habit steckten.

Erasmus brauchte einen Moment, um seine Überraschung zu überwinden und sich für sein Thema zu erwärmen, doch dann gelang es ihm, die Aufmerksamkeit seines Publikums zu gewinnen und für die Zeit des Vortrags festzuhalten. Es folgte eine Diskussion, und Erasmus hatte selten ein so wohl informiertes Publikum angetroffen, nicht einmal in der Empirischen Gesellschaft selbst. Die Stunden vergingen wie im Fluge, und dann wurde die Versammlung aufgehoben, um sich dem eigentlichen Abendprogramm zuzuwenden – der Weinprobe.

Erasmus bewegte gerade einen besonders köstlichen Rotwein im Mund, als der Farrellitische Priester ihn fand.

»Nun, Mr. Flattery, ich hatte nicht erwartet, Sie in Castlebough anzutreffen. Ich nehme an, wir sind aus demselben Grund hier?«

»So wollen Sie also auch hier kuren?«, fragte Erasmus unschuldig.

»Ich sprach von unserem gemeinsamen Freund, dem jungen Mr. Kehler«, erwiderte der Priester, ohne den Blick frommer Sorge einen Moment lang abzulegen.

»Warum meinen Sie denn, dass der sich in Castlebough aufhält, Diakon Rose?«

Der Priester schaute einen Moment lang beiseite, als müsse er sich beherrschen – etwas, was Erasmus bisher noch nicht bei dem Mann beobachtet hatte.

»Vielleicht könnten wir uns an einem etwas unbeobachteteren Ort unterhalten, Mr. Flattery?«

Erasmus nahm einen zweiten Schluck Rotwein, dachte einen Moment lang über diese Bitte nach und nickte dem Priester dann zu, er solle vorangehen. Sie traten in einen ummauerten Garten hinaus, der von den betörenden Düften des frühen Frühjahrs durchzogen war.

»Haben Sie sich mit Mr. Kehler unterhalten?«, fragte Rose. »Ist er hier?«

Erasmus betrachtete den Mann einen Moment lang. »Seit unserer letzten Unterredung, Diakon, habe ich erfahren, dass Kehler keineswegs gänzlich mittellos ist, wie Sie es angedeutet hatten.« Erasmus wollte gerade fragen, wie lange Rose sein Haus in der Stadt in der Erwartung Kehlers beobachtet hatte, hielt sich aber zurück, um zu sehen, was der Priester von sich aus sagen würde.

Rose wandte sich steif ab. »Ich muss Ihnen gestehen, Mr. Flattery, dass ich bei unserer letzten Begegnung nicht gerade mitteilsam war, doch ich versichere Ihnen, dass meine Sorge um Mr. Kehler wirklich echt ist. Er hat etwas aus unseren Archiven in Wooton entwendet, was … uns große Sorge bereitet. Ich würde sogar sagen, dass er sich in einer gewissen Gefahr befindet.«

»Von welcher Seite, Herr Diakon?«

Der Priester zögerte und wandte dann seinen intelligenten Blick auf Erasmus. »Sie vertrauen mir nicht, Mr. Flattery.«

»Das stimmt. Und solange Sie nicht bereit sind, mir mehr zu erzählen, wird sich das wohl auch nicht ändern.«

Der Priester sah auf den dunklen Boden hinunter und nickte. »Sie haben sich heute Abend nach der Spiegelseehöhle erkundigt … Ich nehme an, dass Mr. Kehler dort etwas sucht?«

Erasmus reagierte nicht – nicht einmal mit einem Achselzucken.

»Wenn ich mein Lager vor dem Höhleneingang aufschlage, werde ich wohl mit Mr. Kehler sprechen können, denn mehr als mit ihm reden will ich gar nicht.«

Erasmus bestätigte das mit keinem Wort.

Das Verhalten des Priesters änderte sich, und plötzlich war er sehr ernst. »Sie wollen mir also nicht helfen? Obwohl die Sicherheit des jungen Mannes vielleicht von meinem Eingreifen abhängt?«

»Das kann ich leider nicht«, erwiderte Erasmus ruhig, obwohl er plötzlich befürchtete, der Mann könne vielleicht die Wahrheit sprechen. Wer war in Hayes' Zimmer eingedrungen und hatte ihn durch die Straßen gejagt? Konnten diese Männer vielleicht im Auftrag der Kirche gehandelt haben oder sogar im Auftrag Eldrichs selbst? Konnte Eldrich etwas von Kehlers Entdeckung wissen?

»Werden Sie auf der Suche nach Kehler in die Höhle einsteigen? Sagen Sie mir zumindest so viel.«

»Es tut mir Leid, Herr Diakon, aber ich werde Ihnen gar nichts weiter sagen, solange Sie mir keinen Grund dazu geben.«

Der Mann streckte die Hand aus und legte sie sanft auf Erasmus' Arm. »Gestatten Sie mir, Sie zu begleiten, dann können Sie sich selbst überzeugen, dass ich ihm nicht übel will.« Rose schaute über die Gartenmauer hinweg auf Sterne und Hügel. »Ich sage Ihnen, was ich befürchte, Mr. Flattery; ich befürchte, dass ich schon zu spät komme.« Er wandte seinen Blick wieder Erasmus zu. »Als Sie sich mit Kehler unterhielten, hat er Sie da nach einem Mann namens Teller gefragt?«

Erasmus musste seine Überraschung wohl schlecht verborgen haben.

»Aha, das hat er also. Hat er Ihnen dann vielleicht auch berichtet, was er gefunden hat? In diesem Fall muss Ihnen klar sein, warum ich mit ihm sprechen will. Es stimmt, dass ich bei unserer ersten Unterredung nicht gänzlich ehrlich zu Ihnen war. Das gestehe ich ein, aber gewiss können Sie verstehen, dass mir das unmöglich war. Das müssen Sie doch verstehen? Sie haben im Haushalt Eldrichs gelebt. Ich weiß nicht, was das bedeuten mag, doch die Magier und die Kirche halten seit langem einen unsicheren Waffenstillstand. Wir fürchten die Magier, Mr. Flattery – selbst Eldrich in seinem jetzigen Alter, wo die Kräfte nachlassen.« Rose unterbrach sich, eindeutig erschüttert, über diese Dinge laut zu einem Kirchenfremden zu sprechen. »Lassen Sie mich Ihnen versichern, Mr. Flattery, falls Sie noch immer mit dem Magier Umgang haben, an dem, was vorgefallen ist, tragen wir keine Schuld. Sobald wir uns dessen bewusst wurden, haben wir alles unternommen, um unser ... Haus von der Krankheit zu reinigen. Wir haben unseren Teil des Vertrags in all diesen Jahren eingehalten und werden dies um jeden Preis auch weiterhin tun.« Der Priester betrachtete suchend Erasmus' Gesicht, vielleicht in der Hoffnung, ein Zeichen von Verständnis zu finden, doch Erasmus weigerte sich, die Rolle des Botschafters Eldrichs anzunehmen oder abzulehnen. Sollte der Priester doch rätseln.

»Kehler kam mit Fragen zu Ihnen, auf die er sich eine Antwort erhoffte«, fuhr der Priester fort. »Hat er Ihnen gesagt, was er zu erreichen hoffte?«

Erasmus antwortete nicht, doch der Priester sagte nichts mehr.

»Nein«, erwiderte Erasmus nach einem Moment. »Kehler hat mir nichts erzählt, aber ich hoffe, Sie werden dem abhelfen, Diakon. Warum ist er in die Höhle eingestiegen? Was sucht er da?«

Diakon Rose drehte sich um, schaute zum Haus zurück und dann über den Garten hinaus in den Himmel. »Etwas, das vielleicht gar nicht existiert. Etwas, das auf jeden Fall nicht existieren sollte.«

»Wenn Sie meine Hilfe wollen, Diakon Rose, müssen Sie schon etwas genauer werden.«

Rose starrte weiter zu den Sternen hinauf, nickte aber unbestimmt. »Wissen Sie, Mr. Flattery, dass es innerhalb der Höhle einen *Feengalerien* genannten Bereich gibt? Er wurde wegen seiner angeblichen Ähnlichkeit mit einem mythischen Ort so genannt – oder vielleicht ist dieser Ort auch nur ein Gegenstand der Literatur.«

»*Die Reise des Tomas*«, sagte Erasmus, dem plötzlich klar wurde, wovon der Priester sprach.

»Genau. *Die Reise des Tomas*. Es ist ein altes Lied, älter als die Version der Cary-Sänger, das ist gewiss. Die Geschichte eines Mannes, der sich in einem großen Höhlensystem verirrt hat und endlich halb verhungert ins Sternenlicht hinaustritt, aber feststellen muss, dass er die Sternbilder nicht kennt. Als die Sonne aufgeht, stellt er fest, dass er sich in einem anderen Land befindet, das dem seinen zwar ähnlich ist, aber eben nicht sein Land und zudem von Menschen einer anderen Rasse bevölkert. Eine Weile lebte er bei ihnen und lernte ihre Sitten und ihre Sprache. Aber schließlich vermisste er seine Frau und seine kleinen Kinder, und so wagte er sich wieder in die Höhle zurück. Was dort geschah, ist eine Geschichte für sich, doch schließlich kam er heraus. Und was fand er vor? Seine Kinder erwachsen, seine Frau schon viele Jahre tot und begraben, obwohl er nach seiner Rechnung nur zwei Jahre weg gewesen war. Keiner kannte ihn, und seine Welt hatte sich verändert.

Nach einer kurzen Zeit bei seinen eigenen Leuten kehrte er wieder in die Höhle zurück, um den Rückweg ins Feenreich zu suchen. Es gibt verschiedene Versionen des Liedendes: Er findet den Rückweg, er stirbt in der Höhle, oder er stirbt beinahe, doch die Leute aus dem Feenreich kommen und holen ihn auf ihrem Geheimweg. Man kann sich das Ende aussuchen, das man vorzieht – nicht wie im wirklichen Leben.«

»Was wollen Sie damit sagen? Dass Kehler den Weg ins Feenreich sucht?« Erasmus lachte, doch dies schien den Priester oder seine Stimmung nicht zu beeinflussen.

»Das Lied ist einfach nur ein Lied, mehr nicht. Ich will damit nur sagen, dass Männer losziehen, um den Gegenstand ihrer Sehnsucht zu finden. Vielleicht sogar nur das Werk ihrer Sehnsucht. Doch was sie schließlich finden, ist unabänderlich immer anders als das, was sie erwartet oder erhofft hatten. Dieser sonderbare Hang der Menschheit ist genau das, was uns zu Kindern macht – und ebenso das, was uns groß macht.

Was sucht Mr. Kehler nun? Ich bin mir nicht vollständig sicher, Mr. Flattery, doch so, wie ich ihn kenne, würde ich sagen, er sucht Wissen. Doch ich befürchte, dass er möglicherweise etwas ganz anderes finden wird.«

Clarendon kehrte mit Erasmus von der Versammlung der Weinfreunde zu Fuß durchs Dorf zurück und sagte lachend:

»Die *Ballade von Tomas*? Die kenne ich.« Wieder kicherte er. »Das könnte allerdings hier fast jeder von sich behaupten. Verstehen Sie, als die Höhle entdeckt wurde, erhielt sie einen ganz anderen Namen, doch dann kam irgendein Dorfnotabler – ein Bürgermeister, glaube ich – auf die Idee, sie nach der Höhle in dem alten Lied umzubenennen. Es gibt einen ziemlich großen See darin, und auch einige andere Charakteristiken sind ähnlich, wobei diese wohl zum größten Teil auch von anderen großen Höhlen geteilt werden. Der Name lockt Touristen, denn im Sommer besichtigen viele Besucher des Städtchens die Höhlen, und am häufigsten natürlich die Spiegelseehöhle, denn, verstehen Sie, man hat genau die beabsichtigte Wirkung erreicht.« Wieder lachte Clarendon. »Dieser Priester, was führt der wohl im Sinn?«

»Ich wünsche, das wüsste ich, Randall. Und zwar aus ganzem Herzen.«

»Nun, zumindest hat er wohl mit seiner Bemerkung richtig gelegen, dass Menschen ihren Sehnsüchten nachjagen und dabei oft etwas ganz Unerwartetes finden. Nicht erwähnt hat er dabei allerdings, dass dazu die größten Entdeckungen der Menschheit gehören – im Guten wie im Bösen.«

18

Kehler hielt die Laterne hoch, um den Einstieg zu beleuchten. »Meiner Meinung nach sollten wir heute zumindest schon ein Stückchen weit hineingehen, falls wir verfolgt werden.«

»Hältst du es denn für klug, im Dunkeln einzusteigen?«, fragte Hayes.

»In der Welt da unten ist es immer Nacht, Samual.«

Hayes konnte das Lächeln seines Begleiters aus seiner Stimme heraushören.

»Ja, natürlich, aber …« Sein Protest verstummte. »Na schön, wenn du es für richtig hältst.«

Sie stiegen den Pfad zwischen den Tannen wieder hinauf zu der Stelle, wo ihr Führer die Pferde ablud. »Wir können hier lagern«, sagte der Mann.

»Wir haben uns überlegt, dass wir heute Abend schon einsteigen«, erwiderte Kehler gänzlich unbefangen.

Der Mann hielt mitten in der Bewegung inne. »Heute Nacht? Morgen früh sind Sie gewiss besser ausgeruht.« Er verstummte und betrachtete jeden der beiden Herren. »Doch wie Sie wollen.« Er stellte eine ihrer Taschen auf dem Boden ab. »Ich rate Ihnen, seien Sie äußerst vorsichtig bei Ihren Erkundungen, meine Herren. Sie können sich gar nicht vorstellen, wie schwierig es ist, einen Mann wieder nach oben zu schleppen. In der Höhle gibt es einige äußerst schmale Stellen, und einen Verletzten da hindurchzubugsieren kann sich als nahezu unmöglich erweisen. Ich musste das schon einmal tun und möchte diese Arbeit nie wieder erledigen müssen. Ich bitte Sie inständig, bedenken Sie das bei jedem Schritt.«

Kehler und Hayes packten ihre Sachen in Rucksäcke aus robustem Segeltuch um, wie sie von Infanteristen verwendet wurden.

»Das erscheint mir als unheimlich viel Ausrüstung«, meinte Hayes, als er seinen Rucksack hochhievte.

»Trotzdem müssen wir all das mitnehmen. Eine Ersatzlaterne ist unabdingbar, ebenso Lampenöl und Seile. Wir brauchen Nahrung, einmal Kleider zum Wechseln, einen Kompass, Kerzen und die Karte. Ich habe alles weggelassen, was wir nur irgendwie entbehren können. Sei froh, dass wir kein Wasser mitschleppen müssen, denn in der Höhle gibt es genug davon.« Kehler warf einen letzten Blick auf ihre Taschen. »Wir lassen ein paar Nahrungsmittel und ein paar andere Sachen direkt hinter dem Höhleneingang zurück, wo sie unsere Rückkehr erwarten können, aber den Rest müssen wir uns wohl leider aufpacken. Ich fülle nur noch die Laterne, dann sind wir fertig.«

Einen Moment später verschloss Kehler die Brennstoffbüchse und schwang seinen Rucksack auf den Rücken. »Hinab in die Unterwelt, mein Freund.« Er wollte sich noch bei ihrem Führer bedanken, doch der Mann hatte sich schon in eine Decke gehüllt und schnarchte.

Sie stiegen über den Pfad zum Höhleneingang hinunter. In dieser Höhe und zwischen den mächtigen Bäumen war der Untergrund sehr karg und die Erde an vielen Stellen mit Moos bewachsen. Hayes hatte das Gefühl, eine weiche, grüne Welt für eine harte, graue, leblose zu verlassen, denn dort, wo die Sonne nicht hinkam, gab es so gut wie kein Leben. Er konnte sich des Gefühls nicht erwehren, dass von dieser Öffnung in der Erde Dunkelheit ausströmte, jede Nacht wie ein dunkler Atem ausgehaucht wurde. Er wollte eigentlich gar nicht weitergehen und blieb direkt beim Höhleneingang stehen.

Kehler schaute zu ihm hinüber. »Es wird die Entdeckung

unseres Lebens«, erklärte er. »Und wir werden einen Bericht darüber schreiben, den jeder des Lesens fähige Mensch, Mann, Frau oder Kind in allen Nationen rund ums Entide-Meer in Händen halten wird. Geld wird dir nie wieder fehlen, Hayes, das kann ich dir versichern.«

»Natürlich läuft im Endeffekt mal wieder alles aufs Geld hinaus«, bemerkte Hayes mürrisch. »Nur zu, Kehler, ich habe es absolut satt, mich vor meinen Gläubigern zu verstecken.«

Kehler schenkte ihm die Andeutung eines besorgten Lächelns und trat fest entschlossen in den Eingang der Höhle. Die Laterne beleuchtete einen mit einer abblätternden Kruste aus getrocknetem Schlamm überzogenen Boden und Gewölbewände, die im Laufe der Zeit vom Wasser erodiert, hier und da aufgebrochen und nicht mehr so glatt waren wie einst.

»Bist du dir sicher, dass diese Höhle … stabil ist?«, fragte Hayes, und seine Stimme hallte in der kleinen Eingangskammer wider.

»Auf dem Höhlenplan sind einige Stellen als einbruchsgefährdet gekennzeichnet, doch zum größten Teil ist die Höhle sicher; Sorgen sind da unnötig. Ich kann kaum glauben, dass du die Broschüre nicht gelesen hast, Hayes.«

»Du hast sie mir doch zum größten Teil vorgelesen«, rief dieser seinem Freund in Erinnerung.

Irgendein unternehmungslustiger Mensch in Castlebough hatte eine kleine Broschüre über die Höhle herausgegeben, und wenn deren Ziel auch darin bestand, Besucher zur Besichtigung dieses Naturwunders zu animieren, gab es auch einiges an nützlichen Informationen. Aber dennoch war Hayes nicht überzeugt, dass ein Übersichtsplan der Höhle und die in der Broschüre irgendeines Schreiberlings enthaltene Information wirklich als ausreichende Vorbereitung auf ihre Expedition betrachtet werden konnte. Kehler hatte sich aber standhaft geweigert, abgesehen von dem Mann, der sie zum Einstieg gebracht hatte, irgendeinen ortskundigen Führer zu nehmen. Was auch immer er dort zu finden hoffte, Kehler wollte sicher sein, dass er es mit niemandem als Hayes zu teilen hatte – und Hayes war sich nicht sicher, ob Kehler ihn überhaupt mitgenommen hätte, wenn er davon ausgegangen wäre, die Sache auch allein bewältigen zu können. Doch offensichtlich war nicht einmal der besessene Kehler bereit, ganz allein ins Innere der Erde zu steigen.

»Du hast mir versprochen, mir von deinen Erkenntnissen zu berichten, sobald wir unter der Erde sind«, sagte Hayes, als sie in eine Engstelle hineingingen.

»Sobald wir rasten«, erklärte Kehler. »Du wirst nicht enttäuscht werden, Samual.«

Nein, aber anderfalls bin ich dann auch schon viel zu weit vorgedrungen, um noch einmal umzukehren.

Der Durchgang war höher als die vier Meter, die das Licht der Lampe hinaufleuchtete, und variierte in seiner Breite von drei Metern bis zu Stellen, wo sie sich seitlich hindurchzwängen mussten. Die Wände waren unregelmäßig und wirkten an manchen Stellen kanneliert, als wäre hier im Verlauf ungeheuer langer geologischer Zeitspannen Wasser auf unterschiedlichen Ebenen geflossen, hätte das weichere Granulit langsam weggefressen und eine ungleichmäßige Oberfläche hinterlassen. Der Gang machte eine unerwartete Biegung und fiel dann ab, sodass sie bald ein- bis anderthalb Meter hohe Wände hinunterkletterten wie zufällig hingesetzte Treppenstufen.

Mehr als eine Stunde gingen sie immer so weiter, Kehler, der die Laterne für Hayes hochhielt, voran. Sie waren jung und gesund, und sogar Hayes vergaß seine Ängste bald und genoss allmählich die Herausforderung. Sie hörten keine anderen Geräusche als ihren eigenen Atem, das Scharren ihrer Füße auf Fels und das Scheuern ihrer Rucksäcke gegen die Höhlenwände, wenn sie sich an einer engen Stelle durchquetschten. Dann blieb Kehler plötzlich stehen und hob die Hand.

»Hörst du das Wasser?«

Hayes lauschte. »Da ist etwas … Ja, das muss Wasser sein. Ist das auf deiner Karte verzeichnet?«

»Ja, aber ich hatte nicht erwartet, so bald darauf zu stoßen. Wir kommen besser voran als erwartet.«

Dadurch ermutigt stießen sie weiter vor und beeilten sich, wo immer der Gang es erlaubte. An einer Stelle wurde der Höhlengang unten schmaler, sodass sie, sich mit Armen und Beinen zu beiden Seiten abstemmend, weiter oben entlangklettern und dabei sorgfältig auf jeden Halt achten mussten. Eine Stunde später konnten sie wieder auf ebenem Boden gehen, doch dieser Abschnitt hatte sie beträchtlich aufgehalten. Die Luft veränderte sich, war plötzlich feucht und ein wenig erfrischend, denn beide hatten sich sehr angestrengt, waren erhitzt und verschwitzt. Zwanzig Minuten später kamen sie an den Rand eines Absturzes, zu dessen Füßen ein von einem kleinen Wasserfall gespeistes Becken lag. Mit einem ungeheuer lauten Widerhall wirbelte das Wasser strudelnd durch das Becken und eilte dann tiefer in die Höhle hinunter.

Kehler reichte Hayes die Lampe, schälte sich den Rucksack vom Rücken und setzte ihn mit einem theatralischen Aufstöhnen auf den Boden. »Ich denke, wir können problemlos da hinunterklettern, aber wir sollten Laterne und Rucksäcke separat hinunterlassen.« Er wühlte eines ihrer Seile heraus, breitete es auf dem Boden aus und knotete es in der Mitte zu einer Schlinge. »Wenn ich unten bin, wirf mir das Seilende zu und binde die Laterne an der Schlinge fest. Lass sie dann zu mir herunter, während ich versuche, sie vom Fels abzuhalten.«

Vorsichtig, doch anscheinend ohne Angst, kletterte Kehler die vier oder fünf Meter zum Rand des Beckens hinunter.

»In Ordnung«, sagte er, und Hayes warf ihm das andere Seilende zu. Die Laterne wurde ohne Zwischenfall hinuntergelassen und dann auch einer nach dem anderen die Rucksäcke. Hayes folgte seinem Freund, wenn auch wesentlich bedenklicher. Kehler hielt die Laterne hoch und gab seinem Freund Anweisungen, wo der beste Halt für die Füße zu finden war. Einen Moment später standen beide neben dem kleinen Becken, und ihr erleichtertes Lachen hallte im Einklang mit dem Wasserrauschen wider.

»Wohin führt das?«, fragte Hayes mit einem Wink auf den Gang, aus dem das Wasser geflossen kam.

»Nur ein paar hundert Meter, dann bricht er ab, denke ich. Ein Durchlass, der nur für den Fluss reicht.«

Beide tranken und setzten sich dann kurz hin. Die Kammer, in der sie sich befanden, war nahezu kreisrund und erhob sich relativ regelmäßig zu einer Kuppel über ihren Köpfen.

»Das ist bemerkenswert, nicht wahr?«, meinte Hayes, den seine Reaktion auf diesen Ort selbst überraschte.

Kehler stimmte zu. »Aber den wahren Wundern dieser Höhle haben wir uns noch nicht einmal genähert. Es gibt Säle, die mit Stalaktiten, Steinvorhängen und Mondstein ausgekleidet sind. Es gibt einen dreißig Meter hohen Wasserfall und sogar einen kleinen See, zumindest zeigt das die Karte.«

»Wie weit sind wir schon nach unten gestiegen?«

»Ich denke, noch keine dreißig Meter, was heißt, dass noch ein ziemliches Stück Höhle unter uns liegt, denn wir sind etwa tausend Meter über dem Wanderfalken-See eingestiegen, zu dem die Höhle hinabführt. Dummerweise werden wir alles auch wieder hochsteigen müssen, denn die Eingänge unten am See sind außerhalb der trockenen Sommermonate überflutet.«

Sie saßen still da und schauten zu, wie das Wasser wirbelnd ins Becken rauschte, recht beeindruckt von dem, was die Natur um sie herum geschaffen hatte.

Kehler füllte Lampenöl nach und sah auf die Uhr. »Vielleicht sollten wir zum Schlafen die Flamme löschen«, meinte er. »Ich bin mir nicht sicher, ob uns sonst der Brennstoff für die ganze Zeit hier unten reicht.«

»Aber wir haben auch noch Kerzen«, meinte Hayes.

»Ja, allerdings hoffe ich, dass wir die nicht brauchen. Eine Lampe ist so viel praktischer und wirft auch viel mehr Licht. Kannst du dir vorstellen, hier drinnen eine Kerze am Brennen zu halten und auch noch in einem vernünftigen Tempo voranzukommen?«

Einen Moment lang herrschte Schweigen, und Kehler, der ahnte, dass Hayes wieder nach dem Zweck ihrer Expedition fragen wollte, sprang auf und hob seinen Rucksack auf die Schultern.

»Nimm die Laterne und geh voran, Hayes. Ich folge eine Weile blind.«

Sie folgten dem Lauf des Wassers, das eilig nach unten strömte, während sein Rauschen im dunklen Tunnel widerhallte. Wo der Gang sich verengte und das Wasser keinen Randstreifen mehr ließ, versuchten sie zunächst, trocken zu bleiben, indem sie oberhalb des Wasserlaufs entlangkletterten, doch bald genug waren sie an der einen oder anderen Stelle ausgerutscht, und danach platschten sie einfach durchs Wasser und nahmen den Schaden für ihr Schuhwerk eben hin.

Nach einer halben Stunde kamen sie zu einer kurzen Gefällestrecke, wo der Wasserlauf in einem Spalt im Boden verschwand, wobei ihnen nur ein schmales Felsband blieb, auf dem sie die Stelle passieren konnten. Voll Sorge, vielleicht auszurutschen, gingen sie vorsichtig an dem Spalt vorbei und stellten sich beide vor, sie würden gleich ohne Licht und Luft in einen dunklen, wassergefüllten Tunnel gerissen.

»Also, das fand ich nicht gerade lustig!«, erklärte Hayes und ließ sich gegen die Höhlenwand sacken, sobald sie vorbei waren.

»Ich auch nicht. Aber glücklicherweise haben wir jetzt erst einmal eine Weile Ruhe.« Kehler füllte ihre einzige Wasserflasche auf, und dann machten sie sich wieder auf den Weg.

»In etwas mehr als einer Stunde sollten wir eine Weggabelung erreichen«, erklärte Kehler. »Wir können dann entweder nach links oder rechts gehen, denn beide Wege treffen sich wieder. Danach sind wir wohl etwa eine Stunde von der großen Kreuzung entfernt, wo vier Gänge zusammenlaufen. Hältst du noch so lange durch? Hast du Lust?«

Das hatte Hayes eigentlich schon. Jetzt übernahm Kehler wieder die Führung und stürmte voran, als habe er vor, noch in dieser Nacht zum Ziel zu kommen; dabei sah es allerdings so aus, als würden sie dafür zwei Tage benötigen oder sogar noch etwas länger. Alles hing davon ab, wie leicht die Strecke sich bewältigen ließ. Im Moment verlief der Weg recht gleichmäßig und sie kamen ausgezeichnet voran, doch das konnte sich schnell ändern. Als sie das nächste Mal hielten, wollte Hayes einen Blick auf die Karte werfen, denn er hatte sie inzwischen nur noch dunkel in Erinnerung.

Hayes war sich nicht ganz sicher, wie er in diese Sache hineingeraten war, abgesehen von den offensichtlichen Gründen: Geld und reine Neugierde. Er hatte das Gefühl, Erasmus mit seinem wortlosen Verschwinden betrogen zu haben, doch Kehler hatte darauf bestanden.

»Es wird die Entdeckung unseres Lebens«, hatte Kehler gesagt, und seine Augen hatten vor Aufregung geleuchtet. *»Und dein Name wird für immer damit verbunden sein.«* Kehler erkannte, wie sehr Hayes' Stolz unter seinem gesellschaftlichen Absturz gelitten hatte. *Erasmus wird mir*

nie verzeihen, dachte Hayes. *Ich weiß nicht, was Kehler eigentlich zu finden hofft, aber angesichts der Übereinstimmung seiner Interessen mit denen Erasmus' habe ich wenig Zweifel, dass Erasmus gerne mit uns zusammen hier wäre.* Und dann war da noch die von Erasmus geäußerte Sorge: dass Kehler Dingen nachforschte, die ihm gefährlich werden konnten – und genau das tat auch Hayes jetzt.

Die Decke des Höhlengangs senkte sich allmählich und zwang Hayes und Kehler, sich beim Gehen zu bücken. Bald jedoch scheuerten ihre Rucksäcke gegen den Fels, und sie mussten auf allen vieren gehen. Mit gewissen Schwierigkeiten legten sie die Rucksäcke ab und machten weiter, indem sie die Packen beim Krabbeln vor sich herschoben. Noch immer senkte die Decke sich ab, bis die beiden auf dem Bauch rutschten, wobei der Tunnel allerdings eine Breite von mehr als zwei Metern behielt.

»Ich hoffe, das bleibt nicht so«, meinte Hayes, »sonst stecken wir hier ewig drin.«

Kehler vor ihm fluchte. »Ja, ich würde sagen, unser Tempo hat sich zum sprichwörtlichen Kriechen verlangsamt. Flammen! Wenn das so weitergeht, habe ich bald keine Knie mehr!«

Hayes lachte, und der Ton hallte sonderbar durch die Dunkelheit. Sie krochen weiter und sparten sich die Luft für ihre Mühen, was aber einen gelegentlichen Fluch nicht ausschloss. Hayes kam der Gedanke an die Tonnen von Fels über ihm, und der Tunnel schien sich nach unten abzusenken, als gäbe seine Decke unter dem ungeheuren Gewicht nach. Er kämpfte gegen eine zunehmende Panik an. Was, wenn der Tunnel noch schmaler wurde? Was, wenn sie schließlich feststeckten und sich nicht mehr bewegen konnten? Der Gedanke jagte ihm solche Angst ein, dass er ihn aus seinem Kopf verbannte.

Konzentriere dich einfach aufs Vorwärtskommen, sprach er sich Mut zu. Mühsam hievte er seinen Rucksack über eine Kante, an der er sich verfangen hatte, schob ihn frustriert weiter und kroch dann hinterher. Das Licht der Laterne konnte er kaum sehen, und Kehler, der zweifellos perfekt sah, entfernte sich immer weiter von ihm. Wenn das so weiterging, dachte Hayes, steckte er hier bald völlig im Dunkeln. Um alles noch schlimmer zu machen, war er sich jetzt sicher, dass der Tunnel sich noch weiter verengte. Und wieder musste er gegen seine Panik ankämpfen.

Er wusste nicht, wie lange sie auf diese Art weiterkrochen, doch es schienen ihm Stunden zu sein. Hayes hatte das Gefühl, dass sein Dasein genauso zusammenschrumpfte wie der Tunnel. Allmählich war er nur noch ein kriechendes Tier, das gegen seine Ängste ankämpfte, seinen Packen ein paar Handbreit weit schob, sich dann selbst vorschleppte, seinen Packen schob ... wieder und wieder.

Dann schien es heller zu werden; er stieß seinen Rucksack durch ein Loch in einen freien Raum, quetschte sich durch und lag schließlich luftschnappend da. Kehler saß mit dem Rücken an die Felswand gelehnt, und Hayes versuchte zu lächeln.

»Weißt du, wie viel Uhr es ist? Ich habe es geschafft, meine Uhr kaputtzuschlagen.«

Hayes wühlte in seiner Tasche und fand seine eigene Uhr unbeschädigt, nahm dies aber als Hinweis, sie von nun an sicher in seinem Rucksack aufzubewahren.

»Zwei Minuten nach Mitternacht.«

Kehler nickte. »Sechs Stunden sind wir jetzt hier drinnen. Vielleicht drei in diesem letzten Abschnitt. Wir kommen langsamer voran als erwartet.«

»Vielleicht hat unser aufrechter Gang schließlich doch seine Nachteile. Ich bin mir sicher, unser entfernter Verwandter, der Affenmensch, hätte das hier viel besser geschafft.«

Kehler holte die Wasserflasche heraus, und sie löschten

ihren Durst. Die Karte wurde im Lampenlicht ausgebreitet, und beide beugten sich darüber.

»Ich nehme fast an, dass wir gerade den ›Schneckenrennstrecke‹ genannten Abschnitt passiert haben, und jetzt wundere ich mich nicht mehr über diese Bezeichnung. Ich frage mich, wie weit es wohl noch bis zu dieser Weggabelung sein mag?« Er tippte auf die Zeichnung. »Sollen wir weitergehen oder lieber sagen, dass jetzt Nacht ist?«

Hayes schaute sich um. Er war ganz entschieden müde, aber nicht sicher, ob er schlafen konnte. Die Klaustrophobie der letzten Stunden steckte ihm noch immer in den Knochen.

»Ich glaube, wir sollten noch weitergehen. Wir haben die Wasserflasche fast leer getrunken, und es wäre gut, morgens in der Nähe von Wasser zu sein.«

Kehler nickte. »Du hast Recht. Lass uns bis zu der Stelle gehen, wo die vier Gänge zusammentreffen. Von da aus können es nur noch zwei Stunden sein, bis das Wasser wieder auftaucht.«

Sie kraxelten weiter, erleichtert über die Weite des Gangs, der drei Meter hoch und nahezu rund war, wenn er auch beim Gehen ständig enger oder wieder weiter wurde und sich zudem schlängelte. Ihre Stimmung hob sich, wie dies oft nach einer Tortur der Fall ist, und sie unterhielten sich beim Gehen, jetzt wieder von Abenteuerlust angetrieben.

In der Welt da oben schlummerten die Leute sicher in ihren Häusern, während hier, tief unter der Oberfläche, Hayes und Kehler lang verborgenen Geheimnissen nachspürten. Hayes hatte das Gefühl, sich in diesem Moment lebendiger zu fühlen als seit Jahren.

Früher als erwartet stießen sie auf die Weggabelung und entschieden sich ohne besonderen Grund für den linken Gang. Nach zwanzig Minuten vereinigten die Gänge sich wieder, und sie eilten weiter. Eine Folge von Felsstufen, von denen aber keine mehr als drei Meter nach unten abfiel, hielt sie nur wenig auf, und eine Stunde später trafen sie an der Stelle ein, wo die vier Wege zusammenliefen. Hier fanden sie in einem der Gänge eine kleine Nische, die sie »Schlafzimmer« tauften und wo sie ihre Rucksäcke abwarfen.

Hayes beeindruckte Kehler mit dem Trick, die Laterne als Herd einzusetzen. Er nahm den Glasaufsatz ab und schaffte es, unter Benutzung einer ihrer Blechtassen und des Laternengriffs, Wasser wenn nicht zum Kochen zu bringen, so doch heiß zu machen. Er nahm ein kleines Päckchen aus seinem Rucksack, bereitete damit so etwas Ähnliches wie einen Tee zu, und den teilten sie sich im Lampenlicht.

Kehler holte die Karte wieder hervor, hockte sich darüber und untersuchte sie minutiös. »Wenn wir den südlichen Gang nehmen, sind wir gezwungen, uns über ziemlich tiefe Steilwände nach unten abzuseilen, aber schlimme Engstellen gibt es auf diesem Weg nicht. Der nördliche Gang weist eine lange Kriechstrecke auf, vielleicht länger als die, die wir gerade überstanden haben.«

»Dann lass uns den südlichen nehmen, Kehler. Höhe macht mir weniger Angst als Enge.«

Kehler schaute zu ihm hinüber, und sein Blick blieb mit einer gewissen Sorge an dem Freund hängen. »Ich will dir ehrlich sagen, Hayes, dass wir noch gar keine richtig enge Stelle in Angriff genommen haben. Einige Tunnel, auf die wir vielleicht stoßen werden, sind nur so groß, dass ein entschlossener Mann hindurchkommt, mehr aber auch nicht.« Vielleicht sah er die Beunruhigung, die er mit diesen Worten bewirkte, denn schnell fügte er hinzu: »Aber ich bin kleiner als du und werde den größten Teil der echten Erkundungsarbeit übernehmen. Deine Aufgabe besteht darin, mich an den Knöcheln rauszuziehen, falls ich stecken bleibe.«

Hayes nahm seinem Freund den Tee aus der Hand und trank. »Du hattest gesagt, du würdest mir alles erzählen, sobald wir Rast machen.«

Kehler lehnte den Kopf hinten an die Felswand und schloss die Augen. Hayes dachte, er werde sich nun auf seine Erschöpfung berufen und den Moment noch einmal aufschieben, doch ohne die Augen zu öffnen, begann Kehler zu reden.

»In meiner Zeit in Wooton gelang es mir, das Vertrauen einer Reihe von Priestern zu gewinnen, wobei ich allerdings zugeben muss, dass ich gleich von Anfang an vorhatte, dieses Vertrauen zu missbrauchen. Wie viele Historiker Farrlands war ich der Ansicht, die Kirche halte einen großen Teil unserer Geschichte in ihren Archiven verborgen. Falls sie uns also wirklich darum betrogen hatte, war ich bereit, ihnen dasselbe anzutun. Weitere Entschuldigungen werde ich nicht vorbringen.

Die Archive in Wooton beherbergen vielleicht die wichtigste Sammlung in ganz Farrland. Es gibt dort einige Dokumente, die ein ganz erstaunliches Alter haben! Viele der Priester, die dort ihrer Gelehrtentätigkeit nachgehen, arbeiten tagein, tagaus eine ungeheure Zahl von Stunden und scheinen kaum Schlaf zu benötigen. Das ist wohl Teil ihrer Willensübergabe zugunsten der Kirche. Ich habe es schließlich als eine Form der Selbsterniedrigung betrachtet. Aber es bedeutete, dass die Archive Tag und Nacht geöffnet waren.

Ich gewöhnte mich nun selbst an unglaublich lange Studierzeiten und gewann so das Vertrauen einer Reihe von Priestern, die wohl von meiner mönchischen Arbeitsfähigkeit beeindruckt waren. Ich war zwar keiner der Ihren, ähnelte ihnen aber zumindest von meinen Gewohnheiten her.

Bald erfuhr ich, dass es Räume in dem Gebäude gab, die nur für die hochrangigen Priester und Gelehrten geöffnet waren, und auch dann nur mit Zustimmung von oben. Die Schlüssel für fast alle Räume befanden sich im Besitz des obersten Archivars, eines alten, freundlichen Priesters. Ich gewann sein Vertrauen, indem ich ihm meine Dienste anbot, denn er war nicht mehr so gut zu Fuß wie früher. Dadurch bekam ich hin und wieder seine Schlüssel in die Hand. Der arme Mann, er vertraute mir viel zu sehr, und diesen einen Betrug bereue ich, denn ich bin mir sicher, dass er anschließend mit Schimpf und Schande aus dem Amt gejagt wurde.

Ich fertigte mir nach und nach Skizzen der einzelnen Schlüssel an und feilte dann Duplikate aus Messing zurecht. Es war eine mühselige Arbeit, das kann ich dir sagen, und es haute nicht immer hin, aber schließlich hatte ich Schlüssel für fast alle verschlossenen Räume. Der erste, den ich betrat, dokumentierte die kirchlichen Bemühungen um Einfluss auf die Regierung und war sicherlich erstaunlich genug, aber nicht das, was mich interessierte. Es dauerte eine Weile, bis ich das Gesuchte fand, und tatsächlich war ich bis dahin fast schon verzweifelt.

Doch dann meinte das Schicksal es gut mit mir. Ich konnte nur zu bestimmten Nachtzeiten in die Räume eindringen, wenn die wenigen Priester, die im Archiv arbeiteten, anderweitig beschäftigt waren, und während der Vesper. Man erwartete von mir die Teilnahme, doch gelegentlich entzog ich mich und wurde selten vermisst, während alle anderen daran teilnahmen, sodass die Archive nur von ihren alten Schlössern geschützt waren.«

Kehler öffnete die Augen und richtete sie auf seinen Freund. »Ich will dir ehrlich berichten, Hayes, dass es in Wooton ein Archiv gibt, das sich beinahe ausschließlich mit dem Kampf der Farrellitischen Kirche gegen die Magier befasst. Eine erstaunliche Geschichte! Ich hatte natürlich keine Zeit, alles oder auch nur ein Hundertstel davon zu lesen, aber dennoch – was ich da alles fand! Althons, der Magierkönig selbst, hat die letzten Überreste der Farrellitischen Kirche nach dem Krieg zwischen Kirche und Magiern vor der Vernichtung bewahrt. Die Kirchenführer wussten nicht, warum. Es war, als hätten die Magier irgendeine Verwendung für die Kirche, vielleicht erst in ferner Zukunft, ließen aber nichts davon verlauten. Die Kirchenväter hatten den Verdacht, dass diese Entscheidung aufgrund der Prophezeiungen von Sehern gefällt worden war. Die Magier hatten in ihren Visionen etwas vorausgesehen, was sie dazu veranlasste, die Kirche zu verschonen, und die Priester hatten keine Ahnung, worum es sich dabei handelte.

Aber ich suchte praktisch die Stecknadel im Heuhaufen, und so brauchte ich Monate voller List und Heimlichkeit, bis ich auf die gesuchte Information stieß. Die ganze Zeit fürchtete ich Entdeckung und Ausstoßung – als Allermindestes! Und dann fand ich eines Tages einen Brief von Baumgere selbst – einen Brief an den obersten Bischof der Farrellitischen Kirche, keinen geringeren. Er war zwar mit aller scheinbaren Ehrerbietung geschrieben und offensichtlich eine Antwort auf den Brief des obersten Bischofs, doch enthielt er eine nur schwach verhüllte Drohung: ›Ich möchte mir die Reaktion der Magier lieber gar nicht vorstellen‹, schrieb Baumgere, ›sollten sie herausfinden, dass die Kirche in all diesen Jahren ihren Feind verborgen gehalten hat.‹«

Kehler beugte sich vor und blies die Flamme aus, worauf eine Dunkelheit in die Felskammer einbrach, wie Hayes sie noch nie erlebt hatte. Es gab keine Spur von Licht. Kein Schatten, kein Bereich, der irgendwie dunkler war als der Rest. Gleichmäßiges Schwarz, und dann erschienen merkwürdige Bilder, farbige Kleckse vor seinen Augen, die aber nicht Licht bedeuteten, sondern die Reaktion des Auges auf sein Fehlen waren. Er stöhnte auf. Da ertönte Kehlers Stimme aus der Finsternis.

»Inzwischen hatte ich schon von Teller erfahren, wenn ich auch zunächst keine Verbindung herstellte. Erst als ich die Aufzeichnung einer Inquisition fand, die unter völliger Geheimhaltung innerhalb der Kirche selbst durchgeführt worden war, wurde mir das Vorgefallene allmählich klar. Vor hundertsechzig Jahren hatten die Farrelliten festgestellt, dass der Bund, den die Magier ihrer Ansicht nach zerstört hatten, noch immer existierte und wie ein Parasit im Schoß der Kirche nistete! Die Gesellschaft Tellers hatte irgendwie überlebt. Und wo hätte sie besser Zuflucht finden können als in der besiegten Kirche? Der Kirche, die keine Gefahr mehr für die Magier darstellte; die nicht wagte, eine Gefahr darzustellen! Ein Priester, der von seiner Kanzel gegen die Magier gewettert hätte, wäre für diese Gefährdung der Kirche sofort exkommuniziert worden. Mit ziemlicher Sicherheit musste Baumgere sich wohl genau darauf bezogen haben. Er muss bei seinen Studien darauf gestoßen sein.

Natürlich war Tellers Bund zu Baumgeres Zeit schon vernichtet, wenn ich das Schicksal seiner Nachfolger auch nicht in Erfahrung bringen konnte. Dennoch waren die Magier nicht für ihre Gerechtigkeit bekannt, und die Kirchenväter lebten aus gutem Grunde in Furcht und Schrecken davor, die Magier könnten eines Tages die Wahrheit erfahren. Was, wenn dies vielleicht ihre einzige Funktion gewesen war, der Grund, aus dem die Magier die Kirche hatten weiterbestehen lassen? Um die letzten Reste von Tellers Bund zu beseitigen? Würden die Magier keine Verwendung mehr für sie sehen, wenn sie das Vorgefallene herausbekämen? Und Baumgere erpresste sie mit dieser Information – erpresste seine eigene Kirche, wenn auch unklar ist, was für einen Gewinn er daraus zog. Kein Wunder, dass ihm die Absolution verweigert wurde!

Als ich Erasmus und Clarendon von Teller sprechen hörte, überraschte mich das also nicht.« Kehler hielt einen

Moment lang inne. »Der Priester war in die Caledon-Berge gekommen, um etwas zu suchen, und zwar eindeutig nicht auf Geheiß seiner Kirche. Man sah ihn, wie er mit seinem taubstummen Diener die Berge durchstreifte und schweigsam wie immer seinem Geschäft nachging. Es gab zahlreiche Ausgrabungsstellen, die man Baumgere zuschrieb. Und dann, als ich die Hoffnung schon fast aufgegeben hatte, fand ich einige von Baumgeres Unterlagen. Nichts von der Art, wie ich es mir erhofft hatte – kein Tagebuch mit allen Antworten auf meine Fragen –, doch immerhin ein paar Merkwürdigkeiten, die demjenigen, der Baumgeres Papiere in diesen vergessenen Raum eingeordnet hatte, wahrscheinlich bedeutungslos erschienen waren. Eine Übertragungsurkunde für sein Haus. Eine Karte der Gegend westlich vom Wanderfalkensee, die hier und da mit interessanten Kringeln und Linien gekennzeichnet war. Ein peinlich genaues Verzeichnis seiner kompletten Lektüre. In einer Kiste fand ich sogar einige von Baumgeres Büchern – die alle im Verzeichnis aufgelistet waren. Und etwas, was mir damals sehr sonderbar vorkam – eine Reihe von Höhlenübersichtskarten, die er sämtlich mit Anmerkungen in seiner dünnen Schrift versehen hatte. Aus diesen Notizen schloss ich, dass er damit beschäftigt gewesen war, jeden Abschnitt einer jeden Höhle sorgfältig zu untersuchen und dann abzuhaken, nach welchen Kriterien war jedoch nicht zu sehen. Auf jeder Übersichtskarte befand sich ein Datum und ein kurzer Eintrag; normalerweise so etwas wie: ›Hier ist nichts‹ oder ›Dieser nicht‹, aber in dieser Höhle hier – der Spiegelseehöhle – brachte er seine Arbeit nicht zu Ende. Irgendetwas hielt ihn auf. Hielt ihn gerade in dem Moment auf, als seine Hoffnungen stiegen, denn über einem Abschnitt der Höhle stehen die Worte: ›Hier ist der Weg durch die Dunkelheit ins Licht.‹«

»Und dem misst du Bedeutung bei?«, fragte Hayes, überrascht, welches Gewicht Kehler dieser Notiz anscheinend einräumte.

»Ich will gestehen, dass ich dem damals gar keine Bedeutung beimaß. Doch als ich Baumgeres bewegliche Habe durchsuchte, die paar Überbleibsel, die beweisen, dass er durch diese Welt gegangen ist, erhielt ich eine Antwort. Unter den Büchern in Baumgeres Besitz fand ich mehrere mit demselben Text eines Liedes, und immer waren die Zeilen vielfach unterstrichen und mit Notizen versehen, was sehr ungewöhnlich wirkte, denn sonst waren seine Bücher gänzlich frei von Anmerkungen. Es war ein altes Lied namens ›Die Ballade von Tomas‹. Gewiss hast du es schon gehört ...« Dann ließ Kehler ein oder zwei sehr falsche Liedzeilen erklingen.

»Bemerkenswerterweise erkenne ich es tatsächlich, was schon etwas heißen will, da du die Melodie so vollständig verfehlt hast, wie ein blinder Zimmermann, der hinter einem Nagel her ist.«

»Nun, ich behaupte nicht, ein Sänger zu sein. Doch die Zeile ›Der Weg durch die Dunkelheit ins Licht‹ stammt aus dieser Ballade.«

»Ich warte auf weitere Erleuchtung«, meinte Hayes.

»Nun, offensichtlich hatte Baumgere eine romantische oder poetische Ader und dieses Gedicht besonders ins Herz geschlossen. Der Weg durch die Dunkelheit ins Licht war der Tunnel, durch den Tomas ins Legendenland kam. Ein ganz bestimmter Höhlengang in einem großen Höhlensystem. Du siehst also, er verwendete diese Zeile, um den Punkt zu kennzeichnen, wo seiner Meinung nach das Gesuchte lag. Offensichtlich ist es auch eine Metapher. Angesichts seiner Religion mag er es als Weg durch den Tod zum ewigen Leben interpretiert haben. Oder als Weg durch Mühen zum Wissen.«

»Nun«, meinte Hayes, »da freue ich mich aber, dass wir aufgrund solch konkreter Beweisstücke hier heruntergestiegen sind. *›Der Weg durch die Dunkelheit ins Licht!‹* Warum hast du das nicht früher erzählt? Da wären überhaupt keine weiteren Erklärungen notwendig gewesen. Ich hätte mich sofort in die Dunkelheit gestürzt, bereit, mich mit allen Geschöpfen der Unterwelt zu schlagen, seien sie nun real oder metaphorisch. Farrelles Flammen, Kehler! Deswegen kriechen wir also hier auf dem Bauch durch die Finsternis? Weil Baumgere diese besonders erbauliche Zeile auf einer Höhlenkarte notiert hat?«

»Es gibt noch mehr, Hayes, wenn du mich nur zu Ende anhörst.«

»Nun, das freut mich zu hören, aber nur zu deiner Information, gerade in diesem Moment fixiere ich dich mit einem vernichtend skeptischen Blick.«

»Den kann ich spüren.« Kehler hielt nur inne, um Atem zu holen. »Ich suchte weiter und ging immer größere Risiken ein, indem ich die Räume auch dann betrat, wenn es nicht wirklich sicher war. Doch inzwischen war ich wie besessen. Ich hatte das Gefühl, ganz dicht an wahrhaft erstaunlichen Geheimnissen zu sein. Ich grub aus, genau wie Baumgere.

Und dann erhielt ich von Skye eine ziemlich rätselhafte Nachricht, da er wohl eine Überwachung meiner Korrespondenz befürchtete. Ich schloss jedoch, dass er die Peliers gefunden hatte, was tatsächlich eine Neuigkeit war. Ich hatte angenommen, dass sie sich im Besitz der Kirche befänden. Ich hatte mich mit einem der dort lebenden Mönche unterhalten, der ein Kunstexperte war und glücklicherweise keine Spur von Misstrauen in seinem recht beschränkten Charakter aufwies. Zu meiner Überraschung erfuhr ich, dass es in Wooton Peliers gibt, die mit einer großen Zahl anderer nicht ausgestellter Kunstwerke gelagert werden.

Es gelang mir, mir auch zu diesen Lagerräumen Zutritt zu verschaffen, und ich war mehr als überrascht von dem, was ich vorfand, denn dort, sorgfältig verhängt und in einem Stapel anderer Kunstwerke gegen die Wand gelehnt, fand ich einen der Peliers, die Skye beschrieben hatte, und außerdem noch zwei weitere.«

»Aber wenn Skye das Bild hatte, wie konnte man es dann außerdem noch in Wooton finden?«

»Eine interessante Frage. Vermutlich ist eines von beiden eine Kopie. Wie dem auch sei, ich fand das Gemälde der Krypta, die du oberhalb von Castlebough gesehen hast, dasselbe Bild, das sich auch in Baumgeres Besitz befand, und ein weiteres Bild von einem Mann, der in priesterlicher Robe in einer Rebenlaube steht. Aber sein Haar ist zu lang, und er hält ein Buch in Händen, das ich zunächst für eine religiöse Schrift hielt, das sich aber bei näherer Betrachtung als ein Buch der Geheimwissenschaften entpuppte, denn es waren sonderbare Symbole und Schriftzeichen darauf, die ich nicht lesen konnte – ein Buch der Künste.«

»Flammen, Kehler! Pelier wusste also, dass Tellers Leute sich in der Kirche versteckt hielten?!«, rief Hayes ungläubig aus.

»Ich glaube, dass er es wusste, kann man nicht direkt sagen, aber er hatte eine Vision. Vielleicht hat er es vorhergesagt. Wie dem auch sei, die Kirche war vorgewarnt, denn Pelier lebte vor der Entdeckung der im Schoß der Kirche versteckten Telleriten. Das dritte Gemälde war sogar noch rätselhafter ... Es zeigt ein Tor mit geöffneten Torflügeln, das möglicherweise in einen Hof oder vielleicht auch einen Garten führt. Drinnen steht mit sonderbarem Lächeln, ja fast hämischem Grinsen ein Mann, und wie die Gestalt auf dem anderen Bild hält er ein mit Symbolen der Geheimwissenschaften und sonderbaren Schriftzeichen bedecktes Buch in Händen. Außerdem hält er einen belaubten Stengel, der zwei kleine weiße Blüten trägt. Der Hintergrund ist schwer auszumachen, doch das

Sonderbare an diesem Gemälde ist, dass der Mann eine unheimliche Ähnlichkeit mit Erasmus aufweist.«

»Das kann doch nicht dein Ernst sein?! Erasmus Flattery?«

»Kein anderer.«

»Beim Arsch des Märtyrers, Kehler! Erasmus? Weiß die Kirche davon? Wissen sie, dass es Erasmus ist?«

»Ich würde denken, inzwischen wohl schon. Es wird Diakon Rose bei seinem Besuch bei Erasmus nicht entgangen sein, und ich bin mir fast sicher, dass er das Gemälde kannte.«

»Aber was bedeutet das?«, fragte Hayes, der noch immer versuchte, mit der Vorstellung zu Rande zu kommen, dass jemand seinen Freund Erasmus Hunderte von Jahren vor seiner Geburt gemalt hatte!

»Ich bin mir nicht sicher. Wie ich schon sagte, weist die Gestalt eine frappierende Ähnlichkeit mit Erasmus auf – eine so große Ähnlichkeit, dass ein Zufall ausgeschlossen ist. Daraus dürfte zu schließen sein, dass Erasmus mehr über die Magier weiß, als er behauptet. Du siehst also, es hat damit begonnen, dass Baumgere nach Compton Heath gerufen wurde, um ein Urteil über die ungewöhnliche Sprache des Fremden abzugeben. Ich weiß nicht, wie er den Pelier in die Hände bekam, der den Fremden beim Überqueren der Brücke zeigt, doch als er ihn einmal hatte, würde ein wachsendes Interesse am Werk des Künstlers erklären, wie er zu dem Pelier kam, auf dem die Krypta in Castlebough zu sehen ist – und dann das letzte Bild, das Erasmus zeigt.«

»Aber für ihn kann das keine Bedeutung gehabt haben. Zu Baumgeres Zeit war Erasmus noch nicht einmal geboren.«

»Nein, das stimmt, aber auf dem Buch in Erasmus' Hand steht etwas, und ich habe nicht die geringste Ahnung, was es bedeuten könnte. Doch wir vergessen da etwas … Wir können ja gar nicht sicher sein, dass Baumgere irgendetwas über diesen letzten Pelier wusste.«

»Aber das erklärt immer noch nicht, warum wir hier sind. Was hoffen wir denn hier zu finden?«

Kehler antwortete eine ganze Weile nicht, und Hayes wollte seine Frage gerade wiederholen, als sein Freund schließlich das Wort ergriff. »Wir sind hier, weil Baumgere in dieser Höhle irgendetwas gesucht hat. Irgendetwas, das eine Verbindung mit Teller und den von der Kirche vernichteten Überresten seines Geheimbundes hat. Wenn du mich nach meiner Theorie fragst, will ich dir Folgendes sagen: Ich glaube, die von Baumgere ausgegrabene Krypta könnte die Begräbnisstätte von Teller selbst sein, der von seinen Gefolgsleuten dort zur Ruhe gebettet wurde, bevor sie die Stelle kaschierten. Ich glaube, das Bild von Erasmus weist auf verborgenes Wissen hin – und danach hat Baumgere gesucht. Warum er meinte, es hier zu finden, ist nicht klar, aber du solltest bedenken, dass Baumgere ein hervorragender Gelehrter war. Er hätte nicht hier gesucht, wenn es keinen Anhaltspunkt dafür gegeben hätte. Ich glaube, dass er Wissen über die Künste suchte – Wissen, das vor langer Zeit von den Nachfolgern Tellers versteckt wurde.«

»Aber warum ist Erasmus auf dem Bild? Was hat er damit zu tun?«

Hayes hörte, wie Kehler den Kopf schüttelte. »Das weiß ich nicht, Hayes. Wirklich nicht. Es sei denn, Erasmus wäre dazu bestimmt gewesen, dieses Wissen zu finden … und irgendwie ist es uns zugefallen. Oder vielleicht bedeutete es auch, dass Erasmus auf irgendeine Weise Hüter der Künste sein würde. Ich kann es nicht sagen. Ich weiß nur, dass Baumgere glaubte, das Gesuchte hier zu finden.«

In der Dunkelheit wurde es still. Von irgendwoher vernahm Hayes das langsame Tropfen von Wasser, das die Stille nur betonte. In Hayes' Kopf rasten die Gedanken, während er versuchte, die Geschichte zu begreifen – eine schrecklich unvollständige Geschichte. Womit hielt Kehler hinter dem Berg? Mit irgendetwas, da war Hayes sich sicher. Nur wegen einer rätselhaften, auf eine Höhlenkarte gekritzelten Gedichtzeile hätte Kehler wohl kaum eine solche Expedition unternommen. Dafür war er ein zu gründlicher Gelehrter.

»Das scheinen mir sehr magere Beweise zu sein«, sagte Hayes. »Wohl kaum genug, um uns in diese ganz besondere Unterwelt zu führen. Was verschweigst du mir?«

Diesmal währte das Schweigen länger.

»Es gab noch einen weiteren Brief«, gab Kehler so widerstrebend zu, dass Hayes besorgt aufmerkte. Das ferne Tropfen des Wassers schien Kehlers Widerstreben zu messen.

»Ja …?«, hakte Hayes leise nach.

Er hörte, wie sein Freund sich in der Dunkelheit bewegte und seine Kleider sich dabei hart gegen den Fels rieben. »Atreche, der Priester, der Baumgere die Absolution verweigerte, hat einen letzten Brief an die Kirche geschickt. Baumgere habe auf der Suche nach etwas dem Priester Unbekannten das Höhlensystem durchstöbert und dabei zwei Waisenknaben eingesetzt – Brüder im Alter von zehn und zwölf Jahren. Jenseits des als Feengalerien bekannten Abschnitts…« Kehler hielt inne und holte tief Atem. »… begegnete einer der Jungen einem sehr vorzeitigen Ende.« Wieder hielt er inne. »Der Brief sagte nicht, wie es dazu gekommen war. Die Brüder stammten nicht aus Castlebough, und so wurde der Junge nie vermisst. Baumgere hat es irgendwie vertuscht.« Kehler räusperte sich und versuchte, die Emotion aus seiner Stimme zu verbannen. »Der Priester, der Baumgere die Absolution verweigerte, hat nicht weit vom unteren Eingang der Höhle Selbstmord begangen, nachdem er, wie es aussieht, ein Sterbesakrament vollzogen hat.«

»Für das tote Kind?«

»So sehe ich es.«

»Aber warum hat er Selbstmord begangen?« Hayes hörte, wie Kehler in der Dunkelheit atmete, kurze Atemzüge. Dies war kein Thema, über das er gerne sprach.

»Das ist schwer zu sagen, aber auf jeden Fall war er verantwortlich dafür, dass die beiden Jungen in Baumgeres Obhut kamen. Wahrscheinlich hat er sich schuldig gefühlt. Vielleicht wusste er, dass Baumgere die Absicht hatte, die Jungen bei einem gefährlichen Unternehmen einzusetzen.«

»Und dahin gehen wir? Hinter die Feengalerien?«

»Ja.«

»Jetzt verstehe ich, warum du mir nicht voher davon erzählen wolltest. Warum hat Baumgere dieses Wissen gesucht?«

»Die Suche nach Wissen liegt, wie du weißt, einfach in der Natur des Menschen – in der von manchen Menschen weit mehr als in der von anderen. Wenn es aber darüber hinaus noch einen Grund gegeben haben sollte, so lässt der sich vielleicht in der Geschichte von Baumgeres Helden – Tomas – finden. Der hat die Wahrheit gesucht und teuer dafür bezahlt, aber doch auch Dinge gesehen, die kein anderer Mensch je zu sehen bekam, und dabei die normale Lebensspanne des Menschen weit überschritten. Das ist Grund genug, nach Tellers Wissen zu suchen.«

»Und dieses Wissen wird vom Geist eines toten Knaben bewacht?«

Kehler antwortete nicht.

»Opfer für welchen Gewinn nur, das frage ich mich?«

Keine Antwort aus der Dunkelheit, nur das langsame Tropfen, mit dem das Wasser das Vergehen der Jahre in dieser sonnenlosen Welt maß.

19

Die Gräfin war sich nicht sicher, was sie geweckt hatte. Ein Geräusch? Hatte irgendjemand immer wieder ihren Namen geflüstert? Fast wie in einer Art Singsang?

»Nur ein Traum«, sagte sie sich. Dennoch stand sie auf, aufgewühlt. Es hatte so echt gewirkt. Elauralelauralel … Sie zog einen Morgenmantel über ihr Nachthemd und trat auf den Flur hinaus. Hatte Marianne sie gerufen? Vielleicht im Schlaf geredet? Sie trat zur Tür des Schlafzimmers ihrer Freundin, entschied dann aber, dass die Stimme nicht Mariannes Stimme gewesen war, und ging weiter.

Gewiss war die Stimme nicht aus diesem Stockwerk gekommen. Sie stieg die Treppe hinunter und trat in die Eingangsdiele, wo sie verwirrt stehen blieb, ohne zu wissen, was sie dort wollte.

»Ich schlafe ja noch halb«, murmelte sie.

»Lady Chilton?«

Diesmal war ein Irrtum ausgeschlossen. Jemand hatte ihren Namen geflüstert. Der Türgriff rappelte.

Es ist Skye, dachte sie, entriegelte eilig und warf die Tür auf. Auf der Schwelle stand ein kleiner, rundlicher Mann, der sich verlegen verbeugte, so aufrichtig und dabei so unbeholfen, dass sie lächeln musste.

»Er erwartet Sie, M'lady«, sagte der Mann mit leiser Stimme. »Sie dürfen ihn nicht länger warten lassen.«

»Wer? Wer erwartet mich?«, fragte sie, noch immer völlig verwirrt, während sie aber sonderbarerweise keine Furcht empfand. »Skye?«

Der kleine Mann nickte und lächelte ermutigend. Er

zeigte hinter sich, und sie sah dort eine Kutsche auf der verdunkelten Straße stehen.

»Aber ich bin nicht einmal angezogen.«

»Das spielt keine Rolle. Sie müssen so kommen, wie Sie sind. Schnell«, sagte der Mann. Er streckte die Hand aus, und sie merkte, wie sie ihm die ihre entgegenstreckte und seine ergriff.

»Aber wer sind Sie denn?«, fragte sie, wobei sie zuließ, dass er sie die wenigen Stufen hinunterführte.

»Walky, M'lady«, antwortete er und half ihr beim Einsteigen in die Kutsche. »Da liegt eine Gänsedaunendecke, M'lady, damit Sie es bequem haben. Es ist nicht weit.«

»Ich träume«, wurde sich die Gräfin mit einer gewissen Erleichterung bewusst. Beinahe hätte sie gelacht.

»Wach auf«, sagte sie laut, doch noch immer saß sie in der Kutsche, die durch die Straßen Castleboughs fuhr. Und es war kalt! Sie legte sich die Daunendecke über und zog sie eng um sich. *Hoffentlich wache ich bald auf*, dachte sie. *Das ist sehr verstörend.* Doch andererseits, falls dies ein Traum war, in dem sie Skye begegnen würde, sollte sie vielleicht besser nicht versuchen aufzuwachen, sondern dieses Phantasie-Rendezvous lieber einhalten.

Hinauf ging es durch die Stadt, und das Gespann zog die große Kutsche mit Mühe. Es war eine große Equipage, wie ihr auffiel; riesig und recht altmodisch. Sie konnte sich an keine derartige Kutsche in Skyes Besitz erinnern.

Es spielt keine Rolle, sagte sie sich, *es ist ein Traum.* Auf jeden Fall fühlte sie sich so verwirrt wie manchmal beim Träumen. Alles wirkte nicht ganz echt – weder der kleine Mann, der an ihre Tür gekommen war, noch die viel zu große Kutsche; selbst das Mondlicht wirkte allzu hell und strahlend.

Ihre Gedanken schienen davonzugleiten, doch als sie sich zusammenriss und sich ihrer Umgebung wieder bewusster wurde, saß sie noch immer im Inneren der

Kutsche. Auch Kopfschütteln machte ihre Gedanken nicht klarer.

Sollte ich mich denn eigentlich nicht ängstigen? Wäre sie wach, würde sie sich gewiss ängstigen, und dies bewies, dass sie sich in einem Traum befand. *Ich schließe jetzt die Augen und wache in meinem Bett auf*, beschloss sie und tat genau das, nur dass sie beim Aufwachen immer noch denselben kleinen Mann vor sich hatte, der sich in die offene Tür der Kutsche beugte und sie sanft schüttelte.

»M'lady? Wir sind angekommen. Darf ich Ihnen helfen.« Er reichte ihr die Hand, damit sie aufs Pflaster hinuntertreten konnte. Sie stand unter dem Dach einer großen Kutscheinfahrt, wenn auch die Torlampen nicht brannten.

»Er erwartet Sie drinnen, M'lady, wenn es gefällt.«

»Wer?«

»Ich dachte, das wüssten Sie.«

»Skye.«

»Nun, kommen Sie mit, dann werden Sie es sehen.«

»Aber wer sind Sie denn?«

»Walky, M'lady.«

Sie traten in das dunkle Haus, wo zu ihrer Erleichterung in einer Nische eine Kerze brannte. Walky ergriff sie und ging ihr voraus. Eine breite Eingangshalle entlang, wo alte Ritterrüstungen Wache standen und Waffen an den Wänden hingen. Märtyrer und Fratzen waren in die Kapitelle von Wandpfeilern eingehauen und schauten der Vorbeigehenden abwechselnd wohlwollend und gruselig verzerrt nach.

Ein Traum, sagte sich die Gräfin. Nur ein Traum.

Sie traten durch zwei schwere Türen in eine Rotunde.

»Da sind wir, M'lady. Warten Sie einen kleinen Moment.«

Weg war er, und die Kerze mit ihm. Dennoch gab es Licht. Sie schaute auf und merkte, dass sie unter einer Buntglaskuppel stand. Durch die klaren Scheiben konnte sie Sterne und Mondlicht erkennen, das in einem zersplitterten Muster auf den Steinboden zu ihren Füßen fiel, so wie bleiches Sonnenlicht auf einen Waldboden. Vier Meter hinter ihr lag eine dunkle Wand.

Die Gräfin wartete in der Mitte des Raums, wo das Licht am hellsten war und von wo aus sie sehen konnte, ob jemand oder etwas sich näherte.

Stille. Nur das Geräusch ihres Atems und ihres Herzens.

Wach auf, spornte sie sich an. *Ich kriege allmählich Angst. Wach auf!*

Dann hörte sie eine Bewegung, das Rascheln von Kleidung, aber keine Schritte.

»Wer ist da?«, fragte sie scharf.

»Tja, wer mag das wohl sein«, ertönte eine Stimme hinter ihr.

Sie wirbelte herum und dort, direkt bei der Säule, doch ein kleines bisschen dahinter, erkannte sie eine dunkle Gestalt.

»Wer sind Sie?«

»Eine Frage, die schon viele gestellt haben, meine Liebe, wenngleich nur wenige eine Antwort erhielten.« Die Stimme war melodisch, leise; nicht boshaft, aber auch nicht freundlich. Spöttisch – sie schien sie zu verspotten.

»Was ... was wollen Sie von mir?«

»Deswegen sind Sie hier – damit ich das entscheiden kann.« Er trat aus dem Schatten heraus, doch noch immer konnte sie ihn nicht erkennen – als ob der Schatten sich mit ihm zusammen bewegt hätte. Langsam ging er um sie herum. »Nein, bleiben Sie stehen, wie Sie sind«, befahl er, als sie sich mitdrehte, um ihn im Blick zu behalten.

Die Gräfin wusste auch nicht, warum, doch sie tat wie geheißen. Ganz langsam umkreiste er sie, als wolle er eine Stute kaufen – und decken lassen, wie sie befürchtete.

»Es ist dunkel«, sagte sie. »Ich kann Sie nicht sehen.«

»Aber ich kann Sie sehen. Perfekt.«

Erneut schüttelte sie den Kopf, damit er wieder klar wurde, denn sie hatte Angst, dass dieser Nebel, der ihre Sinne umwölkte, sie noch in Schwierigkeiten bringen würde. *Ich bin in Gefahr*, sagte sie sich, doch sie empfand es nicht so.

»Wer sind Sie, Sir?«

»Das wissen Sie nicht?«

»Nein. Meine Gedanken sind ... wie vernebelt.«

»Hätten Sie gerne einen klaren Kopf? Aber vielleicht sind Sie so, wie es ist, glücklicher.«

»Ich hätte gerne einen klaren Kopf«, erwiderte sie. Sie spürte einen Stich der Angst und holte, jetzt mit wachen Sinnen, tief Atem.

»*Eldrich ...!*«, sagte sie.

»*Lord* Eldrich, Lady Chilton. Sie sollten einem Ranghöheren gegenüber zumindest Respekt zeigen.«

Sie wollte sich abwenden und vor ihm wegducken, doch plötzlich hatte sie die Kontrolle über ihre Muskeln verloren und stand fest verwurzelt da.

»Sind Sie jetzt glücklich?«, fragte er, noch immer freundlichen Spott in der Stimme.

»Ich bin alles andere als glücklich. Sie entführen mich von zu Hause und lassen mich in meiner Nachtkleidung herbringen. Welcher Gentleman würde sich so verhalten?«

»Kein Gentleman, könnte ich mir denken. Aber ich bin ein Magier, der Letzte meiner Art, Lady Chilton. Und Sie sind ... nun, Sie sind nicht das, was die Männer denken.«

»Und was soll das bedeuten?«

»Vielleicht ist Ihnen nicht bewusst, dass es das Vorrecht der Magier ist, in Andeutungen und Rätseln zu sprechen. Haben Sie die Geschichtsbücher denn nicht gelesen?«

Sie antwortete ihm nicht, sondern stand da und kämpfte darum, wieder Gewalt über ihre Muskeln zu erlangen.

»Strengen Sie sich nicht so an, Lady Chilton. Es ist ohnehin vergeblich. Ziehen Sie Ihren Morgenmantel aus«, sagte er.

»Das tue ich nicht!«

Er lachte. »Wie heißt es immer in den Romanen? ›Ich liebe es, wenn Frauen Feuer haben‹?«

Der Gräfin wurde bewusst, dass sie seinem Befehl gehorchte. Ihr Mantel glitt zwischen steifen Fingern zu Boden. Eldrich umkreiste sie weiter – jetzt stand er neben ihr.

Wieder lachte er, als wäre er wirklich belustigt. »Ich will Ihnen sagen, Lady Chilton, Sie sind das verblüffendste Geschöpf, das mir je unter die Augen gekommen ist. Hut ab vor denen, die dafür verantwortlich sind.«

»Da würden sich meine Eltern aber freuen«, erwiderte sie, mühsam ihren Zorn unterdrückend.

Wieder lachte er. »Ach, wirklich? Ich bin in schlimmer Versuchung, Lady Chilton, trotz allem, was ich weiß, und trotz meines Alters.«

»Wodurch denn?«, fragte die Gräfin, der diese Worte überhaupt nicht gefielen.

»Durch Sie, meine Liebe.«

»Ich wäre die unwilligste Partnerin, die Sie je gekannt haben.«

»Oh, wohl kaum«, entgegnete er, auch hier wieder eindeutig belustigt. »Einige der Frauen, die ich gekannt habe …« Er machte einen weiteren Schritt und war nun wieder in ihrem Sichtfeld, stand aber noch immer im Schatten. »In den vergangenen Zeiten hatten die Leute mehr Respekt vor den Magiern.« Er psalmodierte ein paar Silben, bewegte vielleicht auch die Hand, und plötzlich wurde die Gräfin von einer solchen Woge des Begehrens überrollt, dass ihr fast die Knie weggesackt wären. Nicht nur eine Woge des Begehrens im Allgemeinen, sondern des Begehrens für diesen bestimmten Mann. Es war ein unerträglicher Schmerz … und dann war er genauso schnell wieder verschwunden.

»Die unwilligste Partnerin, die ich je gekannt habe? Das

glaube ich kaum.« Er streckte die Hand aus, strich ihr die Haare von der Wange und schob sie nach hinten über die Schulter, damit er ihr Profil sehen konnte.

»Mir ist kalt«, sagte sie leise.

»Dann kommen Sie doch und setzen sich ans Feuer«, antwortete Eldrich, drehte sich um und ging davon.

Die Gräfin stellte fest, dass sie sich wieder bewegen konnte. Den Gedanken, auf der Stelle wegzulaufen, gab sie schnell wieder auf. Vor einem Magier konnte man nicht davonlaufen. An der Wand hinter den Säulen stand ein großer Ofen, dessen Feuer zu Glut niedergebrannt war. Als Eldrich sich näherte, erwachte es flackernd wieder zum Leben und brach dann plötzlich in helle Flammen aus – prachtvolle, heiße Flammen. Die Gräfin zog ihren Morgenrock wieder über und ging zum Feuer, mühsam ihre Angst im Zaum haltend. Es war immer besser, keine Angst zu zeigen – Angst vermittelte dem Gegenüber nur ein Gefühl der Überlegenheit.

Der Magier hatte sich in einem Stuhl mit hoher Rückenlehne niedergelassen, der halb vom Feuer abgewandt stand. Nun war nur noch ein gepolstertes Fußbänkchen frei. Einen Moment lang stand sie da und starrte es betroffen an, dann fielen ihr seine Worte ein, er sei kein Gentleman.

Durch und durch kalt nahm sie den ihr so zugewiesenen Platz ein, wenn auch mit einer gewissen Verärgerung. *Jetzt sitze ich beinahe zu seinen Füßen*, dachte sie. *Und ich bin mir sicher, dass er es gründlich genießt.*

Eine ganze Weile saßen sie schweigend da. Die Gräfin konnte seine Gesichtszüge beinahe erkennen, doch nicht gänzlich, denn er war noch immer in Schatten gehüllt.

»Haben Sie sich entschieden, was Sie mit mir tun werden?«, fragte sie plötzlich, weil sie dieses stumme Brüten über ihr Geschick nicht länger ertrug.

»So einfach, wie Sie sich das vielleicht vorstellen, ist es

nicht. Was ist Ihr Zweck? Das ist es, was ich herausbekommen muss.«

»Was mein Zweck ist? Was um alles in der Welt … Ich versichere Ihnen, was auch immer ich bezwecke, es hat nichts mit Ihnen zu tun, Sir.«

Der Magier antwortete nicht. Das Schweigen dehnte sich weiter, bis die Gräfin es nicht mehr ertrug. Sie öffnete den Mund zum Sprechen.

»Still«, befahl der Magier.

Ihr wurde bewusst, dass sie mit den Händen im Schoß dasaß wie ein Schulmädchen, und sie spürte Zorn auf diesen Mann in sich aufwallen.

»Das Risiko ist groß«, sagte der Magier leise.

»Verzeihung?«

Eldrich erhob sich plötzlich und trat vom Feuer weg ins Dunkel. Sie konnte seine Silhouette im Licht erkennen, das von oben her einfiel, ihn aber irgendwie nicht zu erreichen schien. Er bewegte sich völlig lautlos. Langsam schritt er einen kleinen Kreis ab wie ein tief in Betrachtungen Versunkener, und gelegentlich blieb er stehen und hob den Kopf. Die Gräfin war sich sicher, dass er sie in diesen Momenten ansah. Dann murmelte er etwas, Worte, die sie nie gehört hatte, und ein kaltes Licht legte sich in einer scharfen Linie über den Boden und folgte seinen Schritten.

Plötzlich stand sie auf Zehenspitzen im Zentrum der Rotunde und reckte sich zur Kuppel. Um sie her zog sich ein Muster von Geraden und Kurven, rötlich gelb wie Feuerglut. Sie schaute zu, wie das Glühen schwächer wurde und erstarb, und ihr Kopf war dabei so vernebelt, dass sie sich nicht erinnern konnte, wie sie hergekommen oder was geschehen war.

»Ein erstaunlich kunstfertiges Werk«, sagte eine melodische Stimme.

Plötzlich spürte sie, wie all ihre Muskeln sich entspannten, und wäre beinahe zu Boden gesunken. Die Gräfin schaute sich nach dem Klang der Stimme um, und als sie ihre Arme in einer natürlichen Geste schützend um sich legte, wurde ihr bewusst, dass sie überhaupt nichts anhatte.

»Ich kann nicht sagen, ob sie mich unterschätzt oder aber haargenau eingeschätzt haben«, sagte Eldrich, der offensichtlich mit sich selbst sprach. »Wer um alles in der Welt hat das getan? Gewiss nicht Medwar. Es ist das größte Geheimnis.«

»Wenn Sie damit fertig sind, mich zu missbrauchen, könnte ich vielleicht meine Kleider wiederhaben«, bemerkte die Gräfin bitter.

»Ist Ihnen kalt?«

Sie merkte, dass ihr nicht kalt war. Tatsächlich war ihr erstaunlich warm. Sie glühte fast vor Wärme.

»Scheren Sie sich denn überhaupt nicht um mein Schamgefühl?«

»Nein, gar nicht. Das erscheint mir als sonderbare Eitelkeit.«

Die Gräfin sah, dass ihr Nachthemd zu ihren Füßen lag, und schnappte es sich. Eldrich sah ihr zu, wie sie es über den Kopf streifte, doch sie bemühte sich, ihn zu ignorieren.

»Mr. Walky?«, sagte der Magier, und beinahe sofort hallten Schritte in der Halle wider.

»Sir?«

»Sie können sie zurückbringen.«

Der kleine Mann kam auf die Gräfin zu, sehr ehrerbietig wie zum Ausgleich für ihre Behandlung durch seinen Herrn.

Die Gräfin machte einen Schritt, wandte sich dann um, sah Eldrich aber nur noch von hinten. »Ich glaube kaum, dass meine Freunde sehr von Ihrem Verhalten angetan sein werden, wenn ich von meinem Besuch bei Ihnen erzähle, Lord Eldrich.«

»Ich bezweifle eigentlich, dass Sie ihnen davon erzählen werden, Lady Chilton. Ihnen noch einen angenehmen Abend.« Eldrich verbeugte sich tief und wandte sich ab.

»M'lady, Sie müssen mit mir kommen«, sagte der kleine Mann.

»Aber wer sind Sie?«

»Walky, M'lady. Bitte, ich soll Sie nach Hause bringen.«

»Ist dir denn nicht kalt?«

Marianne fand die Gräfin im Sessel neben dem großen Bibliotheksfenster. Dort hatte sie sich hineingekauert und schaute zu, wie das Morgenlicht seinen Weg in den kleinen Garten fand.

»Kalt? Nein.« Die Gräfin sah zu ihrer Freundin hinüber und erblickte große Sorge in ihrem Gesicht.

»Du siehst absolut schrecklich aus«, sagte Marianne missbilligend. »Ich sage dir, Elaural, Skye ist das nicht wert.« Sie winkte mit der Hand ab. »Hast du gar nicht geschlafen?«

»Es ist sehr sonderbar, Marianne. Ich bin hier aufgewacht, kann mich aber überhaupt nicht erinnern, wie ich heruntergekommen bin.«

Marianne schüttelte den Kopf und presste besorgt die Lippen aufeinander.

»Und ich glaube, ich hatte sehr verstörende Träume, obwohl ich mich nicht recht an sie erinnern kann.« Sie wandte sich wieder zum Garten hin, als durchsuche sie ihr Gedächtnis. »Nein, sie sind weg, wenn mir auch diese … Gefühle bleiben. Und selbst denen kann ich keinen Namen geben.« Sie schauderte unwillkürlich.

»Dir ist kalt.«

»Überhaupt nicht. Ist es hier drinnen kühl? Ich merke es nicht.«

»Vielleicht wirst du krank und hast Fieber. Soviel ich weiß, habe ich nur ein einziges Mal schlafgewandelt, und da hatte ich ein schreckliches Fieber und war im Delirium.«

Die Gräfin lächelte. »Nun, ich habe weder Fieber noch bin ich im Delirium. Tatsächlich fühle ich mich absolut gesund.« Sie streckte räkelnd die Arme über dem Kopf aus. »Ist das undamenhaft?«, fragte sie dann, und ihre Stimmung schien umzuschlagen.

»Absolut.« Marianne läutete einem Diener und setzte sich neben die Gräfin. »Kommt Skye, um das Ergebnis deiner Unterredung mit Mr. Flattery zu hören?«

»Ich denke schon.«

»Aber was hast du von ihm erfahren? Du treibst da ein bisschen Geheimniskrämerei.«

»Ich habe nur erfahren, dass Mr. Flattery Lord Skye zustimmt. Er glaubt auch, dass es sich bei der Schrift Peliers um Charaktere einer den Magiern bekannten Sprache handelt. Sie weise auch eine gewisse Ähnlichkeit mit der Schrift auf der Ruine von Farrow auf. Er behauptet, nicht mehr darüber zu wissen.«

»Und glaubst du ihm?«

Die Gräfin zuckte die Schultern.

»Nun, Elaural, ich kann mir nicht vorstellen, dass er dir irgendetwas verschweigen würde, wenn du deinen Charme bei ihm zur Geltung gebracht hast.«

»Dann kann er die Schrift vielleicht wirklich nicht lesen.«

Marianne schaute weg. »Ich hoffe, du wirst Lord Skye nicht noch einmal einen solchen Dienst erweisen. Ich war ziemlich schockiert, dass er dies hier überhaupt von dir erbeten hat.«

»Ich hatte ihn angeboten, Marianne.«

»Nun, er hätte ablehnen sollen.«

»Für eine Frau, die so viele unserer gesellschaftlichen Werte verworfen hat, kommst du mir gelegentlich ganz schön altmodisch vor.«

Marianne schüttelte abweisend den Kopf. »Oh, es geht hier nicht um diese Geschichte, dass ein Gentleman dies oder jenes tun oder lassen sollte. Aber dich zu bitten, mit falschen Karten zu spielen ... Ich kann dir sagen, dass mir das doch ziemlich verwerflich vorkam.«

»Nun, so schlau war ich bei weitem nicht. Ich war Mr. Flattery gegenüber vollständig ehrlich. Ich sagte ihm, was ich von ihm wollte und sogar, dass Skye dahinter steckte. Du siehst also, ganz so falsch waren die Karten nicht.«

Marianne schaute sie merkwürdig an. »Wohin mag das alles nur führen, Elaural?«, fragte sie leise.

»Was meinst du damit?«, fragte die Gräfin, obwohl sie nur zu genau wusste, was damit gemeint war.

20

Captain James schaute in seinen Kognakschwenker und dann zurück auf seine Karten. »Ich werde wohl aufgeben müssen«, erklärte er seinem Mitspieler.

»Aufgeben? Ohne mir Gelegenheit zu geben, meine Verluste wettzumachen? Ist das fair?« Wilkes war ein wenig angetrunken und sprach merklich schleppend, wenn ihm ansonsten auch wenig von seinem Zustand anzumerken war.

»Morgen ist auch noch ein Tag, Wilkes.«

»So sagt man, wenn ich auch Männer kenne, die das Gegenteil bewiesen haben; nicht dass sie sich dessen noch bei lebendigem Leibe hätten rühmen können.«

James lächelte. »Diese Leistung strebe ich persönlich nicht gerade an.« Er warf seine Karten auf den Tisch und zog seine Uhr heraus. Es war beinahe schon Mitternacht, eigentlich nicht spät, wenn es ihm in den letzten Jahren auch zunehmend so vorkam.

Wilkes kippte noch Branntwein in ihre Schwenker, und wenn seine Hand auch nicht mehr vollkommen sicher war, reichte seine Konzentration doch aus, dass er nicht einen Tropfen verschüttete. »Auf die Gesundheit des Königs«, sagte er und hob sein Glas.

»Auf die Gesundheit Ihrer Majestät haben wir heute Abend schon zweimal getrunken.«

»Nun, dann auf unsere Gesundheit. Zum Teufel mit dem König.«

»Ah, na, wenn das nicht der richtige Trinkspruch für dich ist.«

Wilkes stellte sein Glas schwer auf den Tisch. »Kannst

du dir vorstellen, dass so eine Frau hinter dir her ist, du es aber vorziehst, allein zu schlafen?«, fragte er und schüttelte angewidert den Kopf. »Ungerechte Welt.«

Das war an diesem Abend ihre ewige Litanei gewesen. Skye war in sein eigenes Haus zurückgekehrt, ohne der Gräfin von Chilton auch nur einen Besuch abzustatten. James fragte sich, ob die Information der Zofe der Gräfin vielleicht einfach nicht stimmte. Wilkes hatte sich des Problems mit einem kleinen Teil seines überreichlich vorhandenen Charmes und einer Handvoll Münzen angenommen, und es war ihm gelungen, der Dienerin der Gräfin eine Menge zu entlocken. Am erstaunlichsten von allem war die Information, dass die Gräfin sich in den Grafen von Skye verliebt hatte, der sie aber kaum wahrzunehmen schien.

James schüttelte den Kopf. *Gelehrte*, dachte er. *Sie leben allzu sehr in der dünnen Luft des Intellekts. Die armen Schweine.*

»Ich werde Leutnant Darby heute Nacht ablösen«, sagte James. »Ich kann ohnehin nicht schlafen.«

»Bist du dir sicher? Eigentlich ist jetzt meine Wache.«

»Ich bin mir sicher.« Er reckte sich. »Die Aufregung, dass ich dir dein ganzes Geld abgeknöpft habe, wird mir keine Ruhe lassen. Ich muss planen, was ich mit einem solchen Vermögen anstellen soll.«

»Na gut, dann«, erwiderte Wilkes, zog einen Stuhl heran und legte die Füße darauf, eindeutig zur Ruhe bereit. »Um acht Glasen löse ich dich ab. Du weißt, wo ich zu finden bin, falls du mich brauchst. Aber ich sage dir, wenn ich der Graf wäre, wüsstest du auch, wo ich zu finden bin: im Schlafzimmer einer gewissen Dame…« Er dachte einen Moment lang nach. »Wie in Farrelles Namen kam er überhaupt in diesen Ruf eines Genies?«

»Die Bewegungsgesetze, die Erfindung der Kanone, verschiedene arithmetische Entdeckungen, die ich nicht verstehe, die Legierung von Metallen, Verbesserungen am Teleskop. Er hat sogar eine Verbesserung an der Toilette mit Wasserspülung erfunden. Vielleicht ist die Gräfin einfach nicht sein Typ. Mit anderen Frauen war er, wie man hört, ja schon zusammen.«

»Nun, ich halte ihn für den größten Narren von einem Genie, der je gelebt hat!«, erklärte Wilkes. »Und außerdem glaube ich, dass wir für nichts und wieder nichts hier sind. Der Mann ist ein treuer Untertan des Königs. Daran gibt es keinen Zweifel. Wir sollten auf dem Meer sein, James. Und nicht in dieser idiotischen Stadt feststecken, wo die Reichen ihre kleinen Wehwehchen kurieren. Flammen, aber ich hasse diesen Auftrag.«

James zuckte die Schultern und grinste dann. »Das dient nur deiner charakterlichen Läuterung, Wilkes. Und damit du nicht in Schwierigkeiten gerätst, solange du an Land bist.« Dann stand er schnell auf. »Ich muss los. Der arme Darby ist inzwischen bestimmt schon am Steuerrad eingeschlafen. Bis acht Glasen also.« Er zog seinen weiten Mantel an und tastete die Tasche nach seinen Handschuhen ab, da es in den Bergen noch kühl war.

Darby stand im Schatten eines kleinen Parks gegenüber dem Haus, in dem Skye abgestiegen war.

»Alles in Ordnung, Sir«, erstattete der Leutnant Bericht. »Keine Lichter, keiner ist gekommen oder gegangen. Wo ist Wilkes? Ich dachte, er hätte die nächste Wache?«

»Wir haben getauscht.« James schaute zu dem Haus auf der anderen Straßenseite. »War die ganze Nacht über Licht hinter diesem Fenster?«

»Ja, Sir, obgleich sich drinnen nichts zu bewegen scheint. Ein Nachtlicht, denke ich.«

James nickte. »In Ordnung, Leutnant. Sie sind entlassen.«

»Einen angenehmen Abend, Sir.«

»Ihnen auch, Darby.«

James nahm seinen Platz im Schatten ein und lehnte sich gegen den Baum. Von der Straße aus war er zum größten Teil durch Gestrüpp verborgen, aber dennoch sorgte er sich, dass man ihn sehen könnte. Es war ein kleines Städtchen, und sollte irgendjemandem auffallen, dass Lord Skyes Haus unter Beobachtung stand, würde sich das schnell herumsprechen. Doch sie hatten kein Zimmer oder auch Haus mieten können, das Ausblick auf das Haus des Grafen gewährte, und so blieb ihnen nichts anderes übrig, als im Dunkeln zu stehen und zu hoffen, dass keiner sie sah.

Dabei hatte James wenig Zweifel, dass sie in einer solchen Stadt irgendwann Misstrauen erwecken mussten – hier, wo jeder die Nase in die Angelegenheiten des anderen steckte, denn eine andere Form von Unterhaltung gab es ja kaum.

James wippte von einem Fuß auf den anderen und wünschte, er hätte sich wenigstens setzen können. Nicht mehr lange, dann würde er sich unwillkürlich in Bewegung setzen und auf und ab marschieren. Dieser Auftrag erfüllte ihn mit ebenso viel Ungeduld wie Wilkes, wenn er es sich auch nicht so anmerken ließ. Er verfügte über mehr Hintergrundinformationen als sein Freund. Besser, Wilkes erfuhr nichts davon. Seeleute, selbst Offiziere, waren ein abergläubischer Haufen, und jede Erwähnung von Magiern hätte Wilkes noch häufiger zur Flasche greifen lassen, als er es jetzt schon tat. Nein, besser, er ließ über die wahren Sorgen des Admirals nichts verlauten.

Gebt, dass das nichts mit Eldrich zu tun hat, stieß James ein lautloses Stoßgebet aus, *und auch sonst nichts mit den Künsten.*

Er schaute zum Fenster hinauf und gab ungewollt einen Seufzer von sich.

Eigentlich hätte er die Wahrheit lieber genauso wenig

gekannt wie Wilkes und Darby. Unglücklicherweise war er aber einer der Ersten gewesen, die mit Abel Ransom und der Hure gesprochen hatten. Das Schlimmste daran war: Er glaubte ihnen, dass sie die Wahrheit sprachen, und das glaubte auch der Seelord.

Irgendetwas verdammt Merkwürdiges ging da vor sich, das war sicher.

»Also, womit mag der große Skye denn ein solches Interesse erregen?«, hörte er hinter sich die Stimme einer Frau.

James wirbelte herum. »Was ist das?« Er konnte mit Mühe die Silhouette der Frau ausmachen, die im Schatten stand.

»Ich fragte, womit der berühmte Skye denn ein derartiges Interesse weckt?«, wiederholte sie, eine Andeutung von Lachen in der Stimme. Sie schien sich überhaupt nicht unbehaglich dabei zu fühlen, hier mit einem fremden Mann im Dunkeln zu stehen.

»Ich schnappe nur ein wenig Luft, Ma'am.«

»Genau wie Ihr Freund vor Ihnen und der Gentleman davor? Aber das waren ja Sie, oder? Aber das heißt wohl, dass Wilkes betrunken ist und Sie ihn vertreten. Sehr pflichtbewusst von Ihnen, Captain James. Die Admiralität wird Ihnen zweifellos dankbar sein.«

»Ich befinde mich anscheinend im Nachteil, Ma'am, denn Sie kennen meinen Namen und wissen, was ich hier tue, aber ich weiß von Ihnen nichts dergleichen.«

Sie trat einen Schritt auf ihn zu, was ihm gerade ermöglichte, ihren langen Mantel und ihren Hut zu erkennen. Sie war wie eine Dame gekleidet und sprach zweifellos auch wie eine.

»Ganz im Gegenteil, ich befinde mich im Nachteil, Sir, da ich hier allein mit Ihnen im Dunkeln stehe. Ich bin mir sicher, wenn ich um Hilfe riefe, würde keiner mich hören.«

James wusste nicht recht, was er darauf antworten sollte, und sie lachte über seine Verlegenheit.

»Sie können mich Miss Fielding nennen, Captain James, wenn Sie wollen.«

»Miss Fielding. Und was wollen Sie hier?«

»Nun, das ist schwer zu erklären. Die Wahrheit ist wohl, dass ich gerne Antworten auf ein paar einfache Fragen hätte, aber das könnten Sie vielleicht falsch auffassen.«

Er hatte das Gefühl, sie flüstern zu hören, und dort im Schatten schien sie auch die Hände zu bewegen, als ob sie einen unsichtbaren Faden aufwickelte.

»Aber ich würde es wirklich für eine gute Idee halten, wenn Sie ein Stück von diesem Baum wegkämen. Sie sind der Straße doch recht nahe, und man könnte Sie sehen.«

»Ich stehe vollständig im Dunkeln. Keiner kann mich sehen, das versichere ich Ihnen.«

»Nun, das entspricht nicht gänzlich der Wahrheit. Ich kann Sie ausgezeichnet sehen. Aber tun Sie mir den Gefallen und kommen Sie ein Stück tiefer in den Park hinein. Ich gebe Ihnen mein Wort, dass ich Ihnen keinen Schaden zufügen werde.«

James hörte selbst, wie er schnaubte. Das war ein alter Trick; eine Frau losschicken, damit sie einen Mann in eine Gasse lockte, und dann … Aber diese Frau war eine Dame, nicht die Sorte, die solchem Verhalten normalerweise frönte. Was um alles in der Welt tat sie eigentlich hier? Beobachtete sie Skye genauso wie er? Ihm kam der Gedanke, sie könne zu Eldrich gehören, und er blieb wie festgenagelt stehen. Nein, unmöglich, sie war kaum mehr als ein Mädchen. Eher schon eine Bewunderin Skyes.

»Ich bin hier ganz zufrieden«, sagte er.

Diese Antwort gefiel ihr nicht, und sie verstummte, überlegte vielleicht, womit sie ihn überzeugen konnte. »Waren Sie auch einer der Herren, die Samual Hayes' Zimmer in der Paradise Street durchsuchten?«

»Ich weiß nicht, wovon Sie reden«, erwiderte er gelassen, inzwischen allerdings überzeugt, in einer ausgesprochen widerwärtigen Situation zu stecken. Sie konnte nicht so unbefangen sein, wenn sie wirklich ganz allein war. Schnell warf er einen Blick auf die Straße zurück, doch die blieb leer.

»Doch, das wissen Sie wohl. Es ist sehr schwierig, mich zu belügen, Captain James.« Sie hielt inne, und er meinte, einen Seufzer zu hören. »Was sagt man über die Männer, die dort überrascht wurden?«

»Was wollen Sie eigentlich von mir, Miss?«, entgegnete James.

Er konnte ihren Blick in der Dunkelheit fast auf sich ruhen fühlen, als ob sie ihn genau betrachtete. »Da bin ich mir nicht ganz sicher. Verstehen Sie, ich fürchte, dass Sie Informationen besitzen, die mich und das, was ich tue, in Gefahr bringen könnten. Mir wäre es lieber, wenn es nicht dazu käme. Was mich jetzt interessiert, ist die Frage, was ich mit Ihnen anfangen soll.«

Sie trat plötzlich ins Mondlicht hinaus, und James sah, dass sie jung war, aber irgendwie verblüht, als hätte sie Prüfungen überstanden, die sie entsetzlich hatten altern lassen. Er empfand eine unerwartete Welle des Mitgefühls für sie.

»Kommen Sie doch von der Straße weg, bitte. Ich habe bestimmt keine riesigen Faustkämpfer im Gebüsch versteckt. Wenn überhaupt, müsste ich Angst vor Ihnen haben. Aber ich bin bereit, Ihnen zu vertrauen, wenn Sie dasselbe tun.«

»Was bedeutet Ihnen Skye?«, fragte James.

Sie seufzte, schaute die Straßen hinauf und hinab und dann zum Haus hinüber. »Diese Geschichte ist zu lang, um Sie Ihnen jetzt zu erzählen. Ich will Ihnen nur sagen, dass meine Absichten mit den Ihren nicht in Konflikt stehen. Bitte«, sie streckte die Hand aus und ergriff seinen Arm.

»Leider kann ich nicht mit Ihnen kooperieren, Miss Fielding«, er hielt ihr Handgelenk fest. »Aber Sie werden meine Fragen beantworten, sonst finden Sie sich in einer Situation wieder, die Ihnen bestimmt nicht gefällt. Was bedeutet Ihnen Skye, und warum interessieren Sie sich für die Männer in der Paradise Street?«

James hörte sie leise etwas murmeln und sah, wie sie die freie Hand nach seinem Gesicht ausstreckte. Seine Sicht vernebelte sich, und er schwankte. Plötzlich war der Park ganz dunkel, und er spürte, wie er fiel. Jemand fing ihn auf, jemand Weiches, der nach Parfüm duftete.

»Es war notwendig«, sagte die Frau. »Wie du weißt, sind meine Möglichkeiten in einer gegebenen Situation begrenzt.«

James spürte eine kalte Hand auf seiner Stirn.

»Ich halte es für einen Fehler«, erwiderte eine männliche Stimme. »Wir sollten nichts mehr tun, was irgendwelche Aufmerksamkeit auf uns lenken könnte. Wir sind auch so schon zu viele Risiken eingegangen. Viel zu viele.«

James hatte den Eindruck, dass sich mehrere Menschen im Raum befanden. Überwiegend Männer. Das merkte er am Tabakgeruch ihrer Kleidung und am Weinatem.

»Was machen wir jetzt mit ihm?« Das war eine dritte Stimme, ein weiterer Mann. Er sprach sehr langsam.

Es erfolgte keine sofortige Antwort, und James gefiel die Sache überhaupt nicht.

»Captain James?«, sprach ihn die Frau an, die sich selbst Miss Fielding genannt hatte. »Sie sind bei Bewusstsein. Das ist offensichtlich.«

»Ich kann nichts sehen.«

»Sie befinden sich in einem verdunkelten Raum, Captain James, aber Sie sind unverletzt. Sie sind zu viert mit der Beobachtung Skyes betraut, ist das korrekt?«

»Ja«, antwortete er, obwohl er es nicht vorgehabt hatte. Gewiss wollte diese freundliche Frau ihm nichts Schlimmes zufügen. Es gab keinen Grund, Geheimnisse vor ihr zu haben.

»Wissen Sie, warum man Sie mit dieser Aufgabe betraut hat? Hat der Seelord Sie geschickt?«

»Ja, Sir Joseph. Er glaubt, dass irgendjemand die Künste wieder offen praktiziert.«

Langes Schweigen. James hörte, wie eine gewisse Unruhe entstand; Füße scharrten auf Holz.

»Und wer ist das seiner Meinung nach?«

»Eldrich«, antwortete James. »Obgleich er auch … andere Möglichkeiten nicht ausgeschlossen hat.«

»Und das bedeutet?«

»Dass es noch einen Magier gibt, von dem keiner etwas weiß.«

Jemand fluchte lautlos.

»Wer hat sich vorgenommen, Skye zu Fall zu bringen?«, fragte der alte Mann. »Brookes hat dies doch gewiss nicht aus eigenem Antrieb getan.«

»Moncrief«, antwortete James ohne Zögern. »Moncrief hasst Skye.«

»Und Sie sind nur deswegen hier, weil Sie Lord Skye im Auge behalten sollen.«

»Nein … Wir halten noch nach anderen Ausschau.«

»Nach wem? Sprechen Sie, Mann.«

»Nach zwei jungen Männern namens Kehler und Hayes … und nach Erasmus Flattery.«

Wieder kein Ton. Jemand räusperte sich.

»Was hat Sir Joseph zu der Annahme veranlasst, dass die Künste mit der Sache zu tun haben?«, fragte Miss Fielding.

»Ich … ich war nicht dabei, aber es heißt, die Offiziere, die Samual Hayes suchten, hätten andere Leute überrascht, die vor ihnen da waren, und diese Menschen seien aus dem Fenster gesprungen und hätten dabei anscheinend keinen Schaden genommen.«

»Und was waren das für Leute?«, fragte der mit der alten Stimme.

»Das weiß keiner.«

»Nun, zumindest dafür können wir dankbar sein«, sagte ein jüngerer Mann.

»Hat sonst noch irgendetwas das Misstrauen des Seelords erweckt?«

»Ein Matrose und sein Mädchen haben gesehen, wie zwei Gentlemen eine Frau zum Hafen brachten. Ohne Zwang und ohne ein Wort der Widerrede sprang sie ins Wasser und ertrank.«

Wieder entstand eine gewisse Unruhe. James kam der Gedanke, dass er ihre Fragen nicht so bereitwillig beantworten sollte, doch sie wirkten so nett, so vertrauenswürdig.

»Es ist schlimmer, als ich dachte«, sagte der alte Mann, und seine Stimme zitterte vor Furcht oder Zorn. »Viel schlimmer. Alles, was wir jetzt noch tun, um unsere Beteiligung zu vertuschen, kann die Dinge nur noch schlimmer machen.«

James hörte, wie die Frau scharf die Luft einzog. Angst. Er konnte Angst im Raum spüren.

»Was machen wir mit dem hier?«

»Er stellt eine Gefahr für uns dar«, sagte der Alte langsam, und seine Stimme war ohne jede Wärme.

»Es ist zu spät, jetzt noch etwas daran zu ändern. Das hier reicht bis zum Seelord und Moncrief hinauf. Zu spät, dieser Geschichte mit jemandem wie Captain James einen Riegel vorzuschieben. Nein, schickt ihn zu seinen Pflichten zurück, mehr können wir nicht tun.«

»Wir könnten ihn wenigstens für uns arbeiten lassen«, sagte Miss Fielding.

»Nein«, erwiderte der alte Mann. »Das kommt nicht in

Frage. Eldrich würde unsere Spuren an ihm auf den ersten Blick erkennen. Selbst das hier ist schon zu viel. Falls Eldrich ihn findet, weiß er sofort Bescheid.«

»Jetzt ist es zu spät, sich darüber Sorgen zu machen. Wir müssen jetzt einfach der Vision vertrauen. Aber ich hatte nicht vor, jene Künste auf ihn anzuwenden. Nein, überlasst den guten Captain mir. Besser, er beobachtet diese anderen als wir selbst.« Sie berührte ihn; er war sich sicher, dass sie es sein musste. Eine leichte Hand auf seiner Stirn. »Wir versammeln uns hier – sämtliche Mitspieler – und jeder wird seinen Part übernehmen. Genau das haben wir aus unseren Visionen erfahren. Jeder wird seinen Zweck erfüllen. Vielleicht sogar dieser arme Matrose. Vielleicht sogar diese beiden jungen Männer, die Skye so blindlings folgen.«

21

Kehler kletterte langsam die Steilwand hinunter und versuchte dabei, sich dem Sprühwasser des Wasserfalls fern zu halten, während Hayes sich so weit über die Kante beugte, wie er es nur wagte, und die Laterne nach besten Kräften so hielt, dass sein Gefährte möglichst viel Licht bekam.

»Es ist nicht so schwierig – wenn man nur etwas sehen könnte«, rief Kehler hinauf.

Sie befanden sich in einem großen, nahezu kreisrunden Gang von fünfzehn Metern Durchmesser, der merklich nach unten abfiel. Gelegentlich wurde der Boden auch fast eben, bevor eine Felsstufe von wenigen Metern kam, selten aber mehr als zwei oder drei.

Hayes beugte sich noch ein wenig weiter vor, hielt die Laterne mit seinem rasch ermüdenden Arm und bemühte sich, die Beschwerden seiner Muskeln zu ignorieren. Er war so steif und wund wie wohl schon seit Jahren nicht mehr. Seine Knie waren von der langen Kriecherei aufgescheuert, und Arme und Schultern schmerzten ihn so heftig, dass das Tragen des Rucksacks eine furchtbare Qual war. Und doch machte es ihm eigentlich nichts aus. Die Höhle war so unglaublich, so anders als alles, was er je gesehen hatte, dass er sich kaum beklagte, und wenn, dann doch immer halb lachend.

Plötzlich scheuerten Stiefel gegen Fels, und Kehler schoss nach unten und landete mit einer Rückwärtsrolle.

»Hast du dich verletzt?«, fragte Hayes, als der Freund schließlich auf dem Rücken lag.

»Oh, kaum«, erwiderte Kehler mit offensichtlichem

Abscheu. »Arsch überm Teekessel heißt diese bestimmt Übung, glaube ich. Sehr sportlich, fandest du nicht?« Er rollte sich zur Seite, schob sich steif hoch, zog seinen Rucksack aus uns ließ ihn auf den Felsboden plumpsen. Dann beugte er sich über den fließenden Strom und wusch sein inzwischen rot angelaufenes Gesicht.

»Schick mir die Laterne runter«, sagte er. »Und deinen Rucksack auch.«

Einen Moment später stand Hayes neben seinem Gefährten, und beide packten sie sich ihre Rucksäcke wieder auf.

»Ich glaube, jetzt kann es nicht mehr weit sein, wenn ich auch nicht überzeugt bin, dass die in der Karte eingetragenen Entfernungen immer den Gegebenheiten entsprechen. Ich glaube fast, dass diese Höhlengänge von Menschen mit sehr unterschiedlichen Schrittlängen vermessen wurden.«

Sie machten sich wieder auf den Weg und kraxelten neben dem Fluss weiter, der mehr oder weniger in der Mitte des Höhlengangs seinem eigenen mäandrierenden Bett nach unten folgte. Hier und da waren sie gezwungen, das Wasser zu überqueren, um auf der anderen Seite eine trockene Felsstrecke zu finden, und unabänderlich geriet dabei der eine oder andere der beiden immer einmal wieder mit einem Stiefel ins Wasser. Jetzt scherten sie sich kaum noch darum. Ihre Kleider waren schmutzig und zerfetzt, das Leder ihrer Stiefel abgeschabt und durchweicht, und beide hätten ein Bad gebrauchen können, doch das spielte keine Rolle. So waren Abenteuer eben.

»Im Lehnstuhl kann man keine Abenteuer erleben«, hatte Kehler erklärt, und sie hatten gelacht und von da an über die leichteren Abschnitte gesagt: »Das ist ja wie im Lehnstuhl«.

»Ich glaube, der Gang öffnet sich ein wenig«, meinte Hayes, und nach ein paar Minuten erwies sich diese Vermutung als richtig.

Plötzlich traten sie in einen großen Felsensaal, riesiger als jeder andere, den sie bisher gesehen hatten. Vor ihnen lag das dunkle Wasser eines Sees. In die weiter entfernten Bereiche der Höhle drang nur wenig Laternenlicht vor, aber dennoch konnte Hayes große Stalaktiten, Stalagmiten und »Vorhänge« genannte Tropfsteinformationen aus dem fließend weißen Mondstein der Granulithöhle erkennen.

Das hohle Hallen des in den See strudelnden Wassers wirkte unnatürlich laut und deutlich. Hayes wusste zwar genau, dass sie keineswegs die ersten Entdecker dieses Ortes waren, aber dennoch erschien der See ihm hier, so weit von der Oberfläche der Welt verborgen, wie ein ungeheures Wunder. Gleichzeitig wohl bekannt und sonderbar fremd.

»Der Spiegelseesaal«, sagte Kehler, ergriff die Laterne und trat an den Wasserrand. Hayes gesellte sich zu ihm, und beide blickten auf ihre dunklen Spiegelbilder in dem schwarzen Wasser hinunter. Zwei wild zerzauste junge Männer, die Gesichter von Anstrengung und Abenteuerlust gerötet.

»Ich finde es unglaublich, dass du die Rasiersachen vergessen hast«, sagte Kehler. »Und außerdem auch noch die Diener, die sich um unsere Kleider kümmern und unsere Perücken auskämmen. Deine sieht ein bisschen schäbig aus, das muss ich dir einmal sagen.«

Wie zur Bestätigung für das Sonderbare dieses Ortes sah Hayes plötzlich ein leuchtend blaues Boot, das in zehn Meter Entfernung schief auf dem Fels lag.

»Wo um alles in der Welt kommt denn das her?«

Kehler lachte. »Ich hatte mir gedacht, dass es dich überraschen würde. Ich bin erleichtert, dass es hier liegt. Ein paar unternehmungslustige Leute haben es in Einzelteilen hier heruntergeschafft und an Ort und Stelle zusammengebaut, ist das nicht unglaublich? Tatsächlich gibt es sogar zwei Boote, nämlich noch ein weiteres auf der gegenüberliegenden Seite des Sees, zumindest hoffe ich das. Es wird erwartet, dass wir mit diesem hier zur anderen Seite fahren und es dann mit Hilfe des anderen wieder zurückbringen, damit immer ein Kahn auf jeder Seite des Sees liegt.«

Hayes setzte seinen Rucksack auf dem Höhlenboden ab und ließ sich darauf nieder, denn ihm war klar geworden, dass der Rucksack viel weicher war als auch der geschmeidigste Stein. »Dann fahren wir also jetzt Boot?«

»Nur ein kurzes Stück, und dann heißt es leider wieder zurück auf unsere armen, zerschundenen Füße – oder auch an manchen Stellen auf alle viere.«

»Nun, ich dachte mir schon, dass es letzthin ein bisschen einfach war. Wir wollen doch nicht verweichlichen, oder?«

Sie saßen da, betrachteten ganz überwältigt die Szenerie und machten sich gegenseitig auf Formationen aufmerksam, die ihnen in die Augen stachen. Hayes säuberte den Laternendocht und drehte ihn so weit auf wie möglich, damit das Licht über den See hinausleuchtete, wobei es allerdings das andere Ufer nicht erreichte.

»Das hier hat Pelier nicht gemalt, oder?«, fragte Hayes und erhielt ein Kopfschütteln zur Antwort. Er fragte sich allmählich, ob Kehlers Behauptung, das, was vor ihnen der Entdeckung harrte, werde ihnen Ruhm und, besser noch, Reichtum bringen, überhaupt stimmte. Es erschien ihm absolut möglich, dass er Kehler nur half, seine Obsessionen zu verfolgen; dabei musste er allerdings zugeben, dass die Erfahrung bisher die Mühe gelohnt hatte, obgleich ihm beim Gedanken an die klaustrophobische Kriechstelle immer noch schauderte. Hin und wieder überfiel ihn eine gewisse Furcht, wenn er daran dachte, dass auch der Rückweg durch diese schreckliche Passage führen würde.

»Bist du jetzt, wo du gesehen hast, wie groß und verzweigt dieses Höhlensystem ist, immer noch so zuversichtlich, dass wir das Gesuchte finden?«

Kehler nickte. »Wir müssen es finden«, erwiderte er ruhig. Dann stand er schnell auf. »Also los, hilf mir mit diesem Boot, dann werden wir sehen, ob es noch schwimmfähig ist. Ich kann mir gar nicht vorstellen, wer so dumm war, es hier auf dem Trockenen liegen zu lassen. Da müssen die Fugen ja zwangsläufig zumindest leicht geöffnet sein.«

Sie schleppten das winzige Fahrzeug das Felsufer hinunter und achteten dabei darauf, dass es weder über den Boden schleifte noch irgendwo anschlug, denn das Boot war so leicht gebaut, dass es so etwas nicht unbeschädigt überstanden hätte.

»Ich kann mir kaum vorstellen, dass ein so kleines Boot uns beide trägt«, sagte Hayes. »Es ist ja kaum so lang, wie ich groß bin.«

Sie luden ihre beiden Rucksäcke ein, lösten die festgebundenen Riemen und traten behutsam ins Boot. Als sie ihre Plätze vorn und achtern eingenommen hatten, lag das Dollbord nur noch ein paar Fingerbreit über dem Wasserspiegel.

Hayes ließ die Riemen ins Wasser und achtete dabei sorgfältig darauf, keinerlei Bewegung zu machen, die sie aus dem Gleichgewicht bringen konnte. »Ich hoffe nur, dass kein Wind aufkommt. Unser Boot dürfte wohl keine raue See überstehen.« Er ruderte los und steuerte ihre Nussschale auf den unterirdischen See hinaus. Während Kehler im Bug saß und gelegentlich Wasser schöpfte, blickte sich Hayes hingerissen in der Höhle um.

Die Tropfsteine waren erstaunlich, und einige der Säulen und Vorhänge hatten riesige Maße – zehn Meter und mehr vom Boden bis zur Decke – und erhoben sich wie phantastische Eisschlösser. Die Decke des Saals verlor sich in der Dunkelheit.

Kehler winkte mit der Laterne zu einer der größten Säulen hinüber. »Stell dir nur vor, in wie langer Zeit sich die hier gebildet hat. Gewiss in Jahrtausenden. Lange bevor Menschen nach Farrland kamen, könnte diese riesige Säule sich schon vom Boden bis zur Decke gespannt haben.«

»Wie uralt mag da die Höhle wohl sein?«, gab Hayes zurück. Sie ruderten weiter, die Augen auf die Wunder des Spiegelseesaals gerichtet: Mondstein, der sich wie Gletschermilch über das Elterngestein ergoss, beinahe durchsichtig und im Laternenlicht glitzernd.

»Das zu sehen war gewiss all unsere Mühen und unsere ruinierte Kleidung wert«, sagte Kehler.

»Ja. Ich wünschte nur, ich wäre Künstler, denn mir fehlt die Wortgewalt, das hier zu beschreiben.«

Aus einem Seitengang trat ein kleiner Flusslauf hervor und ergoss sein Wasser in den Spiegelsee. Der See wurde breiter, sodass sie eine Zeit lang kein Ufer mehr sahen, und hier und da tauchten jetzt kleine Landspitzen auf wie die großen Kaps der Erde, wenn man sie aus weiter Ferne betrachtet. Als die Wände wieder zu sehen waren, fielen ihnen darin mehrere Gänge unterschiedlicher Größe auf, und an einer Stelle stürzte Wasser aus einer Öffnung in der Decke. Sie ruderten einmal erstaunt darum herum und setzten ihre Fahrt dann fort.

Hayes konnte kaum glauben, wie lang der Saal war, doch als sie dorthin kamen, wo sie das Ende erwartet hatten, erwies sich die Stelle nur als eine Verengung. Von beiden Seiten ragte eine kleine Halbinsel ins Wasser, sodass ein Engpass von kaum vier Metern Breite entstand. Auf der einen Landspitze stand ein Felsenzahn, gekrönt von einer weißen Säule von etwa einem Meter Durchmesser.

»Magisch«, flüsterte Kehler. »Ich fühle mich, als hätten wir das Königreich der unter den Bergen wohnenden Männer betreten. Ein Volk, das über Jahrtausende meißelte und steinmetzte, jetzt aber verschwunden ist, sodass seine dunkle Welt einsam daliegt.«

Schnell durchquerten sie diesen letzten Seearm, der eher wie eine schmale Bucht war, und stellten fest, dass das zweite Boot dort auf einer Felsplatte lag. Hier verschwand der Fluss in einem Gang, und man konnte einen Wasserfall hören.

Es gelang ihnen, sicher zu landen, und Kehler zog das Boot sofort hinter ihnen an Land.

»Wir müssen das Boot ans andere Ende des Sees zurückbringen«, rief Hayes ihm in Erinnerung.

Sein Freund stand auf, jetzt plötzlich ernst. »Ich habe mir überlegt, dass wir dieses Boot hier lassen sollten. Erinnerst du dich, dass Clarendon erzählt hat, der Dämon Rose habe sich in Castlebough nach mir erkundigt? Und der Führer, der uns hergeführt hat, wird unseren Ausflug gewiss nicht geheim halten, zumindest nicht, wenn man ihm ein paar Münzen anbietet. Ich will nicht plötzlich feststellen müssen, dass wir auf unserer Suche Gesellschaft bekommen haben.«

»Aber ist das denn nicht gefährlich?«, fragte Hayes, der über das dunkle Wasser zurückschaute. »Was, wenn wir uns verletzen oder uns verirren?«

»Mit ein bisschen Glück sind wir zurück, bevor irgendjemand sich Sorgen macht. Die Farrelliten sind nicht einverstanden mit mir, Samual. Ich kann mir nicht vorstellen, dass Rose mir hier unten hinterherkommt, aber die Kirche hat schon seit langem Talent darin, sich anderer Menschen zu bedienen. Ich halte es für kein großes Risiko, das Boot hier ein oder zwei Tage liegen zu lassen. Die Höhle wird erst wieder häufiger besucht, wenn im Sommer der Wasserstand niedriger steht und die unteren Eingänge offen sind. Wer auch immer sich sonst noch hier hereinwagt, kann eigentlich nur hinter uns her sein, fürchte ich.«

Hayes nickte. Er war versucht zuzugeben, dass er Erasmus eine Nachricht hinterlassen hatte, entschied sich aber dagegen. Kehler wäre wahrscheinlich außer sich vor Zorn, würde irgendwie befürchten, dass Erasmus dieses Wissen Diakon Rose enthüllte, obwohl dies eindeutig unwahrscheinlich war.

»Lass uns ein wenig essen und dann weitergehen. Bei unserem gegenwärtigen Tempo erreichen wir unser Ziel vielleicht sogar noch heute. Ist Mittag schon vorbei?«

Hayes fand seine Uhr. »Gut geraten. Zwanzig nach zwölf.«

Sie hielten eine schweigsame Brotzeit am Ufer des Sees. Hayes hatte ein etwas schlechtes Gewissen, Kehlers Vertrauen missbraucht zu haben, indem er Erasmus von ihrem Vorhaben Bescheid gab, war aber gleichzeitig verärgert, dass Kehler nicht das zweite Boot ans andere Ufer zurückbringen wollte. Wenn ihnen irgendein Unglück zustieß, würde es sich als äußerst schwierig erweisen, sie zu erreichen.

Nach der schweigsamen Mahlzeit verließen sie den Spiegelsee mit großem Bedauern, schlugen den neuen Gang ein und folgten dem Ablauf des Sees. Hier wies der Fluss eine kräftige Strömung auf und hatte einen tiefen Kanal in eine weiche Gesteinsader gegraben. Das Gehen war relativ einfach, und sie kamen gut voran.

Hayes sann darüber nach, was Kehler wohl dachte. War er innerlich vollständig auf ihr Ziel konzentriert, oder machte er sich wirklich Sorgen über den Priester, der ihn offensichtlich verfolgte? Hayes konnte das Gefühl nicht abschütteln, dass Kehler ihm nicht die ganze Geschichte erzählt hatte, als ob er einen Rückzieher von Hayes' Seite befürchtete, wenn dieser die Wahrheit erfuhr. Und Hayes war sich nicht sicher, ob sein Freund in dieser Beziehung nicht Recht hatte. Wonach suchten sie eigentlich? Kehlers Überzeugung, dass es sich um verloren gegangenes Wissen handelte, war bestenfalls eine Mutmaßung.

Immer, wenn Hayes' sich diese Frage stellte, dachte er an einen kleinen, in einer winzigen Felsspalte stecken gebliebenen Jungen, unendlich weit von jedem Trost entfernt – und dieser kleine Junge war irgendwie Hayes.

Der Gang wand sich weiter in Schleifen und Biegungen abwärts – wie Gedärme, dachte Hayes. Nach einer Stunde war das Brausen eines Wasserfalls so laut zu hören, dass sie hätten schreien müssen, wollten sie miteinander reden.

Schließlich waren sie gezwungen, im strömenden Wasser zu waten, doch der Fluss floss inzwischen breiter und war kaum noch sechzig Zentimeter tief. Sie gingen langsam, setzten ihre Füße vorsichtig auf und kamen schließlich an den Rand eines Wasserfalls. Ein niedriger Steindamm ließ das Wasser wie ein Rechen aus schiefen Zähnen durch, bevor es in die Tiefe stürzte. Vorsichtig wagten sie sich bis ganz an die Kante vor und hielten die Laterne darüber, um nach unten schauen zu können. Ein Chaos weiß brodelnden Wassers verschwand in einem weiten Schacht von etwa sechs Metern Breite, doch den Grund konnte man nicht erkennen. Hayes spürte das Ziehen des Wassers an seinen Füßen, ein geheimnisvolles Drängen zum Dunkeln hin.

Der Weg durch die Dunkelheit ins Licht.

»Wie weit geht es hinunter?«, fragte Hayes und trat ein wenig atemlos zurück.

»Zum Grund? Ich habe vergessen, was ich gelesen habe. Vielleicht fünfzig Meter? Irgendetwas in dieser Größenordnung. Tiefer, als man fallen möchte, das ist gewiss.«

»Aber wo gehen wir weiter?«

Kehler deutete über den Wasserfall hinweg auf die Wand zur Rechten, wo Hayes nur einen dunklen Schatten auf dem Stein erkannte.

»Das da ist ein Gang?«

Kehler nickte.

»Aber wie kommen wir da hin?« Hayes schaute wieder hinunter und hatte plötzlich das Gefühl, von eiskaltem Wasser durchströmt zu werden.

»Es ist wohl nicht so schwierig, wie es aussieht. Es soll angeblich guten Halt für die Füße geben, und wie es immer heißt, der Trick besteht darin, nicht hinunterzuschauen. Wir nehmen die Seile. Ich versuche es als Erster, wenn du möchtest.«

»Nein«, wehrte Hayes schnell ab. »Du bist schon zu oft als Erster gegangen. Diesmal bin ich dran.« Bei diesen Worten fühlte er sich von einem Kälteschauder durchlaufen, von einer plötzlichen Erschlaffung sowohl seines Willens als auch seiner Glieder. Wieder schaute er hinunter und fragte sich, wie viele Menschen wohl in ihr eigenes, frisch geschaufeltes Grab geschaut hatten.

Kehler stellte die Laterne auf einer hohen Felsleiste ab, sodass er beide Hände frei hatte, und band sich dann die Seilmitte um die Hüfte; das eine Seilende legte er zu einer Schlaufe und warf diese über einen herausragenden Felszahn am Rand des Wasserfalls. Das andere Seilende wurde fest um Hayes' Mitte gebunden, und dann gab Kehler das Seil nach Bergsteigerart langsam von der Hüfte her aus.

»Bist du überhaupt schon einmal geklettert?«, fragte Kehler.

Hayes schüttelte den Kopf und schaute auf den Weg hinaus, den er nehmen musste.

»Ich auch nicht, aber ich habe einen Freund, der die Sache fast schon fanatisch betreibt. Der hat mir gesagt, dass der Kniff darin besteht, den Körper von der Felswand abzuhalten. Der Schwerpunkt muss über den Füßen liegen. Verstehst du, was ich meine? Wenn du dich gegen die Felswand lehnst, zwingst du die Füße nach außen, und sie rutschen viel leichter ab. Bist du bereit?«

»Nein. Aber mit mehr Zeit werde ich das auch nicht sein. Der Schwerpunkt draußen, über meinen Füßen«, wiederholte er und trat an die Kante. Seine Ledersohlen waren viel zu rutschig, und so beschloss er, die Stiefel lieber auszuziehen und in Strümpfen zu klettern.

Als er nun dicht am Rande des Wasserfalls stand, schaute Hayes einen winzigen Moment lang nach unten und spürte, wie sein Gleichgewicht ins Wanken geriet. Automatisch griff er Halt suchend nach der Felswand.

»Flammen«, hörte er sich flüstern.

»Ruhig, Hayes, nur zu«, sagte Kehler.

Hayes nahm seine ganze Entschlusskraft zusammen, betrachtete die Felswand und versuchte, sich seinen Weg zur Öffnung des neuen Gangs zurechtzulegen. Er fand eine sichere Trittstelle für den ersten Fuß und stellte zu seiner Erleichterung fest, dass die recht breit war und die Wand zudem nicht ganz so lotrecht, wie sie aussah.

Beim Weiterklettern veränderte sich das Rauschen des Wasserfalls, und nun hörte er das erschreckend laute Niederstürzen der Kaskade in den Schacht unter ihm. Er versuchte, nicht daran zu denken, was ein Ausrutschen bedeuten musste. Ein weiterer Schritt auf eine schmalere Trittstelle.

»Halt dein Gewicht nach außen, Hayes«, rief Kehler ihm in Erinnerung, und er versuchte, dieser Aufforderung nachzukommen, obwohl ihm das das Gefühl einflößte, sich gefährlich weit hinauszulehnen, und er befürchtete, plötzlich vom Gewicht seines Rucksacks nach unten gezogen zu werden.

Er suchte eine weitere Trittstelle und Haltegriffe für die Hände, streckte die Arme aus und tastete prüfend den Fels ab, der fest wirkte, wenn auch ziemlich glatt. Diesmal machte er einen größeren Schritt nach links oben, wobei er sich mit der Hand an einem guten Haltegriff hochzog. Und da stand er nun und schaute, wie es weitergehen mochte. Nicht allzu weit entfernt befand sich ein kleiner Felsabsatz, der etwa dreißig Quadratzentimeter Stehfläche bot, doch den konnte er keinesfalls mit einem einzigen Schritt erreichten, und vielleicht nicht einmal mit zweien.

»Siehst du die Kletterstrecke?«, rief Kehler ihm über das Rauschen des Wasserfalls zu.

Hayes schüttelte den Kopf. »Es gibt keinen Halt für die Hände, und die Trittstellen sind zu schmal – kaum für Zehen geeignet.« Jetzt spürte er Panik in sich aufsteigen und schaute zurück. Er schien schon unüberwindlich weit gekommen zu sein. Die sichere Kante des Wasserfalls wirkte viel zu weit entfernt, und er wusste nicht, ob er es ohne Sturz zurück schaffen konnte.

Hayes spürte, wie seine Beine, die ja nur auf winzigen Trittstellen standen, zu zittern begannen und die Muskeln sich verkrampften. Plötzlich wirkte der Fels überall unglaublich glatt und schlüpfrig. Das Geräusch des niederstürzenden Wassers schien noch lauter zu werden und in seiner Brust zu vibrieren, als ob er mit dazugehörte.

»Hayes? Klettere entweder vorwärts oder zurück, aber bleib nicht stehen! Deine Beine zittern, das sehe ich. Komm zurück und lass mich den Versuch machen.«

»Beim Blut der Märtyrer, ich kann nirgendwohin.« Hayes schaute zurück, konnte aber die Trittstellen, die er auf dem Hinweg benutzt hatte, nicht mehr finden. Seine in den Fels gekrallten Finger verkrampften sich, und er merkte, dass er in wenigen Sekunden abstürzen würde.

»Nimm dich zusammen, Hayes!«, rief Kehler ihn mit erhobener Stimme an.

Hayes sah, wie Kehler sich ins strömende Wasser hockte und die Füße gegen den Fels stemmte, um sich auf den bevorstehenden Sturz vorzubereiten.

Ich darf nicht fallen, sagte sich Hayes. *Wenn ich falle, weiß ich nicht, ob ich je wieder hochkomme, selbst wenn das Seil hält. Ich darf nicht fallen!*

Verzweifelt schaute er zu dem kleinen Absatz, der so weit entfernt wirkte. Zwischen ihm selbst und der relativen Sicherheit dieser Stelle befanden sich zwei winzige Trittstellen, doch eine Griffstelle für die Hände konnte er nirgendwo entdecken. Wenn er es schaffte, sich ganz kurz und leicht mit den Zehen auf den Trittleisten abzustützen und weiterzugehen, vielleicht …

»Gib mir Seil, Kehler«, rief er und spürte, wie der Zug des Seils nachließ.

Da er merkte, dass seine zitternden Beine gleich nachgeben würden, konzentrierte Hayes sich ganz auf die denkbaren Trittstellen, zwang seine Beine zur Ruhe und eilte dann vorwärts. Nun hatte er die eine Trittstelle unter dem Fuß und zog den anderen Fuß nach, wobei er das winzige Felsband nur mit drei Zehen berührte. Mit den Händen fand er keinen Halt, die konnte er nur Balance suchend ausstrecken. Wieder bewegte er sich vorwärts und setzte den linken Fuß auf einen ähnlich prekären Tritt. Er stellte den anderen Fuß auf die Innenseite und sprang fast zu dem Absatz hinüber.

Als er darauf stand, kam ihm dessen Fläche fast wie ein Tanzboden vor. Unglaublich groß. Er hatte das Gefühl, dort eine Gigue tanzen zu können, ohne einen Absturz fürchten zu müssen.

»Gut gemacht!«, rief Kehler.

Hayes stand nach Luft schnappend da, nickte zum Zeichen, dass er den Zuspruch seines Freundes verstanden hatte, konnte aber nichts erwidern. Er warf einen Blick zur Öffnung des Gangs hinauf. Noch drei Meter, doch der Weg sah verhältnismäßig leicht aus – beinahe wie eine Treppe.

»Alles in Ordnung da drüben?«, rief Kehler.

»Ja … Ja, gleich klettere ich weiter. Es sieht jetzt einfacher aus.« Er merkte, dass er vor Erleichterung lächelte.

Ein Moment des Ausruhens in der relativen Sicherheit

bedeutete eine ungeheure Erholung, und sein Selbstvertrauen war durch das gerade Vollbrachte wieder etwas hergestellt. Allmählich kam er wieder zu Atem und betrachtete sich die Felsstrecke vor ihm genauer.

»Ich bin so weit«, rief Hayes seinem Freund zu und ging dann entschlossen voran, wobei er die Trittstellen sorgfältig wählte und den kalten Fels unter seinen bestrumpften Füßen spürte. Drei oder vier Minuten intensiver Konzentration, während deren er an nichts anderes dachte, als wo er Halt für Hände und Füße fand und wie er sich bewegen sollte, dann konnte er sich in den Gang hinaufziehen. Hier war das Licht nicht gut, doch er tastete umher und fand eine Stelle, um seinen Rucksack abzusetzen. Kehler schickte ihm die Laterne hinüber, entdeckte dann aber zu seinem Schrecken, dass er jetzt sehr schlechtes Licht zum Klettern hatte.

Nachdem er einen Moment lang zitternd dagestanden hatte, fand er eine Kerze in seinem Rucksack, die er aber mit Feuerstein nicht entzünden konnte, und so wurde die Laterne wieder am Seil schwingend über den Wasserfall zurückgeschickt. Kehler entzündete seine Kerze und schickte die Laterne retour. Dabei schafften sie es, sie gegen den Fels zu schlagen, als sie schon dicht bei Hayes war, doch wie durch ein Wunder blieb der Glasaufsatz unversehrt.

Den Kerzenstummel im Mund, dessen Flamme nun eine Handspanne vor seinem Gesicht flackerte, suchte Kehler den ersten Tritt auf der Felswand.

Hayes hatte sich an einem Felszacken festgebunden und hielt seinen Gefährten immer am straffen Seil, aber dennoch machte er sich Sorgen. Er war sich nicht sicher, ob er Kehler im Falle eines Sturzes halten konnte.

Glücklicherweise schien Kehler, der ja gerade eine erfolgreiche Bewältigung der Strecke vor Augen gehabt hatte, mehr Selbstvertrauen aufzubringen als Hayes, doch er zitterte sichtlich, nachdem er ja im eiskalten Wasser gesessen hatte. Selbst auf die Entfernung konnte Hayes die Hand zittern sehen, mit der er Halt am Fels suchte.

»Halt das Seil straff«, rief Kehler plötzlich, wobei die Kerze in seinem Mund die Worte verzerrte. Er war an die Stelle gekommen, wo Hayes beinahe gänzlich die Nerven verloren hätte. Hier hielt auch er inne, doch vielleicht mehr, um seine körperlichen Reserven anzuzapfen. Er verlagerte das Gewicht auf ein Bein und löschte dabei unglücklicherweise den Kerzenstummel.

»Beim Blut des Märtyrers«, fluchte er, spuckte die Kerze dann aus und ließ sie in die Tiefe stürzen.

»Kannst du überhaupt etwas sehen?«, rief Hayes über das Tosen des Wasserfalls hinweg.

»Kaum, und wenn ich hier stehen bleibe, bis meine Augen sich an die Dunkelheit gewöhnt haben, werde ich gewiss abstürzen. Ich zittere auch so schon wie Espenlaub.« Es folgte ein Schweigen, in dem Hayes die Angst wachsen spürte.

»Hayes? Kannst du dich vom Seil losbinden? Ohne Licht komme ich nicht weiter. Du musst das Seil losbinden und die Laterne hochhalten, damit ich etwas sehen kann. Kannst du das tun?«

Das klang gar nicht gut in Hayes' Ohren. Wenn er das Seil jetzt einfach am Fels festmachte, war es nicht mehr straff, sobald Kehler weiterkletterte. Wenn er dann fiel, stürzte er ins schlaffe Seil, das unter dem Gewicht fast mit Sicherheit reißen würde.

»Ich weiß nicht, ob das eine gute Idee ist, Kehler. Siehst du denn gar nichts?«

»Nein. Ich muss Licht haben, und zwar schnell. Meine Beine zittern so heftig, dass ich gewiss jeden Moment abstürze. Bitte, Hayes, tu, worum ich dich gebeten habe!«

Widerstrebend band Hayes das Seil am Felszacken fest, behielt aber seinen eigenen Teil um die Hüfte geschlungen, damit er sich mit der Laterne in der Hand so weit wie möglich über den Abgrund beugen konnte.

Er ergriff das Licht und krabbelte direkt an die Kante des Gangs. Mit der freien Hand hielt er sich am Seil fest, beugte sich über den Abgrund und streckte die Laterne gefährlich weit hinaus. Das Rauschen des Wassers war plötzlich sehr laut zu hören.

»Flammen!«, hörte er sich sagen. »Blut und Flammen!«

Mit einem Gefühl absoluter Hilflosigkeit sah er zu seinem Freund hinüber, der zitternd auf dem Felsen stand. Hayes war sich beinahe sicher, dass Kehler stürzen würde, als dieser plötzlich die Hand ausstreckte und den Fuß auf eine winzige Felsleiste setzte. Doch in dem Moment, in dem er sein Gewicht auf diesen Fuß verlagerte, rutschte er aus, hielt sich einen Moment lang zappelnd am Fels festgeklammert und hatte dann gnädigerweise einen Moment später wieder Halt gefunden, keuchend wie ein Schwindsüchtiger, was aber bei ihm von der Angst kam.

Hayes hörte ihn leise fluchen.

»Halt deinen Körper vom Fels weg, Kehler, sonst passiert dir das wieder.«

Er sah, dass sein Gefährte nickte und sich dann ein wenig nach außen schob, wenn auch nicht weit genug, wie Hayes dachte. Kehler brauchte einen Moment, um sich zu sammeln, und machte dann weiter, diesmal mit übertriebener Vorsicht. Noch einen Schritt, und er hatte den Absatz erreicht.

»Von hier an ist es ein Kinderspiel«, rief Hayes. »Ein echter Lehnstuhl für einen Kletterer, könnte man sagen.«

Kehler schaffte noch nicht einmal ein Lächeln zur Antwort. Sein Gesicht war weiß verzerrt, sein ganzes Verhalten grimmig, wenn auch jetzt entschlossener. Kurz darauf gesellte er sich zu dem erleichterten Hayes am Rande des Gangs.

»Zitterst du vor Angst oder vor Kälte?«

»Beides, wie ich gestehen muss«, antwortete Kehler. »Ich muss sofort trockene Kleider finden.«

Hayes musste seinem Freund in die trockenen Sachen helfen, weil er mit den Händen kaum mehr richtig greifen konnte, und er überließ Kehler auch seinen eigenen, noch körperwarmen Mantel. Mit dem alten Kniff bereitete er über der Laternenflamme so etwas wie Tee zu, und der schien zu helfen. Dennoch dauerte es eine gute Stunde, bis Kehler ausreichend aufgewärmt war.

Sie aßen dort auf ihrem Balkon über dem Wasserfall und tranken eine zweite Tasse angewärmten Tee.

»Wir müssen wohl weiter«, sagte Kehler dann. Er zitterte nicht mehr und hatte auch wieder etwas Farbe im Gesicht, wenn man auch nicht behaupten konnte, dass er gut aussah. Hayes war sich sicher, dass Kehler eigentlich eine Nacht in einem warmen Bett und einen Tag lang Ruhe brauchte. Doch hier unten war das noch nicht einmal annähernd möglich. Sie konnten entweder vor oder zurück: Eine andere Wahl hatten sie nicht.

Hayes half seinem Freund, sich den Rucksack auf die Schultern zu laden, und nahm dann seinen eigenen Packen. Er ergriff die Laterne und ging in mäßigem Tempo voran. Der Gang, den sie jetzt benutzten, hatte leider eine niedrige Decke, und an manchen Stellen mussten sie auf alle viere nieder, doch er war drei Meter breit, und Hayes war erleichtert, dass er zumindest nicht noch enger zu werden schien.

»Wir gehen aufwärts«, sagte Hayes plötzlich. Nachdem sie seit dem Einstieg in die Höhle immer nach unten gegangen waren, stieg dieser Gang nun plötzlich an.

»Ja, in diesem Teil der Höhle fließt das Wasser bei Hochstand durch diesen Gang hier ab, und den Rest des Jahres noch durch mehrere andere Gänge. Es ist beinahe ein getrenntes Höhlensystem. Soweit man weiß, ist dies hier die einzige Verbindung zwischen den beiden Abschnitten der Höhle, und ein weiterer Eingang müsste erst noch gefunden werden. Jetzt befinden wir uns im abgelegenen Teil der Höhle. Nur wenige wagen sich über den Wasserfall hinaus, denn diese Überquerung, die wir gerade hinter uns gebracht haben, hält alle außer den Mutigen und den Verrückten auf.«

»Wir gehören zu Letzteren, wenn ich recht verstehe?«

»Also, wie ich da über dem Wasserfall hing, habe ich mich gewiss nicht sonderlich mutig gefühlt. Ich konnte an nichts anderes denken, als dass ich gleich in dieses Loch fallen und in die tiefen Kanäle unter dem Berg geraten würde. Wahrscheinlich werde ich für den Rest meiner Tage Albträume haben.«

Durch den Gang floss ein Rinnsal, und hin und wieder stießen sie auf kleine Becken wunderbar klaren Wassers. An einer Stelle waren sie gezwungen, eine fünf Meter hohe Steilwand emporzuklettern, doch nach dem, was sie gerade geschafft hatten, hielt sie das kaum noch auf.

»Ich glaube fast, dass man jede Befürchtung, Diakon Rose könnte uns seine Lakaien hinterherschicken, jetzt ruhen lassen kann. Sie müssten über den Spiegelsee gehen und den Wasserfall überqueren. Inzwischen können wir wohl mit Sicherheit sagen, dass wir uns außerhalb ihrer Reichweite befinden.«

Kehler nickte, erwiderte aber nichts. Offensichtlich war er da weniger zuversichtlich als sein Freund, was diesen ein wenig überraschte.

22

Erasmus wachte von einem unbekannten Geräusch auf. Ein Kratzen an der Tür und Geschnüffel.

Der Traum, dachte er. *Der Wolf an der Tür.* Er drehte sich auf die andere Seite, schloss die Lider und rief sich ein Bild der Gräfin vors innere Auge: etwas, das die Gefühle des Traums vertreiben würde.

Ein leises Klopfen.

Erasmus setzte sich auf.

Wieder ein Klopfen.

Wer um alles in dieser Welt?, dachte er, erhob sich jetzt aber schnell. Vielleicht war es jemand, der Nachricht von Hayes und Kehler brachte. Blut und Flammen, er hoffte nur, dass ihnen kein Missgeschick zugestoßen war.

Er warf sich einen Morgenmantel über, entriegelte die Tür und öffnete sie einen Spalt weit. Dort im dämmerdunklen Korridor stand ein kleiner, rundlicher Mann, erst unvertraut, doch dann war da etwas an ihm …

»Beim Blut des Märtyrers! Mr. Walky?«

»Ah, du hast mich nicht vergessen, mein junger Löwe«, flüsterte der Mann. »Jetzt lass mich ein, bitte.«

Erasmus warf die Tür weit auf, und Walky betrat das Zimmer, fast eine Erscheinung im Sternenlicht.

»Nie im Leben hat mich ein Besuch mehr überrascht«, begann Erasmus, sowohl überglücklich, den Mann zu sehen, als auch von schlechten Vorahnungen erfüllt. Warum nur tauchte Eldrichs Diener nun, nach all diesen Jahren, bei ihm auf? Vielleicht stand die Frage deutlich auf seinem Gesicht zu lesen.

»Ich bin gekommen, um Sie abzuholen«, sagte Walky mit leicht entschuldigender Stimme.

»Ach.« Erasmus spürte etwas wie Angst in sich aufsteigen. »Was will er, Mr. Walky?«, fragte er, nun schon mit trockenem Mund.

Der kleine Mann zuckte die Schultern. »Das weiß nur der Magier selbst«, sagte er und versuchte, beruhigend zu lächeln. »Ziehen Sie sich schnell an, seit Ihrer letzten Begegnung ist er nicht geduldiger geworden.«

Erasmus nickte und warf seine Kleider über.

Auf der Straße, im Schatten eines Gebäudes, erwartete sie eine Kutsche.

Nachdem sie schweigend den ersten Häuserblock passiert hatten, ergriff Erasmus das Wort. »Es geht Ihnen gut, wie ich hoffe?« Das war aber eigentlich nicht die Frage gewesen, die er hatte stellen wollen.

»Ja, natürlich. Wie könnte es anders sein?«

Der alte Mann, der inzwischen wohl sehr alt sein musste, wirkte seit damals kaum gealtert. Sein Haar, oder das wenige, was noch davon übrig war, war auch schon vor zwanzig Jahren weiß gewesen, und in dem Schummerlicht wirkte sein Gesicht auch nicht faltiger. Zwanzig Jahre …

»Unterrichten Sie noch immer die jungen Herren?«, fragte Erasmus, doch eigentlich suchte er nach einer Möglichkeit, auf die Ereignisse der Vergangenheit anzuspielen, um zu sehen, ob Walky vor dem Thema zurückscheute.

»Seit Ihren Tagen hat es keine jungen Herren mehr gegeben, Sir. Ich kümmere mich jetzt um den Garten und befolge die Befehle des Magiers.«

Das langsame Gerumpel und Geklapper eisenbeschlagener Räder und Pferdehufe hallte zwischen den Häusern wider.

»Ich glaube nicht, dass er etwas Schlimmes mit Ihnen im Sinn hat, Sir«, sagte Walky plötzlich beruhigend.

»Nein? Nein, wohl nicht.«

Die Kutsche rumpelte weiter und kletterte langsam die Haarnadelkurven der Straße hinauf. Erasmus schloss einen Moment lang die Augen und sah seine letzte Begegnung mit Eldrich vor sich, mit Eldrich und Percy. Unter Einsatz seiner ganzen, beträchtlichen Willenskraft versuchte er, das Bild aus seinem Kopf zu vertreiben. *Percy* …

»Wir sind beinahe da, Sir«, riss Walky Erasmus aus seinen Gedanken. »Mr. Flattery? Ich weiß, dass Sie erwachsen geworden und jetzt ein Mann unter Männern sind … Aber den Grafen beeindruckt auch der größte Mann in Farrland nicht sonderlich. Das sollten Sie am besten nicht vergessen. Menschenstolz duldet er nicht.«

Der gute alte Walky. Selbst nach all diesen Jahren sorgte er sich um seine Schützlinge. Hätte sich diese Sorge vor all diesen Jahren doch nur als etwas wirksamer erwiesen …

Sie hielten unter dem Dach einer Kutscheneinfahrt, und ein schweigender Lakai ließ das Trittbrett herunter.

»Wo sind wir?«

»Das wissen Sie nicht? Dies ist das Haus des Priesters Baumgere. Eldrich erwartet Sie hier.«

Walky führte Erasmus in das alte Gutshaus, und als sie den kaum erleuchteten Eingang passierten, fiel Erasmus auf, dass direkt hinter ihnen ein anderer Mann herauskam und zu der wartenden Kutsche geführt wurde.

Unmöglich, dachte Erasmus. Da muss das Sternenlicht mir einen Streich gespielt haben, denn ihm kam es so vor, als hätte er einen silberhaarigen Kopf gesehen – wie den von Skye –, aber das konnte unmöglich sein.

Sie gingen Korridore entlang, die nur hier und da von Kerzen erhellt waren, und kamen schließlich in eine Rotunde, vermutlich unter einer Buntglaskuppel, denn auf den Boden schien ein Muster zu fallen wie der Abdruck nassen Herbstlaubs auf einem Fußweg.

Als er den Blick wieder senkte, merkte er, dass Walky sich zurückgezogen hatte. Im Raum war es fast gänzlich dunkel, und Erasmus spürte, wie seine Befürchtungen sich verschlimmerten.

»Du hast nichts zu befürchten«, ertönte die Stimme, die er niemals vergessen würde – melodisch und doch gänzlich bar jeder menschlichen Wärme. Ganz und gar keine Menschenstimme.

»Lord Eldrich?«

»Ja, tritt vor, Mensch. Hätte ich dir Schlimmes zufügen wollen, hätte ich das schon vor langer Zeit getan.«

Aber das haben Sie, dachte Erasmus. Er trat vor, die Hand vor sich ausgestreckt wie ein Blinder. Auf der anderen Seite des Raums schoss eine Flamme hoch, was ihn veranlasste zurückzutreten. Er meinte, im Dunkeln ein Kichern zu hören.

Walkys Warnung eingedenk, trat er schnell vor. Er fand Lord Eldrich entspannt in einem Lehnstuhl beim Ofen sitzen. Erasmus hatte vergessen, wie groß der Magier war.

Außerdem hatte er die Ausstrahlung des Mannes vergessen. Es gab nicht einen Adligen, der dem gleichkam. Eldrich war ein Mann, der seine Stellung haargenau kannte. Kein Irrtum möglich. Und es gab auch keinen Zweifel, was Eldrich von anderen hielt: einfach nur Menschen, kaum seiner Zeit wert.

»Setz dich, Erasmus«, sagte Eldrich, die Stimme beinahe weich, doch noch immer bar jeder Wärme. »Das also ist aus dir geworden …« Er heftete einen desinteressierten Blick auf seinen ehemaligen Schützling.

Erasmus konnte den Mann gerade eben erkennen; sein dunkles Haar umrahmte ein hageres Gesicht, das immer schrecklich bleich war, als läge ihm nichts an der Sonne. Dünne Lippen und eine scharfe Nase – fast raubvogelhaft, dachte Erasmus. Ein jagender Falke, dessen Augen nichts entging und der kein Mitleid kannte.

»Wie lange ist es jetzt her?«

»Etwa zwanzig Jahre, Sir.«

»Wirklich. Die Zeit … sie sagt mir so wenig. Diener sterben. Ich höre Gerüchte, dass es einen neuen König gibt. Freunde … sie sind schon seit so vielen Jahren verschwunden.« Er schüttelte den Kopf ein wenig traurig, ein wenig verwirrt, als wüsste er nicht recht, wie es dazu gekommen war. »Und du bist erwachsen geworden und sogar ein bisschen berühmt, wie ich gehört habe. Walky ist sehr stolz auf deine Leistungen.« Er lächelte, wenn auch keine Zuneigung darin lag – eher Belustigung, dachte Erasmus. Eldrich schien ihn einen Moment lang zu betrachten, der Blick nicht feindselig, aber auch nicht freundlich.

»Was kann ich für Sie tun, Lord Eldrich?«, fragte Erasmus, der plötzlich die Geduld verlor, verärgert über diese Behandlung.

Eldrichs Lächeln war spöttisch. »Du spielst deine Rolle, Erasmus, sei unbesorgt. Ich möchte wissen, ob du von gewissen Leuten aufgesucht worden bist, die mich interessieren.«

»Von was für Leuten?«

»Nun, das ist schwer zu beantworten, da ich ihre Namen nicht kenne. Verstehst du, sie haben sich große Mühe gegeben, ihre Existenz vor mir geheim zu halten – aber sie waren nicht gänzlich erfolgreich. Und jetzt werden sie eindeutig wagemutig. Sogar verzweifelt. So verzweifelt, dass ich vermute, sie könnten an dich herangetreten sein. Ich kann nur einen von ihnen beschreiben, eine Frau – schmal, rötlich blondes Haar, aber verblasst. ›Ausgelaugt‹, mit diesem Wort hat jemand sie mir einmal beschrieben. Sie verwendet verschiedene Namen.«

»Von so einer Frau weiß ich nichts.« Erasmus war überrascht, dass Eldrich sich überhaupt für die Angelegenheiten der Menschen interessierte.

Der Magier rückte in seinem Stuhl zurecht, wandte den Kopf mit einem Ruck zur Seite und schaute ins Dunkel.

Denken, von Traurigkeit überlagert. Das sah Erasmus, falls man sich überhaupt vorzustellen wagte, was ein Magier empfand. Was sie denken mochten, war ein absolutes Mysterium.

»Du hast den Text auf dem Pelier schon vor der Begegnung mit der Gräfin einmal gesehen, wie ich folgere?«

Erasmus war überrascht. Hatte Eldrich ihn so genau im Auge? War dies all die Jahre so gewesen? »Ein Freund, Samual Hayes, hatte ihn mir gezeigt. Ein Freund von ihm hatte ihn in den Farrellitischen Archiven Wootons ausgegraben und ihm geschickt.«

Das schien Eldrichs Aufmerksamkeit zu erregen. »Du kennst diese jungen Männer?«

Erasmus nickte.

»Und sie halten sich hier in Castlebough auf?«

»Ja, oder vielmehr, bis vor kurzem. Anscheinend sind sie in eine der Höhlen eingestiegen, wo sie irgendetwas suchen, was, weiß ich nicht.«

»In die Spiegelseehöhle.«

»Ja.«

Eldrich erhob sich von seinem Stuhl und ging in die fleckige Dunkelheit der Rotunde hinaus, wo er stehen blieb, als hätte er vergessen, wohin er gehen wollte oder warum. Er wandte sich wieder Erasmus zu. »Sind die Priester auf der Suche nach diesem jungen Mann? Wie heißt er überhaupt?«

»Kehler. Es gibt hier einen Priester – einen Diakon Rose –, der ihn verfolgt. Der Priester hat mir gesagt, dass Kehler sich in Gefahr befindet, mehr wollte er aber nicht dazu äußern. Er hat mir außerdem aufgetragen, Ihnen, falls ich Sie treffen sollte, zu versichern, dass die Farrelliten den Magiern treu geblieben sind. Es schien ihm viel daran zu liegen, dass dies bei Ihnen ankommt.«

»Dazu hat er allen Grund«, sagte Eldrich und ging dann noch einmal drei Schritte, die Hand an die Stirn gelegt, wie es Erasmus vorkam, obwohl es bei dem schlechten Licht schwer auszumachen war.

Der Magier blieb in der Mitte der Rotunde stehen, schaute zur Kuppel auf und stand einen Moment lang mit sonderbar ausgestreckten Armen da; dann kam er zurück und stellte sich ans Feuer.

»Du warst in den letzten Jahren sehr fleißig, Erasmus. Zweifellos hast du bei deinen Nachforschungen von Teller gehört?«

»Das – das habe ich.«

»Weißt du, was aus dem Geheimbund geworden ist, den dieser Mann auf die Welt losgelassen hat?«

»Ich glaube, er wurde vernichtet. Fünf Magier stellten ihnen eine Falle und setzten ihren Bemühungen ein Ende.«

»Mehr als nur ihren Bemühungen«, sagte Eldrich mit Nachdruck, »wenngleich dies nicht einfach war, denn die Nachfolger Tellers lernten, sich raffiniert zu tarnen, und wussten, wie sie sich dem Augenmerk der Magier entziehen konnten. Im Laufe der Jahre sind sie in dieser Hinsicht nicht weniger gewieft geworden, das ist gewiss. Aber jetzt denken sie, dass ich dem Ende entgegengehe und meine Macht schwindet, und das hat sie voreilig gemacht. Außerdem spüren sie das Bevorstehende und werden verzweifelt.«

»Wollen Sie damit sagen, dass es die Telleriten noch immer gibt?«

»Hörst du nicht zu, wenn ich spreche?«, brauste Eldrich auf. Wieder ging er zur Mitte der Rotunde. Nachdem er dort kurze Zeit auf und ab marschiert war, drehte er sich um und schaute Erasmus aufmerksam an.

»Erasmus?«

Er lief durch die Dunkelheit und traf dann auf etwas Hartes, fühlte aber keinen Schmerz.

»Erasmus?«

Er öffnete die Augen und schien eine flackernde Flamme vor sich zu haben. Dann wurde sein Blick allmählich klarer, und er merkte, dass es keine Flamme war, doch es verblasste so schnell, dass er es nicht benennen konnte.

»Sie können jetzt aufstehen. Es fehlt Ihnen nichts.«

Erasmus merkte, dass Walky über ihm stand und Dinge über den Arm gelegt trug.

»Ich habe Ihre Kleider hier, Sir.«

Erasmus setzte sich plötzlich auf, noch immer dumpf im Kopf. »Was hat er mit mir gemacht?«

»Nur ein wenig in Sie hineingeschaut; um sicherzugehen, dass man Sie nicht kontaktiert und anschließend ihre Erinnerung vernebelt hat.«

»Was?«

»Kommen Sie, Sir. Ich kann Ihnen helfen, wenn Sie nicht zurechtkommen. Das Tageslicht naht schon. Wir sollten Sie zurückbringen, Sir.«

Erasmus merkte, dass durch die Kuppel über seinem Kopf ein wenig Grau hereinsickerte. Außerdem merkte er, dass auch ein wenig Licht den Weg in seinen Kopf fand.

»Was für eine Rolle soll ich in dieser Sache spielen, Walky?«

Selbst im schummrigen Licht konnte er sehen, wie der Mann mit den Schultern zuckte. »Das weiß nur der Magier«, sagte er.

23

Skye zog eine einfache weiße Weste an, schaute auf die Uhr und steckte sie dann in seine Westentasche. Noch ein paar Minuten. Er ging zum Fenster und starrte über das Städtchen Castlebough auf den See hinunter, der hypnotisierend im Sonnenlicht glitzerte. Die Nachricht der Gräfin war nicht sonderlich herzlich gewesen – tatsächlich sogar eher kurz angebunden. Ungewöhnlich, dachte er und zuckte die Schultern. Frauen waren eben unverständlich, und diese Gräfin sowieso. Sie wirkte in seiner Gegenwart abwechselnd geradezu teenagerhaft aufgedreht oder aber gereizt und verdrossen. Er verstand es einfach nicht.

Vielleicht war sie durch die Tatsache, dass sie jedem Mann in Farrland den Kopf verdrehte, ein wenig sonderbar geworden, doch an ihm waren ihre Reize verloren. Ja, sie war eine attraktive Frau, daran gab es keinen Zweifel, doch es gab andere, die er weit reizvoller fand, und die verhielten sich in seiner Gegenwart nicht so sonderbar. Nicht so, als hätte er ihnen ein Versprechen gemacht und es nicht gehalten.

Skye fragte sich, was die Gräfin von Flattery in Erfahrung gebracht haben mochte; ihrer Nachricht war gewiss kein Hinweis darauf zu entnehmen. Vielleicht war Flattery unfreundlich zu ihr gewesen, das würde ihr Verhalten erklären – sie war verärgert über Flattery, nicht über ihn.

In dem kleinen Park gegenüber des von ihm gemieteten Hauses hüteten Kindermädchen spielende Kinder und schwätzen miteinander, während sie gleichzeitig mit Handarbeiten beschäftigt waren, für die sie anscheinend nicht einmal einen Teil ihrer Aufmerksamkeit benötigten.

Auf einer der Bänke saß ein Mann und las ein Buch, einer der Männer, die anscheinend immer im Park waren – und ihn nur verließen, wenn Skye das Haus verließ. Zweifellos Agenten der Farr-Regierung; er spürte, wie die Furcht seine Eingeweide zusammenzog.

»Inzwischen hätten sie mich doch schon verhaftet«, brummte er. Gewiss hatten sie keinerlei Beweise. Ihr Versuch, ihn zu kompromittieren, war dank einer ihm unbekannten Frau und ihrer Freunde gescheitert. Er dachte oft an sie und fürchtete dann, sie könnte vielleicht irgendwie in die Hände der Admiralität gefallen sein. Wer um alles in der Welt mochte sie wohl sein, und wie hatte sie von Moncriefs Intrige erfahren? Die Begegnung mit ihr war eine der merkwürdigsten Erfahrungen seines Lebens gewesen. Farrelle sei Dank, dass sie da gewesen war, sonst befände er sich jetzt wahrscheinlich im Gefängnis.

»Sie können dir nichts anhaben«, sagte Skye und nahm die Schultern zurück. Sie hatten es versucht, und es war fehlgeschlagen. Und jetzt war er auf der Hut. Der König gehörte noch immer zu seinen Bewunderern. Moncrief würde für diese Verspottung aller Gerechtigkeit irgendwann den ihm zustehenden Lohn bekommen. Sollte er noch eine Weile schwitzen.

Der Mann im Park schien es gar nicht zu bemerken, als Skye auf die Straße trat, doch Skye wusste, dass er da war. Einen halben Block weiter hinten, vielleicht auf der gegenüberliegenden Straßenseite, doch er war da.

Verbanne ihn aus deinen Gedanken, sagte er sich. *Dieser Mann kann nichts anderes tun, als dir zu folgen.* Und zwar praktisch ohnmächtig.

Da das Wetter schön war, beschloss er, die kurze Strecke zum Haus der Gräfin zu Fuß zurückzulegen.

Die Gräfin war so in Gedanken versunken, dass sie ihre Umgebung überhaupt nicht mehr wahrnahm. Sie saß auf einer kleinen Terrasse, von einer Steinmauer vor dem leichten Wind geschützt. Die Sonne spendete zwar zunehmend mehr Wärme, doch noch immer lag die Kühle des vergangenen Winters in der Luft, von dem in schattigen Tälern und auf den Berggipfeln noch immer Reste zu spüren waren.

»Einen wunderschönen Tag, Lady Chilton«, sagte Skye und riss die Gräfin aus ihren Gedanken.

Sie stand sofort auf und machte einen Knicks, wobei sie sich fragte, ob ihr Verhalten genauso zurückhaltend wirkte, wie sie selbst es empfand. Skye zeigte keinerlei Reaktion, aber etwas anderes hatte sie auch nicht erwartet.

»Bitte, Lord Skye, setzen Sie sich. Machen Sie es sich bequem.« Sie nahm wieder Platz, sah ihn einen Moment lang schweigend an und überlegte, ob er sie wohl nach ihrer Begegnung mit Erasmus fragen oder lieber so tun würde, als ob ein Besuch bei ihr wichtiger als alles sei, was sie vielleicht in Erfahrung hatte bringen können. Als er nichts sagte, kam sie sich allmählich dumm vor.

»Ihre Bilder sind bereit. Soll ich sie zu Ihrer Kutsche bringen lassen?«

»Ich bin zu Fuß hier, Lady Chilton.«

»Dann werde ich sie zu Ihrem jetzigen Wohnsitz liefern lassen, wenn Sie meinen Dienern die entsprechenden Anweisungen geben.«

Er nickte dankend.

»Sie würden gerne von meiner Begegnung mit Erasmus Flattery hören«, sagte sie.

»Sie haben ihn schon getroffen?«, fragte er, als wäre ihm der Gedanke noch gar nicht gekommen. Als wäre er nur hierher gekommen, um sie erwartungsvoll anzustarren.

»Mr. Flattery hatte die Freundlichkeit, mich zu besuchen.« Plötzlich begegnete sie seinem Blick. »Ich hatte gar nicht gewusst, dass er ein so anziehender Mann ist.« Ihre Augen senkten sich auf ihre Hände. »Ich habe ihm die Bilder gezeigt. Er hat sofort erraten, dass ich in Ihrem Auftrag handelte … Ich weiß nicht, wie.« Sie schaute zu ihm auf, als ob er das vielleicht erklären könnte, doch er zuckte nur mit den Schultern. »Es ist mir dennoch gelungen, ihm die eine oder andere Information zu entlocken. Er räumte ein, dass die Schrift auf dem Pelier, oder vielmehr auf der Kopie, den Magiern wahrscheinlich bekannt war und vielleicht sogar Ähnlichkeit mit der Schrift auf der Ruine von Farrow hat, wie Sie es vermuteten.« Sie schaute auf, um Skyes Reaktion auf diese Nachricht zu sehen, und obwohl er vollkommen bewegungslos dasaß, konnte sie die Erregung in seinem Gesicht erkennen. »Er behauptete jedoch, die Schrift nicht lesen zu können.« Sie spürte, dass sie die Achseln zuckte. Fast hätte sie die Wahrheit herausposaunt. Was auch immer, nur um Skye zufrieden zu stellen. Ein Schauder des Abscheus durchlief sie bei dem Gedanken, wozu sie alles bereit wäre, um diesen Mann für sich einzunehmen.

»Aber kann er es vielleicht doch? Hatten Sie das Gefühl, dass er die Wahrheit sagte?« Skye hatte sich in seinem Stuhl vorgebeugt und sah sie aufmerksam an.

Sie zuckte wieder die Schultern und merkte, dass sie ihn ein wenig hoffnungslos anblickte, während sie versuchte, die Erregung zu verbergen, die sie in seiner Gegenwart befiel. Wenn er sie nur einmal aus den richtigen Gründen so anschaute …

Skye drehte sich plötzlich im Stuhl um und blickte weg, schaute sich die Aussicht an. »Wenn es aber die Schrift der Magier ist …? Wie kann Pelier dann davon gewusst haben?«

»Er hat nicht einfach nur die Schrift auf der Ruine nachgeahmt, wenn ich hier richtig folgere?«

»Nein, das glaube ich nicht. Flattery sollte das besser wissen als ich, aber nein, ich glaube, sie stammt aus einer anderen Quelle. Vielleicht tatsächlich aus der ›Inspiration‹, wie Pelier immer behauptete.« Skye fuhr sich mit der rechten Hand durch das dichte, silbrige Haar, wie immer, so hatte sie bemerkt, wenn er tief in Gedanken war.

»Aber warum interessiert Sie das so?«, fragte sie leise.

Skye schien von der Frage überrascht. »Das ist schwer zu erklären.«

»Ich habe keine dringenden Verabredungen. Lassen Sie sich den ganzen Tag Zeit, wenn Sie wollen. Ich kann auch morgen noch frei sein, falls eine Geschichte so lange benötigen könnte.«

Er schien sie einen Moment lang abzuschätzen, mit diesem Blick, der noch nie warm auf ihr geruht hatte. Dann rückte er sich im Stuhl zurecht, wie um vertraulicher mit ihr zu sprechen, sagte aber noch immer nichts. Die Gräfin blieb still, wartete ab, wollte ihn jetzt nicht bedrängen. Der geringste Fehler, und er würde beschließen, gar nichts zu sagen – und jede Möglichkeit von Vertraulichkeit wäre verschwunden.

Zweimal wandte er ihr seine Aufmerksamkeit zu, holte tief Atem, wie um zu sprechen, doch beide Male verließ ihn sein Entschluss, oder er konnte die rechten Worte nicht finden und schaute weg.

»Ich kann Ihnen Verschwiegenheit schwören, falls Ihnen das Sorgen bereitet«, sagte die Gräfin leise, da sie kaum wagte, ein Wort hervorzubringen.

Dann sah sie, wie sein Gesicht sich veränderte, die Spannung daraus wich und er wenig überzeugend nickte. »Die Geschichte des Fremden von Compton Heath fasziniert mich seit dem Tag, an dem ich sie zum ersten Mal gehört habe, und je mehr ich darüber erfuhr, desto faszinierender wurde sie. Verstehen Sie, ich halte sie weder, wie viele andere, für einen Dorfmythos noch einfach für einen dummen Streich. Der Priester, Baumgere, ist dem Fremden begegnet, und einen scharfsinnigeren Mann als diesen Priester kann es wohl kaum geben. Nein, seine Sprachkenntnisse waren viel zu fundiert, als dass irgendjemand ihn hätte betrügen können. Der Fremde sprach zweifellos eine Sprache, der Baumgere bisher noch nicht begegnet war.

Wo kam dieser Fremde nun also her? Aus irgendeinem unerforschten Teil der Welt, das ist die allgemein akzeptierte Erklärung, und eine überzeugendere Antwort kann man sich kaum vorstellen, doch ich habe Grund zum Zweifel. Verstehen Sie, in der Vergangenheit findet man noch weitere Vorfälle dieser Art, die man alle für Schabernack gehalten hat, und manche davon waren es wahrscheinlich auch wirklich. Natürlich würde man fragen müssen, welchem Zweck sie denn dienten außer dem, dem Schwindler eine kurze Zeit der Berühmtheit zu sichern. Doch manche dieser Vorfälle sind von einer Art, dass ich mich frage, ob es sich wirklich nur um Schabernack handelte.

In Doorn wurde an einem Wintertag ein Junge halb erfroren aufgefunden, und bald danach erlag er seinen Qualen. Auch er sprach eine fremde Sprache, war sonderbar gekleidet und empfand seine Umgebung als unbekannt. Den Leuten, die ihn fanden, kam er vollständig fremd vor.

Vor siebzig Jahren lebte eine Frau in den Bergen Entonnes, eine Eremitin, die angeblich Lieder in einer unbekannten Sprache sang und Heilerwissen besaß, das anderen fremd war. Manche hielten sie für ein wenig verrückt, denn sie behauptete immer, sie sei von einem anderen Ort hierher versetzt worden – einem Ort, den man weder über Land noch übers Meer erreichen könne. Und in der Nähe der Tremont-Abtei tauchte ein etwa zwölfjähriger Junge auf. Ein Schäfer und sein Sohn fanden das Kind, das völlig verängstigt in den Bergen herumwanderte und eine Sprache sprach, die der Mann nie gehört hatte. Sie brachten ihn zu einem Arzt in der Stadt; wie in Compton Heath kam spät in der Nacht eine Kutsche, und der Junge ward nie mehr gesehen.

Als Letztes und Sonderbarstes von allem ist dann noch der Fall der Milbrook-Kinder zu nennen. Den kennen Sie doch bestimmt? Die drei Kinder und das Kindermädchen verschwanden alle aus einem Zimmer, vor dem sich Leute befanden. Das war vor fünfundsiebzig Jahren eine äußerst mysteriöse Affäre, und auf das Kindermädchen wurde eine Belohnung ausgesetzt, da man annahm, sie habe die armen Kinder entführt. Doch sie wurden nie gefunden, und es konnte auch keiner erklären, wie sie aus dem Raum hatten verschwinden können, ohne dass irgendjemand es sah. Das Gelächter der Kinder war verstummt, und die Eltern hatten gedacht, sie wären eingeschlafen oder lauschten hingerissen einer Geschichte. Als sie aber später die Zimmertür öffneten, waren keine Kinder mehr da. Verschwunden. Auf unmögliche Art verschwunden.« Er verstummte.

»Sie können sich ja nicht in Luft aufgelöst haben«, sagte die Gräfin, die von dieser Geschichte über verlorene Kinder sonderbar angerührt war.

»In Luft aufgelöst, nein.« Skye hielt inne und dachte nach. »In alter Zeit gab es eine Bewegung unter einer Gruppe von Gelehrten – sie nannten sich ›Lunarianer‹, weil sie sich in der Regel bei Vollmond versammelten, böse Zungen nannten sie auch Mondsüchtige –, und diese Menschen hatten zahlreiche sonderbare Überzeugungen über das Wesen der Welt und des Himmels und haben seitdem von allen Gelehrten viel Verachtung geerntet. Dennoch aber gehörten sie zu den Ersten, die von einer Kugelform der Erde ausgingen; sie berechneten ihren Umfang sogar sehr nahe am gegenwärtigen Wert. Sie waren auch der Meinung, die Unterwelt existiere tatsächlich. Sie meinten, sie im Inneren unserer Welt lokalisieren zu können, die ihrer Hypothese zufolge in der Mitte hohl war. Um dies zu beweisen, erforschten sie einige sehr tiefe Höhlen und versuchten sogar, in einen nur noch wenig aktiven Vulkan einzusteigen, mit beinahe katastrophalem Ergebnis. Diese Überzeugung, dass im Inneren unserer Welt eine weitere

Welt liege, war Teil einer größeren Kosmologie – wenn man es denn so nennen kann –, der Hypothese, dass es andere Welten gäbe, die ›unendlich fern seien und doch ganz nah‹. Sie waren überzeugt, dass diese Welten sich manchmal so nahe kamen, dass Menschen aus der einen Welt in die andere geraten konnten und dies manchmal auch unabsichtlich geschah.« Er warf ihr einen sonderbar abwehrenden Blick zu, als erwarte er Gelächter, doch als sie schwieg, fuhr er fort.

»Es klingt närrisch, ich weiß, aber wo kam der Fremde von Compton Heath denn her? Und wohin verschwanden die Milbrook-Kinder? Irgendwoher, irgendwohin, und dieses Irgendwo lässt sich durch unsere gegenwärtige Theorie des Himmelsraums nicht erklären. Ich bin ein Praktiker der Naturphilosophie, und es gehört zu meiner Überzeugung, dass wir eines Tages die Gesetze der Natur in all ihrer Kompliziertheit verstehen werden. Ich bin außerdem ein Empiriker und glaube nur an Wissen, das sich mittels empirischer Methoden bestätigen lässt – doch was, wenn unsere Wahrnehmung der Welt … unvollständig wäre? Was, wenn es tatsächlich Welten gibt, die ›unendlich fern und doch ganz nah‹ sind und die wir nicht durch irgendeine der herkömmlichen Methoden entdecken können? Wenn dies möglich wäre, würde sich unsere ganze Sicht des Kosmos als lächerlich engstirnig erweisen. Wenn so etwas möglich wäre, müssten wir die wenigen Naturgesetze, die wir bisher festhalten konnten, neu schreiben – darunter auch meine eigenen Gesetze der Schwerkraft.«

Er hielt inne und sah sie prüfend an, welche Wirkung er wohl bei ihr erzielt hatte.

»Das ist … erstaunlich. Ich weiß kaum, was ich sagen soll. Wenn so etwas sich beweisen ließe, würde es alle herkömmlichen Theorien auf den Kopf stellen. Gibt es denn noch andere, die Ihre Ansicht teilen?«

»Das ist das Schlimmste an der Sache«, sagte er, und sein

Gesicht zuckte gequält. »Die einzigen Menschen, die solche Überzeugungen äußern, sind Scharlatane und Narren. Keineswegs echte Empiriker, sondern Hanswurste, die an Feen und Geister glauben. Stühlerücker, die behaupten, sie erhielten Nachricht von den Verstorbenen, Spinner, die angeblich Gedankenübertragung praktizieren und sich bei Sonnwende Mitternachts-›Rituale‹ aus den Fingern saugen.« Er schüttelte den Kopf, und sein Gesicht lief leuchtend rot an. »Deswegen habe ich dieses Interesse für mich behalten und niemandem davon erzählt. Sonst würde ich schnell zur Lachnummer. Ich will mir gar nicht ausmalen, welcher Grausamkeit ich begegnen würde. Nein, Sie sind die Erste, die etwas davon erfährt.«

»Ihr Vertrauen ehrt mich, aber was werden Sie tun? Werden Sie diese Gedanken immer für sich behalten?«

»Ja, wenn ich keine Beweise dafür finde. Daher mein Interesse an diesem Priester Baumgere. Er ist dem Fremden in Compton Heath begegnet und hat, wie ich vermute, sein Leben dem Versuch der Aufklärung seiner Herkunft gewidmet. Er hatte Zugriff auf alle von der Farrellitischen Kirche gesammelten Bücher und Dokumente, und ich glaube, dass er dort auf eine Spur stieß. Irgendeine Information, die ihn hierher nach Castlebough führte, wo er den Rest seines Lebens diesem Bemühen widmete. Ich hatte gehofft, diese Information zu finden – und hoffe es immer noch.« Sein Verhalten änderte sich, er blinzelte mehrere Male schnell und wandte sich leicht von ihr ab.

Der Gräfin konnte seine Qual nicht entgehen. »Was ist denn?«, stieß sie hervor, unfähig, sich zurückzuhalten.

»Nichts, ich … ich habe nicht gut geschlafen. Meine Gedanken lassen mir keine Ruhe. Manchmal denke ich, sie werden mich noch in den … mich noch einmal ganz verrückt machen.«

»Wenn Sie mir diese Bemerkung gestatten«, die Gräfin legte ihr Höchstmaß an Wärme und Mitgefühl in ihre

Stimme, »so glaube ich, dass Sie zu viel Zeit allein mit Ihren eigenen Gedanken zubringen. Dies mag zwar der Welt viel Gutes bringen, doch für den Grafen von Skye – und um den geht es mir hier – erscheint es mir keineswegs als das Beste. Sie sollten mehr Zeit in Gesellschaft verbringen – oh, nicht unbedingt mitten im Getümmel, denn ich weiß, dass Ihnen das nicht liegt. Aber mit Ihren Freunden, die um Sie besorgt sind.«

Er nickte und riss sich zusammen, war nun fast wieder lebhaft, nachdem er so niedergeschlagen gewirkt hatte. »Da haben Sie gewiss recht.«

»Ich bin heute Abend zu einem Essen eingeladen – bei einer der führenden Familien Castleboughs. Ich gedachte, die Einladung vielleicht anzunehmen. Hätten Sie Lust, mich zu begleiten? Das könnte der Beginn Ihrer neuen Politik sein.«

»Heute Abend? Ich ... das würde ich nur zu gerne tun, doch dummerweise habe ich schon anderweitig zugesagt. Es tut mir Leid.«

»Oh, nun, nichts für ungut. Ich dachte nur ...«

Im Dorf schlug eine Glocke, und er erhob sich plötzlich. »Sie müssen verzeihen, Lady Chilton, aber ich habe noch Verpflichtungen. Ich kann Ihnen für ihre Bemühungen mit Mr. Flattery gar nicht genug danken – und dafür, dass Sie meinem weitschweifigen Geschwätz zugehört haben. Das ist ungeheuer freundlich von Ihnen.«

Als Skye gegangen war, stand die Gräfin auf der Terrasse und sah die Tür an. Er hatte sie sitzen lassen. Nach allem, was sie ihm angeboten hatte, Vertrautheit, Freundschaft ... mehr. Nach allem, was sie für ihn getan hatte, als sie den armen Erasmus Flattery aushorchte, hatte sie zumindest ein wenig Dankbarkeit erwartet. Zu allermindest Höflichkeit.

»Noch nie hat mich jemand so behandelt, so ...« Sie konnte kein Wort dafür finden, und sie fand auch keine

Worte, um ihren Schmerz und ihre Verwirrung auszudrücken. »Vielleicht ist er verrückt.«

»Es ist nicht signiert«, sagte Marianne. »Dein Bewunderer möchte unbekannt bleiben – und so hält er sogar die Identität des von ihm engagierten Malers geheim, damit du nichts herausfindest. Du glaubst zweifellos, dass es Skye ist?« Marianne und die Gräfin standen da und betrachteten ein Gemälde, bei dem sich noch nicht einmal eine Karte befunden hatte, als es in ihrer Wohnung abgegeben wurde. Es war ein Porträt der auf einem Diwan sitzenden Gräfin, und Marianne hatte schon geäußert, ihrer Meinung nach sei der Künstler mehr als nur ein wenig in sein Motiv verliebt.

»Ich weiß nicht, von wem es ist, bin mir allerdings fast sicher, dass es nicht vom Grafen kommt.« Sie hoffte, dass ihre Stimme neutral geblieben war, aber Marianne warf ihr trotzdem einen raschen Blick zu.

»Nun, wer auch immer es ist, wahrscheinlich wird er sich in Castlebough aufhalten. Ich kann mir nicht vorstellen, dass jemand dich hier aufsuchen würde, um ein solches Geschenk zu überbringen, wenn er es ganz einfach in dein Haus in Avonel bringen lassen könnte.«

»Das wird wohl stimmen.«

»Nun, es ist ein recht talentierter Maler, und daher wird er nicht unbekannt sein. Wir nehmen es heute Abend mit zur Einladung. Das wird das Gesellschaftsspiel des Abends – nenne den Künstler.«

»O nein, das wäre nicht nett«, protestierte die Gräfin.

»Unsinn. Wenn der Mann nicht den Mut hat, sich zu erklären, verdient er nichts anderes. Es würde mich nicht überraschen, wenn sich herausstellte, dass er verheiratet ist, in Farrelles Namen. Aber wenn wir den Künstler finden, werden wir seinen Auftraggeber bald genug kennen. Nein. Nein. Keine Widerrede.«

24

Das Haus war wahrscheinlich das älteste unter den halbwegs ansehnlichen Gebäuden Castleboughs und wies mit seinen kleinen Fenstern, den uralten Bodenkacheln und den tausendfach polierten Walnussmöbeln eine entsprechend dunkle Ausstattung auf. Erasmus wollte dort nicht sein. Tatsächlich machte ihn das Nichtstun allmählich verrückt. Wenigstens war alles für den Aufbruch am nächsten Morgen bereit, so berichtete Clarendon zumindest. Endlich würden sie die Suche nach Kehler und Hayes aufnehmen.

Die beiden Männer waren einer Dinnereinladung ins Haus des Barons von Glenock gefolgt, und obwohl Erasmus solchen Ereignissen normalerweise nicht mit übergroßer Begeisterung begegnete, hatte der Baron als Mitglied der Winzergesellschaft Clarendons den kleinen Mann genötigt, Erasmus mitzubringen. Sich selbst gegenüber musste Erasmus eingestehen, dass der wahre Grund für sein Kommen die Möglichkeit einer Begegnung mit der Gräfin war.

Jetzt, wo sie von mir erfahren hat, was sie wissen wollte, wird die Gräfin mir wahrscheinlich nicht mehr die geringste Aufmerksamkeit schenken, dachte er. *Aber ich werde mich zurückhalten, und wenn es nicht den Anschein hat, dass sie mich erkennt, keinen Narren aus mir machen, indem ich ihr hinterherlaufe.*

Er war sich nicht recht sicher, warum er sie überhaupt wiedersehen wollte. Sie selbst hatte gewiss kein Interesse an ihm. Die Gräfin von Chilton wurde vermutlich von jedem Mann von Rang in Farrland und darüber hinaus begehrt. Andererseits hatte sie an der Tür seine Hand ergriffen und seine Wange geküsst, und ein paar Sekunden lang hatte er das Gefühl gehabt, dass sich zwischen ihnen etwas abspielte. Irgendetwas …

Der Diener öffnete die Tür zum großen Saal, und dort fand Erasmus die etwa dreißig Abendgäste zu einem Halbkreis versammelt völlig in etwas vertieft vor. Flammen, behandelte man die Gräfin etwa auf diese Art? Die Leute sammelten sich einfach um sie und starrten sie an?

»Also, ein Sir Geofry Sandler ist es nicht, das ist gewiss«, äußerte jemand. »Der Gegenstand wirkt lebendig.«

Es folgte allgemeines Gelächter.

»Vita Corning«, schlug ein anderer vor.

»Nein, der Maler war eindeutig ein Mann. Man kann sehen, dass der Künstler in seinen Gegenstand verliebt war.«

»Eben! Vita Corning.«

Rundum wurde wissend gekichert.

Erasmus trat unbemerkt dazu.

»Offensichtlich ein Warton«, sagte jemand mit Nachdruck.

»Aber nein, das ist doch lächerlich. Der Künstler hier hatte Talent.«

Erasmus Flattery fand eine Stelle, wo er jemandem über die Schulter schauen konnte, und dort, in der Mitte der Versammlung, stand ein gerahmtes Gemälde auf einer Staffelei. Ein Gemälde der Gräfin von Chilton, dem es nach Erasmus' Dafürhalten fast gelang, den geheimnisvollen Reiz der Schönheit dieser Frau zu vermitteln. Erasmus starrte es einen Moment lang hingerissen an und merkte dann, dass der Lockenschopf vor dem Gemälde die Gräfin selbst sein musste. Plötzlich war er entsetzlich gespannt. Würde sie ihn begrüßen? Würde auch nur eine Andeutung dessen, was zwischen ihnen vorgefallen war, dabei durchschimmern?

»Es ist ein Selbstporträt, und die Gräfin verbirgt uns ihr Talent?«

Eine solches Geschleime war selbst für diese Versammlung zu viel, und man nahm die Bemerkung mit verschiedenen Äußerungen auf, von denen man keine als sonderlich freundlich bezeichnen könnte.

»Im Raum des Entide-Meers gibt es nicht einmal ein Dutzend gute Porträtisten. Es kann doch nicht so schwer sein, den Künstler zu finden, wo die Auswahl so gering ist.«

Dieser Kommentar wurde mit allgemeiner Zustimmung aufgenommen.

»Mr. Kent?«, sagte die Gräfin. »Ich kann mir nicht vorstellen, dass Sie keine Meinung dazu haben. Beschützen Sie einen Ihrer Künstlerkollegen?«

Erasmus Flattery bemerkte Averil Kent, der sich im Hintergrund hielt und ein wenig dumm dreinsah, wie es ihm schien.

»Leider schließt mein eigenes Interessengebiet die Porträtmalerei nicht ein, Lady Chilton, sodass ich in dieser Frage kaum von Nutzen bin.«

Erasmus schaute wieder auf das Gemälde. Das Muster des Diwanbezugs war frappierend. Leuchtend gelbe Neuwelt-Vögel auf belaubten Zweigen irgendeines unbekannten Baumes, wahrscheinlich einer Eiche, aber gleichfalls kein Vertreter der alten Welt.

Erasmus kam näher an Kent heran und fragte leise: »Kennen Sie das Muster auf dem Diwan? Ist das *Quercus lyrata*, was meinen Sie?«

Kent blickte zögernd auf das Gemälde zurück. »Vielleicht *stellata*, doch sicher bin ich mir da nicht.«

Erasmus nickte. *Nun*, dachte er, *jeden in diesem Raum haben Sie nicht zum Narren gehalten, Mr. Kent.* Einen Moment lang flammte Eifersucht in ihm auf, doch er schluckte sie über seine eigene Narrheit lächelnd hinunter. Wahrscheinlich würden weder der talentierte Kent noch der angeblich »berühmte« Erasmus Flattery im Wettbewerb um die Gunst der Gräfin auch nur die geringste Chance haben. Das war wohl kaum einen Eifersuchtsanfall wert.

Ein weiterer Maler wurde vorgeschlagen, was noch mehr Gelächter hervorrief. Die Gräfin sah sich nach hinten um, wer den Vorschlag wohl gemacht hatte, und bemerkte Erasmus. Das Lächeln wich einem zaudernden, verunsicherten Blick, den Erasmus nicht verstand. Sie nickte gerade wahrnehmbar und wandte sich dann wieder dem Gemälde zu.

Vielleicht lag es nur an diesem Moment, doch Erasmus hatte den Eindruck, der Maler hätte etwas von dieser Verunsicherung in seinem Porträt festgehalten. Die Gräfin schaute mit einem gleichzeitig intelligenten und extrem zurückhaltenden Blick aus der Leinwand heraus, was aber durch ihre Schönheit und Gelassenheit fast überdeckt war. Es war, wie Erasmus zugeben musste, ein brillantes Porträt.

Er blickte zu Kent hinüber. Für Erasmus war das Verhalten des Mannes mehr als beredt: Der Maler war sowohl von Hoffnungslosigkeit als auch von einer glühenden Hoffnung überwältigt. Hoffnungslosigkeit, weil sein Kopf ihm sagte, dass er bei der Gräfin keine Chance hatte, und doch Hoffnung, weil sein Herz glaubte, seine ihr so dargebrachte Kunst würde der Gräfin die Tiefe seines Gefühls erkennen lassen. Irgendwie hatte Kent sich anscheinend eingeredet, die Gräfin werde beim Anblick des Porträts erkennen, dass eine solche Tiefe echten Gefühls nur von Kent selbst und niemandem sonst stammen könne, was ihr die Augen für ihn und das von ihm Gebotene öffnen würde. In einer Welt, wo alle Männer sie begehrten, waren nur Kents Gefühle wahr und edel.

Du armer Hund, dachte Erasmus. Er fragte sich, ob die Gräfin den Maler wohl mit irgendetwas ermutigt hatte.

Eindeutig wusste sie, wer er war, doch gab es darüber hinaus noch mehr?

Erasmus konzentrierte sich wieder auf das Gemälde, da er sich in Erinnerung rief, dass der Blick auf Kent einem Blick in den Spiegel näher kam, als er ertragen konnte. Am besten gestattete er sich gar nicht, in den Griff einer närrischen Leidenschaft für die Gräfin zu geraten, deren Erfüllung zudem noch so unwahrscheinlich war.

Er wandte sich von der Gruppe ab, doch in diesem Moment erschien vor seinem inneren Auge das Bild der Gräfin, wie sie an der Tür ihres Hauses bei ihm gestanden hatte. Ihr gleichzeitig so ernstes und verwundbares Auftreten drang ihm mitten ins Herz. Er musste den Anschein erweckt haben, als würde er gleich umfallen, denn Kent streckte die Hand aus und ergriff ihn bei der Schulter.

»Alles in Ordnung, Mr. Flattery?«

»Ja, bestens.« Er schaute Kent an und versuchte zu lächeln, denn sie waren Brüder im Elend.

Zu seiner Überraschung stellte Erasmus fest, dass er einen Platz nahe dem Kopfende des Tisches in der Nähe der Gräfin zugewiesen bekommen hatte. Der Baron saß an der Stirnseite und wurde auf seine eigene vergnügte Art immer betrunkener, und seine Frau saß zu seiner Rechten. Zu seiner Linken befand sich die Gräfin von Chilton und neben dieser Erasmus.

Der Baron sah aus wie ein Mann, der feststellt, dass er gestorben ist und sich im Himmel befindet. Diener brachten ihm ständig erlesene Köstlichkeiten zu essen und zu trinken, während zu seiner Linken die schönste Frau saß, die er je gesehen hatte. Er war zu glücklich, um auch nur zu reden, und saß einfach nur da, essend, trinkend und glühend vor Wonne. Erasmus hatte noch nie einen Mann gesehen, der so sehr an ein Baby erinnerte – ein Riesenbaby allerdings. Er fragte sich, ob man den Baron nach dem Essen wohl ein Bäuerchen machen lassen musste.

Kent saß traurig am unteren Ende des Tisches und sah aus wie ein Exilierter.

»Haben Sie mein geheimnisvolles Porträt gesehen?«, fragte die Gräfin, als die Baronin ihre Aufmerksamkeit einmal von ihr abwandte. »Offensichtlich von einem geheimen Bewunderer. Haben Sie eine Ahnung, wer der Mann sein könnte?«

Erasmus zögerte. Würde es sie beeindrucken, wenn er ihr den Künstler nannte? Der Gedanke an den armen Kent, der sich nervös im Hintergrund der Menge gehalten hatte, ließ ihn zögern. »Ich … nein, ich weiß nicht, wer es gemalt haben könnte.«

»Nun, nun, Mr. Flattery, ich habe Ihr Zögern gesehen. Kennen Sie ihn? Sagen Sie es mir.«

Erasmus schüttelte den Kopf und neigte sich ein wenig näher an sie heran. »Ich könnte mich irren, und hätte ich Recht, wäre es dem Herrn gewiss peinlich, der tatsächlich ein recht empfindsamer Mensch ist.«

Die Gräfin nahm Abstand, um ihn einen Moment lang genau zu betrachten.

»Haben Sie das Gemälde etwa selbst in Auftrag gegeben?«, fragte sie so, dass kein anderer es hören konnte. »Ist es das, was Sie mir gerade sagen wollten?«

Sie wirkte nicht unangenehm berührt, wie er merkte, und er verspürte den Drang, zu lügen oder zumindest den Eindruck zu erwecken, dass er es gewesen sei. »Ich. O nein, Lady Chilton. Ich nicht. Obgleich es, wenn ich ein solches Talent besäße, gewiss kein Motiv gäbe, dem ich mich lieber widmen würde.«

»Ach, Mr. Flattery, ganz der Name. Allerdings weiß ich nicht, ob ich Ihnen glaube.« Sie hob ihr Weinglas und lächelte ihn an. »Auf schmeichelhafte Porträts – kann man je zu viele davon besitzen?«

Erasmus lachte. »Ich warte noch auf das allererste.«

»Ist das ein Vieraugengespräch?«, fragte die Baronin.

»Aber nein, Lady Bingham. Wir haben nur einmal wieder über das Porträt gerätselt.«

Tiefe, gleichmäßige Atemzüge erregten ihre Aufmerksamkeit, und als sie sich umwandten, sahen sie den Baron in seinem Stuhl eingeschlafen.

Die Baronin wirkte eher belustigt als verlegen. »Das macht der Wein. Eine halbe Flasche, und schon kann er nicht mehr wach bleiben. Einmal, auf einem Ball, hat er sich gegen eine Säule gelehnt, und ich schwöre, dass er tatsächlich im Stehen eingeschlafen ist. Ich habe ihn wieder halbwegs aufgeweckt, als er allmählich zu Boden glitt, und es geschafft, ihn in die Kutsche hinauszubugsieren, aber ich glaube nicht, dass er die ganze Zeit wach war. Ist im Schlaf zur Kutsche gegangen, davon bin ich überzeugt. Und am nächsten Tag konnte er sich an nichts mehr erinnern. Streitet es noch immer ab.« Sie schüttelte den Kopf und rollte ein wenig die Augen.

»Das ist eine interessante Bemerkung«, sagte die Gräfin in ernsterem Tonfall. »Ich bin heute Morgen in Nachthemd und Morgenmantel unten im Salon aufgewacht. Ich kann mich nicht im Geringsten daran erinnern, aufgestanden oder die Treppe hinuntergegangen zu sein, und ich weiß auch nicht, wie lange ich dort saß, bevor ich aufwachte. Es war wirklich äußerst merkwürdig, und so etwas ist mir bisher noch nie passiert.«

Erasmus hielt im Essen inne. »Also, gestern Nacht bin ich beim Entkleiden aufgewacht. Ich saß auf der Bettkante und zog mein Hemd aus. Das Sonderbare daran ist, dass ich eigentlich schon zu Bett gegangen war, und ich habe keinerlei Erinnerung an ein vorheriges Aufstehen und Anziehen, sodass ich mich frage, was in aller Welt ich da getan habe.«

Die Baronin lachte. »Offensichtlich gibt es derzeit eine

Epidemie des Schlafwandelns. Vielleicht sitzen hier einige Menschen, die gerade schlafend essen und sich schlafend unterhalten. Irgendwie habe ich das Gefühl.«

Da der Baron eingeschlafen war, erhielt Erasmus an diesem Abend einen großen Teil der Aufmerksamkeit der Gräfin, und er konnte sich nicht erinnern, je glücklicher gewesen zu sein. Außerdem kam es ihm so vor, als genösse auch die Gräfin seine Gesellschaft.

Viel zu schnell war der Abend vorüber, und in der Hoffnung, sich wenigstens noch von der Gräfin verabschieden zu können, lungerte Erasmus, wie er merkte, bei der Tür herum. Clarendon näherte sich. »Man hat uns netterweise angeboten, uns nach Hause mitzunehmen, Mr. Flattery.«

»Nun, das ist sehr freundlich …«, begann Erasmus und versuchte, seine Verärgerung zu verbergen, kam aber nicht weiter, denn in diesem Moment trat die Gräfin in die Eingangshalle. Beinahe hätte er laut geflucht. Wie konnte er Clarendon und seinem jetzt so unpassenden freundlichen Angebot entkommen?

»Ah, Mr. Flattery.« Das war die Gräfin. »Sie haben doch hoffentlich Ihr Versprechen nicht vergessen, mich nach Hause zu begleiten?«

»Vergessen? Aber natürlich nicht. Darf ich Ihnen Randall Spencer Emanual Clarendon vorstellen, Lady Chilton.«

Clarendon verneigte sich tief, und die Gräfin sah ungemein entzückt aus. »Mr. Clarendon, sehr erfreut. Sind Sie Bewohner dieses reizenden Städtchens oder ein Besucher wie wir anderen alle?«

»Ich besitze hier ein Haus, Lady Chilton, wobei ich zugeben muss, dass ich mich in wärmere Regionen zurückziehe, sobald hier der Schnee fällt.«

»Nun, vielleicht werden wir uns dann also noch einmal sehen, da ich noch eine Weile hier bleibe. Ich muss gestehen, dass ich Castlebough recht bezaubernd finde. Nun wünsche ich Ihnen noch einen schönen Abend, Mr. Clarendon.«

Einen Moment später half Erasmus der Gräfin in die Kutsche und nahm dann den Platz neben ihr ein, gewiss, dass jeder Einzelne der anwesenden Männer ihn beneidete. Nun fuhren sie durch das mondbeschienene Castlebough, und er wusste gar nicht, was er getan hatte, um so vom Glück begünstigt zu sein.

Kurze Zeit rollten sie schweigend dahin, so dass Erasmus darüber nachdenken konnte, was wohl geschehen würde, wenn sie vor der Tür der Gräfin angelangt waren. Die Stadt war jedoch so klein, dass sie bei der Gräfin vorfuhren, bevor Erasmus noch über seinen Kurs entschieden hatte.

»Würden Sie gerne hereinkommen und Marianne Edden kennen lernen, Mr. Flattery? Sie ist um diese Stunde immer noch wach und hat sich zwar nicht überreden lassen, zum Dinner mitzukommen, wird aber gewiss einen vollständigen Bericht aller Ereignisse erwarten.«

»Ich wäre entzückt.«

Erasmus war sowohl enttäuscht als auch erleichtert. Wenn noch eine weitere Person anwesend war, war die weitere Entwicklung des Abends vorgegeben. Zumindest kam er dann nicht in die Gefahr, die Situation völlig zu missdeuten und sich zum Narren zu machen.

Diener nahmen ihm seinen Hut und Lady Chilton den Überwurf ab, und er wurde in ein kleines Gesellschaftszimmer geführt, wo man ihn allein ließ. Im Kamin brannte ein Feuer, doch Erasmus fühlte sich zum Fenster gezogen, das auf das Tal hinunterschaute. In der Ferne konnte er den von Mond- und Sternenlicht versilberten See schimmern sehen. Kiefernzweige wiegten sich im Wind, und selbst hier im Haus meinte er, ihren süßen Duft riechen zu können.

Er hörte hinter sich ein Geräusch, wandte sich um und

stellte fest, dass die Gräfin sich ans Feuer setzte und ihn aufmerksam ansah, als hätte sie vor, ihm gleich eine Reihe von gewichtigen Fragen zu stellen.

»Das ist noch nie vorgekommen, aber Marianne hat sich anscheinend schon zurückgezogen«, sagte sie. »Ich hoffe nur, dass sie nicht unpässlich ist.« Ein Diener schenkte Wein ein und schlüpfte schweigend davon.

Erasmus trat dazu und setzte sich ans Feuer. Die Gräfin wirkte gedämpft, vielleicht müde oder belastet, mit irgendeinem Wissen beladen. Er fragte sich, ob es um Skye ging. Sie hatte Erasmus für den großen Empiriker ausgehorcht, also musste es eindeutig irgendeine Verbindung zwischen ihnen geben. Wie alle anderen war Skye wahrscheinlich in sie verliebt.

Und was habe ich im Vergleich mit ihm denn schon geleistet?, dachte Erasmus.

»Haben Sie diese sonderbare Geschichte über den Mann gehört, den man den Fremden von Compton Heath nennt?«, fragte die Gräfin plötzlich und schaute zu ihm auf, als erwarte sie, verlacht zu werden.

Erasmus nickte. »Ja. Sehr eigenartig.«

»Wo in aller Welt mag der Ihrer Meinung nach hergekommen sein?«

Erasmus zuckte die Schultern. »Es ist ein Geheimnis, doch ich will sagen, dass ich es für keinen Trick halte, und es scheint auch noch andere Fälle gegeben zu haben.«

»So schenken Sie der Geschichte also Glauben?«

»Ich kann die Geschichte natürlich weder beweisen noch entkräften. Ich bin aber überzeugt, dass der Mann tatsächlich aufgetaucht ist und wirklich verirrt und verwirrt war. Ob es sich dabei nur um einen Verrückten handelte, wie manche nahe legen – kann ich nicht sagen.« Erasmus stockte. »Ich kenne einen Mann, der den Arzt befragte, welcher den Fremden als Erster untersucht hat. Dieser Mann zumindest hat die Geschichte des Arztes geglaubt, und er hat ebenfalls geglaubt, dass der Fremde weder etwas vorspielte noch verrückt war.«

»Sie interessieren sich für diese Angelegenheit?«, fragte sie überrascht und vielleicht auch erleichtert.

»Die Leute von Compton Heath glauben, dass ein Magier gekommen ist und den Fremden mitgenommen hat.«

»Und Sie interessieren sich für die Magier ...?«

Er nickte und trank einen Schluck Wein.

»Haben Sie nicht auch manchmal das Gefühl, dass wir am Ende eines Geschichtskapitels leben, Mr. Flattery, und dass die Welt, wie sie davor war, so viel mehr Wunder zu bieten hatte? Ich empfinde es fast so, als wäre der Fremde irgendwie aus dieser Epoche zurückgeblieben. So wie Eidechsen die winzigen Überbleibsel der verschwundenen Riesentiere sind. Und nun stehen wir da mit unserer Welt der Vernunft, die wir uns errichten, und es wird eine ungeheuer geordnete und vorhersagbare Welt sein, gänzlich entblößt von solchen Wundern wie Magiern und Fremden, die wer weiß woher kommen. Ganz zu schweigen von erstaunlichen Tieren. Wissen Sie, dass in diesen Bergen hier vor langer Zeit einmal weiße Hirsche gelebt haben sollen?«

Erasmus nickte. »Ja. Ich habe das Fell von einem gesehen. Es hat sie genauso echt und wahrhaftig gegeben, wie dieser Mann, der in Compton Heath auftauchte, echt und wahrhaftig war, aber ich an Ihrer Stelle würde mich nicht grämen. Ich glaube, in dieser Welt hier gibt es noch so viele Wunder, dass es zumindest für unsere Lebenszeit ausreichen sollte.« Erasmus konnte nicht anders, er musste nun doch fragen: »Was hat Skye auf mein Urteil über die Schrift geantwortet?«

Er wollte sehen, wie sie auf Skyes Erwähnung reagierte.

Beim Klang seines Namens strahlte ihr Gesicht nicht auf. Tatsächlich wandte sie sich sogar leicht ab und blickte ins Feuer. Erasmus wusste nicht recht, wie er das interpretieren sollte.

»Beim Grafen ist das immer schwer zu sagen … Können Sie die Schrift eigentlich lesen?«, fragte sie plötzlich. »Ich frage nur aus eigener Neugierde. Ich werde nichts weitererzählen.«

Erasmus trank seinen Wein und erhob sich dann fast ungewollt aus seinem Stuhl. Einen Moment lang stand er da, den Arm auf den hohen Kaminsims gelegt. »Während meiner Zeit im Hause Eldrich stand ich unter der Obhut eines bestimmten Mannes – er hieß Walky. Er lehrte mich all das, was Schuljungen im Allgemeinen lernen – Alt-Farr, Entonne, Arithmetik, Grammatik, Geschichte. Nichts, was andere Jungen unter weit gewöhnlicheren Umständen nicht auch lernen. Doch der alte Walky litt zunehmend an den Gebrechen des Alters. Zwar war er noch immer kräftig und gesund – in dieser Hinsicht war er reich gesegnet –, doch sein Kopf funktionierte nicht mehr so gut wie früher. Sein Gedächtnis wurde schlechter. Oft rief er uns mit den Namen früherer Schüler auf, oder er fing an, uns Dinge beizubringen, die er eigentlich nicht beabsichtigt hatte. Bei mehr als einer Gelegenheit forderte er uns auf, Lektionen zu wiederholen, die er uns überhaupt nicht unterrichtet hatte. Lektionen der Geheimwissenschaften. Manchmal sprach er uns sogar in einer Sprache an, die wir gar nicht kannten.« Er hörte, wie die Gräfin scharf den Atem einzog. Sie blickte ihn fasziniert an, doch er meinte auch, fast so etwas wie Mitleid zu erkennen.

»Einmal ließ er ein Buch im Regal des Zimmers liegen, in dem wir normalerweise unseren Studien nachgingen. Zwei Tage lang lag es da, bevor mir auffiel, dass es kein Buch in irgendeiner üblichen Sprache war. Als ich es zum ersten Mal öffnete, schlug ich es sofort wieder zu. Wir waren Eldrich zwar noch nie begegnet, doch als kleine Jungen lebten wir in ständiger Furcht vor dem Magier. Ich war mir sicher, dass ich nur für das Öffnen des Buches irgendeine schreckliche magische Strafe erleiden würde. Doch nichts geschah.

Zwei Tage darauf schaute ich wieder hinein. Am vierten Tag waren Percy – der andere gleichaltrige Junge, der dort lebte – und ich uns sicher, dass Walky das Buch vollkommen vergessen hatte, und wir nahmen es in unser Zimmer mit, um es genauer in Augenschein zu nehmen.

Wir hatten mehr Angst, als Sie sich vorstellen können, aber wir waren auch fasziniert, und wie das bei kleinen Jungs öfter der Fall ist, achteten wir gar nicht auf die möglichen Folgen dessen, was wir taten.

Das Buch war absolut unlesbar für uns. Mit einer sonderbaren Schrift und merkwürdigen Diagrammen gefüllt.« Erasmus unterbrach sich, konnte die Geschichte nicht weitererzählen.

»Was geschah dann?«, fragte die Gräfin, ihre Stimme beinahe ein Flüstern.

»Wir wurden entdeckt ... und bestraft«, antwortete Erasmus in sorgfältig neutralem Tonfall.

»Oh«, erwiderte die Gräfin, die nicht recht wusste, was das bedeuten mochte. »Und die Schrift?«

»Ich glaube, dass es dieselbe Schrift war wie auf dem Gemälde.«

»Und wie mussten Sie für Ihre Übertretung leiden?«

»Wir ...« Erasmus versuchte zu schlucken, doch sein Mund war plötzlich wie ausgetrocknet. »Wir wurden bestraft«, wiederholte er.

»Und mehr sagen Sie nicht.«

Er schüttelte den Kopf.

»Und dazu, mir das zu erzählen, habe ich Sie also genötigt?«, sagte sie und erhob sich von ihrem Stuhl. Sie ergriff seine beiden Hände. »Es tut mir Leid, Erasmus. Es tut mir wirklich Leid. Ich habe nicht das Recht, in Ihren Geheimnissen herumzuschnüffeln. In dem, was Sie verstört. Ich habe Sie nicht hereingebeten, um Ihnen Geheimnisse zu entlocken, weder aus eigenem Interesse noch für irgendeinen anderen.«

»Warum haben Sie mich denn hereingebeten?«

»Weil ich Ihnen eine Entschuldigung schulde. Als ich Sie das letzte Mal hierher bat, habe ich Sie missbraucht, um Sie auszuspähen, und alles für …«

»Für Skye«, beendete er den Satz an ihrer Stelle. »Was bedeutet Ihnen Skye?«, fragte er plötzlich, obwohl er kein Recht dazu hatte.

»Ach, reden Sie mir nicht von Skye«, erwiderte sie, den Blick zu Boden gerichtet. »Nein, es ist schrecklich, wenn man andere für seine eigenen Zwecke ausnutzt. Mit ihren Hoffnungen spielt, mit ihren Gefühlen, und sie dann einfach gedankenlos fallen lässt. Das ist schändlich. So sollte niemand behandelt werden.«

Erasmus wollte gerade protestieren, da schaute sie wieder auf, und in ihren Augen glänzte es feucht. Er konnte sich nicht zurückhalten, beugte sich über sie und küsste sie. Sofort dachte er, einen schrecklichen Fehler begangen zu haben, denn sie reagierte überhaupt nicht. Doch dann wurden ihre Lippen plötzlich weich und begegneten den seinen.

Als sie sich trennten, schaute sie ihn verblüfft an.

»Mr. Flattery, Sie vergessen sich.«

»Ja«, antwortete er, kaum fähig, Luft zu holen, und küsste sie wieder.

Erasmus wäre überzeugt gewesen, nur zu träumen, hätte er je einen Traum gehabt, der so schön war, die Sinne so gänzlich überwältigte. Er zog einen Diwan vors Feuer, und hier begann eine langsame Erforschung. Jeder enthüllte Spitzensaum war eine Offenbarung, jeder Kuss wunderbarer als der vorhergehende. Erasmus hatte das Gefühl, in eine andere Welt gefallen zu sein, in eine Welt der Sinne, wo alle Gedanken ausgetrieben und durch Erstaunen und Wollust ersetzt waren. Eine Welt, in der er selbst der Fremde war.

25

Hayes ließ seinen Rucksack auf den Höhlenboden fallen und streckte sich. »Nicht das, was ich mir vorgestellt hatte«, sagte er zu Kehler.

Kehler legte seinen eigenen Rucksack ab, wühlte die Höhlenkarte heraus und faltete sie neben der Lampe auseinander.

Im kärglichen Licht konnte Hayes gerade noch die Feengalerien über ihnen erkennen. Die Höhle vermittelte hier tatsächlich den Eindruck, als läge weiter oben eine Galerie, und dort konnte er raffinierte Gebilde sehen. Wie Tropfwachskerzen ragten Stalagmiten vom Boden empor, von der Decke hingen Myriaden kristallener Röhrchen und schimmerten sogar im kärglichen Licht ihrer Lampe. Hayes meinte, er müsste nur den richtigen Ton singen und die ganze Decke würde in spröder Harmonie widerhallen.

»Wir sind in der richtigen Höhle«, sagte Kehler nach einem Moment. »Enttäuscht?«

»Überhaupt nicht. Sie ist großartig. Wunderschön, wirklich, aber nicht so, wie ich es mir vorgestellt hatte. Wohin gehen wir von hier aus?«

»Nach oben.« Kehler zeigte in die Galerie hinauf. »Dort gibt es einen einigermaßen hohen und breiten Gang. Aber wir sollten erst etwas essen, und dann brauche zumindest ich wenigstens ein paar Stunden Schlaf.« Sie verloren allmählich ihren Tagesrhythmus, schliefen, wenn sie das Bedürfnis hatten, und aßen, wenn sie hungrig waren. Hayes zog noch immer seine Uhr auf und konsultierte sie gelegentlich, um sehen zu können, wie lange sie überhaupt schon hier unten waren, aber sie bestimmte nicht mehr ihren Zeitplan.

Hayes hatte gelernt, seine zerschlissene Jacke als Sitzunterlage zu benutzen und sich dann an seinen Rucksack zu lehnen, der vor dem kalten, harten Fels schützte. So saßen sie, die Rucksäcke gegen die Wand gelehnt, die Laterne zwischen sich, und aßen ihre Mahlzeit, von der sie nicht wussten, ob es Mittagessen, Abendessen oder sogar Frühstück war.

Sie aßen schweigend und wärmten dann nochmals Wasser über der Flamme, mit der sie ihren »Unterwelt-Tee« zubereiteten. Hinterher löschten sie die Laterne, um ihren kostbaren Ölvorrat zu schonen. In der Dunkelheit fand Hayes keine Ruhe vor seinen Gedanken. Er fragte sich, warum er überhaupt mitgekommen war. Ja, gewiss, Kehler hatte ihm eine Entdeckung versprochen, die sich angemessen bezahlt machen würde, und dieser Grund war jetzt nicht weniger wichtig als zu Beginn. Aber dennoch gab es Momente, wo die Risiken oder zumindest die Befürchtungen den möglichen Gewinn überwogen. Zudem waren die Befürchtungen echt und greifbar, während die Belohnung erst noch Gestalt annehmen musste, falls es überhaupt jemals dazu kam.

Die Sorge konnte jedoch die Erschöpfung nicht auf ewig in Schach halten, und schließlich glitt Hayes in einen unruhigen Schlaf.

Flüchtige Träume suchten ihn heim wie schnell vorbeigleitende Bilder – Wolken im Wind. Dann jedoch verweilte er bei einem bestimmten Traum. Eine Frauenstimme rief nach ihm, ein fernes Hallen, wie wenn jemand in einen Brunnen flüstert. Er kroch einen Gang entlang, der nahezu gänzlich dunkel war. Wieder rief ihn die Stimme, und er kämpfte sich weiter, schob sich an Stellen durch, die so eng waren, dass er wusste, er würde niemals zurückkehren.

»Hayes?«

Er erwachte vom Schlagen von Feuerstein. Einen Moment später fing ein Stück Papier Feuer, und er erblickte Kehlers Finger, die es hochnahmen und am Lampendocht zupften, was Hayes an die Lichter in der Paradise Street erinnerte. Jahrzehnte schien das her zu sein.

Der Docht flammte auf, und ein trauriges Lichtchen erhellte ihre Kammer.

»Ah, du bist wach.«

»Nur halb.«

»Zeit zum Weitergehen«, sagte Kehler, wenngleich weder Aufregung noch Spannung in seiner Stimme lag, die ungewöhnlich gedämpft klang.

Hayes hörte sich seufzen. »Wohl schon.«

Während Hayes im Licht der Lampe packte, zog Kehler sich in einen Seitengang zurück, um ihre Wasserflasche aufzufüllen. Als er zurückkehrte, schien er unangemessen lange an seinem Rucksack herumzuhantieren.

»Ich bin bereit, mir dieses große Mysterium von dir enthüllen zu lassen«, sagte Hayes, der sich zu einem scherzhaften Tonfall zwang. »Geh voraus, mein Freund.«

»Ja. Hoffen wir …«, brummte Kehler, schulterte seinen Rucksack und marschierte los, während ein unbehagliches Schweigen sich zwischen ihnen breit machte.

Das Erklettern der Galerie erwies sich als leichter als erwartet, und von dort führte auch nur ein einziger Gang weiter. Während Kehler voranging, markierte Hayes den Eingang mit dem Buchstaben H in Kerzenwachs. Dann folgte er seinem Gefährten mit einer gewissen Beklommenheit. Der Gedanke an den Tod eines kleinen Jungen verfolgte ihn. Was war dieser Priester für eine Bestie gewesen, um Kinder so zu missbrauchen?

Der Gang bog allmählich nach rechts ab und behielt ein relativ konstantes Abwärtsgefälle bei. Zu Hayes' Erleichterung blieb auch sein Durchmesser mehr oder weniger gleich, sodass er nur gelegentlich den Kopf einziehen musste, worin er inzwischen sehr geschickt war, nachdem er ihn sich mehrmals angeschlagen und dabei fast das Bewusstsein verloren hatte.

Nach einer halben Stunde stießen sie auf einen weiteren Gang und folgten diesem. Er verlief beinahe ohne Gefälle in Richtung Westen.

»Wie weit müssen wir noch gehen?«, fragte Hayes. Kehler steckte irgendwie immer den Höhlenplan weg, bevor Hayes Gelegenheit gehabt hatte, ihn gründlich zu betrachten – eine entnervende Angewohnheit, wie Hayes fand.

»Nicht mehr weit«, rief Kehler zurück, schien aber nicht sonderlich gespannt. Eine Stunde später kamen sie in eine kleine Kammer, vielleicht sieben Meter lang, doch recht hoch und vier Meter breit.

»Wohin jetzt?«, fragte Hayes, Rücken und Schultern reckend.

Kehler zeigte in eine dunkle Ecke. »Hier geht es weiter«, sagte er.

Sie ließen ihre Rucksäcke fallen, froh, sie zumindest eine Zeit lang los zu sein. Kehler machte sich mit dem Nachfüllen der Lampe zu schaffen und vermittelte Hayes den Eindruck, dass es irgendetwas gab, was er ihm zu sagen vermied. Gerade als Hayes in dieser Hinsicht nachhaken wollte, schüttelte Kehler die Dose mit Lampenöl.

»Uns bleibt nicht viel Zeit für unsere Suche. Wenn wir mehr als einen halben Tag hier bleiben, müssen wir unseren Rückweg wohl leider bei Kerzenschein suchen.«

»Dann sollten wir uns an die Arbeit machen«, sagte Hayes und ließ den Moment verstreichen.

Wie sich herausstellte, hatte das Loch in der Ecke etwa einen Durchmesser von einem Meter, und sie krabbelten auf ihren zerschundenen Knien und blasenbedeckten Händen hinein, Kehler mit der Laterne voran, wobei sein Schatten auf Hayes fiel und sich sonderbar über Boden und Steinwände bewegte wie ein schwerfälliges Höhlentier.

Hayes empfand diese Sicht auf seinen Freund als verstörend, als hätte er irgendwie den Eingang zu einer Welt gefunden, die nicht für Menschen gedacht war. Seine Knie waren geschwollen und aufgescheuert, doch er hatte die Erfahrung gemacht, dass er sich nur über die anfängliche Qual hinauszwingen musste, dann ließ der Schmerz etwas nach und wurde beinahe erträglich.

Etwa hundert Meter folgte er dem Schatten der ihm vorankriechenden Kreatur, dann weitete sich der Durchgang zu seiner Erleichterung ein wenig, und sie konnten tatsächlich stehen, wenn sie vorsichtig waren und hin und wieder den Kopf einzogen. Nur wenig weiter bog der Gang plötzlich nach rechts ab und endete vor einem kleinen, wassergefüllten Becken.

»Was ist das?«, fragte er, als er neben Kehler trat.

»Ein Tümpel«, stellte Kehler das Offensichtliche fest.

»Aber wohin verschwindet der Gang?« Hayes ließ sich auf seinen Rucksack sacken und blickte suchend über die Höhlenwände.

Kehler starrte das Wasser an. »Hier endet die Karte«, nuschelte er.

»Was? Endet? Willst du mir etwa sagen, wir sind den weiten Weg hierher gekommen, um das hier vorzufinden?«

»Nein. Wir sind hergekommen, um etwas darüber hinaus zu finden, nur weiß ich nicht, wo es ist, habe allerdings eine Idee.« Er breitete die inzwischen recht zerschlissene Karte auf dem Boden aus. »Wenn du hier schaust, siehst du, was ich meine.« Er legte den Finger auf die Feengalerien und fuhr dem von dort nach Westen führenden Gang nach. Der endete bei einem Tümpel – eindeutig die Stelle, an der sie sich jetzt befanden.

»Ich dachte, du wüsstest von einem anderen Durchgang. Irgendein Geheimweg, den Baumgere gefunden hat.«

»Nun, es gibt einen, da bin ich mir sicher. ›Der Weg durch die Dunkelheit ins Licht‹, hat Baumgere geschrieben, und dann noch etwas: In einer der verschiedenen Versionen der ›Ballade von Tomas‹ hat er einen Abschnitt mit Ausrufezeichen und der Bemerkung ›Wie konnte mir das entgehen?‹ markiert.« Kehler setzte sich zurück und blickte Hayes an. »In dem Lied schaute Tomas auf sein Spiegelbild im Spiegelsee – oder in einigen Versionen auch einem Tümpel –, rutschte aber plötzlich aus und fiel hin. Eine starke Strömung ergriff ihn und riss ihn fort, und als er wieder an die Oberfläche kam, befand er sich in einer anderen Welt. Oder zumindest in einem Gang, der in diese Welt führte.«

Hayes schaute ihn erschüttert an. »Was willst du mir damit sagen? Dass wir an einem anderen Ort auftauchen, wenn wir in diesen Tümpel hier hüpfen? Kehler, hast du mich den ganzen Weg hier hinuntergeschleppt, um einen grausamen Scherz mit mir zu treiben?«

Kehler schüttelte den Kopf. »Nein. Ich glaube, Baumgere ist den Anweisungen des Liedes gefolgt und hat einen anderen Höhlenteil entdeckt. Er hat diesen Tümpel passiert.«

Hayes starrte die ruhige, undurchdringlich wirkende Wasseroberfläche an und schaute dann wieder auf Kehler, als hätte der Mann den Verstand verloren. »Du redest Unsinn«, erklärte er fest.

Kehler begann, Schuhe und Beinkleider abzulegen. »Vielleicht. Aber jetzt, wo ich so weit gekommen bin, wird die Angst, dumm auszusehen, mich nicht zum Umkehren bringen.« Kehler trat vorsichtig in den Tümpel und hatte mit sechs Schritten die Wand erreicht.

Hayes lachte. »Nun, anscheinend hat es nicht funktioniert, Kehler. Noch bist du ganz schön anwesend.« Er konnte sich nicht helfen; die ganze Situation war absurd. So viel Mühe hatten sie dafür aufgewendet, hierher zu kommen, und wozu?

Kehler bückte sich, das Gesicht dicht an der Oberfläche, und starrte angestrengt ins dunkle Wasser.

»Siehst du dein Spiegelbild?«, fragte Hayes noch immer lachend. »Man darf nur hineintauchen, wenn man ein Spiegelbild sieht!«

Kehler kam mit finsterem Blick aus dem Tümpel heraus. »Nun, ich bin bereit, es zu versuchen.«

»Was? Du willst dein ziemlich verwirrtes Gehirn dort auf dem Grund zerschmettern?«

»Nein, schau. Ich denke mir die Sache so.« Er holte Feder und Tinte aus seinem Rucksack, drehte die Höhlenkarte um und fertigte auf ihrer Rückseite rasch eine Zeichnung an. »Stell dir vor, dieser Tümpel ist nur eine tiefe Stelle in einem Gang – von der Art haben wir massenweise gesehen –, und das Wasser sammelt sich hier.« Er zeigte auf die glänzende Wand, die eindeutig tropfnass war. »Also bildet sich ein Tümpel, doch wenn man durch den hindurchkrabbelt, geht der Gang auf der anderen Seite weiter.«

Hayes klappte der Mund auf. »Das kann doch nicht dein Ernst sein! Durch einen wassergefüllten Gang kriechen? Was, wenn es keine andere Seite gibt? Was, wenn man sich dort verklemmt? Farrelles Blut, Kehler, dann wärst du auf der Stelle tot. Auf der Stelle! Das Risiko ist viel zu groß. Denk doch einmal nach, Mann. Selbst wenn du Recht hättest, könnte der Wasserstand jetzt viel höher stehen als zu Baumgeres Zeit. Vielleicht kommt man erst nach zwei oder drei Dutzend Metern wieder an Luft zum Atmen. Es kann auch eine Meile sein.«

Kehler blickte von seiner Zeichnung auf den Tümpel, als schätze er sein trügerisches Potenzial ein. »Ich bin bereit, es zu versuchen.«

»Du *bist* verrückt. Was auch immer hier unten zu finden sein mag, den Tod ist es gewiss nicht wert. Im Ernst, Kehler. Gib es auf. Dann finden wir dieses große Mysterium eben nicht und erringen weder Ruhm noch Reichtum. Mein Leben ist mir lieber.«

Kehler stand auf und zog sich aus. »Lass uns nur ein Experiment machen.«

»Kehler, ich lasse dich nicht in einen wassergefüllten Tunnel. Du bist eindeutig nicht klar genug bei Verstand, um eine vernünftige Entscheidung zu treffen.« Hayes stellte sich zwischen den Tümpel und seinen Freund.

»Ich verspreche dir, dass ich nicht hineingehe. Lass uns einfach nur nachschauen, ob es überhaupt einen Gang gibt, wie ich vermute. Das würde immerhin etwas beweisen. Wenn da nur eine Steinwand ist … Dann gebe ich auf, und wir gehen zurück und suchen anderswo.«

»Du gibst mir dein Wort, nicht überstürzt zu handeln?«

»Mein feierliches Ehrenwort. Ich habe genauso wenig Lust zu ertrinken wie du. Das kannst du mir glauben.«

»Und was genau willst du machen?«

»Ich lege mich jetzt in dieses irrsinnig kalte Wasser und versuche, ob ich den Gang mit dem Fuß ertasten kann. Ich verspreche dir, die ganze Zeit mit dem Kopf über Wasser zu bleiben. Und jetzt aus dem Weg, Hayes. Mir ist eiskalt, und ich möchte die Sache hinter mich bringen.«

Hayes trat widerstrebend zur Seite, und Kehler stieg entschlossen ins Wasser. Er setzte sich über die Kälte fluchend kurz vor der Wand hin und schob den Fuß vor.

»Siehst du! Da ist eine Öffnung – genau, wie ich es gesagt habe.« Jetzt lag er fast im Wasser, und nur Kopf und Schultern schauten noch heraus, während sein Körper fast zur Hälfte unter der Felswand verschwunden war.

»Kommst du auf der anderen Seite heraus?«, fragte Hayes verblüfft. »Kannst du es fühlen?«

Kehler schob sich nun so weit ins Wasser, dass nur noch sein Gesicht trocken blieb. »Nein … ich fühle überhaupt nichts. Der Gang scheint aber nicht wesentlich enger zu werden, was auch schon etwas ist.« Zitternd schob er sich wieder heraus.

»Schau mal. Jetzt bin ich ohnehin schon halb erfroren. Lass mich nur einmal kurz da hinuntertauchen. Du kommst rein und hältst dich bereit, mich an den Füßen herauszuziehen. Komm schon, Hayes, ich bin schon fast ein Eiszapfen.«

Hayes zog Stiefel und Beinkleider aus und stieg ins Wasser, das kälter als erwartet war.

Kehler holte ein paarmal tief Luft und tauchte dann unter. Einen Moment später war er bis zur Hüfte verschwunden, dann bis zu den Knien, als würde sein lächerlich weißer Körper ins dunkle Wasser hineingezogen.

Hayes griff hinunter, um seinen Fuß zu packen, doch Kehler schüttelte ihn ab und stieß sich sogar noch weiter hinein.

»Kehler!«, rief Hayes. »Sei kein Narr!«

Doch Kehler war verschwunden. Hayes kniete sich hin und streckte die Hand so weit wie möglich unter den Fels, doch Kehler bekam er nicht mehr zu fassen.

»Verdammt, Blut und Flammen! *Keh-ler!*«

Was war zu tun? Hatte Kehler die andere Seite gefunden? Oder ging ihm die Luft aus, und er stürmte dennoch närrisch weiter darauflos, schon zu weit drinnen, um noch umzukehren?

»Du verdammter Dummkopf! Was, wenn es bis zur anderen Seite Dutzende von Metern sind! Was, wenn es überhaupt keine andere Seite gibt?« Er zwang sich, still zu sein und zu lauschen. Das Wasser im Tümpel war plötzlich ruhig geworden, als bewege Kehler sich nicht mehr.

»Du verdammter Hund!«, sagte Hayes und holte dreimal tief Luft, doch als er gerade auf der Suche nach seinem Gefährten untertauchen wollte, ergriff ihn eine Hand beim Knöchel, und Kehler presste sich an ihm vorbei und schoss keuchend, Wasser spuckend und schrecklich hustend aus dem Wasser.

»Bei Farrelles Arsch, Kehler, ich hab vor Schreck fast den Verstand verloren.« Hayes klopfte seinem Freund auf den Rücken.

Kehler nickte und holte tief Luft, unfähig zu sprechen. Allmählich ließ der Husten nach.

»Sie ist da«, stieß er schließlich hervor. »Nicht weit. Drei, vier Meter.«

»Du bist bis zur anderen Seite getaucht?«

Kehler nickte.

»Und dort geht der Gang weiter? Ein Gang, wo man atmen kann?«

»Ja.« Er schaute zu Hayes auf. »Ich hatte nur das kümmerliche bisschen Licht, das von unserer Laterne durchs Wasser sickerte, aber ich konnte sehen ... da gibt es zumindest eine Kammer.«

»Wie eng ist der Tunnel?«

»Einen halben Meter, denke ich. Nicht schlimm. Man holt tief Atem und schiebt sich dann durch. Es ist nicht so schwierig, wie du vielleicht denkst. Man braucht einfach nur genug Nerven.«

»Das will ich wohl meinen! Komm aus dem Wasser, damit du wieder trocken wirst.« Er nahm Kehler beim Arm und half ihm aus dem Wasser. »Selbst wenn wir hindurchkommen, werden wir definitiv patschnass sein. Und was ist mit unserer Laterne und der Ausrüstung?«

Kehler zog seine Kleider an und kauerte sich dicht an die winzige Flamme ihrer Laterne. »Ich habe die Packsäcke aus geöltem Zeug dabei, die unser Führer uns empfohlen hat. Die halten unsere Kleider für die paar Sekunden, die wir unter Wasser sind, zumindest halbwegs trocken. Wir löschen die Laterne und hüllen sie in unsere Kleider. Außerdem haben wir noch Kerzen dabei.«

»Ich weiß nicht, ob ich das kann«, sagte Hayes, der sich

gerade vorstellte, er würde in dem kleinen Tunnel unter Wasser stecken bleiben.

»Es ist eigentlich gar nicht so schwer«, erwiderte Kehler. »Wenn man sich nicht von seiner Phantasie einschüchtern lässt. Du kannst doch mit angehaltenem Atem drei oder vier Meter kriechen. Das ist schon alles. Daran, dass man unter Wasser ist, darf man einfach nicht denken.«

»Und genauso wenig an die Möglichkeit, in dieser Teetasse stecken zu bleiben und zu ertrinken.«

Kehler lächelte. »Wie schon gesagt, man darf seiner Phantasie nicht die Zügel schießen lassen.«

Kehler holte eine Kerze aus seinem Packen und entzündete sie an der Laterne. Er tropfte ein wenig Wachs auf einen Felsabsatz, stellte die Kerze so, dass keiner sie umstieß, und blies dann die Laterne aus, damit sie abkühlen konnte.

Im Licht dieser einzigen Kerze packten sie ihre Sachen in die geölten Säcke um.

»Wir müssen öfter als einmal tauchen, um das alles hinüberzuschaffen«, sagte Hayes.

»Das Hin und Her übernehme ich, Hayes. Du musst einfach nur selbst durch.«

Hayes spürte, wie ihn Angst ergriff. Eine unbestimmte Panik, die nicht einfach nur im Kopf saß. Magen und Eingeweide beschwerten sich hörbar, und seine Bewegungen waren steif und irgendwie unkoordiniert geworden, als schaute er zu, hätte aber nur unvollständige Kontrolle über seine Glieder. Druck und Anstrengungen ihrer zwei Tage an diesem merkwürdigen Ort lasteten auf ihm, und der Schlafmangel machte die Sache auch nicht besser. »Ich will das nicht machen«, sagte er plötzlich.

Kehler setzte sich und schaute ihn an. »Das musst du auch nicht, Hayes. Du hast dadurch, dass du bis hierher mitgekommen bist, schon viel getan. Ohne dich hätte ich es wohl kaum gewagt. Bleib hier, wenn du möchtest. Aber für mich ist ein Aufgeben jetzt, wo ich so weit gekommen bin, einfach unmöglich.« Er schaute zum Tümpel hinüber.

»Allerdings will ich noch einmal wiederholen, dass die Gefahr eher in der Phantasie als in der Wirklichkeit besteht. Ich glaube nicht, dass du in einem so breiten Tunnel stecken bleiben könntest. Aber wie du willst …« Er lächelte. »Was auch immer sich an Gewinn ergeben sollte, werde ich trotzdem mit dir teilen.«

Hayes empfand sich als schrecklich feige, weil er jetzt, bei dieser letzten Prüfung, kniff, aber er konnte nicht schwimmen, und der Gedanke, ohne Luft zu sterben – *ohne Luft zum Atmen* –, jagte ihm mehr Entsetzen ein als alles, was er kannte.

Kehler befühlte die Lampe erneut, stellte fest, dass sie ausreichend abgekühlt war, und zog die Kleider aus. Da hinein wickelte er die Laterne und steckte das Bündel in einen geölten Sack. Den verschnürte er mit einem Band und verstaute ihn in einem zweiten Sack.

»Wünsch mir Glück«, bat er leicht zitternd.

»Hast du Feuerstein und Papier, um die Laterne wieder anzuzünden?«

Kehler nickte.

»Dann viel Glück.«

Kehler ließ sich ungeschickt ins Wasser gleiten, hielt den Atem an, tauchte unter und stieß sich in den überfluteten Tunnelteil vor. Hayes sah seine Füße durchs Wasser schlagen und dann verschwinden, während das Wasser im Tümpel hin- und herschwappte, kurz darauf aber wieder still dalag.

»Farrelle behüte ihn«, flüsterte er in den jetzt viel leereren Gang hinein.

Er wartete auf irgendein Zeichen, dass sein Freund sicher auf der anderen Seite angekommen war, doch das kam nicht.

»Halt deine Einbildungskraft im Zaum«, murmelte er.

Das Kerzenlicht fiel auf den dunklen Tümpel, über den langsame Wellenkräusel liefen – wie Öl, dachte Hayes. Dann aber sickerte ein ganz schwacher Lichtschein wie ein Schillern im nächtlichen Meer durch den wassergefüllten Tunnel.

Hayes entspannte sich ein wenig.

»Oh, bei Farrelles Geist, verdammt«, sagte er, packte Nahrungsmittel in ein Hemd und stopfte alles in einen der geölten Säcke. Als Kehler wieder auftauchte, waren zwei Säcke fertig, und Hayes war dabei, sein Hemd auszuziehen.

»Hayes ... Ziehst du etwa ein Bad in Erwägung? Ich muss dir sagen, das ist schon lange einmal fällig.«

»Ich kann gewiss nicht mit dieser tropfenden kleinen Kerze dasitzen, während du unterwegs bist, um die Entdeckung des Jahrhunderts zu machen. Ich kann aber nicht versprechen, dass ich dazu öfter als einmal hin und einmal zurück imstande bin.«

»Egal. Bring nur dich selbst rüber. Das reicht. Ich bin inzwischen daran gewöhnt. Abgesehen von der verdammten Kälte. Aber beeil dich. Je schneller wir drüben wieder im Trockenen sind, desto besser.«

Hayes stolperte in den Tümpel, dessen Kälte ihm fast den Atem verschlug. Er steckte den Arm in die Öffnung unter dem Fels und prüfte, wie es weiterging. Wenigstens gab es etwas Licht, auf das er sich zubewegen konnte.

»In Ordnung, Samual«, sagte er laut. »Jetzt geht's da rein.« Er holte tief Luft und stürzte sich vor, schabte an der Tunneldecke entlang, auf der Stelle von Panik ergriffen. Beim Kriechen schlug er sich Fersen und Knie am Felsen auf, und die Luft wurde ihm sofort knapp.

Er wusste nicht, wie weit er gekommen war. Er schlug sich den Kopf und dann den Ellbogen am harten Fels an. Gerade war er zur Überzeugung gelangt, dass es viel weiter war, als von Kehler geschätzt, und dass er umkehren sollte, da war er mit einem Mal mit dem Gesicht in Licht und Luft.

»Farrelle sei Dank!«, brummte er, torkelte aus dem Wasser und hockte sich recht kläglich neben die Laterne.

Einen Moment später tauchte Kehler auf, stieß einen Sack zu Hayes hinüber und dann noch einen. »Zieh deine Kleider an. Ich bin gleich wieder da.« Er tauchte unter und verschwand erneut im Tunnel.

Während Hayes seine feuchten Sachen anzog, tauchte Kehler mit zwei weiteren Säcken auf.

»Noch einmal, dann haben wir alles. Pack diese Säcke aus … Ah, gut. Danke.« Schon verschwand er wieder, eindeutig in Eile, diese Tortur so schnell wie möglich hinter sich zu bringen.

Gleich danach tauchte er wieder mit ihren letzten Säcken und den leeren Rucksäcken auf. Taumelnd kam er aus dem Wasser, schnappte sich seine Kleider mit zitternden Händen und zog sie ungeschickt über. Die beiden saßen zitternd da, und das Wasser lief an ihnen hinunter.

Kehler lachte. »Du siehst aus wie ein halb ersoffener Hund.«

Hayes lachte ebenfalls. »Du kaum besser.«

»So schlimm war es doch gar nicht – oder?«

»Doch, war es«, widersprach Hayes und lachte wieder. »Beim Arsch des Märtyrers, aber auf den Rückweg freue ich mich überhaupt nicht.«

Kehler zuckte die Schultern. »Nächstes Mal ist es schon einfacher.«

»Hast du die Kerze gelöscht?«

»Nein. Daran habe ich gar nicht gedacht. Die brennt noch immer. Na ja, wir können uns zwar nicht leisten, eine davon zu vergeuden, aber … ich glaube kaum, dass einer von uns beiden bereit ist, um einer Kerze willen nochmals umzukehren. Lass uns weitermarschieren, bevor wir völlig vor Kälte erstarrt sind.«

Sie packten sich ihre Rucksäcke wieder auf, tranken eine Tasse Unterwelt-Tee und machten sich dann den Gang entlang auf den Weg, der bald so hoch wurde, dass sie aufrecht gehen konnten.

Von einem Moment auf den anderen machte der Gang einen ganz anderen Eindruck. Auf der einen Seite waren nun Öffnungen vorzufinden, die meisten schmal, doch einige wirkten beinahe groß genug für einen Menschen. Der Fels war von diesen Öffnungen übersät, als wäre er einem Angriff riesiger Bohrwürmer ausgesetzt gewesen. Zwei Dutzend Meter weiter endete der aufrecht begehbare Gang.

Kehler und Hayes standen da, schauten sich um und dann einander an.

»Das müssen ja an die hundert Öffnungen sein«, sagte Hayes. »Und schau sie dir an! Sie sind winzig!«

»Gerade groß genug für ein Kind«, erwiderte Kehler düster.

Sie standen da und starrten die endlose Reihe von Öffnungen an. Öffnungen, die wie stumme Münder wirkten. Münder, die Geheimnisse zu bewahren wussten.

26

Sir John Dalrymple schlief noch nicht, als das Klopfen ertönte. Eigentlich konnte er sich gar nicht mehr erinnern, wann er zum letzten Mal gut geschlafen hatte. Als Zugeständnis an den Gedanken an Schlaf hatte er sich gewohnheitsmäßig fürs Bett fertig gemacht, wo er dann in der Dunkelheit lag und nach Nachtigallen lauschte, deren Gesang er vorher zu hören gemeint hatte.

Seine erste Reaktion war, das Klopfen zu ignorieren, doch als klar wurde, dass der Klopfende, wer auch immer es war, nicht nachlassen würde, erhob er sich langsam. Dann durchfuhr ihn eine plötzliche Angst, und er warf seinen Morgenmantel über. *Bryce*, dachte er und zündete eilig eine Lampe an.

Seine Unterkunft war etwas sonderbar über einer an ein größeres Haus angebauten Remise untergebracht. Von seinem Zimmer führte eine Treppe zu einer Tür in den Hof sowie einer weiteren Tür ins Haupthaus, wo er seine Mahlzeiten einnahm. Es war bequemer als ein Gasthaus und relativ preiswert.

Er öffnete ein Fensterchen in der Tür und stellte fest, dass seine Befürchtungen der Wahrheit entsprachen.

»Mr. Bryce! Ich schlief gerade, entschuldigen Sie bitte«, sagte er und fragte sich dabei, warum er sich eigentlich dafür entschuldigte, mitten in der Nacht geschlafen zu haben!

Der Mann sagte gar nichts, sondern wartete nur ungeduldig, dass die Tür geöffnet wurde.

Noch immer wortlos ging er die Treppe voran nach oben, womit er Sir John zwang, mit dem Licht hinter ihm herzueilen, sodass er beinahe sofort um Atem rang. Als sie das obere Zimmer betreten hatten, wandte Bryce sich nach ihm um.

»Hier in Castlebough befinden sich Agenten der Admiralität und beobachten Skye«, sagte Bryce.

»Ach. Ich dachte eigentlich, Moncrief hätte sich das als Warnung dienen lassen …« Er schaute Bryce an und fragte sich, warum ihn das so interessierte. Wenn Bryce nicht die Absicht hatte, Moncrief zu Fall zu bringen, wie Sir John einmal geglaubt hatte, was für Absichten hatte er dann? »Sie haben mich vermutlich nicht nur deshalb geweckt, um mir diese Nachricht zu überbringen?«

»Nein.« Bryce blieb einfach stehen, was Sir John, der eigentlich das dringende Bedürfnis hatte, sich hinzusetzen, entnervte. »Ich habe natürlich eine Aufgabe für Sie. Ich muss mit diesem Mann der Admiralität sprechen – Captain James heißt er –, das ist absolut notwendig. Sie werden das arrangieren müssen.«

»Wie ich annehme, kommt es für Sie wohl nicht in Frage, einfach selbst an den Captain heranzutreten?«

Bryce starrte ihn ungehalten an. Der Mann hatte überhaupt keinen Humor.

»Das dachte ich mir. Gehe ich recht in der Annahme, dass Sie diese Begegnung so schnell wie möglich arrangiert haben wollen?«

Bryce nickte.

»Dann will ich mich nur noch anziehen. Ich bin gleich so weit.«

Kent war es nicht nur peinlich, was er da tat – er schämte sich dafür. Das Tor war anscheinend verriegelt, doch die Mauer war nicht hoch und es stand praktischerweise auch ein Regenfass daneben.

Er hoffte nur, dass keine Hunde in der Nähe waren, denn wenn er sich auch so lautlos wie möglich bewegte, war er doch nur nach menschlichem Maßstab leise. Einen Moment später war er über der Mauer und stand in einer Gasse zwischen ihr und dem Haus. Im bleichen Licht der Sterne schlich er vorwärts und lauschte auf Geräusche, die eine mögliche Entdeckung ankündigen mochten.

Wenn er hier erwischt wurde, bedeutete das seinen Ruin. *»Narr«*, zischte er, obwohl er gar nichts hatte sagen wollen. Schon einmal war er an diesem Abend nur knapp der Vernichtung entgangen, und was das betraf, war er noch immer nicht endgültig aus dem Schneider. Nicht einmal in seinen wildesten Träumen hätte er sich vorgestellt, dass die Gräfin jedermann das Bild zeigen und ein Gesellschaftsspiel daraus machen würde, wer den Künstler nennen konnte. Als was für ein Hanswurst würde er dastehen, wenn jemand hinter die Wahrheit kam! Doch das war nichts im Vergleich zu dem, was er erleiden würde, wenn man ihn jetzt ertappte.

»Zurück«, mahnte er sich selbst, doch er hörte nicht auf die Stimme der Vernunft. Kent schien in zwei Teile gespalten. Ein Teil seiner selbst, der vernünftige Teil, war entsetzt über sein Verhalten, schaffte es aber nicht, dem Einhalt zu gebieten. Er wurde von etwas anderem beherrscht. Nicht von seinem Herzen, so hoffte er, denn sein Herz hatte er immer für edler gehalten.

Das ist reiner Wahnsinn, dachte er. *Demnächst fechte ich ihretwegen noch Duelle aus, dabei habe ich nicht einmal eine Stunde in ihrer Gesellschaft verbracht.*

Er kam zur Hausecke und spähte darum herum. Eine Terrasse, Türen und Fenster, alle verschlossen. Aus einem Zimmer schien Licht zu fallen. Einen Moment lang blieb er in der Gewissheit, dass er dort allein war, im Schatten stehen und hoffte, dass irgendwie sein gesunder Menschenverstand wieder die Oberhand gewinnen würde – doch vergebens.

Tief gebückt schlüpfte er am ersten Fenster vorbei und

kam zu der Stelle, wo Licht nach draußen drang. Dort stand das Fenster einen Spalt weit offen, und als er es erreicht hatte, hörte er unverkennbar eine Frau stöhnen. Einen Moment lang blieb er wie erstarrt an Ort und Stelle stehen und wäre fast ins Taumeln geraten. Davor hatte er die größte Angst. Es konnte unmöglich die Gräfin sein. Sie war um Farrelles Willen mit Erasmus Flattery aufgebrochen. Der Mann war brillant, kein Zweifel, aber wohl kaum jemand, der die Frauenwelt Avonels faszinierte. Nein, das musste irgendeine Zofe mit ihrem Kerl sein. Das Liebesspiel wurde immer lauter und dringlicher.

Ganz langsam hob Kent den Kopf. Vor dem Kamin lagen ein Mann und eine Frau auf einem Diwan. Ein gurrendes Lachen, dann ein Stöhnen. Plötzlich erhob sich die Frau und setzte sich rittlings auf ihren Liebhaber, das Gesicht von dunklem Haar verdeckt. Jetzt bewegte sie sich dringlicher auf ihrem Partner. Mit einer schnellen Bewegung warf sie den Kopf zurück und enthüllte ihr Gesicht, ihren nackten Oberleib.

Kent schloss die Augen und lehnte den Kopf gegen den Fenstersims. Sie war es. Er stand da und hörte, wie sie ihre Lust nicht mehr zurückhalten konnte und laut herausschrie.

Er öffnete die Augen wieder und schaute zu, wie sie sich über ihrem Liebhaber bewegte. Sie zog die Hände des Mannes zu sich hoch und legte sie eng um ihre Brüste.

Als sie den Höhepunkt erreichte, brach sie auf ihrem Liebhaber zusammen und begrub ihn unter ihrem Haar.

»Mr. Flattery«, neckte sie, die Stimme voll Lust. »Sie haben sich mir gegenüber Freiheiten herausgenommen, Sir! Zur Strafe werden Sie ausgepeitscht … mit meinem Haar – fünfzig Hiebe. Und Sie müssen bleiben und mir bis zum Tagesanbruch Lust bereiten.«

Kent hörte unverkennbar Erasmus Flattery lachen. Die Gräfin erhob sich wieder, und Kent versuchte nicht einmal mehr, sich zu verstecken: Sie war so schön. Das Licht des Feuers spielte auf ihrer vollkommenen Gestalt und überzog ihre Haut mit einem Kupferton.

Kent hatte noch nie eine solche Qual empfunden, und gleichzeitig hämmerte sein Herz angesichts des eben Gesehenen. Die Gräfin von Chilton beim Liebesakt. Er hatte ihre Lustschreie gehört, und wenn sie diese auch nicht in seinen Armen ausgestoßen hatte, wie es hätte sein sollen, war es doch mehr, als den meisten Männern je vergönnt sein würde. In seinem besessenen, verwirrten Kopf kam es ihm fast wie Intimität vor.

Sir John wartete in der kleinen Lobby des White Hart Inn, nachdem er den Nachtportier bestochen hatte, ihm Bescheid zu geben, wenn Captain James hereinkam. Wahrscheinlich hätte er den Mann ohnehin nicht verwechselt, doch er wusste, dass man für einen Bluff eine gewisse Grundlage braucht – in diesem Fall die Kenntnis von Name und Auftrag des Mannes und wahrscheinlich auch das Wissen, wer ihn geschickt hatte.

Im Geist ging er die Möglichkeiten nochmals durch. Moncrief und Brookes hatten sich vorgenommen, Skye zu Fall zu bringen, doch sein wundersames Entkommen hatte sie gewiss davon überzeugt, dieses Unterfangen aufzugeben. Warum beobachteten sie Skye also weiterhin?

Eines war gewiss. Die Admiralität ließ Lord Skye keineswegs ohne die Billigung des Seelords überwachen, wenn Letzterer sich vielleicht auch von diesen Bemühungen distanziert hatte. Die eigentliche Frage lautete: Wer im Nachrichtendienst der Admiralität war dem Seelord absolut loyal ergeben und würde diese Bestrebungen nicht der Regierung hinterbringen? Vermutlich Admiral Matheson. Der Mann war brillant und hundertprozentig vertrauenswürdig. Es konnte eigentlich nur Matheson sein.

Die Tür ging auf, und ein müder, unrasierter Mann trat herein. Er trug keine Uniform, doch seine Haltung war unverkennbar. Sir John schaute zum Portier hinüber, der nickte.

»Captain James?«

Der Mann blieb stehen, und Sir John erhob sich von seinem Stuhl.

»Sir?«

»Sir John Dalrymple. Außenministerium. Ein gemeinsamer Freund hat mich gebeten, mit Ihnen zu reden«, erklärte er und reichte ihm die Hand.

Mit zusammengezogenen Augenbrauen ergriff sie der Offizier. »Sind wir uns schon einmal begegnet, Sir? Sie kommen mir sehr bekannt vor.«

»Das ist wahrscheinlich. Ich bin immer wieder in der Admiralität zu sehen, da wir viele gemeinsame Interessen haben. Admiral Matheson ist mein besonderer Freund, ebenso wie der Seelord selbst.«

»Ah ja, natürlich.« Die Augen des Mannes öffneten sich vollständig, und er lächelte. James schaute so müde drein, als würde er am liebsten an Ort und Stelle in sich zusammensacken, doch noch immer hielt er die Schultern gerade.

»Können wir uns vielleicht unter vier Augen unterhalten, Captain James? Es dauert nicht lange.«

James ließ sich seinen Schlüssel vom Portier geben. »Kommen Sie mit nach oben?«

»Ich bitte um Vergebung, aber ich muss Ihnen etwas übergeben. Meine Zimmer sind nicht weit von hier.«

James schaute ihn misstrauisch an.

»Ich weiß, dass es ein wenig merkwürdig wirkt, aber …« Er ließ seine Augen durch den Raum wandern. »Ich möchte gewiss sein, dass wir bei unserer Unterhaltung wirklich unter uns sind. Ich folge den Anweisungen Ihres Vorgesetzten. Verstehen Sie?«

James wirkte kaum weniger verwundert, nickte aber. Sie traten in die Nacht hinaus, gingen die Straße entlang und bogen um die Ecke. Bryce hatte ihn angewiesen, James vier Block weit bis zu einem dunklen Winkel zu bringen.

»Wohin gehen wir, Sir John?«

»Nur noch zwei Blocks. Nicht weit. Ich muss mich für die geheimnisvollen Umstände und die späte Stunde entschuldigen.«

Die Kutsche war im Schatten eines dunklen Hauses vorgefahren, doch es war nicht Bryces Kutsche. Im Dunkeln war sie schwer zu erkennen, doch es handelte sich um einen großen, altmodisch wirkenden Vierspänner.

»Die Kutsche erwartet Sie.« Sir John benutzte genau die Worte, die Bryce ihm aufgetragen hatte, und James nickte, als nähme er einen Befehl entgegen.

Sir John, der ein paar Meter vor der Kutsche stehen blieb, sah die Tür aufschwingen, und James stieg ganz unbefangen ein, als wäre dies keineswegs etwas äußerst Beunruhigendes. Die Kutsche fuhr ohne ein Wort des Kutschers los, der oben auf dem Kutschbock hockte, über den Zügeln zusammengesackt wie ein uralter Mann.

Nun, dachte Sir John, *meine Beziehung zu Mr. Bryce wird immer mysteriöser.* Er hoffte nur, dass Captain James nichts Böses zustieß.

Den Kopf voller Fragen machte Sir John sich auf den Rückweg in sein Zimmer, wurde sich aber bald darüber klar, dass er in dieser Nacht ohnehin keinen Schlaf mehr finden würde, und ging weiter die Straße entlang, durchwanderte die Stadt wie ein ganz und gar verlorener Mensch.

27

Von Castlebough zum Höhleneingang brauchte man mehrere Stunden, und so waren Erasmus und Clarendon beim ersten Tageslicht aufgebrochen. Sie ritten ein Pferd und ein Pony, während hinter ihnen ein Diener mit einem Packpferd folgte, das ihre Ausrüstung trug.

Auf einer gewissen Bewusstseinsebene registrierte Erasmus durchaus, dass sie eine wunderschöne Landschaft durchritten, doch seine Aufmerksamkeit galt ganz den Erinnerungen an die vergangene Nacht, die er im Kopf um und um wendete.

Und wenn ich hundert Jahre alt werde, eine vergleichbare Nacht werde ich nie wieder erleben, dachte er.

Die Gräfin hatte ihm keine Versprechungen gemacht. Sie hatte ihn tatsächlich über die Zukunft völlig im Ungewissen gelassen, und das tat der unglaublichen Glückseligkeit, die er empfand, ein klein wenig Abbruch – aber nur ein klein wenig. Nie hatte er daran gedacht, jemals die Gunst einer solchen Frau zu gewinnen. Nicht, dass er bei der Verfolgung des schöneren Geschlechts gänzlich ohne Erfolg geblieben wäre, aber dennoch … *die Gräfin von Chilton*.

Und nun befand er sich ganz gegen seinen Willen auf dem Weg in eine Höhle, auf der Suche nach zwei närrischen jungen Männern – und dem, was sie gefunden hatten, was auch immer es sein mochte. Wie gerne wäre er wieder in Castlebough in der Gesellschaft der Gräfin gewesen. Sie hatte nicht ganz verstanden, warum er diese Expedition unternahm, und er hatte nicht das Gefühl, es ihr wirklich erklären zu können. Nicht, dass er es selbst völlig verstanden hätte. Was genau erwartete Kehler eigentlich in der Höhle zu finden? Doch was auch immer es war, es beunruhigte eindeutig die Farrellitische Kirche, und das wiederum war ein wichtiger Anreiz für Erasmus.

»Sie sehen abwechselnd besorgt und traumhaft glücklich aus, Mr. Flattery«, bemerkte Clarendon plötzlich. Seitdem sie von der Straße abgebogen waren, hatten sie sich kaum mehr unterhalten, weil der Waldpfad sie zwang, hintereinander herzureiten, doch nun überquerten sie eine weite Wiese, und Clarendon war zurückgefallen, um sich zu seinem Gefährten zu gesellen.

»Ich mache mir Sorgen um die beiden jungen Männer«, sagte Erasmus, ohne ein Wort über die andere Stimmung zu verlieren.

Clarendon lächelte ihn an. »Sie wirken nicht wie ungestüme junge Kerls, Mr. Flattery. Ich bin mir sicher, dass wir sie bei bestem Wohlbefinden antreffen; schlimmstenfalls werden sie ein wenig unter Enttäuschung leiden.«

»Sie glauben nicht, dass sie finden, was sie suchen?«

Clarendon schüttelte den Kopf. »Die Höhle ist im Laufe der Jahre von einer Reihe sehr engagierter Männer erforscht worden, die von ihren Bemühungen fast ein wenig besessen waren, doch nur natürliche Wunder wurden berichtet. Diese Männer hatten wesentlich mehr Erfahrung als ihre jungen Freunde, wie findig diese auch sein mögen. Nein, ich denke, dass sie enttäuscht werden, doch wir werden sie dennoch dort drinnen suchen, wenn Sie es wünschen.«

»Meine Sorge bezieht sich darauf, Randall, dass Kehler irgendeine Information besitzt, über die diese erfahreneren Forscher nicht verfügten, und das könnte die beiden in unbekannte Gefahren führen.«

»Aber Hayes hat nie berichtet, um was für eine Information es sich da handelt?«

Erasmus schüttelte den Kopf.

»Sie muss allerdings mit Baumgeres Nachforschungen

in Beziehung stehen. Vielleicht finden die beiden die Quelle von Baumgeres Wohlstand. Nach dem, was Sie berichtet haben, würde zumindest Mr. Hayes eine solche Entdeckung nicht wehtun.«

Sie ritten wieder in den Wald ein, wo der schmale Pfad keine weitere Unterhaltung gestattete.

Der Pfad führte bergauf, und nach einer Stunde Anstieg kamen sie zu einer Kerbe im Berghang. Hier fanden sie in einer Senke zwei Männer auf bemoosten Felsen sitzen, die sich ruhig unterhielten. Erasmus brauchte einen Moment, bis er merkte, dass der ältere der beiden Diakon Rose war, denn er hatte seine Priesterrobe gegen eine Jägertracht eingetauscht.

»Ah, Mr. Flattery, da kommen Sie ja endlich«, sagte der Priester und stand auf. »Ich dachte schon, Sie hätten Ihre Absichten geändert.«

»Meine Absichten geändert?«, fragte Erasmus. »Ich kann mich nicht erinnern, mich zu einem Treffen mit Ihnen entschieden zu haben, Diakon Rose.«

»Das behaupte ich auch gar nicht, aber dennoch sind Sie hier, und wenn ich Sie nicht begleiten darf, so werde ich Ihnen eben einfach folgen. Ich nehme doch an, dass Sie niemanden daran hindern, die Höhle zu betreten, wenn er das wünscht?«

Erasmus schwang ein Bein über den Pferderücken und ließ sich auf den weichen Boden fallen. Einen Moment lang stand er da und starrte den Priester an, dann schaute er zu Clarendon auf, der noch auf seinem Pony saß. Der kleine Mann hob die Augenbrauen, und sein Schnurrbart schien fast zu zucken.

Erasmus wusste nicht recht, wie er reagieren sollte. Sicherlich würde er sich nicht dazu hergeben, den Priester am Betreten der Höhle zu hindern. Was hätte er denn tun können? Den Priester und seinen Begleiter fesseln?

Dennoch traute er dem *Dämon* Rose nicht, wie Kehler

ihn nannte. Der Mann rückte über das, was er wusste, nicht wahrheitsgemäß mit der Sprache heraus, das war gewiss, und seine Absichten gegenüber Kehler waren unklar. Die Kirche brütete eine gewisse Art von Arroganz unter ihren Priestern, und sie hatten nicht viel Respekt vor den souveränen Rechten einfacher Bürger.

»Ich wäre vielleicht eher bereit, Sie mitzunehmen, Diakon, wenn Sie mir mitteilten, was Sie und Kehler hier zu finden erwarten.«

Der Priester schaute Erasmus einen Moment lang abwägend an und legte dann den Kopf schief. »Suchen wir uns doch ein etwas ruhigeres Plätzchen zum Reden, Mr. Flattery.«

Erasmus übergab die Zügel Clarendons Diener und machte seinem Gefährten ein Zeichen, ihnen zu folgen. Sie gingen außer Hörweite von Roses Führer ins von Kiefernschatten gesprenkelte Sonnenlicht hinaus, und vor ihnen eröffnete sich ein Panoramablick. Weit unten konnte man einen See erkennen, und zum ersten Mal fiel Erasmus der Duft der Bäume auf.

»Ich habe Geheimhaltung geschworen, Mr. Flattery, und ein Priester bricht einen solchen Eid nicht leichtherzig, doch ich empfinde Ihre Forderung als ausgesprochen berechtigt, und so werde ich dieses eine Mal meiner Verpflichtung zuwiderhandeln.« Der Mann hielt inne und überlegte, wo er anfangen sollte. »Ich bin mir nicht ganz sicher, was Kehler in Wooton entdeckt hat, und das ist die absolute Wahrheit. Er ist verschwunden, bevor wir ihn befragen und das Ausmaß seines Betrugs erkunden konnten – denn Betrug war es«, erklärte er mit etwas schmerzlicher Stimme. »Ein Vertrauensbruch.« Wieder hielt er inne. »Ich bin hierher geschickt worden, um dafür zu sorgen, dass dieser Vertrauensbruch meine Kirche nicht in Konflikt mit Lord Eldrich bringt. In dieser Hinsicht hoffe ich auf Ihre Hilfe, Mr. Flattery. Meine größte Hoffnung ist es, Kehler in seinem Bestreben aufzuhalten, bevor er die Aufmerksamkeit des Magiers auf sich lenkt.«

»Aber was ist sein Bestreben?«, fragte Erasmus rasch, nun von Ungeduld übermannt.

Rose nickte, da er vielleicht gemerkt hatte, dass er Erasmus nicht mehr mit Ausflüchten kommen konnte. »Wir vermuten, dass Kehler in Wooton ein Gemälde Peliers gefunden hat; ein Gemälde und außerdem vielleicht einen Brief des Priesters, der Baumgere die letzte Ölung verweigerte.«

Erasmus konnte sehen, dass Rose plötzlich Clarendons volle Aufmerksamkeit hatte.

»Mr. Kehler hat vermutlich erfahren, dass Baumgere sehr viel Zeit mit dem Durchsuchen der Höhle verbracht hat. Und das Gemälde ... das Gemälde zeigte jemanden, der Wissen zu bieten hat. Nicht einfach nur Wissen, sondern Wissen über die Künste der Magier. Verbotenes Wissen, Mr. Flattery. Ich bin mir sicher, dass Baumgere genau das gesucht hat und dass nun seinerseits auch Kehler es zu finden hofft.«

»Letzten Abend deuteten Sie an, dies alles hätte etwas mit Teller zu tun«, bemerkte Erasmus.

Wieder nickte der Priester. »Das ist möglich.«

»Er hat Aufzeichnungen in der Höhle versteckt. Ist es das, was Sie vermuten?«

»Ich weiß es nicht, Mr. Flattery. Peliers Bild ist wie sein ganzes Werk interpretationsbedürftig. Doch Kehler geht wahrscheinlich von der Annahme aus, dass hier etwas versteckt ist, und Baumgere hatte wohl dieselbe Vermutung, wenn er das Gesuchte auch nie gefunden hat.«

»Warum sind Sie in diesem Fall aber hier?«, fragte Erasmus. »Falls Kehler tatsächlich einige alte Aufzeichnungen oder Texte findet, wird ihn, wie Sie ja schon anmerkten, die volle Wucht von Eldrichs Zorn treffen, sollte der Magier es jemals herausfinden.«

»Ich bin hier, weil wir einen Vertrag mit dem Magier haben. Sollte Kehler seine Information in unseren Archiven gefunden haben, ist es mehr als wahrscheinlich, dass Eldrich uns dafür verantwortlich macht. Falls ich Kehler aber davon überzeugen kann, seine Suche aufzugeben, kann ich dieses Eingreifen Eldrichs vielleicht abwenden. Sollte andererseits Kehler das Gesuchte finden, werde ich es auch sehen und der Erste sein, der dem Magier davon Bericht erstattet, es sei denn, Sie selbst wären schneller als ich. So oder so sind Sie dann Zeuge, Mr. Flattery, und Eldrich wird wissen, dass wir unseren Vertrag mit ihm nicht gebrochen haben. Und das werden wir auch in Zukunft nicht tun, Mr. Flattery. Lassen Sie sich dessen versichert sein.«

Erasmus schaute zu Clarendon hinüber, konnte seine Reaktion aber nicht erkennen.

»Ich werde Ihnen nicht zur Last fallen, Mr. Flattery. Ich arbeite beinahe täglich auf den Feldern und in den Scheunen unseres Klosters, und seit langem bereitet es mir Tag für Tag große Freude, Wiesen und Wälder zu erkunden und dabei meilenweit zu gehen. Ich werde Sie nicht aufhalten und auch keinerlei Hilfe benötigen.«

Clarendon stand breitbeinig da, die Hände in die Hüften gestemmt. »Lassen Sie uns jetzt bitte allein über Ihren Vorschlag nachdenken, Diakon Rose.« Das kam mit bemerkenswerter Festigkeit von einem Mann, der dem Priester nicht einmal bis zur Schulter reichte.

Erasmus folgte Clarendon, der sich einige Schritte entfernte.

»Was halten Sie davon, Randall?«

»So ungern ich das auch sage, ich halte es für besser, dass er uns begleitet, Mr. Flattery. Ich fühle mich wohler, wenn er sich unter unseren wachsamen Augen befindet. Ich traue ihm noch immer nicht, aber was er da gesagt hat, hat mich doch plötzlich sehr nervös gemacht. Könnte diese Angelegenheit tatsächlich Eldrich interessieren? Unternehmen diese beiden Männer gerade etwas unglaublich Dummes?«

Erasmus schüttelte den Kopf. »Ich weiß es nicht, Randall. Ich bin keine solche Autorität in Sachen Magier, wie manche Leute annehmen. Mir kommt es unwahrscheinlich vor, dass Eldrich die geringste Ahnung haben könnte, was diese beiden recht unbekannten jungen Leute im Sinn führen. Doch falls Baumgere hier wirklich nach irgendwelchen versteckten Aufzeichnungen der Telleriten gesucht hat, haben wir tatsächlich Anlass zur Sorge. Hayes und Kehler ist vielleicht gar nicht bewusst, wie sehr das Eldrich interessiert und wie er auf eine solche Entdeckung reagieren könnte. Darin hat Rose Recht. Besser, man informiert den Magier über den Fund und sagt sonst keinem etwas. Ich kann mir nicht vorstellen, was Hayes und Kehler eigentlich mit diesem Wissen anstellen wollen.«

»Dann nehmen wir den Priester also mit und beobachten ihn genau«, sagte Clarendon. »Sind wir uns darin einig?«

Erasmus nickte. »Mit Widerstreben, aber ja.«

Eine Stunde ging darauf verloren, sich für den Einstieg in die Höhle fertig zu machen. Sie beschlossen, zwei Laternen mitzunehmen, die eine allerdings nur als Ersatzlaterne und gut verpackt. Außerdem teilten sie ein riesiges Kerzenbündel in drei kleinere Päckchen auf.

»Wir müssen genug Licht haben, und dann noch welches in Reserve«, sagte Clarendon. »Nach zwei Dutzend Metern betreten wir in dieser Höhle eine Welt, in die weder Sternenlicht noch Sonnenlicht jemals Zutritt finden. Es ist eine so komplette Finsternis, wie Sie sie wahrscheinlich noch nie zuvor erlebt haben. Ohne Licht kommen wir zu Schaden, meine Herren, zweifeln Sie nicht daran. Licht. Das wird bald das Kostbarste sein, was wir besitzen. Ein Tag in der Höhle, und Sie wären bereit, mit Gold dafür zu bezahlen. Ich sage Ihnen, Sie würden Ihr ganzes Hab und Gut für einen Funken hergeben.«

Nachdem sie kurz gerastet und ein wenig gegessen hatten, schulterten sie ihre Rucksäcke und machten sich den Pfad hinunter auf den Weg zum Höhleneingang. Die Öffnung war mit Moos und Ranken verhangen, die sich an dem harten, ins Dunkel zurückweichenden Fels festklammerten. Der Eingang zur Unterwelt – wenn auch nicht von Wölfen bewacht, wie es in den Mythen hieß.

Sie zündeten ihre Laternen im Licht der Sonne an und marschierten dann, Clarendon voraus, in die Dunkelheit hinein. Nach zehn Metern drehte Erasmus sich um und schaute auf den Flecken unregelmäßigen Grüns im Rahmen des Höhleneingangs zurück. Durch die Bäume fiel Sonnenlicht auf ein Moosbett und beleuchtete den schwankenden Farn. Die Welt erschien Erasmus unvergleichlich schön und grün. Er drehte sich wieder um und eilte seinen Gefährten nach, die entschlossen nach unten marschierten, in ein Land hinein, wo es weder Sonnenlicht noch Regen, noch das Flüstern des Windes in den Kiefern gab.

28

Kells klopfte mit einem gläsernen Briefbeschwerer auf den Tisch.

Klopf … Klopf … Klopf. Pause. Dann wieder. Er merkte es gar nicht, und den meisten der anderen fiel es genauso wenig auf, doch Anna trieb es allmählich in den Wahnsinn.

Klopf … Klopf … Klopf. Pause.

»Skye bleibt draußen«, sagte Kells schließlich. »Und falls er derjenige ist, der uns das Tor öffnet, wie Anna es gesehen hat, dann wäre es vielleicht klug, gleichfalls draußen zu bleiben.«

»Aber es ist eine Vision«, entgegnete Banks entnervt, »und bedarf daher der Interpretation. Ich glaube, das Tor *ist* offen … und zwar *jetzt*. Schaut doch, wer in die Höhle hinuntergestiegen ist: die beiden jungen, von Skye engagierten Männer; der Priester; und außerdem noch Flattery und Clarendon. So etwas machen sie ja wohl kaum zum Vergnügen.«

»Ich glaube, Banks hat Recht«, erklärte Anna. »Für mich fühlt sich das … wahr an. Das Tor ist geöffnet, und wir sitzen tatenlos herum und streiten. Wenn Flattery ebenfalls in die Höhle eingestiegen ist, scheint es mir daran praktisch keinen Zweifel zu geben.«

»Aber er ist in Gesellschaft des Priesters eingestiegen, und nicht einfach irgendeines Priesters – es ist Diakon Rose. Falls Erasmus Flattery immer noch Eldrich dient … nun, da habt ihr eine unheilige Allianz.«

»Aber falls Flattery noch immer Eldrich diente«, sagte Anna, »würde er dann, wie wir ja alle wissen, mit all seiner Energie und allen Kräften nach Wissen über die Magier suchen?«

»Im Laufe der Jahrhunderte«, sagte Halsey, »haben viele den Zielen der Magier gedient, ohne es zu wissen. Zu diesen könnte auch Erasmus Flattery gehören.« Der alte Mann rückte sich gedankenverloren im Stuhl zurecht. Er fühlte sich nie behaglich, war, wie Anna wusste, nie gänzlich frei von Schmerzen. Wäre sie ihm im Moment nicht so böse gewesen, hätte sie gewiss Mitgefühl empfunden.

»Ich befürchte allerdings, dass Anna und Banks Recht haben«, sagte Halsey langsam. »Das Tor ist offen.« Er bewegte sich vorsichtig im Stuhl, die Augen fest zusammengepresst – das einzige Anzeichen von Schmerz, das er erkennen ließ. »Die Frage ist wohl eher, zu welchem Risiko wir bereit sind. Alle anderen Fragen dienen nur der Ablenkung. Steigen wir in die Höhle hinunter, obwohl wir nicht wissen, ob Erasmus Flattery noch immer Eldrich dient? Und steigen wir hinunter, obwohl uns die Loyalitäten und Absichten von Diakon Rose völlig klar sind?« Er schaute die anderen um den Tisch Versammelten an und hielt den Blick eines jeden einen Moment lang fest.

Klopf … Klopf … Klopf … Pause.

Anna holte tief Luft, und die Bedeutung der Entscheidung, die sie jetzt trafen, war ihr in ihrer vollen Tragweite bewusst. »Ich glaube, dass Erasmus Flattery nicht Eldrich dient, sondern dem Wissen der Magier aus eigenem Antrieb nachspürt. In dieser Eigenschaft ist er unser natürlicher Verbündeter. Mit dem Priester ist es eine andere Sache. Er wird uns vernichten, wenn er die Gelegenheit dazu bekommt. Er kann uns unmöglich in die Irre führen, welche List und welche Täuschung er auch immer verwendet. Er ist durch Schwur dazu verpflichtet, uns zu vernichten, und daher müssen wir … tun, was die Situation erfordert. Und ich glaube, dass wir das auch können.«

Halsey schaute sie einen Moment lang an, kaum eine

Spur von Emotion im Blick, und wandte sich dann den anderen zu. »Kells?«

»Ich kann Annas Vision nicht bestreiten, wenn sie das Gefühl hat, dass jetzt die richtige Zeit ist … Ich stimme der Ansicht zu, dass Flattery das eigentliche Risiko ist. Wir haben einfach keine Gewissheit über seine Loyalitäten. Doch selbst wenn er Eldrich mehr hasste als jeder andere Mensch auf der Welt, würde das noch immer nicht bedeuten, dass er dem Magier nicht dient. Darin hat Halsey Recht; viele haben den Magiern gedient, ohne es zu wissen.« Er blickte auf den Briefbeschwerer hinunter und wog ihn in der Hand, als klopfte er damit von unten gegen eine unsichtbare Platte. »Doch wenn das Tor geöffnet wurde und das Wissen aus Annas Vision sich in der Höhle befindet … haben wir kaum die Wahl, denke ich. Aber …«

»Genau!«, unterbrach ihn Banks. »Es gibt keine Wahl. Genau das wollte ich …«

»Mr. Banks …!«, sagte Halsey. »Lass Kells bitte ausreden!«

Banks nickte und ließ den Kopf ein wenig hängen. Anna empfand Mitleid mit ihm – manchmal war es so frustrierend.

»Ich wollte sagen, dass Anna bereit sein muss, noch viel … gnadenloser zu sein, als sie jemals war.« Er schaute zu Anna auf. »Verstehst du? Dieser Priester – und tatsächlich all diese Leute – allein schon ihre Existenz könnte eine Bedrohung für uns darstellen. Eldrich darf niemals erfahren, was gefunden wurde. Niemals. Sonst wird er andere ausbilden.«

Anna nickte, den Blick gesenkt. Sie konnte kaum ihre Stimme finden. »Ich … ich wusste, dass es vielleicht dazu kommen würde. Diakon Rose dürfte wohl im Rahmen meiner Fähigkeiten liegen. Erasmus Flattery ist ein Risiko. Das wissen wir alle. Falls Eldrich ihn ausgebildet hat …«

»Er hat kein Tier seines Vertrauens«, erklärte Banks fest. »In dem Fall hätte Flattery ein Vertrauenstier.«

»Es ist nicht unmöglich, so etwas zu verbergen«, widersprach Halsey.

»Ich werde tun, was erforderlich ist, um uns zu schützen. Das muss ich«, sagte Anna. Keiner antwortete, und unfähig, das zweifelnde Schweigen länger zu ertagen, fuhr sie fort. »Und da ist noch etwas ... Etwas, worüber wir niemals reden, weil wir es kaum zu hoffen wagen. In meiner Vision trug der Mann eine Blüte.« Sie sah Halsey an. »Wenn dort Samen ist, sollten wir alle Reserven dafür mobilisieren. Ich sage, riskiert alles für den Samen.«

Halsey antwortete nicht, hielt aber ihren Blick einen Moment lang fest. »Dann werdet ihr also in die Höhle hinuntersteigen«, sagte er ruhig. »Doch wenn dieses Wissen, das du gesehen hast, dort tatsächlich zu finden ist – wenn ihr es findet –, dann mache ich euch dafür verantwortlich, keinen der anderen aus der Höhle herauskommen zu lassen, denn wenn auch nur einer von ihnen mit Wissen entkommt ... wird Eldrich uns finden. Glaubt nicht, dass das nur die irrationalen Ängste eines alten Mannes sind. Eldrich wird uns finden, und seine Rache wird schrecklich sein.«

29

Kehler hielt die Laterne so dicht an sein Gesicht, wie er es wagte, drückte mit dem Finger auf den Felsen, nahm ihn wieder weg und untersuchte die Fingerkuppe nach Rückständen.

»Kreide, denke ich. Schau.« Er streckte Hayes den Finger hin.

»Schmeck einmal«, schlug Hayes vor.

Kehler erwog das einen Moment lang, kam zum Ergebnis, dass der Versuch wohl nichts schaden würde, und steckte den Finger in den Mund. »Igitt!« Er spuckte auf den Höhlenboden. »Kein Zweifel. Kreide, mit Schlamm vermischt, denke ich.«

»Baumgere, nehme ich an?«

Kehler nickte. »Es sei denn, sonst jemand wäre vor uns hier gewesen. Es wirkt sinnvoll, dass einer markiert, was er abhaken kann. Das hier ist ein Labyrinth. Man könnte leicht vergessen, welche Gänge man schon untersucht hat. Wir sollten unsere auch markieren.«

»Aber Kreide dürfte wohl kaum lange halten. Wäre es nicht sinnvoller gewesen, etwas Dauerhafteres zu nehmen?«

»Vielleicht, aber möchtest du einen Eimer mit Farbe hier runterschleppen? Es ist Jahre her, seit Baumgere hier war, und so sind die Markierungen beinahe verschwunden, aber für die kurze Zeit, die seine Suche währte – vielleicht nur ein paar Monate oder sogar nur Wochen –, war die Kreide wohl durchaus ausreichend.« Kehler machte eine kurze Pause. »Aber vielleicht wollte er auch gar keine dauerhaften Spuren hinterlassen. Vielleicht hat er sie sogar selbst verwischt.«

Sie schauten auf den schwachen Schmierfleck auf dem Fels zurück. Mehrere solcher Markierungen hatten sie gefunden, jede über der Öffnung eines Gangs, wobei die Markierungen inzwischen allerdings unleserlich waren, falls es sich einmal um etwas Geschriebenes gehandelt hatte. Unglücklicherweise konnte man über vielen der Gänge kein solches Zeichen erkennen, und Hayes und Kehler wussten nicht, ob das bedeutete, dass der Gang noch nicht erkundet worden oder ob nur einfach die Kreide im Laufe der Jahre verwischt war.

Hayes schaute den Hauptgang entlang. Auf die kurze Entfernung, die er überblicken konnte, mochten dort an die vierzig Öffnungen sein. »Ob jemand, der sich an diese Arbeit macht, nicht relativ systematisch vorgehen würde?«, fragte er. »Ich würde gewiss an einem Ende anfangen und mich zum anderen vorarbeiten.«

»Ja, gewiss. Und das bedeutet?«

»Nun ja, wenn wir den letzten Gang finden könnten, den Baumgere untersucht hat, würden wir uns eine Menge Mühe sparen. Verstehst du, was ich meine? Selbst wenn der letzte Gang, an dem wir ein Zeichen erkennen, nicht der letzte erforschte Gang wäre, könnten wir auf diese Weise zumindest einige ausschließen.«

»Ja, das macht Sinn.« Kehler ging zur nächsten Einmündung und suchte den Fels um die Öffnung herum ab.

Nach mehreren so verbrachten Stunden entschieden sie sich schließlich für den Gang, den sie für den letzten noch Markierten hielten, und das schloss vielleicht fünfzehn Öffnungen aus – weniger als die Hälfte, doch Kehler wies sofort darauf hin, dass jeder Gang möglicherweise Verzweigungen aufwies, was die Zahl der Gänge größer machte – vielleicht sogar wesentlich größer.

Sie setzten sich, um zu essen und sich auszuruhen, denn beide waren sowohl sehr müde als auch steif und wund. Das Erforschen von Höhlen war kein so schmerzloses Unterfangen, wie sie es gerne vorgaben.

Kehler versank mitten beim Essen in einen tiefen Schlaf, und Hayes blies die Lampe aus und schloss die Augen. Sie mussten unbedingt Brennstoff sparen. Sonderbarerweise konnte er nicht schlafen, obwohl er sich nicht erinnern konnte, je so erschöpft gewesen zu sein.

Er lag im Dunkeln, spürte den unermesslich schweren Fels über sich lasten, stellte sich die Erdschichten vor und die dünne Decke der Vegetation. Über ihnen musste sich jetzt die Nacht ausbreiten. Irgendwie war er sich sicher, dass ein leiser Wind durch die Äste strich und der süße Duft des Waldes die Luft erfüllte. Über seinem Kopf funkelten Sterne am klaren Himmel.

Diese Phantasie hielt jedoch nicht lange stand, denn selbst in der Dunkelheit konnte Hayes die Höhle spüren. Sie hatte einen gewissen Geruch, nicht unangenehm, doch für ihn würde er immer mit der Dunkelheit, der Feuchtigkeit und dem schwer lastenden Fels verbunden bleiben.

Kehler begann leise zu schnarchen, und Hayes, dem plötzlich kalt war, zog den Kragen enger. Er versuchte, nicht an die Rückwanderung zu denken; der Abgrund über dem Wasserfall, die Kletterstrecken, die Abschnitte, wo sie würden kriechen müssen.

Der Höhleneingang schien unglaublich weit entfernt, so unerreichbar wie die Vergangenheit.

Schließlich fiel er in einen unruhigen Schlaf und träumte, er habe sich in den Gängen eines endlosen Höhlensystems verirrt und durchwandere ein unheimliches Halbdunkel, in dem er ständig Verzweigungen passierte und nicht wusste, welchen Weg er einschlagen sollte. Hin und wieder erblickte er in der Ferne Lichter und dachte, er wäre gerettet, doch wie schnell er auch rannte, nie konnte er die Träger der Lichter einholen, und wieder blieb er allein zurück und hörte nur ferne Schritte und etwas, das wie Geflüster klang.

Er lag im Dunkeln und lauschte auf gleichmäßige Atemzüge.

Das hier ist kein Albtraum, merkte er. *Ich bin wach.*

Er hatte zwar keine Ahnung, wie lange er geschlafen hatte, beschloss aber, die Lampe anzuzünden und seinen Gefährten zu wecken. Sie hatten viel Arbeit vor sich und hatten eigentlich gar nicht schlafen wollen.

Sie begannen mit dem ersten unmarkierten Tunnel, und Kehler bestand darauf, diesen ersten selbst zu untersuchen. Die Öffnung war klein, nahezu rund und ziemlich glatt. Kehler schob sich hinein, trat noch ein paarmal unbeholfen in die Luft und verschwand dann, das Licht hinter sich herziehend. Hayes blieb im Dunkeln zurück, und nur die Geräusche von Kehlers Vordringen leisteten ihm noch Gesellschaft. Immer wieder einmal rief er in die Öffnung hinein und vergewisserte sich mit einem kurzen Wortwechsel, dass es seinem Freund noch gut ging, dann suchte er seinen Rucksack in der Dunkelheit und setzte sich hin, verlegen, dass er sich derart niedergeschlagen und einsam fühlte. So verging vielleicht eine Dreiviertelstunde, als plötzlich ein schwacher Schimmer aus dem Gang herausdrang, in den Kehler verschwunden war. Je stärker das Licht wurde, desto mehr verwirrte es Hayes, denn es kam ihm beinahe so vor, als ob der Schein aus der Nachbaröffnung des von Kehler untersuchten Tunnels herausträte.

Gleich danach verstärkte sich das Licht, und die Laterne wurde aus der Öffnung herausgeschwenkt. Hayes rappelte sich mühsam auf und nahm sie seinem Freund aus der Hand. »Ich muss wohl ziemlich durcheinander sein«, sagte er, »denn ich hätte schwören können, du wärst in die Nachbaröffnung hier hineingekrochen.«

Jetzt tauchten Kehlers Kopf und Schultern auf. »So verwirrt, wie du meinst, bist du gar nicht. Ich habe tatsächlich in der Nachbarröhre begonnen, und die vereinigt sich mit dem Tunnel hier, wird aber kurz darauf zur Sackgasse. Ich konnte an der Gabelung umdrehen und auf dieser Seite zurückkehren.«

Kehler stand steif auf und stieß einen langen Seufzer aus. »Nun, so schlimm war es gar nicht. Soll ich noch einen Tunnel machen?«

»Nein, jetzt bin ich an der Reihe. Ist genug Öl in der Lampe? Dann ist die nächste Folterpartie für mich.«

Er warf seinen Mantel ab und ergriff die Laterne. Der nächste Gang war nicht größer als die ersten beiden, wichtiger war jedoch, dass er auch nicht kleiner war, und so schob Hayes die Laterne hinein und kroch mit großem Widerstreben hinterher.

Als er mit dem ganzen Körper in der Röhre steckte, hielt Hayes inne. Er blickte den schmalen Tunnel entlang, der vor ihm in einer sanften Kurve anstieg. Was er davon sehen konnte, wirkte nicht so schrecklich beängstigend. Eng, aber nicht schlimmer als das, was er schon hinter sich gebracht hatte. Eine üble Falle für seine Phantasie war dagegen das, was dahinter kommen könnte. Würde es dort vielleicht so eng werden, dass er stecken blieb und weder vor- noch zurückkam?

Unter Aufbietung aller Willenskraft schob Hayes seine Ängste beiseite und zwang sich zum Weiterkriechen. Aus seinen früheren Erfahrungen wusste er, dass seine Schultern dann am schmalsten waren, wenn er einen Arm vorstreckte, den anderen zurücknahm und sich je nach der Form des Tunnels entweder auf der Seite oder auf dem Bauch voranschob. Er würde die Laterne eine oder zwei Hand breit vorschieben, sich dann mit den Füßen nach Halt scharrend vorwärtsquälen und dabei auf gleichmäßiges Atmen achten, damit er nicht in Panik geriet, denn die Panik war der große Feind. Besser, er wäre mit einer weniger lebendigen Einbildungskraft zur Welt gekommen, denn die machte alles nur noch schlimmer. Er konnte sich die gruseligsten Szenarien vorstellen: dass er in der Röhre stecken blieb; dass er die Lampe zerschlug und sich irgendwo, wo er sich kaum bewegen, geschweige denn das Feuer löschen konnte, selbst in Flammen setzte und so weiter und so fort. Er schloss die Augen und schob diese Bilder so gut wie möglich beiseite. Am besten dachte er an nichts anderes als an die nächste Handbreit und an das vorsichtige Verrücken der Laterne, damit sie nicht umfiel und der Glasaufsatz zerbrach.

Zu seiner großen Erleichterung wurde der Tunnel nicht enger, er setzte sich auch nicht selbst in Flammen, und so entspannte er sich nach den ersten zehn Metern ein wenig. Plötzlich erweiterte sich die Röhre zu einer kleinen Kammer von etwa einem Quadratmeter; hier setzte er sich auf und ruhte sich unter tiefen, keuchenden Atemzügen ein paar Minuten aus.

Von dieser Kammer aus führte der Tunnel von einer der oberen Ecken aus relativ steil aufwärts, und eine kurze Weile untersuchte er ihn mit dem Gedanken, dass es, wenn er nicht genug Halt für die Hände fand, vielleicht schwer wäre, sich dort hinaufzuziehen. Einen Moment lang spielte er mit dem Gedanken, einfach umzukehren und Kehler zu sagen, der Gang sei hier zu Ende, doch dann wurde ihm klar, dass er sich mit einer solchen Lüge nicht wohl fühlen würde – und was, wenn sich das gesuchte Geheimnis gerade hier befände? Ihr mühseliger Anmarsch machte ja keinen Sinn, wenn sie hier nicht so gründlich suchten, wie es in ihrem Vermögen lag.

Als er die Hand nach der Laterne ausstreckte, um sich wieder in Bewegung zu setzen, fiel ihm plötzlich ein kleines Metallteilchen auf dem Boden auf. Er hob es auf und erkannte es als Kupferniete, vielleicht von einem Gürtel oder auch von einem Stiefel. Dieser Tunnel war nicht unerkundet! Jemand war hier gewesen. Er schaute zu der Öffnung hinauf. Wenn Baumgere hier tatsächlich das Gesuchte nicht gefunden hatte, gab es wenig Grund weiterzumachen. Hayes' Geister belebten sich.

Er fasste den Entschluss, wenigstens noch einen Blick in den Tunnel zu werfen, schob die Laterne in die Öffnung und spähte hinein. Dann schaffte er es, zwei Meter voranzukriechen, doch eine Mannslänge weiter vorn verengte sich die Röhre unübersehbar zum Durchmesser eines Kopfes.

Erleichtert kroch er mit neu belebten Kräften wieder zum Hauptgang hinaus und fand Kehler in eine Decke gehüllt in tiefem Schlaf vor.

»Na, da bin ich aber froh, dass ich nicht um Hilfe rufen musste«, sagte er, als er seinen Freund wachrüttelte. »Schau dir das einmal an.« Er hielt Kehler die Niete hin.

»Das hast du da drinnen gefunden?«

»Ja. Die Röhre dringt etwa zehn Meter in den Fels vor und öffnet sich dann zu einer kleinen Kammer. Von dort aus geht der Tunnel keine drei Meter weiter, bevor er sich zu Maulwurfsgröße verengt. Aber auf dem Boden lag die Niete.«

»Farrelles Geist. Baumgere ist bei seiner Untersuchung also bis hier gekommen.«

»Falls es Baumgere war.«

Kehler betrachtete noch immer das Kupferteilchen und nickte. »Wirklich dumm, dass wir noch immer in Tunneln herumstöbern, die unser guter abgefallener Priester schon abgehakt hat, aber ich sehe keine andere Möglichkeit, an die Sache heranzugehen. Du vielleicht?«

Hayes schüttelte den Kopf.

Kehler quälte sich auf die Beine. »Nun, jetzt bin ich dran und kriege das Feuer.« Er hob die Laterne, schüttelte sie leicht und lauschte auf das Schwappen des Öls im Behälter. Bevor er in die nächste Öffnung hineinkroch, nahm er eine Kerze und machte ein Wachskreuz an die Röhren, die sie schon untersucht hatten. Einen Moment später war er im Fels verschwunden, und so konnte Hayes nur noch seinem Vorwärtskommen lauschen und zusehen, wie das Licht immer blasser wurde, bis Dunkelheit herrschte.

Hayes hüllte sich in Kehlers Decke und ließ sich auf den beiden Rucksäcken nieder. Das Wachbleiben fiel ihm schwer, aber er wollte sichergehen, dass er seinen Freund im Notfall rufen hörte.

So ging es mehrere Stunden lang, während sie einen Tunnel nach dem anderen abhakten. Von Erschöpfung übermannt, schliefen sie dann eine Weile. Als ihre Erschöpfung immer größer wurde, gelang es Hayes zunehmend schlechter, sich warm zu halten, wenn er nicht selbst in Aktion war, und so lag er zitternd und sich herumwälzend im Dunkeln, immer wieder von unruhigem Schlaf überkommen. Wann immer er einschlief, kehrte derselbe Traum wieder, wobei es ihm allerdings nie gelang, die Lichter und ihre Träger einzuholen, sondern er weiterhin allein durch die Unterwelt wanderte, hohl vor Hunger, Durst und Sehnsucht und außerstande, den Weg nach draußen zu finden.

Von einem Krächzen geweckt, öffnete Hayes die Augen und erblickte ein schwaches Schimmern in der Öffnung, in die sein Freund vor unbestimmter Zeit gekrochen war. Hayes warf die Decke ab und stolperte vor. Aus dem Loch hörte er Gebrummel und ein hartes, krächzendes Keuchen. Hayes steckte den Kopf in die Öffnung und rief nach Kehler.

Das Geräusch verstummte, und Hayes rief noch einmal.

»Bin ich fast draußen?«, ertönte Kehlers Antwort, jedoch halb zu einem Grunzen verzerrt, da er schon wieder weiterkroch.

»Ich denke schon. Ich kann dich deutlich hören.«

»Farrelle sei Dank.«

Nach einer weiteren Viertelstunde tauchten Kehlers Füße auf, und Hayes ergriff sie und zog den erschöpften Freund nach draußen. Kehler schwankte, als er wieder auf den Beinen stand, und Hayes packte ihn, damit er nicht hinfiel.

»Setz dich, Kehler.«

»Nein, lass mich stehen.« Er hielt sich an der Felswand fest. »Ich will den Raum um mich fühlen.« Er bewegte die Arme und ließ die verkrampften Schultern kreisen, wobei er keuchte, als wäre er unter Wasser gewesen.

»Flammen«, sagte er zwischen zwei Atemzügen. »Blut und Flammen. Was für ein Höllenloch.«

»Was hast du gefunden?«

»Gefunden? Nichts, nur fünf Dutzend Meter in einer so engen Röhre, dass ich dachte, ich komme da nie wieder raus. Farrelles Flammen, ich hoffe nur, dass die nicht alle so sind.« Er setzte sich auf den Felsboden und lehnte den Rücken gegen die Wand. »Wie lange war ich weg?«

Hayes zog seine Uhr hervor. »Ein bisschen mehr als drei Stunden, denke ich.«

»Also ... Da werden wir wohl eine Weile hier unten sein, wenn alle Gänge so viel Mühe machen. Flammen. Ich wünschte, wir wüssten, welche Tunnel Baumgere schon abgehakt hat. Wir könnten uns Tage sparen. Wie ich fürchte, haben wir bei weitem nicht genug Essen dabei.«

»Na ja, dann müssen wir eben rationieren.«

»Ja, aber bei diesen ganzen Anstrengungen bin ich ständig hungrig.«

»Na ja, jetzt ist es sowieso so ungefähr Essenszeit – in der Welt da oben Mittag.« Hayes wühlte in seinem Rucksack nach Lebensmitteln. »Lass uns etwas essen, und dann bin ich an der Reihe.«

Vor dem Essen nahm Kehler eine Kerze und brachte über der Öffnung, die sie gerade untersucht hatten, ein deutlich zu sehendes X an, als wolle er absolut sicher sein, da nie wieder hineinzumüssen.

Sie aßen und tranken und unterhielten sich über kleine Ereignisse der Welt da oben. Lachten über alte Geschichten aus wilderen Tagen und taten alles, was sie konnten, um sich von dem, wohinter sie her waren, abzulenken. Hayes war nie recht überzeugt gewesen, dass dieses verrückte Unternehmen ihnen Ruhm und Reichtum bringen würde, sondern hatte seinen Freund zum Teil aus Loyalität begleitet, zum Teil aus Neugierde und zum Teil vielleicht auch, weil er nichts Besseres zu tun hatte. Hier würden seine Gläubiger ihn wohl kaum aufspüren. Doch jetzt, wo der wahre Preis dieser Expedition immer offensichtlicher wurde, fragte er sich, ob es nicht vernünftiger wäre, die Sache aufzugeben. Er konnte sich kaum vorstellen, dass sie irgendetwas finden würden, was dieses schreckliche Herumgekrieche in den Eingeweiden der Erde aufwiegen würde.

»Erträgst du einen weiteren Tunnel?«, fragte Kehler, nachdem beide das Thema so lange wie möglich vermieden hatten.

Hayes spürte, wie die Dunkelheit ihre Hände nach ihm ausstreckte und ihn berührte, spürte die unendliche Kälte des Steins in sein pochendes Herz einsickern. »Wir können jetzt nicht aufgeben«, hörte er sich sagen. Er versuchte, seine Angst in den Griff zu bekommen. »Ich zumindest brauche das Vermögen, das du versprochen hast.« In dem Wissen, dass sie es sich nicht leisten konnten, auch nur einen Tropfen zu verschütten, füllte er die Laterne mit äußerster Vorsicht.

Hayes reckte seine steifen Muskeln, nahm die Laterne und ging dem nächsten Tunnel entgegen. Sein Mut ließ ihn fast im Stich, als er dastand und in den dunklen Schlund schaute, der ihn gleich verschlingen würde, doch dann zwang er sich zum Weitermachen. Er bückte sich, machte sich so lang wie möglich und stellte die Laterne vor sich in den Tunnel. Er war überrascht, wie schlecht seine Muskeln reagierten, als hätte er sie über die Schwelle der Erschöpfung getrieben und jetzt gehorchten sie seinen Befehlen nicht mehr so, wie sie sollten.

Steif kroch er in den unnachgiebigen Fels hinein, spürte, wie er ihm in die zerschundenen Knie und Handballen biss. Als seine Hüfte den Stein berührte, hielt Hayes einen Moment lang inne, bis der Schmerz nachließ.

»Ich fühle mich wie ein alter Mann«, murmelte er bei sich.

»Was sagst du?«, hörte er Kehler rufen.

»Nichts, nur Gefluche. Setz schon mal Tee auf, ich bin gleich wieder da.«

Er streckte die Hand aus, schob die Laterne ein Stück vor, schleppte sich hinterher und stieß sich dabei schmerzhaft mit der Schulter am Fels. Alle Gedanken an das, was vor ihm lag, bestmöglich beiseite schiebend, kroch er weiter. Er schaute nicht einmal in den Tunnel voraus, außer um die Laterne weiterzuschieben, denn es tat ihm zu weh, den Kopf weiter in den Nacken zu legen als unbedingt notwendig. Nach kurzer Zeit wurde ihm von der Anstrengung allmählich wärmer, doch dann brach ihm der Schweiß auf so ungesunde Art aus allen Poren, dass er befürchtete, jetzt auch noch krank zu werden.

Die Röhre schloss sich immer enger um ihn, und er verdrehte seinen Körper, um vorwärtszukommen, manövrierte Schulter und Hüften so gut wie möglich um Unregelmäßigkeiten im Fels herum. Einen Moment lang stieß Hayes mit der Schulter rückwärts gegen einen Vorsprung und zwang sich mit tiefen Atemzügen, sich zu entspannen. Er war so müde, dass er sich kaum zu einer weiteren Bewegung zwingen konnte.

Er schloss die Augen und konzentrierte sich auf seinen Atem. Er wusste, dass er hier nicht richtig feststeckte, es war eher die Müdigkeit, er hatte kaum noch die Kraft, die er brauchte, um sich frei zu machen.

»Ich kann ja zurück«, beruhigte er sich. *»Zurück.«* Seine

Stimme klang so von Müdigkeit überwältigt und mit Traurigkeit beladen, dass er beinahe meinte, einen anderen zu hören, und das jagte ihm fast einen noch größeren Schreck ein als alles andere. Er schüttelte sich, unsicher, ob er vielleicht gerade eingenickt war.

Er schob sich mit viel Willenskraft ein kleines Stück zurück und schaffte es so, seine Schulter frei zu bekommen, worauf er sich mit verdrehtem Körper an dem Hindernis vorbeiwinden konnte.

Der kalte Schweiß hörte nicht auf, als wäre er überhaupt keine Körperflüssigkeit, sondern als strömte ihm vielmehr die kalte Angst aus allen Poren. Er reckte sich, um die Laterne zu verschieben, zwang sich diesmal, den Kopf zu heben, damit er sich nicht wieder die Finger verbrannte, und prallte vor Entsetzen zurück, stieß sich heftig am Fels und hörte sich aufschreien. Die Laterne stürzte um, und Öl floss aus, das sofort Feuer fing. Nun steckte er fest, schnappte keuchend nach Atem und kauerte sich eng gegen den Fels, unfähig, den Anblick zu ertragen. Hinter den Flammen lag ein menschliches Skelett, an dessen Schädel wie ein Spinnennetz noch immer Haarflaum klebte. Die eine Skeletthand war Hayes entgegengestreckt, der Welt des Lichts entgegengestreckt.

»Oh, Blut und Flammen, Farrelle, rette mich … Es ist ein Kind. Ein armes, verlassenes Kind.«

Ohne über die Folgen nachzudenken, griff er rasch in die Flammen hinein und stellte die Laterne aufrecht, wobei sein Ärmel Feuer fing.

»Neiiiin!« Verzweifelt schlug er sein Handgelenk gegen den Fels und schaffte es, den Ärmel zu löschen, bevor er selbst gänzlich in Flammen aufging, wenn auch die Brandwunden an seiner Hand einen unerträglich brennenden Schmerz verursachten. Er hustete heftig und zog sich von der Laterne zurück, um die noch immer ein paar Flammen loderten.

»Flammen! Nur weg. Es ist ein Kind. Baumgeres Kind. Farrelle gebe ihm Frieden.«

Das verschüttete Öl war schnell verbrannt, und obgleich der stechende Qualm ihn halb blind machte und fast erstickt hatte, zwang Hayes sich, wieder vorzurücken, streckte behutsam die Hand aus und berührte den Laterngriff. Noch immer zu heiß. Er würde warten müssen.

Jetzt betrachtete er das komplette Skelett, das so klein und eingefallen war, dass er sich fragte, wie das Kind hier nur hatte stecken bleiben können, doch genau das musste geschehen sein, denn um die Überreste des Kindes verengte die Röhre sich fast zu einem Nichts.

Nachdem der Griff abgekühlt war, hob er die Laterne mit der verbrannten Hand hoch und begann seinen langsamen Rückzug, ohne die Augen von dem Entsetzlichen zu wenden, als hätte er Angst, es könnte ihm folgen.

Das Herauskriechen ging quälend langsam, wie eine Schnecke schob er sich Zentimeter um Zentimeter zurück, tastete sich durch die Engstellen, bis er wieder auf den Hauptgang hinauskam. Er lag auf dem Boden, Kehler beugte sich über ihn und hob die versengte Laterne auf.

»Hast du nach mir gerufen? Ich bin von einem Geräusch aufgewacht, war mir aber nicht sicher, ob es nicht ein Traum war.« Er schaute seinen Freund an, der sich jetzt aufrecht hinsetzte und das Gesicht mit der unversehrten Hand bedeckte.

»Hayes? Alles in Ordnung?«

Hayes schüttelte den Kopf, hielt aber weiter die Hand vors Gesicht, als könne er damit das Entsetzen abwehren. »Ich bin auf das Kind gestoßen … Baumgeres Kind.«

Er spürte Kehlers Hand auf seiner Schulter. »Im Tunnel?«

Hayes nickte. »Dabei ist das Skelett so winzig, dass man sich gar nicht vorstellen kann, wie es dazu kommen konnte. Flammen, Kehler, der Mann war ein Ungeheuer! Nur ein Kind, und er hat es in diese Hölle geschickt. Was für

Schrecken der arme Junge durchgemacht haben muss. Der Priester hatte Recht, als er diesem Mann die Absolution verweigerte. Ich bete, dass er immer noch in der Hölle schmort.«

Kehler setzte sich wortlos neben seinen Freund auf den Boden, vielleicht in der Hoffnung, dass einfach schon seine Nähe etwas bewirken würde. Hayes konnte sich nicht erinnern, seit seiner Kindheit Tränen vergossen zu haben, doch jetzt spürte er sie in den Augen brennen. Das arme Kind … Was für ein grauenhafter Tod. In einem Albtraum gefangen, der nur einen Ausgang hatte. Einen solchen Tod hatte keiner verdient. Außer vielleicht Baumgere selbst.

Hayes spürte, wie Zorn gegen diesen Mann in ihm aufloderte. Baumgere hatte Glück, dass er schon lange tot war, denn Hayes war sich sicher, andernfalls hätte er ihn aufgespürt. Die Verweigerung der Absolution mochte einem Farrelliten als schreckliche Strafe erscheinen, doch Hayes hatte da eine weltlichere Vergeltung im Sinn.

30

Erasmus stand am Spiegelsee und hielt die Laterne hoch, um die Szenerie zu beleuchten. Es war betörend und auch irgendwie unwirklich – die fremdartige Schönheit einer anderen Welt.

Hinter sich hörte er die anderen reden; ihre Stimmen kamen durch den Gang wie fremdartiges Gemurmel in einer anderen Sprache. Halb erwartete er, irgendein unbekanntes Geschöpf der Unterwelt auftauchen zu sehen.

Erasmus und seine Gefährten hatten bald gemerkt, dass eine Laterne für drei Mann nicht ausreichte, denn der Vorangehende musste Licht haben, und meist blieb dabei der letzte Mann fast im Dunkeln. So weiterzugehen war zu gefährlich, und so hatten sie eine zweite Laterne entzündet, die sie aber jedes Mal löschten, wenn sie zum Rasten oder Essen Halt machten.

Erasmus warf seinen Rucksack ab und kletterte suchend über den nächstgelegenen Felsen; genau in diesem Moment tauchten die anderen auf, und das fremdartige Gepolter ihrer Worte verwandelte sich in ganz normales Farr.

»Hier sollte ein Boot liegen«, rief Clarendon Erasmus zu. »Können Sie es sehen?«

»Nein. Ich fürchte, es ist vom Wasser fortgetragen worden, oder vielleicht haben Hayes und Kehler es auch nicht zurückgebracht.«

»Können wir nicht außen herum klettern?«, fragte Rose, als Erasmus zu ihnen trat.

Clarendon setzte sich auf seinen Rucksack und schüttelte etwas verärgert den Kopf. »Nein. Deswegen hat man die Boote ja gebaut. Der einzig mögliche Weg ist der über das

Wasser. Was für eine verdammte Unvorsichtigkeit. Wenn die beiden Probleme bekommen, können wir ihnen von hier aus nicht helfen.«

»Wenn der Weg übers Wasser hinweg nicht möglich ist, müssen wir eben hindurch«, sagte Erasmus und zog seinen Mantel aus. »Wie weit ist es bis zur anderen Seite?«

»Gut hundert Meter«, antwortete Clarendon und stand auf, als wolle er Einspruch gegen Erasmus' Vorschlag erheben. »Aber das Wasser ist recht tief, und an der Wand findet man nicht immer Halt. Das ist zu gefährlich, Mr. Flattery. Viel zu gefährlich.«

Erasmus zog den einen Stiefel aus. »Aber nicht für jemanden, der schwimmen kann, Randall, und das kann ich glücklicherweise.«

»Aber hundert Meter, Mr. Flattery …!«, begann Clarendon, worüber Erasmus lachen musste.

»Ich weiß nicht genau, wie weit ich schwimmen kann, denn ich habe die Strecke jahrelang nicht mehr gemessen, aber in jungen Jahren schwamm ich am Stück fünf Meilen flussaufwärts, und so denke ich, dass ich mich selbst in meinem fortgeschrittenen Alter wohl hundert Meter über Wasser halten kann. Das Problem ist eher, dass ich auf der anderen Seite des Sees kein Licht haben werde.« Er hielt im Ausziehen inne und dachte über diese Tatsache nach. »Wenn wir eine Kerze in eine kleine Dose stellen, versuche ich, sie mitzunehmen.«

So geschah es, und einigermaßen bebend ließ Erasmus sich in das eiskalte Wasser gleiten. Er versuchte, die Flamme vor sich herschwimmen zu lassen, doch nach drei Metern hatte er sie gelöscht. Nachdem er umgekehrt war, um sie neu entzünden zu lassen, schwamm er auf dem Rücken und hielt Schale und Kerze aus dem Wasser heraus. Wenn er langsam genug schwamm und darauf achtete, die Flamme nicht auszublasen, konnte er es vielleicht bis zur anderen Seite schaffen. Das sollte jedoch nicht sein; als er fast da war, ging die Flamme erneut aus, und in der Hoffnung, dass das schwache Licht der Lampen weit genug reichen würde, schwamm Erasmus weiter.

Als er schließlich die andere Seite des Sees erreichte, zitterte er und stellte sich schon alle möglichen Wesen vor, die in einem solchen See hausen mochten.

Er kletterte aus dem Wasser und stieß sich dabei heftig den Zeh, fand aber die beiden Boote Seite an Seite im Dunkeln liegen. Ohne weitere schmerzliche Zwischenfälle gelang es ihm, eines der Fahrzeuge zu Wasser zu lassen, und gleich darauf legte er sich vor Kälte zitternd in die Riemen. Im null Komma nichts war er wieder bei seinen Gefährten und zog sich die Kleider über die nassen Glieder.

»Was ist auf der anderen Seite?«, fragte der Priester.

»Ich kann es nicht sagen, weil ich kaum etwas sehen konnte«, antwortete Erasmus, der sich immer wieder die Arme vor die Brust schlug, um sich aufzuwärmen. »Einfach ein Felsband, ganz ähnlich wie dieses hier, allerdings schmaler. Vielleicht war da auch die Öffnung eines Gangs.«

Clarendon blies eine der Laternen aus. »Ich glaube, wir sollten hier etwas essen und uns dann ausruhen. Wir haben uns sehr beeilt, und dieser Platz ist genauso bequem wie jeder andere, den wir in nächster Zeit zu Gesicht bekommen werden.«

»Wie tief waren Sie schon in der Höhle, Mr. Clarendon?«, fragte der Priester.

»Noch ein Stück weiter als bis hier, bis zu einem Wasserfall. Wenn wir den passiert haben, ist alles für mich genauso neu wie für Sie.« Er holte Essen aus seinem Rucksack.

Die drei Männer machten es sich so bequem wie möglich und teilten ihr Essen miteinander: getrocknete Äpfel und Käse; Brot, das bald zum Essen zu alt sein würde, und Räucherfleisch mit bitterer Kruste.

Wie bei allen bisherigen Rastpausen senkte sich Schweigen über die Gruppe, was nach Erasmus' Überzeugung daran lag, dass alle Versuche höflicher Konversation fehlschlugen und die eigentlichen Fragen, die zwischen ihnen lagen, nicht gestellt – oder gegebenenfalls nicht beantwortet wurden.

So aßen sie also schweigend und gaben sich, wie Erasmus mit Gewissheit annahm, ihren Spekulationen hin. Er fragte sich nach dem wahren Grund von Roses Anwesenheit. War es wirklich die Angst vor Eldrich? Mit Sicherheit hatte der Priester den Verdacht, dass Erasmus selbst ein Diener des Magiers war. Es musste noch eine andere Erklärung für die Anwesenheit des Priesters geben, oder er hatte zumindest nicht die ganze Wahrheit gesagt.

Die Luft in der Felskammer war zunehmend mit ungestellten Fragen geschwängert, drückend wie die Atmosphäre vor einem Gewitter. Wie lange würde sich die Spannung vor der Entladung noch aufbauen können? Die Entladung würde jedoch, wie Erasmus befürchtete, nicht in Antworten bestehen.

Erasmus schaute seine beiden Begleiter an. Vielleicht lag es an der Höhle – sie war so hart und unnachgiebig, dass wer sie betrat kaum Illusionen aufrechterhalten konnte –, aber Erasmus drängten sich inzwischen Fragen nicht nur zu Rose, sondern auch zu Clarendon auf. Dass er dem Priester nicht trauen konnte, war offensichtlich, trotz des durchaus echten Charmes des Mannes, doch inzwischen betrachtete Erasmus auch den Gelehrten mit Misstrauen. Alles passte einfach viel zu gut, die Art, wie Clarendon Erasmus bei der Ruine gefunden hatte, wie er zufällig gerade eine Autorität bezüglich Baumgeres war und sich dabei auch mit der Höhle auskannte – sie sogar schon selbst erforscht hatte. Clarendon hatte Erasmus daran gehindert, allein hier hinunterzusteigen, und er hatte ihm auch nicht irgendeinen jüngeren Mann als Führer mitgegeben. Nein, er hatte sich als so großer Bewunderer Erasmus' erklärt, dass er ihn persönlich begleiten musste.

Zu viele Zufälle, schloss Erasmus, dabei war Clarendon ein Mann, der sich dazu bekannte, nicht an den Zufall zu glauben.

Erst Clarendon und dann Rose schliefen ein, und ihre leisen Atemzüge waren an diesem rauen Ort beruhigend und klangen irgendwie vertraut. Erasmus blies die Laterne aus und schloss die Augen, doch obwohl er beinahe schlief, war er nie gänzlich ohne Bewusstsein. Seine Gedanken trieben dahin, und zufällige Erinnerungen stiegen an die Oberfläche. Er dachte an die Gräfin, und Wärme vermischt mit Aufregung wallte in ihm auf. Ihm kam der Gedanke, die Laterne zu nehmen und diesen Ort zu verlassen, zur Erdoberfläche zurückzueilen, zurück zu dieser erstaunlichen Frau. Wie war er nur zu dem Glück gekommen, dass sie ihm ihre Gunst erwies?

Doch selbst auf die Gedanken an die Nacht mit der Gräfin konnte er sich nicht konzentrieren, und andere Erinnerungen stiegen auf. Seine letzten Tage im Hause Eldrich, ihre schreckliche, bubenhafte Unvorsichtigkeit und der Leichtsinn seines Lehrers. Walky. Was mochte aus dem Mann geworden sein? Er konnte doch gewiss nicht mehr unter den Lebenden weilen? Doch irgendwie spürte Erasmus, dass dem doch so war. Irgendwo am Rande seines Bewusstseins schwebte eine merkwürdige Erinnerung an Walky, aber er konnte sie nicht recht ans Licht bringen.

Wieder die Gräfin, wie sie ihn streichelte und ihm ins Ohr flüsterte, ihre Augen im Licht des Feuers. Unglaublich, dass eine Frau so schöne Augen haben konnte. Eine plötzliche Angst, dass er vielleicht nie wieder in diese Augen würde sehen können, öffnete sich wie ein Abgrund vor ihm – als gäbe es plötzlich in dieser Welt nichts Beständiges mehr.

Percy, sein treuer Gefährte, der sich von seinem einzigen

Freund in der einsamen Welt des Magierhaushalts leicht beeinflussen ließ. Percy … nicht mehr da.

Dann fiel er in eine Art Schlaf, und Erinnerungen vermischten sich mit Traumbildern. Die Gräfin, wie sie ihm langsam mit dem Haar über die Brust strich. Ein hoch gewachsener Mann im Dunkeln, und dann leckte eine Flamme empor.

Ein Funken in der Dunkelheit, und Erasmus wurde sich bewusst, dass er Clarendon beim Wiederanzünden der Laterne beobachtete, zuschaute, wie die Flamme zitternd zum Leben erwachte, aus dem Nichts geschaffen – das Mirakel des Feuers. Der Priester bewegte sich, und ohne ein Wort zu tauschen, bereiteten die drei Männer sich zum Weitermarsch vor.

»Mr. Flattery, wir beide sollten zuerst mit unseren Rucksäcken übersetzen«, sagte Clarendon und hievte einen Rucksack in das winzige Boot, »dann müssen Sie bei der zweiten Fahrt nur noch den Diakon und einen Rucksack abholen.«

Sie entzündeten die zweite Laterne für den Priester, Erasmus tauchte behutsam die Riemen ein und lenkte das Skiff ins schwarze Wasser, während die Ruderblätter winzige Strudel auf die Wasseroberfläche zeichneten.

Als sie zehn Meter gefahren waren, berührte Clarendon Erasmus am Arm. »Halten Sie das Boot so«, sagte er ruhig, setzte sich dann auf und schaute zum Farrellitischen Priester zurück. »Diakon Rose?«

Erasmus drehte das Boot seitlich, um den Priester sehen zu können; er wusste nicht recht, was Clarendon wollte.

»Ich glaube, es ist an der Zeit, mit der Wahrheit ans Licht zu kommen.«

Erasmus sah, dass der kleine Mann jetzt Roses volle Aufmerksamkeit hatte.

»Sie glauben, dass es noch immer lebende Nachfolger Tellers gibt, oder etwa nicht?«

Rose war eindeutig nicht glücklich über das, was da geschah, doch er hielt seinen Zorn im Zaum, denn er konnte nichts tun – zwischen ihnen lag ein Graben. »Ich weiß nicht, wovon Sie reden, Mr. Clarendon. Mich treibt die Sorge um einen ausgezeichneten Studenten hierher.«

»Nein, Sie sind hier, weil Sie befürchten, er könnte ein Nachfolger Tellers sein, während die Kirche ihrerseits keine Praktizierenden der Künste besitzt, wenn Eldrich einmal nicht mehr ist. Deswegen sind Sie hier. Jetzt wird es Zeit, dass wir offen miteinander reden, Diakon Rose, oder wir lassen Sie einfach hier zurück, bis wir wiederkommen, und falls Sie nicht schwimmen können, wie Mr. Flattery, müssen Sie wohl …«

»Nein!« Der Priester streckte die Hände aus. »Nein. Ich muss Sie begleiten.«

Clarendon schaute Erasmus an, der ihm mit einem leisen Nicken seine Einwilligung zum Weitermachen gab. Er war von der Kühnheit des kleinen Mannes mehr als nur ein wenig beeindruckt.

»Nur auf eine Art können Sie sich wieder zu uns gesellen, Sir, und zwar indem Sie uns mit der Wahrheit zufrieden stellen. Vorher nicht. Und jetzt sagen Sie mir, warum verfolgen Sie Mr. Kehler, und zwar schnell. Ich habe Ihre Ausflüchte satt. Antworten Sie sofort, ohne sich erst eine Lüge zurechtzulegen.«

Rose ging rasch zur einen Seite, die Hände ans Gesicht gelegt.

»Rudern Sie weiter, Erasmus, dem Priester ist nicht zu trauen.«

»Nein! Falls Kehler die von ihm erhoffte Entdeckung gemacht hat, werden Sie mich brauchen. Ich weiß nicht, ob Kehler ein Nachfolger Tellers ist. Ich bete für das Gegenteil. Ich weiß auch nicht, ob solche Leute noch unter den Lebenden weilen, doch Mr. Clarendon hat Recht. Es ist nicht unmöglich. Meine Kirche hat mich hierher geschickt, um sicherzugehen, dass es diese Häresie nicht mehr geben wird, und um zu vermeiden, dass Eldrich seinen Zorn gegen uns kehrt. Ich habe geschworen, die Kirche zu bewahren, Mr. Flattery, das ist meine Aufgabe.« Er überging Clarendon jetzt und wandte sich allein an Erasmus, als appelliere er an dessen gesunden Menschenverstand.

Clarendon war jedoch noch nicht fertig oder zufrieden gestellt. »Sie sind für die Bewältigung genau so einer Situation ausgebildet, habe ich nicht Recht? Ich weiß, dass die Kirche Mittel und Wege kennt, mit den Künsten umzugehen – wie hätte Sie sonst die Telleriten mit Stumpf und Stiel aus ihrem eigenen Schoß reißen können?«

Rose nickte steif. »Ja! Ja, für diese Aufgabe bin ich ausgebildet. Wir müssen uns schützen. Falls Eldrich herausfindet, dass ein Student mit Informationen aus unseren Archiven den Weg hierher gefunden hat – es wäre völlig gleichgültig, dass wir uns keines Vergehens schuldig gemacht haben, der Magier würde dennoch seinen Zorn gegen uns kehren. Das kann ich nicht zulassen, Mr. Flattery. Auf keinen Fall.«

»Und was werden Sie tun, wenn Sie Kehler und Hayes finden?«

Der Priester antwortete nicht.

»Sein Zögern gefällt mir gar nicht«, sagte Clarendon ruhig.

»Ich werde den Befehlen meiner Kirche gehorchen«, erklärte Rose schnell.

»Das ist keine Antwort, Diakon.«

»Ich werde ein Ritual ausführen, mit dem sich ihre … *Schuld* feststellen lässt, und wenn die beiden einfach nur unschuldige junge Männer sind, die die Neugier zu Dummheiten verleitet hat, dann werde ich ihnen kein Haar krümmen.«

»Aber wenn Sie sie nicht für unschuldig halten, werden

Sie sie vernichten, wenn es in Ihrer Macht steht«, rief Clarendon aus. »Oder etwa nicht?«

Der Priester antwortete nicht.

»Habe ich etwa Unrecht«, schrie Clarendon so laut, dass seine Worte in der Höhle widerhallten.

»Mir ... Mir bleibt keine Wahl. Falls Eldrich entdeckt, dass wir so etwas zugelassen haben ... Und überlegen Sie doch einmal, was Eldrich tun wird. Seine Gerechtigkeit wird weniger mitfühlend sein als meine.«

»Und mich sehen Sie als den Zeugen, der Eldrich überzeugt, dass Sie in gutem Glauben handeln?«, fragte Erasmus so leise, dass er sehen konnte, wie der Priester angestrengt lauschte.

»Ja, Mr. Flattery, Sie werden mein Zeuge sein.«

»Aber was, wenn ich ein Nachfolger Tellers wäre, oder was, wenn Mr. Clarendon einer wäre?«

Der Priester schüttelte den Kopf. »Eldrich behält Sie im Auge, Mr. Flattery; davon bin ich überzeugt. Es ist beinahe gewiss, dass eventuell noch lebende Nachfolger Tellers Interesse an Ihnen haben müssen. Nein, ich befürchte nicht, dass Sie Eldrich betrügen könnten.«

»Aber Mr. Clarendon?«

Der Priester zuckte die Schultern. »Mit Mr. Clarendon ist es etwas anderes.«

Erasmus wandte sich um und sah den kleinen Mann an, der mit ihm im Boot saß.

Clarendons Gesicht schien in sich zusammenzufallen und sein Schnurrbart hing herunter. »Verdächtigen Sie etwa mich, Mr. Flattery?«, fragte er mit sehr harter Stimme, fast verletzt.

»Es tut mir Leid, Randall, aber allmählich verdächtige ich jeden, sogar mich selbst.«

»Sie halten sich für ein Werkzeug Eldrichs?«

»Das ist nicht unmöglich, obgleich ich den Magier seit meiner Kindheit nicht mehr gesehen habe. Aber Sie haben das Thema gewechselt, Randall. Sie sagten einmal, Sie glaubten nicht an den Zufall, und doch hat es in unserer kurzen Freundschaft eine ganze Menge Zufälle gegeben.«

»Als ich sagte, dass ich nicht an den Zufall glaube, Mr. Flattery, meinte ich damit, dass ich andere Ursachen, andere Kräfte am Werk sehe. Nach meiner Überzeugung gibt es einen Plan.«

»Und alles wird sich zum Besten wenden?«

Clarendon schüttelte den Kopf, beinahe traurig. »Nein, das erscheint mir sehr unwahrscheinlich, denn der Plan hängt von Menschen ab, und Menschen sind allzu oft schwach, wenn sie fest dastehen sollten, und gerade dann dumm, wenn Weisheit am wichtigsten wäre. Und hier sitzen wir nun und beschuldigen uns gegenseitig, während in dieser Höhle wer weiß was der Entdeckung harrt und unsere jungen Freunde in wer weiß welchen Schwierigkeiten stecken könnten.«

»Und wer hat mit diesen Anschuldigungen angefangen?«, rief der Priester vom Ufer aus. Das Boot hatte begonnen, allmählich zum Priester zurückzutreiben, und Erasmus zog die Riemen durchs Wasser, um die Entfernung zu halten.

»Ich habe mit den Anschuldigungen angefangen, Priester, aber nicht mit den Lügen«, sagte Clarendon, dessen freundliche Art nun der Verachtung wich.

»Wollen Sie uns alle dieser Prüfung unterziehen, Diakon Rose? Ist das Ihre Absicht?«, fragte Erasmus.

Der Priester antwortete nicht. »Gehen Sie mit diesem Mann nicht allein in die Höhle, Mr. Flattery. Ich kann Ihnen nicht sagen, ob er einer der Telleriten ist oder nicht, aber wir sollten immer wachsam sein.«

»Aha«, sagte Clarendon, »typisch Priester, die Saat des Misstrauens und der Zwietracht zu sähen. Er wird uns gegeneinander ausspielen, Mr. Flattery. Das ist so ihre Art.«

Erasmus antwortete nicht, sondern wandte sich wieder

dem Priester zu. »Falls Sie diese Probe an Mr. Clarendon vollführten und sich herausstellte, dass er das ist, was Sie am meisten fürchten, was wäre dann die Folge?«

Wieder zögerte der Priester.

»Ich würde es nicht überleben«, sagte Clarendon ohne jeden Zweifel in der Stimme. »Oder etwa nicht?«

Noch immer antwortete der Priester nicht.

»Nun, Randall, wie steht es? Sind Sie ein Nachfolger Tellers? Antworten Sie nicht leichtfertig, denn wenn Sie es abstreiten, könnte ich Sie durchaus beim Wort nehmen und den Priester diese Probe durchführen lassen.«

Clarendons Schnurrbart zuckte, und Erasmus war sich nicht sicher, ob vor Zorn. Für einen langen Moment begegnete der Zwerg seinem Blick, dann schüttelte er den Kopf. »Ich bin kein Nachfolger Tellers und auch nicht Mitglied einer vergleichbaren Gemeinschaft. Nein, ich bin nur ein kleiner Mann von großer Neugierde und mache mir Sorgen um diese jungen Leute. Und ich bin Ihr Freund, Mr. Flattery, auch wenn Sie das im Moment nicht zu glauben scheinen.«

Diese Worte klangen in Erasmus' Ohren ehrlich, und sein Vertrauensbruch dem kleinen Mann gegenüber bereitete ihm Schuldgefühle. Clarendon hatte ja nun in seinem Leben genug Vertrauensbrüche erfahren.

»Ich … es tut mir Leid, Randall. Das alles hier hat mich einfach verwirrt. Ich weiß überhaupt nicht mehr, wem ich noch trauen kann.«

Clarendon nickte. »Ich verstehe, was Sie meinen, Mr. Flattery. Das ist eine der verzwicktesten Fragen des Lebens – wem vertrauen wir? Aber ich spreche mich dafür aus, dass wir dem Priester nicht vertrauen.«

»Mr. Flattery?«, rief Rose laut, der das gehört hatte. »Da ist noch etwas. Sie können nicht wissen, was wir in dieser Höhle finden werden. Falls die Telleriten hier etwas versteckt haben, könnte es durch die Künste geschützt sein.

Wenn Kehler und Hayes so unschuldig sind, wie Sie meinen, könnten sie sich in echter Gefahr befinden. Und wenn Sie selbst, Mr. Flattery, nicht mehr wissen, als Sie von sich behaupten, werden Sie ihnen wohl kaum helfen können. Tatsächlich könnten Sie sogar das gleiche Schicksal erleiden. Wenn Sie jetzt allein weitergehen, können Sie vielleicht nicht mehr umkehren und mich holen, wenn Sie meine Hilfe brauchen. Lassen Sie mich nicht hier zurück.«

Clarendon blickte Erasmus an und hob die Augenbrauen.

»Wäre das möglich?«, fragte ihn Erasmus.

Der kleine Mann zuckte die Schultern. »Rudern wir doch weiter und diskutieren das außer Hörweite.«

Erasmus nickte und rief Rose zu: »Wir werden Ihre Argumente überdenken.« Damit setzte er die Riemen in Bewegung und ruderte über den unterirdischen See.

Eine Zeit lang sagte weder Clarendon noch Erasmus ein Wort, und sie schienen die Wunder rundum auch gar nicht wahrzunehmen, sondern grübelten nur über den zurückliegenden Wortwechsel nach. Erst als sie die Engstelle zwischen den beiden kleinen Halbinseln passierten, ergriff Clarendon das Wort.

»Was machen Sie sich auf all das für einen Reim?«

»Ich weiß es nicht, Randall, wirklich nicht. Ich bekomme allmählich das Gefühl, dass Rose erwartet, in dieser Höhle … etwas Bedeutendes zu finden. Vielleicht vermutet die Kirche schon seit einer ganzen Weile, dass hier etwas Wichtiges verborgen ist. Und ich habe Angst, dass er unseren jungen Freunden vielleicht etwas antun könnte. Ob die beiden Nachfolger Tellers sind oder nicht, ist mir gleichgültig. Ich bin kein Lakai Eldrichs, und meiner Meinung nach steht weder der Kirche noch Eldrich das Recht zu, den Stab über sie zu brechen. Unglücklicherweise werden wir Eldrich nicht aufhalten können, falls er etwas herausfindet, und, wie ich fürchte, würde dieser Priester keinen Moment zögern, Eldrich zu informieren, um eventuell den Zorn des Magiers von der Kirche abzuwenden. Deshalb zögere ich, ihn mitzunehmen. Selbst wenn er unseren jungen Freunden kein direktes Leid zufügt, könnte er doch als Informant Eldrichs sogar noch größeren Schaden anrichten.«

Clarendon bedachte dies einen Moment lang. »Aber was, wenn seine Behauptungen stimmen? Könnten die Nachfolger Tellers irgendeinen Bann, irgendeinen Zauber hinterlassen haben, der uns schaden würde? Halten Sie das für möglich?«

Erasmus nickte. »Aus dem wenigen, was ich weiß, würde ich das bejahen, obgleich die Kraft eines solchen Banns mit der Zeit auch nachlässt. Dennoch kann ein geschicktes Werk der Magierkunst viele Jahrzehnte Bestand haben, vielleicht sogar länger. Das ist möglich. Sollten Hayes und Kehler auf so etwas gestoßen sein, weiß ich nicht, was wir tun werden.«

»Was also heißt, dass wir ihm nicht trauen können, ihn aber vielleicht brauchen werden.«

»Das scheint richtig zu sein.«

Sie kamen zum Ende des Sees und brachten ihr Boot vorsichtig ans Ufer. Sie stiegen aus und luden ihr Rucksäcke aus, ohne sich weiter zu ihrem Dilemma zu äußern.

Der Zwerg setzte sich auf seinen Rucksack. »Wenn wir ihn nur auf sein Wort festnageln könnten …« Er dachte einen Moment lang nach. »Wir könnten ihn einen Eid auf Farelle schwören lassen.«

Erasmus schüttelte den Kopf. »Wenn es um seine Kirche geht, würde der gute Diakon wohl lieber bis in alle Ewigkeit schmoren, als sie in Gefahr zu bringen.«

»Wenn Sie damit sagen wollen, dass wir uns selbst auf sein feierlich gegebenes Wort nicht verlassen können, sollten wir weitergehen«, erklärte Clarendon, der aber jetzt nicht mehr so selbstgewiss klang. »Wenn wir seine Dienste brauchen, könnten wir wohl wieder hierher zurückkommen – obgleich er dann vielleicht nicht mehr wartet.«

Erasmus nickte. »Wir tun natürlich dasselbe wie unsere jungen Freunde und machen es jedem anderen schwer, wenn nicht sogar unmöglich, uns zu folgen. Wir können nur hoffen, dass wir nicht in eine Notlage geraten.«

Nach Beendigung der Diskussion blieben sie noch sitzen und konnten sich nicht recht zum Weitergehen entscheiden. Plötzlich hörten sie es platschen und dann, aus der Ferne, unheimlich in der Höhle hallende Hilferufe.

»Was in Farelles Namen?« Erasmus sprang auf, schob sein winziges Boot ins Wasser zurück und stieg schnell ein. Clarendon stellte die Laterne auf den Achtersitz, während Erasmus die Riemen in die Dollen schob und dann auf den See hinausschoss. Ein weiterer halb erstickter Hilferuf, dann sein Name, gefolgt von weiterem panischem Herumgeplatsche.

Erasmus lenkte sein kleines Skiff durch die Engstelle und erblickte dann Rose im Wasser, der sich an der Höhlenwand festklammerte. Genau in dem Moment, in dem Erasmus ihn sah, verlor der Priester den Halt und ging unter wildem, aber wirkungslosem Gestrampel unter. Es gelang ihm, wieder mit der Hand zum Fels zu kommen, doch er schob sich nur von der Wand weg. Erasmus dachte schon, er müsse ins Wasser springen, um den Mann zu retten, doch irgendwie hielt sich der Priester oben, bis Erasmus heran war. Gerade außer Reichweite brachte Erasmus nun das Skiff zum Halten.

»Hören Sie. Wenn Sie das Boot zum Kippen bringen, sind wir beide im Wasser. Halten Sie sich vorsichtig am Heck fest, und versuchen Sie nicht, sich hochzuziehen. Halten Sie einfach nur den Kopf über Wasser, dann schleppe ich Sie zum Ufer. Verstehen Sie mich?«

Bemüht, seine eigene Angst in den Griff zu bekommen, nickte der Priester. Erasmus bewegte ein Ruder nach hinten und wendete das Boot mit dem Heck zu Rose. Zu seiner Erleichterung folgte der Priester seiner Anweisung.

Erasmus schleppte den Priester zu seinem Ausgangspunkt am Ufer zurück, und Clarendon, der das zweite Boot genommen hatte, gesellte sich zu ihnen.

Rose, der einem halb ertrunkenen Hund ähnlich sah, kletterte jämmerlich den Fels hinauf. »Ich schwöre, Hayes und Kehler kein Leid zu tun«, brachte er unter Gehuste hervor. »Das schwöre ich bei meiner Kirche und meinem heiligen Eid.« Er versuchte, zu Atem zu kommen. »Aber wenn Sie mich nicht mitnehmen, bin ich gezwungen, den nächsten Versuch zu starten, um über den See zu kommen, denn ich werde nicht zurückbleiben. Auf keinen Fall.«

Erasmus warf Clarendon, der recht besorgt dreinsah, einen Blick zu. Der kleine Mann nickte, und keineswegs sicher, damit die richtige Entscheidung zu treffen, trat Erasmus ans Ufer, um dem Priester an Bord zu helfen.

31

Im Laufe der Jahre hatte Eldrich Eingeweide verwendet, Knochen, Spiegel, Karten und sogar Teeblätter, doch Wasser und seine Variationen blieben sein Lieblingsmedium. Er war kein Meister der Zukunftsschau, wenngleich es in der jetzigen Welt beinahe mit Gewissheit nicht seinesgleichen gab. Das gestattete ihm jedoch nicht zu vergessen, dass er verglichen mit Praktikern der Vergangenheit nicht sonderlich geschickt war.

Der Magier wusste außerdem, wie dumm es war, wenn jemand all seine Entscheidungen nur auf Prophezeiungen gründete – selbst in den Händen eines Meisters war die Zukunftsschau bestenfalls eine ungenaue Kunst. Nein, man musste sich auf die so genannte reale Welt konzentrieren, auf das Hier und Jetzt. Dennoch aber konnte er der gelegentlichen Versuchung, in die Zukunft zu schauen, nicht widerstehen, wobei diese Versuchung letzthin allerdings öfter als nur gelegentlich aufgetreten war.

Alles ist so vernebelt, sorgte er sich. *Nichts ist klar.*

Er wusste, dass die Ereignisse bald in einer Krise kulminieren würden, doch je näher dieser Zeitpunkt rückte, desto vager wurden die Vorzeichen. Doch vielleicht konnte ein weiterer Versuch …

Er hatte zwei Hände voll weißer Kirschblüten gesammelt und hockte jetzt in der Erwartung, dass die Wolken den Mond freigaben, vor dem Teich. Sternenlicht tat es auch, wenn es ganz rein war, doch wenn der Mond schien, musste man sich seiner bedienen. Er hörte das Rascheln seines Vertrauten im nahe gelegenen Wäldchen. Der Wolf beobachtete ihn irgendwie ahnungsvoll, obwohl er nicht verstand, was er vorhatte.

Instinkt, dachte Eldrich. *Er ist ein Geschöpf des nahezu reinen Instinkts.*

Er schaute zum Himmel hinauf. Der Mond beleuchtete eine Wolke von so regelmäßiger Gestalt, dass sie aussah wie ein weißlich durchsichtiger, vom endlosen Fluss der Jahre glatt gewaschener Stein. In seinem Inneren klang die Nacht wider: die Bewegung der Sterne und Planeten. Der Magier konnte spüren, wie die Erde durch den Kosmos raste. Das konnte er tatsächlich spüren.

Einen Moment lang schloss er die Augen und erfuhr sich als Fallenden, als taumelnden Körper im dunklen Zwischenraum der Sterne.

Er schaute auf den Tümpel hinunter, beobachtete das Spiegelbild des Mondes, und genau in dem Augenblick, in dem dieser hinter der kieselsteinglatten Wolke hervortrat, warf er die Kirschblüten in die Luft und sah zu, wie sie aufs Wasser hinunterfielen. Sie überzogen die Wasserfläche mit einem Muster von Kräuseln, und Eldrich konzentrierte sich darauf, öffnete sich für einen Sekundenbruchteil dem Kosmos, ließ durch das Muster auf dem Wasser die große Leere in sich einströmen. Einen Sekundenbruchteil, mehr konnte er nicht ertragen.

Er schloss die Augen und taumelte vom Wasserrand zurück. Er spürte, wie sein Wolf in der Nähe vorbeistrich, empfand sein Unbehagen. Nach ein oder zwei Schritten fiel er auf die Knie, versuchte, das Kernchen von Wissen zu ergreifen und zu nähren.

Eine Frau auf einem gewappneten Schlachtross, das Haar über den Rücken geworfen, ein erhobenes Schwert in der Hand. Doch das Ross war ein riesiger Wolf mit silbrig schimmerndem Fell, die Augen unglaublich hell wie die monddurchleuchtete Wolke. Das Bild änderte sich, er sah ein brennendes Skelett und hörte einen entsetzlichen

Schrei. Dann schaute er in einen langen Tunnel absoluter Dunkelheit hinein und erblickte einen einzigen Lichtpunkt. Ein wirbelnder Stern, blauweiß und kalt wie der Winter.

Dann war auch dies verschwunden, und völlig verausgabt kauerte er keuchend auf allen vieren. Die Welt wirbelte im Kreis, raste durch den Kosmos, wenngleich dies keinem einzigen Menschen bewusst zu sein schien. Keinem einzigen Menschen.

Eine Stunde später war Eldrich noch immer nicht ganz er selbst. Er hatte sich in einen Lehnstuhl beim Feuer sacken lassen und aß eine Schale Suppe. Das Praktizieren der Künste erwärmte ihn immer, außer wenn er die Zukunftsschau ausübte, denn die beraubte ihn aller Körperwärme und ließ ihn unweigerlich zitternd zurück, als wäre er in einen eiskalten Winterfluss gefallen. Sie saugte ihm die Kraft aus, und danach war er eine Weile müde und lethargisch.

Es liegt an der kalten, dunklen Leere zwischen den Sternen, sagte er sich. *Die dringt in einen ein und lässt sich nicht leicht verjagen.*

»Lord Eldrich?«, fragte sein Diener mit besorgter Stimme. Er hatte schon vorher etwas gesagt, doch der Magier hatte nicht geantwortet.

»Ja, Walky, ich höre. Vor der Höhle ist etwas postiert …«

»Ein großer Wolfshund, Sir.«

»Tatsächlich …« Er konzentrierte sich augenblicklich. »Und, ist er natürlich, was meinst du?«

»Ich weiß es nicht, Sir. Man hat es mir nur berichtet. Mit Sicherheit kann ich nur eines sagen, Sir, nämlich dass er da ist.«

»Erasmus kann es nicht sein«, grübelte Eldrich laut. »Oder?«, fragte er den alten Mann, der so besorgt neben ihm stand.

Walky schüttelt den Kopf, eindeutig beunruhigt. »Ich denke kaum, Lord Eldrich. Ich … ich hoffe nicht.«

»Ja. Ich auch.« Schweigen. Geistesabwesend rührte er in der Suppe und schaute zu, wie die Gemüseeinlage nach oben stieg und wieder in der Brühe versank.

»Das Problem ist, dass er anscheinend niemandem gestattet, die Höhle zu betreten.«

»Ach. Ich bin … heute Abend ziemlich müde. Mein Kopf … Hat jemand versucht, ihn zu töten?«

Walky schüttelte den Kopf.

»Dann hat also der, der davon berichtete, ihn für unnatürlich gehalten?« Eldrich schaute wieder auf seine Schale hinunter. »Nun, dann werde ich mich damit befassen.«

Wieder starrte er auf seine Schale, stieß plötzlich mit Daumen und Zeigefinger hinein und holte ein Stück Fleisch heraus. Er stellte die Schale beiseite, stand müde auf, ging zum Fenster und zog es auf. Dort stand er, schaute in die Nacht und machte ein sonderbares Geräusch, irgendetwas zwischen dem Ruf einer Eule und einem Pfeifen, aber leise und lang gezogen. Dann wartete er ab, scheinbar mit unendlicher Geduld.

Walky blieb, wo er war, ohne sich zu bewegen, was er für das Klügste hielt. Er hatte nicht direkt Angst vor Eldrichs Vertrautem, doch das Tier war unberechenbar, genauso unberechenbar wie sein Herr, und Walky war sich bei beiden nie ganz sicher, ob sie ihn auch weiterhin als geschätzten Diener behandeln würden, nur weil sie es viele Jahrzehnte lang so gehalten hatten. Er war sich da einfach nicht sicher.

Vielleicht eine Viertelstunde war verstrichen, da hörte Walky, wie der Wolf über die Mauer sprang und in den Garten kam. Er keuchte ein wenig, als wäre er auf der Jagd gewesen, als der Ruf ertönte. Im Gegensatz zu Walky wirkte er nie sonderlich beunruhigt, wenn er seinen Meister hatte warten lassen. Zwischen Magier und Wolf gab es ein Band, das Walky nicht ergründen konnte – weit mehr als die Bindung zwischen Mann und … »Haustier« schien kaum das richtige Wort.

Eldrich streichelte das Tier recht rau hinter den Ohren und sprach es leise in der Sprache der Magier an. Walky konnte die Worte nicht recht hören. Der Wolf schlang den Fleischbrocken in einem einzigen Haps herunter, scheinbar ohne ihn überhaupt richtig wahrzunehmen. Noch einen Moment dieser Zuneigungsbezeugung, dann sprang der Wolf davon, und sein Herr schaute hinter ihm her, die Hand erhoben, als wäre er mit Streicheln nicht fertig gewesen.

Eldrich stützte sich auf die Fensterbank, immer noch müde. Sicherlich war es nicht an Walky, so etwas zu sagen, doch er war der Meinung, dass der Magier sich dieser Praktik zu oft hingab. Der Diener war sich sicher, dass die Zukunftsschau mehr Fragen aufwarf, als sie beantwortete. Gewiss, es war in Ordnung, hin und wieder in die Zukunft zu sehen, alle paar Jahre oder sogar einmal im Jahr, doch derzeit gingen kaum einmal ein paar Wochen vorbei, ohne dass der Magier diese Kunst in irgendeiner Form ausübte. Und was brachte sie ihm? Zu viele Möglichkeiten, bei weitem zu viele.

Nein, es war die Anstrengung nicht wert.

Walky schaute auf den Magier, der noch immer vor dem offenen Fenster stand und sich aufs Fensterbrett stützte wie ein alter Mann. Das war ein Zeichen der Verzweiflung, wie Walky wusste. Diese Aufgabe, die Eldrich hinterlassen worden war … Walky befürchtete, dass sie seine Kräfte fast überstieg. In all diesen Jahrhunderten der Zukunftsschau hatte man immer die wichtigsten Wahrheiten verfehlt, und jetzt war nur noch ein einziger Magier übrig, um mit der Situation fertig zu werden. Der letzte aller Magier, das hoffte er zumindest.

Eldrich räusperte sich, und Walky unterbrach seine Grübelei und konzentrierte sich ganz auf die Bedürfnisse seines Meisters.

»Es tut mir Leid wegen Erasmus, Walky.«

Der kleine Mann spürte eine Welle der Traurigkeit, fühlte sich davon bedeckt wie von Herbstlaub. »Das weiß ich, Sir.«

32

Die Gräfin saß, einen Sonnenschirm in der Hand, im Heck des Bootes und lächelte ein wenig rätselhaft. Kent versuchte, ebenfalls zu lächeln, doch der weiche Blick lustvoller Erinnerung auf dem Gesicht der Gräfin machte ihm das schwer. Dennoch konnte er kaum die Augen von ihr wenden, und so merkte er, wie gelegentlich ein Ausdruck der Angst ihr schönes Gesicht so grundlegend verwandelte wie eine Wolke, die das blaue Wasser eines Sees zu Grau färbt. Er fragte sich, was sie so bedrücken mochte, und trotz seiner eigenen Qual über das, was er durch das Fenster gesehen hatte, spürte er das Verlangen, sie zu trösten.

Wie er sie so sittsam im Heck sitzen sah, so tadellos gekleidet wie immer, konnte er einfach die Erinnerung an ihren Anblick beim Liebesakt nicht aus seinen Gedanken vertreiben. Fast kam es ihm so vor, als wäre das eine andere Frau gewesen, die sich da der Lust hingegeben hatte. Seine Eifersucht auf Erasmus – und darauf, dass er diese Seite ihres Wesens kennen gelernt hatte – machte ihn noch verrückt. Er tauchte die Riemen ein und ruderte das Boot ein wenig flotter voran.

Marianne saß im Bug, stieß Qualmwolken aus ihrer Pfeife und las von Zeit zu Zeit Abschnitte aus ihrem derzeit in Arbeit befindlichen Werk vor, worauf sie über das Geschriebene herzog. Gerade machte sie eine ihrer periodisch wiederkehrenden Pausen, wo sie in Betrachtungen versank, doch ob sie dabei über das Buch nachdachte, ihrem eigenen Genie nachsann oder die Landschaft auf sich wirken ließ, konnte Kent nicht sagen.

Wieder tauchte er die Riemen ein und ließ das Boot vorangleiten, wobei er die Schönheit des Bergpanoramas hinter der Gräfin kaum wahrnahm.

»Mr. Kent? Halten Sie meine Beschreibung von Fredericks Reaktion für realistisch? Ich bitte Sie, sich als Mann zu äußern.«

»Wie könnte ich mich denn sonst noch äußern, Miss Eden?«

Sie stieß ein qualmumwölktes Gelächter hervor. »Als Künstler, denn der Künstler hat gewiss eine Sichtweise der Welt, die seine eigene Situation übersteigt. Ein guter Künstler zumindest.«

Kent versuchte, sich zu erinnern, was sie gerade vorgelesen hatte. Frederick, einer der Protagonisten, hatte sich hoffnungslos in eine Frau verliebt, die ihn als ihren teuersten Freund auf der Welt betrachtete – ihr Herz aber einem anderen geschenkt hatte, und zudem noch gänzlich unvernünftig. Es war keine sonderlich originelle Situation, doch Mariannes Schilderung der Gefühle des Mannes war so richtig, so ungewöhnlich. Bevor er noch eine Antwort geben konnte, half die Autorin mit einem Abschnitt aus ihrem Manuskript nach.

»›*In ihrer Gegenwart fühlte er sich, als hätte man ihn von allen Verankerungen seiner eigenen Welt abgetrennt. Als wären alle Bänder und Bindungen durchschnitten, und er könne sich nicht einmal mehr vorstellen, welchen Platz er eingenommen hatte. Plötzlich konnte er nicht einmal mehr mit Kindern sprechen, ohne sich schrecklich verlegen und unfähig zu fühlen, als hätte er ständig Angst, sich lächerlich zu machen. Als ob das Urteil von Kindern irgendeine Rolle spielte. Und das bei einem Mann, der mit dem König zusammen gespeist hatte und mit den bekanntesten Schönheiten der Hauptstadt elegante Flirts unterhielt. Er trieb in einem Meer von Gesichtern dahin, Wind und Wellen preisgegeben – und keiner streckte ihm die Hand entgegen.*‹«

Kent nickte und konnte sich des Gedankens nicht erwehren, dass Marianne da nicht nur ihn beschrieben hatte, sondern auch versuchte, ihm etwas mitzuteilen. Vielleicht empfand er das nur aufgrund seiner eigenen misslichen Lage so, aber auf jeden Fall errötete er.

Die Gräfin schien dies gnädigerweise nicht zu bemerkten oder tat zumindest so, als bemerkte sie es nicht.

»Ich weiß nicht, Marianne«, bemerkte die Gräfin. »Für eine derart extreme Reaktion erscheint mir Frederick als viel zu starke Persönlichkeit. Das überzeugt mich einfach nicht.«

»Aber darum geht es ja gerade«, widersprach die Autorin. »Ebendieser Verfall kann selbst bei den erfolgreichsten, selbstsichersten Menschen einsetzen. Ich habe es gesehen. Du hast es gewiss auch schon gesehen. Und vielleicht fällt es den Leuten in Fredericks Umgebung, die ihn nicht so gut kennen, ja gar nicht auf – obwohl er das Gefühl hat, dass sogar Kinder ihn durchschauen können. Und genau darum geht es mir. Das alles spielt sich im Inneren ab, und ›real‹, falls wir diese Bezeichnung überhaupt benutzen dürfen, ist es nur für ihn. Die objektive ›Realität‹ spielt in unserer Wahrnehmung des Realen kaum eine Rolle. In diesem Sinne ist die Welt eines Romans genauso echt wie die Welt, in der wir leben. Wenn man daran glaubt – ist sie real.«

Kent schaute zum fernen Ufer hinüber. Er hatte sich lange darin geübt, seine Umgebung genau zu betrachten und dabei zu überlegen, wie man dies oder jenes malen würde. Heute faszinierte ihn der Anschein von grünem Schleier, der manche Bäume umgab, bei dem es sich aber nur um junge Blättchen handelte, die aus ihren Knospen herausbrachen. Aus der Ferne sah es jedoch so aus, als hinge eine ganz zarte grüne Wolke in den Zweigen.

Trotz dieses Versuchs, in alte Gewohnheiten zurückzuverfallen, fühlte sich Kent vom stabilen Untergrund seines eigenen Lebens abgeschnitten. *Das kommt vom Hoffen, vom Begehren und den absurden Erwartungen,* sagte er sich. *Warum um alles in der Welt habe ich mir jemals eingebildet, diese Frau hätte ein Interesse an mir?*

Ein anderer Teil seiner selbst fragte jedoch ständig: *Erasmus?* Sie hatte sich mit Erasmus Flattery eingelassen? Keineswegs ein reicher Adliger, wenn auch ein wohlhabender Mann. Ein Mann, der sich noch nicht einmal die Mühe machte, sich nach der Mode zu kleiden. Wenigstens in einem dieser Punkte hatte doch auch Kent etwas zu bieten. Warum nicht er? War er etwa nicht talentiert? Hatte er nicht Charme und Witz? Kent glaubte, dass er genauso gut aussehend sein konnte wie Erasmus, wenn er auch nicht über seine Ausstrahlung gebot, denn in der Tat brachte man Erasmus nicht nur einfach Achtung entgegen, sondern man merkte auf, wenn er etwas sagte, ohne dass er sich auch nur darum zu bemühen schien.

»Sie schauen so aufmerksam zum Ufer, Mr. Kent, dass ich fast glaube, Sie haben genug vom Bootsfahren«, sagte die Gräfin.

»Oh, aber keineswegs, Lady Chilton. Ich muss mich entschuldigen. Das ist eine schreckliche Angewohnheit von mir. Ich sehe etwas, was meinen Blick einfängt, das Spiel des Lichts, Licht und Schatten hinter einem Berg, die Farbe der Birkenzweige, und sofort fange ich an, mir zu überlegen, wie ich das auf eine Leinwand bannen könnte.«

»Wissen Sie, was ich glaube, Mr. Kent?«, fragte Marianne, worauf Kent den Kopf in ihre Richtung drehte. »Wenn Sie Ihr reiches Talent dazu verwendeten, Menschen mit ebendemselben Tiefblick zu malen, würden Sie zum herausragendsten Porträtisten unserer Zeit. Was denkst du, Elaural?«

Das Gesicht der Gräfin ließ nichts erkennen, doch Kent hatte das Gefühl, als würde unter seinen, und nur unter seinen, Füßen das Boot versinken. »Ich denke, dass Mr. Kent bei allem, was er in seiner Kunst unternimmt, Erfolg hätte, dass aber das, was er im Moment tut, perfekt zu ihm passt. Aber wirklich, Marianne, müssen wir denn immer über Kunst sprechen? Ich, die ich überhaupt keine Talente habe, bekomme allmählich Minderwertigkeitskomplexe. Hast du denn keinen Klatsch für eine arme, unvollkommene Person wie mich?«

»Also, dann lass mich sehen. Erasmus Flattery und dieser frappierende Mr. Clarendon sind in diese große Höhle eingestiegen, von der jedermann spricht, was, wie ich höre, zu dieser Jahreszeit mehr als ein bisschen gefährlich ist, weil die Frühjahrsüberschwemmung den Wasserstand im Inneren ansteigen lässt. Keiner weiß so recht, warum sie das tun – oder hast du vielleicht eine Ahnung, meine Liebe?«, fragte sie schelmisch.

»Mr. Flattery vertraut mir seine Pläne nicht an, das versichere ich dir«, erwiderte die Gräfin rasch.

»Jemand hat das Haus dieses Baumgere gemietet, und anscheinend weiß keiner, um wen es sich da handelt. Es gibt sogar Gerüchte, dass es der Kronprinz ist, der hier zur Kur geht. Lord Skye wurde gestern in Begleitung der blonden Tochter der Waldmans gesehen. Wie heißt sie noch?«

»Fräulein Schlampe, glaube ich.«

Das brachte Marianne zum Lachen. »Und was habe ich noch gehört? Diese Marineoffiziere, die sich hier aufhalten, sollen angeblich einem Spion Entonnes hinterher sein, wenn sich auch der eine Offizier mehr für dasselbe Fräulein interessiert, Fräulein … wie hieß sie noch mal?«

»Hoppla, die kommt aber rum.«

»Ich liebe kleine Städtchen. Stell dir einmal vor, was man über uns erzählt«, führte sie genüsslich aus. »Denken Sie nur, Mr. Kent, in der Vorstellung der Einwohner Castleboughs stecken Sie vielleicht mitten in einer Dreiecksbeziehung mit der Gräfin von Chilton und dieser merkwürdigen Romanautorin. Wie hieß sie noch mal?«

»Frau Nase-drin«, bot die Gräfin an.

»Na siehst du – der perfekte Name für eine Frau, die in die Falle ihrer eigenen Begehrlichkeiten geraten ist.«

»Wer mag das sein, in Baumgeres Haus?«, fragte Kent plötzlich.

»Jemand, der vielleicht an den Werken Averil Kents interessiert ist?«, neckte ihn Marianne.

»Nein, im Ernst.«

»Nun, ich weiß es nicht. Ich habe den Mann gesehen, den man als seinen Diener bezeichnet, doch der ist mir völlig unbekannt.«

»Also, wenn Sie alles wissen, was in Castlebough so vor sich geht«, meinte Kent, »dann wissen Sie ja vielleicht auch, warum Sir John Dalrymple hier ist? Und wer der Mann in seiner Begleitung ist? Bryce nennt er sich, glaube ich.«

»Aha, nun, das ist wirklich eine Frage. Die Meinungen der Stadt sind in dieser Frage geteilt. Entweder ist Sir John hier, um den Marineleuten beim Fang des Spions zu helfen, oder er ist hier, um diesen Bryce um Geld anzubetteln, denn er benimmt sich wie sein Untergebener, auch wenn er glaubt, er könnte diesen Eindruck vermeiden. Wer dieser Bryce sein mag, ist noch einmal eine andere Frage. Ein wohlhabender Kaufmann, habe ich gehört. Ein Schmuggler, was ich für wahrscheinlicher halte. Ein Händler in Gold und Geschmeide – auch eine Möglichkeit, aber bei weitem nicht so interessant. Oder ein Schuft, der sein Vermögen durch Eheschwindel erworben hat und seine reichen Frauen dann immer den Balkon hinunterstieß. Und ich muss sagen, er ist schrecklich attraktiv, findest du nicht, Elaural?«

»Ich weiß nicht, von wem du sprichst, meine Liebe.«

»Ach, du schaust zu viel in die Sterne«, meinte Marianne nachdenklich. »Aber Mr. Kent, es ist wirklich eine Überraschung, Sie hier in Castlebough anzutreffen, und das gerade nachdem Sie die Gräfin vor kurzem besucht hatten.«

»Mr. Kent ist häufig auf Malexkursionen unterwegs, Marianne. Und jetzt bitte – bleib beim Klatsch und Tratsch.«

»Was habe ich sonst noch gehört?«, überlegte sie. »Noch eine Gruppe ist in diese Höhle eingestiegen, die zur Zeit anscheinend jedermann besucht – in dieser Gruppe befand sich allerdings auch eine junge Frau. Sie haben sich offensichtlich darauf vorbereitet, mehrere Tage unterwegs zu sein.«

»Eine Frau ist in dieselbe Höhle eingestiegen wie Erasmus?« Die Gräfin beugte sich zur Seite, um Marianne an Kent vorbei sehen zu können, und die Eifersucht in ihrer Stimme versetzte ihm einen Stich. Der Maler fühlte sich plötzlich, als wäre er Luft.

Marianne stieß Rauch aus, der um Kent herumwirbelte und ihn zum Husten reizte. »Das habe ich gehört. Was mag wohl in dieser Höhle sein, was meinst du?«

»Ich …« Die Gräfin hielt inne, große Sorge im Gesicht.

»Erasmus hat mir gesagt, und das dürft ihr absolut niemandem weitererzählen, dass er in der Höhle nach zwei jungen Männern sucht, die, wie er fürchtet, die Gefahr ihres Tuns nicht verstehen. Er erwartete, drei oder vier Tage unterwegs zu sein.«

»Nun, das ist alles äußerst merkwürdig«, meinte Marianne. »Warum sollen wir das nicht weitererzählen? Wenn Mr. Flatterys Freunde in der Höhle in Schwierigkeiten stecken, sollte man dann nicht in der Stadt Alarm schlagen? Sollte man nicht eine Rettungsaktion organisieren?«

»Ich weiß nur, dass er mich gebeten hat, mit niemandem darüber zu reden. Er war sich nicht sicher, ob diese jungen Männer wirklich in Schwierigkeiten steckten, und wollte sich nur vergewissern, dass ihnen nichts passiert ist. Das erscheint im Moment alles etwas sonderbar, und es ist doch ein ziemlicher Zufall, dass diese andere Gruppe in dieselbe Höhle eingestiegen ist. Die Höhle ist zu dieser Jahreszeit nicht sicher, sagst du?«

»Das behaupten die Einheimischen. Im Sommer wird sie häufig besucht, denn sie ist schließlich ein Naturwunder, doch im Winter und Frühjahr halten die Leute von Castlebough sich fern, da der Wasserstand dann ohne Vorwarnung fällt oder steigt und die unteren Eingänge am Ufer des Sees überflutet sind. Ich hoffe, dass sie sich da unten alle in Sicherheit befinden. Wer waren diese unvorsichtigen jungen Männer?«

Die Gräfin zuckte die Schultern. »Ich weiß es nicht. Freunde von Erasmus. Kayes und Heller hat er sie, glaube ich, genannt.« Sie schaute zu Kent, der den Kopf schüttelte. Er kannte sie auch nicht.

»Wenn er nicht in ein oder zwei Tagen zurück ist«, bot Kent eifrig an, »werde ich mit den Einheimischen reden, um eine Suche zu organisieren.«

Die Gräfin versuchte, ihn anzulächeln, schaute aber weg, und Kent bekam das Gefühl, da ein recht klägliches Angebot gemacht zu haben, doch etwas Besseres fiel ihm nicht ein. Das würde sie wohl kaum dazu bringen, sich dankbar in seine Arme zu werfen.

Was hatte Erasmus nur vor, fragte er sich.

33

Wenn man bedachte, worauf Hayes da gestoßen war und dass er sich an einer so engen Stelle fast selbst in Brand gesetzt hätte, gelang es ihm doch recht gut, sich wieder zusammenzureißen. Er hatte Glück, fand er, noch am Leben zu sein.

Kehler badete seine Hand in frischem Wasser und verband sie mit einem aus ihrem saubersten Hemd gerissenen Stoffstreifen. Hayes trank etwas Wasser und setzte sich unter Gehuste, weil seine Lunge noch immer vom Rauch brannte, auf den Rucksack.

Kehler blieb in seiner Nähe, sagte aber wenig, vielleicht doch von einem etwas schlechten Gewissen bedrückt, den Freund einem solchen Schrecken ausgesetzt zu haben.

Allmählich erholte Hayes sich von Angst und Schock, und das Husten ließ nach. Kehler machte ihm eine Tasse ihres lauwarmen Tees, die Hayes in seiner Verfassung tatsächlich gut schmeckte.

»Während du weg warst, ist mir etwas aufgefallen«, sagte Kehler. »Kannst du aufstehen?« Er zündete eine Kerze an und führte seinen Freund den Gang hinunter.

»Es war so still, während du da drinnen warst, und allmählich kam es mir so vor, als ob ich etwas hörte. Erst dachte ich, vielleicht spielt mir meine Vorstellungskraft einen Streich, weil sie die Stille nicht erträgt, doch dann kam ich hierher und lauschte mit aller Aufmerksamkeit. Erst dachte ich immer, ich hätte etwas gehört, und dann war es wieder weg. Ein regelmäßiges Geräusch, das ich vielleicht am besten mit Geklingel beschreibe, beinahe metallisch, aber wenn ich es hören konnte, immer sehr regelmäßig.« Er hob die Hand. »Bleib hier stehen und lausche einmal.«

Hayes spitzte die Ohren, um zwischen ihren eigenen Atemzügen noch irgendetwas zu vernehmen.

»Nichts?«

Hayes schüttelte den Kopf.

»Geh einmal drei Schritte weiter. Und jetzt?«

Hayes versuchte, seinen keuchenden Atem zur Ruhe zu bringen, und lauschte erneut.

»Da ist vielleicht etwas … Flammen, es ist so leise, dass ich mir nicht sicher bin.«

»Genau. Jetzt komm einmal hier herunter.« Er entfernte sich ein oder zwei Meter und ging dann vor einer niedrigen Öffnung in die Hocke. Kehler neigte den Kopf und schloss die Augen, das Gesicht angespannt vor Konzentration. »Hörst du es?«, flüsterte er.

»Etwas, ja. Ja. Da ist ein Geräusch. Ist es Wasser, was meinst du?«

Kehler zuckte die Schultern. »Wahrscheinlich. Aber schau einmal.« Er führte die Kerze ganz langsam an die Öffnung heran und hielt sie dann bis auf ein winziges Beben der Hand ganz still.

Ganz, ganz sachte neigte die Flamme sich von der Öffnung weg, wie unter dem Einfluss eines Luftzugs, und schwankte dann in die andere Richtung zurück.

»Was hältst du davon?«

Hayes streckte die Hand aus und versuchte, die Luftbewegung zu erspüren. »Ich habe fast das Gefühl, als könnte ich etwas fühlen.«

Kehler nickte.

»Aber hat das irgendeine Bedeutung? Enthält dieser Tunnel das Gesuchte nun mit größerer oder mit geringerer Wahrscheinlichkeit?«

Kehler schüttelte den Kopf. »Das weiß ich nicht, aber er

ist der Einzige, der sich durch irgendeine Eigenschaft von den anderen unterscheidet. Aus diesem Grund schon bin ich dafür, ihn als Nächstes zu untersuchen. Schlimmstenfalls haben wir ganz einfach eine weitere Möglichkeit ausgeschlossen.«

Hayes stimmte zu, da nun ohnehin Kehler an der Reihe war. Die beiden hielten eine kurze Mahlzeit, und Kehler säuberte die Lampe und füllte sie nach, bevor er sich auf den Weg machte.

Hayes zerrte ihre Rucksäcke vor die Öffnung, die Kehler sich vorgenommen hatte, und hüllte sich in seinen Mantel und die Decken. »Falls du mich brauchst, musst du aus Leibeskräften brüllen«, sagte er. »Ich kann mich unmöglich wach halten.«

Er schaute zu, wie sein Freund in die Öffnung kroch, und als das Licht weg war, schlief er beinahe sofort ein.

Hin und wieder fuhr er erschreckt aus einem Traum hoch, in dem er im Fels gefangen war oder in dem das Skelett die Knochenhand nach ihm ausstreckte. Einmal wachte er dabei hilferufend auf und merkte plötzlich, dass gar nicht er selbst gerufen hatte.

»Blut und Flammen!«

Er schleuderte die Decken beiseite und stand steif auf, suchte hektisch nach einer Kerze und Anzündematerial. Eine Weile zappelte er sich mit seiner einen verbundenen, nur begrenzt einsetzbaren Hand im Dunkeln ab, und dann erwachte eine Flamme zum Leben. Währenddessen hörte er die ganze Zeit die regelmäßigen, gedämpften Rufe seines Gefährten.

Vorsichtig darauf achtend, die Flamme nicht auszublasen, trat er zu der Öffnung, in die Kehler hineingekrochen war.

»Kehler!«, schrie er, doch als Antwort vernahm er nur lautes Rufen, ohne ein Wort verstehen zu können.

»Beim Arsch des Märtyrers«, fluchte Hayes. »Er steckt

bestimmt fest.« Heftig zitternd kniete er sich auf den harten Fels nieder und kroch in die Öffnung hinein, noch immer so erschöpft, dass er sich nicht vorstellen konnte, es auch nur weiter als ein paar Meter zu schaffen, oder was er tun würde, wenn er seinen Freund erreichte.

Alle ein oder zwei Meter blieb er liegen, musste sich einfach ausruhen, und seine Finger verkrampften sich um die Kerze, da er die andere Hand nicht nach vorn bringen konnte. Wenn er sich ausruhte, rief er nach Kehler, damit dieser wusste, dass er kam.

Nachdem Hayes länger und weiter gekrochen war, als er meinte, ertragen zu können, vernahm er Kehlers Stimme plötzlich recht deutlich, beinahe ganz aus der Nähe.

»Hayes?«

»Kehler? Steckst du fest, Mann?«

»Beim Blut des Märtyrers, verdammt! Ich dachte, du würdest niemals aufwachen. Ich stecke hier schon stundenlang fest. Flammen, Mann ...« Doch dann schienen ihm die Worte auszugehen.

»Ich komme, so schnell ich kann. Versuch, dich zu beruhigen. Wenn du reinkommen konntest, kannst du auch wieder rauskommen. Keine Sorge.« Hayes bemühte sich, zuversichtlich zu klingen, doch er hatte das Skelett gesehen und wusste, was das bedeutete.

Schließlich erblickte er im schwachen Schein seiner Kerze ein oder zwei Meter weiter vorn die abgetragenen Sohlen von Kehlers Stiefeln. Als er näher an seinen Freund heranktroch, konnte er auch den Laternenschein ausmachen, wobei Kehlers Körper nur wenig von dem Licht durchließ, so schmal war die Stelle.

Hayes streckte die Hand aus und klopfte auf Kehlers Stiefelsohle.

»Preis und Dank«, sagte Kehler, der wirklich erleichtert klang. »Ich bin so verzweifelt, dass ich unterdessen eine religiöse Bekehrung durchgemacht habe; Farelle sei gelobt. Ich werde hier für meinen Diebstahl von Kirchengut bestraft.«

Hayes lachte. »Nur jemand wie du kann an dieser Situation noch etwas Witziges finden.«

»Hayes?« In der Stimme seines Freundes lag jetzt nichts Scherzhaftes mehr. »Ich stecke hier wirklich fest und habe mich schon bis zur Erschöpfung abgezappelt, um wieder frei zu kommen. Ich will in dieser ganz speziellen Hölle nicht als ein weiteres Skelett enden.«

»Wir kriegen dich da raus, Kehler, keine Sorge. Betrachten wir die Sache einmal logisch. Wo bist du denn eingeklemmt?«

»An den Hüften, kannst du das glauben? Ich habe die Schultern mit einiger Mühe durchgekriegt, aber dann bin ich mit den Hüften stecken geblieben.«

Hayes streckte die Kerze vor, um herauszubekommen, wie sein Freund feststeckte. »Nicht mit den Füßen zappeln, Kehler, sonst machst du mir die Kerze aus.« Nachdem er den Hals einen Moment lang verdreht hatte, um nach vorn schauen zu können, musste er den Kopf zum Ausruhen auf den Fels legen. »Versuche einmal zu beschreiben, wie du da feststeckst.«

»Also, im Fels gibt es zwei herausstehende Bänder«, begann Kehler, der nun seine Aufmerksamkeit auf die verschiedenen Teile seiner Anatomie lenkte. »Sie verlaufen im Abstand von etwa zehn Zentimetern quer über die Decke. Zwischen denen steckt meine linke Hüfte, und die rechte ist auch festgeklemmt. Wenn ich mit einer der beiden auch nur fünf Zentimeter vor oder zurückkäme, könnte ich weiterkriechen.«

»Weiterkriechen?«, fragte Hayes ungläubig. »Du willst hier rückwärts raus, Kehler, nicht weiter rein. Wir wollen hier weg.«

»Aber du verstehst nicht … Dahinter weitet sich der Tunnel. Das kann ich sehen. Der breiteste Durchschlupf, den wir seit unserer Ankunft gefunden haben. Wir müssen es nur durch diese Engstelle hier schaffen, dann können wir weitermachen. Flammen, im nächsten Abschnitt kann man sogar fast auf allen vieren krabbeln.«

Hayes konnte kaum glauben, was er da hörte, doch dann zog ihn der Gedanke, ein wenig Freiraum um sich zu haben, unerklärlich an. In nur ein oder zwei Metern Entfernung gab es Platz zum Atmen.

»Ich verstehe nicht recht, warum deine rechte Hüfte eingeklemmt ist. Vielleicht liegt sie nur in einer kleinen Mulde im Fels, und du bist zu erschöpft, um sie herauszubekommen. Lass mich einmal sehen, ob ich sie zurückziehen kann, und du unterstützt mich dabei so gut es geht.« Damit die Kerze alleine stehen blieb, schüttete Hayes etwas Wachs auf den Fels und stellte den Stummel hinein. Mit der vorderen Hand ergriff er Kehlers Knöchel, stemmte sich ab und zog, so fest er konnte. Nach etwa fünfzehn Sekunden Anstrengung musste er nachlassen.

Kehler, der mit dem freien Fuß Halt suchend herumzappelte, schaffte es, die Kerze zu löschen, und Hayes, der sich nun fast in vollständiger Dunkelheit befand, geriet allmählich selbst in Panik.

»Kehler? Ich habe noch eine andere Idee. Ich drücke mit dem Kopf gegen die Sohle deines linken Stiefels und ziehe gleichzeitig an deinem rechten Fuß. Du stößt dich so gut wie möglich an meinem Kopf ab. Verstehst du? Wir stoßen gleichzeitig deine linke Hüfte vor und ziehen deine rechte zurück. Bist du bereit?«

»Nein. Ruh dich noch einen Moment aus.«

Hayes legte den Kopf auf den Fels und versuchte, an die Welt da oben zu denken. Eine Welt des Sonnenscheins, doch in der Dunkelheit konnte er das Bild nicht festhalten.

Kehler war so lange still, dass Hayes sich allmählich fragte, ob er vielleicht vor Erschöpfung eingeschlafen war.

»Kehler?«

»Nur noch einen kleinen Moment.«

»Alles in Ordnung mit dir?«

Schweigen, und dann kam aus der Dunkelheit mit ganz dünner Stimme: »Was, wenn es nicht hinhaut?«

»Dann hole ich ein Seil, binde es um deinen Fuß und krieche wieder raus, bis ich richtig Halt finde. Ich bin mir sicher, wenn wir es schaffen, deine eine Hüfte ein paar Zentimeter zurückzubewegen, bist du hier raus.«

»In Ordnung. Ich bin so weit.«

Hayes ergriff den Fuß seines Freundes und kroch vor, bis die Stiefelsohle seinen Kopf berührte. Er machte die Schultern breit, drückte sie gegen den Fels und stemmte sich so gut wie möglich mit den Füßen ab.

Mit der Hand zog er, mit dem Kopf presste er gegen den Stiefel seines Freundes und spürte den Druck im Nacken, vom Schmerz ganz zu schweigen.

Nichts.

»Blut und Flammen!«, hörte er seinen Freund fluchen, und dann war plötzlich der Druck gegen seinen Kopf weg.

»Oh, Flammen …«, brachte Kehler heraus. »Ich bin durch.« Beim letzten Wort brach seine Stimme, und einen Moment lang lagen beide keuchend da.

»Hayes?«, sagte Kehler dann mit belegter Stimme. »Gut gemacht.« Kehler schleppte sich langsam ein Stück vor, und jetzt ergoss sich Licht durch die Engstelle. Plötzlich war die Öffnung vor ihm jedoch fast gänzlich von Kehlers Gesicht ausgefüllt. »Schaffst du es da durch? Hier gibt es Raum zum Atmen. Schau, ich habe mich tatsächlich herumgedreht.«

Hayes kroch vor und ließ die Hände an der Stelle über den Fels gleiten, wo sein Freund stecken geblieben war. Dass er spüren konnte, wo sein Freund sich verklemmt hatte, war eine große Hilfe, und da Kehler ihn zog, war er im null Komma nichts durch.

Der Tunnel war so hoch – der Durchmesser vielleicht

ein knapper Meter –, dass sie sich tatsächlich aufrecht hinsetzen konnten.

Sie fühlten sich wie zwei Überlebende einer Schlacht, ohne jeden Funken Energie zum Weiterkriechen, von einer Unterhaltung ganz zu schweigen. Kehler schaffte es, die Hand zu heben und seinen Freund auf den Rücken zu klopfen, doch davon abgesehen bewegten sie sich eine halbe Stunde lang überhaupt nicht.

Schließlich rappelte Kehler sich auf. »Ich muss mich bewegen, um wieder warm zu werden, sonst fang ich noch an zu zittern.«

»Sollen wir wirklich weiter?«, fragte Hayes. »Sollten wir nicht lieber zurück und etwas essen und ein wenig schlafen, um wieder zu Kräften zu kommen?«

»Lass uns nur nachschauen, wie weit das hier noch führt. Wenn der Tunnel sich wieder verengt, bin ich einverstanden; dann sollten wir vorerst umkehren. Aber vielleicht ist er auch einfach nach zwanzig Metern zu Ende … Ich möchte nicht noch einmal hierher zurückkehren und dann doch auf eine Sackgasse stoßen.«

»Ich auch nicht.«

Kehler krabbelte auf allen vieren los, doch hinter der nächsten Biegung ging er schon aufrecht, wenn er sich auch hier und da noch bücken musste.

»Das gefällt mir schon besser«, sagte Kehler, unfähig, seine Aufregung zu verbergen. Beide wussten, dass auch dieser Gang wahrscheinlich nirgendwohin führte, aber dennoch hatten sie hier zum ersten Mal einen Durchlass gefunden, der sich weiter auftat, und dadurch schöpften sie ungeheuer viel neuen Mut.

Noch eine Kurve, und der Gang stieg allmählich nach oben an. Irgendwann blieb Kehler stehen und bat mit erhobener Hand um Stille. »Da. Hörst du das?«

»Ja. Ohne jeden Zweifel. Es ist fließendes Wasser, oder?«

»Das glaube ich auch.« Sie eilten weiter.

Eine weitere Biegung, dann kletterten sie über natürliche Stufen eine Steilstrecke hinauf, während der Gang sich zu vier Metern Durchmesser weitete. Als sie den obersten Punkt erreichten, war Kehler ein paar Schritte voraus. Hayes kam hinterher, ganz auf die Trittstellen im Fels konzentriert, doch Kehler hielt ihn mit ausgestreckter Hand an und zeigte nach vorn.

»Beim Blut des Märtyrers«, flüsterte Hayes kaum hörbar.

Wenige Meter vor ihnen erhob sich auf drei aus dem Fels gehauenen Stufen der Bogen eines kleinen Tores aus weißem Stein. Die beiden starrten es völlig entgeistert an, und Kehler stützte sich auf einem Felshöcker ab, als ob seine Füße ihn keinen Moment länger tragen würden.

Hayes trat ein paar Schritte vor, doch sein Freund streckte die Hand aus, um ihn zurückzuhalten. »Nein. Bleib hinten. Siehst du die in den Schlussstein eingehauenen Blumen?«

»Teller ... Das hat Clarendon doch gesagt, oder? Zwei Talrosen und eine unbekannte Blüte.«

»Ja. Dort ist ihr unterirdischer Saal, aber vielleicht können wir nicht eindringen.«

»Was? Wir haben uns den ganzen langen, mühseligen Weg hierher gequält und sollen jetzt draußen bleiben?« Hayes merkte, wie Jähzorn in ihm aufwallte, war aber zu erschöpft, um ihn im Zaum zu halten.

»Ich sagte, *vielleicht* können wir nicht eindringen. Dort könnte ein Schutzbann angebracht sein.«

»Ein Bann? Ein Zauber meinst du?«

Kehler nickte.

»Und hast du irgendeine Vorstellung, wie wir damit umgehen sollen?«

Kehler schüttelte den Kopf. »Überhaupt keine.«

Hayes lachte hilflos los. »Also, das ist das nutzloseste Unternehmen, in das mich jemals irgendjemand hineingetrickst hat. Warum hast du mir das nicht vorher gesagt?

Hältst du sonst noch mit irgendwas hinter dem Berg? Dann kannst du damit auch gleich noch rausrücken.«

Kehler machte ein sonderbares Gesicht, fast eine Grimasse, und zuckte dümmlich mit den Schultern.

»Und mit Ruhm und Reichtum ist es garantiert auch nichts.« Hayes schüttelte den Kopf, halb wütend, halb von der Absurdität der Situation überwältigt. Er konnte kaum glauben, dass sein guter, zuverlässiger Freund Kehler ihn so gemein ausgetrickst hatte.

»Wir hätten Erasmus mitnehmen sollen«, sagte Hayes plötzlich.

Doch Kehler schüttelte den Kopf. »Nein. Ich fürchte, dein Freund würde Eldrich informieren, und dann würde niemals jemand von unserer Entdeckung erfahren – was auch immer hinter dieser Tür liegen mag. Nein, Hayes, wir müssen das hier vor Erasmus geheim halten.«

»Also, meiner Meinung nach brauchen wir Erasmus nicht zu fürchten, denn er ist so anständig, wie ein Mensch nur sein kann.« Hayes fragte sich, ob man ihm sein schlechtes Gewissen anhörte. Hatte Erasmus die Suche nach ihnen schon aufgenommen?

»So anständig, wie ein Mensch nur sein kann, aber er hat Eldrich gedient, und Magier sind nicht dafür bekannt, Menschen je wieder loszulassen. Nicht nur habe ich den Verdacht, dass Erasmus wesentlich mehr weiß, als er zugibt, nein, ich bin mir auch nicht sicher, wem seine Loyalität gilt. Wir müssen absolut sichergehen, dass Eldrich von dem hier nichts erfährt, bis wir alles enthüllen. Wir werden unsere Entdeckung veröffentlichen und es Eldrich unmöglich machen, alles in der Versenkung verschwinden zu lassen. Wissen sollte niemals in den Händen einiger weniger liegen, die es dazu einsetzen, die vielen zu unterdrücken. Davon zumindest bin ich seit meinem Aufenthalt bei den Priestern überzeugt.«

»Und was machen wir dann jetzt?«

Kehler dachte einen Moment lang nach. »Ich bin der Meinung, dass einer von uns versuchen sollte, durch das Tor hindurchzugehen. Das werde ich sein, da ja ich mit allem angefangen habe. Ich bin mir nicht sicher, was du tun solltest, Hayes. Ich weiß nicht, ob du hier in Sicherheit bist oder nicht lieber in den Hauptgang hinauskriechen solltest. Ich weiß nicht einmal, ob du dort in Sicherheit bist.«

Beim Gedanken an eine Rückkehr durch den engen Tunnel überkam Hayes ein Anfall von Klaustrophobie. Nein, jetzt, wo sie so weit gekommen waren, erschien Umkehren ihm nicht als Option. Zumindest noch nicht.

»Ich komme mit.«

Kehler überdachte das einen Moment lang. »Dir ist klar, dass das unvernünftig sein könnte?«

Hayes lachte. »Dieses ganze Unternehmen war von Anfang an unvernünftig.«

Kehler nickte, und Hayes half ihm auf die Beine. Keiner sagte ein Wort, sie gingen einfach nur voran, ein wenig zögernd vielleicht, aber sie gingen.

Sie setzten den Fuß auf die erste Stufe, und Hayes merkte, dass sie aus Marmor war und bestimmt nicht aus der Höhle stammte. Vor dem Tor blieben sie kurz stehen, als hätten sie den Mut verloren, doch dann zwang Kehler sich hindurchzugehen, Hayes dicht auf den Fersen.

Im mageren Licht der Laterne erblickten sie vor sich einen breiten Korridor. Dann flammte ein helles Licht auf, das sie vollständig blendete und fällte wie Bäume in einem Sturm.

34

Seit dem Zwischenfall am See wurde fast überhaupt nicht mehr geredet. Diakon Rose war geradezu übertrieben hilfsbereit und beklagte sich niemals über die Mühseligkeit ihres Unternehmens. Nicht, dass Erasmus oder Clarendon zum Jammern geneigt hätten, aber sie verhielten sich doch auch nicht so, als ob die Prüfungen des Körpers etwas völlig Belangloses wären, während Rose genau diesen Eindruck vermittelte.

Bei ihren Mahlzeiten und Rastpausen versuchte der Priester oft, ein belangloses Gespräch in Gang zu bringen, und zeigte dabei denselben bescheidenen, sich selbst in den Hintergrund rückenden Charme, den er bei seinem ersten Besuch bei Erasmus enthüllt hatte. Erasmus hatte wenig Zweifel, dass der gute Diakon, hätte er nicht das Tuch gewählt, das Zeug zu einem äußerst erfolgreichen Höfling gehabt hätte.

Erasmus bemerkte, dass Clarendon auf diesen zur Schau getragenen Charme nicht reagierte und seine Antworten sorgfältig neutral wählte. Offensichtlich war er nicht ganz damit einverstanden, dass sie den Priester mitnahmen, wenngleich Erasmus sich nicht sicher war, ob der Gelehrte Rose stattdessen lieber hätte ertrinken lassen. Dennoch war Clarendon zweifellos nicht glücklich, und das konnte Rose nicht entgangen sein.

Sie wateten jetzt einen von Wasser überschwemmten Gang entlang und kletterten gelegentlich kleine Wasserfälle hinunter, sodass sie durchnässt und durchfroren waren. Nach Clarendons Übersichtskarte lag nicht allzu weit vor ihnen ein Wasserfall, der weiteste Punkt, bis zu dem er bisher in die Höhle vorgedrungen war. Der kleine Mann hatte behauptet, das Weitergehen sei das Risiko nicht wert gewesen, was Erasmus recht unheilverkündend erschien, da Clarendon offensichtlich kein furchtsamer Mann war.

Sie rutschten und platschten den Gang hinunter, während das Wasser ihnen kalt um die Knie strudelte, das Leder ihrer Stiefel ruinierte und ihre Füße beinahe gefühllos machte.

Erasmus war sich eines immer lauter werdenden Geräuschs bewusst, das allerdings schwer zu beschreiben war, da es keinerlei Variationen aufwies und auch keine erkennbaren Eigentümlichkeiten hatte. Er war sich nur sicher, dass es von vorn kam.

»Wie schwierig ist die Überquerung des Wasserfalls?«, fragte Erasmus Clarendon.

»Ich habe es selbst nicht gemacht und auch nie jemanden dabei beobachtet, doch diese Kletterstelle gilt als beängstigend. Eigentlich gar nicht so schwierig, wenn man sich dicht über dem Boden befände, aber man klettert über dem Wasserfall, der sich in einen Abgrund stürzt. Es ist mehr eine Mut- als eine Geschicklichkeitsprobe, aber eine äußerst harte Mutprobe, und nicht alle haben sie bestanden. Mehrere Männer sind dort verloren gegangen. Erst vor zwei Jahren ist ein Mann abgestürzt und hat seinen Seilpartner mit sich in die Tiefe gerissen.« Clarendon schüttelte den Kopf. »Die Gefahr ist echt, aber ich glaube, dass wir sie bestehen können. Ich werde als Erster hinüberklettern und eine Sicherheitsleine legen.«

»Nein, Randall«, widersprach Erasmus. »Bei all diesen schrecklichen Engstellen waren Sie immer der Erste. Lassen Sie jetzt mich über den Wasserfall vorangehen. Vergessen Sie nicht, ich kann schwimmen.«

»Nun, das steht Ihnen frei, aber wenn Sie diesen Wasserfall sehen, Mr. Flattery, wird Ihnen klar werden, dass selbst eine solche Wassergewandtheit, wie Sie sie besitzen, nutzlos ist.«

Sie gingen eine Weile weiter, bis schließlich das Brüllen des Wasserfalls alle anderen Geräusche übertönte und sie von seinem Rand aus in die Dunkelheit hinunterstarrten.

»Hier wäre Schwimmen hoffnungslos«, sagte Clarendon. »Wollen Sie immer noch vorangehen?«

Erasmus nickte und betrachtete die Felswand, die er würde queren müssen. »Wissen Sie, wo die Kletterstrecke entlanggeht?«

Clarendon erklärte den Kletterpfad, den man ihm beschrieben hatte, und legte so gut er konnte dar, wie man die schwierigen Stellen wohl am besten bewältigen könnte.

»Diakon Rose«, sagte Clarendon. »Sie werden das Seil halten müssen, denn ich bin für diesen Dienst nicht groß genug. Ich werde Ihnen zeigen, wie.«

»Ich war im Gebirge unterwegs, Mr. Clarendon, und habe das Seil schon für viele Männer gehalten. Keine Sorge, Mr. Flattery, Sie können sich auf mich verlassen und auch auf die höheren Mächte, denn ich werde für Sie beten.«

Sie holten ein Seil hervor, und Erasmus bereitete sich vor. Sowohl Clarendon als auch Rose gaben ihm den Rat, in Strümpfen zu klettern, da er in Stiefeln auf dem ständig von Sprühwasser benetzten Fels ausrutschen würde.

Als Rose ihm ein Zeichen gab, machte Erasmus den ersten Schritt über den brüllenden Wasserfall, warf einen einzigen Blick hinunter und konzentrierte sich dann ganz auf die Strecke, die er über den Fels nehmen würde. Der Stein grub sich schmerzhaft in seine Fußsohlen, die ein Leben lang nur an Stiefel gewöhnt waren, und seine Hände waren vom Klettern und Kriechen, das hinter ihnen lag, schon zerschunden. Er bemühte sich jedoch, den Schmerz aus seinen Gedanken zu verbannen – die Kletterpartie würde seine ganze Aufmerksamkeit verlangen. Clarendon rief ihm über das Brausen des Wasserfalls hinweg Ermutigungen zu und gab ihm Anweisungen, die Erasmus so gut wie möglich befolgte.

Er wusste, dass Clarendons Bemerkung stimmte; hätte er sich nur ein oder zwei Meter über dem Boden befunden, wäre das hier ein Kinderspiel gewesen, doch nun, wo ein Ausrutschen fast mit Sicherheit einen schrecklichen Tod bedeutete, war diese Kletterstrecke plötzlich so schwierig, wie er es sich nur vorstellen konnte. Rose hielt ihn standhaft am Seil, doch Seile konnten reißen, und dann war da auch noch die Geschichte von dem Mann, der gestürzt war und seinen Partner mit in die Tiefe gerissen hatte.

»Sie haben schon mehr als die Hälfte geschafft, Mr. Flattery«, rief Clarendon. »Jetzt ist es gar nicht mehr so weit. Greifen Sie mit der linken Hand nach oben – ist dort ein Halt? Können Sie ihn sehen? Gut. Jetzt sollten Sie sich wenn möglich so bewegen, dass Ihre rechte Hand die Stelle einnimmt, wo sich jetzt Ihre linke Hand befindet. Genauso ist es richtig.«

Erasmus schaute nach vorn. Von hier aus sah es nicht so einfach aus, zumindest nicht, wenn man sich über einem gähnenden Abgrund befand.

»Sehen Sie da vorn den kleinen Felsabsatz? Erst dort können Sie wieder zum Ausruhen anhalten, weil bis dort alle Griffe und Tritte zu klein sind. Sehen Sie es?«

Erasmus war sich nicht sicher. All die Griffe und Tritte, die eben, als er an der Oberkante des Wasserfalls stand, noch so groß gewirkt hatten, schienen bei näherer Betrachtung tatsächlich sehr klein zu sein.

»Zögern Sie nicht zu lange, Mr. Flattery. Machen Sie es besser gleich, bevor Sie zu sehr ermüden.«

Das war wahrscheinlich ein guter Rat, denn schon spürte Erasmus, wie seine Muskeln sich verkrampften – gewiss von der zu großen Anspannung. Er holte tief Atem, tat den ersten Schritt vor und bewegte sich dann so schnell, wie er es nur wagte. Sobald er auf dem Felsabsatz stand, zwang er sich ohne anzuhalten weiter, als riefe ihn die Sicherheit der anderen Seite. Einen Moment später hockte er keuchend in der Öffnung des Gangs, wobei seine Atemlosigkeit sicherlich der Furcht und nicht der Anstrengung zu verdanken war.

»So schlimm war es gar nicht«, rief er zurück. »Ich hatte ja einen starken Mann am Seil und einen weiteren Mann, der mir Anweisungen gab. Wer kommt als Nächstes?«

»Mr. Clarendon; und wir sichern ihn von beiden Seiten«, sagte Rose. »Nein, Mr. Clarendon, darauf bestehe ich. Ich komme als Letzter, denn ich habe wohl die größte Klettererfahrung, und außerdem können Sie dann auf der anderen Seite gemeinsam das Seil halten. Können wir erst die Rucksäcke und eine Laterne hinüberschicken?«

Das wurde ausgeführt, und gleich darauf bereitete Clarendon sich vor. Jetzt hatte er sowohl Licht von vorn als auch von oben, und auf jeder Seite stand ein Mann und hielt das Seil. Rose band den Kleineren in der Seilmitte fest und nahm dann seine Position mitten im Wasser ein, die Füße gegen den Fels gestemmt.

Erasmus hatte auf Clarendons Hinweis hin im neuen Gang einen Felszacken gefunden. Er warf eine Schlaufe darüber und sicherte sich mit deren Hilfe so, dass er mit um den Bauch gelegtem Seil direkt in der Öffnung sitzen konnte.

So von beiden Seiten mit dem Seil gesichert, machte Clarendon sich an die Kletterstrecke, die Erasmus gerade hinter sich gebracht hatte.

Nun war Erasmus mit Ermutigungen und Anweisungen an der Reihe. Er konzentrierte sich auf Clarendons Bemühungen fast so sehr wie dieser selbst, und so merkte er nicht, dass Rose zur anderen Seite des Wasserfalls hinüberging.

»Erasmus?«, rief Rose plötzlich. »Halten Sie fest!«

Der Priester hatte sich zur gegenüberliegenden Wand bewegt, und ohne weitere Vorwarnung gab er dem Seil einen Ruck und zerrte den wild zappelnden Clarendon vom Fels. Erasmus wurde fast einen halben Meter nach vorn geschleift, bevor das Seil sich um seinen Bauch straffte. Und da hing nun Clarendon von Gischt besprüht über dem schrecklichen Abgrund, die Füße im niederstürzenden Wasser, und verfluchte den Priester ohne Atempause.

Erasmus versuchte, das Seil einzuholen, und es gelang ihm auch, Clarendon ein wenig höher zu heben, doch Rose hielt sein Ende fest, und Erasmus hatte Angst, das Seil könnte reißen.

»Und wer ist jetzt gezwungen, die Wahrheit zu sagen«, rief Rose mehr als nur ein wenig triumphierend.

»Rose«, brüllte Erasmus. »Sie haben uns Ihr Wort gegeben. Sie haben einen Eid geschworen.«

»Ich habe geschworen, Kehler und seinem Begleiter kein Leid zuzufügen, aber von Clarendon war überhaupt nicht die Rede. Ich glaube, dass Ihr Freund ein Nachfolger Tellers ist, Mr. Flattery, und eine Gefahr für uns beide darstellt. Eldrich ist sein geschworener Feind, und das bedeutet, dass er auch Sie als Gegenspieler betrachtet. Nicht wahr, Mr. Clarendon?«

Der über dem Wasserfall baumelnde Mann erwiderte gar nichts, begann aber zu zappeln und sich zu winden, als könne er sich selbst befreien.

»Nun, ich werde die Wahrheit herausbekommen, ob Sie nun mit mir zusammenarbeiten oder nicht, denn ich habe Möglichkeiten, mit Ihresgleichen umzugehen.«

Erasmus hatte das Gefühl, dass der Priester etwas murmelte, doch das Rauschen des Wasserfalls trug alle Worte davon. Clarendon hatte Erasmus' Seite des Seils ergriffen und wollte sich zum Fels hinziehen. Doch der Priester war zu stark für den kleinen Mann. Erasmus sah, dass Clarendons Gesicht bleich vor Angst und Wut war.

Die eine Hand erhoben, schloss der Priester die Augen und murmelte weiter, während er sonderbare geometrische Gesten in die Luft zeichnete. Doch Clarendon zog plötzlich ein Messer hervor und zerschnitt das Seil, das ihn mit dem Priester verband.

Clarendon schlug unterhalb von Erasmus hart gegen den Fels, und Erasmus zog ihn am Seil hoch, so schnell er konnte.

»Randall? Randall, sind Sie verletzt?« Erasmus war überrascht, wie leicht der Mann war.

»Mr. Flattery!«, rief Rose über das Rauschen des Wassers hinweg. »Gehen Sie mit diesem Mann nicht weiter. Er ist Ihr Feind. Sie können ihm nicht trauen.«

Randall krabbelte über den Rand des Abgrunds, so außer sich vor Wut, dass man ihm überhaupt keine Angst anmerkte. In einem Moment war er auf den Beinen und schüttelte dem Priester die Faust entgegen.

»Mir kann er nicht trauen? Farrelles Blut, aber einen betrügerischeren Menschen als Sie habe ich nie kennen gelernt. Kommen Sie nur noch einmal in meine Nähe, Priester, und ich werde dafür sorgen, dass Sie nie wieder lügen.«

Ohne Vorwarnung machte Randall kehrt, hob den Rucksack des Priesters hoch und schleuderte ihn in den Abgrund. Der kleine Mann schulterte seinen eigenen Rucksack und packte die Laterne. »Kommen Sie«, sagte er zu Erasmus. »Ich werde ihm bei seiner Kletterpartie nicht helfen. Soll er bleiben, wo er ist, oder zu seinen Sachen in die Unterwelt stürzen.«

Ohne auf Erasmus zu warten, stampfte Clarendon durch den Gang davon und nahm das Licht mit. Erasmus blieb einen Moment lang stehen und starrte zum Priester zurück, der mit erhobener Laterne dastand und seinem Blick standhielt. Obwohl der Priester von Kopf bis Fuß durchweicht war, blieb ihm seine Würde erhalten. Ganz gewiss sah er nicht reuig aus. Wie ein fälschlich Beschuldigter stand er stolz an der Oberkante des Wasserfalls.

»Sie befinden sich in Gefahr, Mr. Flattery«, sagte er mit ruhiger Stimme und schüttelte ein wenig traurig den Kopf.

»Mr. Flattery!«, rief Clarendon.

Erasmus griff eilig in seinen Rucksack und fand ein Bündel Kerzen und ein paar Essensvorräte. Die band er zusammen und warf sie dem Priester zu.

»Schlagen Sie sich nach oben durch«, rief Erasmus, wandte sich dann um und ging Clarendon nach. Bei jedem Schritt, den er tiefer in den Tunnel tat, fühlte er den Priester hinter sich stehen – spürte die Anklage in seinem Schweigen.

35

Ich ging, um Asquith spielen zu hören, und ich weiß nicht, durch welchen Zauber dies zustande kam, doch ich weinte untröstlich um meine verlorene Kindheit und über den harten, schreckensreichen Ort, zu dem die Welt geworden ist.

Die Gräfin von Chilton

Kent konnte kaum glauben, was er da machte. Er strich sich über den Gehrock, der voller Schmutz und vertrockneter Blätter war. Dann hob er das Fernglas, richtete es auf das erleuchtete Fenster und konnte durch das Blattgewirr gerade noch die sich bewegenden Gestalten ausmachen – oder glaubte es zumindest.

Er schaute sich um und lauschte. Im Licht der Sterne war er eine steile Böschung hinaufgeklettert und stand jetzt in der äußersten Ecke von irgendjemandes Garten. Er hatte nicht ganz den Blick auf das Haus der Gräfin, den er sich erhofft hatte, doch es war viel sicherer als das, was er während ihrer Nacht mit Erasmus getan hatte.

Flammen – wenn er da erwischt worden wäre! Er wäre gezwungen gewesen, ins Ausland auszuwandern und einen anderen Namen anzunehmen. Wie unvernünftig er sich benommen hatte. Und das hier – sich mit seinem Fernglas in jemandes Garten zu schleichen – war beinahe genauso schlimm. Wenn er behauptete, er hätte nach den Sternen geschaut, würde man ihm das wohl kaum glauben – in Castlebough gab es Hunderte von besser zugänglichen Stellen.

Er konzentrierte sich wieder auf die Fenster im Haus der Gräfin. Vielleicht saß da jemand beim Feuer – aber wer? Kent schaute sich Rat suchend um. So würde es nie etwas werden. Er brauchte entweder einen besseren Aussichtspunkt – schwierig, weil das Haus der Gräfin an einem Hang lag –, oder er musste zu seinem Platz unter den Fenstern zurückkehren. In diesem Fall war es jedoch nur eine Frage der Zeit, bis er entdeckt wurde.

Aber was tat sie denn da? War Erasmus zurückgekehrt? War dem Dummkopf Skye endlich aufgefallen, dass die schönste Frau Farrlands verrückt nach ihm war, und stattete er ihr einen Besuch ab? Kent schüttelte den Kopf. Könnte er doch nur einen Abend lang mit Skye tauschen.

Beinahe verzweifelt beschloss er, alle Vorsicht fahren zu lassen und zum Fenster zurückzukehren.

Das ist doch Wahnsinn, dachte er. *Absoluter Wahnsinn.*

Nachdem er seine Entscheidung getroffen hatte, nahm er sich die Freiheit, nicht wieder die Böschung hinunterzuklettern. Stattdessen ging er eilig auf das Haus und die Straße zu. In den Fenstern war Licht, doch die Wahrscheinlichkeit, dass sich um diese Stunde irgendjemand im Garten aufhielt, war recht gering – schließlich war es kein warmer Sommerabend.

Von der Leidenschaft, die ihn ergriffen hatte, kühn gemacht, marschierte Kent den Garten hinauf, am Haus vorbei und durchs Tor hinaus. Im nächsten Moment stand er an der Ecke der Straße, in der das Haus der Gräfin lag, und hier blieb er im Schatten eines Baumes stehen, der seine Zweige über eine Gartenmauer streckte. Vor dem Haus der Gräfin parkte ein Vierspänner am Straßenrand, und ein kleiner Mann half der Gräfin in die große Kutsche hinein.

Instinktiv trat Kent zurück, als die Kutsche an ihm vorbeifuhr, konnte aber in der Dunkelheit der Nacht nicht ins Wageninnere hineinspähen.

Die Straße wand sich, wie Kent wusste, in Haarnadelkurven den Berg hinauf, und nachdem er die Kutsche einen Moment lang beobachtet hatte, um sich über ihren weiteren Weg Klarheit zu verschaffen, überquerte er hastig die Straße und eilte dann eine schmale Treppe zwischen den Häusern hinauf. In der Dunkelheit stolperte er mehr als einmal und schlug sich die Schienbeine am Stein blutig.

Oben angelangt blieb er im Schatten stehen und ließ die Kutsche passieren. Als er sicher war, dass sie immer noch bergauf fuhr und nicht vor einem Haus anhielt, eilte er weiter, die nächste Treppe hinauf. Wieder fiel er hin, verlor sein Fernglas und verschwendete kostbare Sekunden mit der Suche danach. Als er auf die Straße hinaustrat, war die Kutsche schon vorbei, und er rannte über das Pflaster und zur nächsten Treppe.

Wären Höhe und Tiefe der Stufen nur gleichmäßig gewesen, doch sie wurden immer wieder von schräg ansteigenden Treppenabsätzen unterbrochen, und jede Stufe hatte eine andere Größe, was Kent zwang, sich wie ein Blinder voranzutasten. Wieder war die Kutsche schon vorbei, als er die Straße erreichte, und diesmal war sie sogar noch weiter voraus.

Inzwischen war Kent sich beinahe sicher, dass er sie nicht mehr einholen würde, denn schon jetzt rang er nach Luft. So schnell er konnte, rannte er weiter die Stufen hinauf.

Diesmal kam er gleichzeitig mit der Kutsche an und ließ sie vorüberfahren, bevor er die nächste Treppe in Angriff nahm.

Er ging immer weiter bergauf, und hinter jeder Kehre hatte die Kutsche an Vorsprung gewonnen, bis sie schließlich überhaupt nicht mehr auftauchte. Kent blieb mitten auf der Straße stehen, schaute hinauf und hinab und fragte sich, was geschehen sein mochte. Unmöglich konnte er so weit zurückgefallen sein. Hatte die Kutsche vor der Kehre Halt gemacht, wo er sie nicht sehen konnte?

Überzeugt von dieser Erklärung eilte Kent die Straße

hinunter. Doch er sah keine Kutsche und auch kein ausreichend großes Tor, das ihr die Einfahrt gestattet hätte.

Wo bin ich?, fragte er sich und versuchte, sich die Lage der Stadt vor Augen zu rufen und sich zu erinnern, wie viele Treppen er hinaufgerannt war. »Es muss hier irgendeine Abzweigung geben«, überlegte er laut. »Eine Kutsche kann doch nicht einfach verschwinden.«

Er eilte die Straße hinunter und entdeckte gleich darauf einen schmalen Weg, der aus der Stadt hinausführte und sich ohne anzusteigen den Berg entlangwand. In der Dunkelheit konnte man nicht sehen, ob die Kutsche Spuren in der Erde hinterlassen hatte, doch er konnte sich nicht vorstellen, wohin sie sonst hätte verschwinden sollen, und so trabte er den Weg entlang.

Zu seiner Rechten erhaschte Kent durch den Baumbewuchs des Wegrands hindurch immer wieder einen Blick auf den weit unten schimmernden See. Zu seiner Linken lag ein gelegentlich von kleinen Lichtungen unterbrochener Wald. Trotz des zu erwartenden wunderschönen Ausblicks hatte die Stadt sich noch nicht bis hierher ausgebreitet, und das hohe Gras auf dem Mittelstreifen des Wegs zeigte, wie wenig er benutzt wurde.

Nach einer langen halben Stunde fragte Kent sich allmählich, ob die Kutsche wirklich hier entlanggefahren war, und überlegte, ob er nicht umkehren sollte, doch dann wies ein vertrauter Geruch ihn darauf hin, dass hier Pferde vorbeigekommen waren, und zwar vor kurzem. Mit erneuter Kraft eilte der Maler weiter.

Gleich darauf kam er durch ein offenes Tor, und der Weg fiel plötzlich zu einer flachen Terrasse ab. Am Fuß des Hügels erblickte er im Licht der Sterne ein großes Haus. Vor dem Eingang stand eine Kutsche mit trübe leuchtenden Lampen.

Er verlangsamte sein Tempo und versuchte, auf dem Gras zu bleiben, um seine Schritte zu dämpfen. Wer hier wohnte, wusste Kent nicht. Um eine Feier schien es sich nicht zu handeln, denn das Haus war nicht erleuchtet, und nur eine einzige Kutsche wartete.

In der Erinnerung an das, was er das letzte Mal bei der Gräfin erspäht hatte, ging Kent zwischen Furcht und Erregung hin- und hergerissen vorwärts. Erasmus war ja wohl in der Höhle, ihn konnte sie also nicht besuchen.

Kent war sich nicht sicher, wie er reagieren würde, sollte sich herausstellen, dass die Gräfin noch einen weiteren Liebhaber hatte – dass sie ihre Gunst so freizügig verschenkte, ihn aber nicht anders behandelte als ihre Freundin Marianne.

Sich so weit wie möglich im Schatten des Waldrandes haltend, ging Kent weiter den Hang entlang. Nachdem er sich überzeugt hatte, dass in den erleuchteten Fenstern keine Bewegung zu sehen war, beschloss er, das Haus in einiger Entfernung zu umkreisen.

Wenn die Gräfin zu dieser Stunde hierher kam, musste es sich einfach um ein heimliches Stelldichein handeln. Was konnte es sonst noch für eine Erklärung geben? Er spürte Zorn in sich auflodern.

Deshalb also fechten Männer, an die sie sich nicht einmal mehr erinnert, ihretwegen Duelle aus, dachte Kent. *Schau doch mich an. Schau nur, was ich hier treibe.* Dennoch machte er weiter, trotz der Befürchtung, dass als Nächstes dann das Duell mit Fremden an der Reihe wäre.

Kent umrundete die eine Seite des Hauses und hielt sich dabei wo immer möglich im Schatten. Das Grundstück wurde offensichtlich seit Jahren nicht mehr gepflegt. Die Hecken waren in alle Richtungen gewuchert, die Blumenbeete von Unkraut erstickt, der Rasen zur Wiese erblüht, und überall verrotteten abgefallene Zweige und Laub.

Als die rückwärtige Seite des Hauses in Sicht kam, erblickte Kent das düstere Orangerot einer flackernden Lichtquelle – eine hinter einem Fenster im Erdgeschoss brennende Öllampe oder vielleicht auch ein Feuer im Kamin. Ein Stück weiter sah er, dass das Licht hinter einer Reihe von Bleiglastüren hervorleuchtete. Hier meinte er fast mit Gewissheit, Menschen zu erkennen, obgleich auch viele Möbel herumstanden und es bei dieser schlechten Beleuchtung schwierig war, irgendwelche Gestalten auszumachen.

Kent schlüpfte den Hang zur Hälfte hinunter, blieb im Schatten eines Busches stehen und spähte mit seinem Feldstecher über einen offenen Rasenabschnitt hinweg. Dort drinnen bewegte sich etwas, ein Mann, wie er fast mit Gewissheit zu erkennen meinte.

»Mr. Kent?«

Der Maler wirbelte herum und hob sein Fernglas wie einen Knüppel – doch selbst bei diesem schlechten Licht erkannte er den vor ihm Stehenden sofort.

»Sir John?«

»Ja«, flüsterte der Mann. »Sprechen Sie leise und kommen Sie vom Haus weg. Sonst werden Sie uns noch verraten.«

Kent zögerte, und seine Verlegenheit wich rasch der Furcht. Was um alles in der Welt hatte Sir John Dalyrimple hier verloren? Spionierte er gleichfalls der Gräfin nach? Da Kent nicht wusste, was er sonst tun sollte, folgte er ihm hinter die Ecke einer Gartenmauer in einiger Entfernung vom Haus.

Hier kauerten sie sich im bleichen Licht nieder und schauten sich nur gelegentlich um, um sich zu vergewissern, dass sie allein waren.

»Ich würde Sie fragen, was Sie hier tun, Mr. Kent«, flüsterte Sir John, »befürchte aber, dass Sie mir sagen werden, das ginge mich nichts an, und das mit vollem Recht. Aber vielleicht lässt die Tatsache, dass wir hier sind und dasselbe Haus beobachten, auf eine gemeinsame Absicht schließen, wie ich zumindest hoffe.«

Kent versuchte, das Gesicht des Mannes zu deuten, aber das Licht war zu schlecht. Er konnte nicht einmal ansatzweise erahnen, warum Sir John sich hier befand, es sei denn, aus demselben Grund wie Kent selbst.

»Ich bin aus Sorge um einen Freund hier«, antwortete Kent.

Sir John nickte, als ob das irgendwie Sinn machte. »Nun, dann haben Sie einen ehrenwerteren Grund als ich, Mr. Kent, denn ich bin aus Sorge um mich selbst hier. Sie sind der Frau gefolgt, die eben in der Kutsche eintraf?«

Kent nickte.

»Wer ist Sie denn, wenn ich fragen darf?«

Wusste er es wirklich nicht? »Die Gräfin von Chilton«, antwortete Kent, dem kein Grund zum Lügen einfiel – oder der vielleicht auch Sir Johns Reaktion sehen wollte.

»Natürlich«, erwiderte Sir John und warf einen Blick zum Haus hinunter.

»Aber wessen Haus ist das hier denn?«, fragte Kent.

»Das wissen Sie nicht? Es wurde von Baumgere erbaut, von diesem berüchtigten Priester. Aber wer sich jetzt hier aufhält, kann ich nicht sagen.« Er hielt inne, und Kent spürte, dass Sir John sich darüber klar zu werden versuchte, was er ihm sonst noch mitteilen wollte oder wie er es formulieren sollte. »Es gibt da einen Mann, der mir Informationen weitergibt … Informationen von unschätzbarem Wert, das will ich Ihnen sagen, aber er ist mir ein absolutes Rätsel. Ich kann nicht sagen, woher er kommt, ich kenne auch die Quelle seiner Kenntnisse nicht, und das beunruhigt mich, Kent.« Sir John nickte zum Haus hinüber. »Ich habe Grund zu der Annahme, dass jener Mann in dieses Haus hier kommt, und so bin ich in der Hoffnung hier herauszufinden, mit wem er sich trifft. Man möchte sich ja vergewissern, dass man nicht unwissentlich einer fremden Macht in die Hände arbeitet.«

»Ist das der Mann, dem ich auf der Straße nach Castlebough begegnet bin – Bryce?«

Sir John nickte.

»Und was hat er mit der Gräfin zu tun?«, fragte Kent rasch, trotz der Befürchtung, dass die Eifersucht in seiner Stimme unverkennbar war. Hatte Marianne den Mann nicht gut aussehend genannt? Und doch hatte die Gräfin behauptet, sie wisse nicht, von wem die Rede sei.

»Ich …« Sir John hielt inne und schüttelte den Kopf, eine kaum wahrnehmbare Bewegung. »Bryce interessiert sich aus irgendeinem Grund für Skye, aber ich glaube nicht, dass Lord Skye sich hier befindet.«

»Wer aber dann? Sind Sie Bryce hierher gefolgt?«

»Man folgt Bryce nicht einfach. Das ist zumindest meine Überzeugung. Nein, nur durch einen glücklichen Zufall habe ich Bryces Kutsche diesen Weg entlangfahren sehen. Und so bin ich hier und beobachte das Haus, ohne recht zu wissen, was ich dort zu sehen hoffe.«

Sir John beugte sich vor, um einen Blick um die Mauer herum zu werfen, und streckte dann schnell die Hand aus, um Kent am Reden zu hindern.

Kent kauerte sich neben Sir John, um an ihm vorbeisehen zu können, und dort, mitten auf dem ungepflegten Rasen, gingen ein Mann und eine Frau durchs Sternenlicht. Selbst auf diese Entfernung wusste er, dass es die Gräfin war, der Mann jedoch war ihm völlig unbekannt. Gewiss nicht Skye. Auch nicht Erasmus. War es dann also Bryce? Und was hatte er mit der Gräfin zu tun?

»Ist das Ihr Mann?«, flüsterte Kent so leise wie möglich. Doch noch in dem Moment, in dem er die Frage stellte, wusste er, dass die Antwort nein lauten würde. Der Mann auf dem Rasen war hoch gewachsen, seine Haltung und seine Bewegungen waren steif. *Ein König, der unter Schmerzen leidet*, dachte Kent sofort, ohne zu wissen, warum – aber so wirkte der Mann auf ihn.

Sir John schüttelte den Kopf.

Genau in dem Moment, in dem Kent das Fernglas an die Augen setzen wollte, tauchte ein großer Hund am Rande des Rasens auf. Er zögerte einen Moment und lief dann mit federnden Sprüngen auf die Leute zu.

Kent erkannte mit Sicherheit, dass die Frau vor Angst erstarrte, doch der Mann streckte die Hand aus, und das Tier, das sehr groß war, wie Kent jetzt sah, umkreiste sie einmal. Und zwar nicht argwöhnisch, so empfand es Kent, sondern selbständig und unabhängig.

Sir John zog sich wieder hinter die Mauer zurück und zerrte Kent mit sich. Kent wusste nicht recht, was über Sir John gekommen war; er schien an einem plötzlichen Leiden erkrankt, und Kent befürchtete, es könnte sein Herz sein. Sir John schien keine Luft zu bekommen, und Kent sah Rinnsale von Schweiß über das Gesicht des Mannes laufen.

»Ist dieses Tier ein Hund«, brachte Sir John hervor, »oder ist es ein Wolf?«

Das schien eine sonderbare Frage, doch Kent beugte sich vor, um noch einmal zu schauen. Das Tier hatte die Leute verlassen und lief wieder auf den Wald zu, den Kopf gesenkt, den Hals gereckt. Ganz entschieden kein Hund, und dann wurde ihm klar, was Sir John meinte, und er zuckte geradezu hinter die Mauer zurück.

»Eldrich«, sagte er, da er den einzigen Grund erkannte, aus dem ein Wolf eine solche Angst hervorrufen konnte. »Denken Sie das etwa? Dass es Eldrich ist?«

Sir John konnte nicht sprechen, nickte aber, und sein Atem kam in kleinen, keuchenden Stößen. »Farrelle … steh uns bei«, brachte er heraus. »Ich hatte … keine Ahnung.«

Er packte Kent vorne am Gehrock, stemmte sich auf die Beine und taumelte auf den Wald zu. *»Fliehen Sie«*, zischte er, und Kent zögerte nur einen Moment, bevor er dem entsetzten Mann ins völlige Dunkel unter den Bäumen folgte.

Bis sie wieder zum Weg zurückfanden, waren sie zerschunden und ihre Kleidung zerrissen und verdreckt, denn in den dunklen Wald drang nur wenig Sternenlicht vor.

Zu Kents Erleichterung war Sir John endlich wieder zu Atem gekommen, doch inzwischen machte der Maler sich so große Sorgen um die Gräfin, dass er trotz seiner Angst vor dem Magier fast wieder umgekehrt wäre.

»Denken Sie nicht einmal daran, Kent«, sagte Sir John, der spürte, was der Maler im Sinn hatte, als der immer wieder über die Schulter zurückschaute. »Sie können nicht das Geringste tun. Selbst falls die Gräfin wirklich in Not wäre und Rettung bräuchte, wären Sie dazu nicht in der Lage. Er ist ein Magier. Ich kann kaum glauben, dass wir unbeschadet entkommen sind. Seien Sie dafür einfach nur dankbar und tun Sie nichts Unvernünftiges.«

Sie gingen weiter und lauschten nach dem Rumpeln einer Kutsche oder dem Heulen eines Wolfes.

Schließlich machten sie Halt, damit Sir John Atem schöpfen konnte. Er wirkte noch immer kaum weniger entsetzt, obwohl sie ja anscheinend entkommen waren.

»Haben Sie sich ein wenig erholt, Sir John?«

»Erholt? Atmen kann ich wieder, ja, aber von dem Schock werde ich mich niemals erholen. Ich hatte keine Vorstellung, in was ich mich da verstrickt hatte, Kent. Eldrich!« Ungläubig schüttelte er den Kopf. »Bryce ist ein Beauftragter des Magiers. Was soll ich nur tun? Was soll ich denn nur tun? Ich habe unwissentlich die Interessen eines Magiers gefördert. Und was will Eldrich mit Skye?« Sir John schien zu merken, dass er faselte, und schaute zu Kent auf, offensichtlich von ungeheurer Angst und ungeheurem Bedauern erfüllt. Der Mann sah unglaublich eingeschüchtert aus, schien sich fast im Sitzen zu krümmen.

Plötzlich ergriff er den Maler beim Arm. »Kent, Sie müssen mir versprechen, dass nichts von dem, was wir gesehen haben, nach außen dringt. Ich hatte keine Ahnung, was ich da tat, das schwöre ich. Und niemals habe ich heimlich gegen die Interessen meines Landes gearbeitet. Das schwöre ich Ihnen, Kent.« Er schaute zu Boden, fast dem Zusammenbruch nahe, wie es Kent vorkam. »Wie werde ich mich jemals davon frei machen können. *Eldrich!* Er wird mich niemals freilassen. Was soll ich nur tun, Kent? Was soll ich denn nur tun?«

Doch Kent wusste weder noch scherte es ihn, was Sir John tun sollte. Warum befand sich die Gräfin in Eldrichs Gesellschaft? Welche Beziehung hatten sie? Nur das interessierte ihn. War sie in Gefahr? Arbeitete sie für ihn? War sie seine Geliebte?

Kent saß auf den Stufen eines tief eingelassenen Türeingangs, in dessen Schatten er vor der Straße verborgen war, und beobachtete das Haus der Gräfin. Noch nie in seinem Leben hatte er sich so machtlos gefühlt, so unsicher, was er tun sollte. Befand die Gräfin sich in Gefahr? Oder lagen die Dinge viel einfacher: Sie war die schönste Frau Farrlands, und aus alten Erzählungen wusste man nur zu genau, dass Magier in dieser Hinsicht nicht unempfänglich waren. Er rieb mit den Fingern über die Augen, die vom Schlafmangel brannten.

Doch irgendwie konnte er das Gefühl nicht abschütteln, dass die Gräfin sich tatsächlich in Gefahr befand. Zweifellos hatten hier seine Gefühle für sie die Oberhand – aber dennoch würde er zunächst einmal abwarten.

Ihm kam der Gedanke, Marianne Edden zu wecken, doch sie war in solchen Angelegenheiten wahrscheinlich die Verbündete der Gräfin und würde Kent wenig Verständnis entgegenbringen. Er glaubte, dass sie ihn ohnehin für ein wenig von der Gräfin besessen hielt.

Lieber würde er die Gräfin selbst fragen, und so wartete er ab und versuchte sich vorzustellen, wie er sich ihr nähern, was er sagen würde.

Es war zu dunkel, um die Uhrzeit zu erkennen, aber Kent war sich sicher, dass es bis Tagesanbruch nicht mehr lange dauern konnte. Er fragte sich, in was er da eigentlich hineingeraten war, hier in diesem komischen kleinen Städtchen in den Caledon-Bergen. Skye besaß die Kopie eines Gemäldes von Pelier, welches das Bauwerk zeigte, das Baumgere oberhalb der Stadt entdeckt hatte – und das, obgleich das Gemälde – falls es sich um eine exakte Kopie handelte – viele Jahre vor Baumgeres Entdeckung entstanden sein musste. Erasmus Flattery, ein Mann, der Eldrich gedient hatte, war zum Vertrauten der Gräfin von Chilton geworden, obwohl Kent geglaubt hatte, sie sei in Skye verliebt. Eldrich war hier! Nicht auf seinem eigenen Gut, von dem es hieß, dass er es niemals verließ.

Und was war das für eine Geschichte mit Erasmus, der in die Höhle eingestiegen war? Zudem waren ihm andere offensichtlich nachgegangen. Und Sir John? In was hatte dieser Mann sich verwickelt? Er konnte sich nicht erinnern, je einen so vom Entsetzen gepackten Mann gesehen zu haben. Sir John war irgendwie in all das verstrickt, und er war ein wichtiges Mitglied der Regierung Farrlands.

Kent hatte nicht die geringste Ahnung, was da vor sich ging.

Hufgeklapper und das Gerumpel einer Kutsche auf dem Pflaster hallten die leere Straße entlang. Kent zog sich in den Schatten zurück und versuchte, ihn um sich zu hüllen wie einen Mantel.

Dieselbe Kutsche, in der Kent die Gräfin hatte wegfahren sehen, machte vor ihrer Tür Halt. Ein kleiner, rundlicher Mann half der Gräfin hinunter, und sie schlüpfte schnell nach drinnen. Die Kutsche fuhr in Kents Richtung weiter, und Kent bedauerte jetzt, sein Versteck auf der Straße gewählt zu haben. Er zog die Knie hoch und presste den Rücken gegen die Tür. Instinktiv versteckte er sein Gesicht und schaute nicht zu der vorbeifahrenden Kutsche auf. Als das Rumpeln kaum mehr zu hören war, zwang Kent sich zum Aufstehen. Mit absurder Vorsicht trat er auf die Straße hinaus, doch die Kutsche war verschwunden, und die Straße lag verlassen da.

Kent rannte über die Straße zur Tür der Gräfin, doch als er die Hand hob, um anzuklopfen, zögerte er. Trotz all seines Grübelns wusste er noch immer nicht, was er sagen sollte. Wenn die Gräfin auf irgendeine Weise mit Eldrich zu tun hatte, würde sie dem Magier wahrscheinlich von ihm berichten, und das wollte Kent gewiss nicht.

Einen Moment lang stand er unschlüssig vor der Tür, dann ging er weiter und bog um die Hausecke. Er würde sehen, was er sehen würde, und dann entscheiden, was zu tun war. Aus dem Fenster, unter dem er schon einmal gekauert hatte, drang ein schwacher Lichtschein, und der Gedanke an das, was er damals gesehen hatte, trieb ihn im gleichen Maße an, wie er ihm den Wunsch eingab, sich abzuwenden. So leise er konnte schlich er zum Fenster und spähte hinein, wobei er von seinem Gesicht so wenig wie möglich sehen ließ.

Die Gräfin saß vor einem Feuer, das zu Glut niedergebrannt war. Sie saß steif und aufrecht in ihrem Stuhl und rührte sich nicht. An ihrer Haltung war etwas Beunruhigendes. Mit dem Gedanken, dass er damit vielleicht die größte Dummheit beging, klopfte Kent ans Fenster. Es folgte keine Reaktion. Er klopfte lauter. Noch immer rührte die Gräfin sich nicht.

Sie muss es gehört haben, dachte er. Er presste sein Gesicht gegen die Scheibe; zweifellos stimmte da irgendetwas nicht. Er versuchte es an der Tür, stellte aber fest, dass sie verschlossen war und seinem Druck nicht nachgab. Allmählich geriet er fast außer sich, doch da entdeckte er einen Fensterflügel, der nicht richtig verschlossen war. Mit einer kleinen Messerklinge hebelte er das Fenster auf und stieg so leise wie möglich ein.

Im Zimmer war es dunkel, und Kent brauchte einen Moment, um die Tür zum Flur zu finden. Als er das kleine Wohnzimmer betrat, saß die Gräfin noch immer bewegungslos vor dem Kamin.

»Lady Chilton?«, flüsterte er, doch sie schien ihn nicht zu hören.

Kent trat näher. »Lady Chilton?« Ihre Augen waren geöffnet, aber sie wirkte wie in tiefem Schlaf.

Kent legte ihr behutsam die Hand auf die Schulter. Da merkte er, dass sie unter dem Morgenmantel nur ein Nachthemd trug.

»Was hat man ihr angetan?«, fragte er sich. Sie wirkte wie hypnotisiert. War dies das Verhalten von Menschen, wenn sie unter einem Bann standen?

Er schüttelte sie ganz leicht. »Lady Chilton? Hier ist Averil Kent. Lady Chilton? Bitte …«

Zu seiner Erleichterung schnaufte die Gräfin wie überrascht kurz auf und schien sich dann zu entspannen.

»Mr. Kent?«, fragte sie verblüfft.

»Ja. Fürchten Sie nichts. Jetzt ist alles in Ordnung.«

Sie zog sich ein wenig von ihm zurück, als ihr Kopf klarer wurde. »Was ist geschehen? Was mache ich hier? Und was machen *Sie* hier?«

»Ich werde alles erklären, seien Sie also beruhigt, Lady Chilton, ich will Ihnen nichts Böses.« Kent zog einen Stuhl heran, sodass sie sich miteinander unterhalten konnten, ohne das Haus aufzuwecken.

»Ich kam heute Nacht auf dem Rückweg zu meinen Räumlichkeiten hier vorbei, und da sah ich Sie in eine große Kutsche einsteigen. Sie waren so gekleidet wie jetzt auch und schienen … ich kann es nicht beschreiben, aber Sie waren nicht Sie selbst. Fast als ob Sie schlafwandelten.«

»Mr. Kent!«, rief die Gräfin aus, offensichtlich verstört. »Das kann nicht Ihr Ernst sein?«

Kent nickte. »Doch, leider ja. Genau das habe ich gesehen. Sie stiegen in die Kutsche ein, und ihr Verhalten war so … unirdisch, dass ich Ihnen, wie ich gestehe, gefolgt bin. Aus Sorge um Ihr Wohlergehen.

Ich jagte der Kutsche über die Treppen durchs ganze Städtchen nach und schließlich einen Weg entlang zu dem Gutshaus, das von diesem Priester Baumgere errichtet wurde.« Er hielt inne, um sich über ihre Reaktion klar zu werden, und stellte betroffen fest, wie gequält sie wirkte. »Das Haus wirkte verlassen, doch als ich es in einiger Entfernung umkreiste, erblickte ich Sie auf dem Rasen. Sie standen bei einem hoch gewachsenen Mann, den ich nicht kannte. Während ich Sie beobachtete, kam etwas, was ich zunächst für einen großen Hund hielt, aus dem Wald. Als es jedoch den Rasen überquerte, merkte ich, dass es überhaupt kein Hund war, sondern ein Wolf. Ein riesiger Wolf.«

Die Gräfin starrte ihn verständnislos an.

»Es ist wohl bekannt, dass auf Lord Eldrichs Gut ein großer Wolf umherstreift …«

Die Gräfin rückte so gründlich von ihm ab, als wäre das Gesagte derart beleidigend, dass sie es nie verzeihen könnte. Ihr schönes Gesicht verzerrte sich vor Angst und Zorn. »Was wollen Sie damit sagen? Dass ich im Schlaf zu Eldrich fortgeschafft wurde?« Dann wich ihr Zorn plötzlichem Verstehen. »Farrelle stehe uns bei, Kent … Ich bin hier schon einmal nach nächtlichem Schlafwandeln aufgewacht, wie es mir damals zumindest erschien. Ist es möglich, dass ich auch schon vorher dorthin geschafft wurde? Aus meinem Haus entführt, ohne eine Erinnerung daran zu haben?« Sie zog den Morgenmantel um sich zusammen und verschränkte die Arme vor der Brust. »Was hat man mit mir getan, während ich schlafwandelte?«, fragte sie so leise, dass Kent es kaum hören konnte. »Was will ein Magier von mir?«

Kent schüttelte den Kopf, weil er seine Gedanken nicht aussprechen wollte.

»Was soll ich nur tun?«, fragte sie plötzlich, und obgleich diese Frage eigentlich nicht wirklich an Kent gerichtet war, hatte er doch das Gefühl, ihr antworten zu müssen.

»Sie müssen fliehen«, erwiderte er sofort. »Verlassen Sie Castlebough. Verlassen Sie sogar Farrland. Vielleicht nach Entonne oder nach Doorn. Entfernen Sie sich so weit von Eldrich, wie es nur möglich ist. In den letzten dreißig Jahren hat er sein Landgut kaum je verlassen, und so kann ich mir nicht vorstellen, dass er Sie verfolgt.«

Die Gräfin erhob sich vom Stuhl, ging zum Fenster und spähte vorsichtig hinaus, als hätte sie Angst, vom Magier beobachtet zu werden. »Aber was will er von mir, Kent?«, fragte sie, sich wieder vom Fenster abwendend. »Erasmus hat mir gesagt, Eldrich schere sich wenig um die Menschen und ihre Sorgen. Und dass er sie ohne jede Reue für seine Zwecke benutzt.« Von einer plötzlichen Einsicht überkommen starrte sie Kent an. »Hat Erasmus etwas damit zu tun? Er hat Eldrich gedient … Und schauen Sie nur, was hier alles vor sich geht. Skye besitzt Kopien der Peliers und läuft Erasmus nach, damit er ihm die Schrift übersetzt. Dieser Baumgere hat in Castlebough ein großes Geheimnis gefunden, das glaubt zumindest jeder. Das alles steht miteinander in Verbindung. Es kann nicht anders sein.« Sie schaute Kent an, ob er ihre Ängste bestätigte.

»Ich glaube, Sie haben Recht, Lady Chilton.« Kent war in Versuchung, ihr von Sir John zu erzählen, um durch die Enthüllung seiner Geheimnisse irgendwie zu beweisen, dass er sich um ihr Wohlergehen Sorgen machte, doch irgendetwas hinderte ihn daran. Die Furcht, die Sir John gezeigt hatte: Wenn Kent für sich persönlich ein Risiko einging, war das eine Sache, doch einen anderen der Gefahr auszusetzen, insbesondere jemanden, der von seiner Gefährdung so überzeugt war, wäre unverzeihlich gewesen.

»Aber was geht in diesem verschlafenen kleinen Städtchen nur vor sich?«, fragte sie.

Kent schüttelte den Kopf.

»Ich kann mich des Gefühls nicht erwehren, dass Erasmus mehr weiß ... Und dann ist da noch Skye. Ich werde noch heute Vormittag mit ihm sprechen.«

»Halten Sie das für klug?«, platzte Kent heraus, bei dem die Eifersucht plötzlich alle Vernunft überrannte.

»Warum sagen Sie das?«

»Nur weil ich der Meinung bin, dass Sie keinen Moment verschwenden sollten. Wir sollten noch heute Vormittag hier verschwinden. Innerhalb der nächsten Stunde. Wer weiß, was Eldrich für Pläne mit Ihnen haben mag. Sie haben selbst gesagt, dass die Magier schon immer skrupellos waren – Eldrich wird da nicht anders sein.«

Die Gräfin schaute ihn merkwürdig an. »Jetzt sagen Sie mir einmal ehrlich, Mr. Kent. Haben Sie mein Haus beobachtet?«

Averil spürte die Angst, dass sein Tun ans Licht kam, empfand aber sonderbarerweise gleichzeitig eine große Empörung. Als wäre diese Beschuldigung gar nicht vollkommen richtig. »Lady Chilton«, sagte er mit leicht bebender Stimme, »ich versichere Ihnen, dass ich Ihre Entführung rein zufällig beobachtet habe.«

Sie betrachtete ihn weiter mit diesem abschätzenden Blick. »Dann muss ich mich entschuldigen, Mr. Kent«, erklärte die Gräfin, obgleich sie keineswegs überzeugt klang. »Es sind bei mir mit Männern schon so sonderbare Dinge vorgefallen. Sie verstehen ...«

Kent nickte.

»Es ist beinahe schon Tag. Ich werde jetzt Marianne wecken und Lord Skye eine Nachricht schicken. Ich hoffe, Sie bleiben solange hier, Mr. Kent. Ich hätte gerne, dass die beiden Ihre Geschichte hören.«

»Natürlich«, antwortete der Maler. Allein gelassen, häufte er Kohlen in den Kamin und schürte das Feuer mit einem Blasebalg. Er war nicht glücklich über die Entscheidung der Gräfin, Skye rufen zu lassen und Marianne Edden in die Sache einzubeziehen. Mehr als alles wollte er, dass sie floh, mit ihm, Kent, als Beschützer. Wenn sie sich einen Monat lang zusammen in Entonne aufhielten, würde sie ihm gegenüber gewiss anders empfinden. Ihr würde dann einiges auffallen, was bei einem stillen Mann wie Kent vielleicht nicht auf den ersten Blick ins Auge fiel.

Vielleicht eine halbe Stunde später brachte ein Diener Kaffee und frisches Gebäck, und nach einer weiteren Viertelstunde kehrte die Gräfin in Marianne Eddens Gesellschaft zurück.

Die Autorin begrüßte ihn recht kühl und flüchtig, als würde sie diesen jämmerlichen Maler plötzlich missbilligen. Kent empfand ihr Verhalten ihm gegenüber als völlig verändert. Diener brachten noch mehr Kaffee und ein frühes Frühstück, und eine Zeit lang sagte keiner etwas.

Als die Diener die Tür schlossen, fixierte Marianne Kent mit einem Blick, den man wohl kaum warm nennen konnte. »Sie waren spazieren, Mr. Kent, als Sie sahen, wie die Gräfin fortgeführt wurde?«

»Ja, ich konnte nicht schlafen«, erwiderte Kent, dem die Richtung, die diese Befragung nahm, gar nicht gefiel.

»Und erkennen Sie das hier?«, fragte Marianne. Sie streckte die Hand nach einem der Tabletts aus, die die Diener hereingebracht hatten, zog das darüber gebreitete Tuch weg, und dort lag Kents Fernglas. »Ein Diener hat das hier hinter dem Haus im Garten gefunden.«

Kent spürte, wie er rot anlief. »Ah, dort hatte ich es liegen lassen. Ja, es gehört mir. Wie viele Leute bin auch ich ein Amateur-Empiriker. Ich hatte den Himmel betrachtet.«

Mariannes finstere Miene ließ wenig Zweifel daran, dass sie ihm nicht glaubte. »Und wie sind Sie ins Haus gekommen, wo doch alle Türen verschlossen waren?«

»Ich gestehe, dass ich durch ein angelehntes Fenster eingedrungen bin.«

»Sie haben sich wie ein Herumtreiber in unser Haus gestohlen und die schlafwandelnde Gräfin in kaum mehr als ihrem Nachthemd angetroffen? Mr. Kent, das ist mehr als ungehörig. Was kann Sie nur veranlasst haben, sich solche Freiheiten herauszunehmen; das ist doch unvorstellbar.«

»Ich weiß, dass es sehr ungehörig erscheint, Marianne, aber wenn Sie Lady Chilton gesehen hätten, würden Sie es verstehen. Ihr Verhalten war so sonderbar – wie eine Marionette. Unsicher, was ich tun sollte, und sehr aufgewühlt durch das, was ich gesehen hatte, zögerte ich. Beinahe hätte ich an der Vordertür geklopft, doch aus irgendeinem Grund ließ ich es sein. Die Sorge um Lady Chilton hat mich wohl leider ein wenig rücksichtslos werden lassen. Wie ich jetzt sehe, war das nicht angemessen, doch ich schlüpfte zur Hinterseite des Hauses und spähte in die Fenster. Und dort fand ich die Gräfin, wie sie regungslos vor dem Feuer saß, als wäre sie vor Schreck erstarrt. Ich klopfte ans Fenster, doch sie reagierte nicht – selbst als ich recht laut klopfte, merkte sie nicht auf. Voller Angst versuchte ich, die Türen zu öffnen, die aber verriegelt waren, und dann fand ich das angelehnte Fenster und drang ein. Hier, vor dem Feuer, habe ich die Gräfin aufgeweckt, und den Rest wird Lady Chilton Ihnen gewiss erzählt haben.«

Marianne ergriff das Wort, doch die Gräfin unterbrach sie. »Wie dem auch sei, Marianne, es scheint den Tatsachen zu entsprechen, dass ich heute Nacht außer Haus war und absolut nichts davon weiß. Ich glaube, dass Mr. Kent in dieser Hinsicht die Wahrheit spricht.«

Kent war von der darin versteckten Schlussfolgerung, dass er in anderer Hinsicht nicht die Wahrheit sagte, nicht begeistert – obwohl dies ja tatsächlich stimmte. Die Gräfin zögerte. »Marianne, ich bin hier aufgewacht und trug meinen Morgenmantel über meinem Nachthemd. Aber das ist noch nicht das Merkwürdigste. Meine Füße waren schmutzig und fleckig, als wäre ich über nasses Gras gegangen. Und Mr. Kent sagt nun, dass er mich auf einem Rasen gesehen hat.«

»Aber vielleicht bist du auch einfach nur auf unseren eigenen Rasen hinausgegangen.«

»Marianne. Was sollte Mr. Kent für einen Grund haben, sich so eine Geschichte auszudenken?«

»Damit du mit ihm fliehst. Mit ihm! Nach Entonne und wer weiß wohin. Manche Männer hat es schon zu viel närrischeren Geschichten und Plänen getrieben. Ich war Zeugin, und mehr als einmal.« Die Autorin warf Kent einen finsteren Blick zu.

»Mr. Kent«, sagte die Gräfin, und ein wenig Wärme und Verletzlichkeit trat in ihre Stimme. »Bitte, sagen Sie mir ganz aufrichtig … Haben Sie gesehen, dass ich in einer Kutsche fortgeschafft wurde? Bitte, seien Sie wirklich aufrichtig.«

»Lady Chilton, ich schwöre es.«

»Und haben Sie der Gräfin mit Ihrem Fernglas nachspioniert, Mr. Kent?«, fragte die Autorin scharf. »Beantworten Sie das jetzt bitte genauso aufrichtig.«

Kent zögerte in dem unbestimmten Gefühl, dass man ihm, wenn er jetzt nicht ehrlich war, überhaupt keinen Glauben mehr schenken würde. »Ich habe der Gräfin nicht wirklich mit meinem Fernglas nachspioniert«, antwortete er. »Aber ich will Ihnen ehrlich sagen, Miss Edden, dass ich mit dem Gedanken gespielt habe.«

»Kent!«, sagte die Gräfin mit einer solchen Enttäuschung in der Stimme, dass der Maler vor Scham fast in den Boden versank. »Ich dachte, Sie wären mein wahrer Freund.«

»Das bin ich auch«, erwiderte er schnell. »Ich … nur … ich habe mich vergessen. Ich … es gibt keine Entschuldigung.« Er ließ den Kopf hängen und wusste nicht, was er sagen sollte.

»Nun, Mr. Kent«, sagte Marianne. »Ich glaube, Sie sollten uns erst einmal allein lassen. Es war ein verstörender Morgen, das dürfte Ihnen klar sein, und wir brauchen Zeit, um das Geschehene zu überdenken.«

Kent trat ziemlich benommen in den neuen Tag hinaus. Man hatte ihn dabei erwischt, wie er der Gräfin von Chilton nachspionierte. Er war ruiniert. Eine Wiedergutmachung war praktisch ausgeschlossen. Aber was hatte er da gesehen! Er blieb einen Moment lang auf der Straße stehen und wusste nicht recht, wie er weitermachen sollte.

Eldrich. Der Magier hatte die Gräfin aus ihrem Haus geholt, und sie war sich dessen gar nicht bewusst. Kent schüttelte den Kopf. Sie hatte ihm, Kent, nicht geglaubt. Oder richtiger, Marianne Edden hatte ihr Vertrauen in ihn unterminiert. Hätte er nur das verfluchte Fernglas nicht im Garten gelassen. Welcher Wahnsinn hatte ihn dazu getrieben, die Sache zu gestehen?

»Was mache ich jetzt?«, fragte er laut.

Irgendwie musste er die Gräfin überzeugen, dass sein Bericht der Wahrheit entsprach. Sir John war seine einzige Hoffnung. Kent ging eilig los, die Straße hinunter. Aber würde dieser ihm helfen? Kent konnte sich kaum erinnern, jemals einen so verängstigten Menschen gesehen zu haben. Aber was für eine Hoffnung blieb ihm sonst?

Er rannte beinahe durch die Straßen der schlafenden Stadt. Es gab keine andere Möglichkeit, seine Behauptung zu untermauern, denn sie wirkte wie der Ausfluss einer Geistesverwirrung – einer Geistesverwirrung, die im Umkreis der Gräfin mit verstörender Regelmäßigkeit auftrat.

»Das wird mich ruinieren«, flüsterte Kent, obgleich es die Welt nicht sonderlich zu kümmern schien. »Vollständig ruinieren.«

Er fand das Haus, wo Sir John sein Zimmer hatte, und traf ihn glücklicherweise wach an.

»Kent, Sie sehen über die Maßen besorgt aus.« Sir John bot ihm einen Stuhl an und schob ihm eine Tasse Kaffee in die Hand.

»Ich habe die Gräfin aufgesucht«, platzte Kent heraus.

Sir Johns Augen weiteten sich. »Aber mich haben Sie nicht erwähnt, hoffe ich?«

»Nein. Mit keinem Wort. Aber ich fand sie völlig benommen auf einem Stuhl in ihrem Wohnzimmer. Ihre Augen waren geöffnet, doch sie wirkte wie im Schlaf. Weil ich nicht das ganze Haus wach machen wollte, schlüpfte ich durchs Fenster und weckte sie auf. Ich berichtete ihr, was ich gesehen hatte, natürlich ohne Sie zu erwähnen. Doch dann wachte Marianne Edden auf und glaubte meinen Bericht nicht. Sie war sich sicher, dass ich mir die Geschichte zusammengesponnen hatte, um die Gräfin dazu zu überreden, mit mir zusammen zu fliehen.« Kent schüttelte den Kopf und spürte, dass er ein wenig rot wurde. »Sie wissen, wie Männer sich der Gräfin gegenüber verhalten … Die Gräfin war wohl geneigt, mir Glauben zu schenken, bis Miss Edden kam – doch dann empfand sie den Gedanken an das, was ich gesehen hatte, als so verstörend, dass sie lieber glaubte, sie hätte nur in ihrem Garten schlafgewandelt.« Kent stellte den Kaffee weg und verschüttete dabei einen Teil. »Ich bin ruiniert, wenn ich sie nicht von der Wahrheit überzeugen kann, Sir John. Sie dachten, ich hätte der Gräfin nachspioniert. Können Sie sich das vorstellen? Nachspioniert. Und dann war ich natürlich ungebeten in ihr Haus geschlüpft. Hatte mir angeblich diese phantastische Geschichte zusammengebraut, um ihr einen solchen Schreck einzujagen, dass sie mit mir davonlief. Flammen, es wird keinen Ort geben, an den mir diese üble Nachrede nicht folgt.«

Er wollte wieder nach seiner Tasse greifen, doch seine

Hand zitterte so, dass er noch mehr Kaffee in die Untertasse verschüttete, und so stellte er ihn schnell wieder hin.

»Und jetzt bitten Sie mich, ihre Geschichte zu bezeugen«, sagte Sir John.

Kent schaute auf, und seine Hoffnungen stiegen.

»Aber verstehen Sie denn nicht, Kent, die Gräfin ist zum Objekt von Eldrichs Interesse geworden. Überlegen Sie doch, was das bedeutet. Der Magier könnte Ihre Einmischung äußerst schnell entdecken. Schließlich spricht er ja offensichtlich mit der Gräfin. So edel der Versuch auch war, sie zu warnen, vor allen Dingen war er dumm. Eldrich duldet keine Einmischung in seine Angelegenheiten.« Sir John stieß einen langen Atemzug aus. »Ich will Ihnen sagen, Kent, Sie haben größere Sorgen als nur Ihren guten Ruf.«

»Aber was ist mit der Gräfin«, sagte Kent und erkannte, dass das eine flehentliche Bitte war. »Wer weiß, was Eldrich mit ihr … vorhat? Sie hat keine Ahnung von diesen Zusammenkünften.«

Sir John beugte sich auf seinem Stuhl vor. »Kent, hören Sie mir zu. Ich merke, dass Sie etwas für die Gräfin empfinden, und zweifellos scheint sie in eine schreckliche Lage geraten zu sein, aber Sie können daran absolut nichts ändern, sondern würden sich nur den Zorn Eldrichs zuziehen, und diesem Schicksal will ich nicht unterworfen sein.«

»Sie helfen mir nicht …«, sagte Kent ungläubig.

Sir John richtete sich auf, mit abwehrendem Blick. »Nein. Und ich bitte Sie, sich genau zu überlegen, was Sie tun. Wenn Sie Eldrich aufhalten wollen, könnten Sie auch genauso gut in einen Meeresorkan hineinspringen. Kommen Sie zur Vernunft, Mann, ein Magier ist eine Naturgewalt.«

36

Hayes und Kehler rappelten sich schnell wieder auf, als das Licht zu einem bleichen Schimmer verblasste. Es war kein Lampenlicht, das da aus dem Torbogen herausströmte, sondern ein kühles weißes Licht, wie das reine Licht der Sterne.

Kehler stand vor Hayes und versperrte ihm teilweise den Blick. Einen Moment lang bewegte sich keiner der beiden, dann trat Hayes etwas vor, um an seinem Freund vorbeisehen zu können. Vor ihnen erstreckte sich ein langer, etwa vier Meter breiter Korridor. Da Hayes keine schlimmen Auswirkungen spürte, schob er seinen Freund weiter, und sie traten durch das Tor.

Der Korridor wirkte überhaupt nicht wie eine Höhle, sondern wie der Zugang zu einem großen Palast. Die Wände waren lotrecht gezogen und mit komplizierten Steinmetzarbeiten verziert. Gut drei Meter über dem Boden verlief als Zierleiste ein Rankenfries, in dessen windungsreiche Zweige Blüten und unbekannte Schriftzeichen eingearbeitet waren.

Das Licht strömte von oben herunter, und als Hayes hinaufschaute, meinte er, in einen Sternenhimmel zu blicken. Ein Himmel von unendlicher Tiefe.

Auch Kehler blickte nach oben und stand einen Moment lang wie gebannt da.

»Wie viele Menschen unserer Tage können von sich behaupten, Zeugen der Kunst der Magier geworden zu sein?«, fragte er.

»Aber waren das die Magier?«, fragte Hayes.

Sie gingen langsam den breiten Korridor entlang, und

jetzt war deutlich fließendes Wasser zu hören. Zu beiden Seiten waren Abschnitte der Wand mit Texten in derselben unbekannten Schrift bedeckt, die auch in der Zierleiste auftauchte.

Der Korridor war lang, dreißig Meter oder mehr, und führte zu einem Torbogen. Hayes' ursprünglicher Eindruck, in einen Palast zu treten, war, wie er jetzt merkte, falsch gewesen. Er bekam nun vielmehr den Eindruck eines Tempels, wenn auch keines ihm vertrauten Kults; dennoch hatte er keinen Zweifel, dass dies hier ein Ort der Verehrung war.

»Wer hat das errichtet?«, fragte Hayes.

»Ich weiß es nicht«, antwortete sein Gefährte kopfschüttelnd.

»Aber du glaubst, dass es Teller war?«

»Vielleicht. Aber bei meiner Lektüre bin ich zu der Schlussfolgerung gelangt, dass es unter den Magiern einen Richtungsstreit gegeben hat – eine Periode interner Kämpfe. Nicht, dass sie jemals sonderlich einig gewesen wären, außer bei ihrem Krieg gegen die Kirche. Doch diese Spaltung reichte weiter als ihr üblicher Individualismus. Vielleicht hatte diese Stätte hier eine Bedeutung für eine der Gruppen, vielleicht war sie aber auch allen Magiern bekannt.«

Zu ihrer Rechten öffnete sich ein hoher Torbogen zu einer Treppe hin. Hayes beugte sich hinein und stellte fest, dass die Treppe sich in einem langen Rechtsbogen nach oben schwang.

Er richtete sich wieder auf und schaute den Korridor entlang. »Hoch oder weiter?«, fragte er.

»Lass uns unterwegs alles erforschen«, meinte Kehler und begann die Treppe hinaufzusteigen.

Als sie auf der Treppe waren, hielten sie sich wieder ans kümmerliche Licht ihrer Laterne. Wie unten im Korridor waren die Wände hier und da mit Texten und Pflanzenfriesen verziert. Zweimal hielten sie an und ruhten sich aus. Die Treppe war schrecklich lang, und sie waren zu Tode erschöpft. Selbst die Erregung über ihre Entdeckung konnte das nicht völlig wettmachen. Sie überlegten schon, ob sie nicht abbrechen sollten, da kamen sie plötzlich ans Ende der Treppe. Ein großes Schriftzeichen der Art, wie sie auch in die Wände eingehauen waren, war die einzige Verzierung der nackten Fläche, vor der die Treppe endete.

»Was bedeutet das?«, fragte Hayes.

»Es bedeutet, dass diese Stätte hier, wie auch immer sie errichtet wurde, von den Leuten, die sie benutzten oder vorhatten, sie zu benutzen, nicht auf unserem Weg betreten wurde.«

»Du hältst das hier für eine Tür?«

»Vielleicht keine Tür, aber dennoch ein Eingang. Oder vielleicht sollte es auch nur eines Tages ein Eingang werden. Ich könnte mir denken, dass die Erdoberfläche nicht weit von dieser Wand entfernt liegt.«

Hayes trat vor, presste die Hände gegen den Stein und ließ sie darüber gleiten, als würde eine solche Untersuchung das Geheimnis enthüllen.

»Bemerkenswert. Was mag dieses Schriftzeichen wohl bedeuten?«

Kehler schüttelte den Kopf. »Ich weiß nicht …«

Hayes warf ihm einen scharfen Blick zu. *Warum hatten sie dann ihr Leben riskiert, um diese Stätte zu finden?* »Weiß es überhaupt irgendjemand?«

»Eldrich fast mit Gewissheit. Vielleicht Erasmus Flattery. Vielleicht auch Diakon Rose und einige andere Kirchenleute.«

»Aber was haben wir dann davon?«

»Wir? Wir haben mit dieser Sache wenig zu tun, Hayes. Es geht um das Horten von Wissen – das bei weitem schlimmer ist als das Horten von Reichtümern. Reformer reden unaufhörlich davon, die Unterschiede in der Gesellschaft auszugleichen, die Vorteile der Reichen und der Aristokratie einzuebnen. Doch nichts kann Ungerechtigkeit besser ausgleichen als Wissen. Wer weiß, was hier verborgen sein mag? Es könnte die große Entdeckung unseres Jahrhunderts sein. Jahrhundertelang befanden sich die Künste in den Händen einiger weniger – aber was, wenn sich das ändern ließe? Was, wenn man plötzlich die Kranken auf eine Weise heilen könnte, zu der ein Arzt niemals fähig wäre? Stell dir nur einmal vor, was das bedeuten würde.«

»Aber woher wissen wir denn, dass solches Wissen hier aufgezeichnet ist? Wissen, das sich nutzen lässt?«

Kehler schüttelte den Kopf. »Wir wissen nur, dass Baumgere zu großen Opfern bereit war, um diese Stätte hier zu finden, und dass die Kirche alles in ihrer Macht Stehende tat, um sie verborgen zu halten. Die Farrelliten horten schon seit langem einen riesigen Schatz von Wissen. Sie würden die Bevölkerung am liebsten in völliger Unwissenheit leben lassen. Besser, die Menschen könnten nicht einmal lesen. Was immer hier verborgen sein mag: Die Kirche hat seine Existenz seit langem vermutet – vermutet und geheim gehalten. Das genügt mir. Es muss heraus. Heraus ans Tageslicht.«

Sie machten kehrt und stiegen die Treppe wieder hinunter, wobei das Geräusch fließenden Wassers immer lauter wurde – ein Klang, den hier seit vielen Jahren kein Menschenohr vernommen hatte.

Als sie den Fuß der Treppe erreichten und ins kühle Licht hinaustraten, blies Kehler ihre Laterne aus und stellte sie beiseite.

Sie folgten dem langen Korridor weiter und fanden zu beiden Seiten kleine, in die Wand eingelassene Nischen, in die jeweils ein Gesicht als Hochrelief eingemeißelt war. Es waren sowohl Männer als auch Frauen abgebildet. Um jede Nische herum zog sich Text in derselben Schrift. Bei jedem Gesicht blieben sie stehen und betrachteten es aufmerksam, als könnten sie dort auf jemanden stoßen, den sie kannten. Die Gesichter waren feinfühlig wiedergegeben, dachte Hayes – edel und traurig. Mehr als einer trug ein Diadem um die Stirn, oft von einem in die Skulptur eingelassenen Edelstein gekrönt. Dann merkte Hayes, dass jedes Gesicht einen Stein trug. Der eine saß im Ohrläppchen einer Frau. Ein anderer hing als Anhänger um einen Männerhals. Alle in verschiedenen Farben und von unterschiedlicher Leuchtkraft, davon manche so ungewöhnlich, dass Hayes den Namen nicht einmal erahnen konnte.

»Wer mag das nur sein?«, fragte Kehler leise.

Hayes betrachtete ein Gesicht und konnte den Blick gar nicht abwenden.

»Sieh nur, wie traurig sie wirken. Was mag sie nur so gemacht haben?«

Kehler schüttelte den Kopf, wobei er allerdings fast genauso sorgenvoll wirkte wie die Gesichter, die er betrachtete.

Sie gingen weiter, an den schmerzlichen Gesichtern vorbei, von denen die meisten schon älter wirkten, ein oder zwei aber auch recht jung waren – im Alter von Kehler und Hayes.

»Entweder war der Bildhauer ein Genie«, sagte Kehler leise, »oder diese Gesichter sind von der Kunst der Magier berührt, denn ich habe das Gefühl, ihr Geschichten fast zu kennen. Spürst du das auch? Diese Gesichter sind so sinnträchtig. Wenn ich sie anschaue, scheint irgendein Wissen fast am Rande meines Bewusstseins aufzusteigen.« Er blieb stehen – vor dem länglichen Gesicht eines Mannes in den mittleren Jahren. »Schau dir das hier an … edel und tragisch. Schau nur, wie seine Stirn sich runzeln will, als kämpfte er mit einer schrecklichen Last. Er ist ein Mann, der viele Enttäuschungen erfahren hat und sein ganzes Leben lang allein geblieben ist – eindeutig weder Frau noch Kinder. Er hat sich irgendeiner Sache geweiht und einen schrecklichen Preis dafür gezahlt. Schau nur, wie tief seine Gedanken sind. Diese grüblerischen Augen. Hier ist ein tragischer Held, wenn es je einen gegeben hat. Ein Mann, der Entscheidungen getroffen hat, die ihm teuer zu stehen kamen – und doch blieb ihm keine Wahl.

Und siehst du diese Frau? Wie alt mag sie sein? Fünfunddreißig, was meinst du? Was ist das für ein Blick? Ist es Stolz? Nicht wirklich. Stolz ist der Eitelkeit zu nahe. Aber wie dem auch sei, sie hat gegen ein schreckliches Schicksal angekämpft und nicht aufgegeben. Ich kann nicht behaupten, dass sie gesiegt hat, aber sie hat nicht aufgegeben.« Kehler sah seinen Gefährten an. »Klinge ich verrückt?«

»Verrückt? Nein, ich empfinde es genauso. Diese Gesichter zeugen von großer Kunst, wenn ich es auch nicht für die Kunst der Magier halte, sondern nur für ein Ergebnis von Genie und Inspiration.« Hayes streckte vorsichtig die Hand aus und berührte das Gesicht der Frau, strich mit den Fingern über ihre Wange – beinahe eine zärtliche Geste. Was ihm bei ihrem Anblick einfiel war: einsam. Wie lange war sie schon hier unten versteckt? Jahrhunderte? Für die Welt verloren – für die ganze Menschheit. Ein Porträt der Einsamkeit.

Sie gingen weiter und kamen dabei alle paar Schritte an weiteren Gesichtern vorbei, keines fröhlich, keines auch nur zufrieden.

Dann öffnete sich ein großer Saal vor ihnen. Sie standen im Torbogen und starrten in die Halle hinein – so lang wie der Korridor, den sie gerade durchschritten hatte, doch fünfmal so breit. Hayes wusste gar nicht, wohin er zuerst schauen sollte. Die uralten weißen Wände waren in sauberen, geraden Linien mit Schriftzeichen bedeckt, die jedes etwa eine Handspanne maßen – Tausende von Schriftzeichen, denn die Wände waren hoch, gewiss zehn Meter oder mehr.

Vorsichtig traten sie in den Raum ein wie Unbefugte, die Angst vor Entdeckung haben, oder als fürchteten sie einen Bannstrahl, der den Eindringling treffen könnte, doch selbst das rätselhafte Licht blieb unverändert.

In der Mitte der Halle erhob sich, an die Wand gefügt, eine erhöhte Plattform aus glattem Stein, und von dorther drang das Plätschern von Wasser wie wahrscheinlich schon seit unzähligen Jahren.

Nach zehn Schritten in den Saal hinein drehten sie sich einmal um sich selbst, überwältigt von ihrer Entdeckung.

»Ich fühle mich, als wäre ich plötzlich von Geheimnissen umgeben«, sagte Hayes.

»Du warst immer schon von Geheimnissen umgeben«, erwiderte Kehler, die Andeutung eines Lächelns im Gesicht. »Doch vielleicht sind wir bei diesem Geheimnis hier bis in den Kern vorgedrungen.«

Hayes ging zur Wand und ließ die Hände über die Buchstaben wandern, die nicht eingemeißelt waren, sondern in erhabenem Relief herausstanden. Die Schrift erschien ihm ungemein schön und doch gleichzeitig sonderbar, denn sie ähnelte den im Umkreis des Entide-Meers genutzten Schriften nicht im Geringsten, nicht einmal den alten Schriften. Es war jedoch fast mit Sicherheit dieselbe Schrift wie die Zeile, die Kehler seinem Brief beigefügt hatte.

Nach den kleinen Tunneln, durch die sie hergefunden hatten, fühlte Hayes sich in diesem riesigen, lichterfüllten Saal ein wenig desorientiert.

Sie durchquerten den Saal und stiegen drei Stufen zu der erhöhten Plattform hinauf. Hier ergoss sich das Wasser aus dem Maul eines Wolfskopfs, der den Schultern einer männlichen Gestalt entwuchs. Ein breiter Strahl stürzte in ein kleines Becken, und von dort musste das Wasser offensichtlich unter der Plattform durchlaufen, denn es tauchte an ihrem Fuß wieder auf und floss schließlich in einen kleinen Kanal auf der anderen Seite des Saals, wo es im Boden verschwand. Über dem Brunnen entwuchsen die lebensgroßen Rümpfe eines Mannes und einer Frau dem Fels, wobei der Mann die Maske eines phantastischen Schopfvogels trug und die Frau die Maske eines Habichts oder eines Falken, was Hayes nicht genau erkennen konnte. Zu beiden Seiten der Figuren stand von einem Rankenornament umrahmter Text.

»Schau«, sagte Kehler, der aufmerksam den Boden betrachtete. »Diese Linien führen zu sieben Punkten, und um jeden Punkt ist ein Kreis eingekerbt und ein Stein von je anderer Farbe in den Boden eingelassen.« Er stand neben einem dieser Steine. »In diesen hier scheinen Sterne eingeschnitten zu sein, doch wenn dies Sternbilder sind, sind sie mir unbekannt. Und auf diesem stehen weitere Schriftzeichen. Dieser Stein in der Mitte dagegen ist frei von allen Markierungen.«

Letzterer Stein war schwarz und glänzend.

»Was ist das für ein Material?«, fragte Hayes.

»Es scheint Glas zu sein«, erwiderte Kehler, der sich bückte und den Stein berührte. Er stand wieder auf und schaute sich um. »Kommt dir das nicht wie ein Altar vor? Der Mittelpunkt des Tempels?«

Hayes nickte, obwohl ihm noch nicht einmal eine Vermutung zum Zweck eines solchen Altars einfiel. Seine Augen wurden immer wieder von dem Mann und der Frau über dem Brunnen angezogen, deren Gesichter hinter Masken verborgen lagen. Auf den ersten Blick hatte er gemeint, sie hielten sich bei der Hand, doch nun merkte er, dass ihre Handgelenke zu einem einzigen Arm zusammenliefen, der in einer Vogelklaue endete. Beide freien Hände waren leicht ausgestreckt, wie flehend, doch die Frau hielt eine langstielige Blüte in der Hand.

»Alles, was ich hier sehe, scheint irgendeine Bedeutung zu haben, die sich um Haaresbreite meinem Zugriff entzieht«, sagte Hayes plötzlich. »Noch nie hatte ich so sehr das Gefühl, mich in einem Traum zu befinden. Verstehst du, was ich meine? Genau wie du hatte ich das Gefühl, dass die Geschichten der Männer und Frauen, deren Gesichter wir sahen, ganz dicht am Rande meines Bewusstseins schwebten. Und hier empfinde ich es ganz ähnlich. Als könnte ich die Bedeutung dieser Figuren und dieses Brunnens fast verstehen. Die Bedeutung dieser in den Boden eingelassenen Steine. Schau doch nur, wie dieser Mann und diese Frau die Hände ausstrecken ... Das rührt mich auf eine Weise an, die ich nicht erklären kann, als würde mein Herz es verstehen, aber mein Kopf wäre nicht recht in der Lage, es zu erfassen.«

Kehler nickte. Hayes wurde gewahr, dass sein Freund den Tränen nahe war. Er hatte sich so lange beharrlich abgemüht, war solch enorme Risiken eingegangen, und nun war er so überwältigt von dem, was sie gefunden hatten, dass er seine Reaktion nicht mehr unter Kontrolle hatte.

Er setzte sich auf die Stufe, ließ den Kopf hängen, damit Hayes nichts sehen konnte, und falls seine Schultern ein wenig bebten, hielt Hayes das für völlig gerechtfertigt. Hayes war selbst den Tränen nicht fern, wenn auch überwiegend deshalb, weil sie die Tortur der Höhle überlebt hatten. Tränen um das Kind, das sie gefunden hatten, und über die entsetzliche Kriechpartie durch diese dunklen Röhren und Gänge. Dabei war er nicht die Risiken in Wooton eingegangen, die Kehler hinter sich hatte. Ihn, Hayes, verfolgte Diakon Rose nicht.

Kehler stand plötzlich auf, ohne seinen Gefährten anzusehen, und machte weiter, scheinbar ganz von der Schrift auf der anderen Wand in Anspruch genommen. Hayes hielt Abstand und schwebte noch immer durch diesen merkwürdigen Traum, in dem alles im ersten Moment eine Bedeutung zu haben schien, aber nichts vertraut war.

Kehler ging die eine Wand entlang, Hayes die andere, und dabei ließ er die Finger über die Worte gleiten, als könnte er dadurch ihre Bedeutung in sich aufnehmen. Er schloss die Augen und hoffte, dass sich in seinem Kopf Worte bilden würden, doch wieder empfand er die Bedeutung als ganz nahe, ohne sie recht greifen zu können – wie eine Erinnerung, die an die Oberfläche steigen will.

Die beiden Männer trafen sich vor dem hinteren Torbogen und spähten hindurch, voller Fragen, was sich dort vor ihnen enthüllen würde. Doch dieser Raum hatte kein eigenes Licht, und was darin lag, war von außen nicht zu erkennen. Hayes wartete ab, dass Kehler den ersten Schritt tat, denn er empfand ein merkwürdiges Widerstreben, dort einzudringen. Als sein Freund sich nicht bewegte, nahm Hayes seinen Mut zusammen und trat durch den Torbogen.

Seine Augen gewöhnten sich schnell an das Dämmerlicht, und er erkannte einen ovalen Raum mit gewölbter Decke, deren in den Stein gehauene Ornamente eine kompliziert geschnitzte Balkendecke nachahmten.

In der Mitte dieser Kammer stand ein Sarkophag aus weißem Stein, dessen Deckel einen liegenden Ritter in voller Rüstung darstellte. Seine Hände hatten sich um den Griff eines Schwertes geschlossen, dessen Spitze bei seinen Füßen ruhte, und zwischen den Fingern eingewunden hielt er den Stiel einer kleinen Blume.

Kehler war hinter Hayes eingetreten und betrachtete nun das Gesicht dieses Ritters. Wie bei den Gesichtern im großen Saal waren auch die Züge dieses Mannes von Leid gezeichnet, und seine kräftigen Augenbrauen und der starke Mund sprachen von nichts anderem.

»Und wer mag das sein, den man hier so einsam gebettet?«, fragte Kehler, eine wohl bekannte Zeile zitierend.

Hayes wandte sich von dem melancholischen Ritter ab und entdeckte hinter sich ein weiteres aus der Wand herausgemeißeltes Gesicht, doch als er näher herantrat, bemerkte er, dass es unfertig geblieben war.

»Schau dir das an«, sagte er. »Alles, was wir bisher gesehen haben, war bis ins kleinste Detail vollendet, aber das hier ist kaum angefangen.«

Das Gesicht war unzweifelhaft das einer Frau oder wäre es zumindest, wenn es fertig wäre. Ihr Haaransatz war klar herausgemeißelt, die Augenhöhlen jedoch unfertig, und die Frau starrte blind aus ihnen heraus. Die Nase würde relativ fein sein, die Lippen voll. Das Kinn war klein, aber dennoch war es ein starkes Gesicht. Hayes hatte das Gefühl, dass in den Stein eine Persönlichkeit eingeschlossen war, die darum kämpfte, herauszutreten und vor ihnen Gestalt anzunehmen.

»Es ist, als schaute man durch eine Milchglasscheibe oder durch Nebel. Die Züge sind verschwommen.« Kehler kniff die Augen zusammen, als könnte er das Gesicht dadurch irgendwie klarer sehen. »Sehr merkwürdig. Wie du schon sagtest, haben wir bisher nichts Unvollendetes gesehen.« Er drehte sich weg, um den Rest der Kammer zu untersuchen. Die hintere Wand war von Text bedeckt, und dieser musste wohl, wie Hayes fast mit Gewissheit annahm, die Geschichte des hier Bestatteten erzählen.

In die Wand am Fußende des Ritters war ein zweites Gesicht eingemeißelt, ein Mann, und er war durchaus fertig. Hayes trat näher heran, von diesen mysteriösen Individuen angezogen, als hielten sie den Schlüssel zum Verständnis dieser Kammer.

»*Farrelles Blut …!*«, stieß er fast lautlos hervor.

Kehler trat zu ihm und blieb abrupt stehen, die Hand Halt suchend gegen die Wand gestützt. »Das ist Erasmus … Oder?«

»Das dachte ich auch, aber jetzt, wo ich das Gesicht ein

wenig betrachtet habe, bin ich mir nicht mehr so sicher. Die Ähnlichkeit ist nicht vollkommen, aber es ist doch so nah, dass es kaum ein Zufall sein kann.«

»Wie der Pelier ...«, sagt Kehler.

Hayes setzte sich, plötzlich von Erschöpfung überwältigt. Er lehnte den Rücken gegen die Wand, zog die Knie hoch und vergrub das Gesicht in den Armen. *Was um alles in der Welt! Erasmus Flattery?*

Einen Moment später öffnete er die Augen und stellte fest, dass Kehler ihm gegenübersaß, gegen den Sarkophag gelehnt und die Augen auf das Gesicht geheftet, das dem bekannten Mann so ähnlich war.

»Als ich herkam«, sagte Kehler, und seine Stimme zitterte vor Müdigkeit und ehrfürchtiger Scheu, »wusste ich nicht, was ich erwarten sollte, und hatte kaum mehr als die Karten und das Bild Peliers, um meiner Phantasie Nahrung zu geben, doch was ich jetzt gefunden habe, kommt völlig unerwartet. Bevor wir hierher kamen, dachte ich, dass ich etwas wüsste. Ich dachte, ich wäre in Geheimnisse im Besitz der Kirche eingedrungen und wüsste Dinge, von denen andere noch nicht einmal etwas ahnten. Und nun merke ich, dass ich völlig unwissend bin. Ich weiß weniger über diese Angelegenheiten als ein Kind über die große weite Welt. Ich ...« Er schüttelte verstört den Kopf. »Worauf sind wir da nur gestoßen, Hayes? Ist das hier einfach nur eine prächtig ausgestattete Grabstätte? Ist es der Schlüssel zu manchen Geheimnissen der Magier selbst? Die Aufzeichnungshalle von Tellers Geheimbund? Oder etwas gänzlich anderes? Etwas, was wir uns noch nicht einmal vorstellen können? Warum gibt es hier ein Porträt von Erasmus Flattery, hier, in dieser Kammer, die ... Jahrhunderte alt sein muss? Was um alles in der Welt haben wir da gefunden?«

Hayes schaute wieder zu dem Gesicht auf. Das Porträt zeigte einen jüngeren Erasmus, so kam es Hayes zumindest vor – einen Mann Anfang zwanzig. Aber war es Erasmus? Das Haar war lockiger und die Gesichtszüge feiner, aber der Künstler hatte ja auch eindeutig das Modell nicht gekannt.

»Es muss einer Vision nachgebildet sein«, sagte Hayes in plötzlicher Einsicht.

Kehler nickte. »Ja. Das würde es erklären. Aber was mag es bedeuten?«

»Ich glaube, dass Erasmus den magischen Dingen nicht so naiv gegenübersteht, wie er es behauptet. Vielleicht sind die Gerüchte wahr, und er ist selbst ein Magier. Ob er vielleicht sogar etwas von dieser Kammer hier weiß?«

Hayes schüttelte den Kopf. »Ich vermute, dass er sie nie gesehen hat, doch angesichts unserer Entdeckungen wäre ich nicht übermäßig überrascht, sollte sich herausstellen, dass er von ihrer Existenz weiß. Vielleicht erledigen wir im Moment sogar die Aufgabe, sie für ihn zu finden.«

Kehler war dieser Gedanke offensichtlich noch nie gekommen, und er sah seinen Freund scharf an. »Glaubst du das?«

»Alles ist möglich. Wir haben es mit Magiern zu tun, mit Männern, die, wie es heißt, in die Zukunft schauen konnten. Vielleicht waren ihre Visionen nicht perfekt oder vollständig klar, aber sie konnten etwas sehen. Vielleicht haben sie sogar uns gesehen.«

Mit diesen Worten legte Hayes sich auf den harten Stein, benutzte seine Arme als Kopfkissen und überließ sich dem süßen Schlaf, der ihn übermannte.

37

Diesmal stand sie vor einer kleinen Nische, wo über den Stein laufendes Wasser eine Rinne in den Fels gegraben hatte. Dort hing ein kristallklarer Stalaktit von der dreifachen Dicke eines Grasstengels, und an seiner Spitze formte sich mühselig ein Wassertropfen. Sie konnte die Reflexion der Laternenflamme im Tropfen flackern sehen wie ein winziges, heftig schlagendes Herz.

Einen Moment lang schwoll der Tropfen weiter an, dann ließ er wie mit einem letzten, tiefen Einatmen seinen Halt los und fiel in die Welt. Sie beobachtete, wie der Tropfen in die Breite ging, während er auf das natürliche Becken darunter zustürzte.

In diesem Moment öffnete sich Anna und blickte ins Wasser. Dort, wo der Tropfen auf die Wasseroberfläche aufschlug, entstand eine Vertiefung, und in diesem Trichter sah sie Sterne wirbeln.

Dann taumelte sie vom Becken weg und hielt sich den schmerzenden Kopf. Hände ergriffen sie und ließen sie sanft auf den Boden der Höhle gleiten, die sich so heftig um sie drehte, dass sie meinte, das Gleichgewicht zu verlieren. Sie weinte.

Sanfte Hände stützten sie, und kurz darauf trat die Welt wieder in ihren normalen Zustand ein; das Drehen verlangsamte sich und hörte dann ganz auf. Eine Weile sagte keiner etwas, und sie hielt die Augen fest geschlossen und versuchte, die Kälte auszuschließen, das schreckliche Gefühl, schwankend am Rand eines Abgrunds zu stehen, während rundum alles dunkel, kalt und leer war.

»Anna?« Das war Banks. Sie hörte die Besorgnis in seiner Stimme, wenn diese auch zum Teil der Befürchtung entsprang, sie könnte die Vision verlieren, wenn sie sie nicht bald in Worte fasste. Das war schon passiert. Sie klammerte sich dann an der Vision fest, doch sie wurde von der Empfindung von Angst und Schrecken vertrieben, die immer mit der Zukunftsschau einherging.

»Ich habe sie noch«, sagte sie, noch nicht recht zu einer Bewegung fähig. Sie wusste, dass dieser Versuch der Zukunftsschau ihr Vorankommen um Stunden verzögern würde, doch das ließ sich nicht ändern. Es gab Zeiten, zu denen eine Vision sich ankündigte, und sie hatte gelernt, genau darauf zu hören.

»Sie sind hier, vor uns. Ich habe sie gesehen; ein Priester, ein Mann und ein Zwerg, die über einem reißenden Wildbach klettern. Aber da ist noch mehr. Zwei Männer schlafen, und ein bewaffneter Ritter wacht über sie. Und in einem Fenster konnte ich einen Mann sehen, Erasmus Flattery, so schien es mir, und er schaute voller Traurigkeit auf diese Szene herab. Hinter ihm war der Schatten eines anderen. Jemand, der mir als sehr groß und mächtig erschien. An der Wand konnte ich eine Schrift sehen ...« Sie hielt inne, schloss fest die Augen und konzentrierte sich. Versuchte, sich das ganze Bild der Vision zu vergegenwärtigen. »Landor«, sagte sie. »Da sind noch mehr Wörter, aber ... *Curre d'Emon«*, sagte sie plötzlich, und die Worte standen ganz klar vor ihr.

Die Umstehenden warteten, während sie versuchte, noch mehr zu erinnern, doch schließlich schüttelte sie den Kopf. »Das ... das ist alles.«

»Curre d'Emone«, wiederholte Banks. »Herz der Welt.«

»Landors Tor«, sagte Kells, und seine Stimme hallte wie niederstürzendes Wasser.

»Das ist nur eine Geschichte«, sagte Banks, doch die Verachtung in seiner Stimme klang keineswegs überzeugend.

»Alle Geschichten haben Wurzeln«, sagte Anna und entzog ihm ihre Hand. »Wie fern und abgerissen diese auch sein mögen, Wurzeln haben sie immer.«

Sie zwang sich aufzustehen, wobei sie in einem plötzlichen Schwindelgefühl schrecklich schwankte. Aber sie fiel nicht.

»Wir müssen uns beeilen. Wir müssen uns Schritt für Schritt weiterzwingen, bis wir da sind. Ich fürchte, dass Halsey Recht hatte: Der Schatten hinter Erasmus Flattery muss Eldrich gewesen sein. Eine andere Erklärung fällt mir nicht ein.«

»Aber wenn Erasmus wirklich ein Beauftragter Eldrichs ist, kommen wir schon zu spät«, sagte Kells mit wirklich verängstigtem Blick.

Anna schüttelte den Kopf und versuchte, die Verkrampfungen in Schultern und Rücken zu lösen. »Aber ich habe gespürt, dass Erasmus nicht wissentlich der Beauftragte des Magiers war. Dieses Gefühl war sehr stark. Noch können wir ihn vielleicht beeinflussen. Ich muss es versuchen. Aber wir müssen größte Eile vorlegen. Wenn etwas Derartiges kurz vor der Entdeckung steht, kann Eldrich nicht fern sein.«

38

Clarendon betrachtete unverwandt den Höhlenplan, den er im Lampenlicht auf dem Boden ausgebreitet hatte.

»›Hinter den Feengalerien.‹ Auf der Karte ist nur dieser Gang hier zu sehen, aber es muss offensichtlich noch einen anderen geben, der nicht verzeichnet ist.« Er nickte zu dem Tümpel hinüber, vor dem der Gang endete. »Vielleicht haben wir irgendein kleines Schlupfloch übersehen. So was ist manchmal praktisch nicht zu erkennen.«

Clarendon bemühte sich, so wie immer zu klingen, doch selbst Erasmus, der ihn noch nicht lange kannte, merkte, dass der Zwischenfall mit Rose ihm noch nachging. Erasmus war sich nicht sicher, ob Clarendon immer noch zornig auf den Priester war (sehr wahrscheinlich) oder ob seine eigene Reaktion ihn ein wenig bedrückte. Schließlich hatte er Diakon Rose mehr als nur ein wenig in Gefahr gebracht, als er all seine Sachen in den Abgrund schleuderte.

Trotz seiner eigenen feindseligen Einstellung gegenüber dem Priester machte Erasmus sich Sorgen um sein Wohlergehen. Sollte Rose sich auf dem Rückweg nach draußen eine Verletzung zuziehen oder ihm sogar Schlimmeres zustoßen, würde sich Erasmus mehr als nur ein wenig verantwortlich fühlen. Vielleicht hätte er mehr für ihn tun sollen, aber Clarendon hatte ihn völlig überrumpelt, als er den Rucksack des Priesters in den Wasserfall warf. Erasmus hätte das niemals zugelassen, wenn er gewusst hätte, was Randall vorhatte.

Um an etwas anderes zu denken, begann er, den Fels in seiner unmittelbaren Umgebung abzusuchen, und hielt

Ausschau nach einem auffälligen Schatten, in dem sich eine kleine Öffnung verbergen mochte. Bei ihrer Wanderung durch die Höhle waren ihnen schon ein paar solche Öffnungen aufgefallen. Dann erblickte er einen winzigen, fließend glatten Mondsteinhöcker, der zu weißlich grau war, um echt zu sein.

»Jetzt schau dir das einmal an.« Erasmus grub einen Fingernagel ins Wachs. »Ich glaube nicht, dass das hier schon allzu lange hier ist. Mit Gewissheit handelt es sich um Tage und nicht um Jahre.« Dann fiel ihm auf, dass der Buchstabe H mit Wachs auf den Fels gezeichnet war.

Clarendon betrachtete die Markierung mit zuckendem Schnurrbart. »Unsere Freunde waren hier, das ist gewiss. Vielleicht wussten sie nicht genau, wo sich der Gang befand, und mussten ihn selbst suchen. Zumindest sind sie unverletzt bis zu diesem Punkt hier gelangt. Das gibt mir Hoffnung.«

Sie begannen beim Tümpel und suchten den ganzen Gang rückwärts ab. Clarendon hielt die Laterne, und Erasmus untersuchte jede Nische und jede Vertiefung im Fels. Kurze Zeit darauf trafen sie wieder in der Feengalerie ein.

»Wir haben etwas übersehen«, sagte Clarendon.

Doch Erasmus schüttelte den Kopf. »Nein, das glaube ich nicht. Zumindest nicht in diesem Gang hier. Wir sollten uns den Plan noch einmal anschauen.«

Sie gingen wieder zum Tümpel zurück, wo sie den Plan noch einmal ausbreiteten und auf ihn niederstarrten, als wäre er ein Puzzle mit verborgener Lösung, irgendeinem Trick, den sie nicht recht entdecken konnten.

»Vielleicht bin ich ein Dummkopf«, sagte Clarendon schließlich, »aber ich sehe hier nichts, was uns eine Antwort gibt. Vielleicht gibt es dort hinten in den Feengalerien einen unentdeckten Gang, aber in diesem Abschnitt hier gewiss nicht. Was stand noch einmal im Brief des jungen Mannes?«

»›Hinter den Feengalerien …‹ Und dass er den Weg mit dem Buchstaben H markieren würde.«

Sie ließen sich auf dem Fels nieder, beide in Gedanken versunken.

»Ich kann Ihre Frage beantworten«, sagte da eine leise Stimme.

Den Bruchteil einer Sekunde sah Clarendon verwirrt drein, dann war er auf den Beinen. »Ich habe Sie gewarnt, ich habe Ihnen gesagt, Sie sollen umkehren«, schrie er in den Gang hinein.

Diakon Rose trat vor, eine dunkle Gestalt am Rande des Lichts. Unheimlich kam diese Erscheinung Erasmus vor.

»Das stimmt, Mr. Clarendon, aber es stimmt auch, dass Sie ohne mich nicht vorwärts kommen.«

»Werden wir Sie denn niemals los, Priester?!«, brüllte der kleine Mann, und Erasmus stand auf, um ihn zu beruhigen.

»Überstürzen Sie nichts, Randall«, sagte er, ihm sanft die Hand auf die Schulter legend. »Ich bin bereit zu hören, was der Diakon zu sagen hat.«

Clarendon schüttelte Erasmus' Hand ab und starrte ihn wütend an, vom Größenunterschied offensichtlich nicht im Geringsten eingeschüchtert. »Haben Sie noch nicht genug Lügen gehört? Genug Versprechungen? Er hat mich in Lebensgefahr gebracht, als er mich von seiner Obsession getrieben über dem Wasserfall baumeln ließ. Ich glaube nicht, dass noch irgendwelche Nachfolger Tellers unter uns weilen, und ich habe mich intensiv damit beschäftigt, Mr. Flattery. Das Leben Baumgeres studiert und noch vieles andere …«

Der Priester unterbrach ihn schnell. »Und doch zeigen Sie ein sonderbares Widerstreben, mich ein Ritual ausführen zu lassen, das Ihre Unschuld und die Unschuld der beiden von ihnen gesuchten jungen Männer beweisen würde«, sagte er, seine Stimme so vernünftig wie immer.

»Weil ich Ihnen nicht traue!«, erklärte Clarendon nachdrücklich. »Weil die Kirche Farrelles immer übereilt und mit wenig Rücksicht auf die Wahrheit geurteilt hat. Ich kenne eure Geschichte, Priester. Ich lasse nicht zu, dass Sie zu Gericht über mich sitzen.«

Rose trat einen Schritt vor, und Erasmus sah, dass er den Kopf fast reuig gesenkt hielt. »Ich kann Ihrer Behauptung nicht widersprechen, Mr. Clarendon, denn es ist etwas Wahres daran. Zumindest teilweise ist sie richtig, doch trotz allem, was Sie glauben, liegt manchen Mitgliedern unserer Kirche sehr viel an der Wahrheit. Zu diesen zähle auch ich mich. Darum bin ich hier. Ich halte es durchaus für möglich, dass noch Telleriten unter uns weilen, aber ich werde dafür sorgen, dass keine Unschuldigen verfolgt werden. Wenn es jedoch noch Telleriten gibt, wie ich es befürchte, sind Ihre Absichten gewiss nicht unschuldig.

Sie begehren die Macht der Magier, und Sie, Mr. Clarendon, verstehen nicht einmal ansatzweise, was das bedeutet. Sie behaupten, sich in der Geschichte auszukennen; dann schauen Sie sich doch einmal die Geschichte der Magier an. Die haben nicht einmal die Bedeutung des Wortes Gerechtigkeit gekannt. Wenn Sie die Menschheit nicht ins Unglück stürzten, dann nicht, weil sie gerecht oder anständig waren, sondern weil sie ihre Energien anderweitig gebunden hatten. Doch die Nachfolger Tellers, die den Platz der Magier einnehmen wollen, wenn Eldrich nicht mehr hier ist – was ist deren Absicht?

Ich glaube, dass es einen Grund dafür gibt, dass die Magier bis auf einen einzigen verschwunden sind. Ich halte das nicht für einen Unfall. Sie wollen keine Spuren ihrer Kunst hinter sich zurücklassen, wenn der letzte gegangen ist. Wir aber haben dann neue Magier, die ihren Platz einnehmen, und wer kann sagen, dass sie den Angelegenheiten der Menschheit genauso gleichgültig gegenüberstehen werden? Sind Sie willens, Mr. Clarendon, das Risiko einzugehen und einfach zu hoffen, dass diese Magier die Menschen in Frieden lassen? Ich nicht.«

»Sie haben die Telleriten gnadenlos verfolgt«, sagte Clarendon jetzt mit ruhigerer Stimme, die aber kaum weniger anklagend klang. »Was werden sie da wohl für Absichten gegenüber der Kirche hegen, sollten sie jetzt die Macht erlangen? Kein Wunder, dass Sie Befürchtungen hegen. Dazu haben Sie auch allen Grund. Nicht die Menschen müssen sich Sorgen machen, nur die Priester.«

»Können Sie sich da so sicher sein?«, fragte Rose. »Und Sie, Erasmus. Sie wissen einiges über die Magier, nehme ich an. Sie wissen, wie wenig sie sich um die Menschheit scheren. Sollen wir neue Machthaber aufsteigen lassen, wenn wir so wenig über ihre Absichten und ihre Moral wissen? Ich zumindest empfinde Furcht davor.«

»Es spielt keine Rolle, was er sagt«, konterte Clarendon an Erasmus gewandt, wie es auch der Priester getan hatte, als wäre Erasmus ihr Richter. »Er ist ein Priester und hat schon bewiesen, dass man ihm nicht trauen kann. Ich halte ihn für eine Gefahr, nicht nur für mich, sondern auch für Hayes und Kehler, und vielleicht sogar für Sie, Mr. Flattery.«

»Aber Sie haben da etwas übersehen, Mr. Clarendon. Ich weiß, wie der Weg weitergeht. Ich habe gesehen, was Kehler in Wooton gesehen hat, wenn mir auch damals nicht recht klar war, was es bedeutete. Aber ich habe den Weg gefunden und könnte ganz einfach ohne Sie weitergehen. Ich könnte Ihre jungen Freunde zur Rede stellen, und Sie könnten dann nicht das Geringste für sie tun. Aber sehen Sie, ich versuche das, was Sie für einen Vertrauensbruch halten, wieder gutzumachen. Ich zeige Ihnen den Weg, und Sie können mich begleiten. Wir werden Kehler und seinen Freund finden, und Sie können sich vergewissern, dass ich den beiden kein Leid antue. Ich glaube Ihnen jetzt, dass Sie kein Nachfolger Tellers sind, Mr. Clarendon, und entschuldige mich sowohl, weil ich an Ihnen gezweifelt habe, als auch für meine Vorgehensweise. Ich bin überzeugt, dass es ein entsetzlicher Schreck war, versichere Ihnen aber, dass ich das niemals getan hätte, hätte ich nicht absolutes Vertrauen gehabt, dass das Seil Ihr Gewicht aushält. Auch wenn Sie vielleicht das Gegenteil glauben, hatte ich nicht vor, Ihr Leben zu gefährden.«

»Warum?«, fragte Erasmus mit einem Mal. »Warum wollen Sie denn das, was Sie Randall angetan haben, jetzt plötzlich wieder gutmachen?«

»Weil der Rückweg durch die Höhle nach draußen für einen einzelnen Mann lang und gefährlich ist«, knurrte Clarendon.

»Nicht gefährlicher als die Überquerung des Wasserfalls ohne jemanden, der das Seil hält«, antwortete der Priester. »Nein, vielmehr weil ich jetzt sicher glaube, dass Sie keine Nachfolger Tellers sind. Weil ich hoffe, Sie im Falle der Entdeckung wichtiger Dinge davon überzeugen zu können, wie gefährlich deren Bekanntwerden wäre. Wenn wir Ihre jungen Freunde finden, stehen Sie zu viert gegen mich, einen einzelnen Mann. Wenn meine Überzeugungskraft der Aufgabe nicht gewachsen ist, werden Sie über mich hinweggehen und tun, was Sie wollen. Ich bitte nur darum, dass man mich anhört. Das ist wenig genug für mein Angebot, Ihnen den Weg zu zeigen, denn ich kann Ihnen garantieren, dass Sie ihn ohne mich nicht finden werden.«

»Wir sollten weitersuchen«, sagte Clarendon. »Ich bin noch nicht bereit, das Handtuch zu werfen.«

»Aber gewiss doch«, stimmte Rose zu. »Ich warte Ihre Entscheidung ab.« Er setzte sich hin und streckte die Glieder von sich, als wäre er völlig erschöpft und scherte sich nicht mehr um sie.

»Haben Sie noch etwas zu essen?«, fragte Erasmus den Priester, als sie an ihm vorbei zu den Feengalerien zurückgingen.

»Danke der Nachfrage, Mr. Flattery. Aber ich habe noch eine Kleinigkeit und bin ohnehin ans Fasten gewöhnt. Was ich brauche, ist Schlaf.« Der Priester rollte sich auf dem kalten Stein auf die Seite und schloss die Augen. Erasmus nahm an, dass er in Sekundenschnelle einschlafen würde. Er selbst war beinahe genauso erschöpft.

Sie ließen den Priester zurück, den nur die kleine Flamme seiner Kerze wärmte, und gingen mit der Laterne und dem Plan wieder den Gang hinauf.

Als sie sicher waren, außer Hörweite des Priesters zu sein, wandte Clarendon sich Erasmus zu. »Ich werde diesem Mann niemals trauen. Selbst in diesem Moment bin ich misstrauisch. Es ist sogar dumm von uns, ihn mit unseren Rucksäcken allein zu lassen.«

Erasmus nickte. »Da stimme ich Ihnen zu, Randall. Ich bin mir nicht recht sicher, was Rose im Schilde führt, aber man kann ihm nicht trauen. Und doch, was hat er dadurch gewonnen, dass er sich zu uns gesellte? Glauben Sie, dass er hinter dem Inhalt unserer Rucksäcke her ist? Dass er die Absicht hat, irgendwie ohne uns weiterzugehen? Vielleicht sollte einer von uns hier im Dunkeln abwarten, ob er irgendetwas vorhat.«

Clarendon schüttelte den Kopf. »Aber er weiß, dass wir ihm nicht trauen. Vielleicht hat er sich sogar überlegt, dass wir so etwas tun könnten. Nein, es muss etwas anderes sein. Könnte die Fortsetzung des Wegs doch in diesem Gang hier liegen, und wir haben es übersehen?«

»Wir haben jeden Winkel und jede Spalte abgesucht …« Erasmus blieb plötzlich stehen.

»Mr. Flattery.«

»Was, wenn der Weg durch das Wasserbecken hindurchführt?«

»Was sagen Sie da?«

»Stellen Sie sich vor, dass der Tümpel unter der Wand weitergeht und der Gang sich dahinter wieder öffnet. Verstehen Sie, was ich meine? Der Tümpel könnte einfach nur eine Tiefstelle im Gang sein, wo sich das Wasser sammelt.«

Clarendon wirbelte herum und stürmte den Gang zurück. Da der Weg schmal war, blieb Erasmus bald zurück und stolperte in der immer tiefer werdenden Dunkelheit dem schwachen Schein der Laterne nach. Einmal stieß er sich den Kopf so heftig an, dass er auf die Knie fiel und voll Schmerz seinen Schädel umklammerte.

Vorne hörte er Clarendon fluchen und versuchte, so schnell wie möglich voranzueilen, war aber jetzt vor weiteren Verletzungen auf der Hut. Das Licht vor ihm wurde wieder größer, und einen Moment später sah er den im Wasser kauernden Clarendon, der wie wild unter der Wand herumtastete. Der Priester war nirgendwo zu sehen.

»Ich habe ihn gesehen, Mr. Flattery. Der Lump verschwand gerade unter der Wand, als ich kam. Ich war nicht schnell genug. Möge er für seine Lügen und sein falsches Herz ertrinken.«

Erasmus watete neben seinen Freund und streckte die Arme so weit wie möglich unter der Wand hindurch aus. Der Tunnel war schmal und, soweit er sagen konnte, völlig mit Wasser gefüllt.

»Ich riskiere es«, sagte Erasmus schnell. »Aber wir müssen überlegen, wie wir die Laterne hindurchbekommen. Wie stellt er es an, dass er dahinter noch Licht hat?«

Clarendon zeigte hinter sich auf ihre Ausrüstung, die auf dem Höhlenboden verstreut lag. »Er hatte noch eine Laterne und hat eine Büchse von unserem Lampenöl mitgenommen.«

Erasmus schleppte sich tropfnass aus dem Tümpel und entdeckte zu seinem Entsetzen, dass viele von ihren Sachen fehlten. Aus einem der Rucksäcke war grob ein großes Stück Segeltuch herausgeschnitten worden.

»Hier. Er hat alles in Kleider und Segeltuch eingewickelt und hofft, dass das für die Zeit, die er unter Wasser ist, dicht bleibt. Wir tun dasselbe.« Er fand zwei Kerzen, zündete sie an und blies die Flamme in der Laterne aus.

Sobald die Laterne ausreichend abgekühlt war, packten sie sie so gut wie möglich ein und griffen nach den Bündeln, die sie mitnehmen würden. Erasmus band ein Ende ihres Seils mit einem leicht lösbaren Knoten um sein Handgelenk und stieg in den Tümpel, wo er sich im kalten Wasser niederkniete.

»Sobald ich auf Luft stoße, ziehe ich das Seil durch. Halten Sie das Ende fest. Wenn alles in Ordnung ist, gebe ich dreimal einen kräftigen Ruck.« Er machte drei tiefe Atemzüge und zwang sich in den Durchgang unter der Wand. Der Gedanke, unter Wasser zu sein, war für Erasmus nicht sonderlich unangenehm, doch er machte sich Sorgen, wie lange es wohl dauern würde, bis er wieder auf Luft stieß. Wenn Rose es schaffte, würde gewiss auch er hindurchkommen – nur hatte er Angst, auf die Leiche des ertrunkenen Priesters zu stoßen. Dem Diakon fehlte er offensichtlich nicht an Mut, doch er hatte sich bereits vorher als schlechter Schwimmer erwiesen.

Clarendon bereitete ihm mehr Sorgen, aber andererseits hatte Erasmus nie einen zäheren Mann kennen gelernt. Wenn Rose und Erasmus dort hindurchkamen, dann würde es auch Randall Spencer Emanual Clarendon schaffen – unzweifelhaft.

Das dunkle Wasser schien an ihm festzukleben, während Erasmus sich in den Fels krallte und so schnell wie möglich vorwärts zog, auf die Luft zu, die hoffentlich nahe war. Luft … Der Drang zu atmen ergriff immer stärker Besitz von ihm. Wenn er noch viel weiter vordrang und nicht herauskam, wäre er vielleicht schon zu weit, um noch einmal umzukehren.

Plötzlich schien sein Überleben davon abzuhängen, auf der Stelle kehrt zu machen.

Weiter, sagte er sich. *Der Priester hat es geschafft, und der konnte nicht schwimmen.*

Und dann, als er wieder die Hand ausstreckte, um den Fels zu packen, durchstieß sie die Wasseroberfläche nach draußen. Noch ein paar Sekunden, dann saß er aufrecht in einem ganz leicht schimmernden Tümpel, da von der anderen Seite das Licht der Kerzen herüberdrang. Rose war nirgendwo zu sehen.

Erasmus krabbelte zitternd aus dem eiskalten Wasser. Einen Moment lang wollten die Knoten der Segeltuchrolle seinen kalten Fingern nicht nachgeben, doch dann bekam er sie auf und zog seine Kleider und die Laterne heraus, die von der kurzen Tauchpartie nur feucht geworden waren. Er zog Hemd und Kniebundhosen an und trocknete seine Hand ab, bevor er den Feuerstein anschlug und die Laterne entzündete.

Gleich darauf hatte er den verbleibenden Rucksack durch die Öffnung gezogen, und dann stand er knietief im Tümpel und wartete auf Clarendon, um ihm nötigenfalls sofort beizuspringen.

Nun geriet das Wasser um ihn herum in Bewegung, und nur ein paar Sekunden später hielt er Clarendon bei der Hand und zog ihn hoch.

»Flammen …!«, spuckte der kleine Mann hervor, während er versuchte, wieder zu Atem zu kommen. »Ich dachte schon, ich schaffe es nie bis zum Ende. Farrelle bewahre uns, aber das ist meine eigene Version der Unterwelt: dunkel, ohne Luft und unerträglich eng.« Er zitterte unkontrollierbar.

Da sie fürchteten, der Priester könnte vielleicht Schlimmes im Sinn führen, gingen sie schnell weiter und folgten den feuchten Spuren auf dem Fels.

In weniger als einer halben Stunde kamen sie zu einem

Höhlenabschnitt, wo sich auf der einen Seite des Gangs zahllose Öffnungen auftaten. Hier fanden sie zwei fast leere Rucksäcke.

»Ich glaube nicht, dass wir jetzt noch weit hinter ihnen zurück sind«, sagte Clarendon. »Die einzige Frage ist, in welche Öffnung sie eingestiegen sind.«

Erasmus bückte sich, legte die Hand vor die nächstgelegene Öffnung und tastete sie dann von innen ab. »Ich bin mir nicht sicher, ob die hier feucht ist, aber sie bietet sich als das Nächstliegende an.« Er bückte sich, spähte hinein und lauschte, ob er vielleicht einen Mann kriechen hörte. »Flammen, ist das eng.«

»Und hier beweise nun ich meinen Wert, Mr. Flattery.« Clarendon war nach seiner Begegnung mit dem Tümpel noch nicht wieder trocken. Seine weißen Haarfransen waren an den Schädel geklatscht und seine Kleider noch immer feucht. Seine Entschlossenheit schien darunter aber keineswegs zu leiden.

»Lassen Sie mich vorangehen«, beharrte er. »Ich fürchte um unsere jungen Freunde. Ich nehme das eine Ende des Seils, und falls es der richtige Durchschlupf ist, mache ich Ihnen ein Zeichen, mir zu folgen. Genau wie bei der Unterwasserstelle.«

Einen Moment später verschwanden die kleinen Füße des Mannes in der Öffnung, und Erasmus blieb im Kerzenlicht zurück und fragte sich, was sie da wohl gefunden hatten. Er machte sich Sorgen wegen Kehler, Hayes und Clarendon. Und wegen dieses verräterischen Priesters.

Hayes zeichnete vorsichtig auf das leicht aufgeweichte Papier. Obwohl sie es sorgfältigst in geöltes Zeug eingeschlagen hatten, waren ihre Schreibvorräte feucht geworden, um das Mindeste zu sagen. Jede Tintenlinie verlief schon beim Aufzeichnen, sodass alles Bemühen um Präzision oder Eleganz vergebens war und die Linien eher wie die Versuche eines Kindes wirkten.

In den Stunden seit ihrem Erwachen war Hayes zu der Erkenntnis gelangt, dass die Inschriften an den Wänden weit komplexer waren als ursprünglich angenommen. Die Wände waren nicht nur mit Text bedeckt, sondern wiesen auch Diagramme, Kunst, möglicherweise eine Himmelskarte, stilisierte Figuren und sogar eine Landkarte auf. Dann gab es Schriftzeichen, die nach Kehlers Überzeugung Zahlen in komplizierten Formeln sein mussten. An der Wand dem Brunnen gegenüber waren von Sternen umgeben sieben große, sich überschneidende Kreise in den Stein gemeißelt. Obgleich Kehler sich weniger überzeugt zeigte, war Hayes sich beinahe sicher, dass die in den zentralen Kreis eingeprägten Linien das Entide-Meer abbildeten.

»Vielleicht stellt das hier unseren Globus dar, und jeder Ausschnitt entspricht einem anderen Blickwinkel nach einer teilweisen Rotation. Sieben Ausblicke auf unsere Erde«, schlug Hayes vor, doch das war reine Spekulation, wobei allerdings an einem solchen Ort das Bedürfnis nach Spekulation nicht zu zügeln war, und so spekulierten sie endlos.

Er stand beim Brunnen und betrachtete die Skulptur darüber. Je mehr Zeit verstrich, desto weniger exotisch und desto makaberer erschienen ihm die Vogelmasken des Mannes und der Frau. Noch immer empfand er den Brunnen und die erhöhte Plattform wie einen Altar, und er hatte eine merkwürdige Ahnung, dass die Rituale, die hier vielleicht ausgeführt wurden, dunkel und eigenartig sein mussten. Angesichts ihrer Erschöpfung und der großartigen Entdeckung waren sie anfangs so überwältigt gewesen, dass ihnen zwei Urnen zu beiden Seiten des Brunnens gänzlich entgangen waren. Sie waren aus weißem Marmor gehauen und wie Blüten geformt – wie die Blüte, die die Frau in der Hand hielt, doch viel größer.

»Was hältst du davon?«, fragte er Kehler, der auf der obersten der Stufen zur Plattform saß.

Er schaute von seiner Arbeit auf, einen leicht benommenen Ausdruck auf dem Gesicht. Sein Stift blieb mitten in der Luft stehen. »Wovon?«

»Von diesen Urnen. Siehst du, dass sie der Blüte nachempfunden sind, die diese Dame hält?«

Kehler legte das Stiftende an die Schneidezähne. »Da muss ich dir wohl Recht geben.« Er erhob sich steifbeinig und stellte sich neben seinen Freund. »Oben sehen sie beinahe so aus, als wäre das ein Deckel zum Abheben«, sagte er und streckte die Hand danach aus. Doch er riss sie abrupt zurück. »Flammen! Was war das?« Kehler schaute zu seinem Freund hinüber, die Augen geweitet. »Mach mal dasselbe wie ich«, forderte er ihn auf.

»Aber was ist denn passiert?«

»Offensichtlich nichts allzu Schlimmes; aber versuch es selbst.«

Hayes schob die Hand vorsichtig vorwärts und riss sie dann selbst zurück. »Was um alles in der ...?«

Kehler zuckte die Schultern. »Ich weiß es nicht. Es war eigentlich kein richtiger Schmerz und auch keine richtige Hitze. Eher wie ein Kribbeln und eine Taubheit, aber unerträglich. Ich glaube nicht, dass ich es überhaupt fertig bringen könnte, die Hand dort zu lassen.« Er streckte sie wieder aus.

Hayes packte sie und zog sie weg. »Ich weiß nicht, ob das klug ist. Was auch immer es ist, natürlich ist es gewiss nicht.« Plötzlich schaute er auf. »Hast du auch ein Geräusch gehört?«

»Ich höre gar nichts«, sagte Kehler. »Wie hat es geklungen?«

»Schritte, denke ich – oder ein Schlurfen, als ob jemand gegangen oder gekrochen wäre.« Er schüttelte den Kopf. »Es war gewiss nur Einbildung.«

Wasser tropfte aus den Fasern des Seils, während es langsam durch Erasmus' Hand lief. Gelegentlich verharrte es auch ganz, was Erasmus jedes Mal beunruhigte, doch er wagte es nicht, in den Tunnel hineinzurufen, da dies Rose auf sie aufmerksam machen könnte, der vielleicht nicht wusste, dass die Verfolger ihm so dicht auf den Fersen waren.

Randall mochte einen unbezwingbaren Elan besitzen, doch Erasmus befürchtete, dass er Rose körperlich nicht gewachsen war. Er hoffte, dass Rose es so eilig hatte, Hayes und Kehler zu finden, dass er sich nicht darum kümmern würde, ob seine beiden ehemaligen Begleiter ihm folgten, denn sonst konnte Randall in Gefahr geraten. Erasmus fragte sich inzwischen sogar, ob der Priester vielleicht Gewalt anwenden würde. Clarendon hatte am Ende Recht behalten; Rose war durch und durch verräterisch.

»Beeil dich, Randall«, flüsterte er. »Beeil dich.«

Hoffentlich erwischen wir den Priester, bevor er seine Schurkerei ausführt.

Wieder setzte sich das Seil in Bewegung wie eine träge Schlange. Erasmus merkte, dass sie dieses Seil sorgfältig würden trocknen müssen, damit es nicht faulte, denn noch hatten sie den Rückweg nach draußen und die Überquerung des Wasserfalls vor sich.

Plötzlich rutschte ihm ein guter halber Meter Seil rasch durch die Hände, und er ließ es fallen, damit es ihm nicht die Haut aufriss. Dann lag es jedoch einen Moment lang schlaff da, und Erasmus' Beunruhigung verstärkte sich. Plötzlich lief es schnell durch, als würde es Hand über Hand eingeholt. Es folgten drei deutliche Rucke, und Erasmus seufzte auf. Vor seinem inneren Auge hatte er ein Bild des Priesters, wie er am Ende des Tunnels wartete, den armen Randall überwältigte und dann Erasmus hinterhältig in dieselbe Lage lockte.

Beim Warten war Erasmus steif geworden, und jetzt bereitete es ihm ziemliches Unbehagen, sich auf den Bauch zu legen und in die Öffnung hineinzuwinden. Seine noch immer feuchten Kleider schienen am Fels festzukleben, und nur mit enormer Anstrengung konnte er sich vorwärts schleppen.

Randall hatte ihre Laterne mitgenommen, weshalb Erasmus nun eine Kerze hielt und die Hand daher nicht mehr einsetzen konnte, um sich vorwärts zuziehen. Bald tropfte heißes Wachs auf seine Finger, und nach einigen Minuten ließ er die Kerze fallen und löschte sie dabei versehentlich. Nun lag er im absoluten Dunkel an der engsten Stelle, die er bisher passiert hatte.

Groß genug für Randall, dachte er, *aber was ist mit mir? Vielleicht schaffe ich es da gar nicht hindurch.*

Er zwang sich weiter gegen wachsende Panik und das Gefühl an, einen schrecklichen Fehler zu machen. Plötzlich erschien ihm das komplette Unternehmen als ein schrecklicher Fehler. Doch dann sickerte weit vorn eine Andeutung von Licht in den Tunnel, oder besser gesagt eine Andeutung von Grau. Fast konnte er den Tunnel nun sehen.

»Mr. Flattery?«, hörte er Clarendons Stimme.

»Randall? Bin ich jetzt fast durch?«

»So gut wie, Mr. Flattery, allerdings wird es beim allerletzten Stück ziemlich eng. Doch wenn die anderen es geschafft haben, schaffen Sie es gewiss auch. Aber beeilen Sie sich. Ich fürchte, wir könnten zu spät kommen.«

Erasmus zwang sich weiter, ermutigt vom Gedanken an Licht und Raum, und kurz danach wand er sich durch die Verengung am Ende der Felsröhre.

Danach war der Tunnel zwar noch immer schmal, kam Erasmus aber wie ein Ballsaal vor. Einen Moment lang saß er da, holte tief Luft, und jeder Atemzug schien seine Erleichterung zu vergrößern. Clarendon harrte ungeduldig neben ihm aus.

»Schon gut, Randall. Gehen wir und schauen nach, ob unsere Freunde hier sind.«

So schnell wie möglich machten sie sich wieder durch den Tunnel auf den Weg, krabbelten auf ihren zerschundenen Knien und den blasenbedeckten Händen. Zu ihrer Erleichterung weitete sich der Gang, und Clarendon half Erasmus auf die Beine.

»Hören Sie auch so ein helles, klingelndes Geräusch?«

»Fließendes Wasser, würde ich fast mit Gewissheit sagen.«

Weiter vorne schien der Tunnel von einem bleichen Licht erhellt, doch so schwach, dass sie sich nicht sicher sein konnten. Je weiter sie vorankamen, desto deutlicher wurde jedoch dieses Licht. Nicht das Licht von Laternen oder Kerzen, sondern ein klares weißes Licht – mehr wie der Mond als wie die Sonne. Sich gegenseitig stützend, beschleunigten sie ihren Schritt, und einen Moment später kamen sie zu einer Folge abgerundeter Felsstufen, die als natürliche Treppe einen kleinen Anstieg hinaufführten.

Erasmus schaute auf. »Ein Torbogen«, sagte er, und die beiden blieben staunend stehen.

»Dort ist Tellers Symbol«, sagte Erasmus und zeigte auf die drei Blüten, die als Relief auf dem Schlussstein prangten.

»Ich … da bin ich mir nicht so sicher, Mr. Flattery. Diese Blüten scheinen mir alle gleich. Es sind keine Rosen dabei.«

Erasmus trat vor, auf die von Menschenhand gehauenen Stufen, und nickte zustimmend.

Sie stiegen hinauf, löschten ihre Laterne, traten durch den Torbogen und fanden sich in einem langen, hohen Korridor wieder, der wie in Sternen- oder Mondlicht gebadet wirkte. Und dann hörten sie Gelächter.

39

Halsey arbeitete im Licht einer kümmerlichen Lampe, tief über die Seite gebeugt, um etwas sehen zu können. Sein Stift fuhr rhythmisch über das Papier, und hinter ihm bewegte sich ein Stamm im Feuer, gefolgt von einem Crescendo von Funkengeprassel. Andere Geräusche gab es nicht, Haus und Stadt schliefen.

Dann erklang ein deutlich vernehmbares Räuspern. Halsey hob den Kopf, wurde sich bewusst, was er da gehört hatte, und wirbelte herum. Beim Kamin stand ein hoch gewachsener Mann und hängte den Schürhaken an seinen Nagel zurück.

»Wer sind Sie?«

»Ich dachte, für eine solche Autorität in den Geheimwissenschaften sollte das keine Frage sein.«

Halsey hob die Hand zum Gesicht, so langsam, dass sie sich fast ohne sein Wissen bewegt zu haben schien. Er spürte eine sonderbare Loslösung von seinen Gliedern, von der Welt. Vor ihm entfaltete sich ein Albtraum. *»Eldrich …«*, flüsterte er, als hätte er den Namen eines Dämonen ausgesprochen.

»Aha, Sie sind also tatsächlich eine Autorität, wie ich sehe«, spottete der Mann. Eldrich verlagerte sein Körpergewicht, was aber keine Bewegung war, in der man Angst oder auch nur Beunruhigung angesichts der Situation hätte erkennen können.

»Ich warne Sie«, sagte Halsey. »Ich bin nicht ohne Hilfsmittel«, doch er konnte kaum Atem holen und hatte immer noch das Gefühl, als hielte die Schwerkraft ihn nicht mehr recht fest.

Auf dem Gesicht des Magiers erschien ein Lächeln. »Ich fühle mich vorgewarnt. Sie haben doch nichts dagegen, wenn ich mich setze?«, fragte er dann und setzte sich.

Trotz des starken Gefühls von Unwirklichkeit starrte Halsey den Mann fast wider Willen fasziniert an. *Er befand sich in Gegenwart eines Magiers.* Gewiss, das bedeutete das Ende von allem, was er in seinem Leben zu erreichen gehofft hatte – aber dennoch war er absolut fasziniert.

»Wie konnten Sie mich überhaupt finden?«, brachte Halsey mit noch immer leicht zitternder Stimme hervor.

Der Magier zuckte die Schultern.

Doch es konnte nur eine Antwort geben. *»Skye …«*

Eldrich sah den Mann an und sagte nichts.

»Und Erasmus war ein weiterer Lockvogel?«

Eldrich sah ihn weiter einfach nur an, ohne dass sich sein Ausdruck leichter Belustigung geändert hätte.

»Sie haben mich in die Falle gelockt, können Sie da nicht wenigstens meine Fragen beantworten, bevor … bevor Sie tun, was Sie mit mir vorhaben?«

Die beiden Männer betrachteten sich einen Moment lang, dann ergriff Eldrich das Wort. »Die Zukunftsschau ist eine merkwürdige Kunst – und ihre Feinheiten sind fast unlehrbar … Skye, verstehen Sie, ist mein Geschöpf. Ich habe ihn in gewisser Weise geschaffen – habe ihn dazu geschaffen, nur einem Zweck zu dienen. Er war das Sandkorn, um das sich Ihre Vision formte.«

Halsey war sich nicht einmal sicher, ob er recht verstand. Eldrich hatte Annas Vision erzeugt? War das möglich?

Das Feuer knackte und ließ Funken auf den Boden prasseln, die der Magier mit einer eher trägen Bewegung seiner Stiefelspitze wieder in die Kohlen zurückwischte. »Nachdem er in ihrer Vision erschienen war, sorgte ich dafür, dass Skye in Gefahr geriet. Sie haben ihn ritterlichst gerettet.« Er neigte den Kopf, als wollte er sagen: ›So schwer war das nicht.‹ »Ich will allerdings gestehen, dass ich dachte, Sie würden zuerst an Erasmus herantreten.« Er kniff die Augen zusammen. »Diese junge Frau – ihre Magierin in spe –, ist die mit den anderen in die Höhle eingestiegen?«

Halsey erwiderte nichts und fühlte sich wie ein aufrührerisches Kind im Angesicht eines viel mächtigeren Erwachsenen.

Eldrich blickte ins Feuer hinunter, als denke er darüber nach, was er nur mit diesem widerspenstigen Kind anfangen solle. »Ich will Ihnen gestehen«, sagte er dann so lässig, als wären die Worte an einen Freund gerichtet, »dass ich bis vor zwei Jahren fast schon gedacht hätte, dass meine Visionen mich in die Irre führten – dass es euch gar nicht gibt –, doch ich hatte da so ein Gefühl. Intuition vielleicht, und ein Magier sollte immer seiner Intuition vertrauen.« Er schaute zu Halsey auf. »Und hier sind Sie also.« Er versuchte, etwas Triumph in diese Erklärung zu pressen, doch sie klang hohl, und plötzlich wirkte er müde und traurig, beinahe melancholisch.

Halsey sagte gar nichts, saß nur da und schaute, war sich bewusst, dass seine Drohung leer gewesen war und dass Eldrich das ebenfalls wusste. Anna … ihr Ungestüm war ihrer aller Untergang gewesen, wenngleich ihm klar war, dass man ihr nicht die ganze Schuld geben konnte. Er hatte vielen ihrer Handlungen wenn auch widerwillig seinen Segen gegeben. Er schüttelte den Kopf. Es war ein ganz sonderbarer Moment; die Angst, die ihn durchschossen hatte, war verschwunden, und jetzt empfand er nur noch Unvermeidlichkeit. Er konnte das, was bevorstand, nicht ändern, sondern nur abwarten.

»Aber warum bin ich hier?«, fragte Eldrich plötzlich. Er schaute Halsey erwartungsvoll an, als wäre die Frage nicht rein rhetorisch gewesen. »Haben Sie eine Ahnung, was in dieser Höhle zu finden ist?«

Es hieß, man könne einen Magier nicht belügen, und sogar Anna konnte normalerweise die Wahrheit von einer Lüge unterscheiden. »Nein.«

Eldrich hob die Augenbrauen, eine entschieden menschliche Geste. »Sie suchen nach nichts?«

»Sie hoffen, eine von Tellers Leuten hinterlassene Kammer zu finden.«

Bei der Erwähnung dieses Namens verdunkelten sich Eldrichs Züge. Mit äußerst beunruhigendem Blick starrte er Halsey eine Weile an. »Dann wünsche ich Ihnen Glück«, sagte er schließlich.

Halsey schüttelte den Kopf und stieß plötzlich auf seine Gefühle. Wut darüber, dass man mit ihm spielte. »Ich habe dieser Unterhaltung wohl wenig hinzuzufügen. Sie haben meine Brüder in der Abtei in die Falle gelockt. Sie in die Falle gelockt und ermordet.«

»Ich? Ich war damals noch nicht einmal geboren. Und Sie wohl auch nicht. Das ist Geschichte, Mr. Halsey. Und Geschichte ist nur Erinnerung – schrecklich unzuverlässige Erinnerung ...« Der Magier hielt inne und betrachtete seinen Gefangenen, denn ein Gefangener war Halsey, und das wusste er auch.

»Wissen Sie, was Medwar bezüglich der Geschichte gesagt hat? Ohne Dialog ist sie Fiktion.« Eldrich lächelte matt.

»Was haben Sie mit mir vor?«, fragte Halsey, der keine Lust hatte, sich die Scherze eines Mannes anzuhören, der ihn vermutlich hinrichten würde.

»Das hängt weitgehend von Ihnen ab, Mr. Halsey.«

»Ich werde meine Genossen nicht verraten. Ich habe Mittel, das zu verhindern.«

Ein Lächeln zuckte in Eldrichs Mundwinkeln. »Daran hege ich keinen Zweifel, doch ich bitte Sie, mir zuzuhören, Mr. Halsey, denn ich möchte Ihnen eine Geschichte erzählen, und am Ende ... Nun, ich denke, wenn ich damit fertig bin, haben wir mehr zu besprechen.«

»Sie können mich nicht für sich gewinnen. Selbst ein Magier verfügt über keine so große Überzeugungskraft.«

»Ich bitte Sie nur, mir zuzuhören, Mr. Halsey. Denn diese Geschichte ist wohl überzeugender, als ich selbst es jemals sein könnte.« Eldrich erhob sich von seinem Platz und schritt, den Blick zu Boden gewandt, am Kamin vorbei, scheinbar als würde er den Telleriten gar nicht wahrnehmen.

Flammen, er hat nicht die geringste Angst vor mir, dachte Halsey. *Wissen wir wirklich nur so wenig von ihnen?*

»Es begann, als Lucklow in den mittleren Jahren war«, sagte Eldrich, und seine melodische Stimme klang sogar noch melancholischer. »Er war in der Zukunftsschau bewandert, wesentlich bewanderter als ich. Wesentlich bewanderter als Sie, Mr. Halsey ...«

40

Walky saß hinter dem Kutschbock, als wäre er ein Lakai. Er hatte einen unfehlbaren Sinn für die Zeiten, zu denen sein Herr allein sein musste, und jetzt war eine solche Zeit. Er schaute in die Dunkelheit. Kutscher und Pferde fanden auch in der schwärzesten Nacht unfehlbar zu ihrem Ziel.

Walky hatte dem Magier nun schon sehr lange gedient, mehr als siebzig Jahre, und er hatte Lord Eldrich nie so beunruhigt gesehen wie in den letzten Wochen. Sein beständiger Rückgriff auf die Zukunftsschau war eines der Zeichen, doch Walky konnte noch weitere erkennen.

Der Magier enthüllte nahezu gar nichts von seinen Gedanken, von seinen Sorgen ganz zu schweigen, doch Walky war nicht grundlos so lange in seinem Dienst verblieben. Er war empfänglich für die Stimmungen seines Herrn, und Eldrichs Stimmung war dunkel und sehr aufgewühlt.

Diese ganze Angelegenheit hatte etwas Bestürzendes. Eldrich war von seiner Begegnung mit dem alten Nachfolger Tellers zurückgekehrt und hatte sich zwölf Stunden lang eingeschlossen. Walky hatte ihn im Zimmer auf und ab gehen hören – auf und ab wie ein Wolf im Käfig.

Und jetzt waren da diese junge Frau und ihre Begleiter, die in die Höhle eingestiegen waren, zweifellos um allerlei Unfug anzustellen.

Die Höhle selbst war ein äußerst beunruhigendes Problem, oder genauer gesagt, das, was dort verborgen lag. Und dann war da noch Erasmus. Obwohl Walky wusste, dass er noch am Leben war, trauerte er dennoch um seinen ehemaligen Schüler.

Das Wissen, dass all dies notwendig war, machte es kaum leichter zu ertragen, aber es war der einzige Trost, den er hatte.

Irgendwann sterben wir alle, dachte er. *Selbst der Magier wird irgendwann von hinnen gehen.*

Die Kutsche schaukelte zur einen Seite, und Walky hielt sich fest. Er sah einen Vogel durch das Mondlicht gleiten, nicht lauter als eine vorbeiziehende Wolke – oder ein Magier. Eine Eule, wie Walky bemerkte. Eldrichs Wolf heulte irgendwo da draußen in der Dunkelheit – ein unverkennbarer, wenn auch kein üblicher Laut, denn das Tier war normalerweise genauso schweigsam wie sein Herr. Vielleicht heulte es die Verzweiflung heraus, die sein Herr empfand. Walky wusste es nicht. Und würde es wohl auch nie erfahren. Er diente dem Magier, und einem Magier stellte man keine Fragen.

Der Kutscher brachte die Pferde zum Stehen, und als Walky in die Dunkelheit spähte, sah er, dass der Weg hier zu Ende war. Er kletterte von seinem Sitzplatz herunter, bei weitem nicht mehr so schnell wie früher einmal, öffnete die Tür und ließ den Tritt herunter.

Lord Eldrich kam nicht heraus, und Walky blieb geduldig stehen, ohne auch nur auf den Gedanken zu kommen, etwas zu sagen. Der Kutscher machte zwei Reitpferde fertig, die hinter der Kutsche mitgeführt worden waren, und als er Walky leise Bescheid sagte, dass die Reittiere nun bereit seien, schaukelte die Federung der Kutsche, und Eldrich trat heraus. Wortlos bestieg er ein Pferd, und mit der Hilfe des Kutschers tat sein Diener es ihm nach.

Walky war sich beinahe sicher, dass sie einen Pfad entlangritten, obgleich er ihn nicht sehen konnte. Hin und wieder, wenn es notwendig war, belegte sein Herr ihn mit einem Zauber, der ihm gestattete, in der Dunkelheit zu sehen. *Eulensicht*, nannte der Magier das, was Walky aber eher für Eldrichs Vorstellung von Humor hielt. Auf jeden

Fall schien die Eulensicht die Welt in weiches Sternenlicht zu baden. Selbst knallbunte Gegenstände wiesen nur noch einen Hauch von Farbe auf, aber dennoch konnte man perfekt sehen. Heute Nacht musste Walky natürlich nichts sehen. Er konnte dem Magier folgen, der gewiss perfekt sah – und Eldrich würde niemals der Gedanke kommen, seinem Diener einfach nur aus Rücksichtnahme die Sicht zu gestatten. Der Magier dachte nicht in solchen Begriffen.

Walky nahm das natürlich nicht im Geringsten übel. Wenn er im Dunkeln sehen musste, erhielt er die Fähigkeit zu sehen. Wenn er etwas wissen musste, wurde er informiert. Das war das Leben, das er gewählt hatte, ein anderes konnte er sich nicht einmal vorstellen.

Erasmus hätte sich niemals darein fügen können, selbst wenn dies der Grund gewesen wäre, aus dem er in Eldrichs Haushalt gekommen war. Nein, Erasmus hatte alles hinterfragt und es jedem übel genommen, der ihm Wissen vorenthielt. Soweit der alte Mann das beurteilen konnte, hatte sich daran nichts geändert.

Walky fragte sich, ob das einer der Gründe war, aus denen Erasmus sich in dieser Nacht dort befand, wo er eben war. Aber nein, so kleinlich konnte der Magier nicht sein. Schließlich war Erasmus damals nur ein Kind gewesen. So jung, wie er gewesen war, konnte man ihm seine Handlungen wohl kaum vorwerfen.

Blätter streiften ihm übers Gesicht, und er bückte sich eilig.

Vor ihm kam Eldrich in einen mondbeschienenen Bereich, sodass Walky seine leicht gebeugte Gestalt erkennen konnte. Der Magier, der mit gebeugtem Kopf nachts durch einen Wald reitet. Das war ein Bild, um Kinder zu erschrecken, und aus gutem Grund. Eldrich machte sich nicht viel aus den Menschen, egal welchen Alters.

Obgleich Walky schon seit langem daran gewöhnt war,

seinem Herrn blindlings zu folgen, wohin auch immer er ihn führte, was auch immer er tat, spürte der Diener in dieser Nacht ein unbestimmtes Unbehagen in sich aufsteigen. Was machten sie in dieser Nacht? Hatte es mit einem größeren Ziel zu tun. Und falls ja, mit welchem?

Sie mussten sich jetzt irgendwo oberhalb der großen Höhle befinden, in die Erasmus verschwunden war, Erasmus und die anderen – die Nachfolger Tellers. Er spürte, wie ihn ein Brechreiz überkam.

Walky wusste, dass Eldrich mit jedem, der sich gegen ihn stellte, ohne das geringste Mitleid verfahren würde, doch Erasmus befand sich in derselben Höhle, hatte tatsächlich sogar geholfen, die Nachfolger Tellers dorthin zu locken.

Hatte Eldrich dies schon die ganze Zeit so beabsichtigt?, fragte sich Walky. *Armes Kind. Armes, trauriges Kind … Besser, er wäre verbrannt.*

41

»Erasmus!« Hayes rieb sich die Augen, als könne er damit das Bild seines Freundes wegwischen. Er konnte doch wohl unmöglich hier sein.

Kehler wandte sich schnell zu Hayes um, die Anklage unübersehbar.

»Ich … ich habe Erasmus eine Nachricht hinterlassen, für den Fall, dass wir nicht zurückkehren. Ich dachte, unsere Freunde würden vielleicht gerne wissen, wohin wir verschwunden sind.«

»Und das war eine kluge Vorsichtsmaßnahme«, erklärte Clarendon beinahe ungehalten. Dann umfasste er mit einer Geste die steinerne Halle: »Aber was um alles in der Welt haben Sie hier gefunden?«

Kehler schaute nicht ganz so zornig drein, wie Hayes es erwartet hatte. Eigentlich wirkte er fast erleichtert, die anderen zu sehen.

»Wir sind uns nicht ganz sicher, Mr. Clarendon«, antwortete er. »Es ist das, was Baumgere gesucht hat, oder so vermute ich zumindest, aber mehr weiß ich auch nicht. Das Symbol über dem Eingang scheint Tellers Zeichen zu sein, aber das ist so ungefähr das Einzige, was wir erkennen.«

»Und selbst da irren Sie«, sagte Clarendon. »Denn die Blüten über der Tür waren keine Talrosen. Es waren überhaupt keine Rosen.« Er betrachtete die Skulpturen über dem Brunnen, und seine Augen schossen hin und her, vor und zurück.

Hayes fing Erasmus' Blick auf. »Haben Sie irgendeine Vorstellung, was das hier für ein Ort sein könnte?«

Erasmus blickte zu Boden und schüttelte den Kopf. »Diese Antwort wird vermutlich nur Eldrich kennen, Hayes.« Er schaute auf. »Sie haben vermutlich nichts von Diakon Rose gesehen?«

»Diakon Rose?«, fragte Kehler.

Erasmus nickte. »Ja. Er hat leider von unserer Expedition in die Höhle erfahren und ist uns am Höhleneingang entgegengetreten. Wir hielten es für besser, ihn mitzunehmen und im Auge zu behalten, als ihn frei umherwandern zu lassen, doch er ist uns entschlüpft und hat uns an der Tauchstelle beim Wasserbecken überholt. Jetzt wissen wir nicht, wohin er verschwunden ist.«

Kehler sackte auf der Treppe zur Plattform in sich zusammen, plötzlich ganz schlaff vor Resignation. Zweimal hob er die Hand und versuchte zu sprechen, fand aber einfach keine Worte. Schließlich sagte er: »Aber genau darum habe ich die Sache doch so geheim gehalten. Rose ist ein ›Inquisitor‹ der Farrelliten. Ein Priester, der ausgebildet wurde, um sich mit allem zu befassen, was mit der Kunst der Magier zu tun hat. Genau solche Männer wie er verbrannten die Telleriten, die im Schoße der Kirche entdeckt wurden – verbrannten sie als Häretiker. Sie können sich gar nicht vorstellen, wie mächtig er ist. Und er ist dieser Sache mit Haut und Haaren verschrieben. Die Kirche wird alles in ihrer Macht Stehende tun, um zu verhindern, dass die Künste über die Zeit des letzten Magiers hinaus bestehen bleiben. In diesen Kreisen glaubt man, dass die Kirche nach Eldrichs Ableben eine neue Glanzzeit erleben wird – und man wird nicht zulassen, dass irgendjemand die Künste ausübt und die Kirche ihres rechtmäßigen Platzes beraubt. Dieser Rose ist mehr als nur ein Fanatiker. Er würde lieber bis in alle Ewigkeit in der Hölle schmoren, als seine Pflicht zu vernachlässigen. Er würde jede beliebige Zahl unschuldiger Menschen opfern.« Kehler schaute zu Erasmus auf, das Gesicht vor Erschöpfung und Angst verzerrt. »Ich kann mir gar nicht ausdenken, was er mir antun wird, wenn er mich jemals findet«, sagte er mit plötzlich versagender Stimme. »Ich kann es mir gar nicht ausdenken.«

»Er hält Sie für einen Nachfolger Tellers«, sagte Clarendon, die Reaktion des jungen Mannes sorgfältig beobachtend.

Kehlers Hände flogen hoch, als hätte jemand mit Schnüren daran gezogen. »Ich bin erledigt«, sagte er.

»Können wir nicht einfach am Eingang des Tunnels Wache stehen?«, fragte Hayes. »Dort könnte dann keiner unbemerkt hindurchkommen.«

»Und was tun wir dann?«, fragte Kehler.

»Ich weiß es nicht, Kehler, denn ich kann mir nicht einmal ansatzweise vorstellen, was dieser Mann uns anhaben könnte. Können wir ihn nicht einfach daran hindern, den Tunnel zu verlassen? Schließlich ist jemand, der in dieser Röhre steckt, wohl kaum im Vorteil.«

»Du verstehst nicht. Diakon Rose ist in den Künsten der Magier ausgebildet«, sagte Kehler.

»Nein, er ist nur in den geringeren Künsten ausgebildet«, erklärte Erasmus mit Nachdruck. Alle wandten sich ihm zu, ein wenig überrascht. »Die Kirche besitzt schon seit langem Kenntnisse in den geringeren Künsten. Sie kann gewisse Dinge erkennen: zum Beispiel Menschen, die die Künste praktizieren oder ein Talent dafür besitzen. Die Zukunftsschau hat sie mit mäßigem Erfolg betrieben. Vielleicht kann sie sich sogar vor den Einwirkungen von Menschen schützen, die eine gewisse Kenntnis der Künste besitzen – aber das ist schon alles. Die Magier hätten den Priestern niemals gestattet, mehr Macht zu behalten. Ich bin mir sicher, dass dieser Priester haargenau so fanatisch ist, wie Sie es beschreiben, Kehler, aber er ist bei weitem nicht so mächtig, wie Sie meinen. Die Angst ist vermutlich seine stärkste Waffe.«

»Woher wissen Sie das?«, fragte Kehler, noch immer völlig verzagt.

»Weil ich in meiner Zeit bei Eldrich tatsächlich ein paar Dinge gelernt habe. Gewiss müssen wir uns vor dem Priester hüten, aber wir sind zu viert, und er ist allein. Er kann uns nicht überwältigen.« Erasmus schaute sich mit ungläubigem Kopfschütteln über ihren Fund staunend um.

»Was halten Sie davon, Erasmus?«, fragte Hayes und legte die Hand auf Kehlers Schulter. Er empfand ein gewisses Schuldgefühl über Erasmus' Eintreffen, war aber auch ungemein erleichtert.

Erasmus antwortete nicht, sondern drehte sich langsam im Kreis. »Es ist ein Wunder, dass es so etwas gibt. Und ein noch größeres Wunder, dass Sie es gefunden haben.« Wieder schüttelte er den Kopf. »Was liegt hinter diesem Eingang?«

»Eine Krypta, so scheint es zumindest; und noch etwas, was Sie sehen sollten.«

Erasmus und Clarendon stiegen die Treppe zur Plattform hinauf, verlangsamten ihren Schritt, um den Brunnen und die Skulptur darüber zu betrachten, und gingen dann zur Krypta weiter. Drinnen blieben sie stehen, und Kehler und Hayes, die etwas zurückblieben, beobachteten die Reaktion ihres Freundes. Clarendon streckte den Arm aus, berührte die liegende Gestalt des Ritters und ließ die Hand darauf ruhen, als wäre es das Grab eines Freundes, das er nun endlich besuchen kam.

»Wer war das?«, fragte Clarendon leise, die Stimme ganz sonderbar gerührt.

Doch Erasmus schüttelte den Kopf. »Schauen Sie das Wappenschild auf der Brustplatte an. Das sind nicht Tellers Zeichen.«

»Nein, aber wer wurde dann so geehrt?«

»Landor«, antwortete Erasmus widerstrebend. Seine drei

Gefährten starrten ihn an, eine unausgesprochene Frage in den Augen.

Erasmus zeigte auf den Text an der Wand hinter der Grabstätte. »Diesen Namen habe ich schon einmal gesehen … in einem Buch im Hause Eldrichs.«

»Aber wer war Landor?«

»Der erste und vielleicht der mächtigste der Magier, falls man dem Mythos glaubt. Mehr weiß ich auch nicht.« Erasmus wandte sich dem Steingesicht der Frau zu und keuchte verblüfft. Vielleicht hatte er wie Hayes und Kehler das Gefühl, dass er sie eigentlich kennen müsste. Widerstrebend wandte er sich dann ab und ging hinter die Grabstätte, um den Text genau zu betrachten, die Kiefer fest zusammengepresst, die Augen jedoch von einem schimmernd feuchten Glanz überzogen.

Als Erasmus die hintere Wand erreichte, blieb er so abrupt stehen, dass Clarendon, der ihm folgte, fast zu Fall kam.

»Blut und Flammen«, stieß Erasmus hervor, und dann sagte er gar nichts mehr.

Clarendon starrte das Gesicht an und dann Erasmus. »Aber das sind ja Sie, Erasmus«, sagte er und trat dann schnell von ihm zurück, als sollte er nicht zu dicht bei diesem Mann stehen.

»Bin ich das?«, fragte Erasmus, die Stimme fast verzweifelt, als flehe er um ein beruhigendes Wort, dass das nicht sein konnte. »Wirklich?«

Sie saßen im ewigen Sternenlicht der Decke auf den Stufen der erhöhten Plattform und aßen etwas von den Essensvorräten, die Kehler und Hayes durch den winzigen Tunnel herangeschleppt hatten.

Die Unterhaltung war ruhig und von langen Pausen unterbrochen, in denen sie über die Bedeutung dessen nachdachten, was sie gefunden hatten.

»Erasmus?«, sagte Hayes. »Es scheint ja so, als könnten Sie das hier lesen – oder zumindest einen Teil davon. Können Sie uns nicht eine Vorstellung von dem vermitteln, was hier geschrieben steht?«

Erasmus schaute zu seinem jungen Freund auf und wandte den Blick dann der Schrift an der Wand zu. Einen Moment lang sagte er gar nichts, und Hayes war sich beinahe sicher, dass er wieder alle Kenntnis abstreiten würde.

»Diese Sprache«, begann Erasmus mit leiser, feierlicher Stimme, als befände er sich an einem Ort der Anbetung, »ist eine der Wurzeln von Farr und Entonne. Die Sprache bezeichnet sich selbst als Darian. Heute besitzen die Gelehrten noch kleine Fragmente von ihr, die aber niemals übersetzt wurden. Ich kann sie nicht flüssig lesen, und das meiste von dem, was hier steht, ist mir ein ebenso großes Geheimnis wie Ihnen. Ich konnte den Namen ›Landor‹ lesen, der auf der Grabstätte stand.« Er warf einen Blick zurück in die Krypta, wo sich sein eigenes Steinporträt befand. »Der Text beginnt in dieser Ecke und läuft in der ersten Zeile von rechts nach links, dann von links nach rechts und so weiter, immer hin und her. Das erste Wort kenne ich nicht, es scheint aber das Wort für diese Kammer hier zu sein. Die Bedeutung der ersten Zeile ist wohl: ›… wurde errichtet, um die Begegnung zweier Welten, Tearalans und Darrs, zu kennzeichnen‹ oder vielleicht eher ›feierlich zu begehen‹. Sehen Sie die Kreise gegenüber? Jeder ist mit einem Namen gekennzeichnet. Der innerste Kreis ist Tearalan, der Kreis rechts daneben Darr. Das erste Wort des nächsten Satzes ist Landor. Vielleicht: ›Landor hat dieses Tor … entdeckt‹; ich glaube, die Lücke ist ein Datum, aber ich weiß nicht, wie es lauten könnte. ›Ehr und Preis dem großen Magier, der den Weg geöffnet hat. Sein Name soll niemals vergessen werden. Sein …‹, vielleicht ›Lob‹, also: ›sein Lob soll von allen gesungen werden, die nach ihm kommen.« Einen Moment lang verstummte er, und seine Augen überflogen die Schrift. »Es scheint eine Geschichte zu sein. Sieben Magier sind durch das Tor gegangen, Landor und sechs, die ihm folgten. ›Das Land war schön, und sie nannten es …‹ Es ist eine Form von Landor – ›Ladoria‹ wäre vielleicht das Äquivalent in unserer Sprache. ›Die Flut folgte ihnen, jagte über das Land, und so, wie die Flut stieg, gewannen die Künste an Kraft.‹ Von der nächsten Zeile kenne ich nur zwei Wörter …; ich kann keinen Sinn darin entdecken. Dann: ›Das Königsblut ergoss sich über die Erde, schlug Wurzeln und erblühte. So endete das erste Jahr der …‹ Mehr Wörter, die ich nicht kenne.« Ein paar Momente sagte er gar nichts. »Ich habe so viel vergessen. Da sind Wörter, die ich eigentlich verstehen sollte, aber sie entziehen sich mir. Anscheinend ist diese Kammer als Denkmal für Landor und die anderen errichtet worden, die seine Anhänger oder Helfer waren. Sie kennzeichnet den Ort, an dem diese ersten Magier eintrafen.«

»Aber woher?«, fragte Hayes, der seine Frage nicht zurückhalten konnte.

Erasmus zuckte die Schultern. »Offensichtlich aus Darr.«

»Legendenland«, sagte Clarendon. Er zeigte auf die einander überschneidenden Weltkreise an der Wand gegenüber. »Aus einer jenseitigen Welt.« Er schaute Kehler an. »Meinen Sie nicht auch?«

Kehler zuckte die Schultern. »In den Archiven der Farrelliten gab es so viel zu entdecken. Vielleicht, wenn ich mehr Zeit gehabt hätte … Ich kam auf der Suche nach Baumgeres Geheimnis und hatte keine Ahnung, woraus es bestehen mochte.«

Erasmus räusperte sich und rezitierte:

»Und Tomas taucht in den Spiegelsee
Und kommt heraus an fremdem Ort,
Ein Land, des Natur ihm unbekannt,

und er wandert im Licht von Sternen und Mond
in ein Land, das schrecklich und schön.«

»Die Reise des Tomas«, sagte Hayes.

Erasmus nickte. »Ich habe mit Diakon Rose gesprochen, bevor wir Ihnen nachgegangen sind, und er hat mir die Ballade in Erinnerung gerufen. Er sagte, was Sie beide auch immer suchen mögen: das, was Sie finden, könnte sich als etwas ganz anderes entpuppen – so unerwartet wie Tomas' Reise in ein fremdes Land.«

»Er scheint etwas gewusst zu haben, Mr. Flattery«, sagte Clarendon. »Kommt Ihnen das nicht auch so vor? Sind wir nicht in einen kleinen See getaucht und jenseits davon herausgekommen? Heißt es hier nicht, dass wir uns am Tor zu einer anderen Welt befinden?«

»Baumgere besaß mehrere verschiedene Versionen der Ballade«, erzählte Kehler. »So haben wir den Weg durch das Wasserbecken gefunden – er hatte einen der Texte mit einer Notiz versehen. Die muss Rose ebenfalls gelesen haben.«

Erasmus nickte. »Wahrscheinlich hat er die Ballade erwähnt, um meine Reaktion zu testen.«

»Wir haben Sie noch nicht die Treppe hinaufgeführt«, sagte Hayes. »Sie sind beim Hereinkommen daran vorbeigegangen. Sie läuft in einer Spirale nach oben und endet vor einer Wand. In die ist ein einziges großes Schriftzeichen eingemeißelt worden. Vielleicht ist das das Tor, das Sie eben erwähnt haben – Landors Tor.«

»Vielleicht«, antwortete Erasmus, schien aber überhaupt keine Lust zu haben, loszugehen und sich das Wunder anzuschauen. »Was auch immer der Zweck dieser Kammer hier sein mag, Kehler, ich bezweifle, dass wir ihn jemals verstehen werden. Und ich kann Ihnen ohne den geringsten Zweifel sagen, dass wir sie niemals so benutzen werden, wie die Magier es taten – selbst wenn wir jedes einzelne der hier aufgezeichneten Worte lesen könnten. Die Spanne eines ganzen Menschenlebens ist erforderlich, um zum Magier zu werden. Sieben Jahrzehnte. Nicht drei Jahre, wie manche Leute zu glauben scheinen.

»Es spielt keine Rolle, ob wir es verstehen«, sagte Clarendon. Seine Augen leuchteten noch immer vor Staunen. »Wir haben es gefunden. Durch ein Wunder, wie Mr. Flattery sagte. Und wir werden jedes einzelne Wort kopieren, jedes Diagramm nachzeichnen, und dieses Wunder wird der Menschheit nie wieder verloren gehen.«

»Sie verstehen wohl nicht, was diese Entdeckung wirklich bedeutet, Mr. Clarendon«, ertönte plötzlich eine Stimme von der anderen Seite der Halle.

Alle schauten auf. Dort stand Diakon Rose unter dem Torbogen am Eingang zur Halle. Mit geöffneten Handflächen hob er die Hände hoch. »Ich trage keine Waffe bei mir, wie Sie sehen können. Und Mr. Flattery hat Recht: Ich besitze nicht die Macht eines Magiers. Sie brauchen keine Angst vor mir zu haben. Aber ich hoffe, dass Sie mir zuhören werden, denn ich besitze gewisse Kenntnisse über die Geheimwissenschaften und noch mehr Kenntnisse über unseren letzten Magier, da er für meine Kirche von ganz besonderem Interesse ist.«

Hayes schaute zu seinem Freund hinüber, der wirklich so dreinschaute, als stünde er einem Dämonen gegenüber. Zu seiner Rechten ballte Clarendon die Fäuste, als müsse er sich mühsam beherrschen, diesen Mann nicht körperlich anzugreifen.

Rose trat nicht näher heran, doch obwohl er in einer gewissen Entfernung stand, trug seine Stimme problemlos durch die steinerne Halle. »Ich bin mir sicher, sollte Eldrich vom Bestehen dieser Halle hier nichts wissen, so wird er ihre Existenz doch gewiss vermuten. Selbst ich bin bei meiner Lektüre einmal auf einen Hinweis darauf gestoßen, wenn ich diesen damals auch nur für eine Legende hielt. Landors Tor. *Poart Landorianné.*

Falls Sie der Meinung sind, Sie könnten öffentlich über Ihren Fund schreiben, ohne sich Eldrichs Vergeltung zuzuziehen, wissen Sie nicht viel von der Welt. Und Sie haben auch keine Ahnung von der Macht eines Magiers. Ich weiß, dass Sie nur edle Absichten haben, Mr. Kehler. Sie wollen, dass Wissen in jeden Bereich der Gesellschaft vordringt. Sie glauben, dass meine Kirche Wissen hortet, um ihre Macht zu bewahren, und ich will gerne einräumen, dass dieser Vorwurf manchmal berechtigt war. Doch die Angelegenheit ist nicht so einfach, wie Sie sie darstellen. Eldrich wird Sie für das, was Sie hier getan haben, einen schrecklichen Preis zahlen lassen. Dies hier ist ein geheiligter Ort, falls man diesen Terminus verwenden darf, denn so haben die Magier ihn gesehen. Allein Ihre Anwesenheit hier reicht aus, um sich Eldrichs Zorn zuzuziehen. Sie sollten zu Farrelle beten, dass der Magier niemals von Ihrer Missetat erfährt … wie unwahrscheinlich das auch sein mag. Ich fürchte, dass es schon jetzt für uns alle zu spät ist.« Er trat aus dem Eingang heraus und vergaß einen Moment lang, was er hatte sagen wollen, sondern schaute sich stattdessen überwältigt in der Halle um. Dann jedoch schüttelte er schnell den Kopf und sah wieder die anderen an.

»Ich habe versucht, Sie aufzuhalten, Mr. Kehler, doch Sie sind mir entschlüpft. Und Sie, Mr. Flattery, Mr. Clarendon … Nachdem Sie mich zu den Feengalerien geführt hatten und mir klar wurde, wo Mr. Kehler sein musste, versuchte ich, Ihnen in der Hoffnung zu entwischen, dass Sie mir nicht folgen würden. Ich sage Ihnen aufrichtig, dass ich gehofft hatte, Ihnen das hier zu ersparen …«

Clarendon stand plötzlich auf, konnte sich nicht mehr beherrschen, doch Erasmus hielt ihn am Arm fest. »Beruhigen Sie sich, Randall. In dieser Hinsicht lügt der Diakon nicht. Sollte Eldrich erfahren, dass wir diesen Ort hier mit unserer Anwesenheit entweiht haben – und ich kann mir kaum vorstellen, dass er es nicht erfährt –, wird er …« Erasmus brach plötzlich ab, einen merkwürdigen Ausdruck auf dem Gesicht. »Der Preis, den er fordert, wird teurer sein, als Sie jemals zu zahlen wünschen, das kann ich Ihnen versichern.«

Hayes war nun wirklich alarmiert. »Und was sollen wir dann tun?«, fragte er, ein wenig verlegen wegen der Bestürzung in seiner Stimme.

»Verlassen Sie diesen Ort«, sagte der Priester. »Vernichten Sie jeden Fetzen Papier, auf dem Sie Notizen gemacht haben. Verlassen Sie diesen Ort hier, und sprechen Sie niemals mit irgendjemandem darüber – nicht einmal miteinander. Lassen Sie es so sein, als hätten Sie gar nichts gefunden. Schreiben Sie kein Wort davon nieder, nicht in Ihr geheimstes Tagebuch. Denken Sie nicht einmal daran. Und wenn wir Glück haben und Eldrich nicht schon von unserer Entdeckung weiß, können wir seiner Aufmerksamkeit vielleicht entgehen.« Er war jetzt aufgeregt und ging in der Halle hin und her. »Sie können sich die Macht eines Magiers gar nicht vorstellen. Vielleicht weiß er sogar jetzt schon von unserer Missetat. Mr. Flattery ist hier, und obgleich ich Sie nicht für einen Lakaien Eldrichs halte, Sir, dürften Sie doch überrascht sein, wie viel er über Ihre Bemühungen weiß. Wir sollten jetzt aufbrechen – und keinen Moment länger zaudern.« Er zeigte auf die Statue über dem Brunnen, wobei es Hayes allerdings fast so vorkam, als wende er die Augen ab. Auf dem Gesicht des Priesters stand fast so etwas wie riesiges Entsetzen. »Wir haben zu viel gesehen. Dinge, die wir niemals hätten sehen dürfen.«

Clarendon ließ sich nicht länger zurückhalten. »Und wenn wir diesen Ort hier ohne alle Beweise verlassen haben, wird der Priester uns bei Eldrich verraten. Die Kirche will sichergehen, dass über diesen Ort hier kein Wort bekannt wird, wenn der Magier einmal nicht mehr hier weilt. Wer weiß, was man hier alles lernen könnte? Doch die Farrelliten werden dieses Wissen begraben. Sie werden es begraben, und wir werden ebenfalls begraben, entweder mit Drohungen zum Stillschweigen gebracht oder an Eldrich verraten. Wenn wir nicht zivilisierte Wesen wären, Priester, würden wir Ihre Gebeine hier zurücklassen, denn die wahre Gefahr für uns sind Sie. Sie und Ihr Bedürfnis, Eldrich zu beschwichtigen.« Clarendon unterbrach sich plötzlich, so sehr von Zorn übermannt, dass er nicht mehr weiterkam.

»Randall hat Recht«, sagte Erasmus, die Stimme so ruhig und vernünftig, dass man kaum glauben konnte, dass er im selben Kreis mitdiskutierte. »Wir kommen immer wieder auf dieses Problem des Vertrauens zurück, Diakon. Wenn Sie zu Eldrich gehen, werden wir anderen für unsere Entdeckung zu leiden haben.«

Rose nickte und hörte auf, hin und her zu gehen. Er schaute Erasmus an. »Dafür gibt es eine Antwort, Mr. Flattery. Sie müssen selbst zu Eldrich gehen und ihm sagen, was hier gefunden wurde. Machen Sie ihm klar, dass keiner hier verstanden hat, was diese Entdeckung bedeuten würde. Vertreten Sie Ihre Sache. Eldrich würde unser Schweigeversprechen wohl kaum akzeptieren, aber die Magier haben Mittel und Wege, Menschen Dinge vergessen zu lassen. Das ist unsere einzige Chance, denke ich, es sei denn, Sie wären bereit, meinem Schweigen zu vertrauen – und das sind Sie gewiss nicht.«

Die anderen schauten Erasmus hoffnungsvoll an. Hier, aus dieser unwahrscheinlichen Quelle, mochte die Lösung kommen. Doch Erasmus sah weniger hoffnungsvoll aus.

Er schüttelte den Kopf. »Ich bin bereit, unseren Fall vor Eldrich zu bringen, doch ich will allen ehrlich sagen, dass es keinen Grund zu der Annahme gibt, dass der Magier auch nur mit mir redet. Er wird mich wohl vergessen haben, denn selbst als ich noch in seinem Haushalt lebte, war er sich meiner wohl kaum bewusst. Darauf würde ich meine Hoffnungen nicht setzen. Und selbst wenn Eldrich mich anhören sollte, gibt es keinerlei Garantie für seine Nachsicht oder auch nur Gerechtigkeit, wie beredt auch immer ich unsere Sache vortragen mag.«

Keiner sagte etwas. Selbst Clarendons Zorn schien Verzagtheit zu weichen. Der kleine Mann ließ sich schwer auf die Stufe sacken, warf Erasmus einen kurzen Blick zu und schaute dann schnell weg.

»Wir haben diesen Ort nun schon entweiht«, sagte Erasmus nach einer Weile. »Das lässt sich nun nicht mehr ändern. Wir sind alle erschöpft und können nicht mehr klar denken. Wir sollten uns ein paar Stunden lang hier ausruhen und dann entscheiden.« Er schaute den Priester an. »Diakon Rose? Leider müssen wir Sie bitten, Ihr Lager in der Kammer am Ende der Halle zu richten. Wir anderen schlafen vor der Tür. Ich will Ihnen nicht übel, aber wir würden unser weiteres Vorgehen gerne gemeinsam entscheiden, wenn Sie nichts dagegen haben.«

Der Priester schaute zu Erasmus auf und nickte dann. Er vermied es, die Plattform zu überqueren, auf der die anderen so gelassen saßen, sondern trat stattdessen lieber über den Bach hinweg, der quer durch die Halle floss.

Die anderen folgten dem Priester in ein paar Schritten Abstand, als wäre er ein zur Hinrichtung Verurteilter und keiner wolle einem so Todgeweihten zu nahe kommen.

Nur zögernd trat Rose in die kaum erleuchtete Kammer. Auf der Schwelle blieb er stehen und spähte hinein, als befürchte er einen Trick, doch dann überlegte sich Hayes, dass Roses Zögern wohl eher an der sakralen Ausstrahlung – wenn auch eines fremden Kultes – des kleinen Raums mit der Grabstätte lag.

Als er die Schwelle überschritten hatte, ging er langsam

weiter, noch immer verunsichert, und betrachtete alles ohne Hast. Er ging hinter der Grabstätte vorbei und blieb stehen, um das unvollendete Gesicht der steinernen Frau ins Auge zu fassen. Einen Moment lang betrachtete er den Text auf der hinteren Wand, und Kehler fing Hayes' Blick auf, dessen Frage deutlich zu lesen war: *Ob der Priester das lesen kann?*

Doch Diakon Rose ging weiter und blieb abrupt stehen, als er zu dem Gesicht kam, das Erasmus ähnelte. Er warf einen durchdringenden Blick auf Erasmus zurück, stellte aber zu Hayes' großer Überraschung keine Frage. Vielmehr wich er nach hinten und sackte gegen die Wand, die Augen immer noch auf das Gesicht geheftet, das eine so große Ähnlichkeit mit ihrem Gefährten aufwies.

Ja, dachte Hayes, *vor wie langer Zeit wurde dieses Gesicht aus dem Stein gemeißelt? Und was bedeutet es?*

Walky kam es so vor, als ob Eldrich lauschte, obwohl er wusste, dass es nicht der Hörsinn war, den der Magier einsetzte. Doch es kam ihm immer als Lauschen in den Sinn, wenn er daran dachte, denn Walky hatte dieses Verhalten schon früher beobachtet. Eldrich wandelte zwischen den Bäumen, die in dieser kleinen Senke im Berghang wuchsen, und blieb dann stehen, den Kopf geneigt, als wäre er völlig in Konzentration versunken – als spüre er etwas, dessen andere Menschen sich absolut nicht bewusst waren, etwas, was der Magier selbst dann nicht erklären könnte, wenn er zu Erklärungen neigte.

Aus Entonne wehte ein für die Jahreszeit viel zu warmer Wind durch die Berge heran, fegte die Wolken beiseite und ließ den Himmel unnatürlich klar zurück. Die Sterne zeichneten sich grausam hell ab, und Walky konnte sich nicht erinnern, jemals einen so strahlenden Mond gesehen zu haben.

Rundum zerrte der Wind an den Baumästen, und die

jungen Blätter flatterten leise. Von oben schienen Windstöße herunterzubrausen und alles, was sich unter dem Himmel regte, flach gegen den Berg zu pressen, und die ganze Zeit dachte Walky: *In diesem Wind drückt die Welt ihre Gefühle aus.* Eine Welt, die durch Eldrichs Anwesenheit und seine Absichten verstört ist. Walky spürte die Sorge, die Qual. Das Wissen, dass der natürliche Lauf der Dinge nun bald durchbrochen werden würde. Er empfand inzwischen fast genauso wie die Erde, wenngleich er eine gewisse Vorstellung von dem hatte, was kommen würde.

Das arme Kind, dachte er. Er hätte so gerne gesprochen. So gerne Fürbitte eingelegt.

Von der Unruhe der Erde offensichtlich nicht weiter berührt, blieb Eldrich neben einem Birkenstamm stehen, dessen silberne Rinde im Mondlicht fast zu glühen schien. Der Wind blies in sein dunkles Haar und zupfte an seinem Mantel, als wolle er seine Aufmerksamkeit erregen, doch der Magier ließ sich von seiner Aufgabe nicht ablenken.

»Sir?«, hörte Walky sich sagen, so leise, dass der Wind ihn gewiss übertönen musste.

»Sir?«

Eldrich starrte seinen Diener wütend an. *»Mr. Walky«*, sagte er, die Höflichkeitsform verwendend und in einem Tonfall, den Walky bisher erst einmal gehört hatte.

Da verstummte der Diener in der Erkenntnis, dass sein Flehen keine Wirkung zeigen würde. Er schluckte, nicht weil er das Missfallen des Magiers erregt hatte, sondern weil jemand ihn brauchte und er versagt hatte.

Aber er ist ein Magier, und ich bin nur ein Diener, dachte er. Doch selbst dieses Wissen bewahrte ihn nicht vor der Scham.

Eldrich wandte seinem Diener den Rücken zu, eine absichtliche Geste. Im Moment tat er nichts anderes, als ganz leicht wie lauschend den Kopf zu bewegen. Walky wusste, dass die Augen des Magiers geschlossen waren. Dann drehte er sich um, mit steifen Bewegungen, die im kümmerlichen Licht irgendwie unheimlich wirkten.

Eldrichs Augen öffneten sich, er bewegte sich ein paar Schritte zur Seite und hielt dann inne, um zu den Sternen aufzuschauen. Walky sah den Wolf über den Rand der Lichtung gleiten, so schnell und leise wie der Schatten eines Vogels. Von weit her kam ein tiefes Heulen wie von einem Tier in Schmerzen, doch Eldrich achtete nicht darauf.

Er hockte sich vor einen flachen Felsbrocken, der wie der Rücken eines Wals aus dem Moos und den Farnen des Waldbodens heraustrat. Die Handflächen nach unten hob er die Hand und ließ sie einen Moment lang über dem Stein schweben, bevor er sie plötzlich mit großer Wucht auf den Fels niederschmetterte. Walky war sich sicher, dass von dem Aufprall die Funken flogen, und trat zurück, erschreckt. Der Wind flüsterte bestürzt in den Bäumen.

Der Magier sprach mit leiser Stimme, richtete seine Worte an die Erde, wie es schien, und er ließ die Hand in einem Muster über den Stein gleiten, wieder und wieder. Auf dem Stein traten leuchtende Linien heraus, Linien von glühendem Silber, wie Mondlicht oder Sternenlicht.

Walky schloss die Augen, denn er wusste, was kommen würde. Er legte die Hand an einen Baumstamm, und eine Träne rann seine Wange hinunter.

Mehr als ein unruhiger Schlaf war für Hayes nicht drin. Seine Schuldgefühle, durch seine Notiz an Erasmus den Priester hergeführt zu haben, waren so groß, dass er sitzend im Eingang der Krypta schlief, um sicherzugehen, dass Rose ihnen nicht davonschlüpfen konnte. Jede halbe Stunde, so kam es ihm zumindest vor, wachte er auf, blinzelte mit einem Auge und stellte fest, dass der Priester sich nicht bewegt hatte. Die anderen um ihn herum schliefen, Kehler äußerst unruhig. Zweimal beugte Hayes sich hinüber und rüttelte den Freund aus einem Albtraum wach, und beide Male erwachte Kehler mit einem Stöhnen und legte für kurze Zeit die Hände über die Augen.

Später erwachte Hayes, hörte gedämpfte Stimmen, weit weg, beinahe jenseits seines Traums, und lag lauschend da. Nach einem Moment schloss er wieder die Augen, da er nur die Laute seiner schlafenden Gefährten vernahm und die ewige Stimme des Wassers, das sich selbst etwas vorsang. Eine Weile später wachte er wieder auf und meinte mit Gewissheit, eine Frauenstimme zu hören; dann versank er in Schlaf und sah eine wunderschöne Frau. Sie schien sich mitten in dichtem Nebel durch einen Tunnel hindurch mühsam auf ihn zuzubewegen, und dabei streckte sie wie blind die Hände aus, als könnte sie ihn durch Tasten finden.

Noch später wachte Hayes auf und stellte fest, dass Erasmus auf der Plattform stand und zu den Statuen über dem Brunnen hinaufstarrte. Einen Moment lang beobachtete er ihn, doch als Erasmus sich nicht rührte, schlief er wieder ein.

Als er abermals aufwachte, hatte sich eine Hand auf seine Schulter gelegt. Erasmus stand über ihm, und auch einige der anderen waren schon wach und versuchten, den Schlaf von sich zu schütteln.

»Ich habe etwas gehört. Hinten aus dem Tunnel«, sagte Erasmus. »Weckt den Priester auf.«

»Ich bin wach«, sagte Rose und trat hinter der Grabstätte hervor.

Clarendon war schon auf den Beinen und rieb sich die Augen wie ein müdes Kind.

Erasmus kam dem Priester zum Eingang entgegen. »Ist uns jemand in die Höhle gefolgt?«, fragte er.

»Meines Wissens nicht.« Rose begegnete bei diesen Worten Erasmus' Blick, und Hayes hatte das Gefühl, dass er entweder ein vollendeter Schauspieler war oder aber die Wahrheit sagte.

Erasmus schüttelte den Kopf. »Ich weiß nicht, wer es ist oder in welcher Absicht diese Leute kommen, aber für den Fall, dass sie uns übel wollen, gehen wir ihnen am besten zum Eingang entgegen.«

»Ist es Eldrich?«, fragte Hayes, der sich nicht zurückhalten konnte, seine Angst auszusprechen.

»Ich glaube nicht, Hayes. Der Magier ist nicht der Typ, der durch Tunnel kriecht.«

Erasmus, der auf Hayes sowohl sehr müde als auch sehr grimmig wirkte, marschierte längs durch die Halle los. Die anderen spürten seine Stimmung und kamen hinterher, ohne auch nur zu fragen, was er gehört hatte.

»Bleibt von der Terrasse weg«, sagte Erasmus und trat über den Bach. »Irgendetwas ist hier sehr sonderbar, das spüre ich.«

Hayes schaute zu Kehler, der die Schultern zuckte.

Schnell kamen sie zu dem langen Korridor, dessen steinerne Gesichter ihr Passieren mit unendlicher Traurigkeit beobachteten. Beim letzten Torbogen vor der Höhle blieb Erasmus plötzlich stehen, und Hayes drängte sich etwas vor, damit er einen Blick über Kehlers Schulter werfen konnte. Dort, am Fuße der Steigung, die zu den drei Stufen führte, stand eine Frau in Männerkleidung, und direkt hinter ihr tauchte ein junger Mann auf.

Sie standen da und starrten Erasmus und die anderen an, als wären sie auf frischer Tat ertappte Wilderer.

»Ich habe die Frau gesehen … in einem Traum«, sagte Hayes, sicher, dass dies keine andere sein konnte, obwohl die Frau hier schmutzig und erschöpft war.

Sie streckte die Hand aus, noch immer ein wenig eingeschüchtert, und öffnete den Mund zum Sprechen, doch plötzlich sah sie sich verängstigt um.

Hayes spürte etwas tief in seinem Inneren, etwas Verstörendes, das er noch nie erlebt hatte, wie eine innere Vibration, die nach dem Herzen griff. Dann verschwammen die

Wände vor seinen Augen, und er verlor ohne ersichtlichen Grund das Gleichgewicht. Die Frau und der Mann unten am Fuße der Steigung taumelten beide, als hätten sie einen Hieb erhalten.

»Kommen Sie herauf«, schrie Erasmus und stolperte dann die Stufen hinunter, fiel auf alle viere und krabbelte weiter. Durch den Fels drang ein schreckliches Grollen, und Hayes spürte, dass er auf jemanden fiel. Er lag da, und rundum schlingerte bebend die Welt.

Ein Erdbeben, wurde ihm schließlich klar, und dann stürzte die Welt ins Chaos. Das Krachen von Fels traf ihn wie ein Schlag. Dichter Staub wirbelte auf und nahm ihm den Atem. Das Licht erlosch, und er lag unter seinen Gefährten wie ein verängstigtes Tier, dessen einzige Verteidigung darin besteht, bewegungslos zu verharren, um so vielleicht dem Entsetzlichen zu entgehen.

Und dann war es still. Still und dunkel.

Hayes rührte sich nicht, sondern lag hustend und um Luft ringend da wie die anderen. Schließlich begann er, ohne recht zu wissen, warum, in den Korridor zurückzukrabbeln – zumindest hoffte er, dass es der Korridor war.

»Mr. Flattery?«, sagte eine verschreckte Stimme: Clarendon. *»Mr. Flattery?«*

Die Angst in Clarendons Stimme war nicht zu überhören, doch Hayes krabbelte weiter, sein eigenes Entsetzen war stärker. Plötzlich explodierte sein Kopf, und er blieb schlaff und halb betäubt liegen.

Eine Wand, dachte er, *ich habe mich an einer Wand gestoßen.*

Er kämpfte um Luft, versuchte, durch den Stoff seines Hemdes hindurchzuatmen. Dann drang allmählich trübes Licht durch die Dunkelheit. Staub. Die Luft war voller Staub, der wirbelnd an ihm vorbeifegte, wie von Wind getragen.

Hayes setzte sich auf und merkte, dass er schräg durch

den Korridor gekrabbelt war, bis er sich den Kopf gestoßen hatte. Die anderen lagen noch auf dem Boden, nur Clarendon stand aufrecht. Er hatte sich über jemanden gebeugt und klopfte ihn heftig auf den Rücken.

»Atme, Mann«, sagte der Zwerg. »Atme!«

Dann war die Luft wieder rein. Hayes hustete noch immer und presste sich die Hand gegen den Kopf, wo langsam Blut aus der Wunde sickerte.

Die Frau, die ihm im Traum erschienen war, richtete sich plötzlich auf den Knien auf und wandte sich zum Torbogen um.

»Nein …«, hörte er sie sagen, die Stimme ganz leise und voller Angst und Unglauben. »Die anderen …«

»Sind wir alle da?«, fragte jemand. »Sind wir alle noch ganz?« Es war Diakon Rose.

Der Priester stützte sich an der Wand. »Mr. Flattery? Farrelle sei Dank. Mr. Kehler? Sind Sie wohlauf?« Er nickte Clarendon zu, hakte ihn ab. »Mr. Hayes, Sie sind verletzt.«

»Nicht so schlimm, glaube ich. Nur ein Kratzer.«

Ein junger Mann, den Hayes noch nie gesehen hatte, setzte sich hustend auf und bedeckte den Mund mit beiden Händen, doch in der Luft war kein Staub mehr. Auch das Licht war inzwischen wieder normal, falls man ein solches Licht überhaupt normal nennen konnte.

Hayes lehnte sich gegen die Wand und wurde gewahr, dass er ein Weinen hörte. Die Frau schluchzte an der Schulter ihres Begleiters. Hayes empfand einen seltsamen Stich der Eifersucht.

Clarendon half Erasmus auf die Beine, wobei Erasmus sich allerdings nach vorne beugte, als hätte er Schmerzen, und eine Hand in den Rücken legte.

Kehler kam mühsam hoch, schob sich an den anderen vorbei und trat in den Torbogen. Einen Moment lang starrte er in die Dunkelheit, dann wandte er sich wieder seinen

Gefährten zu, einen Blick absoluter Hoffnungslosigkeit im Gesicht.

»Der Tunnel ...«, sagte er mit trockenem Mund. »Er ist eingestürzt. Wir sind hier eingeschlossen – ohne Ausweg.« Er schaute sich um, geradezu wild. »Hören Sie mich? Hören Sie ...?«

42

Hayes legte die Hand auf einen der kleineren Steinbrocken und versuchte recht unbeholfen, ihn beiseite zu rücken.

»Das würde ich an Ihrer Stelle nicht tun«, mahnte Diakon Rose ihn zur Vorsicht.

Hayes zog die Hand weg. Hinter dem Eingang zu Korridor und Halle war der Gang mit Trümmern verstopft.

»Aber ist der Gang nur über drei Meter eingebrochen oder über hundert, das ist die Frage«, sagte Kehler.

Hayes nickte. Das war die Frage. Gab es irgendeine Hoffnung für sie, sich hier wieder herauszugraben?

Erasmus stand da und starrte auf den eingebrochenen Teil der Höhle, wobei seine Augen allerdings nicht wirklich zu sehen schienen.

»Mr. Flattery?«, fragte Kehler.

Erasmus zuckte leicht zusammen, als hätte ihn jemand geweckt. »Keine noch so großen Anstrengungen werden Ihnen gestatten, sich durch diese Trümmer hier einen Ausgang frei zu räumen. Was wir gespürt haben, war kein natürliches Erdbeben, und es war zweifellos darauf gerichtet, den Hauptgang bis weit über diese Stelle hinaus einbrechen zu lassen. Unser Entkommen war nicht vorgesehen.«

Die Frau und der Mann, die direkt vor dem Einsturz des Tunnels eingetroffen waren, standen dicht beieinander, Trauer ins Gesicht gegraben.

»Es war Eldrich, nicht wahr? Er wollte uns ermorden?«, sagte sie, der Zorn, der aufflammen wollte, noch von der Trauer unterdrückt. »Alle meine Leute ... darum wurden wir hierher gelockt.« Sie legte die Hand vors Gesicht, und aus ihren geschlossenen Augen traten Tränen.

»Ich fürchte, Sie haben Recht«, sagte Erasmus leise.

»Aber warum wir?«, fragte Hayes, vom Leid in seiner Stimme überrascht.

»Wir sind an einen geheiligten Ort eingedrungen«, sagte Diakon Rose. »Ich hatte Sie gewarnt.« Er nickte zu der Frau hinüber. »Und diese Leute – Nachfolger Tellers –, ich wäre nicht überrascht, sollte sich herausstellen, dass Eldrich schon seit Jahren plant, sie in die Falle zu locken. Jeder hat hier seine Rolle gespielt: Sie, Mr. Kehler, mit ihrer unstillbaren Neugierde. Selbst Mr. Flattery. Ich habe keinen Zweifel, dass die Telleriten ihn seit Jahren beobachten. Und sich fragen, ob sie Kontakt zu ihm knüpfen sollten. Jetzt wissen sie Bescheid.«

Die Frau starrte Erasmus wütend an.

»Ich wusste nichts davon«, sagte Erasmus, »falls es überhaupt stimmt. Aber sehen Sie, ich bin ja auch eingeschlossen. Sollte ich ein Komplize sein, dann nicht aus freien Stücken.«

Die Frau kehrte dem Bild der Verwüstung den Rücken. »So einfach ist es bei weitem nicht«, sagte sie. »Sie werden feststellen, dass wir nicht alle umgekommen sind. Einige von uns wurden am Leben gelassen, zumindest vorläufig, und nun befinden wir uns an diesem Ort. Sieben, um genau zu sein. Das war kein Zufall.« Sie ging langsam den Korridor entlang, ihren Begleiter im Schlepptau, und betrachtete beim Vorbeigehen die traurigen Steingesichter.

»Was will sie damit sagen, Mr. Flattery?«, fragte Clarendon.

»Ich weiß nicht recht«, antwortete Erasmus. »Sieben war für die Magier eine Zahl von großer Bedeutung.« Er zögerte, wollte seine Gedanken nicht aussprechen. »Mehr kann ich nicht sagen.«

Doch Hayes befürchtete, dass Erasmus noch eine Menge hätte sagen können.

Hayes folgte Erasmus in die Kammer, wo sie die Frau und ihren Gefährten hingerissen staunen sahen, während ihre Trauer einen Moment lang der Ehrfurcht wich.

»Hatten Sie das hier gesucht?«, fragte Erasmus leise.

Die Frau warf ihm einen Blick zu und schaute dann wieder auf die Wunder vor ihren Augen. Sie schüttelte den Kopf, als hätte sie im Moment die Sprache verloren.

Der Mann an ihrer Seite sah Erasmus an. »Bis Anna eine Vision hatte, wussten wir nicht, was wir hier möglicherweise finden würden. Und selbst danach konnten wir es nicht glauben. Sie sind Mr. Flattery, wie ich dem Vorangegangenen entnehme?«

»Erasmus Flattery, ja.«

»Josiah Banks. Und dies hier ist Miss Fielding. Miss Anna Fielding.«

Hayes sah, dass Rose herangekommen war und die beiden Neuankömmlinge alles andere als freundlich ins Auge fasste.

»Nun sehe ich Sie also endlich mit eigenen Augen«, sagte er.

»Wer sind Sie denn, Sir?«, fragte Banks.

»Dies ist Diakon Rose«, erklärte Kehler. »Aber lassen Sie sich nicht von seinem bescheidenen Titel täuschen. Er ist der Großinquisitor der Farrellitischen Kirche.«

Banks wurde ganz still, und sein Blick und Verhalten änderten sich. So würde ein Mann wohl reagieren, dachte Hayes, wenn man ihm einen berüchtigten Mörder vorstellte. Schock, dann Angst und schließlich ein perverses Interesse.

»Sie müssen schrecklich enttäuscht sein, Diakon«, sagte Anna. »Anscheinend hat Eldrich Ihre Arbeit für Sie erledigt.« Es schien sie überhaupt nicht zu beunruhigen, dass dieser Mann sein Leben damit zubrachte, Leute wie sie aufzuspüren und zu eliminieren. Sie schaute sogar von ihm weg, als wollte sie ihn aus ihren Gedanken verbannen.

»Lasst uns doch, wenn wir hier ohne Hoffnung in der Falle sitzen«, sagte Clarendon, »unsere Meinungsverschiedenheiten hintanstellen.«

Anne schaute ihn scharf an. »Meinungsverschiedenheiten? Hier ist ein Mann, der einen Eid abgelegt hat, Menschen wie mich aufzuspüren, und wissen Sie, was er dann zu tun hat, Sir? Er muss sie als Häretiker verbrennen. Und das ist nicht nur irgendeine Verirrung der Vergangenheit, es gibt noch Leute, die sich persönlich an so etwas erinnern. Vielleicht hat unser guter Großinquisitor sogar selbst Hand angelegt.« Sie wandte sich um und schaute den Priester an. »Was sagen Sie, Diakon? Wie viele haben Sie um ihrer angeblichen Sünden willen verbrannt?«

Rose begegnete ihrem Blick, schüttelte dann langsam den Kopf und sah zu Boden. »Nein, Miss Fielding, solches Grauen ist mir erspart geblieben. Aber Mr. Clarendon hat Recht. Wir sitzen hier in der Falle. Warum sollen wir uns unsere letzten Stunden unnötig schwer machen? Ich werde Ihre Häresie übersehen, wenn Sie mir meine Loyalität gegenüber der Welt Farrelles vergeben.«

»Ich kann Ihnen Ihr Vorurteil nicht vergeben, Sir, denn wir hatten keinen Streit mit Ihrer Kirche, und doch hat sie meine Brüder aus Feigheit und Neid verbrannt. Aus Angst vor den Magiern und aus noch größerer Angst davor, dass wir uns eines Tages erheben und die Kirche herausfordern könnten, obwohl dies nie in unseren Absichten lag. Ich bin überrascht, dass Sie mich jetzt einfach so am Leben lassen, auch wenn wir hier in der Falle sitzen und unser Tod bevorsteht. Ist das keine Pflichtvergessenheit, Diakon? Und wichtiger noch, wie können Sie sich selbst ein solches Vergnügen versagen?«

»Sie kennen mich nicht, Kind«, sagte Rose, und sein Stimme bebte ein wenig. »Daher wissen Sie nicht, wie sehr Sie mir damit Unrecht tun. Doch mein Angebot bleibt bestehen. An diesem Ort hier werden wir nicht lange überleben. Auf uns alle wartet der Hungertod. In der Welt Farrelles könnte es jedoch ein wenig Trost geben. Jedem, der dies wünscht, biete ich allen Trost an, den dieses Wissen vermittelt.«

In harter, herrischer Haltung hatte Anna sich hoch aufgerichtet. »Ich werde mit einem Fluch auf den Lippen sterben«, sagte sie. »Einem Fluch auf Farrelle und seine Kirche. Für mich wird das Trost genug sein.«

Der Priester sah sie an und wandte sich dann ab. Er zog sich in den Korridor zurück, und kurz darauf hörten sie einen melodischen Gesang aufsteigen. Gewiss ein Sterberitus, dachte Hayes. Aus irgendeinem Grund rührte ihn der Gesang an – seine Wärme und sonderbare Traurigkeit waren merkwürdig erhebend.

Ein Blick des Entsetzens lief über Annas Gesicht, doch ihr Gefährte zog sie in die Halle weiter. »Das wird nicht schaden«, sagte er beruhigend.

Während sie die Halle langsam durchschritten, beobachteten die anderen ihre Reaktionen mit großem Interesse. Keiner der Neuankömmlinge sagte etwas, doch gelegentlich schüttelten sie den Kopf, und beide schienen von dem, was da entdeckt worden war, überwältigt.

Die Plattform mit dem Brunnen und der Skulptur ließ sie für kurze Zeit innehalten. Sie umgingen sie in einem gewissen Abstand, als fürchteten sie, ihren Fuß dorthin zu setzen.

»Die *Nance*«, flüsterte Anna.

»Was?«, fragte Kehler.

»Die *Nance*«, wiederholte sie, mehr sagte sie jedoch nicht.

Sie traten über den Bach und gingen die Halle entlang weiter.

»Wissen Sie, was dies für ein Ort war?«, fragte Clarendon einen Moment später. »Hat er einen Zweck?«

Die Neuankömmlinge betrachteten den kleinen Mann bestürzt, doch keiner der beiden gab ihm eine Antwort.

»Wozu jetzt noch etwas geheim halten«, meinte Kehler, eindeutig von seiner Neugierde getrieben. »Wir werden alles, was Sie uns erzählen, mit ins Grab nehmen, daran gibt es keinen Zweifel.«

»Sie wissen wirklich nicht, was Sie da entdeckt haben?«, fragte der junge Mann.

»Mr. Flattery kann einen Teil der Schrift verstehen, aber nicht alles. Mehr als das wissen wir nicht.«

Die Frau nickte. »Ich brauche etwas Zeit zum Lesen und Nachdenken«, sagte sie.

»Aber ist das hier wirklich Landors Tor?«, fragte Kehler, wenngleich Hayes sich sicher war, dass sein Freund diese Frage nur stellte, um die Reaktion der beiden auf diesen Namen zu testen.

Sowohl der Mann als auch die Frau wirkten bei der Nennung des Namens Landor ausgesprochen bestürzt. »Wir ... wir brauchen Zeit«, wiederholte die Frau.

Sie gingen weiter und kehrten den anderen den Rücken zu. Gelegentlich tauschten die beiden einen Blick, als hätten sie etwas Bedeutsames entdeckt, doch sie schwiegen beharrlich.

Schließlich kamen sie zur Krypta, blieben aber vor der Tür stehen.

Anna starrte das über dem Torbogen eingemeißelte Zeichen an und legte dann die Hände vors Gesicht. Sie warf ihrem Gefährten einen kurzen Blick zu, und der wirkte genauso bewegt wie sie selbst. Dann machte Anna mit der Hand eine merkwürdige Bewegung vor dem Gesicht und anschließend vor dem Herzen. Sie murmelte etwas, das Hayes nicht verstand, wobei er sich allerdings sicher war, dass die Worte aus keiner ihm bekannten Sprache stammten. Sie verbeugte sich in einer fließenden Bewegung und trat durch den Torbogen in die Krypta. Banks tat dasselbe und folgte ihr.

Bei ihrem Eintreten breitete sich ein weiches Licht in der

Kammer aus, was bisher bei keinem der anderen geschehen war. Kehler wollte ihr folgen, doch sie warf ihm einen so scharfen Blick zu, dass er sich zurückzog. Alle standen im Eingang und beobachteten die beiden.

Vor der Grabstätte verbeugte sie sich abermals und murmelte wieder etwas. Das in Stein gehauene Gesicht betrachtete sie lange, als präge sie sich jeden einzelnen Zug ein. Einmal streckte sie die Hand aus, um den Stein der Grabstätte zu berühren, doch in Hayes' Augen sah es so aus, als würde sie den Mut verlieren, und sie ließ die Hand schlaff heruntersacken.

Offensichtlich in den Text vertieft, blieb sie für eine kurze Weile stehen, dann bewegte sie sich langsam nach links. Eine Zeit lang zog das unvollendete Frauengesicht ihre Aufmerksamkeit auf sich, und flüsternd untersuchten sie und Banks es genauer.

Sie gingen weiter, am Text vorbei, und blieben dann vor dem zweiten in den Fels gemeißelten Gesicht stehen. Beide schauten zu Erasmus zurück und unterhielten sich dann ruhig miteinander.

»Können Sie lesen, was da steht?«, fragte Kehler.

Die Frau wandte sich ihm zu, legte den Finger an die Lippen, und er verstummte.

Eine ganze Weile blieben sie noch in der Krypta, verließen sie nur widerstrebend, und als sie schließlich herauskamen, traten sie nur ein paar Schritte in die Haupthalle, bevor Anna sich auf den Steinboden setzte, als hätte das Gesehene ihr alle Kraft geraubt.

Eine Weile lehnte sie die Stirn gegen Banks' Schulter, doch schließlich richtete sie sich wieder auf und zwang sich entschlossen zur Ruhe.

»Was ist das für ein Ort?«, sprach Kehler die Frage aller Anwesenden aus.

Sie warf Banks einen Blick zu. »Dies hier ist eine Gedächtnisstätte«, erklärte sie dann zögernd. »Ein historisches Archiv. Eine Stätte großer Macht, die an einem Knotenpunkt der Weltkräfte liegt. Es ist eine ehrwürdige Stätte, beinahe ein Schrein. Zudem ist es ein Tor. Ein Tor zu Orten, an die seit … sehr langer Zeit kein Mensch gereist ist. Es ist ein Gedächtnismonument – im Gedenken an die, die den Weg als Erste öffneten und sich als Entdecker hierher wagten. Ein Monument zu Ehren Landors – zu Ehren der Sieben, die das Tor und den Schlüssel schufen. Und es ist eine Stätte der geheimen Künste, ihrer Riten und Opfer. Und genau darum sind wir hier«, erklärte sie und zwang ihre Stimme zu völliger Gleichmut. »Wir sind ein Opfer.«

Die Neuankömmlinge im »Kerker«, wie Hayes ihren Aufenthaltsort bei sich nannte, erforschten jeden Winkel ihrer unterirdischen Zelle, doch auch als sie fertig waren, boten sie den anderen keine weitere Erklärung an. Hayes selbst empfand es so, dass ihn der Zweck der Stätte eigentlich nicht so sehr interessierte, es sei denn, dieses Wissen würde ihnen beim Entkommen helfen.

Dass sie hier wirklich in der Falle saßen, konnte Hayes nicht so recht glauben. Wahrscheinlich wollte sein Verstand einfach das Entsetzliche ihrer Situation nicht hinnehmen. Und er war sich absolut sicher, dass die Treppe, die nirgendwohin führte, von Bedeutung war. Warum war sie gebaut worden? Gewiss doch, weil sie sich einmal in die Welt geöffnet hatte oder zumindest dazu gedacht gewesen war. Eine andere Erklärung konnte es nicht geben. Vielleicht waren sie oben auf der Treppe nur durch einen Meter Fels von Licht und Luft dahinter getrennt. Vielleicht auch nur von einem halben Meter. Hayes hielt dies für ihre beste Option: einige der heruntergebrochenen Steinbrocken als Werkzeug nehmen und versuchen, sich durch die Wand nach draußen zu klopfen.

Hayes und Kehler saßen auf den Stufen der von Anna *Nance* genannten Terrasse, womit sie sich gleichzeitig über den von den anderen inzwischen entwickelten Aberglauben hinwegsetzten, der ihnen töricht vorkam.

Anna und Banks traten in die Haupthalle. Sie waren ein zweites Mal die Treppe emporgestiegen. Hayes hatte halb und halb befürchtet, die beiden würden irgendeinen Zauber vollbringen, der ihnen am Ende der Treppe einen Durchgang öffnen und das Entkommen gestatten würde, und so war er erleichtert, sie zu sehen – doch gleichzeitig war ihm diese Sorge auch ein wenig peinlich.

Als Banks die beiden auf der Treppe sitzen sah, kam er heran. »Mr. Hayes, Mr. Kehler: Sie dürfen keinen Fuß auf die *Nance* setzen. Man muss bestimmte Waschungen vollziehen, bevor man sich dorthin wagt.«

Hayes stand sofort auf und trat hinunter, doch Kehler blieb auf der Treppe sitzen.

»Dann müssen Sie es mir beibringen«, erwiderte Kehler, der sich nun zwar erhob, aber keinerlei Anzeichen eines Weggehens erkennen ließ, »sonst werde ich Ihre heilige *Nance* nämlich noch weiter entweihen.« Er machte eine halbe Kehre, als wolle er nun auf die eigentliche Plattform treten.

Banks erhob die Hand. »Nein …« Doch damit hielt er inne. Es war klar, dass er nicht vorhatte, Kehler das richtige Ritual beizubringen.

Banks wandte sich beinahe ab, überlegte es sich dann aber noch einmal. »Mr. Kehler, vielleicht handeln Sie sich mit diesem Mangel an Respekt ein schlimmes Schicksal ein. Diese Stätte hier ist solcherart mit Zaubern belegt, dass wir es noch nicht einmal ansatzweise verstehen. Sie stehen auf geheiligtem Grund. Es ist weder klug noch weise, es hier an Achtung fehlen zu lassen.«

Anna wandte sich um und beobachtete die Konfrontation, ihr Blick ziemlich hart, als wäre es ihr recht gleichgültig, ob Kehler sich ins Unglück stürzte – falls es überhaupt ein größeres Unglück geben konnte, als hier gefangen zu sein.

Kehler starrte Banks weiterhin an. »Sie wollen, dass ich mit Ihnen zusammenarbeite, Mr. Banks, und doch arbeiten Sie nicht mit uns zusammen. Klären Sie mich auf. Erzählen Sie mir, was Sie über diese Stätte hier wissen, und Sie werden feststellen, dass ich ein ganz fröhlicher Gesellschafter bin. Wie bereits gesagt, wir liegen alle im selben Grab. Es gibt jetzt keinen Grund mehr, Geheimnisse zu bewahren.«

»Es gibt abgelegte Eide«, entgegnete Banks.

Einige der anderen waren näher herangerückt, um den Wortwechsel mitzuverfolgen. »Auch ich habe Eide geschworen«, sagte Diakon Rose, »doch da ich hier wohl meine letzten Tage verbringen werde, würde ich gerne meine Neugierde befriedigen. Ich werde Ihre Fragen beantworten, Mr. Banks, wenn Sie die meinen beantworten. Ja, ich werde sogar noch weiter gehen … Ich erzähle Ihnen meine Geschichte als Erstes, wenn Sie sich mit der Erzählung Ihrer Geschichte revanchieren. Vielleicht haben wir alle eine Geschichte zu erzählen. Mr. Flattery hat gewiss etwas zu berichten, was wir alle gern hören würden. Und auch Mr. Clarendon ist eine ungemein interessante Persönlichkeit. Ich würde sogar gerne hören, was Kehler in den Archiven gefunden hat, wenn ich es auch vermutlich schon weiß. Was sagen Sie dazu?«, fragte er und wandte sich den anderen zu.

Keiner sagte sofort etwas, und Hayes hielt das allgemeine Widerstreben für ausgesprochen merkwürdig.

»Ich werde meine Geschichte erzählen«, sagte Kehler nach einem Moment. »Warum denn nicht? Verhungern dauert eine Weile, nehme ich an, und wir haben wenig, womit wir uns die Zeit vertreiben können. Ich werde meine Geschichte sogar berichten, wenn sonst keiner etwas sagt. Vielleicht sind andere, wenn ich einmal fertig bin, eher bereit, meinem Beispiel zu folgen.«

»Sie sehen also«, sagte Rose und wandte sich erneut an Banks und Anna, »ich werde meinen Eid brechen, denn ich bin mir sicher, dass es hier keinen Schaden anrichten kann, und Farrelle wird es mir wohl angesichts der Umstände vergeben.« Er versuchte den beiden, die ja seine geschworenen Feinde sein mussten, ein schwaches Lächeln zuzuwerfen.

»Könnten Sie denn nicht bitte herunterkommen, Sir?«, fragte Banks in so ernstem Tonfall, dass Kehler nachgab.

»Sie waren jetzt schon zum zweiten Mal oben auf der langen Treppe«, sagte Kehler, als spürte er, dass dies der richtige Zeitpunkt zum Fragen war. »War sie als Durchgang zur Welt da oben bestimmt? Können wir da durchbrechen, was meinen Sie?«

Wieder sahen die Telleriten ihn nur an, ohne etwas zu sagen, doch dann erkannte Banks vielleicht, dass Kehler nicht zur Kooperation bereit sein würde, wenn er im Gegenzug nicht auch etwas erhielt. »So einfach ist es wohl leider nicht. Vieles von dem, was hier geschrieben steht, ist zweideutig, um nur das Mindeste zu sagen. Dafür waren die Magier berühmt, als hätten sie immer Angst gehabt, ihre Schriften könnten in die Hand von Menschen geraten, die sie eigentlich nicht besitzen dürften. So wie Sie, Mr. Kehler, oder zum Beispiel auch ich. Aber die Treppe ... die könnte einer ganzen Reihe von Zwecken gedient haben.« Er streckte die Hand aus und ergriff Kehler beim Arm. »Vielen Dank, dass Sie heruntergekommen sind.«

Sie versammelten sich nahe dem Eingang zur Gruft – Landors Krypta – und streckten sich auf dem harten Stein aus. Clarendon hatte ihren winzigen Nahrungsmittelvorrat eingeschätzt und festgestellt, dass dieser, selbst bei einer geradezu absurd strikten Rationierung, nicht über drei

Tage hinaus reichen würde. Danach war es nur noch eine Frage der Zeit.

Es hatte eine recht makabre Diskussion darüber gegeben, wie lange ein Mensch ohne Nahrung leben konnte, und die längste glaubhafte Zeitspanne, die einer von ihnen jemals gehört hatte, war neunzehn Tage. Angesichts ihres erschöpften Zustands erschienen zehn oder zwölf Tage als wahrscheinlicher. Seit ihrem Einstieg in die Höhle war Hayes immer hungrig gewesen. Falls er wirklich akzeptierte, dass sie in der Falle saßen, würde ihn die Aussicht auf den Hungertod zweifellos mit Angst und Schrecken erfüllen.

Er streckte sich der Länge nach auf dem Steinboden aus, stützte den Kopf in die Hand und wartete, ohne recht zu wissen, wer nun mit seinem Geständnis beginnen würde. Er selbst gewiss nicht, denn er hatte nichts zu sagen. Er schaute zu Anna hinüber und wunderte sich, wie verändert sie doch in Jungenkleidung aussah – ganz anders als die elegante und irgendwie auch bedrohliche Frau, die ihm im Traum erschienen war. Verhalten und Erscheinung standen in Widerspruch zueinander, denn sie sah müde und sogar blass aus, wohingegen ihre Bewegungen nicht von mehr Erschöpfung zeugten als bei den anderen – eher sogar von weniger.

Sie merkte, dass er sie ansah, und Hayes hatte plötzlich das Gefühl, ihr eine Frage stellen zu müssen, um sein Anstarren zu rechtfertigen.

»Was meinten Sie damit, als Sie sagten, wir seien ein Opfer?«

Sie erwiderte seinen Blick einen Moment lang und schaute dann weg. »Anscheinend wusste Eldrich schon seit vielen Jahren, dass es uns gibt. Mit zahlreichen unserer Annahmen lagen wir völlig falsch, und der Magier hatte schon lange den Plan geschmiedet, uns eine Falle zu stellen.« Sie warf Erasmus einen Blick zu. »Er hat Mr. Flattery und noch einen anderen dazu verwendet, uns aus unserem Versteck zu locken ...« Sie stockte und unterließ es, Hayes' Frage wirklich zu beantworten.

»Ich bin der Meinung, dass Miss Fielding Recht hat«, sagte Erasmus. »Eldrich wollte uns nach hier unten locken, und zwar nicht einfach nur irgendwelche beliebigen sieben Leute. Das heißt, dass auch Sie erforderlich waren, Diakon, wenn ich mir auch nicht denken kann, warum.«

Das gab jedermann eine Weile zu denken. Dann schaute Kehler in die Runde. »Wer beginnt?«

»Mit mir hat die Sache angefangen, so kommt es mir zumindest allmählich vor«, sagte Erasmus, »und so werde ich beginnen.« Er saß mit dem Rücken zur Wand, die Beine ausgestreckt und übereinander geschlagen.

Hayes kannte Erasmus schon seit vielen Jahren, und in dieser ganzen Zeit hatte Erasmus kaum je ein Zugeständnis an die Mode gemacht, aber dennoch hatte er immer eine unerklärliche Würde bewahrt – nie sah er auch nur andeutungsweise lächerlich aus, wie es sonst vielen Gelehrten geschah. Selbst jetzt, wo Bart und Haar zerzaust waren, die Kleidung verschmutzt und zerlumpt, bewahrte Erasmus eine gewisse zerstrubbelte Distinktion – wie ein Prinz im Exil. Von Kehler konnte er nicht dasselbe behaupten, und von sich selbst wohl auch nicht.

»Anscheinend weiß hier jedermann von meiner Zeit mit Eldrich«, begann Erasmus und schaute beinahe abwehrend auf, »doch gewiss ahnt keiner die echte Wahrheit. Hayes gegenüber entschuldige ich mich im Voraus, dass die Geschichte, die ich nun erzählen werde, ein wenig von der abweicht, die er davor schon einmal gehört hat.« Er hielt inne, tat einen tiefen Atemzug, schaute über die Köpfe der anderen hinweg, und seine Augen schienen sich auf eine andere Zeit und einen anderen Ort zu konzentrieren. »Im Alter von zehn Jahren wurde ich in den Haushalt Eldrichs geschickt. Es stimmt, dass ich den Grund dafür niemals erfahren habe, doch etwas, was meine Mutter einmal gesagt hat, bewog mich zu dem Glauben, dass es auf die Bitte und vielleicht sogar die nachdrückliche Aufforderung des Magiers selbst geschah.

Ich erhielt ein Doppelzimmer mit einem anderen, etwa gleichaltrigen Jungen: Percy. Wir wurden zusammen unterrichtet und waren uns drei Jahre lang so nahe wie Brüder.« Beim Gedanken an diesen anderen Jungen wirkte Erasmus ein wenig bedrückt, so kam es Hayes zumindest vor. »Ein älterer Diener namens Walky war unser Lehrer. Er war ein vergesslicher, freundlicher alter Mann; in diesem sonderbaren Haushalt kam er einem Freund am nächsten, und so liebten wir ihn trotz mancher exzentrischer Eigenschaften sehr. Ich will Sie nicht mit den ganzen Details langweilen, doch lassen Sie mich Ihnen einfach sagen, dass Walky offensichtlich vorher schon andere Jungen unterrichtet hatte, und tatsächlich verwechselte er unseren Unterrichtsstoff ständig mit deren alten Lektionen. Die Fächer, die er früher unterrichtet hatte, waren wohl nicht immer so prosaisch gewesen wie unsere eigenen Unterrichtseinheiten.«

»Wollen Sie damit sagen, dass Eldrich andere Menschen ausgebildet hat, dies aber geheim gehalten wurde?«, fragte Anna sichtlich überrascht.

»Genau diese Frage habe ich mir schon viele tausend Mal gestellt, Miss Fielding. Ganze Nächte habe ich damit zugebracht, das Für und Wider durchzugehen, aber zu einem Schluss bin ich nie gekommen.«

»Ich habe eine Antwort«, sagte Rose, »oder glaube es zumindest. Die Magier hatten üblicherweise junge Männer in ihren Diensten, und beinahe alle von ihnen wurden in einem kleinen Teil der Künste unterrichtet. Die meisten brachten es jedoch niemals über einen Dienstboten hinaus, und ihr Wissen war nicht groß. Dieser Walky dürfte einer von ihnen sein. Doch manch ein Lehrling der Magie, der versagt hatte, wurde wieder zu seinen Eltern nach Hause geschickt – und sollte er in dieser Zeit im Haushalt des Magiers irgendetwas Ungewöhnliches gelernt haben, konnte er sich nicht daran erinnern. Manche, so scheint es, erinnerten sich an gar nichts mehr.«

»Mr. Flatterys Erinnerungen sind also gelöscht worden? Wollen Sie das damit sagen?«, fragte Kehler, dessen Neugier so groß war, dass er tatsächlich mit Diakon Rose sprach.

»Aber ich erinnere mich haargenau an alles«, entgegnete Erasmus. »Vielleicht nicht an jedes kleine Detail, denn es ist ja schon sehr lange her, aber für meine dort verbrachten Jahre gibt es keinen Abschnitt, für den ich keine Rechenschaft ablegen könnte.«

»Lassen Sie Mr. Flattery seine Geschichte zu Ende bringen«, sagte Clarendon, bevor irgendjemand sprechen konnte.

Erasmus wirkte bei dieser Diskussion ein wenig beunruhigt, als wäre sein Anteil plötzlich verdächtig. »Wie ich schon sagte, begann Walky unsere Lektionen zu verwechseln. Damals glaubte ich nicht, dass wir irgendetwas anderes lernen sollten als den normalen Stoff eines Schuljungen. Jetzt bin ich mir da nicht mehr so sicher … Anscheinend tut Eldrich nichts ohne Absicht. Wir lernten eine Schrift und ein paar Wörter einer anderen Sprache, die Darian hieß. Obwohl wir den Verdacht hatten, dass Walky uns diese Dinge eigentlich nicht beibringen sollte, stellten wir ihm diese Frage nie. Tatsächlich waren wir fasziniert. Man hatte uns nie gesagt, warum wir da waren, und Percy entwickelte die Theorie, wir sollten als Diener des Magiers ausgebildet werden – und nicht nur als Diener, sondern um Eldrich bei seinen Studien der Künste zu assistieren. Wir haben uns wohl beide heimlich gefragt, ob wir vielleicht selbst Magier werden sollten, ein Gedanke, der ziemlich erschreckend war, doch gleichzeitig auch verführerisch. Schließlich waren wir nur Jungs und hatten keine echte Vorstellung davon, was dies bedeuten mochte.

Und dann, nachdem wir fast ein Jahr dort verbracht hatten, ließ Walky ein Buch in unserem Unterrichtszimmer liegen. Es sah faszinierend aus; der Titel war so abgegriffen, dass er kaum noch lesbar war, und zwar in der Schrift, die wir gelernt hatten, auch wenn die Worte uns nichts sagten. *Alendrore Primia.*«

»*Das Anfangsbuch*«, flüsterte Anna.

»Sie kennen es?«, fragte Erasmus.

»Nein … ich habe es noch nie gesehen«, antwortete sie, offensichtlich noch immer unwillig, etwas darüber zu berichten.

»Es existiert eine grobe, unvollständige Kopie«, sagte Banks. »Von Teller aus der Erinnerung aufgezeichnet. Es ist das erste Buch in der Ausbildung eines Magiers: *Das Anfangsbuch Alendrores.*«

Erasmus nickte. »Die ersten Tage lag das Buch da, und wir fürchteten uns, es auch nur anzurühren, obgleich es uns selten aus dem Kopf ging. Als wir keinen Zweifel mehr hatten, dass das Buch Walky völlig entfallen war, fassten wir den Mut, es aufzumachen. Sie können sich nicht einmal ansatzweise vorstellen, wie spannend das für uns war – schließlich war es verbotenes Wissen. Und es war ein Buch voller Wunder; mit Diagrammen aus der Welt der Geheimwissenschaften und in einer schnörkelreichen, ausgesprochen zweideutigen Sprache geschrieben, die uns mit Ehrfurcht erfüllte – wie eine Stimme aus der Vergangenheit, aber die Stimme eines Magiers.

Es war kein dünnes Bändchen, und der erste Abschnitt war der Sprache gewidmet. Nach vierzehn Tagen schmuggelten wir das Buch aus dem Zimmer und versteckten es auf dem Heuboden über den Ställen. Hier brüteten wir stundenlang darüber; bei gutem Wetter allerdings nahmen wir es mit in den Wald, der den Hügel, auf dem Eldrichs Haus stand, zum größten Teil umgab.

Nach dem Abschnitt über die Sprache, die wir mit einem Fleiß lernten, von dem Walky wirklich angetan gewesen wäre – doch schließlich beeindruckte uns der Text so sehr, dass wir nicht wagten, auf unsere typische Schuljungenart daranzugehen –, kam ein Abschnitt mit Reimen und Gedichten. Alle ungemein zweideutig, aber dennoch faszinierend, denn sie schienen von einer fernen und geheimnisvollen Geschichte zu erzählen, und wie die Skulpturen in der Halle schienen diese Gedichte noch etwas anderes zu evozieren. Dieses sonderbare Gefühl, mehr zu wissen, als eigentlich da stand.

Das zweite Jahr schritt voran. Mir wurde klar, dass wir keine Magierlehrlinge waren, denn unser Stoff umfasste die allermeiste Zeit nur die prosaischsten Fächer. Dennoch lernten wir unsere Lektionen, einschließlich derer, die gar nicht für uns gedacht waren – so meinten wir zumindest.

Als wir im Anfangsbuch weiter fortschritten, meisterten wir einige sehr einfache Zauberaufgaben – ich nehme an, dass es Tests waren. Tests, um unser Talent für die Künste festzustellen. Einige könnten sich als Salontricks recht gut machen. Einer zum Beispiel mit einer Kerze und einer Rose ist sehr eindrucksvoll.«

Hayes fiel auf, dass der Priester bei diesen Worten nickte.

»Ein großer Teil des ersten Buches hatte mit der Kontrolle über das Feuer zu tun, was für Jungs, die natürlich nichts mehr lieben als das Spiel mit dem Feuer, ungemein aufregend war. Ich nehme an, dass das auch so gedacht war, denn wer immer dieses Buch geschrieben hatte, kannte seine Leser gut. Da wir von Walky keine Anleitung erhalten konnten, kamen wir allerdings nur langsam voran, und außerdem fürchteten wir uns ständig vor Entdeckung. Wenn wir die einfachen Zauber bewirkten, die wir im Buch fanden, würde Eldrich das spüren? Wir debattierten endlos darüber, dann aber machten wir uns mit der typischen Unvorsichtigkeit von Jungs einfach ans Werk. Ich kann Ihnen gar nicht sagen, wie aufregend es war, die Flamme einer Kerze in diese oder jene Richtung zu biegen oder den Rauch dazu zu veranlassen, sich völlig unnatürlich zu bewegen. Wir hätten wohl kaum glücklicher sein können, und zum ersten Mal hörten wir auf, von unserer Rückkehr nach Hause zu träumen.

In dieser ganzen Zeit begegneten wir dem Magier nie und wurden tatsächlich auch gewarnt, Abstand zu wahren, falls wir ihm einmal zufällig über den Weg laufen sollten. Einmal, als ich untätig beim Fenster saß, sah ich tatsächlich einen Mann im Garten spazieren, den ich für Eldrich hielt. Er schaute plötzlich zu mir auf – dies ist die Geschichte, die ich Hayes erzählt habe –, und ich war mir absolut sicher, dass er über unser Buch Bescheid wusste. Dass er die schrecklichen Schuldgefühle in meinem Inneren erspüren konnte. Ich floh in unser Zimmer zurück und erfüllte den armen Percy mit einem solchen Entsetzen, dass er beinahe vor Angst in Ohnmacht gefallen wäre. Aber Eldrich tauchte nicht auf, und auch Walky wunderte sich nicht plötzlich, wohin sein Buch verschwunden war.

Heute frage ich mich, ob das nur die überbordende Phantasie eines Knaben war oder ob Eldrich selbst mir diese Angst ins Herz gelegt hat, denn ich will Ihnen sagen, ein so überwältigendes Entsetzen habe ich nie wieder empfunden. Ein erstaunlicher Gedanke, dass ein Mann von solcher Macht Vergnügen daran finden könnte, einen kleinen Jungen derart mit Entsetzen zu erfüllen, doch ich bin mir nicht sicher, dass mein Verdacht falsch ist. Wie dem auch sei, nach einer Woche kehrten wir wieder zu unserem Buch zurück. Es war gegen Ende meines dritten Jahres dort, als wir zu der Methode des Entzündens von Feuer kamen – eine Fähigkeit, die uns ungeheuer nützlich erschien. In unserem Bündnis war ich der Führende, und nach Art von Kindern nötigte ich Percy, alles als Erster zu versuchen, was mir auch nur im Geringsten zweifelhaft erschien. Dies ist eine Opfertradition, die mit Gewissheit weltweit von allen Kindern praktiziert wird«, sagte Erasmus, doch in der Ironie schwang Trauer und Reue mit. »In diesem Fall konnte ich mir nicht vorstellen, wozu diese kleine Feigheit führen würde. Percy führte den Zauber aus, wie er im Buch beschrieben war, peinlich genau bei den Vorbereitungen, so glaubten wir zumindest.« Erasmus hielt inne und holte tief Atem. »Doch das kleine Feuer, dessen Aufflammen wir erwarteten, kam nicht zustande. Ich stand mehr als einen Meter entfernt, wie üblich auf meine Sicherheit bedacht. Wir befanden uns auf einer kleinen Lichtung im Wald, und Percy stand im Zentrum eines geometrischen Musters, das wir auf den Boden gezeichnet hatten.

Wir hatten schon früher Fehlschläge erlitten und uns dann immer durch die Erklärungen im Buch gearbeitet, um unseren Fehler herauszufinden, und genau das, dachte ich, würden wir jetzt wieder tun. Ich wollte näher herantreten und klappte dabei das Buch auf. Plötzlich schrie Percy auf ... und um ihn herum brach eine Feuersäule empor. Ich hatte das Gefühl, zurückgeschleudert zu werden, und als ich wieder auf die Beine kam, sah ich Percy auf mich zutorkeln, von Flammen umschlossen, und aus seiner Kehle brach ein so entsetzliches Schmerzgebrüll, dass ich es noch heute hören kann.

So schnell ich konnte, löschte ich die Flamme mit meinem Mantel, und Percy lag auf dem Boden, schrecklich verbrannt und schreiend vor Qual. Bevor ich auch nur in Erwägung ziehen konnte, Hilfe zu suchen, traf Eldrich ein und ein paar Schritte dahinter Walky.

Der Magier blieb stehen, erfasste die Szene – die geometrische Zeichnung auf dem Boden, das Buch –, dann schleuderte er mich beiseite und flüsterte etwas über

Percy, der plötzlich von seiner Qual befreit schien. Eldrich hüllte das Kind in seinen Mantel, nahm es hoch und sagte nur: ›Nimm das Buch mit, Walky.‹

Ich kam hinterher, von entsetzlicher Angst um meinen Freund erfüllt, überwältigt von Schuldgefühlen und Scham. Walky schickte mich in unser Zimmer, wenn auch nicht unfreundlich. Bis zum nächsten Tag sah ich niemanden mehr, dann kam Walky herein und ließ mich meine Sachen packen. ›Aber was können Sie mir von Percy sagen?‹, fragte ich. ›Mach dir jetzt mal keine Sorgen um Percy. Du hast Dringlicheres zu erledigen‹, war Walkys Antwort. ›Wohin werde ich geschickt?‹, fragte ich. ›Nach Hause, Kind‹, sagte er. Und so geschah es.« Erasmus legte die Hand an die Stirn und verbarg einen Moment lang seine Augen, dann ließ er die Hand befangen zum Kinn hinuntergleiten. Auf Hayes wirkte er in diesem Moment durch und durch gequält und deprimiert, denn dies war eindeutig einer jener großen Schandflecke der Kindheit, die auf manchen Menschen lasteten. »Noch am selben Abend wurde ich in eine Kutsche gesetzt und nach Hause gebracht. Bis heute kann ich nicht sagen, was mit Percy geschehen ist, doch ich befürchte das Schlimmste. Langsam erholte ich mich von dem Entsetzen, das ich durchgemacht hatte, von den Schuldgefühlen jedoch niemals, denn ich lastete die Sache mir an. Ich war der Anführer unserer kleinen Bande, und ich hatte Percy dazu verleitet, etwas Törichtes zu tun. Heute ist mir klar, dass ich nur ein Kind war, das sich einfach wie ein Kind verhalten hat, doch daran glaubt nur mein Kopf – mein Herz weiß es anders.

Zum jungen Mann herangewachsen, ließen diese Ereignisse meiner Kindheit mir noch immer keine Ruhe. Falls Diakon Rose Recht hat und viele Menschen, die im Haushalt des Magiers dienten, sich hinterher an nichts mehr erinnern können, kann ich mir nur denken, dass dieses Belassen meiner Erinnerungen meine Strafe war. Doch durch unser schreckliches Feuer war meine Neugierde nicht weggebrannt worden. Ich begann zu glauben, dass ich mir um meiner selbst und um Percys willen, der, wie ich annahm, wohl an seinen Verbrennungen gestorben sein musste, das Wissen der Magier aneignen sollte. Ich würde all das lernen, was uns damals als Jungen zugedacht gewesen war. Möglicherweise würde ich sogar herausfinden, ob Eldrich meinen Kindheitsfreund geheilt haben könnte – etwas, was mir große Erleichterung verschafft hätte –, denn ich hatte sehen können, dass Percys Leiden selbst den schrecklichen Magier nicht völlig ungerührt ließ.« Er öffnete die Hände, als wollte er etwas herumzeigen. »Das also hat mich hierher geführt … und nun sieht es so aus, als würde ich schließlich meine wahre Strafe erhalten.«

Es erfolgte keine unmittelbare Reaktion auf Erasmus' Geschichte. Keiner stellte die Fragen, die ihm bei seiner Erzählung gekommen waren. Hayes hätte seinen Freund gerne getröstet, denn es war gewiss richtig, dass Erasmus sich einfach auf recht typische Kinderart verhalten hatte, doch er konnte auch nicht bestreiten, dass Erasmus bestraft wurde – denn Eldrich war ein Magier, und Magier waren rachsüchtig. Das ließ sich wieder und wieder in der Geschichte belegen. Falls Erasmus das Buch tatsächlich nicht hatte sehen sollen, mochte er sich durchaus den Zorn des Magiers zugezogen haben. Hatte Eldrich Erasmus aber nur benutzt, um die Telleriten aus ihrem Versteck zu locken, wie vorher vermutet worden war – warum saß Erasmus dann gleichfalls hier in der Falle? Benutzte Eldrich Menschen wirklich so gefühllos?

»Sie sollten sich selbst nicht für das Vorgefallene tadeln, Mr. Flattery«, sagte Rose schließlich. »Sie waren ein Kind und konnten die möglichen Folgen Ihres Handelns nicht verstehen. Wir erlauben Kindern ja auch nicht, mit Messern oder Rapieren zu spielen, denn aufgrund ihrer Unerfahrenheit sind Missgeschicke sehr wahrscheinlich. Das Buch hätte niemals in Ihre Hände gelangen dürfen. Falls es ein Unfall war, läge die Schuld bei diesem Walky, nicht bei Ihnen. Schuldgefühle können uns völlig verzehren, und sie bleiben an uns haften wie kaum eine andere Emotion. Manchmal denke ich, dass wir eher aufhören, einander zu lieben, als dass wir uns eines Schuldgefühls entledigen, wobei ich allerdings oft festgestellt habe, dass die Schuldgefühle eines Menschen gänzlich ungerechtfertigt waren. Sie waren damals ein Kind, Erasmus, und im Laufe der Jahre haben Sie genug Buße getan. Und wer weiß, vielleicht lebt dieser Percy ja irgendwo ganz munter und ist von seinen Verletzungen geheilt oder zumindest weniger von ihnen beeinträchtigt, als Sie meinen. Ich würde Ihnen den Rat geben, sich nicht mehr als Büßer zu fühlen. Befreien Sie sich in ihren letzten Tagen von dieser Qual – diesem Gefühl, dass Sie Strafe verdienen.«

Anna schaute Erasmus an. »Ich glaube, dass Sie nur eine Rolle in Eldrichs Plan spielen mussten, Mr. Flattery«, sagte sie mit ungewöhnlich warmherziger Stimme. »Sie und Ihr Kindheitsfreund wurden mitleidslos benutzt, um mich und meine Gefährten in die Falle zu locken, und wenn Sie, wie Sie behaupten, mit Eldrich nicht verbündet sind, besitzen Sie mein ganzes Mitgefühl. Aber die Magier waren schon immer so, bis zum Allerletzten, wie es scheint.«

Erasmus schaute die beiden dankbar an, ein wenig Erleichterung auf dem abgezehrten Gesicht, als hätte ihm das Berichten seiner Geschichte etwas Trost verschafft. »Was mag heute für ein Tag sein?«, fragte er.

Banks und Hayes holten ihre Uhren hervor, die nicht übereinstimmten, Clarendon tat dasselbe, doch sein Zeitmesser hatte seine ganz eigene Theorie. Es stellte sich heraus, dass es keinerlei Übereinstimmung gab, und so konnten sie nur schätzen.

»Welcher Tag nun auch immer sein mag und welche

Stunde auch immer, auf jeden Fall brauche ich Schlaf«, erklärte Clarendon, und die anderen stimmten ihm zu. Nur Anna schien anderer Ansicht.

Sie beugte sich dichter an Banks heran, doch Hayes konnte ihre Worte gerade noch aufschnappen: »Bald werde ich allen Schlaf haben, den ich möchte«, sagte sie und stand auf, während die anderen zurückblieben und sich einen Ruheplatz suchten.

Hayes beobachtete sie, wie sie zur *Nance* ging. Sie stand einen Moment lang davor und schaute hinauf, dann begann sie zu flüstern und machte mit der Hand merkwürdige Bewegungen in der Luft. Sie beugte sich beinahe ehrfürchtig nieder und küsste den Boden der *Nance*, warf einen kurzen Blick auf die anderen zurück, stieg die Stufen hinauf und trat sofort an den Brunnen. Hier ging sie weiterhin flüsternd auf ein Knie nieder, dann tunkte sie die Hand ins Wasser und trank behutsam ein paar Schlucke. Eine lange Weile stand sie da und betrachtete die Urne auf der einen Seite des Brunnens. Als sie jedoch die Hand danach ausstreckte, fiel Hayes auf, dass Rose sich von seinem Platz erhoben hatte.

»Was tun Sie da?«, zischte er, doch es war eine Anklage, keine Frage.

Sie drehte sich um und starrte ihn wütend an, als er zum Fuß der Stufen kam. Dann machte sie mit einer scharfen Bewegung und einigen halb geflüsterten Worten kehrt, stieg die Stufen auf der anderen Seite hinunter, durchquerte die Halle und verschwand durch den Torbogen am vorderen Ende.

Rose stand da und schaute ihr nach, die Hände in die Hüften gestemmt. Einen Moment lang war Hayes sich sicher, dass der Priester ihr folgen würde, doch stattdessen kehrte er zu seinem Schlafplatz zurück und legte sich auf die Seite, mit dem Gesicht zur *Nance*.

Hayes ging davon aus, dass Anna wieder die lange Treppe emporgestiegen war, was ihn darüber nachgrübeln ließ, ob diese Stelle vielleicht doch mehr bedeutete, als Anna zugeben wollte.

Er merkte, dass auch Erasmus den Priester beobachtete. Hayes legte sich wieder hin und fragte sich, was er da gerade gesehen hatte. Fragte sich, was mit ihnen geschehen würde. Gewiss hatten sie keine Zeit, sich gegenseitig zu bekämpfen.

Wir sitzen in der Falle, ohne Hoffnung auf Entkommen, sagte er sich, aber irgendwie konnte er das nicht glauben.

Erasmus lag lange da und lauschte den gleichmäßigen Atemzügen der anderen. Die Fragen, die er sich sein ganzes Leben lang gestellt hatte, schienen einer Antwort nicht näher gerückt. Ein Teil seiner selbst hatte immer daran geglaubt, dass er diese Antworten eines Tages finden würde. Er hatte eine Phantasie, in der er nach dem Verscheiden des Magiers von Walky hören würde, der auf wundersame Weise noch am Leben wäre, und der alte Mann würde dann all seine Fragen beantworten. Doch jetzt nicht mehr. In ein paar Tagen war er mit Sicherheit tot. Das ließ all die Jahre seiner Suche nach Wissen schrecklich vergeblich erscheinen.

Was hatte er für diese Jahre vorzuweisen? Hatten seine Bemühungen die Menschheit weitergebracht? Hatten sie auch nur ihn weitergebracht?

Die Antwort schien unleugbar, dass seine Bemühungen überhaupt niemandem etwas genutzt hatten – außer vielleicht Eldrich –, was zweifellos genau das war, was Eldrich geplant hatte.

Ich habe die Telleriten hierher gelockt, dachte er. *Allem was ich glaubte zum Trotz, war dies mein einziger Lebenszweck.* Er empfand einen solchen Zorn auf Eldrich, dass seine Muskeln sich vor Ärger verkrampften und zu schmerzen begannen.

Leise schlüpfte Erasmus von seinen schlafenden Gefährten weg und ging zum vorderen Ende der Halle.

Gleich darauf erstieg er die Wendeltreppe; der Zorn trieb ihn schnell voran. Er fragte sich, was diese recht kalte und herrische junge Frau wohl dort oben auf der geheimnisvollen Treppe machte. Im Glauben, dass es bis zum Ende noch ein Stück war, umrundete er die Biegung und sah Anna, die am Ende der Treppe kauerte. Sie hatte die Knie hochgezogen und das Gesicht in den Armen vergraben.

Als sie ihn hörte, sah sie auf, das Gesicht von Tränen glänzend. Sie ließ die Arme schlaff zu beiden Seiten herunterfallen, lehnte den Kopf hinten an den Fels, und noch immer weinte sie, als wäre sie allein, vollkommen allein.

Erasmus blieb stehen, so überrumpelt, dass er keine Ahnung hatte, was er tun sollte.

»Schuft«, sagte sie schluchzend. »Er hat uns hier in die Falle gelockt. Ich war so dumm …«, und dann schluchzte sie wieder so heftig los, dass sie nicht weiterreden konnte.

Erasmus, der das nicht länger ertrug, trat zu ihr, setzte sich neben sie auf die Treppe und ergriff vorsichtig ihre Hand. Sie lehnte sich an ihn, vergrub den Kopf an seiner Schulter und schluchzte weiter. Erasmus legte ihr ungeschickt die Hand auf die Schulter.

Er merkte, dass er beruhigende Töne von sich gab, all die bedeutungslosen Dinge sagte, die Menschen sagen, wenn sie einander trösten wollen, obgleich er sie selbst nicht glaubte. Sie saßen hier hoffnungslos fest – das war die Wahrheit. Lebendig begraben.

Es dauerte lange, bevor Anna sich allmählich beruhigte, doch schließlich rückte sie von ihm ab und rieb sich die Augen mit den Handballen.

»Ich kann Ihnen noch nicht einmal ein sauberes Taschentuch anbieten«, sagte Erasmus.

»Und da nennen Sie sich einen Gentleman?«, fragte sie, ein schwacher Scherz. »Ich bin inzwischen so lange hier unten, dass ich wohl auch ein dreckiges akzeptieren würde.«

Erasmus zog sein Taschentuch heraus. Sie hielt es hoch, um es genauer zu untersuchen, und lachte dann. »So lange, wie ich dachte, war ich wohl doch noch nicht hier unten.« Sie gab es ihm zurück. »Ich muss wohl schrecklich aussehen.«

»Sie sind die schönste Frau in diesem ganzen Höhlensystem«, meinte Erasmus mit spöttischem Ernst.

Sie lachte. »Oho, wenn man in einem Raum voller Männer als einzige Frau gefangen sitzt, hört man endlich die Dinge, die man gerne hören möchte.«

»Soll ich Sie allein lassen?«, fragte Erasmus.

»Dann bin ich wohl doch nicht ganz so schön, wie Sie eben meinten?«

»Ganz im Gegenteil, nur ...«

»Weil Sie keine Ahnung haben, wie man mit weinenden Frauen umgeht?«

Erasmus zuckte die Schultern. »Etwas in der Art.«

»Jetzt bin ich in Ordnung. Falls Sie darüber hinwegkommen, komme ich auch darüber hinweg.«

Erasmus nickte. Er wusste nicht recht, was er jetzt, wo sie allein miteinander waren, eigentlich sagen sollte. Warum war er überhaupt hier heraufgekommen? Um mit ihr zu sprechen, gewiss, aber worüber eigentlich?

»Ich hatte keinen Anteil daran«, sagte Erasmus plötzlich. »Ich wurde manipuliert und in die Falle gelockt, genau wie alle anderen auch.«

Sie nickte. »Ich glaube Ihnen. Eldrich ist ein Magier, und Magier kennen keine Loyalität.« Sie schaute zu ihm auf, die Augen noch immer feucht. »Aber was machen wir jetzt?«

Erasmus schüttelte den Kopf. »Ich weiß es nicht. Ich habe das sichere Empfinden, dass es noch einen anderen Weg nach draußen geben muss, denn dieses winzige Loch, durch das wir unseren Weg hier hereinfanden, ist gewiss nicht der Haupteingang. Ich bin mir nicht sicher, ob ich auch nur seinen Zweck verstehe.« Er legte die Hand flach gegen die Felswand. »Das hier ist für mich das Geheimnis. Gewiss ist man doch nicht einzig und allein deshalb nach hier oben gestiegen, um ein einzelnes Schriftzeichen zu bewundern. Früher muss das hier einmal irgendwohin geführt haben, oder es sollte zumindest irgendwohin führen. Hayes glaubt, dass die Außenwelt nur ein oder zwei Meter von hier entfernt liegen könnte. Clarendon und ich haben den Höhlenplan studiert, aber es ist nicht klar, wie nahe wir der Erdoberfläche sein könnten.« Er schaute sie an. »Banks sagte, er verstehe den Zweck dieser Treppe hier nicht. Stimmt das?«

Anna verdrehte den Kopf und schaute an der Wand hoch. »Kennen Sie dieses Schriftzeichen?«, fragte sie.

»Es ist auf Darian das Äquivalent für unser ›L‹.«

»Genau … Oder zumindest beinahe. Es wird nämlich nicht so ausgesprochen wie in Farr, oder vielleicht könnte man sagen, es wird nur halb ausgesprochen, daher ist es leiser, beinahe ein Flüstern, und für viele schwer zu meistern. Doch es ist Landors Initial und wurde als seine Signatur verwendet. Jahrhunderte später empfand Lucklow sein eigenes, besonderes L diesem hier nach.« Sie drehte den Kopf und schaute nachdenklich die Treppe hinunter. »Ich habe viel über diese Stelle hier nachgegrübelt. Eigentlich bin ich hier heraufgekommen, um einmal in Ruhe allein darüber nachzudenken, und nicht, um in Tränen auszubrechen, wie Sie mich eben gefunden haben.« Wieder lief ihr eine Träne über die Wange, doch inzwischen hatte sie ihre Emotionen im Griff und gab ihnen nicht mehr nach. »Diese ganze Stätte hier ist verzaubert, und zwar so ungemein geschickt, dass ich es kaum ansatzweise verstehe, von Erklären ganz zu schweigen. Die Männer – und Frauen, denn die sieben, die diesen Ort hier schufen, gehörten beiden Geschlechtern an – waren in den

Künsten wesentlich bewanderter als alle, die nach ihnen kamen. Schauen Sie sich doch diese Höhlenkammer hier an. Sicher, sie liegt unter der Erde verborgen, aber dennoch hat die Zeit sie nicht berührt. Als der äußere Gang einbrach, wurde der Staub, der zunächst in den Korridor geweht war, wieder nach draußen getrieben. Ist Ihnen das nicht aufgefallen? Einen Moment lang erstickten wir fast zwischen Staub und Trümmern, im nächsten war die Luft wieder rein. Diese Stätte hier ist geschützt, und Eldrich konnte nur den Zugang zum Einsturz bringen.« Anna hielt inne, und Erasmus war sich sicher, dass gleich wieder Tränen zu sehen sein würden, da sie sich an ihre Gefährten erinnerte, die direkt außerhalb der Sicherheit des Korridors gestorben waren. »Aber wir wurden hier hereingelassen, was bedeutet, dass diese Stätte tatsächlich entdeckt werden sollte.« Sie schaute wieder zu Erasmus auf. »Und in der Krypta mit Landors Grab finden wir dann Ihr Ebenbild in Stein gemeißelt.«

»Aber konnten Sie den Text darum herum lesen?«, fragte Erasmus schnell. »Ich konnte keinen Sinn hineinbekommen.«

Sie nickte und schaute ihm noch immer direkt ins Gesicht. »Es ist ein verwirrender Satz, denn eine direkte Übersetzung ist unmöglich. ›Der letzte Hüter des Tores‹, so würde ich es wiedergeben.«

Bei diesen Worten lief es Erasmus eiskalt über den Rücken. Er spürte, wie er sich gegen die Wand drängte, als wiche er vor der Bedeutung dieses Satzes zurück. »Was heißt das?«, fragte er, fürchtete aber, es schon zu wissen.

Einen Moment lang antwortete sie nicht, sondern hielt weiter den Blick auf ihn geheftet. »Ich bin mir nicht völlig sicher. Was mir merkwürdig erscheint, ist die Tatsache, dass es als Ebenbild nicht exakter ist. Aber vielleicht gibt es dafür eine einfache Erklärung. Halsey könnte sie kennen.«

Erasmus wollte nicht fragen, ob Halsey einer der bei dem Einsturz ums Leben gekommenen Menschen war – er nahm es jedenfalls an. »Aber was ist mit dem Gesicht der Frau. Warum wurde es niemals vollendet?«

Sie warf ihm einen merkwürdigen Blick zu. »Aber diese Gesichter sind nicht von Menschenhand gemeißelt«, erklärte sie ein wenig irritiert. »Wussten Sie das nicht? Das Gesicht tritt langsam aus dem Stein heraus. Die Rolle der Frau kenne ich nicht, doch das Gesicht wird sich herausformen, wenn ihre Identität klar ist.«

»Wem denn klar?«

Sie schüttelte den Kopf, von dieser Frage überrascht. »Niemandem. Es ist wie die Zukunftsschau, allerdings ist es ein Zauber, der vor Jahrhunderten gewirkt wurde. An irgendeinem Punkt ist die Vision vollständig, und die Identität der Frau wird … *hervortreten*. Es gibt keinen Menschen, der etwas bewirkt. Der Zauber bewirkt alles. Verstehen Sie?«

Erasmus hatte nur eine schwache Ahnung, was sie damit meinte. »Sind Sie es?«, fragte er.

Plötzlich war ihr Blick anders, und wieder schimmerte es in ihren Augen. »Das glaubt Banks …« Einen Moment lang konnte sie nicht sprechen. »Ich weiß es nicht. Wenn ich damit gemeint wäre, hätte sich das Gesicht inzwischen wohl herausgebildet. Anders kann ich es mir eigentlich nicht vorstellen.« Sie schüttelte den Kopf. »Ich weiß nicht genug, um es zu verstehen.« Sie schaute auf, berührte die Wand und fuhr den unteren Abschnitt des Schriftzeichens vorsichtig mit dem Finger nach. Jetzt erst merkte Erasmus, wie jung sie war – kaum Anfang zwanzig, dachte er –, und im Moment wirkte sie sogar noch jünger und sehr verletzlich.

»Aber dieses Tor hier, darauf wollte ich eben hinaus … Auch dieses Tor ist mit einem Zauber belegt, wenn ich dieses Wort so verwenden darf. Sie wissen, was ich meine,

Mr. Flattery, Sie haben sich durch einen Teil des Anfangsbuchs hindurchgearbeitet. Aber meine Fähigkeiten in den Künsten reichen nicht aus, um diesen Zauber zu verstehen. Wenn es in den Texten der Haupthalle nicht irgendeinen Hinweis gibt, werden wir dieses Tor wohl leider niemals öffnen können. Doch selbst wenn uns das gelänge, gäbe es keine Garantie, dass es nach draußen führt.«

»Wollen Sie damit sagen, dass es in dieses andere Land führen könnte?«

Sie schüttelte den Kopf. »Nein, so ein Tor ist es nicht. Aber es könnte sich in eine weitere Halle hinein öffnen, eine Halle, zu der der Zutritt nur einem Zauberer gestattet war, und vielleicht auch nicht jedem Zauberer. Doch ich habe den Verdacht, dass wir es niemals erfahren werden, Mr. Flattery, denn uns fehlen die Fähigkeiten, selbst wenn wir genug Zeit hätten.«

Erasmus griff nach unten und zupfte am Leder seiner Stiefel herum. »Ich bin nicht der Mann, der müßig herumsitzt und auf den Hungertod wartet. Ich muss versuchen, einen Weg hinaus zu finden. Ich kann nicht glauben, dass es nichts gibt, was wir tun könnten.« Er hämmerte mit der Faust gegen die Wand. »Wenn wir jetzt aufgeben, gehen wir hier mit Sicherheit in unserer eigenen Grabkammer spazieren, und so weit bin ich noch nicht. Nein ...«

Sie nickte zustimmend, wenngleich nicht sonderlich überzeugend. »Ich auch nicht, Mr. Flattery. Aber mir ist nicht klar, was wir tun können. Selbst wenn wir den Zauber auflösen könnten, der die Urnen auf der *Nance* umgibt, weiß ich nicht, ob wir damit einen Schritt weiter wären.«

Erasmus warf ihr einen merkwürdigen Blick zu. »Sie gehen wohl davon aus, dass ich mehr weiß, als tatsächlich der Fall ist. Was ist mit diesen Urnen?«

»Ich dachte, Sie hätten das Anfangsbuch gelesen«, gab sie überrascht zurück. »Die Urnen enthalten das Königsblut, zumindest vermute ich das. Ich kann mir nicht vorstellen, dass man sie so abschirmen würde, wenn sie leer wären. Sie etwa?«

»Ich erinnere mich an Hinweise auf Königsblut. Aber ich habe sie nie verstanden.«

Sie zog den Kopf zurück, schaute ein wenig spöttisch. »Ich bin verblüfft, Mr. Flattery, aber das Buch war vermutlich nicht zum Selbststudium gedacht. Königsblut ist eine Pflanze – mehr als außergewöhnlich selten. In der Halle unten findet man Hinweise darauf.«

»Ja! Natürlich, ich habe einen gelesen, konnte aber nichts damit anfangen.«

»Der Samen ist ein mächtiges Heilkraut. Er gilt als Arzneimittel, das die schlimmsten Krankheiten besiegt, und man glaubt außerdem, dass dieser Samen für die lange Lebensspanne der Magier verantwortlich war. Aber er bewirkt noch etwas anderes. Er weckt das Talent in einem Menschen, falls er grundsätzlich überhaupt irgendwelches Talent besitzt. Doch es heißt auch, der Samen fordere seinen Preis, denn wer ihn verwendet, wird süchtig, es sei denn, er besitzt einen eisernen Willen oder trifft bestimmte Vorkehrungen. Doch er war ein Schlüssel zur Macht der Magier, und sie hüteten ihn sogar noch eifersüchtiger als ihr Wissen.

Der Legende nach brachte Landor das Königsblut aus dem Jenseitigen mit, und es wuchs hier nur unter ungewöhnlichen Bedingungen. Doch wenn die Urnen Samen enthalten … nun, wir müssen den Text an den Wänden aufmerksam studieren und alles aufs Sorgfältigste untersuchen. Banks hält es sogar für möglich, dass es eine versteckte Tür gibt – einen Eingang von draußen. Wir müssen suchen. Sie könnte sich überall befinden. Wir müssen unsere ganze Energie auf diese Aufgabe konzentrieren. Jeder Einzelne von uns. Selbst dieser Priester Rose wird uns sein Geheimwissen zur Verfügung stellen müssen.«

Erasmus wollte aufspringen und sofort beginnen, doch

Anna sah noch nicht so aus, als ob sie jetzt schon bereit wäre.

»Wie kommt es denn, dass Sie hier unten sind?«, fragte Erasmus plötzlich. »Sind Sie mir gefolgt?«

Sie schob eine Haarsträhne, die ihrem Zopf entschlüpft war, aus dem Gesicht. »Wir wussten, dass dieser junge Mann Kehler die Archive in Wooton für Skye durchsuchte. Sein Interesse an gewissen Ereignissen hatte unsere Aufmerksamkeit erregt. Wir beobachteten ihn so gut wie möglich, wobei wir uns allerdings vor den Priestern hüten mussten, denn wir vermuteten, dass sie ihn vielleicht benutzten, um uns in Versuchung zu führen. Eine ganze Weile war uns nicht bewusst, dass es zwischen Kehler und Ihnen selbst eine Verbindung gab – Mr. Hayes. Als wir das entdeckten, merkten wir, dass ...«, sie suchte nach Worten, »die Ereignisse zusammenliefen. Ich glaube nicht an den Zufall, nicht wenn er bestimmte Personen betrifft. Durch Kehler forschte Skye nach den Geheimnissen Baumgeres, die unserer Meinung nach wahrscheinlich in Wooton verborgen lagen, wohin wir uns selbst nicht wagten.

Als Skye nach Castlebough abreiste, waren wir uns beinahe sicher, dass bald die richtige Zeit gekommen sein würde, an Sie heranzutreten. Verstehen Sie, die Parallelen zwischen Ihnen und Teller sind unleugbar – so dachten wir zumindest. Beide hatten Sie eine Lehre bei einem Magier begonnen, seinen Dienst aber verlassen. Danach verbrachten Sie beide – Teller ebenso wie Sie, Mr. Flattery – Ihr Leben mit der Suche nach den Geheimnissen der Magier, oder so erschien es uns zumindest.

Wir praktizieren die Zukunftsschau – sie ist nicht so zuverlässig, dass wir all unsere Handlungen danach ausrichten, doch wir ziehen ihre Ergebnisse bei unseren Entscheidungen mit in Betracht. Wir hatten eine Vision, in der Sie eine Rolle spielten, Mr. Flattery. Und hier befanden Sie sich nun also in Castlebough und trafen sich mit diesem jungen Mann, der in Wooton gewesen war.«

»Was für eine Vision?«, fragte Erasmus mit ausdruckloser Stimme, da ihm dabei ein wenig unbehaglich zumute war.

Anna antwortete nicht, doch er hatte das Gefühl, dass sie leicht errötete. Sie brachte die Antwort ganz einfach nicht heraus.

»Sie erfüllen mich mit schlimmen Befürchtungen«, bemerkte Erasmus schnell.

»Das ist gänzlich unnötig«, erwiderte sie mit leiser Stimme, als hätte sie Angst, dass jemand es hören könnte. »Ich hatte zwei Visionen, in denen Sie eine Rolle spielten oder zumindest vermutlich eine Rolle spielten. In der ersten öffnet Skye ein reich verziertes Bronzetor in einer Steinmauer. Ich gehe hindurch, und drinnen stoße ich auf einen Mann, der mir ein Buch und eine weiße Blüte reicht – Königsblut ... Das Gesicht des Mannes konnte ich nicht erkennen, doch lange war ich der Meinung, dass es Sie gewesen sein könnten, Mr. Flattery.« Sie schaute weg. »Die zweite Vision ... die zweite war nicht so ... bedeutsam.«

»Warum sagen Sie das? Die erste Vision war doch anscheinend völlig falsch. Vielleicht sagte die zweite mehr aus?«

Sie holte tief Atem, als müsse sie sich Mut machen. »Wir befanden uns an einem Berghang, Sie und ich, unter den Sternen, und rundum standen Bäume. Es war ein Bett aus weichem Moos da, und wir ...« Sie hatte zu Boden geschaut, doch jetzt warf sie einen Blick zu ihm hinauf, ohne den Kopf zu heben, und errötete, wodurch auch ihr Haar plötzlich roter wirkte.

»Ich verstehe«, sagte Erasmus leise, der spürte, wie seine eigenen Wangen heiß wurden.

»Das bedeutet nicht unbedingt, dass wir ... Es ist eine Vision und bedarf der Interpretation.«

Erasmus nickte schnell. Einen Moment lang saß er da und schaute sie an, doch sie vermied seinen Blick. Er dachte an die Gräfin und verglich sie mit dieser jungen Frau, die da in ihren Jungenkleidern vor ihm saß, das Haar zerzaust, das Gesicht voll schmutziger Tränenstreifen. Er merkte, dass er ungeheures Mitleid mit ihr empfand, weil sie so jung, wie sie war, hier gefangen saß. Sie sah verletzlicher aus, als er es sich überhaupt vorstellen konnte – ganz anders als die Gräfin, die so kontrolliert wirkte, jede Situation unter Kontrolle zu haben schien.

Er streckte die Hand aus und berührte sanft ihre Schulter, um ihr damit irgendwie Trost anzubieten, doch sie rückte sofort auf ihn zu und kam in seine Arme, presste sich eng an ihn. Sie hob das Gesicht nicht, sondern hielt es dicht bei dem seinen, sodass er sie nicht sehen, sondern nur ihren Atem dicht bei seinem Ohr hören konnte. Hören konnte, wie sie den Atem anhielt.

»Vielleicht liegt in Ihrer Vision mehr Wahres, als Sie denken«, flüsterte Erasmus. »Vielleicht werden wir doch noch entkommen und die Sterne sehen.«

43

Als die Nachricht eintraf, marschierte Kent gerade in seinem Zimmer auf und ab; seine Verwirrung und Gekränktheit hatten kein bisschen nachgelassen. Er hatte in der Nacht nicht geschlafen, und seine Erschöpfung ließ die ganze Situation noch entsetzlicher wirken. Nach Stunden inneren Aufruhrs hatte er der Gräfin eine Nachricht geschickt und hoffte, dass sie ihn empfangen würde, damit er nochmals versuchen konnte, sie von der Wahrhaftigkeit seines Berichts zu überzeugen. Selbst wenn sie sich nicht dafür entschied, mit ihm gemeinsam abzureisen, musste sie doch fliehen. Es war für ihre Sicherheit unerlässlich.

Doch seit mehreren Stunden hatte er keine Antwort auf seine Nachricht erhalten, und allmählich hatte er fast die Hoffnung aufgegeben.

Ein Klopfen ließ Kent zusammenfahren, und in der Hoffnung, dass es nicht nur ein Zimmermädchen war, das die Betten machte, eilte er zu Tür. Dort stand ein junger Einheimischer, der ihm einen Umschlag überreichte.

»Von Miss Edden, Sir«, sagte der Mann erwartungsvoll.

Kent gab dem jungen Mann eine Münze, deren Wert ihm kaum bewusst war, und schloss dann die Tür. Er begann, den Umschlag aufzureißen, hielt dann aber inne, da er genau wusste, dass eine Antwort von Marianne Edden statt der Gräfin bedeutete, dass sein Vorschlag abgelehnt worden war.

Er ließ sich recht vorsichtig in einen Stuhl sinken und starrte den Umschlag an, sogar zu niedergeschlagen, um auf Marianne böse zu sein. Langsam öffnete er den Brief, holte eine einzelne Seite heraus und schüttelte sie aus ihrer Faltung.

Mein lieber Mr. Kent:
Bitte kommen Sie sofort. Ich schulde Ihnen eindeutig eine Entschuldigung. Bitte, bitte beeilen Sie sich, ich kann Ihnen gar nicht sagen, in welcher Sorge ich bin.

Kent, der das Schlimmste befürchtete, schnappte sich seinen Gehrock und schoss zur Tür hinaus.

Als er im Haus der Gräfin eintraf, kam ihm ein Dienstmädchen entgegen, das den Tränen recht nahe schien. Kent spürte, wie ihm das Herz sank. Die Gräfin konnte doch unmöglich tot sein …? Unmöglich.

»Oh, Mr. Kent, Farrelle sei Dank, dass Sie gekommen sind«, sagte sie. »Miss Edden ist ganz außer sich vor Sorge.«

Hinter der Bediensteten tauchte nun Marianne auf, deren übliches gelassenes Auftreten wie weggewischt war.

»Lady Chilton ist verschwunden«, sagte sie.

»Verschwunden? Aber wohin denn?«

Marianne ergriff ihn beim Arm und zog ihn eilig ins Haus. »Ich habe im Städtchen jemanden besucht und erst bei meiner Rückkehr von ihrem Aufbruch erfahren. Ohne jede Erklärung abgereist.« Sie schaute die Zofe erwartungsvoll an, die dastand und ihre Schürze verdrehte.

»Ja, Mr. Kent«, sagte die Zofe. »Ein kleiner Mann kam zur Tür und fragte nach meiner Herrin, und von einem Moment auf den anderen trug Lady Chilton mir auf, ein paar Sachen in ihren Reisekoffer zu werfen. Dann ging sie mit dem kleinen Mann auf und davon. Ging fort, ohne zu sagen, wohin, oder auch nur, wann sie wohl zurückkehren würde.«

Kent schloss einen Moment lang die Augen. »Kam dieser Mann in einer großen, altmodischen Kutsche?«

Die Zofe nickte. »Ein Vierspänner. Ja, Sir. Und dahinter folgte noch ein kleineres Gefährt.«

»Sie hat mir noch nicht einmal eine Nachricht hinterlassen, Kent«, sagte Marianne. »Nicht ein einziges Wort. Ich kenne die Gräfin seit Jahren. So etwas würde sie nie, nie, niemals tun. Ich … ich …« Sie hatte den Faden vollständig verloren.

»Ist die Gräfin mit einem Geliebten durchgebrannt, meinen Sie das?«, fragte die Zofe dazwischen.

Marianne sah Kent an; offensichtlich hegte sie keinerlei Zweifel mehr an seiner Geschichte. Sie schickte die Zofe weg und nahm Kent mit ins Wohnzimmer.

»Ich hätte auf Sie hören sollen, Kent«, begann sie, die Stimme gesenkt, aber dennoch voll Emotion. »Dies ist ganz allein mein Fehler. Es war nur, weil … Ich habe miterlebt, wie Männer sich die verrücktesten Geschichten ausdachten, nur um die Aufmerksamkeit der Gräfin zu erregen.«

»Jetzt ist es zu spät, sich mit solchen Gedanken zu quälen, Marianne«, doch Kent beendete seinen Satz nicht, denn in diesem Moment traf der Graf von Skye ein.

»Ah, Lord Skye«, sagte Marianne. »Ich kann Ihnen gar nicht genug danken, dass Sie so schnell gekommen sind.« Sie warf Kent einen merkwürdigen Blick zu, während Kent sie gewiss wie eine Verräterin anstarrte. »Sie haben Mr. Kent gewiss schon kennen gelernt? Ja? Ich weiß gar nicht, wo ich anfangen soll.« Sie erzählte das Vorgefallene, wobei Kent seinen Teil der Geschichte selbst beisteuerte.

»Sie glauben, dass es Eldrich war?«, fragte Skye, nachdem sie geendet hatten. »Sind Sie sicher?« Er schüttelte den Kopf.

»Leider gibt es wohl keinen Zweifel. Wenn doch nur Mr. Flattery hier wäre«, lamentierte Marianne. »Er könnte uns vielleicht sagen, was zu tun ist.«

Das erregte Skyes Interesse. »Vielleicht könnten wir ja mit Mr. Flattery sprechen. Ich habe gehört, dass er in Gesellschaft eines meiner Bekannten reist. Mit jemandem, mit dem ich ohnehin sprechen möchte. Wissen Sie, wo Flattery wohnt?«

»Ja, aber er ist noch immer unten in der Höhle und sucht nach diesen jungen Männern.«

Skye schaute hastig auf. »Sie meinen doch nicht Hayes und Kehler?«

»Ja, so hießen sie wohl ... Aber ich erinnere mich nicht genau. Elaural hat ihre Namen nur flüchtig erwähnt.«

»Bei Farrelles ...« Er ließ den Fluch in Gegenwart Mariannes lieber unvollendet. »Ist es etwa die Höhle, wo Baumgeres Beichtvater sich umgebracht hat?«

Marianne zuckte die Schultern.

Skye stand auf, marschierte durchs Zimmer und blieb vor den Fenstern stehen.

»Aber was sollen wir tun?«, fragte Marianne.

»Was?« Skye wandte sich den anderen wieder zu. »Nun, Sie hätten auf Mr. Kents Warnung hören sollen«, sagte er. »Sollte die Gräfin sich in Eldrichs Gewalt befinden, wird auch die Armee Farrlands sie ihm nicht entreißen können.« Er drehte sich wieder zum Fenster um, offensichtlich verstört, doch ob wegen der Notlage der Gräfin, war Kent nicht ganz klar.

»Von Castlebough zurück ins Innere von Farrland gibt es nur eine einzige Straße«, sagte Kent. »Dort können wir sie einholen – wenn wir sofort losreiten.«

»Und was genau sollen wir tun?« Skye wirbelte herum und starrte von oben auf Kent herab. »Er ist ein Magier, Kent.« Er hielt inne, betrachtete den Maler und Marianne, und sein Gesicht wurde ein wenig weicher. »Das, was der Gräfin zugestoßen ist, tut mir Leid, doch daran können wir nichts ändern. Und wenn man die Sache vollkommen rational betrachtet, wissen Sie gar nicht, ob sie nicht aus freiem Willen aufgebrochen ist. Gewiss hat die Gräfin Miss Edden keine Nachricht hinterlassen und ist in ungeheurer Eile aufgebrochen, aber …« Er hob die Hände. »Vielleicht holen Sie sie ja ein, Kent, und falls Eldrich dann keine Lust hat, Sie an Ort und Stelle zum Krüppel zu machen, könnte die Gräfin sich genauso gut einfach aus dem Kutschfenster lehnen und Ihnen sagen, dass Sie umkehren und sie nicht mehr belästigen sollen. Und ob sie das dann aus freiem Willen sagt oder nicht, werden wir nie beweisen können. Es tut mir Leid. Aber da kann man nichts machen.« Er schaute vom einen zum anderen. »Wie lange hält Mr. Flattery sich schon in der Höhle auf?«

Marianne schüttelte den Kopf, kaum fähig, diesem Gedankensprung zu folgen. »Ich weiß es nicht!«, antwortete sie scharf. »Vielleicht vier Tage.«

»Nun«, erwiderte Skye, »da ist nun jemand, dem wir helfen können. Falls Mr. Flattery nicht bis morgen aufgetaucht ist, schlage ich vor, eine Suche zu organisieren. *Er* zumindest befindet sich nicht in den Klauen eines Magiers.«

Kent spürte allmählich den Schlafmangel, aber dennoch zwang er sich die Stufen zu Sir Johns Zimmern hinauf. Der Ritter hatte offensichtlich geschlafen, doch als er Kent erblickte, war er sofort hellwach.

»Eldrich hat die Gräfin geholt«, erklärte Kent.

»Flammen«, mehr brachte Sir John nicht heraus. »Kommen Sie herein, Mann, kommen Sie herein.«

»Hält sich dieser Bryce noch immer in Castlebough auf?«

»Nein. Nein, er ist weg. Warum fragen Sie?«

»Ich weiß es nicht. Er ist ein Diener Eldrichs. Vielleicht … vielleicht könnte er mich beruhigen, dass die Gräfin freiwillig gegangen ist. Dass sie nicht in Gefahr schwebt.« Kent saß auf einem Stuhl, die Hände auf die Knie gelegt, und ließ den Kopf hängen, als hätte er nicht mehr die Energie, ihn zu heben. »Ich muss ihr nach«, sagte er.

»Beherrschen Sie sich, Kent, das ist doch Unsinn. Sie sind doch kein Held, der losstürzt, um Jungfrauen aus Gefahren zu erretten. Sie sind ein Maler, bei Farrelle. Kommen Sie zu Verstand, Mann. Sie können nicht das Geringste tun. Und wissen Sie denn überhaupt, ob Lady Chilton wider Willen mitgenommen wurde?«

Kent hob den Blick zu Sir John, der dieselbe Frage stellte wie Skye. »Die Gräfin konnte sich an ihre Begegnung mit Eldrich nicht erinnern. Allein der Gedanke daran erzeugte ihr den größten Abscheu. Wie sollte ich von irgendetwas anderem als einer Entführung ausgehen?« Kent lehnte sich im Stuhl zurück und ließ die Arme schlaff herunterhängen. »Flammen, ich wünschte, Erasmus wäre hier.«

»Flattery, meinen Sie? Könnte er denn helfen?«

Kent zuckte die Schultern. »Er hat eine gewisse … Zuneigung zur Gräfin gefasst, glaube ich. Und wer könnte mehr über den Magier wissen als Erasmus? Vorausgesetzt, dass er mit dem Verschwinden der Gräfin nichts zu tun hatte.«

Sir John schüttelte den Kopf. »Wenn Eldrich sich wieder nach draußen in die Welt begibt …«, brummelte er, ließ den Satz aber unvollendet. »Kann man Mr. Flattery erreichen?«, fragte er.

Kent schüttelte den Kopf. »Ich weiß es nicht. Er ist für unbestimmte Zeit in eine der Höhlen vor Ort eingestiegen, um diese zu erforschen. Ich kann nicht sagen, ob er sich noch dort aufhält oder ob er vielleicht sogar schon wieder herausgekommen und nach Avonel zurückgekehrt ist.«

»Nun, dann sollten wir versuchen, das zu klären, bevor Sie irgendetwas Überstürztes unternehmen.«

Kent war seine Erregung ein wenig peinlich. Er wusste, dass er keinerlei Anspruch auf die Gräfin hatte und sich ziemlich närrisch verhielt. »Ich glaube nicht, dass ich warten kann, Sir John. Ich muss wenigstens wissen, wohin er sie gebracht hat. Vielleicht könnten Sie Erasmus Flattery übernehmen? Ich werde Ihnen eine Nachricht schicken, wo die Gräfin sich aufhält. Ich bin mir sicher, Erasmus wird ihr helfen.«

Sir John sah nicht so aus, als hätte er auch nur ein Minimum an Vertrauen in Kents Plan. »Ich halte es für wahrscheinlicher, dass er versuchen wird, Sie von einer Einmischung abzuhalten. Wobei ich mir allerdings über meine eigene Situation nicht im Klaren bin. Ich habe heute Morgen eine Nachricht von Mr. Bryce erhalten, dass er Castlebough umgehend verlässt und ich nach Belieben nach Avonel zurückkehren kann. Mit anderen Worten, man hat mich entlassen – vorläufig.« Die innere Qual schien sein Gesicht zu straffen. »Er ist seinem Herrn gefolgt, nehme ich an.« Sir John ließ sich auf einen Stuhl sinken und starrte einen Fleck direkt vor ihm auf dem Boden an.

»Ich weiß nicht, Kent. Das alles ist äußerst sonderbar. Eldrich muss aus irgendeinem Grund in Castlebough gewesen sein. Bryce hat darauf bestanden, dass ich ihn hierher begleite, aber jetzt weiß ich nicht, warum. Was für Absichten er nun auch hatte – sie haben sich wohl zerschlagen, sollte man meinen. Trotzdem habe ich das Gefühl, dass hier etwas vorgefallen ist. Und zwar nichts Unwichtiges.« Er rieb sich mit den Fingern über die Augen, offensichtlich noch immer müde. Dann schaute er zu Kent auf, dessen Augen von Erschöpfung und Sorge gerötet waren. »Nun, Kent, was werden Sie tun? Ich habe wenig Hoffnung, dass Sie in dieser Sache auf die Stimme der Vernunft hören.«

Kent wusste, dass die Worte des Ritters Sinn machten, doch das spielte keine Rolle. »Ich werde auf Ihren Rat hören, zumindest teilweise. Ich werde mich von Eldrich fern halten und herauszufinden versuchen, wohin er die Gräfin bringt. Dann schicke ich Ihnen meine Nachricht. Falls Sie es auf sich nehmen, wenn möglich an Mr. Flattery heranzutreten …« Kent hielt einen Moment lang inne und hatte Mühe, seinen Gedanken wieder aufzunehmen. »Skye macht sich Sorgen, dass Erasmus schon zu lange weg ist und ihm etwas zugestoßen sein könnte.« Kent schüttelte den Kopf. »Das kann ich mir nicht vorstellen. Erasmus Flattery ist ein ungemein kompetenter Mann. Ich bin mir sicher, dass ihm nichts zugestoßen ist. Wenn Sie es übernehmen, Erasmus sofort von dem Vorgefallenen zu unterrichten, sobald er aus der Höhle kommt, mache ich mich direkt auf den Weg, damit Eldrich keinen zu großen Vorsprung bekommt.« Kent schüttelte den Kopf, um seinen Verstand frei zu bekommen. Sollte er Sir John sonst noch etwas sagen? Da ihm nichts mehr einfiel, zwang er sich zum Aufstehen. »Viel Glück, Sir John.«

»Ihnen auch, Kent. Und gute Reise.« Er erhob sich von seinem Stuhl, ergriff Kents Hand und hielt sie gedrückt. »Aber Kent, halten Sie Abstand von Lord Eldrich. Wahrscheinlich hat er schon von Ihrer Einmischung erfahren. Ich flehe Sie an, Kent, gehen Sie kein Risiko ein.«

Der Maler nickte. Sir John drückte ihm fest die Hand, bevor er sie wieder freigab, und Kent ging mit dem Gefühl hinaus, dass Sir John ihn wie einen Soldaten behandelt hatte, der in den Krieg zieht. Wie einen Mann, der auf Nimmerwiedersehen davonzieht.

Die Gräfin merkte, dass sie die Szenerie vor ihren Augen schon lange anstarrte, sich ihrer aber erst jetzt bewusst wurde. Sie schüttelte den Kopf und blinzelte, denn ihre Augen fühlten sich an, als hätte man sie mit Sand gescheuert.

Eldrich erwachte aus seiner Träumerei und betrachtete sie. »Ah, da sind Sie ja«, sagte er, als wäre sie gerade aufgetaucht.

»In der Tat ...« Sie empfand eine ganz merkwürdige Verwirrung, als wäre sie aus tiefem Schlaf erwacht. »Aber wo bin ich?«

»In einer Kutsche, die durch die Caledon-Berge fährt. Wir kommen aus Castlebough.«

Sie nickte. Castlebough, ja. »Mein Verstand ... ist nicht klar.«

»Bald wird er klar sein, keine Sorge«, sagte Eldrich mit melodischer, allerdings nicht sonderlich beruhigender Stimme. Sie hatte das Gefühl, als würde sie von ihm verspottet; warum, wusste sie auch nicht recht.

Einen Moment lang presste sie die Lider zusammen, um den Schmerz in ihren Augen zu mildern, und versuchte, ihre Gedanken zu ordnen. Sie war in Castlebough gewesen. Mit Marianne! Ja, jetzt fiel es ihr wieder ein. Sie waren Skye nachgereist, doch an den Grund konnte sie sich nicht erinnern ... Sie holte tief Atem und durchsuchte ihre Erinnerungen, die schrecklich fragmentiert waren. Ein Gefühl tief in ihrem Inneren war ihr vertraut. Hatte sie dort einen Liebhaber gehabt? Irgendetwas sagte ihr, dass es so gewesen war; tatsächlich schien sie sich daran zu erinnern – an alles außer seinem Namen und seinem Gesicht.

Erasmus! Das war es; Erasmus, doch sie hatte ein merkwürdiges Gefühl der Enttäuschung, ohne recht zu wissen, warum. Hatte es unglücklich geendet? War er unzulänglich gewesen? Keines von beidem schien zuzutreffen.

Dann schob sie diese Frage beiseite und versuchte sich zu erinnern, warum sie zunächst einmal überhaupt nach Castlebough gereist war. Skye. Sie war sich sicher, dass es etwas mit Skye zu tun hatte. Und mit seinen Gemälden! Den Peliers. Und mit diesem Priester Baumgere. Sie holte tief Luft. Allmählich kam es zurück. Aber warum war sie hier?

Sie kannte Eldrich mit Gewissheit, aber woher? Sie war

sich sicher, dass sie ihm vor ihrer Reise nach Castlebough noch nicht begegnet war, doch sie konnte sich an die erste Begegnung nicht erinnern. Eine Begegnung mit einem Magier vergaß man doch nicht. Sonderbar.

Sie öffnete ihre brennenden Augen und richtete sie auf Eldrich, der sie mit verstörendem Desinteresse betrachtete.

»Warum bin ich hier?«

Er antwortete nicht, sondern sah sie weiter an, fast als hätte er sie gar nicht gehört. Gerade wollte sie ihre Frage wiederholen, da begann er zu sprechen.

»Die Erklärung ist lang, und einen Teil davon habe ich Ihnen schon gegeben. Sie wird Ihnen wieder einfallen. Lassen Sie der Sache Zeit, denn Zeit haben wir im Überfluss, zumindest in den nächsten Tagen.«

Die Gräfin zupfte ihren Rock gerade. »Zumindest habe ich Kleider an«, sagte sie, ohne recht zu wissen, warum.

Eldrich lächelte belustigt. »Sind Sie enttäuscht?«

»Nein, ich denke nicht. Was haben Sie mit mir getan?«

»Nicht das, was Sie im Moment vermuten, obgleich ich gestehen muss, dass ich in Versuchung war. Aber das hieße, das Schicksal herausfordern, und zwar in einem recht buchstäblichen Sinne, nicht wahr?«

»Ach ja?«

Er antwortete nicht.

Die Gräfin setzte sich aufrecht und fühlte sich plötzlich sehr verletzlich. »Nun, Sie sind in jeder Hinsicht im Vorteil. Ich weiß nicht, wohin ich unterwegs bin oder warum.«

Er nickte zustimmend, bot ihr aber keine Erklärung an.

Ihre eine Hand war eingeschlafen, und sie rieb sie, um wieder Gefühl hineinzubekommen. »Ich kann mich auch nicht erinnern, einer solchen Reise zugestimmt zu haben.«

»Waren Ihre Beziehungen zu Erasmus intimer Natur?«, fragte Eldrich plötzlich.

»Sir! Ich bin schockiert, eine solche Frage von Ihnen zu hören.«

»Das sind Sie eigentlich gar nicht. Und ich stelle erfreut fest, dass sie es waren – intim, meine ich.«

Sie wollte widersprechen, doch er wandte sich ab und schaute aus dem Fenster, als wäre er nicht weiter an dieser Frage interessiert. Sie hatte das Gefühl, dass sein Gesicht sich ein wenig verändert hatte und dem Spott Trauer gewichen war.

»Irgendetwas ist Erasmus zugestoßen«, sagte sie plötzlich.

Er wandte sich zu ihr zurück, einen leicht überraschten oder vielleicht eher beeindruckten Ausdruck auf dem Gesicht. »Erasmus befindet sich bei bester Gesundheit, das kann ich Ihnen versichern.«

»Aber wo ist er?«

»Liegt Ihnen wirklich etwas an der Antwort?«

»Ja, natürlich.«

Er nickte, wobei ihr allerdings nicht recht klar war, warum. »Es heißt oft, um die Künste zu praktizieren, müsse man sein Herz aufgeben.« Der Anstrich von Trauer kehrte zurück. »Aber ich will Ihnen sagen, dass es nicht so einfach ist.«

Sie wusste nicht recht, was sie sagen sollte, doch plötzlich geriet ihre Überzeugung, Erasmus müsse etwas zugestoßen sein, ins Wanken. Lag ihr etwas an Erasmus? Sie erinnerte sich an ihre Liebesnacht. Gewiss hatte ihr das große Lust bereitet. Aber hatte Erasmus in jener Nacht ihr Herz erobert? Fast erschien es ihr, dass die Antwort, falls man diese Frage wirklich stellen musste, nein lauten würde. Und das machte sie ein wenig traurig.

»Sie haben meine Frage nicht beantwortet«, sagte die Gräfin.

Eldrich sah sie scharf an. »Haben Sie noch nie gehört, dass es unklug ist, einen Magier zu verärgern?«

Sie antwortete nicht, weil sie plötzlich Angst empfand, gleichzeitig aber auch Enttäuschung und Ärger. Eldrich wandte sich wieder ab und schaute auf die vorbeiziehende Landschaft hinaus.

Sie spürte, wie eine Röte ihre Haut überzog. Die Erinnerung an ein Begehren kehrte zu ihr zurück, doch es schien nicht mit Erasmus verbunden zu sein. Eldrich ... Sie hatte dieses Begehren für ihn empfunden – auf seinen Befehl hin, so schien es. Und nun wurde sie erneut von der Erinnerung überwältigt.

Bewirkt er das, fragte sie sich, *oder sind das meine Gefühle?*

Angst – sie empfand auch Angst. Angst und Begehren. Der Gedanke, dass diese beiden Emotionen gleichzeitig in ihr am Werk sein konnten, war ihr verhasst, doch ihr Körper scherte sich nicht darum. Und schlimmer, sie spürte einen Hunger in ihm, den sie vorher nicht empfunden hatte – Hunger nach ihr. Der lag unter seinem Spott verborgen, unter seiner Ruhe, aber dennoch spürte sie ihn. Sie wurde von einem Magier begehrt ...

»Ich kann mich noch immer nicht daran erinnern, dieser Reise zugestimmt zu haben«, sagte sie in der Hoffnung, dass das Sprechen sie von ihrer Verwirrung ablenken würde.

Eldrich wandte sich um und schaute sie an, wobei er sich in seinem Sitz aufrichtete. »Wissen Sie, wie alt ich bin?«, fragte er, als hätte er ihre Bemerkung gar nicht gehört.

Sie schüttelte den Kopf.

»Hundertdreiunddreißig Jahre. Alle anderen Schätzungen, die Sie gehört haben mögen, sind falsch. Allerdings habe ich in gut vierzehn Tagen Geburtstag.« Er hielt inne und beobachtete ihre Reaktion auf diese Information. »Ich bin stärker als Männer, die ein Jahrhundert jünger sind als ich, und mein Verstand ist noch immer vollständig intakt.

In jeder Hinsicht bin ich ein Mann in den mittleren Jahren, abgesehen von der Tatsache, dass ich wie alle meinesgleichen keine Kinder zeugen kann.« Er hob die Augenbrauen und legte den Kopf ein wenig schief, als wäre er stolz darauf. »Ich lasse mich nicht zu der Frage herab, wie alt ich wirke, denn da erfordert die Höflichkeit eine Lüge, selbst bei jemandem wie mir, doch dass ich nicht wie ein alter Mann aussehe, ist mir bewusst.« Wieder hielt er inne – beim Sprechen machte er immer wieder Pausen, die alle ein bisschen zu lang waren, was eine verstörende Wirkung auf seine Gesprächspartner ausübte, oder zumindest auf die Gräfin. »Kennen Sie Lady Felton-Gray?«

Sie nickte und fragte sich gleichzeitig, ob sein Verstand wirklich noch so klar war, wie er es behauptete, denn in diesem Gespräch schien der rote Faden zu fehlen.

»Sie muss wohl inzwischen in den Achtzigern sein. Als sie in Ihrem Alter war, Lady Chilton, hielt ich sie für die schönste Frau, die ich je gesehen hatte. Sicher riskiere ich damit eine grobe Unhöflichkeit, aber heute ist sie ein altes Weib.«

»Das ist mehr als unhöflich«, entgegnete die Gräfin, ohne nachzudenken. »Lady Felton-Gray ist eine äußerst distinguierte Dame.«

Er nickte. »Aber die Männer Farrlands und noch darüber hinaus singen das Lob der Gräfin von Chilton und nicht der Lady Felton-Gray. Sie, Lady Chilton, sind die große Schönheit Ihrer Generation. In zehn Jahren sehen Sie vielleicht noch immer so aus wie jetzt. Oh, Ihr Haar ist dann vielleicht nicht mehr ganz so dick und glänzend, Ihre Haut schimmert nicht mehr so wie heute, und in den Augenwinkeln haben sich die ersten Fältchen gebildet. Aber man wird sie noch immer als große Schönheit betrachten. In zwanzig Jahren wird man Sie durch eine Frau ersetzt haben, die halb so alt ist wie Sie. In dreißig Jahren hält man sie noch für gut aussehend und vielleicht wohl erhalten. In vierzig Jahren werden die Leute sich wundern, dass Männer, deren Namen Sie, Lady Chilton, nicht einmal kannten, Ihretwegen Duelle ausgetragen haben. Und wenn Sie erst einmal das Alter von Lady Felton-Gray erreicht haben …« Er zuckte die Schultern.

»Und es bereitet Ihnen Vergnügen, mir in Erinnerung zu rufen, dass ich nur sterblich bin und denselben Erniedrigungen unterworfen sein werde, die uns alle ereilen?«

»Das mag mir vielleicht ein wenig Vergnügen bereiten, aber nicht deshalb habe ich es angesprochen. Letzthin ist mir ein Dilemma begegnet, doch nun glaube ich, eine Lösung gefunden zu haben. Würden Sie nicht gerne bis ins hohe Alter hinein ungefähr genauso bleiben, wie Sie jetzt sind?«

»Was sagen Sie da? Solch eine Gabe können Sie mir verleihen?«

Er nickte langsam und beobachtete dabei ihr Gesicht. Sie betrachtete den Mann, der da vor ihr saß, überlegte dabei, dass er eigentlich nicht wirklich wie ein böser Mensch aussah, und doch fühlte sie sich entsetzlich von ihm bedroht. Was er für sie empfand, war keine Zärtlichkeit, dessen war sie sich sicher. Weder an ihr noch an sonst irgendjemandem lag ihm das Geringste. Eldrich war kein Mann wie andere Männer. »Ich nehme an, dass Sie dafür etwas zurückhaben wollen?«

Wieder nickte er, bot ihr aber keine weitere Erklärung.

»Und was mag das wohl sein, so sagen Sie doch?«

»Die meisten Menschen würden sagen, ein langes Leben, Jugend und Lebenskraft könnten gar keinen zu hohen Preis haben«, meinte er.

»Ich habe Geschichten über Leute gelesen, die einen Vertrag mit dem Teufel schlossen, Lord Eldrich. Das Ende war niemals glücklich.«

Er lachte tatsächlich, als fühle er sich durch diesen Vergleich geschmeichelt. »Das Leben endet niemals glücklich, Lady Chilton – Alter, Hinfälligkeit, Tod. Allenfalls kann man ein erfülltes Leben und eine volle Lebensspanne anstreben. Aber ich biete Ihnen mehr: die Chance, Ihre Jugend in all ihren Einzelheiten zu verlängern. Ihre Schönheit, Ihre Kraft und Ihre geistigen Fähigkeiten. Alles. Jugend, Lady Chilton – oder schlimmstenfalls die mittleren Jahre –, bis Sie Ihren hundertsten Geburtstag hinter sich haben. Ihn um eine halbe Lebensspanne hinter sich gelassen haben, nach menschlichem Maß.«

Ein Teil von ihr glaubte, dass er sich über sie lustig machte oder sie an der Nase herumführte, doch ein anderer Teil war sich da nicht so sicher. *Jugend* – nicht für ewig, aber für viele Jahre. Sonderbarerweise schossen ihr Tränen in die Augen, und sie kämpfte darum, sie zurückzuhalten, während eine Woge von Gefühlen über sie hinwegschwemmte.

Jetzt wusste sie, dass da irgendwie mehr war – zwischen ihnen. Sie erinnerte sich an ihre erste Begegnung und alles, was er da angedeutet hatte. Der Gedanke, Teil seiner Welt zu werden, war zu erschreckend, zu fremd.

»Ich muss wohl …«, sie schluckte, »ich muss Ihr großzügiges Angebot wohl ablehnen.«

Eldrich antwortete nicht, sondern starrte sie nur an, sodass sie wegschaute und den Blick zum Fenster hinaus in die Dunkelheit richtete. Die Kutsche hatte ihre Fahrt verlangsamt, um eine der vielen engen Haarnadelkurven zu nehmen, und plötzlich blieb sie ganz stehen. Sie hörte Stimmen – offensichtlich unterhielt sich der Fahrer mit jemandem auf der Straße.

Eldrich öffnete die Kutschentür und stieg aus, ließ die Tritte herunter und hielt ihr die Hand auf eine Weise hin, die keineswegs höflich war. Einen Moment lang zögerte sie, doch dann fielen ihr seine Worte ein, er sei kein Gentleman, und so ergriff sie die angebotene Hand.

Die Haut seiner Hand war unendlich weich, wie die Haut eines Kindes. Und warm, so ganz anders als sein Verhalten.

Warme Hände, kaltes Herz, erinnerte sie sich an einen Ausspruch ihrer Mutter.

»Warum halten wir an?«, fragte sie ein bisschen atemlos.

»Es scheint jemand auf der Straße zu sein. Walky? Was ist da?«

»Eine Frau, Sir. Sie muss sich wohl verirrt haben.«

Sie gingen um die Pferde herum, und dort, im Licht der Kutschenlaterne, sahen sie neben dem kleinen Mann, den die Gräfin schon kannte, eine ältere Frau stehen. Die Frau war offensichtlich verwirrt und starrte rundum alles an, als könne sie nicht verstehen, wie sie an diesen Ort gekommen war. Ihre Bewegungen waren übertrieben und nicht recht unter Kontrolle.

»Meine Liebe!«, sagte die Gräfin und trat direkt auf die Frau zu, die eindeutig keine Bäuerin war. »Hatten Sie einen Unfall? Was ist Ihnen zugestoßen?« Die Gräfin ergriff die Hand der Frau, die kalt war wie Schnee. »Sagen Sie es mir, Madame, was ist geschehen? Von wo sind Sie gekommen?« Der Atem der armen Frau roch nicht nach Alkohol, aber dennoch schwankte sie auf den Beinen.

Sie sah die Gräfin neugierig an, als würde sie sie wiedererkennen. »Ich … ich weiß es nicht. Wo sind wir? An welchem Ort?«

»In den Caledon-Bergen, meine Liebe. In der Nähe von Castlebough. Kommen Sie vielleicht von dort?«

»Ich weiß es nicht …«

Plötzlich sackte die Frau zusammen, hielt dabei aber die Hände der Gräfin umklammert, und die Gräfin versuchte, sie aufrecht zu halten.

»Oh, Mr. Walky, könnten Sie Ihren Mantel auf den Boden breiten?«

Walky erfüllte diese Bitte sofort, und sie ließen die Frau auf den Boden nieder, wo sie nun lag, noch immer verwirrt, doch bei Bewusstsein.

»Können Sie mir Ihren Namen sagen, meine Liebe?«, fragte die Gräfin.

»Meinen Namen …? Oh, ja. Ich heiße …« Die arme Frau schielte vor Anstrengung, die Worte aus ihrer Erinnerung herauszuzwingen, doch dann schüttelte sie den Kopf, und in ihren Augen schimmerten Tränen auf.

»Lord Eldrich«, sagte die Gräfin, »können Sie denn nichts für sie tun?«

»Ich glaube nicht, dass sie meine Hilfe wünscht«, erwiderte er fest.

Die Frau berührte das Haar der Gräfin. »Und wer sind Sie, mein Kind?«, flüsterte sie.

»Die Gräfin von Chilton, meine Liebe. Würden Sie es mit unserer Hilfe in die Kutsche schaffen?«

»Aber das kann nicht sein«, entgegnete die Frau, und ihr Blick war nun noch verwirrter. »Die Gräfin bin ich. Es kann doch nicht zwei geben?« Die alte Frau begann nun ernstlich zu weinen. Jämmerliche, winzige Schluchzer.

»Sie können doch nicht ich sein …«

Die Gräfin spürte, wie sie sich zurückzog und entsetzt auf die runzlige alte Frau niederstarrte.

»Sie werden überrascht sein, wie schnell die Jugend vergeht«, sagte Eldrich. »Wie alles, was Sie für selbstverständlich halten, zerbröckelt und verwelkt. Und hier begegnen Sie nun Ihrer Zukunft, Lady Chilton. Keine achtzig Jahre, und nicht einmal Ihre Erinnerungen können Ihnen mehr Trost bringen. Bleiben Sie eine Weile bei ihr. Bedenken Sie die Wahl, die Sie treffen.«

»Ich habe genug gesehen«, sagte die Gräfin und wollte aufstehen, doch die alte Frau umklammerte ihre Kleider und hielt sie fest. Die Gräfin empfand es so, als hätte eine Vision des Todes sie in der kalten Hand und zerre sie zur

Erde nieder. Sie machte sich mit einem Ruck von der wimmernden Frau frei und empfand dabei sowohl Schuldgefühle als auch Abscheu – doch die Abscheu war stärker.

Es ist nur eine Erscheinung, sagte sich die Gräfin. *Eine Erscheinung, sonst nichts.*

Sie wandte sich zu Eldrich um, doch der Magier war weg und ließ sie dort allein im Licht der Kutschenlaterne stehen, vor sich ihre Zukunft. Die allgemein übliche Zukunft.

Viele Sekunden konnte sie die Augen nicht von der armen Frau wenden, die noch immer Hilfe suchend die Hände nach ihr ausstreckte. Ein heranwogendes Schwindelgefühl erfasste sie, und sie spürte, wie die Welt sich um sie drehte, ohne Unterlass drehte. Schnell wandte sie sich ab und stolperte in die Kutsche.

Mit hängendem Kopf schloss sie die Augen und versuchte, ihren Atem zu kontrollieren und die Tränen zurückzuhalten. Animalische Todesfurcht war über sie gekommen, und sie wusste, sie war bereit, bis zum letzten Atemzug zu kämpfen, um am Leben zu bleiben.

Schau doch, was er mir angetan hat, dachte sie. *Meine Ehre, meine Würde hat er mir genommen. Mich zu einem Tier herabsinken lassen, das im Dunkeln anknurrt, wovon es sich bedroht fühlt, und mich so weit gebracht, dass ich bereit bin, alles zu tun, um nur mein kostbares Ich zu retten.*

Vor ihren inneren Augen tauchte wieder das Bild der uralten Frau auf. *Bei Farrelles Blut*, dachte sie, *bewahre mich vor diesem Schicksal.*

Was für ein Ungeheuer er ist. Was für ein schreckliches Ungeheuer.

Die Kutsche setzte sich mit einem Ruck in Bewegung, und als sie die ersten paar Meter gerollt war, erstarrte die Gräfin vor Angst, wieder das schreckliche Wimmern zu hören. Zum Glück hörte sie gar nichts.

»Vielleicht«, sagte Eldrich leise, »sollten wir mit dieser Unterredung noch einmal von vorn beginnen. Ich verlange Ihre Mitarbeit, Lady Chilton, und dafür kann ich Ihnen etwas bieten, was sonst kein lebender Mensch Ihnen bieten könnte. Was sagen Sie jetzt?«

44

Anna und Banks beugten sich gemeinsam über ihre Übersetzung des Wandtextes und hofften, dabei irgendeinen Hinweis zu finden, der ihnen den Weg aus der Gruft wies. Gelegentlich besprachen sie sich mit Erasmus, der sich von Stunde zu Stunde mehr an Teile seines in der Kindheit genossenen Unterrichts zu erinnern schien. Nur Diakon Rose beharrte bei seiner Behauptung, er könne nichts zur Aufklärung beitragen, was die Telleriten ihm allerdings nicht glaubten. Wenn der Priester auch nicht helfen konnte, so hielt er doch mit Gewissheit ein Auge auf ihre Fortschritte, und sein Verhalten erzeugte eine spürbare Spannung.

Die anderen untersuchten jeden erreichbaren Zentimeter des Komplexes, ob dort vielleicht eine Fuge im Fels oder irgendein anderer Hinweis auf einen Ausgang zu finden war. Hayes und Kehler arbeiteten zusammen, wobei sie im langen Korridor begannen. Die Wände kamen ihnen makellos vor, der Fels zu einer glatten Fläche gemeißelt und poliert, als wäre er sorgfältig von Hand behauen worden, wenngleich es nach dem, was Anna gesagt hatte, ja gewisse Zweifel gab, dass hier überhaupt Handwerker am Werk gewesen waren.

»Allmählich glaube ich, dass es keinen Sinn hat«, sagte Hayes und setzte sich auf den Boden, um sich einen Moment lang auszuruhen. Sein Magen knurrte, denn die letzte »Mahlzeit« war so absurd unzureichend gewesen, dass Kehler bei ihrem ersten Anblick tatsächlich aufgelacht hatte, wenn ihm das Lachen auch schnell vergangen und ein dunkler Blick in seine Augen getreten war.

Die kleinen Mengen von Nahrung schienen ihren Appetit nur zu wecken, und Hayes verspürte allmählich Schmerzen im Magen und sogar ein Brennen in der Speiseröhre. In seinen Schläfen hatte sich ein Kopfschmerz eingenistet, und er musste darauf achten, langsam aufzustehen, damit ihm die Sicht nicht vor den Augen verschwamm.

»Vielleicht ist es ja sinnlos«, antwortete Kehler auf Hayes' Bemerkung, »aber haben wir etwas Besseres zu tun?« Er lehnte sich mit dem Rücken gegen die Wand und streckte die Beine aus. »Ich setze meine Hoffnungen eher auf die Bemühungen von Anna und Banks. Vielleicht steht hier etwas geschrieben, was uns hilft.« Kehler ließ den Blick rundum wandern. »Ich kann nicht glauben, dass unser Weg hierher der einzige Zugang war.«

»Ich auch nicht«, stimmte Hayes mit etwas niedergeschlagener Stimme zu. »Ich glaube, dass unser Zugang offen gelassen wurde, damit die Halle hier eines Tages entdeckt werden konnte. Damit man die Leistungen Landors und der anderen in Erinnerung behielt. In gewisser Hinsicht erscheint mir dieser Schrein als ein Akt unglaublicher Eitelkeit. Kannst du dir vorstellen, dir selbst einen Schrein zu errichten?«

»Schau dir doch all die großen Häuser und Paläste in Farrland an, Hayes. Sind die etwas anderes als Denkmäler für ihre Besitzer? Und von denen haben viele so gut wie gar nichts geleistet.« Kehler verfiel in Gedanken. »Und«, er stemmte sich hoch, »wie viele dieser Häuser hatten Geheimgänge, um in unsicheren Zeiten einen Fluchtweg zu besitzen?« Er hielt inne. »Es muss einen Weg nach draußen geben. Etwas anderes kann ich nicht glauben. Und wir müssen ihn finden, bevor wir zu schwach sind, uns seiner zu bedienen.«

Zwei Stunden später erreichten sie das Ende des Korridors und waren so verzweifelt, dass sie sich gar nicht ansehen konnten. Nun dämmerte ihnen schließlich doch, dass sie hier vielleicht sterben würden, und ihr Misserfolg bei der Suche nach etwas, das ihrem Entkommen förderlich wäre, machte diese Erkenntnis nur noch schlimmer.

»Sollen wir uns die Wände noch einmal vornehmen?«, fragte Hayes ohne große Hoffnung in der Stimme.

Kehler zuckte die Schultern. »Glaubst du, es könnte nur die geringste Möglichkeit bestehen, etwas zu finden, was wir übersehen haben?«

Hayes warf einen Blick in die Halle, in deren Mitte die anderen sich auf dem Boden versammelt hatten. »Nein. Wir werden hier wohl leider nichts mehr finden. Lass uns nachschauen gehen, was für Ergebnisse die anderen haben.«

Die Versammlung in der Mitte der Halle war düster. Hayes und Kehler setzten sich zwischen ihre Mitgefangenen und lauschten eine Weile dem schrecklichen Schweigen. Keiner wirkte im Geringsten hoffnungsvoll, und nur der Priester schien im Frieden mit der Situation.

»Gibt es also nichts Brauchbares in den Texten?«, fragte Kehler leise.

Banks schüttelte den Kopf. »Nichts, obgleich es gewiss ein faszinierendes Dokument ist, wenn man es so nennen kann. Natürlich gibt es Abschnitte, die wir nicht übersetzen können, doch ein guter Teil davon scheint eine Geschichtsaufzeichnung zu sein. Die Aufzeichnung der Ankunft der Magier aus Darr in Farrland.«

»Aber glauben Sie das denn, Banks?«, fragte Kehler. »Glauben Sie, dass die Magier aus einem anderen Land kamen, das sich mit weltlichen Mitteln nicht erreichen lässt?«

Banks warf Anna einen etwas schuldbewussten Blick zu. Als sie nicht reagierte, nickte er. »Ja, das glaube ich. Aber es gibt auch noch andere Beweise. Sie selbst haben sich für den Fremden von Compton Heath interessiert,

Kehler, und gewiss kam dieser Mann nicht aus unserer eigenen Welt – nicht einmal aus einem unerforschten Teil derselben, da bin ich mir sicher. Zudem hat ihn ein Magier fortgeholt, denn die Magier haben ein größeres Interesse an diesen Dingen als irgendein anderer.«

»Wissen Sie denn, dass es ein Magier war?«

»Zweifeln Sie nicht«, erwiderte Anna fest. »Es war ein Magier. Eldrich, würde ich sagen.«

»Und was ist aus dem Fremden geworden?«, fragte Hayes.

Anna zuckte die Schultern.

»Was wichtiger ist«, mischte Erasmus sich in die Diskussion, »wie ist er hergekommen, und warum ist er nicht einfach zurückgekehrt?«

Banks bewegte die Hand in einer Geste, als wolle er etwas sagen, hielt dann aber inne, vielleicht weil ihm seine Erklärung als unzureichend erschien. »In dieser Frage besteht keine Übereinstimmung, aber ich halte es für möglich, dass es Zeiten gibt, zu denen die Welten sich berühren und natürliche Tore sich öffnen. Ich kann nicht erklären, wie es dazu kommt, doch mir scheint, dass hin und wieder Menschen durch diese Öffnungen gekommen sind: der Fremde von Compton Heath; die ›verrückte Nell‹, wie man sie nannte; ein Junge, der halb erfroren in Doorn aufgefunden wurde. Und noch eine Reihe anderer. Alle waren sie verwirrt, und ihre Überraschung, sich hier wiederzufinden, war größer als die unsere, sie entdeckt zu haben.«

»Sehen Sie das genauso, Miss Fielding?«, fragte Erasmus.

Ihr Mund verzog sich nach unten. »Kürzlich fand ich mich zu dem Eingeständnis gezwungen, dass diese Erklärung wohl recht wahrscheinlich ist.«

»Sie sind einem Fremden begegnet«, sagte Clarendon schnell.

Sie presste die Lippen zusammen, zuckte fast unmerklich mit den Schultern und schaute auf ihre Hände hinunter, die einen Kreis auf den Steinboden zeichneten.

»Nun, wenn wir also heute nicht hier herauskommen werden«, sagte Rose so gefasst wie immer und ohne jede Spur von Verzweiflung, »wer erzählt dann als Nächster seine Geschichte?« Er schaute Anna und Banks gleichmütig an.

»Nein«, erwiderte sie und legte Banks die Hand auf den Arm. »Wir werden Ihnen unsere Geheimnisse nicht enthüllen, solange wir nicht sicher sind, dass es kein Entkommen gibt.«

Der Priester nickte und senkte respektvoll den Blick. »Wer dann?«, fragte er ruhig.

»Warum erzählen Sie nicht jedermann hier, wie Sie meine Brüder gefangen genommen und für ihr Verbrechen verbrannt haben, das darin bestand, niemandem ein Leid zuzufügen?«, fragte Anna.

»Bei diesem Ereignis war ich noch nicht auf der Welt, Miss Fielding. Ich kann Ihnen jedoch eine andere Geschichte erzählen – nicht weniger traurig –, doch irgendwie glaube ich, dass Sie sie hören wollen.« Rose schaute sich um und sah einen nach dem anderen an. »Ich kann Ihnen erzählen, wie die Magier die Nachfolger Tellers in die Falle lockten und vernichteten.«

»Sie kennen diese Geschichte?«, fragte Anna und blickte auf. »Die wahre Geschichte?«

Rose nickte einmal. Er stützte die Hände hinter sich auf den Boden und legte einen Moment lang den Kopf in den Nacken, um zur Decke emporzuschauen. »Nach dem schrecklichen Konflikt, der unter dem Namen Winterkrieg bekannt ist«, begann er mit schwacher Stimme. Dann hielt er inne und sammelte Feuchtigkeit im Mund. »Im Jahre 1415 fand eine letzte große Schlacht statt, die allerdings keine Schlacht zwischen Nationen war, und nur wenige haben je von ihr erfahren. Das Schlachtfeld befand sich irgendwo in der Nähe der Ruine der Tremont-Abtei – manche behaupten auch, die Abtei selbst sei der Schauplatz gewesen.« Der Priester ließ den Blick über die anderen wandern. »Die Nachfolger Tellers, die sich seit unzähligen Jahren verborgen hielten, tatsächlich seit Jahrhunderten, begingen einen großen Fehler. Sie unterschätzten die Geduld der Magier.«

Anna ließ den Kopf hängen, sodass ihr Gesicht vom Haar verdeckt war, und wurde gänzlich still. Hayes fragte sich, was ihr wohl durch den Kopf gehen mochte. Banks neben ihr sah aus wie ein Mann, der gerade seinen eigenen Begräbnisriten beiwohnt. Alle Farbe war aus seinem Gesicht gewichen.

»Keiner weiß, wie die Magier von den Plänen ihrer Rivalen oder auch nur von ihrer Existenz erfuhren, denn die Nachfolger Tellers hielten sich nicht nur auf die übliche Weise versteckt, sondern wendeten auch Mittel der Geheimkünste an. Sie befanden sich in dem Glauben, durch die Zukunftsschau nicht entdeckt werden zu können.« Er saß im Schneidersitz da und beugte sich jetzt vor, wobei er die Fingerspitzen aneinander legte. »Doch vielleicht liegt der Beginn der Geschichte auch in einer anderen Zeit, im zehnten Jahrhundert. Die häufig geäußerte Vermutung, Tellers Lehrherr sei vor Abschluss seiner Lehrzeit gestorben, stimmt tatsächlich. Damals näherte sich der Krieg zwischen der Kirche Farrelles und den Magiern seinem Höhepunkt. Irgendwie hatte Teller die Magier gegen sich aufgebracht. Ein Zeitgenosse, der Teller tatsächlich persönlich begegnet ist, behauptete, er habe sich nach Lapins Tod in dessen Bücher versenkt. Er stahl sogar einen Teil der Texte in der Hoffnung, sich so ohne Sanktion der anderen Magier selbst zum Magier machen zu können.« Der Priester schloss die Augen und holte tief Atem. »Aus irgendeinem Grund war Teller der Überzeugung, dass die Magier den Abschluss seiner Verwandlung in einen Magier nicht zulassen würden. Keiner weiß genau, warum, doch er floh vor ihnen und diente schließlich eine Zeit lang der Kirche in ihrem langen Kampf.« Er hielt nachdenklich inne, und die Art, wie er seine Fingerspitzen zusammenpresste, erinnerte Hayes daran, wie er selbst als Kind mit der Hand einen Kirchturm geformt hatte. Der Priester starrte in die von seinen Fingern gebildete Struktur, als wäre sie eine Meditationshilfe.

»Teller war nur ein widerwilliger Verbündeter, denke ich. Ihm lag nichts am Wort Farrelles, doch eine Zeit lang war er eine unermessliche Hilfe. Keiner wusste mehr über die Magier und ihre Wege als Teller. Die Magier rechneten nicht damit, auf raffinierte Methoden der Geheimwissenschaften zu stoßen, und obgleich Teller selbst kein Magier war, war er doch unendlich erfindungsreich. Ein Genie, so dachten viele. Als jedoch offensichtlich wurde, dass die Kirche nicht siegen würde, verschwand Teller. Die Magier unterzogen die Führer meiner Kirche ausführlichen Verhören, doch ihr Abtrünniger war ihnen entschlüpft.

Wunderbarerweise durfte die Kirche jedoch weitermachen, zwar sehr in ihrer Macht eingeschränkt, doch selbst das war etwas, wofür man dankbar sein konnte. In einem Ritus, der die Väter der Kirche mit Grauen erfüllte, schworen sie, nie wieder die Kunst der Magier zu verwenden und nie wieder mit einem abtrünnigen Diener der Magier zu tun zu haben. Strafe für die Missachtung wäre die vollständige Zerstörung der Kirche.

Hinterher fiel Kirchenmitgliedern auf, dass Teller mit vielen seiner Handlungen während seiner Zeit in der Kirche schon seine Flucht vorbereitet hatte. Seine Flucht und das Verstecken der Texte und des Wissens, das er von Lapin gestohlen hatte. Irgendwie entschlüpfte Teller den Magiern, was sowohl auf großes Talent als auch Fähigkeiten in den Künsten hinweist. Der Geheimbund Tellers wurde gegründet. Geheimer als jede Geheimgesellschaft, denn schon das winzigste Gerücht über seine Existenz hätte für seine Vernichtung gesorgt. Da war jedoch noch etwas, ein weiteres Verbrechen, das Teller begangen hatte: Er hatte Lapin ein geheimes Kraut gestohlen. Königsblut, wie wir hier gelesen haben. Und mehr als alles andere war dies ein unverzeihliches Verbrechen.

Es gibt kein mir bekanntes Dokument, das die Geschichte dieser Jahre erzählt, wenngleich Mr. Banks und Miss Fielding vielleicht mehr wissen. Mit Sicherheit hat Teller sein Wissen mit seinen Nachfolgern geteilt und sein eigenes vermehrt, denn er war mit einer Anzahl von Büchern entkommen. Doch es erscheint wahrscheinlich, dass seine unmittelbaren Nachfolger nicht ganz das Talent besaßen, das erforderlich ist, um die Künste vollständig zu meistern, denn sie konnten nicht einfach irgendjemanden anwerben, wie talentiert er auch sein mochte. Der Geheimbund verlor an Macht, wenn auch nicht an Mitgliedern – jede Nachfolgegeneration war weniger fähig als die vorangegangene. Jahrhundertelang schmolz so die Macht dahin, während die wenigen, die überhaupt etwas von Teller wussten, glaubten, sein Wissen sei verloren gegangen.

Doch wie dies bei allen Künsten der Fall ist, kam es zu einer Erneuerung, zu einem goldenen Zeitalter, in dem in einer Folge von mehreren Generationen Menschen mit Talent geboren wurden. Unter den Nachfolgern Tellers erlebten die Künste eine große Renaissance, und sie wurden selbstbewusster. Schließlich fiel während des Winterkriegs die Entscheidung, ein Ritual durchzuführen – seine genaue Natur kann ich Ihnen nicht nennen, doch es war dazu gedacht, die Macht der Telleriten zu vergrößern. Vielleicht war es das Ritual, durch dessen Ausführung ein echter Magier entsteht – diese Theorie gibt es zumindest. Sie gingen also zur Tremont-Abtei. Es gibt ein altes Lied ...«

»Mr. Flattery kennt es«, warf Clarendon schnell ein.

Rose rezitierte den Text des Liedes, das Erasmus bei Clarendon zu Hause vorgesungen hatte.

»A delro, a delro. Ai kombi aré«, wiederholte Banks.

»Und das bedeutet?«, fragte Kehler.

»›Wir sind hier, wir sind hier. Am Welt-Tor‹«, antwortete Anna, »oder, wie wir es wiedergeben würden – ›Am Tor der Welt‹. Man könnte auch übersetzen: ›Wir sind hier am Anfang der Welt‹, aber in diesem Fall bedeutet es wohl ›Tor‹.«

»Aber was ist in der Abtei passiert?«, fragte Kehler ungeduldig.

»Die wenigen, die die Geschichte überhaupt kennen, haben nie etwas anderes erfahren, als dass nur die fünf Magier dies mit Gewissheit wüssten, doch ich will Ihnen jetzt berichten, dass dem nicht so ist. Ein junger Priester Farrelles befand sich auf Pilgerfahrt, um an den heiligen Stätten zu beten. Will man den alten Weisen Glauben schenken, hatte er für die Nacht bei der Abteiruine Halt gemacht, als die Nachfolger Tellers kamen, ihr Lied der Macht auf den Lippen. Sie stiegen in die Keller der Abtei hinunter, und er blieb draußen zurück und rätselte, was sie da trieben. Doch an diesen Männern war etwas Unheimliches, und so blieb er, wo er war, in der Ruine versteckt.

»›Fünf gingen durchs Mondlicht‹, ›mehr Geist als Mensch‹, doch in Wirklichkeit übersahen sie den Mönch auf Pilgerfahrt nicht; tatsächlich schienen sie zu wissen, dass er da sein würde. ›Der Zeuge vom Heiligen See‹, begrüßten sie ihn und nahmen ihn mit sich, hinunter in die Keller. Bruder Stephen hieß er, und er ist der einzige Mensch, der das Geschick der Nachfolger Tellers gesehen hat.

›Bevor sie in die Keller der Abteiruine hinunterstiegen‹, schrieb er später, ›zogen sie mit der Asche meines Feuers ein Muster auf den Steinboden des Mittelschiffs, und dann verteilten sie mit einer Kerze Wachs auf diesem Muster.

Mit einer Phiole voll Sternenlicht, so nannten sie es, zeichneten sie ein zweites Muster innerhalb des ersten, und das glühte geisterhaft bleich auf dem Boden. Auf ein Wort hin flammte das äußere Muster auf und brannte in dünnen, ungebrochenen Linien, wie Feuer es normalerweise nicht tut. Viele Worte in einer widerlichen Sprache wurden gesprochen, Zauber wurden gewebt und Banne ausgelegt. Erst als die Magier mit ihrem abscheulichen Werk zufrieden waren, stiegen sie die Treppe hinunter. Nach unten gingen sie, in die Tiefen der alten Abtei. Einen uns Menschen unbekannten Gang und eine Geheimtreppe hinunter, die sich in die Erde hineinwand wie eine lichtscheue Schlange. Hinunter ... bis wir schließlich zu einer Öffnung in der festen Wand kamen.

Dort vollzogen die Sieben, die zuerst hinabgestiegen waren, einen Ritus von schrecklicher Pracht. So tief waren sie in ihr boshaftes Treiben versunken, dass sie die Fünf nicht kommen sahen. Die Fünf und den einen, der zusah. Sieben Säulen standen in einem Halbkreis um einen Brunnen herum, über dessen Sockel die Skulptur eines Mannes und einer Frau in den Stein gehauen war. Auf dem Boden glühten Linien wie Sternen- und Mondlicht, und die Männer schrien mit unmenschlichen Stimmen in fremden Zungen.‹ Bruder Stephen behauptet, er hätte sich die Ohren zugehalten, doch das spielte keine Rolle. Er hörte jedes einzelne schreckliche Wort. ›Aus dem Brunnen brach eine Feuersäule hervor, und der Höchstgestellte unter ihnen sprach mit ihr in Worten der Macht, und sie gehorchte ihm.

Doch dann begannen die Magier zu singen, nahezu lautlos, und rundum erschienen verwirrende Muster in der Luft. Ihre Stimmen wurden lauter und lauter, bis wir das Lied der Sieben nicht mehr hören konnten. Plötzlich brachen die Magier in die Kammer herein und warfen weiße Vogeldaunen vor sich, die zu Boden fielen und dort Flammen fingen. Mit silbernen Dolchen stachen sie die Sieben bis auf den letzten Mann nieder und sangen bei diesem Gemetzel einen schrecklichen Trauergesang. Um sie her explodierten die Flammen, breiteten sich mit rasender Geschwindigkeit über den Boden aus, die Decke öffnete sich zur weiten Kuppel des Himmels, und wir schienen zwischen den Sternen durch den Himmel zu wirbeln.‹ Bruder Stephen erklärt, hier das Bewusstsein verloren zu haben, während er im Glauben an seinen bevorstehenden Tod zu Farrelle um seine verlorene Seele betete.

Doch er starb nicht. ›Als ich erwachte, lag ich im süß duftenden Gras einer Wiese unter einer warmen Sonne. Neben mir sprudelte eine Quelle, und als ich mich in dieser wunderschönen Umgebung aufrichtete, wurde ich gewahr, dass ich mich nicht allein dort befand. Ein Magier war bei mir geblieben. »Trinke von dieser Quelle«, sagte er, »bevor du dem Pfad folgst, der dich zurückführen wird. Wandere dann zum Sitz deines Ordens und erzähle dort, was du heute Nacht gesehen hast. Überbringe ihnen diese Warnung.« So verließ er mich. Ließ mich an jenem Ort zurück, den ich bis heute für den schönsten halte, den ich je gesehen habe. Also trank ich aus der Quelle, und gleich danach folgte ich dem Pfad unter einem steinernen Torbogen hindurch aus dem Wald heraus.‹«

Rose ließ den Blick rundum von einem zum anderen wandern. »Bruder Stephen tat wie geheißen, berichtete das Vorgefallene, wie er es verstanden hatte, und schrieb es in den geheimen Annalen der Kirche nieder. Ich gestehe, seinen Bericht viele Male gelesen zu haben, und muss mich entschuldigen, denn dies hier war eine gekürzte Version und in meinen eigenen Worten erzählt. Doch im Kern entspricht die Geschichte dem Original. Ah ja, noch eine Selbstverständlichkeit: Jahre später kehrte Bruder Stephen zur Abtei zurück und fand weder den Geheimgang noch die Treppe. Auch die wunderschöne Wiese, die er als den

›schönsten Ort der Welt‹ beschrieben hatte, konnte er nicht mehr finden. Und das, obwohl er behauptet hatte, sie sei nur einen kurzen Spaziergang von der Abtei entfernt. Manche Kirchenleute halten seinen Bericht für gänzlich unglaubwürdig, doch das Lied stammt von den anderen: von ›Der Waise, der Jungfrau, dem Mann‹; und so glaube ich die Geschichte, denn die Übereinstimmung dieser beiden Berichte ist nicht zu leugnen. Zudem war Bruder Stephen nach allgemeinem Zeugnis ein vernünftiger Mann und in seinen späteren Jahren in jeder Hinsicht gesegnet, weil er ›in jener wunderschönen Lichtung das Wasser der Quelle getrunken‹ hatte.« Rose streckte die Beine aus.

»So lautet die Geschichte, wie die Kirche sie kennt. Selbst die Magier glaubten damit die Nachfolger Tellers vernichtet. Zumindest glaubten sie das viele Jahre lang. Anscheinend hatten sie nie einen Verdacht bezüglich der verborgenen Bedeutung von Tellers Zeichen: drei Talrosen. Eine für jeden der drei von ihm gegründeten Geheimbünde, die selbst jeweils nichts von der Existenz der anderen wussten. Das glaube ich zumindest inzwischen.« Er schaute Anna an, die noch immer den Kopf hängen ließ, und selbst Banks äußerte nichts zu seinen Spekulationen, weder bestätigte er sie noch widersprach er.

Plötzlich stand Anna auf, schlängelte sich zwischen den Sitzenden hindurch und ging quer durch die Halle davon, den Kopf jetzt hoch erhoben, die Haltung steif, doch voll Würde und Zorn. Banks beobachtete sie bedrückt, stand dann auf und ging ihr ohne einen Blick zurück auf die anderen nach.

»Vielleicht, Diakon Rose, haben Sie nicht gerade die beste Geschichte für diese Umstände ausgewählt«, sagte Clarendon und fixierte den Priester mit hartem Blick.

»Nein, Mr. Clarendon, ich glaube wirklich, dass Miss Fielding diesen Bericht hören wollte. Er ist ein Teil ihrer

Geschichte, der ihnen vermutlich niemals klar war, denn die anderen Gruppen waren ihnen bis zu ihrer Vernichtung gar nicht bekannt.«

»Vielleicht, aber sie ist wie ein Kind, dessen ganze Familie ermordet wurde, selbst jene weit entfernten Verwandten, die es niemals kennen gelernt hat. Und jetzt sitzt auch sie in der Falle, den Tod vor Augen. Ich denke, es war grausam, Diakon Rose, grausam und unnötig, aber es wird Ihnen wohl wenigstens ordentlich Spaß gemacht haben.« Clarendon stemmte sich hoch und ging eilig davon, verschwand in die Krypta.

Erasmus hatte den Eindruck, dass den Priester der Gedanke, an diesem Ort zu sterben, nicht so mit Sorge zu erfüllen schien wie alle anderen. »Ihnen ist der Tod hier wohl ganz recht, solange nur die Nachfolger Tellers mit Ihnen sterben, nicht wahr, Diakon?«, bemerkte Erasmus.

»Sie tun mir Unrecht, Mr. Flattery. Ich glaube daran, dass ich nach meinem Tod weiterleben werde. Dass ich in einer besseren Welt neu geboren werde. In einer Welt ohne Armut, Krankheit und Zwist, wo nur tugendhafte Menschen leben. Warum sollte ich also angesichts dieser Gewissheit unglücklich sein?«

Kehler stand auf, trat in die Ecke der Halle und machte sich entschlossen an die Untersuchung der Wand. Hayes ging ihm nach, um ihm zu helfen, und einen Moment später erhob sich Erasmus und verschwand im Korridor. Der Priester blieb allein zurück, anscheinend ungerührt durch diese Ablehnung seitens der ganzen Gruppe.

Erasmus setzte den Fuß auf die unterste Treppenstufe und fragte sich, ob er wohl das Richtige tat. Sollte er Banks und Anna stören? Banks war ihr eindeutig nachgegangen, um sie zu trösten, und Erasmus war sich sicher, dass der junge Mann ihr sehr zugeneigt war. Vielleicht sollte er sich hier besser zurückhalten.

Schritte kamen die Treppe herunter, und Erasmus ging in die Halle zurück, trat zu einem der Steingesichter und tat so, als studiere er den Text.

»Ah, Mr. Flattery.« Es war Banks, der die Treppe herunterkam. »Anna würde gerne mit Ihnen sprechen, wenn Sie ... so freundlich wären.« Er versuchte, bei diesen Worten zu lächeln und alle Anzeichen von Emotion aus seiner Stimme herauszuhalten, doch Erasmus hörte es trotzdem. Der arme junge Mann empfand es als recht schmerzlich, Erasmus zu ihr zu bitten. Und er versuchte, sich diesen Schmerz nicht anmerken zu lassen.

Erasmus nickte, da er nicht wusste, was er hätte sagen sollen, machte kehrt, um die Treppe hinaufzusteigen, merkte dann aber, dass Banks noch nicht ganz fertig war. »Ich glaube, Sie haben noch etwas zu sagen, Mr. Banks?«

Ein paar Sekunden lang kämpfte der junge Mann mit sich. »Glauben Sie, wir haben irgendeine Chance, hier herauszukommen?«, fragte er, doch Erasmus wusste, dass Banks eigentlich etwas ganz anderes hatte sagen wollen.

Erasmus schüttelte den Kopf. »Ich weiß es nicht, Mr. Banks, aber wenn wir aufgeben, werden wir gewiss nicht entkommen. Ich möchte hier nicht sterben, das ist gewiss.«

»Aber das werden Sie vielleicht auch gar nicht, Mr. Flattery.«

»Was meinen Sie damit?«

»›Der letzte Hüter des Tores.‹ Vielleicht überleben Sie das hier ja, um Ihren Zweck zu erfüllen.«

In seinem Inneren empfand Erasmus etwas Unbeschreibliches – als hätte sein Herz innegehalten, um auf etwas absolut Entsetzliches zu lauschen. »Das kann nicht Ihr Ernst sein.«

»Unmöglich ist es nicht. Wir haben es hier mit einer so geschickt ausgeführten Kunst zu tun, dass wir nicht einmal ansatzweise ahnen, wozu sie fähig sein könnte. Nein, Mr. Flattery, leider ist das wohl absolut möglich.« Er nickte zum Seitengang hinüber. »Sie ist ganz oben auf der Treppe.«

Erasmus stieg langsam hinauf und fragte sich dabei, ob Banks seine Worte wohl wirklich so gemeint hatte oder ob ihn nur die Eifersucht zur Grausamkeit trieb. Er hoffte das Letztere.

Er traf Anna am obersten Treppenabsatz an, wo sie die Beine an den Leib gezogen und das Kinn auf die Knie gestützt dahockte. Sie schaute ins Leere.

»Sie kehren immer wieder hierher zurück, Miss Fielding«, bemerkte Erasmus.

Sie zuckte die Schultern, gab ihm aber keine Erklärung. »Erasmus … ich darf doch Erasmus und du sagen?«

»Gewiss.«

»Ich habe nachgedacht und bin zu der Überzeugung gelangt, dass Rose uns selbst dann nicht entkommen lassen wird, wenn wir einen Weg nach draußen finden. Zumindest Banks und mich wird er am Entkommen zu hindern suchen. Bei euch anderen bin ich mir nicht sicher.«

Erasmus schaute denselben Punkt in der Ferne an, der ihre Aufmerksamkeit so auf sich gezogen hatte, und fragte sich, ob sie dasselbe sahen. »Ich bin mir bei uns anderen auch nicht sicher, doch möglicherweise würde er uns mit dem, was wir hier erfahren haben, lieber begraben wissen. Sollten wir irgendetwas entdecken, das uns bei der Flucht helfen könnte, müssen wir es vor Rose geheim halten. Ich weiß nicht recht, wie wir das anstellen sollten, doch wir müssten ohne ihn davonschlüpfen.« Er fuhr sich mit der Hand durchs Haar. »Keine leichte Aufgabe, denn ich fürchte, dass es unter uns so einige gibt, denen Heimlichkeiten und Listen nicht so recht liegen.«

»Schlechte Lügner, willst du sagen? Nun, Banks und mich kannst du damit unmöglich meinen, denn wir haben unser Leben damit zugebracht, die Wahrheit zu verbergen … Weit hat uns das allerdings nicht gebracht.« Sie drehte den Kopf, bis die Wange auf dem Knie lag, und schaute Erasmus von der Seite her an. »Dass der Priester von unserer Lage so wenig berührt wirkt, macht mich rasend. Ich kann nicht glauben, dass er keine Todesfurcht kennt – seine religiösen Überzeugungen hin oder her. Der Mensch fürchtet den Tod. Das liegt in seiner Natur.«

Erasmus nickte und starrte noch immer auf irgendeinen Punkt in unerreichbarer Ferne, einen Punkt jenseits der Höhle. Er dachte an die Gräfin. Machte sie sich Sorgen um ihn? Würde sie um ihn trauern, wenn man ihn schließlich als tot aufgab?

Und was war mit Rose? Warum war er so ...? Plötzlich hatte er eine merkwürdige Eingebung, doch an diesem Ort wirkte sie völlig normal. Für Roses Gleichmut gab es einen ganz offensichtlichen Grund.

»Vielleicht ist Rose verschlagener, als uns bewusst war. Er hat diese ganz bestimmte Geschichte nicht einfach nur deshalb erzählt, um dir Kummer zu bereiten und sich an dem Triumph über die Telleriten zu weiden. Da war noch etwas anderes, das habe ich schon während seines Berichts gespürt. ›Warum diese Geschichte jetzt?‹« Er wandte sich zur Seite und schaute Anna an. »Er glaubt, dass er als der Zeuge vom Heiligen See ausersehen ist. Darum zeigt er keine Angst. Rose glaubt, dass er die Rolle von Bruder Stephen spielt.«

Anna setzte sich aufrecht gegen den Fels, schloss die Augen und erstarrte, bis Erasmus glaubte, sie hätte das Atmen vergessen, doch dann stieß sie einen langen Seufzer aus und tat einen schnellen Atemzug. »Das hätte mir klar sein sollen«, sagte sie. »Ich weiß nicht, was mit mir los ist. Anscheinend übersehe ich alles. Eldrich hat uns wie Dummköpfe hier heruntergelockt. Und dann folgt uns dieser Priester. ›Jeder hier spielt seine Rolle.‹ Ich glaube, dass das stimmt. Roses Rolle muss die des Zeugen für die Kirche sein.«

»Aber ich verstehe nicht, warum«, sagte Erasmus und lehnte sich auf der Suche nach einer bequemeren Stellung zurück.

Anna schüttelte den Kopf, die Augen noch immer geschlossen, als hätte sie Angst, sie zu öffnen, hätte Angst vor dem, was sie dann sehen mochte. »Warum haben die Magier die Kirche nicht vernichtet? Diese Frage haben wir uns oft gestellt. Die üblichen Antworten kommen der Wahrheit nicht einmal ansatzweise nahe, wie ich vermute. Es muss da irgendetwas gegeben haben, irgendeinen Grund, die Kirche weiterbestehen zu lassen. Fast als hätte die Kirche irgendeine Gewalt über die Magier, wenn ich mir auch nicht vorstellen kann, worum es sich da handeln könnte.«

»Ich auch nicht. Aber du hast Recht. Ich kann ebenfalls keine angemessene Erklärung finden. Mir erscheint es als das Wahrscheinlichste, dass die Magier irgendeinen Nutzen entdeckt haben, den sie aus der Kirche ziehen können. Sonst hätten sie sie niemals weiterbestehen lassen.«

Schweigen senkte sich über sie, doch es war kein peinliches Schweigen. Eher das Schweigen von Menschen, die ihren eigenen Gedanken nachhängen. Schweigen, wie es zwischen Menschen entsteht, die sich nicht gut genug kennen, um zu wissen, was der andere denkt.

»Ich habe dich auf der *Nance* gesehen, wie du die Urnen untersucht hast«, sagte Erasmus. »Gibt es irgendeine Hoffnung für uns, an den Samen heranzukommen? Würde uns das weiterbringen?«

»Möglicherweise ja. Der Samen ist für die Kunst der Magier unerlässlich. Wenn wir eine Möglichkeit fänden, an ihn heranzukommen, könnten wir beide ihn an uns nehmen, und dann würden wir vielleicht feststellen, dass einige der Geheimnisse dieser Stätte uns enthüllt würden. Die Krypta reagiert auf unsere Anwesenheit – Hayes und Kehler sagten, sie wäre dunkel gewesen, als sie zum ersten Mal hineinschauten. Als ich die entsprechenden Riten vollzogen hatte, leuchtete Licht darin auf.« Mit einer Geste umfasste sie ihre Umgebung. »Und jetzt haben wir auch hier Licht – seitdem Banks und ich hier hochgestiegen sind. Ich glaube, dass jemand, der sich auf dem Pfad befindet, jemand mit Talent, der Samen zu sich genommen hat, vielleicht Kontrolle über einen Teil der Funktionen dieser Kammern gewinnen könnte.«

»Aber uns fehlt das notwendige Wissen. Es sei denn, dass du mir sehr viel vorenthältst.«

Sie schüttelte den Kopf. »Wahrscheinlich hast du Recht, doch wie sollen wir das jemals erfahren, wenn wir es nicht versuchen? Jedes Mal aber, wenn ich mich den Urnen nähere, kommt der Priester, stellt sich hin und beobachtet mich. Er muss erraten haben, was dort verborgen liegt, selbst wenn er um keinen Preis einen Fuß auf die *Nance* setzt.« Sie rieb sich mit den Händen das Gesicht, presste die Finger auf die Augen und schüttelte den Kopf. »Mir ist auch nicht ganz klar, warum ich das vorschlage, ich weiß doch gar nicht genug. Es ist sehr unwahrscheinlich, dass ich den Bann brechen könnte. Mehr als unwahrscheinlich«, sagte Anna, und das bisschen an Hoffnung, das sie vorher zum Ausdruck gebracht hatte, ging nun auch noch verloren. Erasmus empfand es genauso. Er unterdrückte den Drang, gegen die Wände zu hämmern wie einer, der verlangt, dass man ihn endlich freilässt.

Eine Zeit lang saßen sie schweigend da, und jeder hing seinen Gedanken nach. Erasmus grübelte darüber nach, was diese Frau eigentlich für ihn empfand. Sie hatte sich das letzte Mal dicht an ihn gepresst. Sie hatten sich geküsst – nur einmal –, doch es war ein Kuß voller Verheißungen gewesen. Jetzt wünschte er, noch einmal so von ihr berührt zu werden. Er wollte den Arm um sie legen, doch etwas hielt ihn zurück. Die Gräfin kam ihm in den Sinn, und er merkte, wie sich Schuldgefühle in ihm regten.

Aber wahrscheinlich sterbe ich hier, dachte er. *Soll ich mir da diesen Trost versagen? Wäre das nicht dumm?*

Plötzlich merkte er, dass Anna ihn ansah und ihr Blick langsam über sein Gesicht strich. »Du hast die Augen eines Poeten«, sagte sie, und ein winziges Lächeln trat auf ihr Gesicht, als wäre sie ein wenig befangen.

»Gehetzt, leicht verrückt, selbstmörderisch?«, fragte Erasmus.

»Nein. Ein bisschen traurig und sehr nachdenklich. Und nach innen gekehrt, nicht auf dich selbst gerichtet, aber auch nicht auf die Welt um dich herum konzentriert.«

»Geistesabwesend, meinst du?«

Sie lachte. »Ein Kompliment nimmst du nicht an, stimmt's?«

»Ach, das war ein Kompliment.«

»Na ja, eigentlich steckt in meinen Worten noch mehr, verstehst du. Ich wollte dir sagen, dass du sehr schöne Augen hast.« Sie sah ihn an, und das Spielerische war aus ihrem Gesicht gewichen.

Erasmus beugte sich langsam vor, und sie trafen sich auf halbem Wege und küssten sich vorsichtig. Ein Lächeln erhellte Annas Gesicht – ein bisschen selbstgefällig, dachte Erasmus, und dann rückte sie dichter an ihn heran.

Sie flüsterte ihm in einer fremden Sprache etwas zu.

»Was heißt das?«

»›Mein Herz ist wie eine Wasserlilie, die aus der Tiefe steigt.‹ In Darian ist es viel schöner.«

»Es gibt Liebesgedichte auf Darian?«

»O ja. Die Magier hatten ein Buch der Legenden, der Geschichtsschreibung und der Gedichte. Es hieß *Eulenlieder,* heute allerdings besitzen wir nur noch Fragmente davon. In den Jahren der Geheimhaltung ist so viel verloren gegangen.«

»Wie denn das?«

»Der Erinnerung meiner Brüder und Schwestern wurde

immer zu viel anvertraut, denn das geschriebene Wort kann einen verraten. Doch im Laufe der Jahrhunderte sterben immer wieder Menschen unerwartet, und so geht das Wissen verloren, bevor es weitergegeben werden kann. So schwindet unsere Macht, und was wir neu hinzulernen, kann das nicht ausgleichen.«

»Und der Samen? Hatte Rose nicht gesagt, Teller hätte Samen besessen? Was ist daraus geworden?«

Sie schüttelte den Kopf, dicht neben dem seinen. »Wir besaßen so wenig davon, und die Geheimnisse des Anbaus gingen verloren, oder der hinterlistige Samen hat uns verraten. Jetzt ist er schon seit vielen Jahren verschwunden. Wir sind in unseren Bemühungen gescheitert. Es gab eine gewisse Hoffnung, du könntest unser neuer Teller sein, Erasmus – du würdest uns vielleicht erneuern –, doch hier bist du nun und sitzt genauso in der Falle wie wir anderen auch.« Sie rückte noch dichter an ihn heran, suchte seine Berührung.

»Ich war nichts als ein Lockvogel, der euch in Versuchung führen sollte.« Er schloss die Augen und sah den armen Percy auf sich zutaumeln, sein entsetztes Gesicht von den Flammen umschlossen. Genau das machte die Kirche mit Häretikern, fiel ihm plötzlich auf. »Einen anderen Lebenszweck hatte ich nicht.«

Ich habe mich immer losgeschnitten gefühlt, dachte er. *Als würde mein Lebenszweck vor mir geheim gehalten. All die Jahre, in denen ich zu verstehen versuchte, warum Eldrich mich in seinen Haushalt aufgenommen hatte, habe ich die Wahrheit nie geahnt.*

»Aber jetzt hast du einen Lebenszweck«, sagte sie, und ihre kühlen Finger fuhren tastend über sein Gesicht, als könnte sie nicht sehen und wollte sich ein Bild von ihm machen. »Entkomme Eldrichs Falle! Entkomme ihm, Eldrich, endgültig! Wir kennen Mittel und Wege, uns zu verstecken. Wir können ihm entschlüpfen, falls er wenigstens für kurze Zeit glaubt, dass wir tot sind.« Ihre Finger zeichneten seine Stirn nach. Erasmus schloss die Augen und spürte ihre Berührung so kühl und zärtlich auf seiner Haut.

Er spürte, wie ihn die Unwirklichkeit des Moments ergriff. »Ich kann ihm niemals entkommen«, sagte er. »Du weißt das nicht. Eldrich lässt niemanden frei. Er würde mich finden. Selbst wenn er keinen weiteren Nutzen in mir sähe, entkommen würde er mich niemals lassen.«

Sie zog ihn ganz dicht an sich.

»Aber Eldrich hat nicht vor, noch lange in dieser Welt zu leben. Es gibt einen Grund dafür, dass er sieben geopfert hat. Er hofft, den Weg ein weiteres Mal zu öffnen und hindurchzuschlüpfen. Das ist mit Gewissheit seine Absicht. Wenn es uns gelingt zu entkommen, bleibt er hier hängen. Dann sitzt Eldrich in der Falle.« Plötzlich wirkte ihre Stimme sehr hart. »Ich bin kein so freundlicher Mensch, wie es den Anschein hat, denn der Gedanke an Rache erscheint mir jetzt ungemein süß. Eldrich in dieser Welt hier stranden lassen, der er so gern entkommen würde, und den Priester hier in dieser Unterwelt ganz allein in der Falle sitzen lassen: Dies sind die Gedanken, die mich trösten, die Waffe, mit der ich die Verzweiflung vertreibe. Lass mich leben, damit ich mich rächen kann. Könnte ich eine höhere Macht anrufen, wäre das mein Gebet.«

45

Erasmus lag da und schaute zum Gewölbe der Halle hinauf, das einem sternenübersäten Himmel so ähnlich war, dass er sich fast vorstellen konnte, sie wären in die Oberwelt entkommen. Er trieb zwischen Schlaf und Halbschlaf, stieg zu nebliger Bewusstheit auf und versank dann wieder in die Tiefen des Traums. Sie alle wurden zunehmend lethargischer – alle außer Diakon Rose und sonderbarerweise Clarendon.

Erasmus versuchte, sich zur Oberfläche hinaufzuzwingen, doch eine Strömung ergriff ihn, drehte ihn langsam im Kreis und zog ihn nach unten. Er konnte den riesigen Abgrund unter sich spüren, Meilen dunklen, stillen Ozeans – der Ort, an dem er für alle Ewigkeit herumtreiben würde, hin und her gezerrt, halb im Traum. Die Kälte des grenzenlosen Meeres sickerte in ihn ein. Eine Welt aus kaltem Blau.

Er versuchte, laut zu rufen, doch es kam kein Ton heraus.

Schwimmen, dachte er. *Ich muss schwimmen.*

Hinauf, könnte ich doch nur …

Plötzlich schwamm er, folgte einer Bahn von Blasen, die seinen Lippen entwich. Nach oben, Luft und Licht entgegen. Sternenlicht.

Als er die Wasseroberfläche durchbrach, wurde Erasmus gewahr, dass er aufrecht dasaß, in kalten Schweiß gebadet, und nach Luft schnappte.

»Flammen«, flüsterte er. »Blut und Flammen!«

Er schaute sich um. Die anderen lagen in der Halle verstreut, in sonderbaren Positionen, als wären sie zusammengebrochen und hätten nicht die Kraft gehabt, ihre Glieder in eine bequemere Lage zu bringen. Anna und Banks lagen nahe der Krypta, Rose zwischen ihnen und der *Nance.* Hayes und Kehler hatten sich beim Durchgang zum Korridor ausgestreckt, und Clarendon stand stumm da und starrte die Wand an, als lese er den Text.

Erasmus zwang sich auf die Beine, im Schädel ein wildes Hämmern. Schwindel ergriff ihn, und er machte sich auf den Anfall gefasst und wartete, dass er vorüberging. Einen Moment später ging er langsam zum Bach, der unter der *Nance* hervorströmte. Er kniete sich nieder und trank aus den Händen.

Wäre ich nur ein Fisch, dachte er, *dann könnte ich in diesen Bach springen und meinen Weg hinaus ins Sonnenlicht finden.*

Er durchquerte die Halle und schaute auf die Öffnung hinunter, durch die das Wasser aus dem Brunnen abfloss. Neben ihm tauchte Clarendon auf.

»Sind Sie wohlauf, Mr. Flattery?«

Erasmus betrachtete weiter das in die Dunkelheit hinabwirbelnde Wasser.

»Mr. Flattery?«

»Wie weit mag diese Öffnung hier sein, Randall?«

Clarendon hielt nachdenklich inne. »Mehr als dreißig Zentimeter. Vielleicht vierzig? Vielleicht sogar ein halber Meter?«

»Das würde ich auch schätzen.« Erasmus schaute die Halle entlang zu der Stelle, wo Hayes und Kehler schliefen. Er senkte die Stimme, damit keiner, der noch wach sein mochte, sie hören konnte. »Würden Sie durch eine solche Öffnung hindurchkommen?«

»Wenn sie nicht mit Wasser gefüllt wäre, gewiss. Ihnen selbst müsste das eigentlich auch möglich sein, Mr. Flattery, zwar nicht bequem, aber doch möglich.«

Erasmus nickte. Er hockte sich hin und untersuchte den

schmalen Kanal, der das Wasser quer über den Boden leitete. »Wie hat uns das nur entgehen können. Schauen Sie, Randall – was, wenn wir das Geröll des eingestürzten Tunnels nehmen und den Wasserfluss damit eindämmen? Wir könnten an dieser Seite des Kanals einen kleinen Damm beginnen und ihn quer durch den Kanal und dann schräg zur Wand führen. Verstehen Sie, was ich meine? Das Wasser aus seinem Bett heraus auf den Boden der Halle und dann in den Korridor zwingen. Zwischen den Gesteinstrümmern muss es Spalte geben – dort hindurch könnte das Wasser seinen Weg finden, denn hinter diesem Komplex hier fällt der Tunnelboden ab.« Er schaute wieder auf die Öffnung im Boden. »Vielleicht ist es schwierig, das ganze Wasser umzuleiten, doch wenn es uns gelänge, es zumindest beträchtlich zu vermindern, könnten wir diesen Weg hier untersuchen. Wir haben ein Seil. Wir könnten Sie hinunterlassen …

Clarendon starrte in die Dunkelheit hinunter, wo das Wasser verschwand. »Und wenn unser Damm nachgäbe?«

Ja, dachte Erasmus, unmöglich war das nicht. Er dachte an den Jungen in den Flammen. »Ich werde es selbst riskieren. Schlimmer als der Tod, den wir jetzt erleben, kann es wohl kaum sein.«

Clarendon nickte einmal und warf dann einen Blick über die Schulter. »Kommen Sie einen Moment hier weg.« Er führte Erasmus zur anderen Seite der Halle, als wolle er ihm dort etwas zeigen. »Aber was ist mit Rose?«, flüsterte er. »Er wird nicht zulassen, dass die Telleriten entkommen – nicht, wenn er es irgendwie verhindern kann. Ich bin mir nicht sicher, ob er auch nur uns entkommen lassen würde. Haben Sie nicht gesagt, dass er sich für einen Zeugen hält? Dass er glaubt, irgendwie von Eldrich befreit zu werden?«

»Das ist möglich, ja.«

»Dann muss er also nur abwarten, und irgendwie

kommt dann diese unheilige Allianz zwischen der Kirche und den Magiern zu ihrem Recht. Vielleicht ist dazu sogar unser Tod notwendig.« Er legte die Hand an die Stirn, da dort derselbe pochende Schmerz nistete wie bei allen anderen auch. Erasmus hätte fast die Hand ausgestreckt, um ihn zu stützen, überlegte es sich aber anders, denn Clarendon war ein stolzer Mann.

»Ich bin mir nicht sicher, ob Ihr Einfall funktioniert, Mr. Flattery – unser Material für den Dammbau ist derart kümmerlich –, aber er ist unsere beste Hoffnung, und so müssen wir es meinem Empfinden nach damit versuchen.« Noch einmal warf er einen Blick in die Halle. »Überlassen Sie Rose mir.«

»Aber Randall, wir können doch gewiss nicht …« Erasmus hätte beinahe gesagt: »den Mann ermorden«, denn er war sich des Urteilsvermögens aller Beteiligten gänzlich unsicher geworden. Sie wurden ja immer verzweifelter.

»Ich werde ihm kein Leid zufügen, wenn es sich vermeiden lässt, aber ich weiß auch nicht, wie wir ihn mit uns nehmen könnten. Wir werden sehen. Ich werde mit den anderen reden. Rose beobachtet uns im Moment wohl schon, weil er befürchtet, dass wir einen Weg nach draußen finden. Vielleicht hat er Ihren Einfall ja auch schon gehabt, hat uns diese Idee aber verschwiegen. Überlassen Sie ihn mir, Mr. Flattery.«

Clarendon ging zu Hayes und Kehler, weckte sie sanft und führte die noch ganz Benommenen den *Korridor der Sieben* entlang, wie dieser Teil, so hatten sie inzwischen erfahren, hieß.

Erasmus hätte gerne den Abfluss im Boden noch einmal untersucht, um sich seines Urteils zu vergewissern, doch er wollte nicht das Misstrauen des Priesters erregen. Der Mann schien fast nie zu schlafen und beobachtete sie ständig.

Ein Unterleibskrampf beutelte Erasmus, bis er sich krümmte, und dann setzte er sich auf den Boden und lehnte sich mit dem Rücken gegen die Schrift an der Wand. Wieder stand ihm der kalte Schweiß auf der Stirn, und wider Willen stöhnte er leise auf. Wenn sie es nicht schnell hier herausschafften, waren sie mit Gewissheit bald zu schwach. Vielleicht fehlte ihnen sogar jetzt schon die Kraft, seinen Plan durchzuführen.

Etwas später ging Erasmus zum Ende des Korridors und untersuchte die Trümmer, die ihnen den Rückweg versperrten. Zwar waren schwere Blöcke in der Überzahl, doch es gab auch eine gewisse Menge kleineren Gerölls, das für ihre Zwecke mehr oder weniger geeignet war. Das Problem würde darin bestehen, es herauszuholen, ohne einen weiteren Einbruch zu verursachen. Wahrscheinlich würden sie bis zu einem Kubikmeter Material benötigen, und das dadurch entstehende Loch in den Trümmern mochte groß genug werden, um eine Gefahr darzustellen – so kam es ihm zumindest vor. Doch er war ja kein gelernter Steinbrecher.

Während er so dastand und über die möglichen Probleme nachdachte, erscholl plötzlich aus der Hauptkammer Gefluche und Gebrüll, dann der Lärm eines Handgemenges. Er rannte so schnell er konnte und kam gerade noch rechtzeitig, um mitzuverfolgen, wie Kehler, Hayes, Clarendon und Banks Rose niederrangen, während Anna in der Nähe stand und ihre Hände mit flinken Bewegungen durch die Luft gleiten ließ.

»Du musst ihn knebeln … schnell, Banks!«, sagte sie.

Einen Moment später war Rose an Händen und Füßen gefesselt und mit einem dreckigen Taschentuch grausam geknebelt.

Die anderen zitterten vor Anstrengung, und Rose starrte sie so boshaft an, wie Erasmus es von einem Priester niemals für möglich gehalten hätte.

Clarendon sah Erasmus kommen und hob die Hände. »Also, ich weiß, dass Sie damit nicht einverstanden waren, Mr. Flattery, aber wir haben nicht das Vertrauen, dass dieser Priester uns gehen lassen wird. Wenn unser Plan funktioniert und wir anderen in Sicherheit sind, können Sie ihn freilassen, und dann können Sie sich gemeinsam nach draußen durchschlagen. Ihnen wird er aus Angst vor Eldrich gewiss nichts antun.«

Keiner hatte Erasmus auf diesen Vorschlag vorbereitet, doch er kam ihm sofort sinnvoll vor. Besser, wenn Rose nicht glaubte, dass man ihn zurücklassen würde.

»Warum sollte er sich meinetwegen vor Eldrich fürchten? Der Magier hat mich hier doch auch in die Falle gelockt.«

»Das mag schon richtig sein, Mr. Flattery, und ich kann nicht bestreiten, dass Eldrich Ihnen auf die übelste Art mitgespielt hat, doch wir alle wissen, dass Magier ihre eigene Vorstellung von Gerechtigkeit haben und keine Einmischung dulden. Ich schätze, dieser Priester weiß genug von Eldrich, um sich auf keinen Fall die Finger an Ihnen verbrennen zu wollen.«

Erasmus warf einen kurzen Blick zu Diakon Rose hinüber und fragte sich, ob der ihnen diese Show wohl abnahm, wobei zumindest Clarendon ziemlich überzeugend wirkte.

»Ich habe nicht die Kraft zum Streiten«, erklärte Erasmus resigniert, und der richtige Tonfall fiel ihm überhaupt nicht schwer, denn er war wirklich erschöpft. »Wir müssen dafür sorgen, dass er genug zu trinken bekommt, und wir dürfen ihm kein Leid zufügen. Aber nun lasst uns an unsere Arbeit gehen, solange uns überhaupt noch Kraft bleibt.«

Keiner von ihnen hatte sich vorgestellt, was für ein anstrengendes Unterfangen sie da in Angriff genommen hatten. Das Entnehmen von Material aus dem eingestürzten Tunnel erwies sich als schwieriger und gefährlicher als erwartet, und die Geröllbrocken und kleineren Bruchstücke, die sie frei bekommen konnten, taugten nur für einen recht wirkungslosen Damm. Das Wasser ergoss sich hindurch wie durch ein Sieb, und auch wenn der Bach nun etwas dünner floss, floss er doch nicht so dünn, dass irgendeiner sich in den Abfluss hineingewagt hätte.

Erschöpfung und Hunger zehrten noch weiter an ihren ohnehin schon schwachen Kräften, und so wurden die Pausen zwischen ihren Gängen zum Steinbruch notgedrungen immer länger. Der Blick in den Augen der anderen gefiel Erasmus gar nicht, denn er konnte den Zweifel darin erkennen – Zweifel, dass sie ihre Aufgabe überhaupt zu Ende bringen konnten. Wenn es ihnen aber doch gelänge, wer würde dann noch genug Kraft haben, um in diesen winzigen Durchschlupf hineinzukriechen, in dem sie, wie sie alle wussten, ihre letzten Reserven schon nach zwanzig Metern verbraucht haben würden.

Die Plackerei veranlasste alle, Unmengen Wasser zu trinken, doch auch die größte Menge Wasser ist kein Ersatz für Nahrung, und bald waren sie alle so erschöpft, dass sie sich nach nur kurzer Anstrengung schon wieder lange ausruhen mussten – und gelegentlich schlief auch einer von ihnen einfach ein, weil der Schlaf sich nicht mehr abwehren ließ.

Wären wir doch nur mit unverbrauchten Kräften hier hereingeraten, dachte Erasmus, *aber die Wanderung durch den Tunnel hat von uns allen einen höheren Tribut gefordert, als wir dachten.*

Anna kam mit einem schädelgroßen Geröllbrocken vom Tunnel zurück – eigentlich keine so schwere Last, aber dennoch kämpfte sie damit, als wöge er einen ganzen Zentner.

»Führt das denn überhaupt zu irgendetwas?«, fragte sie, ließ den Brocken praktisch zu Boden fallen und sank selbst daneben nieder.

»Ganz bestimmt«, erwiderte Erasmus und legte ihr die Hand auf die Schulter. »Ruh dich einen Moment lang aus«, sagte er dann. »Wir müssen in einem gleichmäßigen, aber erträglichen Tempo arbeiten, wenn wir Erfolg haben wollen.«

Sie schaute auf den Wasserstrom, der seinen Weg durch die improvisierte Sperre fand, und Erasmus hatte das Gefühl, sie würde vielleicht gleich zu weinen beginnen.

»Was wir bräuchten, wäre Lehm«, meinte er ruhig. »Etwas, womit wir die Lücken stopfen können.« Ihm war die kniffelige Arbeit des Dammbaus selbst zugefallen, und er tat sein Bestes, während er gleichzeitig versuchte, ein tapferes Gesicht zu zeigen, was der schwierigere Teil war.

Kehler und Hayes hatten sich als geschickt darin erwiesen, passende Steine aus dem Geröllhaufen herauszuholen, und bald erfanden sie die unterschiedlichsten Tricks, um den Haufen am Einsturz zu hindern, während sie bestimmte Steine herauszogen. Hin und wieder traten sie zurück und schleuderten schwere Felsbrocken gegen die Steine, die sie zu Stützpfeilern geschichtet hatten, und dann brach der Haufen wieder zusammen. Gefährlich, dessen war Erasmus sich sicher, aber keiner hatte einen besseren Vorschlag.

»Wie kommen sie da draußen zurecht?«

Anna nickte. »Ganz gut. Inzwischen haben sie schon einen kleinen Vorrat liegen. Wie viel brauchen wir denn noch?«

Erasmus betrachtete ihr bisheriges Werk. Sie hatten den Kanal etwa einen Meter hoch aufgefüllt, doch der Damm war so durchlässig, dass das Wasser noch nicht über die Ufer getreten war. Sie hatten auch einen kleinen Deich entlang der einen Seite des Kanals gebaut, doch wenn sie das Wasser wirklich zum Rückstau zwingen wollten, brauchten sie wohl noch mehr Material.

Anna presste einen Moment lang die Hände auf die

Augen und zwang sich dann zum Aufstehen. Steifbeinig durchquerte sie die Halle und kehrte gleich darauf mit einem Mantel zurück. »Versuch es einmal damit«, sagte sie. »Vielleicht verstopft er einen Teil der Löcher.«

Erasmus breitete den Mantel über die Innenseite des Damms. Einen Moment lang warteten sie ab und schauten zu.

»Es war wohl eine dumme Idee«, sagte Anna.

»Nein, warte noch einen Moment. Eine gewisse Wirkung ist wohl zu spüren. Und du hast mich da auf einen Gedanken gebracht. Kehler und Hayes haben einen großen Teil ihrer Ausrüstung hier hereingeschafft. Waren darunter nicht auch Säcke aus geöltem Baumwollzeug?«

Man fand die Säcke, zerschnitt sie und legte sie an die kritischen Stellen, und nun wurden sie durch ein merkliches Aufstauen des Wassers belohnt.

Alle standen da und beobachteten das Wunder, wie das Wasser endlich über die Ufer des Kanals trat. Die niedrigen Seitendämme, die das Wasser von der Abflussöffnung wegleiten sollten, waren nur teilweise wirksam, doch diese ersten Anzeichen von Erfolg gaben ihnen allen eine Zeit lang neuen Elan. Zwei Stunden darauf bedeckte ein flacher Tümpel den Boden auf der einen Seite des Kanals und der *Nance,* floss langsam in den Korridor hinaus und verschwand unter den Geröllhaufen.

Alle lagen auf dem harten Boden der trockenen Hälfte der Halle, zu jeder Bewegung unfähig, wie es schien.

»Wir dürfen nicht zu lange warten«, sagte Clarendon, »denn wir können nicht wissen, wie lange der Damm hält.«

Obgleich mehrere Köpfe nickten, stand keiner auf, um die Sache in Angriff zu nehmen. Hayes und Kehler schnarchten.

Ein paar Stunden zuvor hatten sie die letzten Bröckchen ihres Essensvorrats verzehrt, und Erasmus wurde nun regelmäßig von Unterleibskrämpfen erfasst, die mehrere

Minuten anhielten. Bei Banks fiel ihm das gleiche Leiden auf, die anderen dagegen wirkten davon weniger beeinträchtigt. Allmählich fragte er sich, ob er es überhaupt bis nach draußen schaffen würde, auch wenn der Durchschlupf sich als machbar erwiese.

Erasmus warf einen Blick auf die *Nance* mit ihren makabren Statuen. Was für einen Zweck hatte es eigentlich, sie hier gefangen zu setzen? Die Nachfolger Tellers zu vernichten, das war klar, aber nachdem sie sich Eldrich einmal zu erkennen gegeben hatten, hätte der Magier sie auch mit weniger Aufwand abtun können. Nein, Erasmus war sich sicher, dass Anna Recht hatte – sie waren ein Opfer. Aber war es wirklich so einfach? War Sterben ihre einzige Aufgabe? Es ergab so wenig Sinn …

Rose wand sich beim Eingang zur Krypta zappelnd auf dem Boden herum, und das veranlasste Clarendon, aufzustehen und seine Fesseln zu überprüfen. Sie gaben ihm zu trinken, indem sie das als Knebel verwendete Taschentuch mit Wasser tränkten, denn Anna und Banks fürchteten sich, den Priester sprechen zu lassen, was nahe legte, dass Rose vielleicht doch in den Künsten gewiefter sein könnte, als Erasmus glaubte. Doch offensichtlich nicht gewieft genug, um seine Fesseln zu lösen.

So genau Erasmus auch wusste, dass Clarendon mit seiner Mahnung zur Eile Recht hatte, spürte er doch, wie der Schlaf ihn hinabzog, ins unendliche Blau hinabzog, dem Hin und Her, dem Hinauf und Hinab der Strömungen hilflos ausgeliefert.

Irgendetwas brachte ihn wieder nach oben, wobei er allerdings nicht sagen konnte, was. Eine sonderbare, prickelnde Wärme, beinahe schwelgerisch, als hätte er gerade den Liebesakt vollzogen. Als wäre er nie zu diesem harten, lichtlosen Ort unter der Erde gegangen, so weit unter den Wurzeln der großen Bäume, die im Sonnenlicht badeten.

Seine Sicht wollte nicht recht klar werden. Licht, bleich

und kühl. Sternenlicht. Er konnte einen flüsternden Gesang hören, fast ein Singsang. Und dann – dort – dort stand Anna unter den maskierten Statuen. Was machte sie denn? Erasmus versuchte, den Kopf zu wenden, um besser sehen zu können, doch das gelang ihm nicht.

Ich träume, sagte er sich, denn in seinen Träumen war er oft zur Unbeweglichkeit erstarrt.

Doch dann hörte er Anna sprechen, mit brüchiger Stimme, beinahe von Erschöpfung überwältigt. »Teller sei gepriesen«, flüsterte sie, »ich habe es geschafft …«

Erasmus versuchte zu sprechen, doch seinem Mund entfuhr nur ein rauer Atemzug. Anna kam von der *Nance* herunter, und Banks eilte herbei, um sie zu stützen und zu trösten.

Jemand anderes versuchte zu sprechen. Erasmus hörte sonderbare gurgelnde Vokale und Gefluche.

Dann griff das Meer wieder nach ihm und wiegte ihn an seiner sanft atmenden Brust unter einem sternenübersäten Himmel.

»Mr. Flattery?«

Jemand rüttelte ihn aus dem Schlaf, aus diesem Treiben in die Dunkelheit hinein. Clarendon.

»Sie sind weg, Sir.«

»Wa…? Wer ist weg?« Er stützte sich auf dem Ellbogen auf, irgendwie überrascht, sich noch immer in der Halle wiederzufinden.

»Anna und Banks, Sir.«

Erasmus war jetzt völlig wach, obwohl sein Kopf sich dem Traumnebel noch immer nicht recht entziehen konnte. Er schaute sich in der Kammer um. Ihr Damm hielt noch stand, und der spiegelglatte See breitete sich auf dem Boden aus. Dann bemerkte er das Seil, das um eine der Urnen in der *Nance* geknotet war und zu der Öffnung im Boden hinunterführte.

»Seit wann?«

»Seit gerade eben, glaube ich«, antwortete Clarendon und legte die Hand an den Kopf. »Ich habe ihnen zugesehen, konnte mich aber nicht bewegen. Ich – ich bin mir nicht sicher, ob dieser Schlaf wirklich natürlich war.« Er schüttelte den Kopf und presste die Augen in offensichtlichem Schmerz zusammen.

Hayes, der in der Nähe lag, rührte sich und stöhnte. Und Rose war, wie Erasmus plötzlich sah, hellwach, die Augen weit aufgerissen vor Erbitterung und Zorn.

»Warum sind sie ohne uns los?«

Clarendon half Erasmus auf die Beine. »Eine der Urnen auf der *Nance* ist geöffnet, Mr. Flattery. Offensichtlich ist es ihnen gelungen, den Bann zu brechen, und sie sind mit dem Inhalt geflohen. Königsblut? Hatten sie es nicht so genannt?«

Erasmus nickte.

Von Rose kam plötzlich ein schreckliches Würgen, als würde er ersticken, und er zappelte auf dem Boden herum. Im Nu hatten Erasmus und Clarendon ihm den Knebel herausgezogen und klopften ihn auf den Rücken.

Einen Moment lang dachte Erasmus, sie hätten die Schuld am Tod des Mannes auf sich geladen, doch dann schaffte er einen Atemzug, und gleich darauf den nächsten.

»Sie haben den Samen genommen«, krächzte Rose, die Stimme nicht mehr als ein heiseres Flüstern. »Wasser ... Bitte ... Wasser.«

Erasmus löste die Fesseln um seine Beine, und sie stützten den Priester beim Aufstehen, hielten ihn kurze Zeit auf schwankenden Gliedern aufrecht, führten ihn zum aufgestauten Bach und ließen ihn dort zu Boden, wo er nach Belieben trinken konnte, wobei er das Wasser direkt mit dem Mund aufschlabberte wie ein Tier.

»Ich glaube eigentlich nicht, dass er uns jetzt noch schaden wird«, sagte Erasmus. »Es muss ihm ja klar sein, dass

Kehler und Hayes nicht mit den Telleriten verbündet sind.« Der Zustand des Priesters erfüllte ihn einigermaßen mit Schuldgefühlen.

Clarendon zögerte, nickte dann und machte sich an den Knoten zu schaffen, die Roses Hände hinter seinem Rücken zusammenhielten. Sobald der Priester frei war, kam er taumelnd auf die Beine, und bevor Erasmus oder Clarendon noch eine Bewegung machen konnten, warf er sich gegen den Damm und riss ihn ein.

Wasser strömte durch die entstandene Lücke, riss Teile des Damms mit sich, füllte den Kanal und ergoss sich strudelnd in den Abfluss. Erasmus und Clarendon stürzten herbei, um die Trümmer ihrer Anstrengungen zu retten, zerrten den Priester aus dem Durcheinander, nicht ohne ein paar Hiebe, und stießen ihn grob beiseite. Erasmus kämpfte sich an den rasch auseinander brechenden Damm heran und schnappte die geölten Säcke, die das Wasser zurückgehalten hatten. Ohne diese hatten sie keine Chance, den Damm noch einmal zu errichten, wenngleich Erasmus sich fragte, ob sie überhaupt noch die Kraft finden würden, diese Arbeit ein weiteres Mal auszuführen.

Hayes und Kehler kamen heran, wateten in den rasch kleiner werdenden See hinein und holten die Steine heraus, die sie unter solchen Mühen gesammelt hatten, wobei sie Rose wütend anstarrten, der mit gesenktem Blick im Tümpel kniete, vielleicht ins Gebet versenkt.

»Ich konnte sie nicht entkommen lassen«, sagte er, wobei er keinem in die Augen sah. »Ihnen ist nicht klar, was sie da auf die Welt losgelassen hätten. Diese Telleriten wirkten wie ganz freundliche, sanfte Menschen, aber sie sind völlig skrupellos. Zweifeln Sie nicht daran. Sie schrecken vor nichts zurück, um ihr Ziel zu erreichen. Jetzt aber sind zwei von ihnen frei, und sie haben den verfluchten Samen. Ihnen allen ist nicht klar, was das bedeutet, aber der Samen wird ihnen hundertfache Macht verschaffen. Unsere einzige Hoffnung ist jetzt, dass sie ertrunken sind oder dass der Gang sie nicht nach draußen führt. Sonst kann nur noch Eldrich sie aufhalten. Wenn diese Schlampe erst einmal den Samen …«

Clarendon schleuderte einen Stein nach dem Mann, der sich daraufhin duckte und seine Tirade abbrach. Keiner wollte das Gegeifer des Priesters hören. Sie konnten an nichts anderes denken, als dass ihre einzige Hoffnung – die einzige Fluchtmöglichkeit – ihnen nun verschlossen war, und keiner wusste, ob sie noch die Kraft hatten, den Weg wieder zu öffnen.

»Bis das Wasser komplett abgeflossen ist, können wir ohnehin nichts tun«, sagte Erasmus und schaute auf den Strom, der auf die Öffnung im Boden zuwirbelte. Der würde im Moment all ihre Anstrengungen zunichte machen. Vielleicht stand das Wasser auf dem Boden der Halle nur eine Handbreit hoch, doch das summierte sich zu einem beachtlichen Volumen, und jetzt strömte alles auf den Abfluss zu. Sie kämpften darum, wenigstens die Reste ihrer mühseligen Arbeit zu retten.

Rose watete durch den Tümpel davon, zog sich in Richtung Korridor zurück und verschwand unter dem Torbogen. Nun konnten Hayes und Kehler ihn nach Herzenslust verfluchen, und das taten sie leidenschaftlich.

Eine Stunde später waren auf dem Boden der Halle nur noch ein paar kleinere Pfützen zu sehen. Die Gruppe versammelte sich auf den Stufen der *Nance* und starrte auf das Zerstörungswerk des Priesters.

»Diesmal wird es nicht so schlimm«, meinte Erasmus. »Wir müssen keine Steine aus dem Tunnel herausklauben und herschleppen, und diesmal muss ich auch keine Experimente in Dammbau machen. Wir wissen, was zu tun ist. Wenn wir alle zusammenarbeiten, sollten wir etwa drei Stunden brauchen. Und der Damm wird diesmal stärker werden, da bin ich mir sicher.«

»Aber was ist mit Rose?«, fragte Kehler. »Lassen wir den Mann zurück? Ihm ist nicht zu trauen, daran gibt es keinen Zweifel. Ich zumindest werde nicht leichten Herzens in dieses Loch hinabsteigen, wenn ich dabei ständig darüber nachdenken muss, ob der Priester gleich einen Wasserfall auf mich loslässt und mich ertränkt.«

Die anderen nickten zustimmend. Im Moment hegte keiner die geringste Sympathie für den Priester, aber sie waren sich nicht sicher, ob sie ihn jetzt, wo der Überraschungsmoment vorbei war, noch einmal überwältigen konnten.

»Ich weiß nicht, was mit Rose zu tun ist«, sagte Erasmus. »Am besten errichten wir den Damm neu und bewachen ihn sorgfältig. Mehr ist nicht möglich. Das, oder aufgeben und sterben, und ich meinerseits werde auf keinen Fall aufgeben.«

Sie begannen von vorn, diesmal noch langsamer, doch wie Erasmus gesagt hatte, durch die Erfahrung waren ihre Bemühungen effektiver geworden, und so nahm der Damm trotz ihrer Erschöpfung allmählich Gestalt an. Clarendon und Erasmus sorgten dafür, dass die jungen Männer ein Tempo anschlugen, bei dem sie sich nicht völlig verausgabten, und alle machten häufige Pausen, bei denen sie zu erschöpft zum Reden waren und einfach nur mit hängenden Köpfen dasaßen, als wären sie am Boden zerstört.

Doch noch gaben sie sich nicht geschlagen. Acht Stunden vielleicht brachten sie mit dieser Arbeit zu, dann staute sich das Wasser endlich so hoch, dass nur noch ein Rinnsal seinen Weg durch den Abfluss im Boden fand.

Clarendon diskutierte mit Erasmus darüber, wer als Erster in den Schacht einsteigen sollte, und Hayes und Kehler unterstützten den kleinen Mann und zwangen Erasmus zum Nachgeben, wenn ihm das auch nicht leicht fiel. Anna und Banks hatten es nach unten geschafft, und wenn sie auch zierlich und vermutlich gelenkiger war als die Männer, besaß Banks doch eine normale Größe – mindestens so groß wie Hayes und Kehler, wenn auch kleiner als Erasmus.

Der kleine Mann stieg in das Loch im Boden ein, wobei er sich fest ans Seil geklammert hielt und mit den Füßen Halt suchend gegen die Wände des Schachts scharrte. Als Erasmus ihn verschwinden sah, wurde ihm klar, dass er Clarendon im Laufe ihrer wenigen gemeinsamen Tage anders sehen gelernt hatte. Seine geringe Größe war nicht mehr seine herausstechendste Eigenschaft – nun zählte sein unbezwingbarer Wille stärker. Der Mann besaß einen Mut, der zu seiner Größe in keinerlei Verhältnis stand. Und hier, wo viele der Tunnel so schmal waren, wurde sein kleiner Wuchs zum Vorteil. Clarendon ging voran, und die anderen folgten.

»Wie sieht es aus, Randall?«, fragte Hayes und versuchte, sich seine Angst vor dem winzig schmalen Schacht nicht anmerken zulassen.

»Groß genug, denke ich«, antwortete Clarendon und versuchte, nach unten zu schauen, wobei seine Stimme sich im Schacht sonderbar verzerrte. Er arbeitete sich noch ein Stück weiter hinunter. Erasmus sah, dass er kämpfte und von all den Mühen geschwächt war. Ein Wasserrinnsal schafft es noch immer durch den Damm, und das reichte, um den Schacht feucht zu halten, das Seil zu durchweichen und alles glitschig zu machen.

Erasmus konnte nur hoffen, dass es nach unten nicht allzu weit war, denn ein Sturz wäre wirklich gefährlich, und falls Clarendon sich verletzte, würde er es auch nicht mehr zurück nach oben schaffen. Gegen Erasmus' Drängen hatte Clarendon sich geweigert, sich ein Seil um die Hüften binden zu lassen, an dem man ihn hätte herunterlassen können. Der Schacht war so eng, dass er den einen Arm nach unten, den anderen über den Kopf ausstreckte, was es ihm im Notfall vielleicht unmöglich gemacht hätte, den Knoten zu lösen. So oder so bestand ein Risiko, und in ihrer verzweifelten Lage hatte Clarendon die mutigere Entscheidung getroffen – wenn auch nicht diejenige mit dem geringsten Risiko.

Plötzlich rutschte Clarendon mit den Füßen aus, und das Seil flutschte ihm durch die Hände, bevor er es wieder in den Griff bekam. Erasmus hörte sein raues Aufkeuchen. Sie waren alle so entsetzlich geschwächt …

»Wie geht es, Randall?«

Er sah, dass der kleine Mann nickte, wenn er auch kein Wort sagte. Die Enge des Schachts machte den Abstieg schrecklich schwierig, weil es praktisch unmöglich war, nach unten zu schauen, und auch das Mitnehmen einer Laterne ausgeschlossen war. Clarendon war inzwischen etwa drei Meter nach unten gestiegen, und jetzt schon drang das Licht der Halle kaum mehr zu ihm hinunter. Bald würde er sich in absoluter Dunkelheit befinden.

»Alles in Ordnung, Randall?«

Ein Grunzen als Antwort.

Sie hätten erst die Tiefe des Schachts sondieren sollen, wurde Erasmus klar. Das wäre ganz einfach gewesen, aber ihre Köpfe waren so dumpf.

Jetzt waren es fünf Meter. Das Seil hatte ursprünglich dreißig Meter gemessen, doch ein Teil war abgeschnitten worden, um den Priester zu fesseln. Sieben Meter.

Sollte Clarendon ausrutschen, wie tief würde er dann fallen? Das wusste keiner. Bis zum Boden konnten es noch drei Meter sein oder dreißig. Der kleine Mann war gerade noch mit Mühe zu erkennen, doch an seinen Atemgeräuschen merkte Erasmus, dass er sich schrecklich verausgabte.

Nicht fallen, flehte Erasmus lautlos. *Bitte nicht fallen.*

»Randall? Halten Sie durch?«

»Es geht.« Die knappe Antwort stieg durch den Trichter des Schachts nach oben.

Mehr als zehn Meter.

Jetzt hörten sie Clarendon um Atem ringen. Seine Kraft verbrauchte sich schnell, und sie alle wussten, dass sie in ihrem Zustand keinerlei Reserven mobilisieren konnten. Man konnte sich nicht zwingen, auch nur noch einen Moment länger durchzuhalten. Wenn die Kraft versiegte, geschah dies von einem Moment auf den anderen und unerbittlich.

Halten Sie sich fest.

Fünfzehn Meter.

»Flammen!«, fluchte Clarendon. »Farrelle sei Dank.«

»Randall! Alles in Ordnung?«

»Ja«, kam seine erschöpfte Stimme, wenngleich seine Erleichterung deutlich zu hören war. »Ich habe ein schmales Felsband für die Füße gefunden, gerade noch rechtzeitig. Falls dieser Schacht sich unten zu nichts verengt, weiß ich nicht, wie ich je wieder hochkommen soll.«

Erasmus gefiel der Gedanke nicht, dass Clarendon unten vielleicht auf die Leichen von Anna und Banks stoßen würde, falls diese ertrunken waren. »Wir ziehen dich hoch, Randall, mach dir keine Sorgen. Ist der Grund des Schachts vielleicht schon irgendwie zu erkennen?«

»Ich stecke hier im Dunkeln, Mr. Flattery. Es könnten drei Meter oder drei Kilometer sein, das kann man unmöglich sagen. Ich will mich einen Moment lang ausruhen, dann mache ich weiter.«

Der Moment dauerte ziemlich lang, was die anderen beunruhigte, denn nicht nur ermüdete Randall rasch, auch für jeden Einzelnen von ihnen bedeutete das nichts Gutes, wenn er selbst an der Reihe war.

»Randall?«, fragte Erasmus, als seine Sorge ihm keine Ruhe mehr ließ. »Schaffen Sie es noch weiter?«

»Ja, Mr. Flattery. Besser, ich ruhe mich aus, solange das möglich ist, wenn man nicht weiß, wie weit es noch bis zum Grund ist.«

Hayes warf Kehler einen Blick zu, denn die Bedeutung dieser Worte war klar. Sie alle machten sich Sorgen, nicht mehr über genügend Kraft zu verfügen, um es nach draußen zu schaffen.

Erasmus ließ die Augen über den Damm wandern, der bislang noch zu halten schien, aber einen weiteren Grund zur Sorge darstellte. Sie behielten ihn ständig im Auge und besserten nach, doch wie sollte der letzte Mann dies bei seinem eigenen Abstieg bewerkstelligen.

»Mr. Flattery? Ich mache weiter«, rief Clarendon hinauf, wobei er allerdings nicht zuversichtlich klang, sondern eher so, als wäre ihm klar geworden, dass auch die längste Rast ihm keine zusätzliche Kraft mehr verleihen würde.

»Passen Sie auf, Randall.«

Beinahe sofort hörten sie, wie der Atem des kleinen Mannes sich zu einem schnellen Keuchen steigerte, zum Teil vor Angst, das war gewiss. Sie konnten ihn jetzt nicht mehr sehen, sondern registrierten sein Vorwärtskommen nur noch über die Geräusche, die er machte. Das gedämpfte Scharren der Stiefel und das Reiben seiner Kleider gegen den allzu glatten Fels.

»Wie weit ist er?«, flüsterte Kehler.

Erasmus schüttelte den Kopf. »Zwanzig Meter? Mehr? Ich kann es nicht sagen. Zünden Sie die Laterne an, Hayes, dann wollen wir sehen, ob wir etwas Licht zu ihm hinunterwerfen können. Das tröstet ihn vielleicht wenigstens, auch wenn er damit nicht viel anfangen kann.«

»Randall? Wie steht's?«

»Lange kann ich mich nicht mehr festhalten«, antwortete der, und seine Stimme klang überraschend gelassen, wenn auch sehr dünn.

Hayes sprang auf, um die Laterne zu entzünden, und fummelte eilig mit dem Feuerstein herum, als ob das Licht irgendeinen Unterschied bewirken würde. Sie konnten hören, dass Clarendons Atem jetzt in kurzen, schnellen

Keuchlauten kam. Dann plötzlich, unverkennbar, der Aufprall eines Sturzes und dann sofort darauf Stille.

»Randall?!« Keine Antwort. »Randall?«

»Ich dürfte jetzt unten sein«, hörten Sie den kleinen Mann sagen.

»Sind Sie verletzt?«

»Nein ... nicht so schlimm. Ich habe mir das Knie scheußlich verrenkt, aber es scheint nichts gebrochen zu sein. Der Gang macht hier eine Biegung. Gebt mir eine Minute.«

Sie warteten. Hayes hob die Laterne über die Öffnung des Schachts und ließ ihr trübes Licht in die Dunkelheit fallen. Sie konnten etwas erkennen, vielleicht Clarendons weißen Haarkranz. Bewegung. Erasmus hielt es für das Winken einer Hand.

»Mr. Flattery? Können Sie mir die Laterne runterschicken?«

Schnell zog Hayes das Seil hoch, und dann wurde die Laterne langsamer heruntergelassen, da man darauf achten musste, sie nicht an den Steinwänden zu zerschmettern. Schließlich tauchte im hinabwandernden Licht Clarendon auf, wobei man ihn allerdings immer noch nicht deutlich erkennen konnte. Er löste die Lampe vom Seil, setzte sich unter schmerzhaften kriechenden Windungen in Bewegung und verschwand aus ihrem Blickfeld.

Die nächsten Minuten krochen so langsam dahin, dass die anderen sich schon Sorgen machten, etwas wäre schief gelaufen – Clarendon könnte ohnmächtig geworden oder erneut abgestürzt sein.

»Vielleicht sollte einer von uns hinuntersteigen«, sagte Hayes. »Ich mache es«, bot er sich an, was seine Wesensart zeigte, denn gewiss war keiner von ihnen weniger erpicht auf diesen gefährlichen Abstieg als er.

»Einen Augenblick noch«, sagte Erasmus, der ein Geräusch gehört hatte. Er schaute sich um, und dort, beim

Eingang zum Korridor, stand der Priester und beobachtete sie. Einen Moment lang begegnete Erasmus dem auf ihn gehefteten Blick des Mannes, doch dann wandte er sich langsam wieder der Öffnung im Boden zu.

Hayes und Kehler schauten Erasmus an, eindeutig in Erwartung einer Entscheidung von seiner Seite. Er holte tief Atem. »Wie die Dinge stehen«, sagte er, »können wir drei zusammen Randall wahrscheinlich hochziehen, wenn der Gang einfach endet, doch wenn einer von uns ihm nachklettert, bezweifle ich, dass wir beiden anderen die Kraft besitzen, überhaupt noch jemanden hinaufzuziehen. Obwohl Randall möglicherweise in Gefahr ist, müssen wir, fürchte ich, so lange warten, bis wir ganz sicher sind, dass er nicht zurückkommt.«

Sie starrten in die Dunkelheit des Schachts hinunter und fragten sich, ob dieses Loch wohl überhaupt irgendwelche Hoffnung bot.

Ein Platschen hinter ihm ließ Erasmus herumwirbeln, und da stand der Priester, nur wenige Meter entfernt.

»Bleiben Sie von diesem Damm weg!«, befahl Erasmus, und Hayes stellte sich rasch zwischen den Damm und Rose.

»Sie brauchen nichts zu befürchten«, sagte der Priester. »Nur um die Telleriten ging es mir. Selbst Kehlers Vertrauensbruch spielt jetzt kaum noch eine Rolle …«

»Als ob wir Ihnen ein Wort glauben würden, Priester.« Kehler spuckte aus.

»Was ich sage, ist aber dennoch wahr«, sagte Rose, und seine Stimme klang so absolut vernünftig, dass er selbst nach dem, was er angerichtet hatte, Erasmus das Gefühl einflößte, ihn ungerecht zu verfolgen. »Außerdem kann ich Ihnen helfen. Wie Mr. Flattery weiß, habe ich eine gewisse Zeit mit Gebirgswanderungen zugebracht. Ich kenne eine Methode, wie Sie alle sicher hinabsteigen können, und falls es nötig werden sollte, kann ich auch helfen, einen Mann hinaufzuziehen. Ich will Ihnen ehrlich sagen, dass ich genau wie Sie alle nicht den Wunsch verspüre, an diesem abscheulichen Ort zu sterben.«

»Sie wollen die Telleriten verfolgen, falls diese Ihren Versuch, sie zu ertränken, überlebt haben«, sagte Hayes.

»Ich möchte leben, Mr. Hayes, genau wie Sie selbst.«

In diesem Moment tauchte unten am Grund des Schachts ein trübes Licht auf, und dann erschien die Laterne, gefolgt von Clarendons allzu bleichem Gesicht.

»Mr. Flattery?«, rief er mit dünner Stimme hinauf. »Es geht weiter ...«

Erasmus spürte, wie Hayes ihm auf den Rücken klopfte, und auf dem Gesicht des jungen Mannes war eine solche Erleichterung zu lesen, dass Erasmus fast schon Tränen erwartete.

»Was haben Sie gesehen, Randall?«

»Nur einen schmalen Gang, in dem ein Wasserlauf fließt. Sehr nass, aber hoffnungsvoll. Zumindest alle Hoffnung, die wir haben. Er könnte natürlich auch nach dreißig Metern enden. Vielleicht sollte noch einer herunterkommen, damit wir den Gang weiter erkunden können. Ich bin wohl ein bisschen gehandicapt, dieses Bein ...«

»Wer geht?«, fragte Kehler.

»Entweder Sie oder Hayes«, antwortete Erasmus, dem klar war, dass er oben bleiben musste, um Rose im Auge zu behalten. »Wer immer sich kräftiger fühlt.«

Die beiden Kandidaten sahen sich an, und dann ließ Hayes sich vernehmen. »Ich fühle mich recht erholt«, log er. »Bringen wir es hinter uns. Ich fürchte, Mr. Clarendons Verletzung könnte ernsthafter sein, als er uns sagt.«

Rose trat einen Schritt vor, und alle starrten ihn wütend an, was ihn an Ort und Stelle verharren ließ. »Ich kann Ihren Abstieg viel sicherer machen, Mr. Hayes, wenn Sie mich lassen.«

Erasmus sah Hayes an und nickte. Er traute dem Priester

zwar nicht über den Weg, ging aber davon aus, dass dieser sich unbedingt vergewissern wollte, ob die Telleriten noch am Leben waren, in welchem Fall er sie würde verfolgen wollen, und das machte es unwahrscheinlich, dass er noch einmal versuchen würde, den Damm zu zerstören.

»Falls das ein Verrat ist, Diakon«, sagte Kehler, »schwöre ich, dass ich Sie eigenhändig erwürge.«

Rose erwiderte nichts darauf und zeigte auch keinen Ärger, sondern schaute nur zu Boden – die Pose eines Mannes, der von seinen Mitmenschen zu Unrecht verfolgt wird. Er trat vor, seine Haltung demütig, die Stimme so vernünftig wie immer. »Es geht ganz einfach, Mr. Hayes. Setzen Sie sich hier auf den Rand. Schlingen Sie sich jetzt das Seil einmal um den Stiefel und halten Sie es dann mit der linken Hand fest. Ja, genau so. So entsteht genug Reibung, dass Sie Ihre Geschwindigkeit problemlos kontrollieren können – aber Sie müssen das Bein absolut gerade halten und dürfen das Seil nie ohne Zug lassen, sonst könnte es von Ihrem Stiefel gleiten. Wenn Sie das Gefühl haben, dass es auf Ihre Fußspitze zuläuft, sollten Sie die Zehen ein wenig nach unten strecken. Mit der anderen Hand müssen Sie das Seil über Ihrem Kopf ergreifen. Genau so. Sie sollten keine Schwierigkeiten haben, aber Mr. Clarendon sollte sich trotzdem in Sicherheit begeben.«

»Ich bin aus dem Weg«, drang Clarendons Stimme aus dem Schacht, denn er hatte offensichtlich jedes Wort verstanden.

Hayes senkte sich über die Kante hinab und ließ das Seil ruckartig durch seine Hände laufen.

»Gut, gut. Genau so«, instruierte ihn Rose. »Versuchen Sie, es gleichmäßiger laufen zu lassen, dann aber alle ein oder zwei Meter abzustoppen, denn wenn Sie zu schnell werden, verbrennen Sie sich die Hände und riskieren, die Kontrolle über Ihren Abstieg vollständig zu verlieren.«

»Alles in Ordnung, Hayes?«, fragte Kehler.

»Ja … Das klappt ziemlich gut, wenn ich auch befürchte, dass es gleich meinen armen Fuß in zwei Teile schneidet. Aber immer noch besser, als hinunterzufallen.«

Sie schauten ihm bei dem langsamen Abseilvorgang zu, wobei das Seil bei jedem Abwärtsgleiten leise zischte, bis Hayes in der Dunkelheit verschwunden war. Alle paar Sekunden riefen sie zu ihm hinunter, er antwortete, und dann war er ganz unerwartet schon unten angelangt.

»Es geht leichter als eine Treppe«, rief er hoch, ein bisschen Gelächter in der Stimme. Dann hörten sie ihn sprechen, konnten seine Worte aber nicht verstehen. »Erasmus? Ich gehe jetzt los, untersuche diesen Gang und schaue, wohin er führen könnte. Falls er eine gewisse Strecke weiterführt oder sich verzweigt, kehre ich um, und ihr könnt nachkommen. Der Damm hält doch, oder?«

»Ja, aber sei vorsichtig, Hayes«, rief Kehler hinunter.

Inzwischen stand auf dem ganzen Boden etwas Wasser, und die restlichen Männer zogen sich zu den Stufen der *Nance* zurück und ließen sich nieder, wobei Kehler, so kam es Erasmus vor, eindeutig darum kämpfte, wach zu bleiben, weil er den Priester nicht unbeaufsichtigt lassen wollte.

Doch wie sehr sie sich auch bemühten, der Schlaf ließ sich nicht abwehren, und einer nach dem anderen glitten sie in unruhige Träume, Träume, die überwiegend vom Essen handelten.

Erasmus wachte auf, als ihn jemand schüttelte, und fand Kehler über sich gebeugt, die Augen dunkel und das Gesicht wie um Jahre gealtert. »Ich habe ein Rufen gehört«, sagte er.

Erasmus fuhr auf, im Kopf noch immer dumpf. Rose wachte gleichfalls auf und schaute sich um, als wisse er nicht recht, wo er sich befinde. Erasmus ging sofort zum Schacht.

»Hayes?«, rief er hinunter.

»Ah, da sind Sie ja. Ich dachte schon, Sie hätten alle Ihr Leben ausgehaucht oder wären sonst irgendwie entkommen. Ich kann nicht sagen, wie weit der Gang führt, aber er bleibt zumindest bis in einige Entfernung offen. Wir müssen einen Wasserfall hinunterkommen, und wenn wir den einmal hinter uns haben, bezweifle ich, dass wir es je wieder zurück schaffen würden, doch ich glaube, wir sollten es riskieren. Gibt es irgendeine Möglichkeit, das Seil mitzunehmen? Das würde dem Wasserfall gewiss etwas von seiner Tücke nehmen.«

»Ich weiß nicht, Hayes. Sie sind den Schacht hinuntergeklettert. Kann einer von uns ihn ohne Seil schaffen?«

Das Zögern war Antwort genug. »Nein … Ich glaube, das sollte keiner versuchen. Nein, dann sollten wir besser beim Wasserfall das Risiko eingehen.«

»Wie geht es Randall?«

»Verletzt. Schlimmer, als er zu erkennen gibt, das ist gewiss. Er wird alle Hilfe brauchen, die wir ihm geben können. Zum Glück müssen wir oft krabbeln oder kriechen, und dazu scheint er besser in der Lage zu sein. Kommen Sie jetzt?«

»Ja. Sobald wir den Rest von unserer Ausrüstung durchgesehen haben, ob sich noch etwas Brauchbares mitnehmen lässt. Bleiben Sie einen Moment lang, wo Sie sind, dann lasse ich unsere letzte Dose mit Öl und ein paar Kerzen hinunter.«

Licht, das wusste Erasmus, würde ihr größtes Problem darstellen. Wenn das Lampenöl einmal verbraucht war, wären sie gezwungen, die Kerzen zu nehmen – und selbst wenn diese in dem feuchten Gang, den Hayes beschrieben hatte, nicht verloschen, waren es doch nur noch eine Hand voll. Kehler hatte ihre Vorräte geschätzt und war der Meinung, sie hätten noch Licht für acht Stunden – mehr nicht. Es war noch ein Glück, dass Anna und Banks nicht ihren kompletten Vorrat mitgenommen hatten.

Nachdem diese paar Dinge einmal nach unten geschickt waren, nahm Kehler den Platz am Rande des Schachts ein und ließ sich gemäß Roses Anweisungen hinunter. Das Vorbild Hayes' half ihm dabei gewiss, denn er glitt ohne Missgeschick problemlos nach unten und war in null Komma nichts auf dem Grund angelangt.

Erasmus sah sich nach Rose um und stellte fest, dass der Mann einen schweren Felsbrocken quer über den Tümpel schleppte.

»Ich weiß nicht, ob es funktioniert, Mr. Flattery, doch wenn es uns gelingt, einen Stein im Kanal zu verkeilen, den wir auf kleineren Steinen ruhen lassen, damit darunter Raum ist, können wir das Seil darum herumführen. Dann liegt es doppelt, und auch wenn es so vielleicht nicht bis ganz zum Boden reicht, können wir es mit Farrelles Hilfe vielleicht doch zu uns hinunterholen, indem wir am einen Ende ziehen. Aber nun zuerst Sie, nach der alten Methode, und dann komme ich nach und versuche, das Seil mitzubringen.«

»Aber wenn dieser Stein sich nicht richtig verkeilt, Diakon, dann könnte er über Ihnen in den Schacht stürzen.«

Rose warf Erasmus einen scharfen Blick zu. »Aber wäre das nicht die beste aller Möglichkeiten, Mr. Flattery? Sie sind mich los und haben auch noch das Seil. Kümmern Sie sich nicht um mein Wohlergehen, sondern sehen Sie zu, dass Sie unverletzt und rasch dort hinunterkommen. Wir haben nur noch Licht für ein paar Stunden, und wenn das Licht einmal verbraucht ist, sind unsere Chancen, den Weg hinaus zu finden ... Nun, in diesem Fall könnte nur Farrelle uns noch helfen. Nun los, Sir. Genau, wie ich es den anderen gezeigt habe.«

Erasmus stieg in das schwarze Loch hinunter und ließ sich, das Seil um den Fuß geschlungen, langsam hinab, wobei ihm Wasser in den Kragen rieselte und ihm kalt über Rücken und Brust lief. Er konnte nur hoffen, dass seine ruinierten Stiefel der Reibung des Seils standhalten würden, denn barfuß wären seine Chancen, aus der Höhle herauszukommen, nur noch minimal. Hier unten konnte ein gebrochener Fuß oder Zeh eine Katastrophe bedeuten. Was seine Sorge um Clarendon nur umso größer machte.

Zum ersten Mal seit Tagen spürte Erasmus Hoffnung in sich aufkeimen, als er den Schacht zum Gang hinunterglitt. Wenn er nur kräftemäßig durchhielt. Selbst mit Roses Methode des Abstiegs fühlte er sich völlig erschöpft, als er schließlich mit einem Ruck auf dem Boden landete, wobei ihm ein heißer Schmerz in den Rücken hinaufschoss.

»Erasmus?« Das war Hayes. Zu Erasmus' Füßen sickerte etwas Licht herein. Er stand in dem winzigen Schacht, denn etwas anderes konnte er nicht tun, den Kopf gegen den feuchten Stein gelehnt, während der Schmerz so heftig in seinem Rücken wütete, dass er sich nicht zu bewegen wagte.

»Erasmus?«

»Ja«, antwortete er durch zusammengebissene Zähne.

»Sie müssen mit den Füßen voran herauskommen. Es ist ein bisschen Geschick nötig, sich erst in den Tunnel hineinzumanövrieren und dann vom Rücken auf den Bauch zu drehen, aber wenn man es einmal geschafft hat, sind es nur noch drei oder vier Meter bis in den größeren Gang. Das Licht wird Ihnen wohl leider nicht viel helfen. Schaffen Sie es, oder sind Sie zu erschöpft?«

»Ich schaffe es«, antwortete Erasmus, obgleich er sich dessen keineswegs sicher war. Der Gedanke, durch einen weiteren schrecklich engen Tunnel kriechen zu müssen, sprach ihn nicht im Geringsten an, doch hier zu stehen und zu warten, bis der Damm barst und das Wasser herunterstürzte, war noch schlimmer. Wenn doch nur der Schmerz endlich aufhörte. Er wartete noch einen Moment, währenddessen der Schmerz langsam verebbte, wenn er auch nicht gänzlich verschwand.

»Mr. Flattery?«, rief Rose von oben herunter, und seine Stimme hallte laut im Schacht wider. »Alles klar? Kann ich kommen?«

»Einen Moment noch.«

Langsam ließ Erasmus sich herunter und versuchte, die Beine in den abbiegenden Tunnel gleiten zu lassen. Einen Moment lang glaubte er, er wäre verklemmt und müsste versuchen, sich wieder hochzuziehen. Panik ergriff ihn, und er fluchte laut. Er war größer als Hayes und würde vielleicht nicht hindurchpassen.

So frustriert und verängstigt war er, dass er Tränen in den Augen spürte, doch dann zwang er sich mit einem Stoß hindurch, wobei er sich die Haut an Schienbeinen und Knien aufscheuerte. Er glitt in den Tunnel hinein, der nur ein leichtes Gefälle aufwies, und wälzte sich im fließenden Wasser herum. Ihm wurde plötzlich bewusst, dass er in seinem geschwächten Zustand gewiss ertrinken würde, sollte Rose den Damm jetzt einreißen.

So etwas tut er nicht, sagte sich Erasmus, doch allein schon der Gedanke daran war nahezu unerträglich. Dies hier war nicht der Ort, an dem er sterben wollte.

Er zwang sich, sich in Bewegung zu setzen, und nahm die qualvolle Kriechpartie in Angriff, die umso schwieriger war, als er sich rückwärts bewegen musste. Stundenlang schien er sich Zentimeter um Zentimeter voranzuschieben, wobei er nach jeder Anstrengung Halt machte, um auszuruhen, und jeder neue Anlauf ihn weniger weit brachte. Ein paar Sekunden lang schlief er richtiggehend ein, mit dem Gesicht im kalten Wasser. Clarendons Stimme rief ihn wieder zu sich, und das Grauen trieb ihn weiter. Schließlich spürte er, wie Hände seine Knöchel packten und man ihn langsam nach draußen zog.

Der Gang, in den er hinauskam, war klein – keinen

Meter hoch und vielleicht nur halb so breit, doch nach dem, was er hinter sich hatte, wirkte er riesig. Er fand seine Freunde im Wasser liegen, zu erschöpft, um auch nur den Versuch zu machen, trocken zu bleiben. Kehler und Clarendon zitterten, was nichts Gutes verhieß. Sie sahen verängstigt und verzweifelt aus, als wären sie eigentlich gar nicht entkommen, sondern vielmehr von einem gut beleuchteten, trockenen Ort hierher geraten. Ein Tunnel, von dem sie alle wussten, dass er sich bei einem Unwetter wahrscheinlich gänzlich mit Wasser füllen würde. Nach dem Zauberlicht der Halle kam das Laternenlicht Erasmus kläglich vor, und es schien den gehetzten Blick in den Gesichtern der anderen nur noch zu verstärken.

Der Gang fiel mit einem Gefälle von etwa fünfundzwanzig Grad ab, über das das Wasser kaskadenartig hinunterstürzte; in einem der Wasserbecken saßen sie jetzt. Unterhalb von ihnen sah der Gang über die paar Meter, die das Laternenlicht reichte, ziemlich gleich aus.

»Das also ist unsere Errettung«, sagte Erasmus, aber keiner antwortete.

Erasmus streckte seinen Kopf in den dunklen Tunnel zurück und rief hinauf: »Diakon Rose? Beeilen Sie sich. Wir sind nass und kalt und müssen schnell weiter. Diakon Rose, hören Sie mich?«

Von weit weg hörte er den Hall einer unheimlich verzerrten Stimme, deren Worte unverständlich blieben. Es kam Erasmus so vor, als höre er eine Stimme aus einer anderen Welt.

»Wie weit ist es bis zum Wasserfall, Hayes?« Es war ihm eigentlich gleichgültig, aber er hatte das Gefühl, diese Gruppe, die niedergeschlagener wirkte als je zuvor, auf irgendetwas ausrichten zu müssen.

»Nicht weit«, antwortete Hayes leise. »Fünfzehn Minuten.«

»Darf ich einmal Ihr Knie sehen, Randall?«

Clarendon nickte und bewegte sich ein wenig, was ihn schmerzlich zusammenzucken ließ. Der kleine Mann schaffte es, sich an der Wand aufzusetzen, sodass sein Knie aus dem Wasser herauskam. Hayes schwenkte die Laterne hinüber, damit besseres Licht darauf fiel.

Clarendons Beinkleider waren aufgeschlitzt, und das Knie war blau und inzwischen schon übel angeschwollen.

»Können Sie es überhaupt belasten?«, fragte Erasmus mit besorgter Stimme.

»Ich weiß es nicht, Mr. Flattery. Vielleicht, wenn ich die ersten Schritte schaffe und über den Schmerz hinauskomme. Aber machen Sie sich keine Sorgen, notfalls krieche ich auf einem Bein und zwei Händen hinaus. Oder auf dem Bauch, wenn es sein muss, aber hier bleibe ich nicht.«

»Nun, ein Arzt würde Ihnen empfehlen, es in kaltem Wasser zu baden und hochzulegen, aber ich schätze, hier ist nur eins von beidem möglich. Wir anderen allerdings sollten versuchen, aus diesem Wasser herauszukommen, sonst untergräbt es auch noch den letzten Rest unserer geringen Kräfte. Können wir uns denn nirgendwo auf trockenen Fels setzen?«

»Weiter unten im Gang«, sagte Hayes.

»Dann wollen dorthin gehen, und ich kehre mit der Laterne zurück, um den Priester zu holen. Kommen Sie. Abgesehen von Randalls Knie müssen wir versuchen, wieder trocken zu werden. Wir rücken dicht aneinander, um uns zu wärmen. Auf mit Ihnen.« Er nahm Hayes die Laterne ab und versuchte, den Schmerz zu verbergen, der ihm den Rücken hinaufschoss. Zum Glück halfen Hayes und Kehler Clarendon, denn Erasmus war sich sicher, dass sein Rücken das nicht zugelassen hätte, und so arbeiteten sie sich langsam und qualvoll den Gang hinunter.

Erasmus musste sich einen Moment lang ausruhen, bevor er zurückgehen konnte, und als er oben ankam, rief

Rose schon nach ihnen, überzeugt, dass man ihn dort im Dunkeln zurückgelassen hatte. Tatsächlich wäre Erasmus dazu versucht gewesen, doch mit ein wenig Glück würde der Priester das Seil mitbringen, das sie vielleicht noch dringend brauchten. Der Priester schien auch noch über mehr Kräfte zu verfügen als die anderen, denn er hatte sich nicht bei der Arbeit am Damm verausgabt. Außerdem besaß er Kenntnisse und Fähigkeiten von seinen Bergsteigertouren, auf die sie sich vielleicht noch stützen mussten. Es war eine traurige Ironie des Schicksals, dass sie diesen Mann nun vielleicht brauchen würden.

»Diakon Rose? Sind Sie unten angekommen?«

»Ah, da sind Sie ja, Mr. Flattery. Ich dachte schon, Sie wären … alle weggeschwemmt worden. Ist es noch weit?«

»Sind Sie um die Ecke herum? Dann ist es nicht mehr allzu weit. Ist es Ihnen gelungen, das Seil mitzunehmen?«

»Ich habe es hier.«

»Gut gemacht!« Wenn Rose nochmals ein solches Wunder vollbrachte, würden sie ihm wohl glatt verzeihen müssen, dachte Erasmus, wenngleich er den Verdacht hatte, dass die anderen ihm da nicht zustimmen würden.

Gleich darauf kam der Priester heraus, das Seilende in der Hand. Schnell zog er das Seil aus der Engstelle zu sich, wickelte es mit zitternden Händen auf und legte sich die Rolle über die Schultern. Er nickte Erasmus zu, und sie machten sich auf den Weg, halb krabbelnd und halb von einem Becken zum nächsten schlitternd.

Gleich darauf fanden sie die anderen, die sich im Dunklen dicht aneinander gedrängt hatten. Erasmus konnte sich nicht erinnern, jemals eine kläglichere Gesellschaft gesehen zu haben. Dreckig und zitternd, die Augen eingesunken und mit gehetztem Blick. Da dachte er, dass sie es niemals schaffen würden, wenn der Weg nach draußen nicht sehr kurz war. Sie hatten ihre allerletzten Reserven verbraucht, um an diesen Ort hier zu gelangen –

ein schlimmeres Grab als jenes, dem sie entkommen waren.

»Schaffen Sie es weiterzugehen?«, fragte er und fürchtete, die Antwort könnte nein lauten, doch alle nickten.

Und so setzten sie sich in Bewegung, trugen abwechselnd die Laterne und das Kerzenbündel, denn inzwischen waren sie so schwach, dass jedes Gewicht bald unerträglich schwer wurde. Rose half Clarendon, dessen Zustand weit schlimmer war, als Erasmus befürchtet hatte, und Clarendon nahm die Hilfe an, denn die Verzweiflung hatte den Stolz verdrängt. Alle zwei oder drei Dutzend Meter machten sie Halt, um sich auszuruhen, und Erasmus wählte immer eine Stelle, wo sie sich vom Wasser unbehelligt niederlassen konnten, wenngleich dies kaum mehr eine Rolle spielte, denn sie waren alle so nass und kalt, dass sie unkontrollierbar zitterten und ihre Gliedmaßen kaum unter Kontrolle hatten.

Erasmus sprach seine Befürchtung nicht aus, dass dieser Gang immer weiter nach unten führen würde, bis er in einem See endete, und das wäre dann ihr letzter Ruheplatz. Beim Gehen suchte er die Wände nach Öffnungen ab, weil er hoffte, vielleicht einen Gang zu finden, der in eine eher Erfolg verheißende Richtung führte, doch sie stießen nur auf eine einzige Einmündung, und die war mit fließendem Wasser gefüllt, das den Fluss, durch den sie wateten, noch weiter anschwellen ließ und das Gehen zusätzlich erschwerte.

Sie kamen zu dem Wasserfall, den Hayes erwähnt hatte, und befestigten das Seil als behelfsmäßigen Handlauf. Der Wasserfall hatte eigentlich kein besonders schreckliches Gefälle, vielleicht vierzig Grad, doch der Fluss wirkte hier angeschwollen, und ihnen blieb so wenig Kraft.

Sie ließen sich einer nach dem anderen hinunter, um das Seil zu schonen, dem Erasmus zunehmend misstraute – es war enorm belastet worden und nun schon seit Tagen nass. Da musste zwangsläufig ein Verrottungsprozess eingesetzt haben, der es brüchig machte.

Clarendon musste es allein schaffen, und ans Seil geklammert rutschte er im Sitzen hinunter, wobei die Strömung ihn hin und her schlug und nach Luft schnappen ließ. Zweimal verlor seine Hand auf dem glitschigen Seil den Halt, und er rutschte ab und krachte gegen den Fels, doch beide Male fing er sich wieder, bevor ihm jemand zu Hilfe kommen konnte. Alle schafften es mit nur kleineren Verletzungen hinunter, doch nun waren sie wieder völlig durchweicht und hatten viel zu viel von ihren ohnehin fast erschöpften Reserven verbraucht.

Sie ruhten sich aus, wortlos, und alle ließen die Köpfe hängen, mit offenen Mündern, als hätten sie nicht mehr die Kraft, sie geschlossen zu halten, und ihr Aussehen wäre ihnen völlig gleichgültig.

»Weiter«, sagte Rose über das Rauschen des Wassers hinweg. »Wir müssen weiter.«

Keiner nickte, doch Kehler stemmte sich hoch und stolperte zum nächsten Wasserbecken hinunter, Hayes folgte ihm und dann die anderen. Wenigstens war der Gang höher geworden, sodass sie jetzt aufrecht gehen konnten, doch Erasmus hatte die Wände im Vorbeigehen genau betrachtet und war sich aufgrund von Rillen in unterschiedlichen Höhen sicher, dass das Wasser hier zu gewissen Zeiten des Jahres jeden beliebigen Stand erreichen konnte. Selbst ein Gang von dieser Größe konnte völlig überflutet werden. Ein Frühjahrsregen, schließlich nichts Ungewöhnliches, konnte ihren Tod bedeuten.

Das Gefälle war nun geringer, was das Gehen erleichterte, dennoch mussten sie immer häufiger und länger rasten. Die Laterne war so weit wie möglich heruntergedreht worden, um Brennstoff zu sparen, und das dunkle Orange der Flamme warf nur noch ein ganz schwaches Licht durch das rauchfleckige Glas. Erasmus schwenkte die

Lampe vorsichtig und hörte verzweifelt, wie wenig Öl noch darin schwappte. Es würde keine Stunde mehr reichen, das war gewiss.

Hayes schaute zu ihm auf und verzog das Gesicht, als wolle er Erasmus sagen, dass er die Wahrheit kenne. Sie würden den Weg nach draußen nicht mehr finden – selbst wenn der Gang dorthin führte, würden sie es kaum noch weitere hundert Meter schaffen. Kehler und Clarendon zitterten inzwischen so heftig, dass die anderen sich dicht um sie drängten, während die beiden die Laterne umklammert hielten, um ihre kaum noch spürbare Wärme einzufangen. So blieben sie über eine Stunde stehen, drehten sich hin und wieder um, um die andere Seite zu wärmen, und keiner sagte ein Wort. Es hatte ja nun keiner von ihnen viel Wärme im Körper, die er hätte teilen können, doch irgendwann zeigte sich eine leichte Verbesserung. Was sie wirklich gebraucht hätten, war Nahrung, denn ihr einziger Motor war jetzt nichts als Willenskraft und Verzweiflung.

Plötzlich flackerte die Laterne, und Hayes holte eine Kerze hervor und entzündete sie an der rasch schwindenden Flamme. Einen Moment lang sahen alle zu, wie die dünne kleine Flamme für einen Augenblick heller aufloderte, schwankte und mit einem Qualmseufzer verhauchte.

Mehr als einer von ihnen zog rasch die Luft ein, als hätten sie den Atem angehalten. Alle schwiegen; die kleine Kerzenflamme flackerte und konnte kaum die Wände auf einen Meter Entfernung erhellen.

Das Geräusch ihres rauen Atems war wie Worte – die Sprache der Verzweiflung und der Angst. Ihr letzter Funke Hoffnung war verflackert, wurde Erasmus klar. Sie würden hier sitzen bleiben, bis sie an Unterkühlung starben; würden ihre letzten Reserven in der Dunkelheit verzittern.

»Ich glaube, wir müssen eine zweite Kerze anzünden«,

sagte Clarendon – seine Stimme war dünn und noch immer ein wenig bebend. »Wenn die hier ausgeht, schaffen wir es mit einem Feuerstein unter diesen Bedingungen niemals.« Die anderen nickten, obwohl sie wussten, dass das Licht dann nur noch die Hälfte der Zeit reichen würde. Besser Licht für eine kürzere Zeit als überhaupt kein Licht.

Noch immer hockten sie um die Laterne und versuchten, ihr die allerletzte Wärme zu entnehmen, dann nahm Erasmus sie in die Hände und entfernte den Glasschutz. Äußerst vorsichtig reinigte er sie mit seinem Hemd, ebenso wie die Bronzefassung des Dochts. Mit einem Messer bog er das Blech auf und zwängte dann recht mühselig eine Kerze hinein, denn ein Rest Öl war trotz der Reinigung noch übrig, und das Wachs haftete dort nicht gut. Nun zündete er die Kerze an, setzte den Glasschutz wieder auf, hielt die Laterne hoch und schwenkte sie von einer Seite zu anderen, um die Vorrichtung zu prüfen. Die Flamme schwankte ein wenig, hielt aber stand.

»Ach, Mr. Flattery«, sagte Clarendon. »Das wird uns die Zukunft erhellen und unsere Stunden des Lichts verlängern.« Er versuchte, seiner Stimme einen festen Klang zu geben und die Verzweiflung daraus zu verbannen.

Sie löschten die zweite Kerze und verstauten sie wieder, gingen das Risiko ein, nur mit einer Kerze unterwegs zu sein, obwohl sie wussten, dass sie, falls die eine Kerze nun ausginge, der Dunkelheit ausgeliefert wären, was ihre Chancen auf Entkommen ungemein verringern würde. Wie leicht könnte man sich dann verletzen oder in der Dunkelheit einen Seitengang übersehen.

Die Kerzenlaterne hoch über den Köpfen haltend, brachen sie wieder auf. Clarendon, der mit Rose als Letzter ging, erblickte eine kleine Öffnung, die die anderen übersehen hatten, was Erasmus bedrückte. An wie vielen anderen mochten sie schon vorbeigegangen sein? Kehler bot sich an, den Seitengang zu erforschen, und kroch mit dem Licht hinein, sodass die anderen im Dunkeln sitzen blieben und sich eine Öffnung in die Welt dort oben ausmalten. Kaum fähig, sich der Hoffnung hinzugeben. Gleich darauf kam Kehler zurück, ohne ein Wort zu sagen, sondern nur mit einem Kopfschütteln, als er merkte, dass die anderen ihn alle anstarrten. Vielleicht hatte die Hoffnung auf ihren Gesichtern ihm die Stimme verschlagen.

Sie ließen Kehler einen Moment lang ausruhen und gingen dann weiter, mussten aber nach zwanzig Metern wieder Rast machen. Dann wieder weiter.

Plötzlich blieb Hayes, der mit der Laterne vorangegangen war, stehen und beugte sich über einen Tümpel. Zögernd streckte er die Hand aus und zog sie wieder zurück.

»Was …?« Doch Erasmus sah schon, was es war. »Banks?«, fragte er, und Hayes nickte.

»Ja, obwohl man ihn kaum noch erkennt. Schauen Sie doch, wie zerschlagen er ist.«

Keiner warf Rose auch nur einen Blick zu, weil sie es nicht ertragen würden, die Befriedigung zu sehen, die zweifellos auf dem Gesicht des Mannes geschrieben stand. Der Körper trieb schwer im Wasser, die Haut weiß und aufgequollen, wo sie nicht das Purpurrot von Wunden zeigte.

»Er ist von viel weiter oben hier heruntergeschwemmt worden«, sagte Erasmus. »Deswegen ist er so zerschunden.« Jetzt sah er Rose doch an. »Sie können stolz sein, Diakon, zweifellos hat Ihre Flut ihn im ersten Tunnel erwischt. Wahrscheinlich werden wir nicht viel weiter auch Miss Fielding finden.« Seit dem zweiten Dammbau hatte Erasmus kaum mehr an sie gedacht, doch jetzt durchlief ihn ein sonderbares Gefühl. War auch sie tot, lag sie mit dem Gesicht nach unten in einem Tümpel, das verblasste goldrote Haar von der Strömung aufgefächert?

Hayes reichte Erasmus die Laterne und bückte sich, um

die Leiche auf der Suche nach Kerzen oder irgendetwas Brauchbarem abzutasten, fand aber nichts.

»Ist kein Samen da?«, fragte Rose.

Hayes zuckte die Schultern. »Durchsuchen Sie ihn doch selbst, Diakon«, sagte er, wandte sich ab und ging ein paar Schritte davon.

Der Priester beugte sich rasch über die Leiche, um sie zu durchsuchen, malte dann eine Geste an Farrelle in die Luft und murmelte einige Worte, die Erasmus nicht mit Sicherheit als letzte Riten verstand.

Sie stolperten weiter den Gang entlang, und jetzt reiste eine Vision des Todes mit ihnen. Der Tod war nicht mehr geheimnisvoll. Genau das würde aus ihnen werden, wenn sie den Weg nach draußen nicht fanden. Sie waren so erschüttert, dass sie völlig verstummten; die Vorstellung trieb sie gleichzeitig vorwärts und erfüllte sie mit Verzweiflung.

Als die erste Kerze zu einem Stummel niedergebrannt war, wurde eine zweite in die Laterne gesteckt. Erasmus schätzte für diese Kerze etwas mehr als zwei Stunden – nicht sehr lange –, und dann blieben ihnen nur noch fünf weitere. Ein Dutzend Stunden Licht bestenfalls. Danach würden sie durch die Dunkelheit wandern müssen – genau wie es in manchen Mythen von der Unterwelt beschrieben wurde. Nur dass sie nicht endlos wandern würden.

Und weiter gingen sie hinunter, überwanden einen kleinen Wasserfall, hinter dem sie alle keuchend auf dem Fels zusammenbrachen, schwindlig von der Anstrengung. Noch ein solches Hindernis, und Clarendon wäre am Ende, dessen war Erasmus sich gewiss. Der arme Kerl musste für jede Bewegung so viel mehr Energie aufwenden, und inzwischen litt er pausenlos unter schrecklichen Schmerzen. Das stand in seinem Gesicht geschrieben. Selbst Hayes sah so aus, als würde er bald aufgeben.

Der Gang hatte sich beträchtlich geweitet, bis die Decke sich fast sechs Meter über ihren Köpfen wölbte und die Wände beinahe genauso weit auseinander standen. Dazwischen stürzte sich ein Wildwasserlauf über Stromschnellen wirbelnd von einem Wasserbecken ins nächste. Erasmus wusste nicht recht, warum die Wassermenge so groß war. Entweder regnete es in der Welt da oben und die unterirdischen Flüsse waren davon angeschwollen, oder versteckte Zuläufe mündeten in den Strom – er vermutete das Letztere. So oder so erschwerte es ihr Vorankommen und machte ihren Weg tückischer. Doch der größer gewordene Gang erschien ihnen als gutes Zeichen und hob die Stimmung ein wenig. Wenigstens krochen sie nicht mehr durch winzige Löcher, die Nagetieren angemessener waren als Menschen.

Sie kämpften sich weiter, standen einander jetzt öfter bei – jeder übernahm einmal die Rolle desjenigen, der die anderen zum Weitergehen ermunterte. Eine dritte Kerze wanderte in die Laterne, und sie hielten für eine lange Rast an, bei der die meisten von ihnen in einen sonderbaren Schlaf fielen, aus dem sie alle Augenblicke hochschreckten, ohne aber richtig wach bleiben zu können. Erasmus schlief nicht, sondern schaute zu, wie die unersetzliche Kerze allzu schnell niederbrannte – wie ihr unschätzbar wertvolles Licht nutzlos verpuffte –, doch das ließ sich nicht ändern. Bei den anderen war die Grenze des Erträglichen überschritten.

Als er die vierte Kerze in die Laterne gesteckt hatte, weckte Erasmus alle, zwang sie hoch und brachte sie dazu, etwas zu trinken. Wieder waren sie völlig unterkühlt und zitterten entsetzlich, doch sie hatten keine Zeit mehr, sich zu wärmen. Noch blieben ihnen bestenfalls fünf Stunden Licht, und alle waren sich sicher: Wenn das einmal verbraucht war, hatten sie keine Hoffnung mehr.

Clarendon trat dafür ein, dass sie ohne ihn weitermachen und zurückkommen sollten, wenn sie einen Weg nach draußen fanden, doch die anderen ließen sich noch nicht einmal auf eine Diskussion ein, sondern hoben ihn einfach auf, und er war zu schwach, mit ihnen zu streiten. Jetzt stützten sie ihn abwechselnd, immer zwei auf einmal, und wechselten sich dabei häufig ab.

Sie kamen einen steilen Abschnitt mit niederstürzendem Wasser entlang, und unten fand Erasmus seine schlimmste Befürchtung bestätigt – ein großes Wasserbecken. Hayes und Kehler warfen sich auf einen Felsbrocken und verbargen ihre Gesichter, denn sie wussten, dass es nun keinen Ausweg mehr gab.

»Wenigstens hätten wir im Licht sterben können«, sagte Clarendon, als Rose und Erasmus ihn auf einen Stein setzten.

»Ich kann nicht glauben, dass ich unter solchen Mühen so weit gekommen bin, nur um hier zu enden«, sagte Hayes. »Flammen, ich werde mit einem Fluch auf Eldrich abgehen!« Er legte den Kopf in die Hände, und lautlose Schluchzer schüttelten seine Schultern.

»Was machen wir jetzt?«, fragte Clarendon, der die Aufgabe übernahm, Hoffnung zu vermitteln. Oder zumindest ein Beispiel an Entschlossenheit zu geben.

Erasmus betrachtete ihre Kerze, die bis auf den letzten Zentimeter niedergebrannt war. Nun blieb ihnen nur noch eine. »Ich nehme die Laterne und gehe den Gang zurück. Vielleicht haben wir eine Öffnung übersehen.«

Der Priester schüttelte den Kopf. »Beim Hinuntersteigen haben fünf Augenpaare gesucht, Mr. Flattery. Noch einmal nachzuschauen wird uns wenig Nutzen bringen.«

»Haben Sie denn einen besseren Plan?«

Rose dachte einen Moment lang nach. »Wie hoch sind wir hier, was meinen Sie?«

Erasmus war völlig verblüfft. »Warum fragen Sie?«

»Es gibt Öffnungen in den See, die nur im Sommer bei

niedrigem Wasserstand zugänglich sind. Könnte dieses Becken hier mit dem See in Verbindung stehen? Das Wasser muss doch eindeutig irgendwohin fließen.«

Nun waren alle aufmerksam geworden, und sie versanken in Gedanken.

»Ich glaube, wir befinden uns immer noch ein ganzes Stück oberhalb des Sees«, sagte Clarendon, die Stimme vor Schmerz ganz angespannt. »Die Halle war höher als die Feengalerien, und die liegen noch recht hoch oben im Berg. Wir dürften wohl kaum mehr als den halben Weg nach unten zurückgelegt haben.«

Diesen Worte folgte Schweigen; jeder saß für sich da, zitternd, und dachte an das Ende und an die zwei Stunden Licht, die die letzte Kerze ihnen noch geben würde. Erasmus nahm die Laterne zur Hand, ging am Rand des Beckens entlang und hielt das Licht so hoch, dass es bis in die hinteren Bereiche der Kammer drang. Seine Bemühungen bewiesen jedoch nur, dass alle dunklen Flecken Schatten waren und nicht die erhofften Öffnungen. Entmutigt setzte er sich wieder hin. Aus dieser Höhle gab es keinen Ausgang außer dem Weg, durch den sie hineingekommen waren. Das war das Ende.

Er starrte ins schwarze Wasser hinunter, wo ein paar Blasen aus dem Gebrodel des ins Becken stürzenden Wassers aufstiegen. Sie hüpften in einem Fächer über das Becken und zerplatzten nach und nach, sodass nur einige wenige an der gegenüberliegenden Seite ankamen.

Erasmus stand plötzlich auf und hielt die Laterne wieder hoch. »Schauen Sie einmal da«, sagte er. »Haben Sie nicht auch den Eindruck, dass ein paar von diesen Blasen dort auf der anderen Seite verschwinden? Ist das dort ein weiterer Schatten oder eine kleine Öffnung?« Er zeigte hin. »Sehen Sie, wo ich meine? Genau dort in der Mitte.«

Die anderen sammelten sich um ihn, und Erasmus reichte Hayes die Laterne und setzte den Fuß ins Wasser, um zu tasten, wie tief der Grund lag. Er griff wieder nach der Laterne und watete ins Wasser hinaus, das ihm beinahe sofort bis zur Brust ging.

»Es ist wirklich eine Öffnung!«, rief er nach hinten. »Direkt über dem Wasserspiegel. Flammen, ist die klein.« Der Grund fiel ab, sodass er nicht länger gehen konnte, und Hayes watete hinter ihm ins Wasser hinaus, ergriff die Laterne und hielt sie nach bestem Vermögen hoch, während Erasmus die paar Stöße zur gegenüberliegenden Seite schwamm.

Hier war die Strömung weit schneller, als er erwartet hatte, und riss ihn fast in die Öffnung hinein. Er hielt sich am Fels fest und streckte tastend erst die Hand und dann ein Bein in die Öffnung.

»Sie ist tief. Nein. Ich kann den Boden berühren, aber nur so eben.«

Die Strömung packte ihn, doch er hielt sich am Fels fest und zog sich heraus.

»Ich weiß nicht, ob man da drinnen auch weiter hinten noch Luft bekommt. Oben sind weniger als dreißig Zentimeter Raum.«

»Die Seeleute sagen, Ertrinken sei schmerzlos«, meinte Rose, »wenn mir auch nicht klar ist, woher sie das wissen wollen.«

»Wahrscheinlich ist weiter drinnen keine Luft mehr«, sagte Erasmus, »aber gebt mir das Seilende, und ich untersuche die Öffnung, so weit ich komme. Lieber sterbe ich bei diesem Versuch, als hilflos im Dunkeln zu kauern.«

Erasmus schwamm zu den anderen zurück, und Rose knotete ihm das Seil um die Hüften.

»Ihre Stimme wird bestimmt undeutlich sein, Mr. Flattery, rufen Sie also so: Rufen Sie einmal ›raus‹ für mehr Seil, und ›rein, rein‹, wenn wir das Seil einziehen sollen. Wahrscheinlich werden Ihre Worte verzerrt ankommen, aber zwischen einem Wort und zwei Wörtern werden wir unterscheiden können.«

»Nehmen Sie die Laterne mit?«, fragte Hayes.

Clarendon nickte. »Das müssen Sie, Mr. Flattery. Wir zünden die letzte Kerze an und behalten sie hier, während Sie die Laterne mitnehmen.«

Erasmus dachte darüber nach. Der Gedanke, sich in die Dunkelheit hinauszuwagen, war beängstigend, doch er war sich sicher, dass die Kerze sofort erlöschen würde, denn er brauchte zwei Hände, um in der Strömung zurechtzukommen.

»Behalten Sie die Laterne hier, aber halten Sie sie dicht übers Wasser, dann habe ich wenigstens Licht für die ersten paar Meter. Weiter geht es wohl ohnehin nicht.«

Erasmus glitt wieder ins kalte Wasser zurück, denn er wusste, dass er in wenigen Minuten völlig ausgelaugt sein würde, und so hatte er keine Zeit zu verlieren. Er zwang seine Muskeln zum Gehorsam, ließ sich rasch in die Öffnung treiben, wobei er sich so weit er konnte an den Seiten festhielt, aber dennoch schnell hineingetragen wurde. Er würde niemals allein zurückschwimmen können, sondern musste den anderen und dem Seil vertrauen.

Nach einem Moment verschwand das schwache Licht der Laterne, und er befand sich in völliger Dunkelheit und versuchte, vor sich herzutasten, damit er es rechtzeitig merkte, falls die Decke sich senkte, bevor er sich daran bewusstlos schlug. Seine Kräfte schwanden, und bald trieb er nur noch dahin und kämpfte darum, den Mund über Wasser zu halten. Dann plötzlich wurde das Seil straff und schnitt in seinen Unterleib ein.

»Rein, rein!«, brüllte er. »Rein, rein!«, schrie er noch einmal. »Flammen, gleich ist es aus mit mir.«

Ein Ruck straffte das Seil, dann noch ein stärkerer, bei dem ihm der Kopf unter Wasser ging, doch er stieß sich hoch und stemmte seine Füße gegen die Seitenwände.

Stück um Stück wurde er herausgezogen, wobei er scharrend an den Wänden des Kanals Halt suchte und darum kämpfte, den Kopf über Wasser zu halten. Viele Wasserschlucke später erhaschte er einen Blick auf das unruhige Licht, und gleich darauf befand er sich wieder im Becken und platschte zu den anderen hinüber.

»Führt es weiter?«, fragte Hayes, der ins Wasser watete, um Erasmus ans Ufer zu helfen.

»Ich ... ich weiß es nicht. So weit ich gekommen bin, war Luft da, aber darüber hinaus kann ich es nicht sagen. Ohne Hilfe hätte ich es gewiss nicht zurückgeschafft.«

Alle schauten sich an, und Hayes und Kehler schüttelten den Kopf.

»Es ist ein großes Risiko.«

»Aber hier erwartet uns der gewisse Tod«, entgegnete Erasmus. »In zwei Stunden sitzen wir hier im Dunklen, hocken jämmerlich da und verhungern, wobei wir allerdings schon vorher an Unterkühlung sterben werden.« Er schaute zu der winzigen Öffnung zurück und war sich nicht sicher, ob er dort wirklich noch einmal hineinwollte, ohne jede Möglichkeit einer Rückkehr.

Hayes stand auf. »Schauen Sie einmal, wir können das Seil um den Felszacken dort bei der Öffnung binden. Dadurch gewinnen wir mindestens sechs Meter zusätzliches Seil.« Er schaute Erasmus an. »Diesmal versuche ich es.«

»Nein, Hayes ... Sie können ja nicht schwimmen, da wird es schwierig.«

»Ja, aber wenn es irgendwohin führt, müssen wir alle rein, und außer Ihnen kann keiner schwimmen, Erasmus. Ist es denn dort nicht schmal? Kann ich mich nicht zwischen den Wänden hochstemmen?«

Erasmus schüttelte den Kopf. »Nicht so ohne weiteres. Sie sind so geschwächt. Wir sind alle so geschwächt. Nein, ich versuche es noch einmal. Geben Sie mir das Seil.«

»Dann komme ich mit Ihnen«, erklärte Hayes. »In einigen der tieferen Wasserbecken konnte ich spüren, dass ich Auftrieb hatte, und irgendwie konnte ich mich mit Armen und Beinen rudernd vorwärts bewegen. Ich bin willens, es zu versuchen. Es ist besser, wenn Sie es nicht allein machen.«

Erasmus betrachtete den entschlossenen Ausdruck auf dem Gesicht des jungen Mannes – und der gefiel ihm viel besser als die Verzweiflung, die vorher dort gestanden hatte. Erasmus nickte, und sie warfen sich ins Wasser. Hayes band eine Schlaufe über die Felsnase, denn Erasmus' Finger waren für eine solche Aufgabe zu klamm, und dann nahmen sie das Seil in beide Hände und ließen sich mit nach hinten treibenden Beinen in die Passage tragen.

Nach zehn Metern spürte Erasmus, dass seine Hände abglitten. »Hayes! Ich kann mich nicht mehr festhalten.« Erasmus merkte, dass Hayes nach seinem Hemd griff, und so blieben sie einen Moment lang keuchend hängen, nach Atem schnappend, aber zur Umkehr außerstande. Hayes spuckte Wasser und kämpfte darum, den Kopf oben zu halten, und dann glitten Erasmus Finger plötzlich endgültig ab, das Hemd riss sich los, und er wurde in die Dunkelheit davongeschwemmt.

»Kehren Sie um!«, schrie er und wurde von der Strömung davongerissen, der er nichts mehr entgegensetzen konnte.

Erasmus hörte Hayes seinen Namen rufen; dann kämpfte er nur noch darum, den Kopf über Wasser zu halten, während die Wände an ihm zerrten, als er in der Strömung vorbeischoss. Einmal senkte die Decke sich, schlug ihm hart gegen die Stirn und drückte ihn unter Wasser, doch er kämpfte sich wieder hoch und fand erneut Luft. Dann stürzte er eine glatte Rutsche hinunter, verschluckte sich hustend am Wasser, versuchte zappelnd hochzukommen, doch die Strömung hatte ihn erfasst, und er spürte, wie er aufgab. Er konnte nicht länger kämpfen. Dunkelheit griff nach ihm.

Gerade in dem Moment, in dem Erasmus sich aufgegeben hatte, stellte er plötzlich fest, dass er in ruhigem Wasser trieb und dabei schwallweise Flüssigkeit heraushustete. Dann spürte er Fels unter den Füßen und stand auf, torkelte ins Wasser zurück, kam aber wieder hoch.

»Flammen …«, flüsterte er. »Ich lebe. Blut und …« Ein Hustenanfall schüttelte ihn durch, und er fiel wieder hin, doch jetzt war das Wasser so flach, dass es ihm nicht einmal mehr bis zur Brust reichte, als er darin saß.

Dann hörte er ein Platschen. Obwohl er das Gefühl hatte, sich kaum mehr bewegen zu können, warf er sich in den Fluss zurück, schlug mit den Armen durchs Wasser und suchte im Dunkeln herum. »Hayes …? *Hayes!*«

Er bewegte sich auf das Platschen zu, hatte plötzlich eine Handvoll Haar zwischen den Fingern und zog den hustenden und spuckenden jungen Mann hoch.

»Nicht zappeln! Ich hab Sie. Verdammt, Mann, nicht zappeln. Hier können Sie stehen.« Er zerrte den Hustenden ins Flache und schlug ihm auf den Rücken. Einen Moment lang dachte er, Hayes würde den Geist aufgeben, und hämmerte mit all seiner verbliebenen Kraft auf seinen Rücken ein, doch plötzlich entwand sich Hayes seinem Griff.

»Sie brauchen mich doch nicht … umzubringen«, keuchte Hayes und wurde von einem weiteren Hustenanfall gebeutelt.

Erasmus, der nicht wusste, was er tun sollte, schleppte seinen Gefährten weiter ins flachere Wasser, bis sie sich auf trockenem, glattem Fels befanden, wo sie zitternd und hustend liegen blieben.

»Nun, hier sind wir jetzt also«, sagte Hayes endlich, und da seine Stimme aus der völligen Dunkelheit kam, schien sie, obwohl sie keinen halben Meter voneinander entfernt lagen, keinen Ursprung zu haben. »Und die anderen werden nie erfahren, was geschehen ist.«

»Und ich weiß nicht, ob wir jetzt überhaupt besser daran sind«, sagte Erasmus, der eine nie gekannte Erschöpfung in seinen Gliedern spürte. »Ich habe nicht die Kraft, auch nur einen Schritt weiter zu gehen.«

»Nein …« Hayes hielt inne. »Hören Sie! Haben Sie das gehört?« Erasmus versuchte, sein Keuchen unter Kontrolle zu bekommen. »Rufen Sie?« Er kämpfte sich schwankend auf die Knie. »Woher kommt es?«

In der Dunkelheit waren Echos zu hören, die die ganze Höhle auszufüllen schienen, während ihr Ursprung geheimnisvoll blieb. Es war ja sogar schwierig zu sagen, woher Hayes' Stimme kam. Erasmus watete ins Wasser zurück, erspürte die Richtung der Strömung und ging dagegen an. Hayes hinter ihm rief etwas, und der Klang hallte unglaublich lange durch die ganze Höhlenkammer.

»Diese Höhle hier muss riesig sein«, rief Hayes ihm zu. »Wo sind Sie, Erasmus?«

»Hier. Lassen Sie mich versuchen, den Weg zu finden, über den wir gekommen sind.«

Die Strömung wurde stärker und schob ihn zur Seite, doch schließlich fand er den Ursprung. Eine Öffnung, ganz ähnlich wie diejenige, in die sie zu Beginn hineingeschwommen waren, doch hier kam ein kräftiger Wasserstrom daraus hervor. Er zog sich die Felswand entlang und reckte den Kopf vor, um in die Öffnung hineinzubrüllen.

Er schrie so laut er nur irgend konnte – keine Worte, denn Worte würden verloren gehen – einfach nur einen Ton. Irgendetwas, was den anderen mitteilen konnte, dass er am Leben war. Es folgte eine lange Stille, und dann ein dumpfes Echo, verzerrt, unverständlich, als würde der Fels seinen uralten Schmerz herausjammern. Erasmus schrie von neuem. Er wartete, und es kam eine Antwort. Diesmal zwei deutlich unterscheidbare Laute.

»Hayes? Ist das ein Echo? Was meinen Sie?«

»Ich … Das kann man unmöglich sagen. Rufen Sie noch einmal.«

Erasmus versuchte, das Gehörte nachzuahmen, und zwar sowohl die Zahl als auch die Dauer der Laute.

Es kamen drei deutlich unterscheidbare Rufe zurück. Erasmus rief viermal, damit sie es nicht für ein Echo hielten.

»Das sind sie«, sagte er zu Hayes. »Es kann nicht anders sein.«

»Was werden sie wohl tun, Erasmus?«, fragte Hayes. »Werden sie versuchen durchzukommen?«

»Ich weiß es nicht. Wir können eigentlich nur rufen und hoffen, dass sie merken, dass wir immer noch leben.« Stille. Nur das Plätschern des Flusses und Tropfgeräusche von der Decke.

Erasmus wusste nicht, was er tun sollte. Jetzt zitterte er unkontrollierbar, und seine Finger verloren den Halt. Er ließ sich von der Strömung ergreifen und wieder hinabtreiben.

»Hayes? Sprechen Sie, damit ich Sie finden kann.«

»Ich bin hier.« Beide zappelten kurze Zeit im Wasser herum und stießen dann gegeneinander, was Hayes zu Fall brachte, wo er dann im Wasser sitzen blieb, lachend.

»Ich verstehe nicht, wie um alles in der Welt Sie es schaffen, hier zu lachen, Hayes, aber ich bewundere Sie dafür.«

Sie halfen sich gegenseitig aufs Felsufer, setzten sich Rücken an Rücken, um der Wärme willen, und fragten sich, was sie jetzt tun sollten.

»Wenn Sie die anderen wären, was würden Sie jetzt machen?«, fragte Hayes ruhig.

Erasmus dachte einen Moment lang nach. »Ich würde wahrscheinlich versuchen, da hindurchzukommen, aber ich kann ja auch schwimmen und habe keine solche Angst vor dem Wasser.«

»Ich würde dasselbe tun. Wir sollten uns also für sie bereithalten«, sagte Hayes. »Sollte einer von ihnen in der Strömung die Besinnung verlieren, könnte er hier vorbeitreiben, ohne dass wir es überhaupt bemerken.«

»Ja«, stimmte Erasmus zu und untersuchte vorsichtig die Wunde auf seiner eigenen Stirn. »Aber wenn wir uns ins Wasser stellen, sind wir gleich noch kälter als jetzt, und ich bin kurz vorm Erfrieren.«

»Ich auch ... dann müssen wir eben lauschen.«

Sie verstummten und stellten sich vor, wie in der Dunkelheit aufgequollene Leichen vorbeitrieben.

»Denken Sie, dass sie rausgekommen ist?«, fragte Hayes plötzlich.

»Anna? Ich weiß es nicht. Sie kann Banks nicht weit voraus gewesen sein, daher ist es unwahrscheinlich. Es überrascht mich allerdings, dass wir sie nicht gefunden haben. Können Sie sich vorstellen, das hier allein durchzustehen? Nein, selbst wenn sie Roses Flutwelle überlebt hätte, hätte sie es wahrscheinlich nicht durch den Tunnel geschafft, der uns hier gerade ausgespien hat.«

»Ja, aber was, wenn sie einen anderen Weg gefunden hat, den wir übersehen haben? Unmöglich ist das nicht.«

»Nein, es ist ...« Doch er beendete seinen Satz nicht, weil er im Wasser ein Gezappel hörte, das ihn innehalten ließ.

Erasmus und Hayes sprangen beide rufend ins Wasser, und plötzlich schrie Hayes: »Ich habe ihn!«

Einen Moment lang konnte Erasmus sie nicht finden, obwohl er deutlich hörte, dass jemand hustete und ein anderer ihm auf den Rücken schlug, doch wie er es auch versuchte, er kam der Quelle dieser Geräusche nicht näher. Dann ertastete er Hayes in der Dunkelheit mit der Hand.

»Wer ist es?«, fragte Erasmus.

»Kehler, glaube ich«, antwortete Hayes. »Auf jeden Fall

klingt sein Versuch zu ertrinken eindeutig Kehler-mäßig. Kehler? Bist du okay, Mann?«

Kehler hustete weiter, und es dauerte ein paar Minuten, bevor er sprechen konnte. »Rose und Clare …« Wieder hustete er los.

»Clarendon, ja … Was ist mit ihnen?«

»Sie kommen gleich zusammen durch. Beim Arsch des Märtyrers, das war die schrecklichste Erfahrung meines Lebens.«

Erasmus fand den jungen Mann im Dunklen und legte ihm die Hand auf die Schulter. Für Hayes und ihn war es garantiert nicht weniger grauenhaft gewesen.

Sie verstummten, und nur ihr Atem war noch zu hören sowie etwas, was Erasmus nach einem Moment als sein eigenes Zähneklappern identifizierte.

Sie lauschten und hörten plötzlich das Platschen der anderen beiden. Hayes und Erasmus warfen sich wieder ins Wasser und hatten einen Moment später Rose und Clarendon aufs Felsufer gezogen. Aus irgendeinem Grund waren sie nicht ganz so schlimm daran und erholten sich schneller.

Die fünf hockten zusammengekauert im Dunkeln, heftig zitternd, und fragten sich, was sie nun tun würden.

»Wer ist j-jetzt mit seiner Geschichte an der Reihe?«, fragte Hayes, und die anderen schafften tatsächlich ein Lachen.

»Haben wir das Seil?«, fragte Erasmus.

»Ich habe versucht, es mitzunehmen, aber es hat sich festgehakt und ist verloren gegangen«, antwortete der Priester.

»Nun, ich hatte gedacht, wir sollten uns zusammenbinden wie Blinde, aber so müssen wir eben dicht beisammenbleiben. Ich habe noch etwas Kraft, genug, um diese Kammer hier zu untersuchen. Es muss ja nun einen Weg hinaus geben. Irgendwohin muss das Wasser wohl verschwinden.«

»Noch mal so etwas mache ich nicht mit«, erklärte Kehler. »Da braucht ihr mich gar nicht erst zu fragen.«

»Ich bleibe hier und sterbe mit Kehler«, sagte Hayes. »Aber falls es einen trockenen Gang gibt, könnte ich vielleicht doch noch ein paar Meter schaffen.«

Erasmus stemmte sich hoch.

»Ich helfe Ihnen, Mr. Flattery«, sagte Rose. »Ich suche die eine Seite der Kammer ab, wenn Sie sich die andere vornehmen.«

Erasmus ging wieder ins Wasser zurück, ohne sich um die Eiseskälte zu scheren. Kälter als jetzt schon konnte ihm ohnehin nicht mehr werden. Er schwamm ein paar Züge, bis er mit der Hand auf Fels stieß, und schleppte sich dann schwerfällig auf das Felsband hinauf. Hier tastete er mit seinen kalten, zerschundenen Händen herum, bis er auf eine Wand traf, und die untersuchte er, so hoch er reichen konnte, bis das Felsband im Wasser endete. Mit dem innerlichen Vermerk, dass man den Wasserrand dahinter auch noch würde untersuchen müssen, beschloss er, zunächst einmal trocken zu bleiben, und nahm sich die andere Richtung vor. Er suchte alles noch einmal ab, weil er nicht sagen konnte, wo er angefangen hatte, aber nichts von allem fühlte sich irgendwie vertraut an. Sein Kopf arbeitete nicht so, wie er eigentlich sollte, das war gewiss.

»Was haben Sie gefunden?«, rief Hayes.

»Fels«, antwortete Erasmus.

»Ebenso«, sagte Rose ruhig.

»Ich glaube, wir befinden uns in einem riesigen Magen«, sagte Erasmus. »Die Welt hat uns verschluckt.«

Erasmus stolperte, fiel hart zu Boden und blieb einen Moment lang liegen, zu erschöpft, um aufzustehen.

»Erasmus? Diakon Rose? Alles in Ordnung?«

»Ja. Ich bin gestolpert«, antwortete Erasmus. »Aber ich habe mich nicht verletzt. Ich muss mich einfach nur einen Moment lang ausruhen.«

Er lag da und fragte sich, ob er sich wohl die Mühe machen würde, sich wieder hochzukämpfen, denn sein plötzlicher Energieschub war vorbei, doch dann stellte er sich vor, dass direkt vor ihm ein Gang liegen könnte. Ein flacher, einfacher Durchgang, trocken, hoch. Und der süße Duft von Kiefern drang von dort herein.

»Ich habe etwas!«, rief Rose aus.

»Was? Was ist es denn?«, rief Hayes, und das Echo seiner Stimme schien von allen Seiten gleichzeitig zu kommen.

»Eine Öffnung. Nicht groß, aber auch nicht allzu klein.« Eine Pause. »Ich passe problemlos hinein, allerdings muss ich mich wohl erst einmal ausruhen, bevor ich es versuche.«

Erasmus zwang sich aufzustehen und ging vorsichtig ins Wasser zurück.

»Reden Sie weiter, Diakon, aber leise«, sagte Erasmus. »Dann komme ich zu Ihnen hinüber.«

Aus der Dunkelheit ertönte ein wunderschöner Gesang, ein Hymnus von trauriger Schönheit, und Erasmus blieb einen Moment lang stehen, weil es ihn so überraschte, in dieser harten Welt etwas derart Liebliches zu hören. Er folgte dem Lied, das in der Kammer so laut widerhallte, dass es wie ein ganzer Chor wirkte, ein Chor, der in einer großen Kathedrale sang.

»Da sind Sie ja«, sagte Erasmus, als er den Priester gefunden hatte, und zu seiner großen Enttäuschung hörte der Gesang auf. »Wo ist diese Öffnung?«

Rose führte ihn hin, und Erasmus tastete sie mit den Händen ab wie ein Blinder.

»So klein ist sie gar nicht«, sagte er. »Lassen Sie es mich sofort versuchen. Wenn ich abwarte, werde ich wohl nur noch schwächer.«

Ohne Roses Zustimmung abzuwarten, schob Erasmus sich auf allen zerschundenen vieren in die Öffnung hinein, achtete nicht auf den Schmerz und das Summen in seinen Ohren. Er taumelte den Tunnel entlang und tastete beim Vorandringen vor sich her. Es ging aufwärts, nicht steil, aber zweifellos aufwärts.

Einen Moment lang hielt er zum Ausruhen inne, denn vor seinen geschlossenen Augen schwammen sonderbare Lichter. *Das war's*, dachte er. *Mehr Kraft habe ich nicht mehr. Mir ist zu kalt. Ich bin zu erschöpft. Flammen, bin ich müde.*

Er lag still da und spürte, wie der Schlaf die Hand nach ihm ausstreckte. Warmer Schlaf. Er stellte sich einen sanften Wind vor, der sein Gesicht streichelte, den Geruch abgefallener Blätter. Ein Lächeln trat auf seine Lippen.

»Mr. Flattery?«, ertönte eine Stimme.

Erasmus schüttelte den Kopf. »Ja.«

»Was haben Sie gefunden?«

»Noch nichts«, rief er zurück und zwang sich auf die Ellbogen hoch. Er schüttelte den Kopf. »Drei Meter«, flüsterte er. »Drei Meter schaffst du doch.«

Er kämpfte sich weiter, nicht einmal mehr auf allen vieren, sondern auf dem Bauch, jetzt schwindelig und mit einem schrecklichen Klingeln in den Ohren, wie der Trauergesang des sterbenden Körpers um sich selbst. Erneut brach er zusammen. Und lag zitternd da, keuchend vor Anstrengung. Sein leerer Magen rebellierte, und in der Kehle spürte er ein heißes Brennen. Wieder hob sich ihm der Magen, und er erbrach Galle und ließ sie achtlos über sein Kinn herabtropfen.

»Flammen«, murmelte er. »Flammen ...« Dann: »Drei Meter, Mann. Jeder Schwächling kann drei Meter kriechen. Percy hätte das geschafft.«

Ein Gemurmel schien den Tunnel zu erfüllen, und unsicher, was es war, hielt er lauschend inne und erkannte dann den Klang von Stimmen. Die anderen hatten sich vor der Öffnung versammelt. Vielleicht kamen sie ihm nach.

Er zwang sich, seine Glieder in Bewegung zu setzen und

kroch durch seine eigene Gallenflüssigkeit. Er schüttelte den Kopf, versuchte ihn klar zu bekommen, denn ihm war schwindlig und schlecht. Sonderbare Lichter bewegten sich jetzt vor seinen Augen, selbst wenn er sie geöffnet hielt.

Doch er kroch ein Stückchen weiter. Ruhte sich einen Moment lang mit krampfartig zuckendem Rücken aus, und als das ein bisschen nachließ, zwang er sich weiter. Zwei Meter diesmal. Nur zwei Meter.

Er erblickte einen sonderbaren, stecknadelkleinen Lichtpunkt, der schwankend vor seinen Augen verschwamm, aber wenigstens hatte er den Anstand zu verschwinden, wenn er die Augen schloss.

Auf dem Boden des Tunnels lag jetzt etwas Geröll, und er krabbelte darüber weg, wobei die Schmerzensschreie seiner zerschundenen Hände und Knie aus weiter Ferne zu kommen schienen.

»Mr. Flattery?«

Geht weg, dachte er. *Seht ihr denn nicht, dass mir keine Kraft zum Antworten bleibt.*

Er zwang sich weiter, ohne auf die Rufe der anderen zu achten, obgleich sie jetzt näher wirkten.

Ich phantasiere, dachte er. *Ich habe fast den Verstand verloren. Fühlt man sich so, bevor man stirbt?*

Er krabbelte nochmals ein oder zwei Meter, bevor er wieder vom Brechreiz überwältigt wurde. Als er die Augen öffnete, kehrte der Lichtpunkt zurück.

Was, wenn das das sprichwörtliche Licht am Ende des Tunnels ist?, dachte er. *Aber es ist so klein … Es muss eine Meile weit weg sein.* Eine Meile konnte er unmöglich kriechen.

Er blinzelte. Konnte das Sonnenlicht sein, unendlich weit entfernt? Oder schlimmer, konnte es ein winziges Loch sein, das Licht einließ, für einen Menschen aber zu schmal war? Würde er mit der Außenwelt vor Augen sterben?

Er krabbelte noch ein wenig weiter und schlug sich hart den Kopf an. Einen Moment lang lag er halb betäubt da, dann streckte er die Hand aus, doch dies war kein so harter Stein. Er legte die Wange dagegen.

»Flammen«, flüsterte er. *Bin ich im Fieberwahn?* Er ließ seine Hand über die Fläche gleiten, rollte sich dann auf den Rücken und schaute auf.

Die Welt schien sich zu drehen, und er schloss die Augen. *Aber es war ein Baum!* Und das über ihm waren Sterne, und er roch den Duft von Kiefern. Er war in die Welt hinausgekrochen. In die Welt des Lichts und der Luft, der Bäume und des Grases.

Erasmus versuchte zu rufen, doch aus seinem Mund kam nur ein schwaches Flüstern. Ein Gemurmel drang zu ihm, wie wenn jemand singt. Ganz in seiner Nähe sagte jemand seinen Namen. Hayes. Die anderen waren auch da, krabbelten in die phantastische Wärme einer Frühlingsnacht hinaus.

Er spürte, wie er sich sonderbar zusammenkrümmte und aufschluchzte. Dann lag er da, eingerollt wie ein Kind, und heiße Tränen liefen seine Wangen hinunter und sammelten sich auf einem abgefallenen Blatt. Ein Wind bewegte die Bäume über seinem Kopf, flüsterte mit einer leisen, grünen Stimme, hieß ihn in der Welt willkommen, im kurzen Menschenleben.